AtV

Bob Marshall-Andrews, 1944 in London geboren, studierte Jura und arbeitet heute als Anwalt und Richter. Darüber hinaus schreibt er regelmäßig für den Daily Telegraph, Guardian, Independent und die Sunday Times.

Sein Debüt-Roman »Der Palast der Weisheit« erschien mit großem Erfolg in den USA, Frankreich und war lange Zeit ein Bestseller in Deutschland. Die Idee zu diesem Buch kam ihm bei einem Besuch in Florenz, als er auf den Stufen des Palazzo Medici-Riccardi in einem Reiseführer las, daß hier der große Magliabechi einst seine berühmten Worte gegen die Inquisition gesprochen habe.

Florenz 1685. Das goldene Zeitalter der Renaissance ist längst vorbei; die Medici-Dynastie versinkt in Korruption und Grausamkeit. Beherrscht von der Inquisition und von seiner tyrannischen Mutter, macht sich der Großherzog Cosimo III. an eine gnadenlose Verfolgung des Wissens, der Künste und der angeblichen Unmoral eines aufgeklärten Zeitalters. Während die Salti, die Mitglieder der gefürchteten Staatspolizei, mit Einschüchterung, Folter und Mord jeden Widerstand erstickt, spielt eine kleine Gruppe von Verschwörern ein gefährliches Spiel, um die Erkenntnisse einer lichteren Vergangenheit für die Nachwelt zu bewahren – einschließlich der Werke des großen Galileo Galilei.

Einer von ihnen ist der junge Fredo Credi, genannt Boti, »das Fäßchen«. Sein Wissensdurst führt ihn nach Florenz in die Dienste des größten Bibliothekars seiner Zeit, Antonio Magliabechi, in dessen buckligem und verwachsenem Körper ein mutiges Herz und ein großer Geist wohnen. Für seinen vom Tod bedrohten Meister und für die erste große Liebe seines Lebens wagt Fredo sich in die Kerker der Inquisition und sogar bis an den Hof des Sonnenkönigs.

Bob Marshall-Andrews

Der Palast der Weisheit

Roman

Aus dem Englischen von Helmut W. Pesch

Aufbau Taschenbuch Verlag

Titel der Originalausgabe
The Palace of Wisdom

ISBN 3-7466-2086-4

1. Auflage 2004

Umschlaggestaltung Mediabureau Di Stefano
unter Verwendung des Gemäldes »Portrait of a Gentleman« 1512
von Domenico Capriolo, Bridgeman
Druck und Binden Druckerei C. H. Beck, Nördlingen
Printed in Germany

www.aufbau-taschenbuch.de

Für Brinsley

Die Straße der Ausschweifung
führt zum Palast der Weisheit

William Blake

Inhalt

Erstes Buch

San Casciano

1

Mein Meister schlug Galilei im Murmelspiel. Gewiß, der große Apostat lag fast schon im Sterben, und mein Meister war gerade acht Jahre alt, das beste Alter für Murmeln. Dennoch gestattete ihm dies hernach mit einiger Berechtigung zu sagen, er habe für einen Moment mehr von der Bewegung von Sphären verstanden als irgendein Mensch auf der Welt. Keine schlechte Geschichte. Zudem, wenn man bedenkt, daß er sie mir erzählte, während er in Ketten auf dem Boden eines Kerkers im Bargello-Gefängnis saß und darauf wartete, auf die Streckbank gelegt zu werden, sagt sie eine Menge über seine innere Haltung. Aber er war ohnedies immer für einen großen Namen gut. Er hatte sie natürlich alle gekannt: Pascal, Racine, Voltaire, Vivaldi – selbst Baruch Spinoza, den großen niederländischen Brillenmacher, Pantheisten und Unruhestifter. Wer Bücher liebt, führt ein interessantes Leben, zumindest damals im siebzehnten Jahrhundert.

Heute hat sich natürlich alles geändert.

Vernunft regiert die Stunde; Toleranz grassiert. Die Druckerpressen Europas laufen glühend heiß mit der Vervielfältigung von Ketzereien, für die man ihre Verfasser vor sechzig Jahren auf dem Scheiterhaufen verbrannt hätte. Vierzig Jahre sind vergangen seit der letzten Judenhatz in Florenz. Im Bargello lassen sich die heißen Zangen vor Rost nicht mehr auseinanderbiegen, und die nie gezündeten Feuerkohlen der Folterknechte sind mit grauem Staub bedeckt. Wie immer in solchen Zeiten ist Dissens vulgär geworden, Wissenschaft zu müßiger Selbstbespiegelung verkommen.

In Frankreich, habe ich mir sagen lassen, behauptet der wohlbekannte Gourmet, Atheist und Abt Etienne Condillac, daß alle menschlichen Neigungen, Gedanken und Konzentrationen bloße »Pyramiden von Empfindungen« seien. Ich wage indes zu behaupten, daß der Abbé Condillac sich niemals die Augen bei dem Versuch verdorben hat, den *Tractatus Theologico-Politicus* auf ein Stück Papier nicht größer als sein Skrotum zu kopieren, um ihn vor der Inquisition zu verbergen. Und er hat gewiß nie Tage und Nächte in einem Heuschober verbracht mit dem Original des *Dialogo sopra i due massimi sistemi del mondo* unter seinen jugendlich schwellenden Lenden. Er ist nie von Medici-Wachen durchsucht worden, während ihm Descartes' *Méditations* ins Rektum stachen. Wenn, dann hätte er wahrlich etwas über Empfindungen gewußt und wie sie den Geist auf wunderbare Weise konzentrieren.

Wie man daraus entnehmen kann, bin ich ein wenig bitter geworden. Für mich ist er zu spät gekommen, dieser Ausbruch von Toleranz und Vernunft. Mit fünfundsiebzig bin ich zu alt für intellektuelle Erregung, von manch anderer ganz zu schweigen. Und vor allem habe ich als ein lebenslanger Lexikograph Worte hassen gelernt, wie ein Pferd Fliegen verabscheut. Ich wollte, ich wäre endlich mit ihnen fertig, könnte sie von meinem schweißbedeckten Rücken verscheuchen. Mein ganzes Leben lang haben sie mich umschwirrt, mich gekitzelt und geplagt mit ihren insektischen Nuancen, mich gestachelt mit ihren Resonanzen und sind in meine privaten Höhlungen gekrochen, um Nester von neuen Bildungen und Schwärme von Ableitungen zu legen. Zu oft haben sie mich im Stich gelassen. Fortwährend schreibe ich Sätze, die sich plötzlich aufblähen und an genau den falschen Stellen aufbrechen wie der Stuck in einem sienesischen Hurenhaus. Vor allem verabscheue ich ihre gezierten Alliterationen und gewundenen Similacra. Hätte ich die Wahl, ich käme ihnen nie mehr nahe. Ich genösse die Stille, Sonne, Oliven, toskanischen Wein, eine kühle Brise und den regelmäßigen, beruhigenden Koitus im achten Lebensjahrzehnt. Ich verdiene es. Ich habe ein hartes Leben im Dienste dieser Fliegen damit angefüllt, sie zu fangen, sie zu ordnen, sie in ihrer Vielfalt zur Schau zu stellen, während sie ringsum sirren und stechen und sich mehren, in einer immer weiter sich ausbreitenden Volkssprache von immer mehr schwindendem Sinn.

Aber jetzt bin ich gezwungen, hier zu sitzen und diese Chronik niederzuschreiben. Gerade als es mir das erste Mal in sechzig Jahren richtig gut zu gehen begann.

Ich bin zu guter Letzt in mein geliebtes San Casciano zurückgekehrt und habe die größte Villa im Ort erworben, umgeben von Olivenhainen und mit Weinranken behangen. An den meisten Tagen kann ich Florenz gar nicht sehen. Ich habe eine Haushälterin, vierzig Jahre jünger als ich und in einem höchst befriedigenden Maße verludert. Ich habe viele Freunde und einigen Einfluß, zumindest in akademischen Kreisen. Mein Ehrendoktortitel der Universität Pisa verleiht mir einen gewissen Status, und meines Meisters Hinterlassenschaft ermöglicht mir, die Künste reichlich zu fördern, die auf toskanischem Boden wieder zu erblühen begonnen haben. Ich verfüge auch über etwas politischen Einfluß. Meine Beherrschung italienischer Dialekte, meine Kenntnisse des Französischen, Deutschen und Englischen und der mir anhaftende Ruf diplomatischen Geschicks (der, wie man hören wird, auf den Taten eines fünfzehnjährigen Knaben beruht) machen von Zeit zu Zeit meine Anwesenheit bei den endlosen Verhandlungen über Abkommen, Beteiligungen und Vereinbarungen unentbehrlich, mit denen der Staat Toskana sich zwischen den Reichen

Europas behauptet. So war ich denn vor etwa zwei Jahren auch gerade erst aus Aachen zurückgekehrt, als die mühevolle Arbeit, die mich jetzt gefangennimmt, mir aufgedrängt wurde.

Ich war am späten Morgen in Florenz angekommen und hatte mich alsgleich zu meinen Gemächern in der Via Calimara begeben. Hier schlief ich drei Stunden, und nachdem mein Diener Maximilian mich geweckt hatte, verließ ich das Haus, um meine Bibliothek im Palazzo Medici-Riccardi aufzusuchen. Der frühe Abend war klar und schön, und so verzichtete ich auf eine Sänfte und ging zu Fuß die Via Roma entlang und bog auf die Piazza San Giovanni ein. Die Abendsonne, die schräg auf den Platz einfiel, ließ die Bronzetüren des Baptisteriums – das größte Werk, wie jedermann weiß, des Lorenzo Ghiberti – erglänzen. Ich war stehengeblieben, teils um sie zu bewundern und teils um zum tausendsten Male das verschmitzte Selbstbildnis des Künstlers ausfindig zu machen, der sich mutwillig zwischen die Evangelisten gesetzt hatte, mit einem absurden Hut auf dem Kopf, als ich meinen Namen, besser gesagt, meinen Spitznamen, aus der Richtung der Duomostufen rufen hörte. Mein erstes instinktives Gefühl war Verärgerung. Schließlich war ich fünfundsiebzig Jahre alt, und wenige (in Florenz oder sonstwo) verwenden jetzt noch dieses Eponym. Meine Verärgerung wurde nicht geringer, als ich die ungelenke Gestalt Tommaso Albinonis, des ältesten musikalischen Langweilers in Italien, auf mich zukommen sah, mit in gespielter Ehrerbietung zur Stirn erhobenen Händen. Ich war ihm das erste Mal um die Jahrhundertwende in Rom begegnet, als man in dem damals Neunundzwanzigjährigen den Nachfolger Corellis als größtem Komponisten Italiens sah. Seit jenem Zeitpunkt hatten die Geburt, das Leben, die Werke und der Tod Pergolesis Tommaso so deutlich überstrahlt wie eine Sturmlaterne, die vor eine Kerze gestellt wird. Das Hinscheiden Pergolesis hatte ihn verbittert zurückgelassen, zweifellos mit dem Gefühl, daß sein Rivale in die unangreifbare Festung der Unsterblichkeit entschwunden war. Wir hatten indes bei unserer ersten Begegnung festgestellt, daß wir beide unter demselben Sternzeichen – Capricornus, der Steinbock – geboren waren, eine Tatsache, die ihn aus irgendeinem Grund immer veranlaßt hatte, mir mit einer enthusiastischen, wenngleich unerwiderten Zuneigung zu begegnen.

»Boti«, rief er ganz unnötigerweise, als er an der Baptisteriumstür vorbei auf mich zugeeilt kam. »Caro mio.« Er hatte nun die Hände von seiner Stirn genommen und breitete sie in einer großen Rednergeste aus, die zweifellos in irgendeine Form gewaltsamer Umarmung gipfeln sollte.

Nun hatten mir jene zehn Jahre, die ich während der Zeit, die man inzwischen als den Neunjährigen Krieg bezeichnet, als Gast des Bischofs von Salisbury in England verbrachte, eine Aversion gegen jedwedes öffentliches Schulterklopfen beschert. Dazu sollte man sich der Tatsache erinnern, daß sowohl Albinoni als auch ich die Siebzig überschritten hatten und jede Form eines plötzlichen Zusammenstoßes ein beträchtliches Risiko mit sich brachte, daß wir beide zu Boden fielen. Die Vorstellung, daß im Schatten des Duomo Italiens größter Lexikograph selbst von einem seiner geringeren Komponisten über den Haufen gerannt wurde, war beunruhigend, und so wandte ich mich, Geistesabwesenheit vortäuschend, um und setzte mich in Richtung Via Pecori in Bewegung. Doch zu spät. Da ich tief in die Betrachtung großer Kunst versunken gewesen war, hatte ich einen langsamen Antritt. Ihm kam der Vorteil des vollen Schwunges zugute, und bevor ich zwanzig Schritte weit gekommen war, spürte ich seine beiden Hände auf meinen Schultern und wäre fast kopfüber auf das Pflaster gestürzt.

»Boti«, wiederholte er schwer keuchend, »du wirst taub wie eine Statue.« Ich wandte mich um und faßte mich.

»Tommaso«, sagte ich ohne sonderliche Begeisterung. »Wie gut, dich zu sehen. Welch eine Überraschung, daß du in Florenz bist.«

»Ja, ja, ich bin gestern aus Rom angekommen.« Er hielt immer noch eine meiner Schultern fest. »Um der Wahrheit die Ehre zu geben, mein lieber alter Freund, ich bin gekommen, um *dich* zu sehen. Ich hatte dich in der Via Calimara anzutreffen gehofft, aber dein Bursche, Maximilian, sagte, du seist in Arles.«

»Nicht Arles«, korrigierte ich ihn, »Aachen. Es gibt da einen Vertrag, und man wollte, daß ich klarlege, was darin steht.« (Politik war nie seine Stärke gewesen.) Ich sah ihm ins Gesicht. »Weshalb genau hast du mich gesucht?«

»La Opera.«

»Opera?«

»Ja, *Opera* – Ouvertüren, Arien – Oper.«

Ich sah ihn an – wie blöd, vermute ich. »Mein lieber Tommaso«, sagte ich, »eins von den vielen Dingen, die ich nicht kann, ist singen.«

»Nicht singen, *schreiben*. Sag, können wir uns irgendwo zusammensetzen, um darüber zu reden?« Eine Gruppe österreichischer Söldner war auf die Piazza gekommen und begutachtete die Ghiberti-Bronze mit der unverkennbaren höhnischen Kakophonie, die weltweit soldatische Wertschätzung von Wein, Frauen und Kunst begleitet.

»Wo bist du untergebracht?« fragte ich hoffnungsvoll.

»Oh«, sagte er, »ich habe mir eine Unterkunft in der Via Spanoni genommen. Man kann von dort den Arno sehen. Er stinkt zum Himmel.«

»Also denn«, sagte ich mit einem hörbaren Seufzer der Resignation, »komm mit zur Via Calimara.«

In Schweigen gingen wir zurück. Außer dort, wo sich die enge Straße auf die Piazza della Republica öffnete, erleuchtete die Sonne nur die rotgedeckten Dächer und die oberen

Balkone, die nach Osten hinausgingen. Am Grund der Straße herrschte tiefe Düsternis.

Als wir in meinen Gemächern ankamen, brannten bereits die Lichter, und ich schickte Maximilian um Wein, Brot und Oliven.

»Also?« fragte ich, als wir uns beim Fenster niedergelassen hatten. »Was meinst du mit ›schreiben‹? Du weißt, daß ich keine Melodie erkennen würde, wenn ich sie sähe.«

»Nicht die Musik sollst du schreiben, die Geschichte.«

»Welche Geschichte?«

»Ja, welche wohl? Magliabechi, die Bücher, die Bombonis, Frankreich, Marguérite-Louise, du und Bono – das Ganze!«

»Tut mir leid, Tommaso«, sagte ich, »ich verstehe immer noch nicht, was du willst. Die Leute, von denen du sprichst, sind – waren – wirklich. Das alles ist tatsächlich geschehen. Es gibt keine ... keine ›dramatische Konvention‹.« Ich hielt inne, aber er sah mich immer noch über die Lampe hinweg an. Meine Kenntnisse in Operndingen rasch erschöpfend, fuhr ich fort: »Es gibt kein ›großes Thema‹, keine ›göttlichen Regeln‹.«

Er bedachte mich mit einem nachsichtigen, irritierenden Grinsen. »Ich verstehe«, sagte er. »Für dich handelt eine Oper immer nur von Göttern. Der Mensch erfährt durch die Handlungen und Schwächen der Götter seine eigene Natur.«

»Ja.«

»Für dich muß sie immer olympisch sein, didaktisch.«

»Ja, ja.«

»Aber mein Freund, mein lieber Boti!« Er war von seinem Stuhl aufgestanden, füllte sein Glas neu und kam nun auf mich zu und blieb direkt vor mir stehen. »Siehst du denn nicht, daß die Oper mit dem Geist der Zeit gehen muß? Außerhalb der ›Konventionen‹ der Bühne fürchtet der Mensch Gott nicht mehr, duckt sich nicht mehr in Unwissenheit vor bloßen Phänomenen, die nun durch die Wissenschaft vollkommen erklärbar sind. Der Mensch *beweist* Gott durch seine Vernunft. Der Mensch nimmt seine eigene Unvollkommenheit wahr, und eben jene Unvollkommenheit setzt die Existenz eines Vollkommenen Wesens, Gottes, des Schöpfers, voraus.«

»Natürlich«, sagte ich, ein wenig verärgert durch diese Vorlesung in Philosophie, »die kartesianische Theorie, aber was ...«

»Aber was das alles mit Oper zu tun hat? Mein lieber Boti, ich will es dir sagen. Mir ist, als hätte ich dies all mein Leben gewußt, aber erst jetzt verstehe ich es. Die Oper ist der Spiegel. Schau, hier ist der Mensch, an die Bühne gefesselt, ein Winzling in dem gewaltigen Auditorium, gebunden durch seine eigenen Unvollkommenheiten, der lügende, betrügende, stehlende, scheißende, rülpsende, hurende Mensch. Und hier«, seine Arme beschrieben einen Kreis in der Luft, über seinem Kopf, daß ihm der Wein unbemerkt die Perücke bespritzte, »ist die Musik, die Erhabenheit Gottes. Die Schauspieler eifern keinen Göttern nach. Sie *beweisen* sie durch ihre eigenen Travestien, ihre eigenen stümperhaften Unvollkommenheiten, ihre eigenen unerträglichen Eitelkeiten.«

Er nahm einen tiefen Schluck Wein, erbeutete eine Olive, kaute nachdenklich und spie den Kern dann auf die Straße. »Ich sage dir, Boti, in hundert Jahren werden wir Opern über Diebe und Hurenböcke, Sklaven und Könige, Dirnen und Säufer, Luden und Ehebrecher hören. Jede Form menschlichen Lasters und Fehlverhaltens, vom Auspeitschen bis zu Blähungen, wird vor unseren Augen vollzogen werden, überhöht« – mehr Gebärden, mehr Wein auf der Perücke –, »überhöht von der Erhabenheit des Klangs.«

Er leerte sein Glas, rülpste leicht und fuhr fort: »Und es

geht noch weiter; weißt du, was noch kommt? Frauen werden auf der Bühne singen. Ja, glaube mir. Wir werden wirkliche Weibsbilder und Sklavinnen sehen. Keine Kastraten mehr. Keine verstümmelten, falschen Soprane. Keine künstlichen Titten. Richtige Busen auf der Bühne.« Bei diesen Worten hielt er die hohlen Hände, deren eine noch das leere Weinglas hielt, etwa sechs Zoll von seiner eingefallenen Brust weg und starrte mich mit wilder Begeisterung an. »Na, was sagst du dazu?«

Offen gesagt, ich war entsetzt. Ich hatte verschiedentlich gehört, daß er mit dem Alter eigenartig geworden sei, aber einen der führenden Musiker Italiens die Kunst auf die Ebene von Kneipenzoten herabziehen zu hören, war, ganz ehrlich, schmerzlich. Aber damit nicht genug. Mein Schweigen zweifelsohne für Bewunderung oder zumindest Billigung haltend, verfiel er in eine Art quietschendes Falsett und begann mit einem scharfen Arpeggio auf den Weinkrug zuzuhüpfen.

»Tam tam titti, tam tam tam titti, tam tam titti titti tam tam.«

Um dem Ganzen ein Ende zu machen, sagte ich: »Ja, ja, alles ganz interessant, aber ich sehe wirklich nicht, was das mit mir zu tun hat.«

Er wandte sich abrupt um, den Krug in einer Hand, das Glas in der anderen. »Aber deine Geschichte, siehst du das nicht, die hat alles, was ich brauche. Das Ende der alten Welt, die Macht der Fürsten, den Zerfall einer großen Zivilisation, den Angriff auf die Gelehrsamkeit, Verschwörungen, Huren, Liebe, Folter, Tod ... Verzeih, Boti«, brach er ab, als er das schmerzliche Zucken in meinem Gesicht sah. »Entschuldige, ich weiß, daß der Bargello die Hölle auf Erden war.«

»Es war nicht der Bargello«, sagte ich, »es war das mit den Huren, das weh tat. Aber sprich weiter.«

»Und dann die Flucht quer durch Europa, der Sonnenkönig, die kleinen Sünden, die die Geschichte veränderten, die Macht der Freundschaft und der Treue, Verrat, Tragödie, Triumph – und alles vollbracht mit einem Zwerg!«

Trotz der Gefühle, die mich bewegten, konnte ich mich eines Lächelns nicht erwehren. »Und wer soll in deiner Commedia den Part Bonos übernehmen?« fragte ich. »Wo wirst du eine so große Stimme in einem so kleinen Körper finden?«

Während er mir Wein nachschenkte, bedachte er, anscheinend allen Ernstes, das Problem. »Mir ist in der Opernwelt nie ein Zwerg begegnet«, gab er zu. »Vielleicht könnte man einen Teil der Bühne absenken ...«

»Ich will ihn nicht der Lächerlichkeit preisgegeben sehen«, sagte ich mit einiger Schärfe.

»Natürlich nicht, das ist nicht meine Absicht, glaube mir. Ich will unsterblich machen, nicht verunglimpfen.«

Wider Willen, trotz meiner Vorbehalte und meiner Feindseligkeit und, ja, der seltsamen Mischung von Lust und Schmerz, die mit dieser Erinnerung einherging, begann die Sache mich zu faszinieren. Und doch erhob ich Einwände.

»Aber keiner wird es glauben. Die Welt hat sich verändert. Die Bibliotheken stöhnen vor Büchern. Galileis Werke liegen in dreißig Sprachen vor. Die Inquisition der Jesuiten gibt es nicht mehr. Die Medici sind eine Erinnerung. Niemand brennt in Europa. Das Judenviertel ist aufgelöst. Handel und Wandel sind die neuen Waffen der Menschheit. Die neuen Welten haben sich geöffnet. Florenz ist nun ein stiller Teich am Ende eines Seitenarms.«

Seine Stimme, nun leicht verwaschen vom Wein, kam von der anderen Seite des Lichts. »Ja, aber deine Geschichte handelt nicht von Florenz. Sie handelt von der Korruption der Macht, der Verstümmelung der Wahrheit. Sie ist so zeitlos wie die Phantasie. Aber was viel schwerer wiegt, sie muß aufgezeichnet werden. Sie hat es verdient. Glaubst du, die Weltgeschichte wird dir Gerechtigkeit widerfahren lassen? Glaubst du, anders wirst du in der Geschichte Toskanas auch nur Erwähnung finden, außer vielleicht als ein langweiliger Wortklauber in einer einzeiligen Fußnote?«

Viel später sah ich ihm von meinem Fenster aus nach. Ich hatte ihm Maximilian als Begleitung mitgegeben, obgleich die Stadt nun sicherer war, da die jüngste Pest und die österreichischen Söldner sie weitgehend befriedet hatten. Ich hörte, wie seine Schritte sich der Via della Condotta zuwandten, die zum Bargello führt, und trotz der Wärme jenes Sommerabends überkam mich ein Frösteln. Es war so lange her. Wie lange? Sechzig Jahre? Es lag natürlich zum Teil am Wein, zum Teil an der dunklen, sanften florentinischen Nacht, aber Tränen traten mir in die alten Augen. Und gleichsam in einem mit dem Verschwimmen meines Blicks kamen Bilder so scharf wie Splitter in meinem Hirn zusammen, und mit ihnen kamen die Laute der Erinnerung, klar wie das Lied eines Knaben.

Ich hatte ihm natürlich irgend etwas versprochen. Was genau hatte ich nicht gesagt. Einen Abriß. Eine Zusammenfassung. »Das Beste, was mein armes Gedächtnis hergibt.« Nun, dachte ich, wir werden sehen. Als ich mich, immer noch ganz im Banne der Vergangenheit, vom Fenster abwandte, war mir, als stünde da jemand in der Düsternis jenseits der Lichtgrenze, eine verwachsene Gestalt, deren Haupt kaum über den Umriß einer sich aufwölbenden Schulter hinausragte, und ich spürte jene Augen auf mir, die ich vor so vielen Jahren zugedrückt hatte.

»Meister?« sagte ich, aber mein Schritt in den Raum hinein entlarvte den Schatten als meinen eigenen, verursacht von einem Licht, das an der Ecke der Via del Lamberti hing, um die Zusammenrottung von Dirnen zu verhindern.

»Herr«, sagte Maximilian, als er den Raum betrat, »ich habe ihn nach Hause gebracht.« Ein stiller Bursche, umsichtig und bescheiden. Ich habe ihm eine gute Stellung in Florenz verschafft, bevor ich ging. »Habt Ihr sonst noch einen Wunsch? Etwas Brot, mehr Wein?«

»Nein. Ja, ja, noch etwas Wein, und bring mir bitte Papier und Feder in mein *cubiculo*.«

Wie zu erwarten, schrieb ich nichts. Die Worte entziehen sich dem Gefühl, wie lebende Muscheln von einer Gabel schlüpfen. Der Wein war natürlich auch nicht hilfreich. Ich trank den Krug leer, schlief in meinem Sessel ein und erwachte am Morgen verkühlt, mit dickem Kopf, steifen Gliedern und verklebtem Kinn. Ich hatte natürlich von Caterina geträumt und zum erstenmal seit vielen Jahren von Bono.

An jenem Morgen inspizierte ich die Bibliothek, die in leidlicher Ordnung war. Am Nachmittag bestellte ich mir eine Kutsche und fuhr in das Dorf meiner Kindheit, hoch in den Toskaner Hügeln. In den letzten zwanzig Jahren war ich viele Male daran vorbeigefahren, hatte aber nie angehalten. Ich sprach mit dem neuen Bürgermeister, einem schweinsgesichtigen Kerl namens Bentoni, der, da bin ich sicher, eine exorbitante Kommission für die Vermittlung meiner Villa einsteckte.

In den ersten zwei Tagen schaffte ich mir eine Haushälterin an, die bereits genannte verluderte Maria (eine weitere Erwerbung – leicht gebraucht, wie ich vermute – aus der Hand des Bürgermeisters), und hinreichend Mobiliar, um Bequemlichkeit und Eitelkeit Genüge zu tun. Ich bestückte den Weinkeller, gab Anweisungen für die Belieferung mit dem Lebensnotwendigen, stellte einen Gärtner nebst Gehilfen ein, der auch, wenn nötig, eine Kutsche lenken konnte. Ich ließ die Bibliothek in den fähigen Händen meines eigenen Gehilfen Albert (selbst schon auf die Fünfzig zugehend), zahlte Maximilian ein großzügiges Abgeld, machte einen Abschiedsbesuch bei Cordelia Mazzarone, die in den letzten zwanzig Jahren auf bewundernswerte Weise meine schwindende Libido versorgt hatte, und war erfreut, Zeichen des Bedauerns auf ihrem runden, fast hübschen und durch und durch kommerziellen Gesicht feststellen zu können.

Ich trug an Habseligkeiten zusammen, was einem Landedelmann geziemte, erstand neue Stiefel und Schuhe, die den Pfaden der rauhen toskanischen Hügel angemessen waren, bewaffnete mich mit Federn, Tinte und einer absurd hoffnungsvollen Menge Papiers und kehrte zu meiner Villa zurück. Hier machte ich viel Aufhebens um das Hängen der Bilder, verführte Maria, machte mich bei den Gärtnern unbeliebt, badete häufiger, als nötig war, verschlang eine unmäßige Menge an Oliven, zottelte die Pfade der umgebenden Olivenhaine auf und ab, daß einem angst und bange werden konnte, und dann schließlich, eines Tages, hielt ich die Zeit für gekommen, mich der *tabula rasa* zuzuwenden.

Ich weiß, es wird mich eine Menge Zeit und Geld kosten, aber das macht mir nichts. Ich bin fünfundsiebzig Jahre alt und bemerkenswerterweise immer noch so gesund, wie ich zeit meines Lebens gewesen bin. Ich habe all meine Zeitgenossen überlebt (mit der Ausnahme Tommaso Albinonis), und es gibt nur noch einen entfernten Vetter, der mich beerben könnte, einen fetten, selbstzufriedenen Schlächter in Fiesole. Ich habe natürlich alles der Bibliothek vermacht, was meinen Vetter bitter enttäuschen und ihm nur recht geschehen wird.

2

Ich wurde in dem Flecken San Casciano an der staubigen roten Straße auf dem Weg nach Florenz geboren, jenseits von Poggio Imperiale, wo sich die toskanischen Hügel auffalten wie Leinen und die Pappeln in immerwährendem Ausruf zwischen den grauen Olivenbäumen und ockerfarbenen Dächern stehen. Eine kleine Stadt war und ist es, die sich durch wenig von Tausenden toskanischer Städte unterscheidet, außer durch ihre Lage an der Straße, die letztendlich nach Rom führt. Aus diesem Grunde konnte sich unser Ort einer ungewöhnlichen Bedeutung und Bekanntheit rühmen. Viele Pilger, Boten, Legaten, Kardinäle, Händler, Kaufleute und eine schier unerschöpfliche Menge von Engländern brauchten Essen und Wein für sich und Tränke für die Tiere, nachdem sie die Halbtagesreise von Florenz hinter sich gebracht hatten und bevor sie zur Übernachtung nach Siena aufbrachen. Als Ergebnis dieses Fremdenverkehrs erwarb sich das Dorf mit der Zeit einen gewissen Ruf für die Qualität seiner Pasta, die ehrliche Kraft seines Weins und die offene Art seiner Gastfreundschaft. Der wohlbekannte Ausdruck »so großzügig wie San Casciano« rührt unmittelbar von diesem Ruf her und verdankt nicht das geringste dem Heiligen desselben Namens, einem übellaunigen und unangenehmen Einsiedler, dessen Kanonisierung allein auf der ihm nachgesagten Fähigkeit beruhte, durch Versenkung in das Gebet Löcher im Kopf zu bekommen.

Aufgrund seiner Lage war das Dorf auch Zeuge des Durchzugs von Armeen unterschiedlicher Größe, Hautfarbe und Zielsetzung geworden. Südwärts zogen Deutsche, Österreicher, Franzosen, selbst Schweden, um gegen die Türken zu kämpfen. Gen Norden wiederum zogen die vatikanischen Söldner, die Armbruster Gottes, um in den heiligen Erbfolgekriegen mitzustreiten. Gewöhnlich zogen sie einfach nur durch, da Florenz seit langem aufgehört hatte, in der vordersten Front irgendeines Konflikts von Bedeutung zu liegen.

Zweimalig war das Dorf seit dem fünfzehnten Jahrhundert von den Sienesen besetzt und befestigt worden, oder vielmehr von ihren genuesischen Söldnern, die sich, so wurde berichtet, mit außerordentlicher Disziplin betrugen, indem sie nur hie und da ein williges Dorfmädchen schwängerten und wenig mehr als einen vernünftigen Tribut von den örtlichen Kaufleuten einzogen, welche sich selbst schon durch den Ertrag von Handel und Wandel und die Gunst der Lage ein fettes Polster zugelegt hatten. Eine regelrechte Vergewaltigung, hinreichend selten, um aufgezeichnet und zur örtlichen Anekdote zu werden, trug sich in dem Feld direkt oberhalb unserer Ställe zu. Der Übeltäter, ein sienesischer Bogenschütze, zahlte für einen heißen Erguß mit dem Verlust seiner rechten Hand, welche ihm öffentlich von seinem eigenen Hauptmann auf dem Dorfplatz abgehauen und nun, wie es hieß, in Salzlake eingelegt in der Krypta der Dorfkirche aufbewahrt wurde, ein Mahnmal an die Weisheit der Enthaltsamkeit und Schicklichkeit in geschlechtlichen Dingen.

Die wirkliche Verunsicherung wurde von den Engländern hervorgerufen. Ihre Faszination durch die Bräuche und Gewohnheiten meines Landes erschien nachgerade unerschöpflich. Ich habe eine Schwäche für die Engländer. Meine Jahre in ihrem Land als Gast Bischof Burnets in der schönen Stadt Salisbury haben mich davon überzeugt, daß sie ein nobles und exzentrisches Volk sind, das keinerlei Kunst besitzt und wahnsinnig verliebt ist in seine eigene Sprache. Meistenteils jedoch reisen sie, allein zum Zweck der Selbstergötzung und der unaufhörlichen Produktion von Tagebüchern, die sich vorzugsweise mit solchen Dingen befassen wie dem »exzessiven« Genuß von Schnupftabak durch die italienischen Frauen.

Meine Kindheit war daher, wenngleich ländlich, nicht völlig ohne einen kosmopolitischen Einschlag. Mein Taufname war Frederico Szorzi Credi, und somit war ich während meiner frühen Jugend allgemein als Fredo bekannt.

Die kritischen Ereignisse meines Lebens, auf die Albinoni ansprach, meine Lehrzeit bei dem großen Magliabechi, die brutale Unterdrückung durch Cosimo III., unsere tödlichen, verhängnisvollen Unternehmungen, um die Bibliotheken zu schützen, die Verbringung der Werke Galileis und der letzte, verzweifelte Appell an den König von Frankreich, dies alles geschah, wie zu hören sein wird, um mein fünfzehntes Lebensjahr. Aber wie kein Netz von seinem Zentrum aus gesponnen werden kann, so muß ich damit beginnen, die Fäden meiner Erzählung an den Zweigen festzumachen, von denen sie ihren Ausgang nimmt: meinem Vater, meiner Mutter, meinem Meister, meinen Lehrern und der Familie Bomboni.

Mein Vater, Gallupe Credi, der Sohn eines florentinischen Färbehändlers, hatte ein frühes Streben nach Gelehrsamkeit an den Tag gelegt und eine Art formaler Erziehung am Borrenzo-Institut in Florenz erhalten. Er hatte seine Studien an der Universität Pisa begonnen, als aus selbst heute noch unerforschlichen Gründen der Großherzog der Toskana, Ferdinando de Medici, einen Krieg mit den Barbarini, den Verwandten des Papstes, anzettelte. Mein Vater, zu der Zeit gerade neunzehn Jahre alt, meldete sich flugs zur toskanischen Miliz und fand sich, praktisch ohne militärische Ausbildung, in einer Kompanie von Mitstudenten mitten in der Schlacht von Mongiorno wieder. Anders als viele derartige Schlachten jener Zeit, die aus einer Unzahl von Aufmärschen, Flaggenschwenken, Manövern und häufigem Haltmachen zur Siesta bestanden, war dies ein richtiger Kampf, der mehrere hundert Menschenleben kostete und die Florentiner als Sieger das Feld behaupten ließ. Ohne die Sache über Gebühr vertiefen zu wollen, ziemt es sich doch zu vermelden, daß mein Vater sich rühmlich auszeichnete. Sein eigenes Korps von angehenden Wissenschaftlern war, wie die Umstände nahelegten, bei den Reserven aufgestellt, damit der wirkliche Kampf den Söldnertruppen vorbehalten blieb. Die Barbarini jedoch, in grober Mißachtung der Grundregeln moderner

Kriegsführung, führten eine große Kolonne ihrer eigenen gedungenen Knechte in einer Zangenbewegung, die durch eine Reihe von Hügeln verdeckt wurde, welche eigentlich die Flanke der Florentiner hatte schützen sollen, in den Rücken des gegnerischen Heeres. Der plötzliche Ansturm dieser schweren Brigade von Bütteln, wenigstens zweihundert Mann stark, hätte sehr wohl die Schlacht entscheiden können, hätten nicht mein Vater und seine gelehrten Kollegialen beherzten Widerstand geleistet. Die Berichte über das Scharmützel sind widersprüchlich, aber es geht eindeutig daraus hervor, daß es mein Vater war, der den ersten Hieb tat, welcher den Kopf des Söldnerführers von den Schultern trennte und ihn zwischen die Füße seiner Leute rollen ließ.

Wie mein Vater so häufig danach bemerkte, gibt es nichts, was die Moral in einem *pallone*-Spiel so zugrunde richtet, wie zusehen zu müssen, wenn der Ball durch die Beine des eigenen Torhüters springt. Wie unendlich schlimmer muß es sein, wenn es der Kopf des eigenen Hauptmanns ist, mit dem man erst jüngst über, sagen wir, die Bewegung der Galaxien oder den überhöhten Preis des Branntweins diskutiert hatte. Jedenfalls erwies sich dieser eine Hieb als entscheidend dafür, daß die Genuesen sich so plötzlich zur Flucht wandten, wie sie erschienen waren. Meines Vaters Kompanie folgte ihnen auf den Fersen, was ein Fehler war. Angesichts der Verfolgung und in dem Glauben, daß sie Gefahr liefen, abgeschnitten zu werden, machte eine kleine Gruppe von Söldnern kehrt und leistete entschlossenen Widerstand, um ihren eigenen Männern die Flucht zu ermöglichen. Die Florentiner, erfüllt vom Eifer der Novizen und, was wichtiger war, aufgrund ihrer beträchtlichen Überzahl, machten kurzen Prozeß mit dem Häuflein und töteten fünf, bevor der Rest sich ergab. Mein Vater jedoch trug einen Schwertstich durch das linke Bein davon und konnte von Glück reden, daß er dies überlebte.

Die Verletzung ließ ihn für den Rest seines Lebens hinken, aber aufgrund seines Beitrags zum Sieg wurde er kurzzeitig zu einem Helden der Stadt. Großherzog Ferdinando selbst empfing ihn und bedachte ihn mit einer Pension auf Lebenszeit, die ihm trotz der Korruption nachfolgender Regierungen bis zu seinem vorzeitigen, gewaltsamen Ende gezahlt wurde.

Solchermaßen zugleich finanziell unabhängig und körperlich versehrt vor seinem zwanzigsten Lebensjahr, kehrte mein Vater nach Pisa zurück, wo er bis zum Alter von dreiunddreißig der Gelehrsamkeit frönte, Astronomie und Botanik studierte und an der sanften intellektuellen Dämmerung des florentinischen Geisteslebens teilhatte. 1658 ging er dann nach Florenz, wo er drei Jahre später in der Medici-Bibliothek zu San Lorenzo meine Mutter kennenlernte.

Kurz nachdem sie ermordet wurde, vernichtete mein Vater, außer sich vor Gewissenspein und Schuldgefühlen, alles, was vom Leben meiner Mutter zeugte. Nach seinem eigenen Tod jedoch entdeckte ich unter seinen wissenschaftlichen Aufzeichnungen Entwürfe von Briefen an sie, wenngleich ich weder in Erfahrung gebracht habe, ob sie ihr je in irgendeiner Form vor Augen gekommen sind, noch, ob sie in der Tat die Wahrheit über ihre Beziehung wiedergaben. Aufgrund dieser Entwürfe war ich in der Lage, mühsam die Einzelheiten ihrer ersten Begegnung zusammenzutragen, ein Ereignis, das anscheinend für sie beide eine dauernde Faszination behielt, da sie es als den Moment ansahen, in dem die Unwägbarkeiten des Zufalls schicksalhaft in die Gewißheit des Heils überführt wurden.

Meine Mutter war damals sechzehn, ein Mädchen von auffallender Schönheit, die letzte lebende Tochter eines ältlichen Leviten, dessen Familie die Verfolgungen und das Gemetzel in Mailand überlebt hatte und geflohen war.

Fünfzig Jahre lang hatte ihr Vater im jüdischen Viertel von Florenz gelebt, wo sein Volk eine unsichere, gespannte und zweifelhafte Duldung erfuhr.

Selbst während der milden Herrschaft Ferdinandos jedoch blieb die große Bibliothek der Medici (die ein Jahrhundert lang ihre Bücher kostenlos dem Volk ausgeliehen hatte) den Juden bei Gefängnisstrafe verschlossen. Dieser Umstand führte zu der gefährlichen Beschäftigung meiner Mutter. Vom zwölften Lebensjahr an entlieh sie regelmäßig Manuskripte aus der Bibliothek, vorgeblich für einen florentinischen Edelmann, in Wirklichkeit aber für den Gebrauch ihres eigenen Vaters, dessen wissenschaftlicher Eifer ihn selbst damals eine bedenkliche Gleichgültigkeit gegenüber den Risiken, die sie einging, an den Tag legen ließ. Die Gefahr wurde noch vergrößert durch das schlechte Sehvermögen meines Großvaters. Dies zwang ihn, im Schneckentempo zu lesen, was wiederum eine verspätete Rückgabe von Büchern und daraus folgende Nachfragen und Bußgelder nach sich zog. Tatsächlich war es ein Disput zwischen meiner Mutter und einem Bibliothekar über die Höhe einer solchen Geldstrafe, was die Aufmerksamkeit meines Vaters auf sie lenkte, als er in seinem *cubiculo* saß und arbeitete. War er zuerst verärgert über die Störung, so begann ihn das Mädchen alsbald zu interessieren, dessen überzogene Ausleihe von Demokrits *Theorie der Atome* ihrem Alter und Stand so unangemessen erschien. Unter dem Vorwand gelehrter Ungeduld trat er an das Pult, zahlte die Buße selbst und brachte so eine Begegnung zuwege, die sich für mein Dasein als wesentlich erweisen sollte.

Danach ergab es sich, daß sie sich jeden Tag trafen, und meinem Vater blieben die Einzelheiten des Lebens, der Herkunft und der Volkszugehörigkeit meiner Mutter nicht lange verborgen. Es ist ein Gradmesser für seine Verliebtheit, daß mein Vater, ein »Held von Florenz«, es auf sich nahm, den

Juden Isaak mit Büchern zu versorgen, und in einem belegten Falle verbrachte er einen Tag damit, dem alten Ungläubigen die Werke des Engländers Sir Robert Boyle vorzulesen, durch den die Theorien Demokrits, seit Jahrhunderten unangetastet, in ihren Grundfesten erschüttert wurden.

Am 15. Mai 1662 schlossen meine Eltern in der modernen Kirche von Santa Maria Nuova zu Cortona den Bund der Ehe. Sie standen am Portico, und zu ihren Füßen erstreckte sich zweihundert Meilen weit toskanisches Land. Als meine Mutter auf diese grau-grüne Fruchtbarkeit blickte, muß sie bereits gewußt haben, daß sie meine erste Schwester trug, deren Leben während der großen Pest von 1663 kaum sechs Wochen vergönnt sein sollte.

Drei Monate lang hatte die Brautwerbung gedauert, während derer mein Vater seinen Studien und meine Mutter ihrer Familie und schließlich ihrer Religion entsagte. Den alten Isaak, meinen Großvater mütterlicherseits (der unter solch schrecklichen Umständen sterben sollte), habe ich nie zu Gesicht bekommen. In meiner Jugend war uns sein Haus durch jene Intoleranz versperrt, die er so heftig zu verdammen vorgab.

Zwei Monate nach ihrer ersten Begegnung hatte mein Vater um die Hand meiner Mutter angehalten. Er ging als ein Bittsteller, bereit alles aufzugeben außer seiner Religion. Genau das war nicht genug. »Seid Ihr gewillt, ein Jude zu werden?« fragte mein Großvater, kalt wie Stein.

»Nein.«

»Dann werdet Ihr nicht meinen Segen haben.«

Mein Vater versuchte ihn zu bewegen. Er würde sich, sagte er, nach jüdischem Gesetz trauen lassen. Desgleichen würde er, in einer christlichen Kirche getraut, ihr ihren jüdischen Glauben nicht nehmen. Er war sogar bereit, eine nichteheliche Verbindung einzugehen. Er war sechsunddreißig Jahre alt, ein angestaubter, aber dennoch untadeliger

Held von Florenz, ein Mann mit gesichertem Einkommen, Gelehrsamkeit, Perspektiven.

»Ihr versteht nicht«, sagte der Patriarch. »Die Juden sind spinnwebdünn über die zivilisierte Welt verbreitet. Wir haben keine Heimat außer unserem kollektiven Geburtsrecht. Wir sind jeder Form von Bigotterie, Fremdenfurcht oder politischer Zweckmäßigkeit ausgesetzt. Unsere Kinder sind zu Hunderten gestorben, um die Unzulänglichkeit von Fürsten zu bemänteln und die Aufmerksamkeit der Leute von Hungersnot und Pest abzulenken. Und doch entspinnt sich entlang der Fäden dieses dünnen Netzes die Kultur und das Genie unseres Volkes. Selbst die Werke Eures Robert Boyle (der die Juden übrigens haßt – wußtet Ihr das?) reisen entlang dieser Fäden.

Oft werden große Löcher in dieses Gewebe von Menschen gerissen. In ganzen Dörfern, Ortschaften, Städten, Bezirken, Ländern und Kontinenten werden Juden hingemetzelt und in Ketten gelegt, vergewaltigt und gefoltert, ihre unmündigen Kinder auf Pfähle gespießt oder zu Tode gehetzt. Und was geschieht, wenn unser Netz zerreißt? Fällt es vom Baum, schrumpft es zurück an seine Ausgangspunkte? Nein, das Gewebe heilt um den Riß, bildet sich neu in kreisförmigen Fäden, und mit der Geduld der Jahrtausende wird es Stück um Stück geflickt, bis der Teil wieder heil ist und selber wiederum die Spannung des Ganzen erhält. Und so werdet Ihr verstehen, Signore Credi, mit Eurem Wissen um Atome, daß es nicht das Netz ist, das die Stärke schafft, sondern jede einzelne Webe und Flechse. *Wir* sind diese Flechsen, und sobald sie zerstört sind, sind wir nichts. Hier in Florenz beginnt es wieder. Ihr glaubt mir nicht, Signore Credi? Konfiszierungen, Verfolgung, Prügelung, die Peitsche, die Streckbank, wir spüren sie in der Luft wie den Widerhall marschierender Männer. Warum solltet Ihr es spüren? Es würde Eure Kinder Generationen kosten, einen Instinkt zu entwickeln, mit dem wir geboren wurden. Wenn meine Tochter gehen will, dann soll sie gehen, aber wenn sie geht, dann geht sie für immer.«

Und so ging sie.

Mein Vater hatte bereits ein größeres Haus in der Via della Vigna Nuova nahe dem Palazzo Strozzi bezogen. Meine Mutter hatte unter dem angenommenen Namen Ballarini geheiratet, und obgleich die Höhe ihrer Wangenknochen, die Dichte und Schwärze ihres Haares in ihrem eigenen Viertel in Florenz ihre Herkunft verraten haben mochten, sorgten die römische Form ihrer Nase und vor allem ihre Körpergröße (mein Vater überragte sie um kaum eine Handbreit) dafür, daß sie als christliche Ehefrau außer Zweifel stand.

Etwa um dieser Zeit hatte mein Vater der akademischen Forschung müde zu werden begonnen. Obgleich er mit einem fähigen und wißbegierigen Gehirn ausgestattet war, mangelte es ihm an der Intuition, der Brillanz oder der finanziellen Notwendigkeit, die Reise zu den Grenzen wissenschaftlicher Erkenntnis zu machen, und trotz seiner Behinderung und seines zunehmenden Alters sehnte er sich nach Taten. Nicht zuletzt um diesem Drang nachzukommen, erwarb er die Villa zu San Casciano, wo er die Hitze der toskanischen Sommer damit verbrachte, über die Hügel zu reiten, selten Besuch zu empfangen und bei Gelegenheit Wildschweine zu jagen, zusammen mit den benachbarten *rustici*, von denen einer, ein Mann, den er instinktiv haßte, der örtliche Schlächter, Bomboni, war.

Von Zeit zu Zeit ritt mein Vater während des Sommers in die Stadt, um solche Waren und *utilensi* zu besorgen, wie sie im Dorf nicht zu finden waren, und sich mit den immer unerfreulicher werdenden Nachrichten vertraut zu machen.

Bei einer dieser Gelegenheiten, erzählte mir später meine Mutter, kehrte er im Zustand einiger Erregung zurück und erklärte ihr, daß er eine Aufgabe gefunden zu haben glaube, die seinen Fähigkeiten, seiner Energie und seinen Bestrebungen in idealer Weise entspreche, und einen Auftraggeber von »einzigartiger Erscheinung«.

»In voller Größe«, erzählte er meiner Mutter, »würde er kaum an die Beuge deines ausgestreckten Arms reichen. Er ist schrecklich mißgestaltet und trägt eine so große Last auf seinem Rücken, daß man erwartet, sie müßte jederzeit herabrutschen und ihm zu Füßen fallen. Diese Verunstaltung betrifft nur die eine Seite seines Rückens, und die andere Schulter hängt herunter, so daß der rechte Arm wesentlich länger als der linke wirkt. Doch denke ich nicht, daß dieser Buckel von großem Gewicht sein kann, da seine Beine, die ihn letztlich tragen müssen, so dünn wie Bohnenstangen sind. Daher hängen seine Beinkleider herab wie die Girlanden nach einem Karneval im Mai. Was sein Gesicht betrifft, so ist es allenfalls noch unansehnlicher als der Rest seiner Erscheinung. Obwohl beide Augen einigermaßen ausgeglichen sind, werden sie doch von einer Nase getrennt, die einem riesigen Schnabel gleicht und deren Spitze bis unter die Linie des Mundes vorstößt, was die Verständlichkeit seiner Rede ein wenig beeinträchtigt. Er trägt keine Perücke, und sein Haar ist schütter genug, um Aufmerksamkeit auf die einzelnen Büschel zu lenken, die aus seiner Kopfhaut ragen. Seine Ohren sind so groß und fleischig, daß sie eine Eigenbewegung haben, und ähneln somit, wenn er sich vorwärts bewegt, Paddeln, mit denen er sich vorantreibt. Seine Rede ist gelegentlich erregt, und dann breitet er einen feinen Sprühregen von Speichel über die vielen aus, die seinen Worten lauschen. Ich glaube, daß er einer der klügsten Menschen ist, denen ich je begegnet bin.«

Es war natürlich meine Mutter, die mir diese Beschreibung wiedergab, und ich bezweifle die Wahrhaftigkeit ihrer Erinnerung. Ich bezweifle, ob mein Vater nach einer kurzen ersten Begegnung wirklich eine Beschreibung von solch vollkommener Genauigkeit zuwege gebracht haben könnte.

Die (von meiner Warte aus gesehen) historische Begegnung zwischen meinem Vater und meinem künftigen Meister begann in der Tür eines Goldschmiedeladens auf dem Ponte Vecchio. In meiner Kindheit wurde sie so oft nacherzählt, daß ich nun mit überzeugter Wahrhaftigkeit Ereignisse berichten kann, die sich viele Monate vor meinem eigenen lautstarken Auftritt auf der toskanischen Bühne begaben. Mein Vater, der den Laden betreten hatte, um ein Halsband in Augenschein zu nehmen, das er für meine Mutter ausersehen hatte, traf auf die bucklige Gestalt, als sie schwerbeladen mit einem gewaltigen Stapel von Manuskripten nach draußen trat. Als sie unter der Tür zusammenstießen, wurden die Papiere über den ganzen Fußweg verstreut, und hätten sich nicht beide Männer eifrig bemüht, ihrer habhaft zu werden, wären sie von den vorübereilenden Massen von Florentinern zertreten worden, die entgegen ihrem Ruf angesichts des gedruckten Wortes nichts lieber tun, als es zu zertreten.

Die Gefahr für die Dokumente ließ somit beide alsgleich in die Knie gehen und, umgeben vom Menschengewühl, die verstreuten Seiten zusammensuchen, auf denen mein Vater Zeilen in aramäischer Schrift und astronomische Zeichnungen erkennen konnte. Als alles soweit wieder eingesammelt war, standen beide Männer in der Kühle des Ladeneingangs und tauschten, während sie die Stöße einigermaßen zu ordnen versuchten, angemessene Entschuldigungen aus.

»Wie ungeschickt von mir«, sagte mein Vater. »Ich fürchte, ich habe Euch unter dem Glas der Tür nicht gesehen«, und brach dann verlegen ab, als ihm der Hintersinn seiner Worte aufging.

Das schiefe Gesicht blickte zu ihm auf und lächelte. »Ihr braucht Euch nicht zu entschuldigen, Signore Credi, Professore, es ist allein meine Schuld. Ihr habt nicht erwartet, mich zu sehen, aber ich hätte sehr wohl damit rechnen können, Euch zu sehen. Ich habe oft überlegt, ob ich nicht irgendeine Frühwarnvorrichtung tragen sollte, wie etwa einen sehr großen Hut, vielleicht mit einer Schelle daran oder einem glitzernden Klunker.«

»Ich glaube«, sagte mein Vater, »die Narrenkappe gebührt eher mir. Aber sagt, Signore, woher kennt Ihr meinen Namen?«

»Wir haben an gemeinsamen Sitzungen teilgenommen, Professore, im Palazzo Pitti. Ihr erinnert Euch nicht an mich, weil ich bei beiden Gelegenheiten früh kam und spät wieder ging und unter denen saß, die Euch in respektvollem Schweigen lauschten.«

»Dann seid Ihr ein Mitglied des Cimento!« rief mein Vater überrascht aus.

»So ist es – ›*Provando e Riprovando*‹.«

Nachdem sie so ihrer beider Mitgliedschaft in jener großen Gesellschaft, deren Motto »Beweisen und nochmals Beweisen« lautete, klargestellt hatten, bestand mein Vater darauf, einen Teil der Manuskripte zum Haus des Buckligen zu tragen, worauf der letztere Wein und Oliven und die Begegnung mit einem »vielversprechenden jungen Doktor« in Aussicht stellte, welcher gerade im Begriff stehe, zur Universität von Pisa zu reisen. So stiegen beide, ihre zerfledderten Packen umklammernd, mein Vater halb umgewandt und sich niederbeugend, der andere von Natur aus verkrümmt, jeder ein nutzloses Bein hinter sich herziehend, vom Ponte Vecchio hinab wie ein Paar verschränkte Krebse und humpelten über die Piazza della Signoria auf den großen Block des Bargello zu. Es war sehr heiß, und die Luft, die nun sichtbar von den Pflastersteinen aufstieg, wand sich in Kräuseln und Wirbeln, als ringele sie von einem Bratspieß empor. Der Kanal, der unter der Via del

Proconsolo entlanglief, war verstopft und aufgebrochen, und nur hundert Schritt vor der Piazza del Duomo stiegen die Abwässer zur Straße hoch, breiteten sich aus und bildeten Lachen zwischen den unebenen Pflastersteinen. Beide Männer, die altmodische *luccos* trugen, mußten die Säume ihrer Gewänder anheben, als sie sich in Richtung Via del Corso durchkämpften.

»Ich fürchte, die Stadt zerfällt vor unseren Augen«, sagte mein künftiger Meister. »Wenn man sich auf meiner Ebene bewegt, wird man mit den Problemen der Kloake vertraut. Dieser Abwasserkanal ist seit zwei Wochen verstopft und kein Zeichen einer Reparatur. Wir leben in einer wunderbaren Stadt, nicht wahr? Über und um uns die Wunder Michelangelos und Brunelleschis und unter uns die aufsteigende Scheiße.«

»Ich werde an den Capomaestro schreiben«, sagte mein Vater.

»Das wird Euch wenig nützen. Die Reparatur von Abflüssen ist nun zum Monopol erklärt und verkauft worden. Sie wurde von den Castanelli-Brüdern erworben, denen, wie Ihr vielleicht wißt, bereits der Lederhandel gehört. In gewisser Hinsicht eine angemessene Wahl, aber sie wird, fürchte ich, kaum dem städtischen Wohl zugute kommen. Nun denn, zumindest einige haben ihr Wohlgefallen daran«, und er deutete auf drei kleine Jungen, fast nackt in der Hitze, einer mit den Zeichen der letzten Pest an den Beinen, die in dem fließenden Bach planschten und lachten.

Die beiden Männer folgten der Via del Corso etwa zwei- oder dreihundert Schritt, bis meines Vaters Begleiter vor einem bossierten Durchgang aus glattem Stein anhielt, der in die weißgekalkte Wand einer Villa eingelassen war, welche sich vier Stockwerke hoch über die Straße erhob.

Dieser Teil von Florenz war einmal ein Viertel von Anwälten gewesen, die sich um den Bargello drängten wie

Schweine um den Trog. Doch seine Lage nahe der Stadtmitte und somit den Bezirken, die bei den letzten Seuchenausbrüchen als besonders ansteckungsgefährdet galten, hatte ihn in den Kreisen dieses Gewerbes in Mißkredit gebracht, und er trug nun die unverkennbaren Zeichen von Verwahrlosung und Verfall, die in allen Zeiten im Gefolge der besitzenden Stände auftreten, wenn diese sich in die Sicherheit ländlicher Regionen flüchten. Eine Ansammlung von weggeworfenen und zerbrochenen *utilensi* bedeckte das Pflaster, während undefinierbares Grünzeug zwischen den Steinen in der glühenden Hitze des Nachmittags den Hauch der Verwesung ausströmte.

»Ich habe dies von einem Anwalt erworben, den die Angst gepackt hatte«, sagte mein künftiger Meister, während er mit dem eisernen Türklopfer hart gegen die Tür schlug. »Er sah mich nur an und kam zu dem Schluß, daß ich die Quelle der Pest in Person sei. Ich erinnere mich, daß er die Tür öffnete und einen Sprung zurück machte, wobei er mit einer Hand Mund und Nase bedeckte und die andere interessanterweise vor seine Genitalien hielt. Wissenschaftliche Unkenntnis läßt sich wohl im juristischen Gewerbe entschuldigen, aber anzunehmen, daß die Beulenpest das männliche Glied als erstes angreift, zeugt von einer seltenen Verwirrung des Geistes. Wo ist dieser Bursche?«

Während er dies aussprach, wurde ein Riegel zurückgeschoben, und die Tür schwang auf. Im Türrahmen stand ein Riese von einem Mann, einen ganzen Kopf größer als mein Vater (der selbst zu den größten Männern in Florenz zählte). Wenngleich der Diener den italienischen *lucco* trug, entstammte doch die Gestalt, die sich ihnen nun bot, keinem europäischen Erbe. Aus dem Gesicht, selbst braun bis zum Farbton des Pechs, starrten ihnen über einer monströs gekrümmten und geweiteten Nase tiefschwarze Augen entgegen.

»Danke, Otto«, sagte der Bucklige und hielt ihm seinen eigenen Stoß von Papieren entgegen, den der Riese mit hohlen Händen empfing wie in einem seltsamen Akt der Ehrerbietung.

Als sie das Haus betraten, wurde mein Vater gleichfalls von seiner Last befreit, und sein Gastgeber sagte: »Otto ist eine Mischung aus Türke und Maure, aber er ist kein Ungläubiger mehr, nicht wahr, Otto? Er ist nun zu einem geradezu fanatischen Christen geworden und erschreckt regelmäßig die Gläubigen in San Martino. Er hat ein interessantes Leben hinter sich. Er ist als Pirat geboren und aufgewachsen und wurde vor fünf Jahren von einer florentinischen Galeere aufgebracht. Ich fand ihn am Kai in Leghorn. Man hatte ihn an einen Pfosten genagelt, um ihn zu häuten und abzukochen. Man macht das immer noch, wißt Ihr, um *mumia* herzustellen. Ich zahlte zweihundert Florin für ihn, obgleich man mich ehrlich genug darauf hinwies, daß er zur Sodomie bereits nicht mehr zu gebrauchen sei. Er ist jedoch sehr stark, und wenn diese krummen Knochen mir Schwierigkeiten bereiten, ist er mir eine große Hilfe, auch wenn er die Hände nicht richtig öffnen kann, da die Sehnen von den Nägeln völlig durchtrennt waren. Etwas Wein, bitte, Otto, und Brot, Käse und Oliven.«

Sie waren in die Eingangshalle getreten, die ich in späteren Jahren so gut kennenlernen sollte. Die Wände waren von einem unmodernen und ungebrochenen Weiß. Die erste Flucht der mit spärlichen Schnitzereien versehenen eichenen Treppe, etwa sechs Fuß breit, erstreckte sich bis zur Mitte des Raumes hin, der einen Fußboden aus grob behauenen Marmorplatten hatte; diese waren teilweise mit alten Florentiner Teppichen von jener roten Ockerfarbe bedeckt, der die Stadt einst ihren Handel verdankt hatte, welche jetzt von Nachahmungen ganz und gar verdrängt worden sind. Auf dem Absatz dieser ersten Flucht teilte sich die Treppe und führte entlang der Wände zu der Galerie hoch, von der die Zimmer des ersten Stocks in alle Richtungen abgingen.

Das Zentrum des Hauses bildete ein lichtloser Schacht mit vier gleichartigen rechteckigen Balustraden in jedem Stockwerk, so daß man vom Fuß der Treppe zur zentralen Kuppel des Gebäudes emporschauen konnte, deren Marmorinkrustation inzwischen so verblaßt war, daß sie dem Auge nicht mehr bot als eine Palette von Farben, Wolkenbänken gleich, in denen die Phantasie ihr eigenes Bild zeichnete.

»Ein schönes Haus«, sagte mein Vater.

»Ja, ich fürchte, es ist ein notwendiger Luxus geworden.«

Damit wies er ihm den Weg durch eine Tür zur Linken der Treppe, worauf mein Vater einen Ausruf des Entzückens tat. Vor ihm lag ein Raum, nahezu zwanzig Schritt in der Länge, dessen Decke von Marmorsäulen getragen und dessen Wände, außer einem Stück zur äußersten Rechten, von Bücherschränken aus rotem Zedernholz gesäumt wurden. Der Fußboden war aus ähnlichem Holz, wiederum teilweise mit florentinischen Teppichen bedeckt, deren Färbung sich ein wenig im stumpfen Weiß der Decke widerspiegelte. Für Licht sorgten drei offenstehende Fenster ohne Läden, durch die der Lärm der Straße zu hören war. Als er den Raum durchschritt, wurde meinem Vater klar, daß dieser trotz seiner Ausmaße ein Flur war. Am fernen Ende öffnete er sich nach rechts zu einem weiteren Gemach, knapp halb so groß wie das erste, an dessen Ende ein großes Fenster auf einen nicht mehr befahrenen Kanal hinausführte, der sich letztendlich in den Arno ergoß. Zur Rechten dieses Fensters führte ein Raum von ähnlichen Proportionen wie der erste an der Rückwand des Hauses entlang, dessen Bücherschränke nur von kleineren Fenstern unterbrochen wurden, durch die das Licht auf rotes Holz und Einbände und tanzende Staubteilchen fiel. Am Ende dieses Korridors führte ein offener Durchgang in noch einen weiteren identischen Raum, durch den man weiter nach rechts gehen konnte, bis man sich wieder in der Eingangshalle auf der anderen Seite der Treppe und unter den Balustraden befand. Mein Vater hielt, nachdem er diese Umschiffung vollendet hatte, inne und lächelte seinen neuen Bekannten an.

»Signore Magliabechi, ich habe außerhalb von Pisa nirgends dergleichen gesehen. Ja, ich glaube, ich habe dergleichen nicht einmal in der Universität selbst gesehen. Welchen Umfang hat diese Bibliothek?«

»Ich schätze, wir haben jetzt etwas über fünfundzwanzigtausend Bände.«

»Das ist das Werk eines Lebens.«

»Es ist das Werk mehr als eines Lebens, Professore. Hier kommt unser Wein.«

Ottos riesige Gestalt war aus einer Tür erschienen, die anscheinend unter der Treppe verborgen war. Er trug eine Karaffe, zwei Gläser und einen Teller Oliven auf einem Tablett.

»Wir setzen uns ans Wasser, Otto«, sagte mein künftiger Meister, und so gingen sie erneut im Uhrzeigersinn, bis sie wieder bei dem Fenster angekommen waren, das auf den Kanal hinausblickte. Hier stellte der Diener das Tablett auf einen kleinen Eichentisch, schob zwei Stühle in das Licht des Fensters und zog sich stumm und ohne eine Regung zurück.

Der Bucklige füllte beide Gläser und schob den Teller mit Oliven meinem Vater zu. »Er hat das Brot und den Käse vergessen«, sagte er. »Wenn Ihr hungrig seid, rufe ich ihn.« Als mein Vater den Kopf schüttelte, fuhr er fort: »Ihr möchtet sicher etwas über meine Bibliothek erfahren, Professore, und wie alles begann. Ich will es Euch erzählen. Mein Vater, ein eher nüchterner Geschäftsmann, hatte eine ansehnliche Sammlung von Büchern, teils geerbt und teils erworben als eine ungewollte Mitgift von einer armen Frau. Als ich auf die Welt kam und er dieses absurden *grottesco gobbo* ansichtig wurde, kam er zu dem Schluß, daß ich wenig vom Leben erwarten konnte, was sich nicht aus Büchern gewinnen ließ. Er fand es auch schwierig, mit mir zu reden. Er hatte den Stolz, ein Renaissance- oder eher *post*-Renaissance-Mensch mit einem starken Sinn für Ästhetik zu sein. Einen Sohn zu haben, der, in bildhauerischen Begriffen gesprochen, einem Konglomerat verworfener Gliedmaßen und Torsen glich, beleidigte sein Empfinden. Wann immer ich mit ihm reden wollte, drückte er mir daher ein Buch in die Hand. Meine Mutter starb bei dem Versuch, ein zweites Kind zu bekommen, und mein Vater, zweifellos aus Angst, einen weiteren Gnom zu zeugen, begnügte sich fortan mit einer Zahl teurer Huren, während er mich mit einer immer weiter anwachsenden Anzahl von Büchern ausstattete. Bei einer Gelegenheit stellte ich ihm eine kindliche Frage über den Wert von Gold. Seine Antwort bestand darin, mir *De Mineralibus* von Albertus Magnus zu besorgen. Ich war fasziniert. Ich las es ganz, mehrmals, und jedes andere Werk zum Thema, das ich finden konnte. Metalle fesselten mich; ihre Stärke und Eigenschaften, ihre atomischen Erscheinungsformen, die Wandlungen ihrer elementaren Zustände, durch die man sie hindurchgehen lassen kann, der Glanz des Goldes, der Guß der Bronze, die Stärke und die fatalen Schwächen des Eisens, all dies entzückte mich. Ich war ein vollkommener Autodidakt, und als die Zeit kam, verdingte ich mich unter größten Schwierigkeiten als Lehrling bei dem besten Goldschmied in Florenz. Seitdem habe ich es zu Wohlstand gebracht.«

Er erhob sich mühsam, füllte die Gläser nach und nahm seinen Sitz am Fenster wieder ein. »Wie unsere große Stadt ihrem gegenwärtigen Niedergang verfiel, daß ihr Erzeugnis nicht mehr gefragt, ihre Währung entwertet wurde, haben sich die Menschen, wie sie es immer tun, der Sicherheit des Metalls zugewandt, einer Ware, über die ich mehr weiß als irgend jemand sonst in Italien. So bin ich sehr reich, und da mein Geld mir weder einen geraden Rücken noch rechte Gliedmaßen oder ein soldatisches Gesicht erkaufen kann, verwende ich es hierauf, die Ansammlung ephemeren Wissens.«

»Und wie ...«

»Wie ich daran komme? Mit meinen offensichtlichen schweren Behinderungen? Ich bediene mich derer mit geradem Rücken. Das Manuskript, das Ihr heute so hilfreich getragen habt, kam erst kürzlich aus der indischen Stadt Dschaipur an. Ich kann die Schrift nicht lesen, aber die Illustrationen deuten auf eine Sicht des Himmels hin, die von der unseren nicht wesentlich abweicht. Ich besitze im übrigen alle zweiundsiebzig Werke Demokrits und auch«, er lächelte, »die minder gewichtigen Beiträge Sir Robert Boyles, den Ihr, mitunter anderen vorlest.«

Auf meines Vaters überraschten Blick hin fuhr er fort: »Verzeiht vielmals, Professore, ich hätte Euch gegenüber erwähnen sollen, daß ich Euren Schwiegervater kenne und – wie soll ich sagen – um die Identität Eurer Frau weiß. Habt keine Angst. Es ist kein offenes Geheimnis, aber Isaak und sein Volk bilden eine ergiebige Quelle für Manuskripte. Man glaubt sogar vielfach, daß ich selbst ein Jude sei. Es ist unwahr, aber ein krummer Rücken trägt einem manche Nachrede ein. Setzt Euch, Professore, bitte, sofern Ihr nicht aufgestanden seid, um mir eine Olive zu reichen.«

Die Besorgnis meines Vaters war offensichtlich. »Ich hatte keine Ahnung, daß er dies verbreiten ...«

»Das hat er auch nicht. Er hat es mir erzählt, weil ich sein Freund bin. Aber, Signore Credi«, seine Stimme hatte nun jeden Hauch des Scherzes verloren, »Ihr müßt Euch in acht nehmen, um Eurer selbst, Eurer Frau oder jedes Kindes willen, das Ihr einmal haben mögt. Toskana ist im Begriff, ein gefährlicher Ort für uns alle zu werden, vielleicht für Euch im besonderen.«

»Aber was haben wir zu fürchten, die Türken ...«

»Die Gefahr droht nicht vom Ottomanischen Reich. Die Gefahr liegt hier, in Florenz, im Palazzo Pitti.«

»Ich habe den Großherzog immer als einen recht vernünftigen Menschen erlebt. Ihr habt ihn beim Cimento gesehen. Er ist dessen Leitstern ...«

»Es ist nicht *dieser* Großherzog. Mag er auch schwach sein und unsicher, hat er doch einen patrizischen Instinkt zu dienen. Er trauert der Renaissance nach. Er kann kaum zwanzig Worte hauchen, ohne auf seinen Vorfahr, den großen Lorenzo, Bezug zu nehmen. Er sitzt im Cimento, um durch schieres Wollen einen Michelangelo zu zeugen, auf dessen Rücken er springen kann, um so über die Sterblichkeit von Fürsten emporgehoben zu werden. Nein, es ist nicht der arme Vater, in dem die Gefahr liegt, es sind die Frau und der Sohn.«

»Aber wo liegt die Gefahr?«

»Seid Ihr schon einmal der Großherzogin, Vittoria della Rovere, begegnet?«

»Nein.«

»Sie ist, fürchte ich, eine hassenswerte Frau, bigott und grausam. Ferdinando vernachlässigt sie, was sie noch schlimmer macht. Während ihr Gatte mit seinen wissenschaftlichen Spielzeugen und Gesellschaften herumtändelt, hat sie eine Besessenheit für das entwickelt, was sie als die Schwäche seiner Regierung wahrnimmt. All das schreibt sie dem Einfluß kraftloser Intellektueller, dekadenter Künstler und natürlich der Juden zu. Sie wird ermutigt von den Jesuiten, die nun völlige Gewalt über die Inquisition gewonnen haben und deren Bestreben es ist, die Häresien auszurotten, die ihrer Ansicht nach die Stadt beherrschen. Der Sohn und Erbe, der dicke Cosimo, wird von seiner schrecklichen Mutter beherrscht, verachtet seinen Vater und verlangt nach Macht. Schlimmer noch, anscheinend unbemerkt von dem

Großherzog hat seine Frau beträchtlichen Einfluß und Macht unter den Medici-Wachen und den Salti gewonnen, die den Bargello kontrollieren. Mit der Zeit fürchte ich, daß nichts als die labile Gesundheit des Großherzogs mehr zwischen uns und einem sehr dunklen Zeitalter steht, das heraufzieht.«

Eine Weile schwiegen beide, bevor der Bibliothekar lächelte und fortfuhr: »Aber, Signore Credi, ich habe Euch nicht hergebracht, um von diesen Dingen zu reden. Euer Glas ist leer, und ich habe Euch nichts angeboten außer einer Handvoll Oliven. Ich werde gehen und meinen Türken suchen und zusehen, daß man Euch etwas zu essen bringt. Dann, bitte, erläutert mir Eure Ansichten über Sir Robert Boyle. Ich finde seine Theorien schwierig, und seine Ansichten entsetzen mich.«

Die Luft wurde kühler, die Dämmerung brach herein, und die Lampe zwischen ihnen wurde angezündet. Brot und Käse wurden auf den Tisch gestellt. Sie sprachen über Wissenschaft und Phänomene und Empfindungen und den relativen Wert von Linsen und darüber, ob das Herz, indem es von sich aus den Fluß des Blutes zum Gehirn reguliere, so die Gefühle kontrollieren könne. Dunkelheit war nahezu über den Kanal hereingebrochen, und meines Vaters Ansichten über wissenschaftliche Phänomene wurden allmählich sowohl von der Menge des Weins als auch von der Befürchtung gefärbt, daß meine Mutter sich Sorgen über seine lange Abwesenheit machen könnte, als sie von einem lauten Klopfen an der Außentür und gedämpftem Geschrei unterbrochen wurden, in dem nur die Worte »Türke« und »Arschloch« deutlich zu verstehen waren.

»Ah«, sagte Magliabechi und erhob sich rasch, »der gute Doktor. Ich muß ihn einlassen, bevor Otto ihn sieht. Sie haben eine etwas seltsame Beziehung.«

Mein Vater sah das als den geeigneten Moment an, sich

zu verabschieden, und erhob sich, wurde aber auf den Stuhl zurückgewunken.

»Ich glaube, Ihr kennt Lorenzo Bellini, aber er wird Euch in jedem Fall sehen wollen.«

Aus dem Lärm in der Halle wurde rasch klar, daß der Bucklige es nicht geschafft hatte, die Tür vor seinem Diener zu erreichen, und die »seltsame Beziehung« war, wie der Deutsche sagt, »am Kochen«. Offenkundig war es zum Teil eine physische Sache, die heftiges Rückenklopfen und halb ernstzunehmende Ermahnungen beinhaltete, den Geräuschen nach zu schließen.

Der Lärm war selbst auf die Entfernung dermaßen, daß mein Vater zunächst das drängende Klopfen in der Nähe aus einer Ecke der Bibliothek gar nicht bemerkte. Die Dringlichkeit und die Lautstärke nahmen indes zu, und die Unregelmäßigkeit des Pochens verriet, daß es sich eindeutig um ein menschliches Signal handelte. Mein Vater, den der Instinkt trieb, einem solch entschiedenen Verlangen nachzugehen, stand auf und nahm seine Umgebung genau in Augenschein.

Trotz der Wirkungen des Weins war er imstande festzustellen, daß die Laute hinter einem bemalten Wandschirm hervorkamen, der die Ecke des Raumes versperrte. Da der Lärm in der Halle keine Ansätze zeigte, sich zu legen, trat mein Vater an den Wandschirm und schob dessen Endstück beiseite, um einen Blick in den Bereich zu werfen, den es verdeckt hatte. Nichts war dort außer einer Tür, welche in die Wand eingelassen war, die, dem ersten Anschein nach zu urteilen, der Außenmauer folgte. Die Tür selbst war jedoch offensichtlich eine Innentür, ungeeignet, um selbst dem vergleichsweise milden toskanischen Klima zu widerstehen, und sogar mit einem »Fenster« aus feingeschnitztem Holzfiligran versehen. Dies ließ deutlich erkennen, daß ein Licht auf der anderen Seite der Tür brannte, wodurch das Muster der Schnitzerei als Schattenriß auf den Rücken des Wandschirms geworfen wurde.

Unsicher, was er tun sollte, aber durch die anhaltende Dringlichkeit des Klopfens zum Handeln bewegt, sprach mein Vater in einem Ton professoraler Autorität: »Wer ist da?« Kaum daß er dies gesprochen, hörte das Klopfen auf, und nach einer Pause war auf der anderen Seite der Tür ein leises Scharren zu vernehmen. Meines Vaters Augen hatten sich nun an das Halbdunkel unter dem Wandschirm gewöhnt, und er sah einen schlanken Schlüssel aus einem Schloß in der ungefähren Höhe des Gitterfensters ragen. Kaum hatte er diese Entdeckung gemacht, als von der anderen Seite der Tür urplötzlich ein Krachen ertönte, als sei ein immenses Gewicht auf eine hölzerne Oberfläche gefallen. Zugleich schwankte das Licht, das durch das hölzerne Fenster sichtbar war, wild hin und her. Zur gleichen Zeit hörte mein Vater ein verzerrtes Keuchen oder schmerzliches Aufjaulen; ob menschlichen Ursprungs oder nicht, ließ sich nicht ausmachen. Es wurde jedoch gefolgt von einem unverkennbaren Fluch, erneutem Scharren und dann Schweigen.

Mein Vater, in dem Glauben, daß ein ernsthafter Unfall geschehen sei, zögerte nicht länger, sondern drehte den Schlüssel um und trat in den Raum jenseits der Tür. Er fand sich in einem kleinen Skriptorium wieder, kaum vier volle Schrittlängen im Quadrat. Die Wände waren mit Reihen von Büchern und Manuskripten bedeckt, ohne erkennbare Ordnung, und in der Mitte des Raumes standen zwei Schreibpulte. An das eine war ein hölzerner Stuhl herangezogen, gepolstert und offensichtlich wohlbenutzt, dessen hohe Rückenlehne mit einer Anzahl von Kissen bedeckt war, welche auf eine mehr oder weniger feste Weise angeordnet waren. Ein Blick genügte, um zu erkennen, daß sie den Erfordernissen einer mißgestalteten Schulter entsprachen.

Auf dem Pult lag eine Reihe von Manuskripten offen, darunter, wie mein Vater alsgleich bemerkte, eine Abhandlung mit der Überschrift »Neue physico-mechanische Experimente den Widerstand der Luft und dessen Wirkungen berührend« von Robert Boyle. Das andere Pult war in der Art darangeschoben, wie es Geschäftspartner zu halten pflegen. Hierauf lag eine Ansammlung unterschiedlichster Dokumente, einige davon illuminiert, und ein Federkiel, der zu einer ganz außergewöhnlichen Feinheit zugeschnitten war. An neugeschriebenen Werken war nichts zu sehen. Doch die Tinte an der Feder glänzte im Licht, und eine kleine Lache der Flüssigkeit, immer noch konvex geformt, hatte sich unter der abgelegten Spitze gebildet. Der Grund für den Lärm war gleichfalls offensichtlich. Im rechten Winkel zu dem Pult stand ein verzierter *cassone*, auf dem sich ein tragbarer Bücherständer befand, welcher drei Regalbretter ungefähr von der Länge eines Männerarms enthielt. Dieser Bücherständer war ins Rutschen gekommen und gegen die rückwärtige Wand der Kammer gekippt. Die Bücher hatte es dabei durch die offene Rückseite auf den Boden befördert, wo sie nun zu einem Haufen aufgetürmt lagen, von dem der Staub immer noch träge in den gelben Strahl der Lampe aufstieg.

Von menschlichem oder anderem Leben fand sich keine Spur.

Ein flüchtiger Umblick zeigte, daß der Raum kein Fenster besaß. Die Luftzufuhr wurde durch eine Öffnung in der Wand gewährleistet, die kaum einen Fuß im Quadrat maß und etwa neun Fuß hoch lag. Obgleich man die Wände mit Bücherregalen zugestellt hatte, waren die Bände, die dort standen, hinreichend dünn gesät, daß man genug von den festen Wänden dahinter sehen konnte, um die Möglichkeit eines verborgenen Ausgangs mit einiger Sicherheit auszuschließen.

Fasziniert und ein wenig beunruhigt, begann mein Vater den Raum zu durchsuchen, spähte in die Vertiefungen der beiden Pulte und wandte sich schließlich dem Bücherhaufen auf dem Boden zu, der selbst zwei Fuß hoch war. Während er diesen Stapel umgrub (und sich dabei hatte versichern können, daß er nichts verbarg), lenkte ein Geräusch von der Tür her die Aufmerksamkeit meines Vaters auf die bucklige Gestalt seines Gastgebers und, hinter ihm, das vertraute Gesicht Lorenzo Bellinis.

»Wohlan, Lorenzo«, sagte mein künftiger Meister, »was machen wir nun mit unserem Professore? Erst dringt er in mein innerstes Sanctum ein, vergreift sich an meinem Bücherbord und wird dann auf frischer Tat dabei ertappt, wie er den Trümmerhaufen durchwühlt, zweifellos auf der Suche nach den Werken irgendeines englischen Naturforschers. Was machen wir nun mit ihm?«

»Oh, spieß ihn mit einer scharfen Feder auf«, sagte der große Anatom, »oder wirf ihn diesem blutrünstigen Türken zum Fraß vor.«

»Du bist ein gewalttätiger junger Mann, Lorenzo. Das nächste Mal werde ich zuwarten, bis Otto mit dir fertig ist. Nun halt den Mund und hilf uns, Ordnung in dieses Chaos zu bringen.«

Während sie die Bücher aufsammelten, sagte mein Vater, der stumm geblieben war, peinlich berührt und ein wenig aufgebracht: »Wie kommt er hier heraus?«

»Wer?«

»Wer immer hier gearbeitet und an die Tür geschlagen hat, als Lorenzo kam.«

»Aber es war niemand hier, das seht Ihr doch. Kein Ausgang, kein Fenster ...«

»Ich sehe es«, sagte mein Vater trocken, »aber Ihr wißt genausogut wie ich, daß ich Euer Bücherbord nicht umgestoßen habe. Ich habe das Licht nicht angemacht. Ich habe nicht«, und er nahm den Federkiel vom Pult auf, »die Tinte herbeigezaubert, um dies zu füllen.« Und er zog die Spitze der Feder quer über seine ausgestreckte Hand, daß ein Streifen Graphit auf der Haut zurückblieb. »Es gibt keinen Zweifel daran, daß irgend jemand hier war.« Als er sie beide anblickte, wurde meinem Vater erstmals bewußt, daß Bellinis Kleider in Unordnung waren und daß er eine dicke Lippe aufwies, die bereits im Anschwellen war. »Und das Klopfen an der Tür habe ich mir auch nicht eingebildet.«

»Ihr seid Euch dessen sicher?«

»Ich habe daran nicht den geringsten Zweifel.«

»Provando e Riprovando!« rief Bellini aus und fügte hinzu: »Vielleicht war es eine Ratte, die durch den Luftschacht kam. Es muß davon Hunderte in den Kanälen geben.«

»Keine Ratte hätte jenes Bücherbord umstürzen können.«

»Oder ein Kind, ein kleines Kind könnte sich durch die Öffnung quetschen. Dieses Viertel wimmelt heutzutage von Bälgern, die einem das Hemd vom Leibe stehlen würden.«

»Und gleichzeitig Boyles Abhandlung annotieren? Und von innen gegen die Tür hämmern? Außerdem habe ich seine Stimme gehört, und es war kein Kind. Sie war tief und ...«

»Ja?«

»Und ... rauh wie in einer fremden Sprache.«

»Ich verstehe«, sagte Bellini, während er das letzte Buch zurückstellte. »Nicht die *bella lingua* – also bitte, Gallupe, wieviel Wein hat dir dieses Trampeltier zu trinken gegeben?«

»Seltsam«, meinte Magliabechi, »daß Italiens führender Anatom den Unterschied zwischen einem und zwei Hökkern nicht kennt.«

»Lorenzo, ich *habe* mir das nicht eingebildet!«

»Dann ist es ein großes Mysterium. Wir Wissenschaftler sollten vielleicht nicht immer Beweise für derlei Dinge verlangen. Welch ein interessanter Anfang für diese Nacht. Ich habe jenem schwarzen Affen eine gründliche Abreibung verpaßt, dem Geist des Skriptoriums getrotzt, und nun wird mir Antonio etwas von diesem Wein geben, der solch magische Wirkungen hat. Oder meinst du, es waren die Oliven?«

Angesichts solch offenkundiger Ungläubigkeit oder Verstellung gab mein Vater sich zunächst geschlagen, aber als sie in die Bibliothek zurückkehrten, hielt er inne und wandte sich um. »Der Stuhl«, sagte er, »seht euch den Stuhl an. Es ist der Musikschemel eines Kindes. Er ist auf die oberste Stufe hochgestellt.«

»Mein lieber Gallupe, Ihr dürft Euch nicht Phantastereien hingeben. *Ich* benutze beide Schreibpulte. Wenn mein armer Rücken dieser Kissen müde wird, hocke ich mich wie ein Vogel auf den Schemel an der anderen Seite. Aber mich könnt Ihr nicht gehört haben. Ich sah zu, wie Otto und dieser Possenreißer die Schlacht von Lepanto nachstellten. In dieser Version jedoch waren die Christen weniger erfolgreich als seinerzeit.«

Tatsächlich wurde es allmählich deutlich, daß nicht nur Bellinis Unterlippe stark angeschwollen war, sondern sich auch sein rechtes Auge allmählich schloß und die Haut ringsum die Farbe von Zinnober annahm.

»Keineswegs«, rief Lorenzo aus. »Gewiß habe ich einen üblen Schlag einstecken müssen, aber es gibt nicht den geringsten Zweifel, wer den größeren Schaden davongetragen hat.«

An diesem Punkt betrat Otto den Raum, anscheinend ungezeichnet, mit einem weiteren Tablett mit schwarzem Brot und einer Schüssel Tortellini.

»Ha«, schrie Lorenzo, »jetzt werde ich ihm den Rest geben!«

Als der Diener das Tablett auf den Tisch stellte, sprang Bellini vor, und es sah aus (wie mein Vater später erzählte), als wolle er den Diener und sich selbst durch das offene Fenster stürzen. Der riesige Türke ließ, ohne einen Fuß zu bewegen, seine linke Hand zurückschwingen, traf den anstürmenden Doktor mit voller Wucht in den Solarplexus und ließ ihn wie einen Wollsack, der von einem Wagen plumpst, auf den florentinischen Teppich fallen.

»Danke, Otto«, sagte der Bucklige, »ich glaube, das ist alles für heute abend, es sei denn, unser Arzt hier braucht dich, um ihn zum *ospedale* zu tragen.«

Vom Boden her konnte man die ramponierte Gestalt mit beträchtlicher Schwierigkeit sagen hören: »Zum Angriff! Attacke! ... Ich glaube, ich muß mich übergeben.«

»Nein, keineswegs, Lorenzo. Selbst ich weiß, daß das Ausstoßen des Mageninhalts die Inhalation von Oxygen voraussetzt. Ich bin überrascht, dich einen so elementaren Fehler machen zu hören. Ich glaube nicht, daß er dich brauchen wird, Otto, gute Nacht.«

Als der Diener, so ausdruckslos wie immer, den Raum verlassen hatte, halfen die beiden Bellini in einen Stuhl und versorgten ihn mit einem Glas Wein, den er, nach einer Pause, mühevoll in eine Seite seines Mundes kippte.

»Du bist ein Kind, Lorenzo. Du hast Glück, daß er die Sache so gut hinnimmt. Eines Tages wird er die Geduld verlieren und Italien einen seiner besten Köpfe. Ich glaube, Ihr kennt einander?«

»Ja, das stimmt«, sagte mein Vater, alle Hoffnung auf eine Erklärung fahren lassend, und lächelte auf das lädierte Gesicht hinab. »Wo bist du gewesen, Lorenzo? Wir haben dich im Cimento vermißt.«

»Ich war in Pisa, um ein paar Leute aufzuschneiden. Wußtest du, daß sie mich wieder mit einem Messer in der Hand auf die Menschheit losgelassen haben? Nur bei Toten, wohlgemerkt, na ja, oder bei fast schon Toten.«

Mein Vater sah ihn herzlich an. »Wie kommen sie mit jemandem wie dir an dieser Universität zu Rande?«

»Oh, sie machen einen zum *professore*. Alles, was sie sehen, das außer Kontrolle ist, greifen sie sich und machen es zum *professore*. Sie machten *mich* zum *professore* mit zwanzig! Nur in theoretischer Medizin, wohlgemerkt. Die Messer haben sie alle versteckt. Und jetzt wo ich ruhig und verantwortungsbewußt geworden bin, haben sie mir die Anatomie aufs Auge gedrückt und mir meine Hackebeilchen zurückgegeben. Übrigens, Antonio, wußtest du, daß sie einen Nierengang nach mir benannt haben? Nicht nur hier, sondern überall. Selbst in England nennt man ihn den ›ductus Bellini‹. Wir alle haben einen. Ist das nicht wunderbar? Selbst in deinem alten Kadaver ist ein ›ductus Bellini‹. Ich werde im Verdauungstrakt Unsterblichkeit erlangen. Mehr als man von dir sagen kann, Gallupe, und du mußt doch schon über *vierzig* sein!«

»Zweiundvierzig ...«

»Zweiundvierzig! Also, für dich ist alles zu spät. Ich will meinen, du könntest vielleicht noch so gerade irgendeinen fernen Stern erwischen, kaum sichtbar für das menschliche Auge, als ›Gallupe-Stern‹ oder womöglich sogar eine ›Gallupe-Galaxie‹, vorausgesetzt, daß sie weit genug entfernt ist. Aber nichts so Naheliegendes wie einen Nierengang.«

»Lorenzo«, sagte ihr Gastgeber, während er sich mehr Wein in sein Glas kippte, »würdest du bitte aufhören, über dich selbst zu reden, und uns von Pisa erzählen. Was macht die Universität?«

»Das Übliche; kein Geld, keine richtige Forschung. Die Studenten sind arm und werden ärmer. Die guten können nicht mehr kommen, und statt dessen haben wir die unbelehrbaren Kinder von Krämern. Die besten Lehrer gehen nach Rom, Bologna, selbst nach Wien.«

Das eine sichtbare Auge, zuvor voll von spöttischem Gelächter, blitzte nun vor Empörung. »Und das Geld, das für Feste vergeudet wird! Wie viele waren es letztes Jahr? Vierzehn? Fünfzehn? Eins für den Maianfang, eines für das Maiende, eins für den Sommeranfang, eines für die Ernte, eins für keine Ernte, eins für den Wein, eins für die Herbstblätter, eins für die Olivenpresse. Alle heidnisch. Wie wäre es mit einem für die Teleskope, einem für die Mikroskope, einem für Bellinis Trakt? Aber ich will dir sagen, warum ich nicht zum Cimento komme, Gallupe. Ich kann diesen Narren Redi nicht ausstehen. Er glaubt, indem er dem Großherzog schöntut, könnte er die Renaissance wiederbeleben.«

Die Blicke meines Vaters und meines Meisters trafen sich.

»Damit gewisse Experimente seinem Patron in den Holzschädel gehen, bedient er sich einer Reihe von Zaubertricks. Im letzten Monat zum Beispiel hat er einen Mann dazu gebracht, eine Schlange zu essen, um Gallienus' Theorie zu *widerlegen*, daß eine Mahlzeit von Vipern einen durstig mache. Nun ja, er hat sie widerlegt. Der arme Kerl lag eine Woche im Bett und konnte nicht einen Schluck trinken. Zweifellos litt er an einer starken Entzündung des ›ductus Bellini‹. Der Rest von ihnen ist genauso schlimm. Das letzte Mal, als ich da war, disputierten Borelli und Vivani vier Stunden lang über ihrem Wein über die ›Bewegung und Stabilität der Erde‹. Es endete damit, daß sie beide vom Stuhl fielen, zweifellos aufgrund irgendeiner Instabilität in der Stratosphäre.

Der andere Grund, weshalb ich nicht komme, ist, daß ich den Anblick des Großherzogs nicht ertragen kann. Es gibt nichts Ärgerlicheres für einen Arzt als einen sterbenden Menschen. Und er *wird* sterben. Er hat Wassersucht und eine Neigung zum Schlagfluß. Oh, er würde es noch ein paar Jahre schaffen, wäre da nicht die Behandlung, die er bekommt. Ihr solltet sehen, was sie mit ihm machen, hauptsächlich auf Veranlassung seiner fetten Frau und ihrer Jesuitenfreunde. Das letzte Mal, als man mich hinzuzog, hatte man ihm gerade einen Liter Blut aus der Ader gelassen, eine Unze aus seiner Blase geschnitten, ihm *polvere capitale* in die Nase gepustet, ihm Brenneisen auf die Stirn gesetzt und vier Tauben aufgeschlitzt, um ihre heißen Innereien über sein brutzelndes Fleisch zu ergießen. Gepriesen seien zwei Jahrhunderte medizinischen Fortschritts! In *der* Verfassung brachten sie ihn zu mir und fragten mich, was ich für ihn tun könne. Als ich sagte: ›Nichts!‹, grinste dieser widerliche Cosimo (der jetzt, nebenbei bemerkt, fast so fett ist wie seine Mutter) mich an und sagte etwas dergleichen wie, Gott stehe über der Wissenschaft. Ich bitte euch! Was soll mit diesem Lande geschehen?«

Während dieser Tirade hatten mein Vater und sein Gastgeber einander im Auge behalten, und nun sagte Magliabechi: »Du bringst uns wieder auf unser erstes Thema zurück, Lorenzo. Was wird mit diesem Lande geschehen?«

»Oh, die Rückkehr der Inquisition«, sagte Lorenzo munter. »*Auto-da-fé*, glühende Zangen, die Streckbank, all die üblichen durchgeistigten Argumente.«

»Hältst du das wirklich für möglich?«

»Ich halte es für unausweichlich – und Antonio, der viel mehr Ahnung von Politik hat als ich, denkt genauso. Mein Wissen hat seine Grenzen in den Eingeweiden der Menschen, nicht in ihren Hirnen.«

Eine Zeitlang schwiegen alle drei, und die Laute der Stadt drangen gedämpft durch das offene Flügelfenster, vermischt mit dem Plätschern des Kanals und einem Lufthauch, der die Fensterläden in ihren Angeln hin und her bewegte. Ein seltsamer Magnetismus hielt meinen Vater in diesem kleinen Kreis des Lichts gebannt.

Bellini sprach als erster.

»So, Gallupe, wie, glaubst du, wirst du dich unter der Folter halten? Wirst du deine Galaxie ableugnen, eine Million Sterne auslöschen wie Galilei? Sie brauchten ihm nur die heißen Eisen zu *zeigen*, und er hatte das Universum auf den Kopf gestellt – und ich wage zu behaupten, er hätte die Welt flach gemacht, wenn sie ihn gefragt hätten.«

»Würde es einen Unterschied machen, wenn ich es täte?« gab mein Vater zurück. »Die Galaxie würde bleiben. Eine Million Sterne würden sich weiterhin um eine Million Sonnen drehen und meine Arme in ihren Gelenken. Aber was wäre mit dir und deinem berühmten Trakt? Es könnte eine ganze Generation dauern, bis die Menschheit diesen kleinen Durchgang wieder entdeckt hätte, sobald du seine Existenz abgeleugnet hättest.«

»Die Großinquisitoren sind nicht an Nieren interessiert, außerdem ...«

»Die Inquisition«, unterbrach ihn Magliabechi, »ist an allem interessiert – selbst an Veroneses Papagei.«

»Veroneses Papagei?«

»Du kennst die Geschichte nicht? Sie ist ganz bezeichnend. Als der große Künstler das ›Letzte Abendmahl‹ malte, sah er sich außerstande, der Versuchung zu widerstehen, einen Papagei einzufügen, der, wenn mich mein Gedächtnis nicht täuscht, unmittelbar hinter dem Zöllner Matthäus auf einer Stange sitzt. Und um das Maß voll zu machen, führte er noch einen Diener mit einer blutenden Nase, zwei deutsche Landsknechte und einen sich kratzenden Hund hinzu. Keine von diesen Exzentrizitäten hatte die leiseste Auswirkung auf das zentrale Geschehen, und das Bild hat eine bemerkenswerte Ruhe und Kraft. Die Inquisition jedoch ließ der Papagei nicht ruhen, und Veronese wurde vor das Große Tribunal zitiert.«

In diesem Augenblick war ein dünnes, kratzendes Geräusch von jenseits des Fensters zu hören. Der Bucklige unterbrach seine Geschichte, trat an die Fensterlaibung und schaute auf den Kanal und den Treidelpfad hinab, der zwischen dessen Ufer und der Außenwand des Hauses entlangführte. »Nichts«, sagte er nach einem Augenblick, »oder vielleicht deine Riesenratte, Lorenzo.«

»Also?« sagte mein Vater, als sein Gastgeber zu seinem

Stuhl zurückgekehrt war und die Gläser nachgefüllt hatte. »Was geschah mit Veronese?«

»Oh, ja, nun, sie befragten ihn eingehend über den Papagei, zweifellos sich irgendeiner Ketzerei auf der Spur wähnend. Als man ihn fragte, warum er ihn in das Bild eingefügt habe, antwortete er: ›Künstler tun seltsame Dinge wie andere Verrückte!‹ Als man ihn fragte, warum der Diener eine blutende Nase habe, meinte er nur, diesem sei ›vielleicht irgendein Mißgeschick widerfahren‹, aber stritt entschieden irgendwelche Verantwortung für alles ab, was sich außerhalb der Grenzen seiner Leinwand zugetragen haben könnte. Dies stellte die Inquisition vor ein ernstes und grundsätzliches Problem. Während das Vergehen an sich trivial erscheinen mochte, wo, wenn man dies zuließ, würde das alles enden? Die schreckliche Aussicht von Letzten Abendmahlen voller obskurer Tiere ließ sich nicht ausschließen. Schließlich fand man einen Kompromiß und befahl die Entfernung von Blut, Papagei und Landsknechten. Der Hund durfte bleiben.«

»Und hat er sie aus dem Gemälde entfernt?«

»Aber nein, er hat ihm ganz einfach einen anderen Namen gegeben. Es trägt nun den Titel *Fest im Hause Levis* und ist heute noch in Verona zu sehen.«

»Ein tapferer und glücklicher Mann.«

»Ja, und vielleicht, wie er sagte, ein wenig verrückt.«

Mein Vater erhob sich leicht schwankend von seinem Stuhl. »Signore Magliabechi, Lorenzo, ich muß gehen. Ich habe eine Frau, die bei zu ausgedehnter Abwesenheit meinerseits schrecklicher sein kann als alle Inquisitoren von Spanien.«

Lorenzo saß still und dachte immer noch über Magliabechis Geschichte nach.

»Ich werde den Teufel tun, sie meine Innereien umbenennen zu lassen – ›Boyles Blase‹ oder solchen Quatsch.«

»Soweit wird es kaum kommen, aber bitte, bleib, Lorenzo. Ich habe da noch eine kleine Sache mit dir zu bereden, die einen deiner Patienten betrifft, und wir müssen unseren Freund Gallupe jetzt gehen lassen.«

Auf ihrem Weg zur Haustür nahm mein künftiger Meister meinen Vater beim Arm und sagte: »Als ich Euch das letzte Mal im Cimento hörte, da spracht Ihr über die Notwendigkeit der Verbreitung wissenschaftlicher Entdeckungen. Ihr beklagtet die Duplikatur von Arbeiten, die in den großen Zentren der Forschung stattfinden.«

»Es ist wahr«, sagte mein Vater mit einiger Emphase. »Meine eigene Arbeit, wie sich herausstellte, wurde in Bologna wiederholt, ohne daß man davon wußte, und ein Teil der Arbeit dort, wie wir nun erfahren, an der Universität zu Oxford, wenn auch mit etlichen Irrtümern. In England plant man nun ein neues Observatorium in einem Ort namens Greenwich zu bauen. Die Arbeiten, die wir hier in Pisa über Brechungslinsen geleistet haben, wären von unendlichem Wert dafür. Ich habe an den beauftragten Architekten geschrieben, aber daraus kann sich natürlich kein vernünftiger Dialog entwickeln …«

»Ja, davon spracht Ihr. Nun weiß ich auch, daß Eure Arbeit in Pisa fürs erste abgeschlossen ist. Nein, es ist ein offenes Geheimnis, daß die Gelder dafür nicht mehr bewilligt werden. Bedenkt, für einen Moment, meine eigene Lage. Ich bin ein wohlhabender Mann, aber nicht reich genug, um eine Universität zu unterhalten. Außerdem liegt der Dienst, den ich der Allgemeinheit leisten kann, in der Vergrößerung meiner Bibliothek, die eines Tages dem Volk von Florenz gehören wird. Aber ich kann nicht reisen. Dieses Ding auf meinem Rücken und die Vielzahl der damit einhergehenden Probleme hindern mich an allen größeren Reisen. Natürlich habe ich meine Quellen und Methoden, von denen Ihr einige nun kennengelernt habt. Doch, um mich der Metapher zu bedienen, die Isaak so gern gebraucht, ich bin nur so stark wie die Fäden meines Netzes. Ich bedarf eines Reisenden. Eines Mannes, der sich überall in Europa bewegen und den Wert von Büchern und Manuskripten einschätzen kann. Er muß natürlich von orthodoxer Bildung und Neigung sein. Dieses Zeitalter der Wissenschaft hat viele Kurpfuscher und Scharlatane hochgebracht, er muß sie erkennen und ihre Werke aussondern können. Es würde natürlich«, fuhr er fort, meinen Vater mit einer Handbewegung zum Schweigen bringend, »lange Zeiten der Abwesenheit bedeuten. Ich weiß, Ihr seid ein verheirateter Mann. Bald vielleicht werdet Ihr Kinder haben, aber ich weiß auch, daß Ihr das Verlangen verspürt, Euren beträchtlichen Verstand zu gebrauchen. Euer eigener Ruf ist unantastbar, und ... vielleicht habe ich genug gesagt. Gebt mir noch keine Antwort. Sprecht mit Vittoria. Es ist ihre Entscheidung ebenso wie die Eure.«

Mein Vater sagte oft, daß die Entscheidung bereits gefallen war, bevor er die letzte der drei Stufen hinabtrat, die zur Straße führten. Er wandte sich nach links und ging den Weg zurück, den sie am Nachmittag genommen hatten, und als er auf der Via del Proconsolo angekommen war, hörte er die große Glocke des Campanile die zehnte Stunde schlagen und wandte sich, einem plötzlichen Impuls folgend, nach rechts zur Piazza del Duomo.

Die enge Gasse war dunkel und selbst um diese frühe Zeit verlassen. Der geborstene Kanal gluckerte immer noch an der Wegkreuzung, und der Gestank der Abwässer, schwächer nun in der Kühle der Nacht, mischte sich mit dem vertrauten schlammig-süßen Geruch, der vom Arno aufstieg. Als er auf die große Kathedrale zuging, hallten seine eigenen Schritte in der Häuserschlucht wider, und, unmöglich, aber wahr, ein leichter Regen begann aus einem klaren Himmel zu fallen. Die Piazza war verlassen, und er blieb stehen und schaute zu der vollkommenen Kuppel empor, welche die fernen Sterne zu jagen schien. Das Gebäude bewegte ihn, wie es dies immer getan hatte; wie kein anderes schien es auf der Erde zu liegen gleich einer vollkommenen Form, die hienieden zur Ruhe gekommen ist. Er fühlte eine Wärme in sich wachsen, zweifellos zum Teil vom Wein bedingt, und wieder fühlte er sich angerührt, nicht von dem Gebäude, sondern dem Geist seines Architekten, der es gewiß mit ätherischem Wohlgefallen betrachtete.

Nach einer kurzen Weile wandte er sich um, ging das Seitenschiff entlang, und kam zum Baptisterium, dessen Bronzetüren, nun vom Dunst vergoldet, in dem weißen Licht erglänzten, das die Felder und Reliefs wie Facetten polierten Steins erleuchtete. Als er vor dem Nordportal stand, fiel eine Hand auf seine Schulter, und die Stimme Lorenzo Bellinis sagte: »Ghiberti hat dies gegossen, als er fünfundzwanzig Jahre alt war. Das da ist er, der mit dem verrückten Hut, direkt unter Johannes dem Täufer. Niemand wird je ein besseres Werk in Bronze schaffen. Auf eine Art traurig, etwas so Endgültiges zu sehen.«

»Er war noch jünger als du, Lorenzo.«

»Ja, noch jünger als ich. Welch unerträgliche Frühvollendung. Wirst du Bücher für unseren verwachsenen Bibliophilen zusammentragen?«

»Er hat es dir also erzählt?«

»Ja, er war ganz aufgeregt von der Idee. Die Bibliothek ist sein Kind, sein einziges Kind, abgesehen von diesem entsetzlichen Türken. Wenn sie nicht wächst und sich ausdehnt, dann quält er sich wie eine Mutter mit einer zurückgebliebenen Tochter. Du sollst ihre Amme werden.«

Mein Vater lächelte. »In dem Licht hatte ich es noch nicht gesehen, aber ja, natürlich, ich werde es tun.«

»Du hast keine Kinder?«

»Nein. Wir hatten zwei Töchter, aber keine lebte länger als drei Monate. Es ist der Wille Gottes.«

»Vielleicht. Vielleicht auch nicht«, und mit einem plötzlichen Stimmungsumschwung fuhr er fort: »Verzeih, aber wie lange hat deine Frau in den Wehen gelegen?«

»In beiden Fällen mehr als vierundzwanzig Stunden.«

»Wenn deine Frau wieder in die Wehen kommt, bitte laß mich holen. In Florenz wohne ich in dem dritten Haus auf der Via del Giglio. In Pisa habe ich Unterkunft in der Universität. Wenn ich rechtzeitig kommen kann, dann komme ich. Ich habe ein paar geringe Kenntnisse, die über den Verdauungstrakt hinausgehen. Nein, nein, es wäre mir eine Freude. Man läßt mich selten auf lebende Körper los. Und nun, Professore, muß ich dich wieder verlassen. Ich habe noch eine andere Anatomie zu inspizieren, ganz theoretisch, natürlich«, und mit einem breiten Grinsen wandte er sich um und verschwand in die Dunkelheit der Via de Pecori, und seine Schritte schienen sich zu beschleunigen, als sie in der toskanischen Nacht verhallten.

3

So geschah es, daß mein Eintritt in die Welt von Italiens größtem Arzt begleitet wurde. Zu der Zeit gab er der Meinung Ausdruck, daß ich mich als »rechter Schwerenöter« erweisen dürfte, eine Ansicht, deren Wahrheit man selber wird ersehen können. Meine Mutter war überglücklich, und ich, weit davon entfernt, innerhalb des ersten Tages das Zeitliche zu segnen, verleibte mir so viel von meiner Mutter Milch ein, daß es auch noch für meine beiden toten Schwestern gereicht hätte, Zeichen eines Appetits, der mir auch jetzt in meinem fünfundsiebzigsten Lebensjahr noch nicht vergangen ist. Mein Vater war kürzlich von seiner zweiten

Reise im Dienste Signore Magliabechis zurückgekehrt und hatte dabei, wie man mir später erzählte, eine Sammlung moderner Werke von so unterschiedlicher Art und so widersetzlichem Inhalt mit sich geführt, daß sie einander in der Satteltasche stranguliert hätten, wären sie dazu imstande gewesen. *Tartuffe* und *Phèdre* rieben sich Buchrücken an Buchrücken mit *Paradise Lost*; die *Pensées* Pascals (im Manuskript) keilten sich mit den *Fables* La Fontaines, während der *Essay Concerning Toleration* auf Lockes *Thoughts Concerning Education* drückte (welches die üblen Praktiken einer englischen Schule namens Westminster aufdeckte).

An dem Tag meines Eintritts in die Welt, dem 27. Mai 1670, schied der Großherzog Ferdinand infolge eines Schlagflusses und der fortgesetzten Tortur unter den Händen seiner medizinischen Berater von hinnen. Ein halbes Jahrhundert lang hatte er über den niedergehenden Staat Toskana geherrscht. Er war der letzte der Patrizierfürsten. Um genau ein Uhr morgens folgte ihm Cosimo III. auf dem Thron, und die Verfolgungen begannen.

In meinen ersten Lebensjahren wohnten wir fast ausschließlich in San Casciano. Ich wuchs auf mit Olivenhainen und Pappeln vor einem harten blauen Himmel. Jetzt, da ich zurückgekehrt bin, wird mir klar, daß es der Ort ist, von dem ich immer geträumt habe, wobei das Bild sich im Morgenlicht verlor, aber die Empfindung zäh im Gehirn haften blieb gleich toskanischem Honig. Ich ertrug sogar mit Gleichmut die bittere Kälte der Hügel im Winter, saß mit triefender Nase und roten Augen bei meiner Mutter im Talgdunst, Kampferdämpfe inhalierend. Oder wir stapften über die gefrorenen Teiche und bemitleideten die Welt aus der schützenden Wärme von Wolle und Pelz.

In jenen frühen Jahren war mein Vater eine Ankunft von Pferden und ein Verlust meiner Mutter. Anfangs blieb er immer zwei Tage, und der große Tisch in unserem Zimmer, von welchem aus man das Tal überblickte, war dann bedeckt mit Papier und Büchern, gebunden und ungebunden, gedruckt und handgeschrieben, und ich, der noch nicht einmal so groß wie der Tisch und gewohnt war, den Raum darunter als mein eigenes Haus und meine Feste zu nutzen, sah sie wie Banner über die Tischkante hängen. Während ich also mit übergeschlagenen Beinen unter den Brettern auf meines Vaters Stimme und das silberne Lachen meiner Mutter lauschte, entwickelte ich einen so tiefen Haß gegen die Literatur, wie es einem, der kein einziges Wort lesen kann, nur möglich ist. Ich schmollte und hörte zu. Hier hörte ich zum erstenmal von der Pariser *demimonde*, erfuhr erstmals von Racine und Molière, Boileau und La Fontaine.

Mein Vater sprach von »soirées« in der Rue Saint-Honoré. »Fünfzig Schauspielerinnen, keine Dirnen, verstehst du, zumindest nicht alle davon.« Und er lachte, und streckte seine Beine unter dem Tisch, nahe an meinen bloßen Knien, und meine Mutter lachte auch und schlug ihm auf die Hand und sagte: »Nun, Gallupe, ich hoffe, du hast dich wie ein italienischer Ehrenmann und *professore* betragen.« Und er sagte: »Ich bin dort nur im Dienst meines Meisters.« Und sie sagte, halb nur im Spaß: »Ich möchte nicht, daß du eines Tages zu einem Franzosen wirst, Gallupe.«

Und er sagte: »Aber ich habe meine meiste Zeit in England verbracht.« Und er redete von der Kälte und dem Regen und von einem blinden Dichter, der ein paar Tage vor seiner Abreise gestorben sei, aber an den er sich erinnerte als einen »edlen und höchst amüsanten Menschen«. Und dann las er aus dessen Versen vor, in einer Sprache so dick und schwer wie das eichene Tischbein, wobei seine Stimme einen falschen Ernst annahm, der mich selbst damals vor Peinlichkeit schaudern ließ. Mutter sagte plötzlich: »Wo ist Fredo?«, und ich streckte mich schnell auf dem Fußboden aus und hörte die Stimme meines Vaters sagen: »Sieh, o sieh doch, er ist unter dem Tisch eingeschlafen.« Und ich ließ mich von ihm in mein Zimmer tragen, mit halb geschlossenen Augen Schläfrigkeit vortäuschend und mit einer Art halbherziger männlicher Zärtlichkeit halten, wobei ich den Geruch von Schweiß und Wein haßte und die großen Augenbrauen und das rauhe Kinn und lächelte, wie nur ein Junge lächelt, während meine Knochen knackten und mein Kopf sich drehte.

Später, als sie mir einen Gutenachtkuß gab, wobei ich streng und unversöhnlich dreinzuschauen versuchte, sagte meine Mutter, wissend wie immer: »Du mußt nett zu Papa sein. Er will dir doch nur Gutes. Aber wenn er lange weggewesen ist, dann findet er dich ein bißchen in die Höhe und ein bißchen weg gewachsen. Morgen wird er Signore Magliabechi aufsuchen, und dann, wenn er zurückkommt, wird er lange hier sein, und er hat ein Geschenk für dich.«

Es war noch so ein schreckliches Buch. Diesmal ein illuminiertes, das mit Bildern von Füchsen und Untieren und Wölfen und Eseln illustriert war. Ich habe es heute noch.

Ich war kein echter Soldatensohn. Die langen Zeiten der Abwesenheit und die wiederholte Rückkehr meines Vaters erweckten meine Eifersucht ständig neu und gaben ihr damit Leben, lang nachdem jene Knabengefühle normalerweise der Verhärtung des Seele zum Opfer gefallen sind.

Hinzu kam, ich wußte, daß er sie bestieg. Im Alter von sieben hatte ich mit Schrecken zugesehen, wie er sie nagelte und ritt, zurückgekrümmt, das große Gesicht wie ein Hund dem Mond zugewandt.

Hinzu kam, ich war fett. Völlig unverständlicherweise. Die Körper meiner Eltern waren hart wie Statuen. In der Hitze des Sommers, wenn meine Mutter den baumwollenen *lucco* trug, wirkte ihr Körper immer in Spannung wie eine Sehne an einem Bogen. Der meine war wie ein voller Sack. Meine erste bewußte Reaktion auf mich selbst war

Abscheu. Glücklicherweise jedoch hatte ich ein wenig von meines Vaters gutem Aussehen geerbt. Mein Haar war lockig-kraus und ist es bis heute. Meine Augen sind so schwarz wie die meiner Mutter und wohlgefügt, und meine Nase (zu kurz, um meine semitischen Ursprünge zu verraten) teilt mein Gesicht ebenmäßig über einem nicht zu schmalen Mund. Mein Kinn, das zur Fülle neigt, und ein Mangel an Gesichtshaar haben mich allgemein als einen jüngeren Mann durchgehen lassen und sogar bei einer Gelegenheit, wie man hören wird, als Frau.

Meine frühe Abneigung gegen Männer war nicht universell. Ich hegte insbesondere tiefste Zuneigung für meinen freiwilligen Geburtshelfer, Lorenzo Bellini. Da er über meine erfolgreiche Geburt und mein noch erfolgreicheres Überleben gewacht hatte, war es natürlich, daß er mein Pate wurde. Wenn man eine entlegene, aber nicht völlig abwegige Route wählt, ist San Casciano zwischen Pisa und Florenz zu finden, und so war er im Verlauf seiner Reisen zur Universität und wieder zurück regelmäßig Gast in unserem Hause. Meistens ergaben sich diese Besuche, während mein Vater irgendwo in Europa unterwegs war. Lorenzo stand meiner Mutter vom Alter her viel näher, und seltsamerweise ließ gerade diese Tatsache alle Gefühle von Rivalität verschwinden. Im Glauben, auf der Grundlage meiner begrenzten Erfahrung, daß die Schrecken der Sinnlichkeit nur zwischen Menschen höchst unterschiedlichen Alters erweckt wurden, betrachtete ich Bellini als meiner Mutter Bruder oder Spielgefährten. Und so verhielt er sich auch. Das widerliche Küssen und Betatschen, das mein Vater betrieb, fehlte in ihrer Beziehung gänzlich. Vielmehr hielten sie sehr auf eine angemessene Distanz und verharrten kaum eben bei Ankunft und Abreise, um in einer Geste so antiseptisch wie eine Chirurgenmaske Wange an Wange zu legen. Wahr ist, daß sie einander für eine, wie mir erschien, ganz unnötig lange

Zeit über den Tisch hinweg anzusehen pflegten, und bei einer Gelegenheit, ich war vielleicht in meinem zehnten Jahr, hörte ich sie spät, spät in der Nacht mit einer Intensität miteinander reden, die ich nicht begreifen konnte. Wenn mein Vater zu Hause war, veränderte sich ihre Beziehung sichtlich. Bellini verhielt sich beinahe gleichgültig angesichts ihrer Gegenwart, und sie zeigte eine Haltung, die an Feindseligkeit grenzte. So deutlich trat dies zutage, daß ich mich entsinne, meinen Vater sagen zu hören, als wir auf unserer Terrasse standen und Lorenzo nachschauten, wie er auf der staubigen Straße Richtung Florenz entschwand: »Vittoria, cara mia, du mußt netter zu Lorenzo sein. Ich weiß, er kann bisweilen ein ziemlicher Narr sein, aber er hat ein Herz so groß wie Italien.« Sie sagte, sie wolle sich Mühe geben, und wir alle erwiderten sein Winken, als er die Biegung in der Straße erreichte und vom Baumdunkel verschluckt wurde.

In meines Vaters Abwesenheit war Lorenzo ein Wirbelwind manischen Witzes und ungeahnter Überraschungen. Zuerst brachte er mir aus Florenz und Pisa Spielzeug mit, aber da er in mir eine eher hochmütige Geringschätzung für das Ephemere spürte, erklärte er mir statt dessen nach und nach die bemerkenswerten Gerätschaften seiner Kunst.

»Also«, sagte er zum Beispiel und zeigte mir dabei ein Instrument aus Holz und Metall mit Schrauben und Taster und einer Zange wie die Fühler eines Insekts am Ende, »das ist zum Herausfischen von Steinen.«

»Steine, woher?«

»Aus dem Körper, ganz tief drin.«

»Ich hab' keine Steine da drin.«

»Nein, aber manche Leute haben welche, und die tun sehr weh.«

»Wie kriegt man sie raus?«

»Also, zuerst packst du dir deinen Patienten. Dann schneidest du ihn auf, nimmst dir dieses Ding, und«, er trat an den Tisch heran, den Arm erhoben wie ein Matador vor dem *coup de grâce*, »und dann, *aaah*! Und ein Stein.«

Und da lag er, durch eine geschickte Handbewegung, der perfekte Gallenstein, auf dem Tisch.

»Ist das so einer?«

»Aber gewiß. Den habe ich erst letzte Woche einem Mathematikprofessor entnommen. Er ist natürlich jetzt mausetot, der arme Kerl, aber wir haben den Stein, und das ist das Entscheidende.«

Und so ging es weiter und weiter. Eine magische Folge von Gallensteinen, Fingern, Zehen und sogar Augäpfeln, die mich aus trübem Äther anstarrten, wurde aus seinen Satteltaschen hervorgezaubert, zu meiner quietschenden Freude. Unendlich lohnenswerter, wie man sich vorstellen kann, als *Paradise Lost.*

So hatte ich das Beste von allem. Ein ländliches Leben, welches durch die Stippvisiten der Wissenschaft vor gänzlichem Stumpfsinn bewahrt blieb. Aber zwei Wolken begannen meinen toskanischen Himmel zu trüben: die Bombonis und die Nachrichten aus Florenz.

Die Bombonis waren berühmt – zumindest in San Casciano. Der Vater, Alessandro Bomboni, war der örtliche Schlächter und Leuteschreck. Ich bin nicht der Ansicht, daß ein mit Hacken und Sägen von Fleisch und Knochen verbrachtes Leben notwendigerweise den Menschen brutal macht. Tatsächlich sind alle Schlächter, mit denen ich nach Bomboni zu tun hatte (und das waren viele, Männer aller Nationalitäten) freundliche, gottesfürchtige Männer gewesen. Eigennützig, habgierig und unehrlich, gewiß, aber brutal fand ich sie nie.

Alessandro Bomboni jedoch entsprach dem Archetyp. Er war kein großer Mann (mein Vater überragte ihn um Haupteslänge), aber breit wie ein Karren, und von hinten erschien seine Gestalt von den Schultern bis zum Gesäß als ein vollkommenes Rechteck. Unter diesem Überbau saßen zwei beunruhigend kurze Beine, so dick wie junge Eichenstämme, aber gebogen wie die Zange eines Hufschmieds. Diese außerordentlich verkürzten Gliedmaßen zwangen ihn zu einem Trippeltrab, um mit anderen Schritt zu halten, selbst wenn deren Gesamtgröße ein wenig kleiner war als seine eigene. All dies ergab den Eindruck eines unaufhaltsamen Drangs (obgleich sein Ruf allein ihm freie Bahn durch jede Menschenmenge in der Nachbarschaft unseres Ortes garantiert hätte). Nicht unmittelbar ersichtlich von hinten war sein gewaltiger Leibesumfang, unterfangen und gestützt von einem alten Ledergürtel, dessen Risse und Furchen von dem getrockneten Blut geschlachteter Tiere verkleistert waren. Haare sprossen aus dem Kragen seines Wamses und umgaben seinen Stiernacken mit einer Art Pelzkrause. Er war fast völlig kahl, eine Tatsache, die er zu verbergen suchte, indem er sich überall auf dem blanken Leib Haarbüschel anklebte. Sein cholerisches Gesicht hatte etwas unverkennbar Schweinshaftes an sich, wenngleich, um der Wahrheit die Ehre zu geben, vor allem die winzigen Augen, der kleine Mund mit den wulstigen Lippen und die unflätige Art das Schwein verrieten, mehr denn irgendwelche anderen Gesichtszüge, welche im großen und ganzen eher gewöhnlich waren.

Haus, Laden und Hof der Bombonis standen am Ende des Dorfes, etwa zwanzig Schritt von der Straße entfernt und zum Teil von vier Pappeln und einem radlosen, auf zwei Steinpyramiden aufgebockten Karren verdeckt, welcher im Verein mit den fehlenden Fensterläden und der Ermangelung eines neueren Anstrichs dem ganzen Gebäude etwas Vernachlässigtes und Verkommenes gaben. Signora Bomboni war denkwürdig ob ihrer Knochen. Diese traten an jeder erdenklichen Ecke unter der gespannten Haut hervor und gaben ihr so das Aussehen eines behelfsmäßigen Zelts, eines Kinderverstecks vielleicht, in dem kaum ein Eigenleben sichtbar war. Sie war, so hieß es, ein ausgesprochen anziehendes Mädchen gewesen, kokett bis zum Punkt des Skandals. Unselig hingezogen zu Bomboni, dem Dorfrüpel, hatte sie ihn geheiratet, als das erste Kind unterwegs war, ein Junge, den man auf den Namen Giovanni getauft hatte, der aber allgemein nur als »Pasto« bekannt war.

Anders als sein Vater war Pasto wohlgestaltet. Er hatte eine Neigung zur Dicke, aber seine Beine waren, zweifellos dank seines mütterlichen Erbes, von völlig normaler Größe, was ihn im Alter von etwa zwölf über den kahlen Kopf seines Vaters erhob. Trotz einer gewissen fleischigen Fülle war sein Gesicht keineswegs ungestalt und fand Gefallen bei vielen Dorfmädchen. Meine Mutter hatte immer seinen »kleinen feuchten Mund« bemängelt, aber dieser Mangel schien seinen geschlechtlichen Umtrieben keinen Abbruch zu tun. Er war sechs Jahre älter als ich. Sein jüngerer Bruder, Filippo, ungefähr drei Jahre älter als ich, hätte der Gußform seines Vaters entsprungen sein können und war nach allem Dafürhalten das Lieblingskind, was sich leicht sagen läßt angesichts der Behandlung, welche die Tochter Nicola, meine unmittelbare Altersgenossin, erfuhr. Dieses unglückselige Kind, unscheinbar im Aussehen und anscheinend geistig minderbemittelt, war die Zielscheibe des Familienhumors. Gnadenlos getreten und herumgestoßen von Kindheit an, führte sie ein Leben elender Knechtschaft. Sie war zu jeder Plackerei verurteilt und der Bequemlichkeit und Gesellschaft jeder Art beraubt, und es hieß von ihr allenthalben in der Stadt, daß ihre schiere Blödheit sie vor den wahren Agonien ihrer Erniedrigung bewahre. Ich für meinen Teil bezweifle, daß dem so ist, habe ich doch mein ganzes Leben hindurch gesehen, daß Schwachsinn nicht selten die Maske währender Verzweiflung ist.

Wie ich schon sagte, war dieser wenig angenehme *ménage* in ganz San Casciano und der umliegenden Region wohlbekannt. Das Haus selbst war umgeben von einer nie endenden Kakophonie von Lärm. Des Morgens machten sich die männlichen Bombonis an das Geschäft des Schlachtens, welches sie dem Vernehmen nach mit großer Hingabe betrieben. Somit erscholl bis zum Mittag der Klang flehentlichen Muhens und Wimmerns, vermischt mit viel Geschrei und antreibenden Rufen aus dem Hof. Gegen Mittag pflegte Alessandro Bomboni zu der kleinsten der Dorfschänken hinabzutrotten, die von einem Franko-Italiener namens Louis Bonelli betrieben wurde. Dort vertrank er dann beträchtliche Mengen an Barolo in der Gesellschaft einer Anzahl von Kumpanen, unter denen die größten Sykophanten zwei Brüder waren, die man allenthalben nur als »Tozzo« und »Metso« kannte. In ihrer Gesellschaft besoff Alessandro sich regelmäßig bis zum Zustand der Volltrunkenheit, während er sich zu einer immer lauteren politischen Tirade gegen Bauern und Steuereintreiber verstieg. »Nur dem Fleiß und dem Sachverstand der Geschäftsleute«, grölte er seiner gebannt lauschenden Zuhörerschaft zu, »ist es zu verdanken, daß der Staat Toskana nicht längst im Chaos versunken ist.« Am späten Nachmittag dann, entflammt von selbstgerechtem Zorn, schwankte er den steinigen Pfad von Bonellis Schänke hinan, daß alle ihm tunlichst aus dem Weg gingen. Einmal in heimischer Sicherheit, begann er seiner Familie zu Leibe zu rücken. Einige meinten, daß die Prügel wahl- und regellos ausgeteilt würden. Andere, daß er dabei einer gewissen Systematik folge. Welche Theorie auch richtig war, die Laute, die im Tal widerhallten, waren immer dieselben. Schreie und Schläge, gelegentlich durchbrochen von Schüssen, dauerten oft bis in die frühen Morgenstunden an und brachen selbst dann gelegentlich nachts wieder los, bevor das morgendliche Schlachten begann.

Trotz seiner Klagen über den brotlosen Stand der Schlächter und Geschäftsleute bekannte sich Bomboni selbst offen zur Partei der Medici-Familie und zu Vittoria della Rovere im besonderen, die er als »eine Frau ihrer Zeit« ansah.

Andere Widersprüche waren offensichtlich. Seine fortwährenden Versuche, seine Familie ernsthaft zu verletzen, wurden nur von seinem Zorn übertroffen, wenn er diese Familie in Gefahr sah, von jemand anderem angegriffen zu werden, wie immer der Fall auch liegen mochte. In einem Fall, kurz nach meinem zehnten Geburtstag, wurde er von der Idee besessen, daß einer der örtlichen Olivenzüchter sich an seine Tochter »herangemacht« habe. Der betreffende Mann war ein armer Kerl, über sechzig und mit einem scheelen Blick und einer zwanghaften Gewohnheit, sich die Innenschenkel zu kratzen. Diese Behinderungen hatten, wie nicht anders zu erwarten, unter der ländlichen Bevölkerung dem dunklen Verdacht Auftrieb gegeben, daß er ein Mann von unerfüllter geschlechtlicher Begierde sei. Aber selbst wäre dies der Fall gewesen, ist es zweifelhaft, ob er für Nicola, das armselige, reizlose Arbeitstier, bereits gebeugt unter dem Gewicht des Bomboni-Jochs, einen Blick übrig gehabt hätte.

Nichtsdestotrotz verlor Bomboni, sobald sich die Idee der Belästigung – zweifellos gefördert durch Tozzo oder Metso – in seinem besoffenen Gehirn festgesetzt hatte, keine Zeit, die Tugend seiner Tochter zu verteidigen. Er begann mit einer öffentlichen Tracht Prügel für Nicola bei den Pappeln vor dem Laden. Dann bewaffnete er sich mit einem Knüppel und machte sich auf ins Dorf, daß die Leute sich vor ihm aus dem Staub machten wie Blätter vor dem Wind. Als er den mutmaßlichen Pädophilen ausfindig gemacht hatte, wie dieser gerade Oliven in der Nachmittagssonne pflückte, schlug er mehrmals auf ihn ein und brach ihm den Schädel und beide Unterarme. Ja, er hätte den armen Mann sicherlich umgebracht, wäre er nicht einen Schritt zurückgetreten, um die am Boden liegende Gestalt besser treffen zu können, dabei mit dem Fuß in einer Olivenwurzel hängengeblieben und mit dem Kopf gegen einen der weißen Grenzsteine geschlagen, daß er bewußtlos liegenblieb.

Die Geschichte hatte einen seltsamen, doch nicht unglücklichen Ausgang. Einige Dorfbewohner, die Bomboni gefolgt waren und sahen, daß er ohnmächtig war, brachten sein Opfer in Sicherheit und schafften es in unser Haus, wo zufällig Lorenzo zu Besuch weilte. Er schiente ihm beide Arme, solange der Mann noch ohne Bewußtsein war, was ihm die beträchtliche Pein ersparte, die mit einer solchen Traktur einhergeht. Als er sein Bewußtsein wiedererlangte und die Augen öffnete, wurde alsgleich offenkundig, daß der Schlag auf den Kopf sein Schielen gerichtet hatte. Die Kunde von diesem Wunder breitete sich wie ein Lauffeuer durch ganz San Casciano aus, begleitet von dem mutwillig in die Welt gesetzten Gerücht, daß Alessandro Bomboni mit wundersamen Heilkräften gesegnet und nun gewiß der Heiligsprechung gewärtig sei. Es wurde hernach schadenfroh berichtet, daß Bomboni, der nun mit einem großen Tuchverband um seinen kahlen Kopf einherstolzierte, das Gerücht ernstgenommen habe und den Nachmittag über Tozzo und Metso in der Bar mit einer Rede traktierte, die eine verdächtige Ähnlichkeit mit der Bergpredigt hatte.

Die allgemeine Freude über diesen Scherz war mit einer gewissen Unruhe gemischt, vor allem von seiten derer mit diversen körperlichen Gebrechen, die befürchteten, er könnte sich zu dem Versuch aufschwingen, ähnliche wundersame Heilungen mit denselben Mitteln zu vollbringen. Die Besorgnis war unnötig, denn nachdem Bomboni mehrere Wochen auf die Ankunft des päpstlichen Legaten gewartet hatte, wurde er seiner messianischen Rolle müde und fiel in seine alten Gewohnheiten zurück.

Dies war noch nicht ganz das Ende der Geschichte, denn mehrere Monate später kehrte wirklich ein päpstlicher Gesandter auf dem Weg nach Siena im Dorf ein. Der oberste Scherzbold des Dorfes, ein freundlicher und gutmütiger Bursche namens Pepone, ließ dem Haus Bomboni eine Botschaft zukommen, des Inhaltes, daß der päpstliche Gesandte am Orte sei und einen gewissen Alessandro den Heiler zusammen mit seinem göttlichen Instrument zu sehen wünsche. Innerhalb von Minuten konnte man Bomboni in aller Hast die Hauptstraße hinunter auf den Albergo Niccolo zutrippeln sehen, völlig unstattgemäß in einen geborgten *lucco* gekleidet und mit seinem Knüppel in der Hand.

An jenem speziellen Abend war der päpstliche Legat nicht die einzige eminente Persönlichkeit, die im Albergo Niccolo weilte. Anwesend war auch John Finch, der berühmte Engländer, dessen bemerkenswerte Laufbahn in der Ernennung zum Professor für Anatomie an der Universität Pisa im Jahr vor meiner Geburt gegipfelt hatte.

Jedenfalls hatte dieser große Mann, der zum letztenmal (und, wie sich herausstellen sollte, im letzten Jahre seines Lebens) Florenz besuchte, gehört, daß Lorenzo Bellini in San Casciano weilte. In dem Wunsch, den *professore* zu treffen, auf dessen Schultern sein eigener Mantel in so jungen Jahren gefallen war, hatte er eine Kutsche dorthin genommen, sich im Albergo einquartiert und Lorenzo mitteilen lassen, daß er ihn gerne sehen würde. Lorenzo, überglücklich ob der Aussicht, seinen Vorgänger kennenzulernen, hatte nur noch mich gepackt (um meine Erziehung zu fördern) und war praktisch im Laufschritt zur Schänke geeilt. Auf dem Weg durch den Ort hatte er mich atemlos über die Tugenden des intellektuellen Giganten aufgeklärt, dem wir im Begriff waren zu begegnen. Und so kam es, daß ich an einem Ecktisch saß, der von Gelehrsamkeit überbordete, und dem päpstlichen Legaten dabei zusah, wie er sich am Nachbartisch durch eine geräucherte Schnepfe hindurchpickte, als Bomboni mit seinem Knüppel ankam.

Mit einem einzigen Rundumblick hatte Bomboni den Hochwürdigen Herrn ausfindig gemacht, und so trottete er, den Saum seines *lucco* lüftend und mit dem Abglanz künftiger Heiligkeit auf seinen schweinshaften Zügen, durch den Raum. Der Legat hatte gerade das zweite Flüglein der Schnepfe abgenagt und säuberte sich sorgsam mit der Spitze eines Obstmesserchens die Zähne, als Bomboni sich vor ihm aufbaute. In seiner Hast hatte der Schlächter versäumt, sich eine formelle Ansprache zurechtzulegen. So stand er zunächst nur da und strahlte auf den römischen Würdenträger herab, der ihn seinerseits mit offenkundigem Mißfallen betrachtete.

»Ja, äh, Magnifizenz«, brach es plötzlich aus ihm heraus, »hier is' es!« Mit diesen Worten riß er den Knüppel aus den Falten seines *lucco* und schwang ihn über dem Tisch.

Nun sind päpstliche Legaten, insbesondere jene, die damit betraut werden, auf langen Reisen durch das kriegserschütterte Europa die Geheimnisse des Vatikans bei sich zu tragen, nicht die aufgeblasenen Päderasten, als die das Gerücht sie brandmarkt. Zum größten Teil sind sie vormalige Soldaten und daher keine Schwächlinge. Dieser war keine Ausnahme und, da er sich von einem mißgestalteten Irren angegriffen sah, sprang von seinem Sitz zurück, daß seine linke Hand den Tisch umstieß, während seine rechte, die das Obstmesser trug, in der klassischen Verteidigungshaltung des Straßenkämpfers nach vorne schoß.

»Eh!« sagte der hoffnungsfrohe Seraph, während er sich Geflügelknochen von der Brust seines *lucco* klopfte. »Sachte! Ich bin's, Bomboni der Schlächter. Ich komm' wegen dem Wunder.«

Dies trug verständlicherweise wenig zur Seelenruhe des päpstlichen Legaten bei, der sich vorsichtig und geduckt rückwärts auf die Küchentür zubewegte.

»Nein, nicht doch«, sagte der Schlächter, der ihm nachkam, »das ist das Ding. Damit hab' ich es gemacht.« Und mit diesen Worten hob er den heiligen Knüppel zu Demonstrationszwecken in die Luft, was von dem päpstlichen Abgesandten alsgleich und entschuldbar mißverstanden wurde. Mit einer Schnelligkeit, die bemerkenswert war für jemanden im vollen Ornat, nutzte der päpstliche Legat den Vorteil, den Bombonis erhobener Arm ihm bot, täuschte einen Ausfall nach links vor und trat Bomboni, sich dessen instinktive Bewegung zunutze machend, gezielt und mit voller Kraft zwischen die Beine. Der Schlächter stieß eine Art wieherndes Quaken aus und sackte zu Boden, den Schoß seines *lucco* umklammernd. Immer noch mit atemberaubender Geschwindigkeit war der päpstliche Legat über ihm, rammte ein Knie in des Schlächters Brust und drückte die Spitze des Schälmessers gegen die Fleischwamme, die nun unter Bombonis Kinn zitterte und bebte. Er griff nach dem gefallenen Knüppel, nahm ihn auf und schleuderte das heilige Objekt volle zwanzig Schritt durch den Raum außer Reichweite seines Widersachers.

»Und nun«, zischte er in des Schlächters Ohr, »wer bist du, und wer hat dich geschickt?« Als er darauf keine Antwort außer einer Art Gurgeln erhielt, fügte er hinzu: »Sprich rasch, mein Freund, und laß dich nicht durch diese heiligen Gewänder täuschen. Du wärst nicht der erste Ketzer, den ich zur Hölle geschickt hätte.«

Angesichts dessen, was ich von der Hand seines Sohnes erlitten habe und was sich kaum drei Jahre später ereignen sollte, ist es schwer vorstellbar, daß ich je Mitleid für Alessandro Bomboni hatte, aber ich glaube, an jenem Abend kam ich dem nahe.

Mit einer Stimme, die trotz des tiefen Schweigens, das den Raum befallen hatte, kaum zu hören war, sagte er: »Ich bin Alessandro Bomboni, der Schlächter. Ich hab' das Schielwunder vollbracht.«

Ein Ausdruck der Besorgnis trat in das Gesicht des päpstlichen Legaten. Männer wie er verfügten natürlich über eine endlose Zahl von geheimen Zeichen, Paßworten, Erkennungsmerkmalen, und es war klar, daß er einen Augenblick lang zweifelte, ob es vielleicht einen geheimen Code gäbe, der ihm bei seiner Ausbildung entgangen sei.

»Schielwunder?« verlangte er im Ton des Inquisitors zu wissen. »Was ist ein Schielwunder?«

»Ich hab' ihn auf 'n Kopf getroffen. Es war eigentlich ein Unfall.«

An diesem Punkt schritt, zweifellos zur großen Enttäuschung der örtlichen Bevölkerung, die sich in den hinteren Teil des Raumes gedrängt hatte, Lorenzo Bellini ein.

»Vater«, sagte er, indem er sich erhob und auf das Zentrum des Raumes zuging, wo er sich über die gefallene Gestalt hockte, »Vater, dies ist wirklich der Dorfschlächter. Sein Name ist Bomboni. Er war in einen ... einen Zwischenfall verwickelt, bei dem ein armer Kerl einen Schlag auf den Kopf erhielt und so von einem seit langer Zeit bestehenden Strabismus geheilt wurde. So etwas ist nicht ungewöhnlich. Die traumatische Wirkung des Schlages öffnet den Ringmuskel entweder direkt oder indem er auf den Teil des Gehirns einwirkt, der seine Lähmung hervorgerufen hat. Das ist es, was er Euch zu sagen versucht hat. Er glaubt, es sei ein Wunder, und auf eine Art ist es das auch. Ich versichere Euch, daß er für niemanden eine Gefahr darstellt außer für sich selbst.«

Der Legat beäugte Bellini mit einer gewissen Skepsis.

»Keine Häresie?« fragte er mit einem Anflug von Enttäuschung.

»Keine Häresie, von der ich wüßte. Ich fürchte, er ist viel zu dumm, um ketzerische Gedanken zu hegen.«

Der Legat sah Lorenzo scharf an und lächelte dann. »Ich verstehe. Also denn, Signore Schlächter. Ihr habt großes

Pech gehabt. Es ist viel leichter, heiliggesprochen zu werden, wenn man erst einmal tot ist. Und bedenkt, wenn ich Euch die Kehle durchgeschnitten hätte, würdet Ihr jetzt vielleicht schon mit den Engeln speisen.«

Der kleine Scherz hatte die Wirkung, den Bann zu brechen, und der ganze Raum, der inzwischen etwa fünfzig bis sechzig Leute enthielt, brach in lärmendes Gelächter aus.

Der Legat richtete sich auf, gab Lorenzo das Messer und bot der liegenden Gestalt seine Hand. Bomboni rührte sich nicht, seine Augen waren fest geschlossen. Plötzlich stand er auf, mit einer so schnellen Bewegung, daß der Lärm in einem Augenblick zum Erliegen kam. Er stand da, beide Hände zu Fäusten geballt, sein häßliches Gesicht vor Wut und Rachsucht und Zorn verzerrt. Dann, den Blick direkt auf Bellini gerichtet, sagte er zwischen zusammengebissenen Zähnen: »Dafür krieg' ich euch alle.« Er wandte sich um und stürmte zur Tür, die Beistehenden zur Seite stoßend, und verschwand in der kühlenden Abendluft.

Der Knüppel war nicht mehr aufzufinden, aber er tauchte eine Woche später kunstvoll plaziert unter den heiligen Reliquien in der Dorfkirche auf. Man hatte allgemein Pepone im Verdacht.

Der päpstliche Legat war in der Tat ein vormaliger Soldat und hatte vor seiner Militärzeit Mathematik an der Universität Bologna studiert. Nach einer Weile ließ ich die drei Männer glücklich bei Wein und Oliven zurück und machte mich unter dem großen, weiten, sternbesäten toskanischen Himmel auf den Heimweg.

Die traurige Berühmtheit der Bomboni-Brüder, Pasto und Filippo, war, wenn überhaupt, noch größer als die ihres Vaters. Pasto insbesondere hatte im Alter von elf Jahren einen geradezu legendären Ruf der Grausamkeit entwickelt. Geschichten und Gerüchte vermischten und verbreiteten sich, wie Wasser von einer Hand spritzt. »Pasto Bomboni hat den Hund seiner Schwester an die Tür genagelt.« – »Pasto Bomboni hat eine seiner Hennen angezündet.« – »Pasto Bomboni hat Giuseppe Mancinis Kopf unters Wasser gehalten, bis er fast gestorben wäre.«

Für die letzte Aussage kann ich mich persönlich verbürgen. Ich war dabei. In meinen frühesten Jahren war Giuseppe Mancini mein einziger Freund. Das war nicht überraschend, da er der einzige kleine Junge war, den ich mit einiger Regelmäßigkeit treffen durfte. Seine Mutter lebte ein wenig weiter den Hügel hinab auf die Dorfmitte zu in einer Villa, die der unseren nicht unähnlich war. Sie war eine furchtsame Frau von einiger Intelligenz, Witwe eines Galeerenkapitäns, welcher auf See verschollen war, als das Kind gerade fünf Jahre zählte.

Meines Vaters häufige Abwesenheit machte aus meiner Mutter eine Art Witwe ehrenhalber, und es war daher natürlich bei zwei kleinen Buben gleichen Alters, daß sie viel Zeit miteinander verbringen durften. Ich verspürte bei Giuseppes Mutter, Anita Mancini, eine gewisse Abneigung oder Mißbilligung gegenüber Lorenzo Bellini, und sie war selten im Hause, wenn er zu Besuch kam. Ansonsten sahen wir sie häufig, so daß Giuseppe und ich zwangsläufig Freunde wurden. Ich erwähnte bereits meine eigene wenig einnehmende körperliche Beschaffenheit. Doch verglichen mit Giuseppe Mancini war ich ein wahrer Achill. Es waren, vermute ich, seine Winzigkeit und seine gebückte Haltung, die seine Mutter so häufig die physischen Vorzüge ihres verstorbenen Gatten hervorheben ließen. (Er war anscheinend ein Löwe von einem Mann gewesen, sonnengebräunt und so riesig, daß es geradezu peinlich war.) Doch Giuseppes körperliche Fehler hörten nicht bei seiner Statur auf. Er besaß ein spitzes, wieselhaftes Gesicht, und wenn er weinte, was häufig vorkam, wurden seine Augen rot, und die Ähnlichkeit mit einem verschreckten Frettchen war ganz wunderhaft. Da er wenig besaß, hütete er das, was er hatte, mit fanatischer Tücke. Seine ganzen Spielsachen waren numeriert und allein für seinen eigenen Gebrauch bestimmt. Jeder Versuch, sie auch nur flüchtig in Augenschein zu nehmen, führte zu anhaltendem Geschrei, welches seine besorgte Mutter herbeieilen ließ. Sie erklärte dann genau, daß jenes Wägelchen oder Deckelchen sein (Giuseppes) *ganz besonderes* Wägelchen oder Deckelchen von seinem Vater sei, worauf beide in Tränen ausbrachen und ich voller Schuldgefühle und Verlegenheit nur noch hinaus auf die toskanische Landschaft starren konnte. Wenn sie dann wieder weg war, stellte Giuseppe seine Spielsachen wieder dorthin, wohin sie gehörten, und zog sich verletzt und traurig auf sein Stühlchen zurück.

Als Mann wie als Knabe bin ich immer von freundlichem und sanftem Gemüt gewesen, aber ich gebe zu, daß die Versuchung, ihn besinnungslos zu prügeln, bisweilen fast unwiderstehlich war.

Was uns zusammenhielt, war eine beiderseitige Furcht vor den Bombonis und ihren Akolythen. Unser Kontakt mit ihnen war in jenen frühen Jahren zum Glück gering. An festen Wochentagen nahmen uns unsere Mütter ins Ortszentrum mit, um dort Vorräte und Wein zu erstehen und damit unsere Mütter sich des wenigen, was sich als Gesellschaft bezeichnen ließe, ergötzen und von Zeit zu Zeit Neuigkeiten aus Florenz erfahren konnten, die selbst damals durchgängig bedrückend und schlecht waren.

Nahe der Ortsmitte gab es eine kleine grasbestandene Fläche am Fluß, welcher der Hauptstraße von den Hügeln hinab folgte und sich in der Stadt nur für den Bereich dieses freien Raumes von ihr trennte. Dort wurden wir mit strengen Ermahnungen, nur nicht ins Wasser zu gehen, ungeachtet unserer heftigen Proteste, an einem solchen Ort ausgesetzt zu werden, zurückgelassen. Furchtsam, wie wir sein mochten, hinderte uns jedoch irgendein atavistisches Ehrgefühl daran, den wahren Grund für unsere Ängste zu enthüllen, nämlich die Nähe der Gebrüder Bomboni. Unsere Probleme wurden noch verschärft durch die damals in Italien herrschende Mode, Kinder männlichen Geschlechts bis zum Alter von acht Jahren als Mädchen zu kleiden. So allein gelassen und unbehaglich in unseren Kleidern dasitzend, mit sorgfältig gedrehten Locken, die über bestickte Jäckchen fielen, hockten wir da wie verschreckte Enten. Im Sommer war das Ufer ein Stück flußaufwärts der beliebteste Jagdgrund der Bombonis und ihrer zahlreichen Mitläufer. Anfangs riefen unsere Besuche an diesem Fleck wenig mehr als vulgäres Gespött und obszöne Gesten hervor, insbesondere von Pasto, damals dreizehn und bereits im Besitz eines ansehnlichen Repertoires von Zoten.

»Na, ihr Mädchen, zeigt uns eure Mösen!« kreischte er das Flußbett hinab, zum johlenden Entzücken seiner Freunde.

Mit der Zeit wurden die Angriffe direkter. Große Schlammklumpen, in denen manchmal Steinbrocken enthalten waren, kamen vom Flußufer geflogen. Diese waren durchsetzt mit anderen, zunehmend unangenehmen Wurfgeschossen; tote Fische, Wasserschnecken, lebende Aale und einmal gar eine lebende Schildkröte bildeten alle Teil dieses Luftkriegs. Unnötig zu betonen, daß zumindest einige dieser Geschosse ihr Ziel fanden. Zuerst gaben unsere Mütter uns die Schuld an unseren beschmutzten Kleidchen, so daß ich gezwungen war, die doppelte Schmach einer öffentlichen Schelte, die von ferne von den höhnenden Bombonis mit angesehen wurde, zu erdulden. Dennoch sagten wir immer noch nichts. Dann kam der Tag von Giuseppes Flußtaufe.

Es war ein schwüler Septembertag, bewölkt, und Regen lag in der Luft. Anita und meine Mutter setzten uns an dem gewohnten Platz ab, wo sie uns mit freundlichem Lächeln und Ermahnungen gegen das Schmeißen mit Schlamm zurückließen. Als sie über den Marktplatz entschwanden, hörte ich das vertraute Höhnen Pasto Bombonis vom Flußufer:

»*Ciao*, Mädels! Wer hat denn da die süßen weißen Titten?« Und ein großer Klumpen Schlamm, der einen gezackten Felsbrocken verbarg, flog über einen nahe gelegenen Busch und traf Giuseppe. Ob durch einen ererbten maritimen Heroismus oder als ein Akt kindlicher Frustration, jedenfalls sah er den Brocken, hob ihn auf und versuchte ihn mit der ganzen Kraft seiner schwachen Arme zurückzuwerfen.

Er hatte schlecht gezielt, der Wurf war viel zu kurz, und der Stein kam Pasto Bomboni, der tückisch grinsend am Flußufer stand, nicht einmal nahe. Wir wußten aber nicht, daß sich Filippo Bomboni mit einer Anzahl seiner Kumpane unter der Uferböschung an uns herangeschlichen hatte und unmittelbar unter deren Rand, wo sie zum Fluß abfiel, versteckt lag. Der Stein, so stellte sich heraus, landete voll auf Filippo Bombonis Kopf.

Obgleich kaum drei Jahre älter als sein Bruder, nahm Pasto sofort die väterliche Beschützerrolle an, von der bereits die Rede war, mit einem ähnlichen Grad von Selbstgerechtigkeit.

»Du kleiner Scheißer«, schrie er, als er aus den Büschen gesprungen kam und zu Filippo rannte, um mit übertriebener Anteilnahme die winzige Wunde zu untersuchen, die sich über dessen linkem Auge aufgetan hatte.

»Der Scheißkerl hat mich erwischt«, sagte Filippo unnötigerweise.

»Das hat der Scheißer wirklich, guck, da ist Blut, Scheiße.«

Während dieser Darbietung brüderlicher Zuneigung und Besorgnis standen Giuseppe und ich gelähmt vor Schrecken, als ob unsere fortwährende Unbeweglichkeit uns gegen die schreckliche Vergeltung feien könnte, die nun unvermeidlich war. Mit der Ankunft weiterer Bomboni-Gefolgsleute jedoch gewann ich den Gebrauch meiner Sinne zurück, packte Giuseppe am Kleid, wandte mich um und lief auf die Straße zu.

Ich kam nur fünf Schritte weit, bis ich von hinten ergriffen und zu Boden geworfen wurde, wo ich außer Atem liegenblieb, auf das Schluchzen Giuseppes lauschend, der kaum um Armeslänge hinter mir war.

»Weißt du was«, sagte die Stimme Pasto Bombonis, »du stinkst nach Scheiße. Ich glaub', du brauchst mal ein Bad.« Dieser Vorschlag, nicht unmittelbar an mich gerichtet, traf auf allgemeine johlende Zustimmung. Ich wurde auf die Füße gezerrt, und ein fetter, widerlicher Junge, den ich als Michele Bonelli erkannte, Sohn des Gastwirts und untrennbar von den Bombonis, drehte mir die Arme auf den Rücken. Vor mir war Giuseppe von beiden Bombonis hochgehoben und zum Flußufer getragen worden. Dort ging Pasto ins Wasser hinein, wobei er Giuseppe an Nacken und Schultern festhielt. Hinter ihm wurden die Füße des Jungen von Filippo hochgehoben, der auf der Uferböschung stehenblieb. So gehalten, begann Giuseppe zu schreien, ein Laut, der abrupt aufhörte, als sein Kopf unter die Wasseroberfläche gedrückt wurde.

»Wie lange sollen wir dem kleinen Scheißer geben?« fragte Pasto, an mich gewandt.

Unfähig ein Wort zu äußern, sah ich schreckerfüllt zu, wie das rosenbestickte Jäckchen sich im Wasser blähte und Giuseppes Hände wild gegen die Oberfläche schlugen. Es war Filippo, der schließlich sagte: »Komm, es reicht.«

»Nein, guck mal, er zuckt noch.«

Giuseppes nackte Beine, von dem Rock befreit, hatten plötzlich krampfhaft zu zucken begonnen. Dies löste dann meine Zunge.

»Er ertrinkt! Er ertrinkt doch!« kreischte ich und dann: »Hilfe! Hilfe!«

Und da, trotz meiner Jugend und in der Not von Panik und Schrecken, wurde mir klar, daß etwas ganz Seltsames mit Pasto Bomboni geschehen war. Sein kleiner Mund hatte sich in einem schmalen Abwärtsbogen verkniffen. Seine Augen wurden stumpf und glasig wie die eines Mannes, der plötzlich den Zustand besinnungsloser Trunkenheit erreicht hatte. Sein rechter Arm, der Giuseppes Nacken festhielt, begann gleichfalls in das Wasser hinabzustoßen wie im Rhythmus mit dem Zucken seiner Beine. Ich war nicht der einzige, der diese Veränderung bemerkte. Der Rüpel, der meine Arme hielt, schrie nun selbst: »He, Pasto, das reicht, laß ihn los.«

Ich blickte verzweifelt nach links über die Straße in Richtung Dorfmitte und der Stände auf der gegenüberliegenden Marktseite. In Hörweite rührte sich nichts. Die Sonne, die durch das Morgengewölk gebrochen war, brannte nun heiß und hatte die Dorfbewohner unter die Planen getrieben, welche die Marktstraßen säumten. Auf einen Impuls hin wandte ich mich direkt an Filippo Bomboni: »Er bringt ihn um!« schrie ich. »Schau doch! Schau! Er bringt ihn um!«

Filippo war gleichfalls klar geworden, daß irgend etwas mit seinem Bruder geschah. Er begann nun selbst in Panik zu geraten und schrie zurück, plötzlich nur mehr ein zehnjähriger Junge: »Er will nicht aufhören! Was soll ich denn machen?« Er ließ Giuseppes Beine fallen, und einen Augenblick lang dachte ich, er würde davonlaufen. Er sprang jedoch nur die Böschung hinab, und während er etwas packte, das ein Ast gewesen sein mag oder irgendein Objekt, das glattgeschliffen war wie Treibholz, tat er zwei Schritte zurück ins Wasser hinein und verpaßte seinem Bruder einen fürchterlichen Hieb gegen den Kopf. Dieser, der offenkundig in eine Art Trance gefallen war, sah weder den Schlag noch dessen Gewalt voraus, die ihn glatt von den Füßen hob, daß sein Körper schier im Wasser verschwand.

Giuseppes Körper, nun nicht mehr gehalten, trieb mit

dem Gesicht nach unten im Fluß; das luftgefüllte Jäckchen mit seinen eingestickten Rosen gab der leblosen Gestalt ein seltsam festliches Aussehen. Plötzlich selbst meines Bewachers ledig, stürzte ich zum Uferrand, wobei ich an Filippo vorbeikam, der selbst in vollem Lauf auf die Straße zurannte. Ich packte Giuseppes Beine, die auf den Ufersaum gefallen waren, und zog so hart ich konnte, und es gelang mir, zweifelsohne dank seines schmächtigen Körpers und des Auftriebs der Kleidungsstücke, ihn ganz auf trockenes Land zu ziehen. Kaum hatte ich dies getan, als ich eine Hand auf meiner Schulter spürte. Aufblickend sah ich das wilde Gesicht Pasto Bombonis: Das Haar klebte ihm um die Augen, und Blut rann aus einer Platzwunde an seiner linken Stirnseite.

»Du kleiner Bastard«, schrie er, »hast du das getan?«

Meine Erinnerung an jene Szene, nun über sechzig Jahre her, ist so kalt wie die Morgenluft. Ich erinnere mich an das Gefühl einer seltsamen Stille, bar jeder Angst oder sonstiger Empfindung, einfach eine Isolation, als ob ich in einem weißen Raum ohne jeden Laut säße. Wie sich noch zeigen wird, hat mich dies von Zeit zu Zeit überkommen und mir immer gute Dienste geleistet.

»Er ist tot«, sagte ich mit einer Stimme klanglos wie Stein. »Du hast ihn getötet. Ich habe es gesehen.« Und dann, mit einem Überlebensinstinkt so natürlich wie das Atmen, fügte ich hinzu: »Filippo hat versucht, dich daran zu hindern.«

Der Konflikt in seinen Augen ließ sich lesen wie ein Buch. »Filippo?«

Mit einem Mal wandte er sich der reglosen Gestalt Giuseppes zu, faßte ihn bei den Schultern und drehte ihn auf den Rücken. Das Gesicht des Jungen, ich erinnere mich genau, war blau wie Eis, und ein Wasserrinnsal lief aus seinem halboffenen Mund. Pasto ließ ihn sofort los, packte mich vorn am Kragen und zog mich zu sich. Sein Gesicht war kaum eine Handbreit von meinem entfernt, als er sagte:

»Wenn du auch nur ein verdammtes Wort davon erzählst, dann hast du ausgeschissen.« Er stieß mich fort, wandte sich um, rannte über die Straße und verschwand zwischen den Häusern auf der rechten Seite der Piazza.

Zu erschöpft, um mich zu bewegen, und zu entsetzt, um Giuseppe auch nur anzurühren, saß ich im Gras, ein verlorenes Kind, und weinte. So fanden mich meine Mutter und Anita Mancini, als sie beladen mit den Früchten des Sommers zurückkehrten.

Lorenzo sagte mir später, daß Giuseppes Leben wahrscheinlich durch zwei Dinge gerettet worden sei. Zum einen durch die instinktive Handlung seiner Mutter, die ihn in die Arme nahm, so daß sein Kinn plötzlich über ihre Schulter fiel und so die Zunge aus seiner Kehle löste, worauf er eine Menge Wasser und Schleim ausspie, die ihr über den Rücken liefen. Zum anderen spekulierte er über die Wirkung des Jäckchens, welches, wie er sagte, offensichtlich eine gewisse Luftmenge nicht nur hinter Giuseppes Kopf, sondern möglicherweise auch in Blasen unter der Wasseroberfläche gefangen hatte. Jedenfalls war er am Leben. Aber er erholte sich nicht wieder. Die Wirkung auf sein furchtsames Gemüt war die, ihn ins Schweigen zu treiben, wie in eine Leere, die ihn vor den Elementen der Unsicherheit und Angst beschirmte.

Seine Mutter hatte sich zuvor schon einige Zeit, von einem ältlichen Schnupftabakmacher aus dem nahe gelegenen Poggibonsi den Hof machen lassen, ohne diesem sonderliche Hoffnungen zu wecken. Nun, vorgeblich zum Wohle ihres Sohnes, gab sie ihren Widerstand auf, und ein Jahr später heirateten sie. Man ging allgemein davon aus, daß Giuseppe, sobald das Alter es gestattete, in den geistlichen Stand treten und ins Kloster gehen würde, um sich so auch in denkbar körperlichen Begriffen dem Nichts anheimzugeben, in das sein Geist bereits geflohen war.

Trotz der schrecklichen Warnung Pasto Bombonis verriet ich natürlich die Art des Verbrechens und die Namen der Täter. Am folgenden Tag, nachdem man Giuseppe in die sichere Obhut des Karmelitinnenhospitals gegeben hatte, das etwa zehn Meilen entfernt in Richtung Siena lag, machten meine Mutter und Anita Mancini ihre Aufwartung in der Präfektur. Nach den letzten Informationen war mein Vater immer noch in Amsterdam, und Lorenzo Bellini, dem meine Mutter sofort eine Nachricht hatte zukommen lassen, hatte Pisa für einen kurzen Besuch nach Bologna verlassen.

Der Präfekt von San Casciano war direkt vom Hof ernannt worden, ein schwacher, freundlicher Mann, den man für die Drecksarbeit des Steuereintreibens vermutlich schlicht ungeeignet wähnte. Er hörte sich voller Anteilnahme den Bericht der beiden Frauen an und auch die Fakten der Geschichte, die ich beisteuern konnte.

Der Präfekt, der kein Fleisch aß, hatte wenig mit den Bombonis zu schaffen und versprach eine gründliche Untersuchung der Beschwerde. Unmittelbar darauf wurde Alessandro Bomboni zusammen mit seinen zwei Söhnen zur Präfektur vorgeladen, um auf die Anschuldigungen, die meine Mutter, Anita und ich selbst erhoben hatten, Rede und Antwort zu stehen. Weitere Zeugen wurden gehört, deren Namen sich im Dorf in Windeseile herumsprachen. Einige von diesen waren Kinder kaum älter als ich, welche ich als enge Verbündete der Schlächterfamilie kannte. Selbst in meinem damaligen kindlichen Alter schwante mir dabei wenig Gutes. Während die meisten der Vorgeladenen von ihrer Neigung her in der Tat eine Rolle bei dem Vorfall hätten spielen können, war doch meines Wissens keiner von ihnen in der Nähe gewesen, als er sich tatsächlich abspielte. Eine Woche später wurden meine Mutter und Anita Mancini um erneute Vorsprache ins Büro des Präfekten gebeten. Wenn auch meine Anwesenheit nicht ausdrücklich verlangt war, nahm man mich doch mit für den Fall, daß ein weiteres Zeugnis notwendig sein sollte.

Der Präfekt erhob keine Einwände gegen meine Anwesenheit, ja, seine Nervosität war dermaßen, daß er mich kaum zur Kenntnis nahm.

Als meine Mutter und Anita Platz genommen hatten, lächelte er zögerlich über seine Brille hinweg und begann: »Nun denn, Signoras, es scheint, fürchte ich, daß jede Frage zwei Seiten hat.«

»Zwei Seiten!« sagte meine Mutter. »Aber das Kind wäre fast ertränkt worden ...«

»Oh, ja, ja, da gibt es keinen Zweifel. Ich habe einen Bericht der Mutter Oberin vorliegen. Ein sehr glücklicher Ausgang, gewiß. Allerdings haben eine Anzahl von Zeugen, um einiges älter als Ihr eigener Sohn, mit ihren Aussagen ein etwas anderes Licht auf die Sache geworfen.«

»Was haben sie gesagt?« fragte Anita mit einer Stimme so gespannt wie eine Bogensehne.

»Tja«, meinte der Beamte, während er nervös einen Stapel Papiere durchblätterte, »also, wenn man von der Vorgeschichte einmal absieht ...«

»Vorgeschichte?«

»Ja, ja, es sieht so aus, als hätte dieses unglückliche Ereignis eine Geschichte, aber, wie gesagt, wenn man davon absieht, scheint die Sache so zu sein, daß Ihre beiden Söhne den Streit angefangen haben, indem sie versuchten, Pietro Gastone ins Wasser zu stoßen.«

Ich nahm diese Neuigkeit mit Unglauben und der ersten aufdämmernden Erkenntnis hin, welche Macht in berechneter völliger Verlogenheit liegt. Pietro Gastone war ein unglückseliges, verkrüppeltes Kind, lahm von Geburt. Danach waren seine Mutter und er beide von der Pest befallen worden, wobei sie starb. Er war seither nahezu blind auf einem Auge und von einer dauernd kränkelnden Verfassung.

Der Vater, gleichfalls Pietro Gastone mit Namen, hatte auf dem Land der Marzetti-Familie gearbeitet, bis die Auswirkungen derselben Pest den Getreidemarkt zugrunde richteten. So vom Schicksal geschlagen, hatte er alle Hoffnung auf eine feste Anstellung aufgegeben und war fast zum Bettler herabgesunken, froh, eine schlechtbezahlte Gelegenheitsarbeit in der Mühle oder in Bombonis Abdeckerei zu bekommen. Der kleine Pietro, lahm und krank, war ein armseliges Geschöpf, aber gerissen und schlau wie eine Kanalratte. Er war einer von denen gewesen, die der Präfekt hatte vorladen lassen.

Ich platzte heraus: »Pietro Gastone war überhaupt nicht dabei!«

Der Präfekt hob eine Augenbraue in Richtung meiner Mutter, die den Kopf schüttelte, als er fortfuhr: »Mehrere Zeugen sagen aus, daß die Bomboni-Brüder nur einschritten, um Gastone zu helfen. Und in dem sich daraus entwickelnden Kampf wurde Giuseppe unglücklicherweise unter Wasser gedrückt.«

»Aber das ist einfach nicht wahr«, sagte Anita, nun bebend vor Wut.

»Möglich, möglich«, meinte der Beamte unglücklich, »aber ich muß nach der Beweislage vorgehen. Auf der einen Seite habe ich nur die Aussage Ihres Sohnes«, womit er meine Mutter ansah, »kaum acht Jahre alt, während ich auf der anderen Seite nicht weniger als«, er konsultierte unnötigerweise eine Liste auf dem Tisch, »sieben Zeugen habe, die das Gegenteil behaupten. Dies ist eine sehr ernstzunehmende Beschuldigung, die ich an den Bargello verweisen müßte. Das kann ich aber nur, wenn ich überzeugt bin, daß hinreichende Beweise vorliegen. Auf der Basis der vorliegenden Aussagen kann ich beim besten Willen nicht behaupten, daß dies der Fall sei.«

Meine Mutter brach das Schweigen mit einer Stimme,

die bereits müde vor Resignation war: »Dann gibt es also nichts mehr, was wir tun können?«

»Ich fürchte, nein. Es tut mir wirklich sehr leid.«

Zwei Wochen später kehrte mein Vater zurück. Die Freude meiner Mutter war getrübt durch das Vorgefallene, und ich wurde rasch herbeizitiert, um meinen Bericht zu wiederholen. Mein Vater hörte sich die Sache an; sein Gesicht war verschlossen und angespannt. Am Ende meiner Geschichte sagte er: »Gut gemacht, Fredo. Ein klarer Bericht, ehrlich gegeben und einer, der dir Ehre macht.«

»Aber«, sagte ich, »es ist nicht gerecht! Er wußte, daß sie lügen. Ich weiß, daß er es wußte!«

»Oh, ja, Fredo, zweifellos. Aber es ist nicht eine Frage von Recht und Unrecht. Es ist eine Frage der Beweiskraft.«

»Aber er weiß, daß er die falsche Entscheidung getroffen hat!«

»In seinem Herzen weiß er das, aber er muß mit dem Verstand an die Sache herangehen. So viele Zeugen. So starkes Entlastungsmaterial ist schwierig zu widerlegen.«

Ich stellte ihm eine direkte Frage: »Werden sie in die Hölle kommen?«

»Wer?«

»Pasto Bomboni vor allem, kommt er in die Hölle?«

»Nach dem, was du mir erzählt hast, ist er bereits dort.«

Dies war, wie man hören wird, nicht das Ende meiner frühen Auseinandersetzungen mit den Bombonis, aber der Präfekt erklärte ihnen, als er ihnen eröffnete, daß er die Sache nicht weiter zu verfolgen gedenke, in aller Deutlichkeit, daß man keine weiteren gewalttätigen Handlungen in San Casciano dulden werde. Er ließ auch durchblicken, sollte irgendeine weitere Niederträchtigkeit vorkommen, könnten die Feinheiten der Beweiserhebung und des juristischen Verfahrens gerade lange genug außer Kraft gesetzt werden, um eine Verschickung auf die Galeeren bei Leghorn zu bewerkstelligen. Diese Warnung hatte eine unmittelbare Wirkung. Selbst im Dorf blieb ich unbelästigt, und als die Monate vergingen, glaubte ich mich selbst sicher vor der angedrohten Vergeltung. Auch kam gleichzeitig mit der Rückkehr meines Vaters ein weiterer Faktor ins Spiel, der zu meiner Sicherheit und meinem Wohlergehen beitrug: die Ankunft von Patrick Morahan.

4

Er war ein mächtiger Kerl, rothaarig, bärtig, mit einem Leibesumfang, der selbst den von Alessandro Bomboni um einiges übertraf. Er überragte auch meinen Vater um eine volle Handbreit, und wenn er in den Habitus und die Kapuze eines Benediktinermönchs gekleidet war, erreichte er wahrhaft riesige Ausmaße. Als frommer Mann stand er immer um fünf Uhr morgens auf und war dann an einem von verschiedenen ausgewählten Flecken in den toskanischen Hügeln zu finden, wo er in seiner Muttersprache oder seinem abscheulichen Latein die Gesänge seines Glaubens murmelte. Wenn ich auf mein langes Leben zurückblicke, so war er der beste Lehrer und der eifrigste (wenn auch nicht der erfolgreichste) Schürzenjäger, dem ich je begegnet bin. Seine Lebensgeschichte bekam ich im Laufe der nächsten sechs Jahre, während derer er in dem kleinen Jagdhaus auf dem Grundstück unserer Villa wohnte und die beste Internatsschule in der Toskana gründete und aufbaute, stückweise und ohne jede Chronologie zusammen. Einen Teil dieses frühen Lebens will ich nun so zusammenhängend zu rekonstruieren versuchen, wie das Gedächtnis und die Bewunderung es erlauben.

Er war, so behauptete er, der natürliche Sohn des Rektors von Trinity College in Dublin. Trotz seiner unehelichen Geburt sicherte ihm seine Abkunft einen Platz an einer der

Schulen, die um jene große Universität herum entstanden waren, und im Alter von siebzehn Jahren, als er formell ins College aufgenommen wurde, besaß er eine solide Grundlage im Lateinischen, weitgehende Beherrschung der italienischen Umgangssprache und allgemeine Kenntnisse der Mathematik, Astronomie und, so behauptete er, der großen, blondhaarigen, grünäugigen Mädchen, die in Dublin gleich Herbstblättern zu finden waren. Trotz seiner ausgeprägten Neigungen stand ihm der Sinn danach, in den geistlichen Stand zu treten, und da er eine instinktive Lehrbegabung besaß, war er bereits von den Benediktinern angenommen worden. Er war in seinem zweiten Jahr an der Universität, als Oliver Cromwells Truppen in Dublin landeten.

Zu dieser Zeit zählten zu seiner Familie zusätzlich zu seiner »geliebten Mutter« (deren Erwähnung ihm unweigerlich Tränen in die Augen trieb) ein Stiefvater (den sie kurz nach seiner Geburt geheiratet hatte) und zwei Stiefschwestern im Alter von zehn und zwölf Jahren. Auf Cromwells Landung hin flohen sie, zusammen mit einer großen Schar von katholischen Familien, in die befestigte Stadt Drogheda. Sobald sie in der Stadt waren, wurde er sogleich zur Miliz verpflichtet, und nachdem man ihn mit einem Säbel (mit dem er sich jedenfalls auskannte) und einer alten Muskete nebst fünf Schuß Munition ausgestattet hatte, fand er sich auf den Zinnen der Stadtmauer wieder, von wo er das Näherrücken der englischen Armee verfolgen konnte.

Bei seiner Ankunft waren in der Stadt die Vorbereitungen für eine Belagerung bereits in vollem Gange. Mit anderen Worten, alles war Chaos und Durcheinander. Alle Versuche, die Menge von Familien, Priestern, Mönchen und Brüdern, die in die Stadt eingefallen waren, einzuquartieren, waren angesichts krasser Inkompetenz, der Erfordernisse des Militärs und des passiven Widerstands der Stadtbewohner, Wohnraum zur Verfügung zu stellen, gescheitert. Viele der letzteren waren ohnehin der Idee einer Belagerung gänzlich abgeneigt und ihrer Gefahren voll gewärtig und bereit, sich jedweder Form des parlamentarischen Protestantismus zu ergeben, um dem Marsch der Model Army den Weg weiter gen Wexford zu weisen.

Solch eine Situation war natürlich ein Rezept für ein schnelles und völliges Desaster. Und so kam es dann auch. Es gibt viele Berichte über die Plünderung und Brandschatzung Droghedas durch die englische Armee und das darauf folgende Massaker. In allen jedoch kehrt ein Ereignis mit hinreichender Beständigkeit wieder, daß es über jeden historischen Zweifel erhaben ist. Der letzte verzweifelte und beherzte Widerstand wurde den Parlamentstruppen durch eine buntgemischte Gruppe von Priestern und Royalisten geboten, die im Turm von St. Peter am Nordende der Stadt gefangen und umzingelt waren. Nach mehreren erfolglosen und teuer bezahlten Versuchen, das Gebäude zu stürmen, beschloß man, die Kirche anzuzünden, und in dem Brand kamen alle Verteidiger um, trutzige Märtyrer einer verlorenen Sache. Alle bis auf einen. Die anekdotischen Berichte stimmen überein in der Beschreibung eines riesigen, rothaarigen Mannes, der flammend wie ein Engel des Feuers vom höchsten Turm, sechzig Fuß über dem Boden, herabsprang und, abgesehen von einer teilweise abgetrennten Hand durch eine aufgerichtete Pike, unverletzt entkam. Nach den Worten der sogenannten (oder selbsternannten) offiziellen Chronisten der Zeit machte diese Tat auf Cromwell solchen Eindruck, daß er Befehl gab, den Mann zu verschonen und in die Sklaverei zu verkaufen, wobei er Miltons Worte murmelte: »Nun bist du fort und kehrest nimmer wieder.«

Patricks Bericht, um dies zu vermerken, unterschied sich wesentlich von den »offiziellen« Versionen. Er sei, so behauptete er, direkt auf den Kopf des Lord Protector gefallen und verdanke sein Überleben in der Folge der Gnade (und der klammheimlichen Freude) der umstehenden Soldaten. Wie es auch gewesen sein mag, sicher ist, daß er sieben Jahre als Sklave auf der Insel Barbados verbrachte, bevor er an Bord einer Galeere nach Venedig entkam. Von dort reiste er nach Siena, wo er in das Benediktinerkloster eintrat und nach einem schwierigen und, nach allem, was man hörte, turbulenten Postulat schließlich im Alter von fünfunddreißig Jahren zum Priester geweiht wurde. Danach bereiste er ganz Europa, gründete Schulen, lehrte mit der manischen Energie des Inspirierten, während er ständig am Rande der Exkommunikation lebte aufgrund seiner Neigungen zum Humanismus, den Naturwissenschaften, dem Lehren in der Volkssprache, starkem Wein und hochgewachsenen Frauen.

Mein Vater hatte Patrick in Amsterdam getroffen, wo er ihn sogleich als meinen Lehrer verpflichtet hatte. Sie waren getrennt nach Italien gereist. Patrick sollte sich wieder einmal einer disziplinarischen Anhörung durch seinen Orden stellen, und mein Vater hatte mit ihm vereinbart, ihn in Florenz zu treffen, sowohl um die Reise nach San Casciano zu vereinfachen, als auch, um den bemerkenswerten irischen Benediktiner Antonio Magliabechi vorzustellen, dessen Interessen als Sammler sich nicht auf Bibliographisches beschränkten. So kamen sie zusammen in unserem Hause an, nachdem sie die Nacht in der Via del Corso verbracht hatten, und nach der erforderlichen Einführung war Patrick stummer Zeuge des Berichts meiner Mutter über Giuseppe Mancini, die Bombonis und die Unfähigkeit des Präfekten. Meines Vaters Reaktion, wie ich berichtet habe, war maßvoll, verhalten, ausgewogen. Es gebe nun einmal bedauerlicherweise nichts, was man tun könne. Dennoch, obwohl ich kaum acht Jahre alt war, spürte ich eine andere Stimmung in dem großen, wortlosen roten Bruder mit der seltsam entstellten Hand. Als ich meinen eigenen Bericht über den Angriff und das Verhalten Pasto Bombonis hinzufügte, sah ich seine Augen wie Kohlen glühen.

So wild war dieser stumme Zorn, daß ich den Mut fand, kurz danach in einer unserer ersten Lektionen seine Gunst und Teilhabe zu suchen, indem ich bemerkte: »Ich hasse die Bombonis mehr als Gift.«

»Warum sagst du solche Dinge, Kind?« sagte er mit solcher Strenge, daß ich ganz die Fassung verlor und stammelte: »Wieso, wegen der schlimmen Dinge, die sie tun.«

»Das heißt, du haßt nicht sie, sondern was in ihnen ist. Insbesondere bei Pasto Bomboni. Das ist ein Junge, der unsere ganze Liebe braucht.«

»Liebe?«

»Ja, Liebe und auch Mitgefühl und Gnade. Der arme Junge hat den Teufel in sich. Was Filippo betrifft, so ist er nach dem, was du sagst, noch lange nicht verloren. Du mußt für sie beide beten, Fredo.«

»Ich bete dafür ... daß sie auf Nimmerwiedersehn verschwinden!« sagte ich, mit einer gewissen hochfliegenden (und tiefempfundenen) Unbotmäßigkeit.

»Fredo«, sagte er lächelnd, so daß sein großes rotes Gesicht in Falten fiel, wie mit einer Gabel durchfurcht, »du hoffst nicht, daß sie verschwinden, du hoffst, daß das, was in ihnen ist, verschwindet.«

»Mama sagt, sie sind so, weil Alessandro sie schlägt.«

»Da, fürchte ich, kann ich nicht zustimmen. Jeder hat die Kraft, dem Bösen zu widerstehen. Wenn man sehr grausam zu jemandem ist, kann man seine Widerstandskraft gegen den Teufel schwächen, aber das ist alles.« Dann, nach einer Pause, fragte er: »Hast du versucht, ihm zu vergeben?«

»Er hat mir nichts getan.«

»O doch. Er hat dir Angst eingejagt, und das ist das Schlimmste, was jemand tun kann. Einem Schmerz zuzufügen ist nichts dagegen.«

Ich glaube, ich ließ erkennen, daß ich dies nicht notwendigerweise als Prämisse akzeptierte, aber dennoch fuhr er fort: »Wenn du versuchst, ihm zu vergeben, ihm *wirklich* zu vergeben, wirst du überrascht sein, wieviel besser du dich fühlst.«

Ich versuchte es, und es klappte nicht, doch ich sagte es ihm nicht; aber ich war damals schließlich erst acht.

Meines Vaters Mangel an Zorn gegenüber den Bombonis und dem örtlichen Präfekten war zum Teil zu erklären aufgrund der schlimmen und erschreckenden Nachrichten aus Florenz. Judenverfolgungen, die nach Cosimos Regierungsantritt merklich zugenommen hatten, waren nun seltener geworden, aber nur, wie durchsickerte, aufgrund einer größeren Krise.

Die Ernte war schlecht gewesen, hauptsächlich wohl, weil eine solche Menge Lands nun brach und unbeackert dalag. Gerüchte über den bevorstehenden Verkauf des Mehlmonopols und eine Verringerung der Grundration hatten fast einen Aufstand außerhalb des Palazzo Pitti hervorgerufen. Einige Jahre hatte sich der Großherzog – oder genauer: seine Mutter – völlig auf den Nachrichtendienst verlassen, welchen die Inquisition lieferte, die, durch Zufall oder mit Absicht, die wachsende Gefahr von Unruhen verschwiegen hatte. Alarmiert von diesem unerwarteten Zeichen des Widerstands und der Gewalt, befahl Cosimo, daß rasche Zugeständnisse zu machen seien, die zum Teil das Volk besänftigten, aber die Händler, Kaufleute und Möchtegern-Monopolisten aufbrachten, auf deren finanzielle Unterstützung der Großherzog und seine Regierung angewiesen waren.

Um einen Ausgleich zu schaffen, wurden die angeblichen Anführer des Aufstandes namhaft gemacht und ins Gefängnis geworfen. Zwei, hieß es, seien auf der Streckbank gestorben, während vier an genau derselben Stelle auf der Piazza della Signoria öffentlich hingerichtet wurden, an der man einst Savonarola auf dem Scheiterhaufen verbrannt hatte. Zur gleichen Zeit wurden Bekanntmachungen herausgegeben, welche die Schuld an den steigenden Preisen den Geldgeschäften und Machenschaften der Juden gaben.

Etwa zur gleichen Zeit wurde Antonio Magliabechi Hofbibliothekar des Großherzogs. Meine Mutter hatte sich anfangs ob dieser Nachricht entsetzt, doch mein Vater hatte gesagt: »Cosimos verrückte Frau hat ihn überredet, diese Ernennung anzunehmen, bevor sie nach Frankreich zurückkehrte. Als er mir sagte, er habe das Amt angenommen, sagte er: ›Ich möchte wissen, was vor sich geht. Wenn ich weiß, was geschieht, dann wissen es auch meine Freunde, und so bleiben sie vielleicht am Leben.‹ Ein seltsamer Ausspruch, aber ich glaube, ich verstehe, was er meinte.«

Mehr schlechte Nachrichten sollten folgen. Eine Reihe von Erlassen »regulierte« die Bewegung von Dokumenten und Manuskripten, und, am schlimmsten, kurz nach meinem neunten Geburtstag brachte mein Vater die Nachricht, daß man Lorenzo Bellini ins Gefängnis geworfen habe.

»Lorenzo!« rief meine Mutter. »Lorenzo! Im Gefängnis!«

»Ja, ja. Aber mach dir keine Sorgen, er ist schon wieder auf freiem Fuß. Ich hatte keine Zeit, ihn aufzusuchen, bevor ich ging, aber ich habe erfahren, daß er in Sicherheit und bei Antonio Magliabechi sei.«

»Warum bist du nicht zu ihm gegangen? Hat man ihm … weh getan?«

»Antonio gebot mir, dem Hause fernzubleiben. Ich glaube, er legt Wert darauf, meine Besuche auf ein Mindestmaß zu beschränken, damit man sie nicht mit dem regelmäßigen Nachschub an Manuskripten in Verbindung bringt. Was den Zustand Lorenzos betrifft, so ist er, soweit ich weiß, unverletzt geblieben.«

Das erwies sich als zutreffend. Vier Tage später traf Lorenzo strotzend vor Gesundheit bei uns ein. Er hatte sogar für mich etwas mitgebracht: eine Vorrichtung, welche die Übertragung von Kraft und Impuls verdeutlichen sollte. Sie bestand aus einem kleinen Rahmen, in dem eine Anzahl von Messingkugeln hing. Die Schnüre, die sie hielten, waren in gleichmäßigen Abständen dergestalt befestigt, daß die Messingkugeln einander im Ruhezustand gerade eben berührten. Wenn man eine der äußeren, gleich welche, anhob und sie gegen die benachbarte fallen ließ, dann wurde die Kugel am anderen Ende mit ähnlicher Kraft nach außen getrieben. Wenn diese wiederum gegen ihre Nachbarin schlug, wurde die ursprüngliche Kugel wieder weggeschleudert. Variationen waren möglich, etwa wenn zwei Kugeln angehoben und fallen gelassen wurden, worauf zwei Kugeln (und nicht mehr) auf der anderen Seite nach außen getrieben wurden. Dasselbe mit dreien.

Ich packte mir dieses neue Wunderwerk und verschwand damit in eine Ecke des Zimmers, nahe am Kamin, und hinter die Wange einer hölzernen Sitzbank, wo ich es nach kurzer Zeit zuwege brachte, ruhig zu bleiben und Lorenzos Bericht über seine neuliche Einkerkerung zu lauschen.

Neben meiner Mutter und meinem Vater war auch Patrick Morahan zugegen, da er schnell ein Vertrauter des Hauses geworden war, und aus der Wärme ihrer Begrüßung wurde deutlich, daß sowohl er als auch Lorenzo Bellini einander erhebliche Wertschätzung entgegenbrachten.

Nachdem er mit Wein, Brot, Käse und einer Schüssel mit Feigen versorgt worden war, die ich selbst bei seiner Ankunft gepflückt hatte, begann Lorenzo seine Geschichte.

»Ich hatte zwei Tage im Hause Vincenzo Vivianis verweilt. Ich mußte ihn sprechen wegen einer Abhandlung, die er dem Cimento vorgetragen hatte und die ich für die Universität zu erwerben gebeten worden war. Wie du weißt, Gallupe, war der alte Mann ein Schüler Galileis. Er war *bei* Galilei, als dieser gefangengesetzt wurde, und blieb danach bei ihm bis zu seinem Tod. Ja, so groß war das Vertrauen zwischen ihnen, daß Galilei ihm seine Manuskripte übereignete.« Von meiner Stelle hinter der Holzwange hörte ich meinen Vater einen lauten Ausruf der Überraschung von sich geben. Lorenzos Stimme fuhr fort: »Genau. Der Verbleib der Originalmanuskripte ist ein berühmtes Geheimnis gewesen. Ich weiß, daß es einige Originale in Pisa gibt und ein paar andere (oder zumindest sehr frühe Kopien) in Bologna. Aber die Mehrzahl der Originalmanuskripte liegt seitdem auf dem Speicher des armen Vincenzo. Mir war das unbekannt, bis ich, wie ich sagte, ihn vor einer Woche besuchte. Bei der Gelegenheit brach es alles aus ihm heraus.

Nun, Gallupe, du kennst Vincenzo, und du weißt, auch wenn er störrisch ist wie ein Esel, sobald es um die Diskussion einer völlig nebensächlichen und nutzlosen akademischen Frage geht, so ist er doch ungefähr so robust wie die Tugend einer Hure. Es sieht so aus, als ob sein alter Meister, nachdem man ihm die glühenden Zangen, heißen Kohlen, Daumenschrauben, Hodenquetscher und Körperpressen vorgeführt hatte, ein wenig das Vertrauen in den Anbruch des Zeitalters der Vernunft und Aufklärung verloren hätte. Selbst als er in Florenz war und vermeintlich unter dem Schutz der Medici stand, war er weise genug zu erkennen, daß das sogenannte Neue Zeitalter statt der Morgenröte der Zivilisation nur einen kleinen Kreis von Kerzenlicht inmitten einer dunklen Nacht bringen mochte. Mit zunehmendem Alter wuchs darum bei ihm die Besorgnis um sein ursprüngliches Werk. Oh, ich weiß, daß Kopien erstellt wurden, fast gleichzeitig mit den Originalen, aber er glaubte, vermutlich zu Recht, daß sein eigener Genius dermaßen einzigartig und unwiederholbar sei, daß jeder Versuch, seine Ergebnisse anzuzweifeln, gelingen mochte, wenn die Originalmanuskripte nicht vorlagen. Auch sind natürlich, wenn die Echtheit auch nur einer Kopie in Zweifel gezogen wird, alle anderen als Fälschungen verdächtig.

Auf jedem Fall bestimmte der große Naturwissenschaftler kurz vor seinem Tod, daß seine Forschungsergebnisse so lange an einem geheimen Ort aufbewahrt werden sollten, bis die Wissenschaft sie überholt habe. Ob er nicht mehr bei klarem Verstand oder ob Vincenzo der einzige greifbare Schüler war, ist unklar, aber jedenfalls wurde Vincenzo auserwählt. Er wurde so zum Hüter der Geheimnisse des Himmels und der grenzenlosen intellektuellen Wunder des Universums und macht sich seitdem die ganze Zeit vor Angst in die Hosen. Zudem wurde er natürlich nicht nur mit ihrer sicheren Verwahrung betraut, sondern auch zum einzigen Richter darüber bestellt, ob und wann sie der Öffentlichkeit zugänglich gemacht werden sollten. Er war, wie man sich vorstellen kann, verzweifelt auf einen Helfer aus. Aber an wen sollte er sich wenden? Er haßte alle im Cimento außer dir, Gallupe. Er wollte sich schon dir anvertrauen, als du für Antonio Magliabechi zu reisen begannst. Er hatte soeben beschlossen, sich Antonio anzuvertrauen, als er von Antonios Ernennung zum Bibliothekar des Großherzogs hörte, und das zog dessen Verläßlichkeit wieder in Zweifel.

Seine Ängste erreichten einen Höhepunkt mit den Gerüchten, die nun in Florenz umgehen, daß alle wissenschaftlichen Werke registriert werden sollen. Und so, außerstande, das Geheimnis weiter allein zu tragen, erzählte er es schließlich mir, als ich ihn aufsuchte, um ihn um jene unwichtige kleine Abhandlung für Pisa zu bitten. Zuerst dachte ich natürlich, er scherze, wenn dies auch das erste Mal gewesen wäre. Als mir klar wurde, daß es ihm ernst war, bat ich alsgleich darum, das Material sehen zu dürfen, da er, wie sich im Verlauf unseres Gespräches herausstellte, vor Angst wie gelähmt gewesen war und die Manuskripte seit fast vierzig Jahren nicht mehr angerührt hat! Einige sind natürlich gebunden, und er hat Glück, daß die anderen alle in Leinen eingeschlagen waren und der Speicher sich zufällig als perfekter Lagerraum erwiesen hat. Ich hoffe, du nimmst mir nicht übel, wenn ich hier innehalte, aber ich muß jetzt einfach eine von diesen Feigen kosten.«

Trotz der dazwischenliegenden Eichenwange konnte ich die Aufregung meines Vaters spüren, als ich Bellini sein Glas heben und etwas in Anerkennung meiner Gaben murmeln hörte. Kurz darauf fuhr er fort.

»Nun, Gallupe, ich mag nur ein bescheidener Erforscher der menschlichen Gedärme sein, aber als ich jene Zeichnungen und Berechnungen aufschlug, hatte ich ein ganz außergewöhnliches Gefühl der Erhebung. Sein Werk, seine Irrtümer, Berechnungen, Messungen, Diagramme, Notizen und Zeichnungen; zugleich die größten Wahrheiten und die größten Ketzereien der Epoche. Wir saßen den Großteil der Nacht wach. Viel war natürlich in Unordnung. Einige Dokumente waren durch Faltung beschädigt worden, aber ansonsten gab es wenig Anlaß zur Sorge. Ich stellte alsgleich klar, daß *du* dich ihrer annehmen solltest. Nein, nein, Gallupe, das ist überhaupt keine Frage. Ich habe ihn auch von Antonios Aufrichtigkeit überzeugt, trotz seiner Ernennung durch den Großherzog. Obwohl er bis zu einem gewissen Grade wie ein von seiner Last befreites Tier war, blieb er höchst besorgt, was eine mögliche Entdeckung und insbesondere die augenblicklichen Gefahren in Florenz betraf, wo die Inquisition so stark ist. Es lag vielleicht an seinen ansteckenden Befürchtungen, daß ich auf das vorbereitet war, was sich am folgenden Tag abspielen sollte.

Vincenzo war zu Bett gegangen und hatte mich mit den buchstäblich über sein ganzes Arbeitszimmer verstreuten Dokumenten zurückgelassen. Ich gestehe, daß ich am

Tisch einschlief und am nächsten Morgen durch ein fürchterliches Hämmern an der Tür geweckt wurde. Sein Arbeitszimmer liegt im ersten Stock des Gebäudes, und von da, wo ich stand, konnte ich durch das Fenster gerade noch die Helmspitzen einer Anzahl von Salti aus dem Bargello-Gefängnis ausmachen. Ich hatte keine Zeit, die Dokumente anzurühren. Sie waren im Begriff, die Tür einzubrechen, als ich sie ihnen mit einem freundlichen Lächeln öffnete. Es waren fünf. Ein Hauptmann und vier Büttel, gut ausgestattet mit Knüppel, Seil und Schwert.

Aus reinem Impuls heraus sagte ich: ›Guten Morgen, Hauptmann, ich nehme an, Ihr sucht Bellini.‹

Das verschlug ihm ein wenig die Sprache, und es war der Unteroffizier hinter ihm, der sagte: ›Ja, wo ist er?‹

Ich gestehe, daß ich auch überrascht war, aber meine ersten Gedanken, hervorgerufen durch ein schlechtes Gewissen vielleicht, galten den Manuskripten, die um mich herum im Zimmer ausgebreitet waren, und so sagte ich: ›Ihr meint den berühmten Bellini?‹

›Ja, so sagt man‹, sagte der Hauptmann, der mich nun mißtrauisch beäugte.

›Richtig‹, sag' ich mit Verschwörermiene, ›und ich nehme an, Hauptmann, Ihr seid weniger interessiert an ihm als an dem, was er *gemacht* hat?‹ Worauf der Trottel eifrig nickt, der, vermute ich, keine anderen Befehle hat, als eine Verhaftung durchzuführen.

›Dann kann ich Euch sagen, wohin Ihr jetzt gleich gehen solltet‹, sag' ich. ›Ihr kennt die Uffizien, die Kunstgalerie des Großherzogs?‹ Sie alle nicken wie Marionetten. ›Wie Ihr wißt, ist sie an einigen Vormittagen der Öffentlichkeit zugänglich. Wenn Ihr in den ersten Raum im ersten Stock geht, werdet Ihr unmittelbar innerhalb des Durchgangs linker Hand finden, was Ihr sucht.‹

Diese übergenaue Angabe hatte ganz den gewünschten Effekt, und der Bursche marschiert ab zu den Uffizien. Unglücklicherweise hat er, bevor er geht, einen Geistesblitz.« Bellinis Stimme senkte sich nun zu einer Bühnenimitation des Salti-Hauptmanns: »›Gut, du, Luigi, gehst rum und bewachst den Hintereingang des Hauses. Du, Franco, bleibst hier bei der Vordertür. Laßt niemanden raus oder rein. Wenn dieser Bellini auftaucht, schnappt ihn euch. Abmarsch.‹

Sie marschierten mit raschem Tritt die Straße hinunter, so schenkte ich Franco ein freundliches Lächeln und zog mich ins Haus zurück. Flucht war natürlich zwecklos, und selbst wenn die beiden Schläger vorn und hinten nicht gewesen wären, wäre ich aus freien Stücken geblieben. Ich hatte alle Zeit, die ich brauchte, und machte mich daran, die Manuskripte einzupacken, Vincenzo zu wecken, der vor Furcht wie gelähmt war, und die Bücher und Leinenpacken wieder auf dem Söller zu verstauen. Dann wies ich Vincenzo an, wieder ins Bett zu gehen, goß mir ein Glas Orvieto ein und setzte mich, um auf die Rückkehr des Hauptmanns zu warten.

Keine Stunde vergeht, da wird erneut wild gegen die Tür gehämmert, die ich eilends öffne. Und da sind sie wieder, alle bis auf Luigi, der Hauptmann dunkelrot im Gesicht zum Teil aus Wut, zum Teil durch seine Anstrengungen in der Morgensonne. Er ist so außer Atem, daß ich das erste Wort habe.

›Ein höchst faszinierendes Werk, nicht wahr, Hauptmann?‹

›Was? Also, erstens war nicht auf. Und als wir endlich reinkamen, war nichts da.‹

›Ihr habt dort nachgeschaut, wo ich es gesagt habe?‹

›Da sind bloß so blöde Bilder …‹

›… von so ’m alten Knacker auf einem Schachbrett mit Pfeilen im Bauch‹, fügte der Unteroffizier hilfreich und ungenau hinzu.

›Ah, ja. *Le pélérinage de l'âme.* Es ist natürlich ein allegorisches Werk. Interessant, aber obskur, basierend, wie es heißt, auf einem Text von Guillaume de Guilleville. Sein Ziel ist, ein Gefühl der Ruhe, des Friedens und ...‹

›Aber wo ist dieser verdammte Bellini?‹

›Aber das ist ...‹

›Ich glaube, du bist dieser verdammte Bellini.‹

›Gewiß bin ich ein Bellini, aber nicht der berühmte Bellini. Ich kann mir nicht vorstellen, warum Ihr mich zu sehen wünschen solltet oder etwas, das ich getan habe. Ich bin nur ein Arzt. Ein bescheidener Knochensäger, ein Erforscher von Innereien.‹

›Gut!‹ sagte der Hauptmann wie einer, der erfolgreich ein schwieriges Problem gemeistert hat. ›Packt ihn euch!‹

Nun ja, was dann folgte, war weniger erfreulich. Ich wurde gepackt und ins Haus gezerrt, vorbei an Vincenzo, der, was ihm hoch anzurechnen ist, erstanden war wie Lazarus aus dem Grabe. Ich war gezwungen zu warten, während sie das Haus oberflächlich durchsuchten, vermutlich um sicherzugehen, daß es keine weiteren Bellinis im Hause mehr gab, ob allegorisch oder nicht, und dann wurde ich zum Bargello abgeführt. Ich will nicht behaupten, daß ich keine große Angst hatte. Die Wirkung war jedoch höchst seltsam. Mir wurde ganz leicht im Kopf, losgelöst. Ich entwickelte auch eine Klarsicht und Schärfe der Empfindung, die beinahe schmerzhaft war. Ich bin nie zuvor festgenommen worden, und ich nehme an, ich betrachtete die Welt, als sähe ich sie zum letztenmal. Die Morgenschatten, die über die Piazza della Signoria fielen, die sich sammelnde Wärme der Sonne, durch die ich die eisige Kälte der Brunnen hören konnte, als wirkten alle meine Sinne im Einklang zusammen. Ich konnte den *David*, als wir an ihm vorbeigingen, *fühlen*, die blinden Alabasteraugen, die Spannung der Sehnen, selbst die Kruste von Taubenscheiße war scharf und klar wie Vogelsang.

›Du bist ein Arschloch, uns so an der Nase rumzuführen‹, sagte der Unteroffizier. ›Du hast wohl geglaubt, das wär' komisch, was? Wart erst mal ab, wie du heute abend lachen wirst.‹

Er war ein großer Bursche, nicht fett, aber dick. Ich sprach den Hauptmann an.

›Habt Ihr Schmerzen im Rücken, Hauptmann, unten auf der rechten Seite in Gürtelhöhe?‹

›Woher wißt Ihr das?‹ fragte er mißtrauisch, wenngleich plötzlich ganz höflich.

›Die Blutgefäße um die Nase. Pepitchiae nennen wir sie. Es ist eine Warnung, daß etwas mit Eurer Leber nicht stimmt.‹

›Mit deiner verdammten Leber wird einiges nicht stimmen, wenn du jetzt nicht das Maul hältst‹, sagte der Unteroffizier hinter mir.

›Schnauze, Petroni‹, sagte der Hauptmann und sah mich besorgt von der Seite an. ›Was soll mit meiner verdammten Leber sein?‹

›Schwer zu sagen. Ich stell' normalerweise keine Diagnosen im Laufschritt. Kommt ein andermal deswegen vorbei. Ihr wißt ja, wo Ihr mich findet.‹

In Schweigen gingen wir weiter, vorbei am Palazzo Vecchio. Als wir zur Piazza San Firenze kamen und ich den großen Block des Bargello wie einen schweren Amboß auf der einen Seite liegen und den Turm der Badia, dünn wie einen Bleistift, daneben aufragen sah, beide in Stein gegen den wolkenlosen blauen Himmel gesetzt, hätte ich fast geweint. Wir betraten den Bargello durch eine kleine Pforte, die auf die Via del Proconsolo hinausgeht, und ließen drei Mann von unserer Eskorte draußen zurück. Die Tür wurde geschlossen und hinter uns verriegelt.

Mein erster Eindruck war Überraschung. Dies ist kein Verlies, dachte ich, denn wir waren direkt in einen Raum von beträchtlicher Größe und imposanter Höhe eingetreten. Die Wände waren großenteils vertäfelt und ansonsten mit kostbaren Wandteppichen behangen. Auf dem polierten Holz hingen Bilder, einige davon von ausnehmender Schönheit, und in der Ecke des Raumes stand eine Bronze von Cellini, die ich bei einem meiner Besuche im Pittipalast gesehen hatte (vielleicht auch nur eine Kopie davon). Meine geschrumpfte Eskorte wandte sich nun unmittelbar nach links, und wir marschierten durch einen nicht minder eindrucksvollen Raum, bis wir in einen Hof kamen, in dessen Mitte ein Springbrunnen plätscherte, umgeben von einem Garten so grün wie nur irgendwo in Italien. Den Garten umgab eine Kolonnade mit vollkommenen gotischen Proportionen, in deren Schatten weiße Marmorskulpturen aufblinkten, leuchtend in der stummen Düsternis.

Wir wandten uns nach rechts, wo eine steinerne Freitreppe zum ersten Stock hinaufführte, und stiegen zu einer schweren Eichentür hoch, die sich etwa zwanzig Fuß über dem Boden befand. Durch diese Tür hindurch kamen wir in eine prächtige gewölbte Halle, die leer war bis auf einen Tisch aus polierter Eiche und monumentale Skulpturen zu beiden Seiten, die ich sogleich als Werke Donatellos erkannte. Wir durchschritten die Halle, wobei unsere Tritte widerhallten wie die einer Armee, und hielten vor einer messingbeschlagenen Tür, an deren einer Seite auf einem Sims die Büste einer Frau mit Kind stand, die beide breit lächelten wie nach einer mütterlichen Neckerei. Mein Hauptmann klopfte an die Tür, und auf einen kurzen Befehl von innen drückte er die Klinke nieder, und er und ich, allein, traten ein.

In dem Raum waren zwei Männer. Einer, offenkundig ein Schreiber, saß am Ende eines billigen, schmucklosen Tisches, der unter einem Kerzenleuchter stand. Dieser war unangezündet mit Rücksicht auf die Morgensonne, welche die offenen Fenster erhellte. Nach meinen Berechnungen waren wir wieder an der Nordseite des Gebäudes angelangt, und durch das hohe Bogenfeld eines Fensters zur Linken glaubte ich den Turm der Badia erkennen zu können. Der andere Mann, der sich von eben diesem Fenster umwandte, als wir eintraten, trug einen einfachen *lucco* und hielt ein Buch in der Hand, das er offensichtlich ins Licht gehalten hatte, um seine schwachen Augen zu schonen, die uns nun durch eisengefaßte Brillengläser hindurch ansahen. Eine knochige, spitze Nase und ein ebensolches Kinn gaben ihm zusammen mit einer nervösen Gewandtheit der Bewegung etwas Vogelhaftes, das auch nicht vermindert wurde, als er in einem hohen, piepsenden Italienisch mit einem unleugbaren römischen Akzent sprach.

›Ah, Signore Dottore‹, sagte er, den Hauptmann mit einem Wink aus dem Zimmer schickend, ›ich habe soeben von meinen Kollegen in den Uffizien gehört. Es scheint, als hättet Ihr den Einfaltspinsel ganz schön zum Narren gehalten.‹

›Ich habe nur …‹

›Ich weiß, was Ihr getan habt, Dottore. Höchst amüsant. Ihr müßt verstehen, daß die Salti nicht aufgrund ihres Sinns für Humor oder ihres Kunstverstandes ausgewählt werden. Ja, man könnte sagten, daß ein Sinn für Humor, wie unterentwickelt er auch sei, und ein Kunstverstand, wie rudimentär auch immer, sie eher in ihrer Eignung disqualifizieren dürften. Sie werden gelegentlich zu Aufgaben herangezogen, deren Ausführung durch jede Art von Sensibilität beinahe unmöglich gemacht würde. Wir zielen darauf ab, die Art von Menschen anzuziehen, die genauso auf die *Pietà* wie in einen irdenen Topf pinkeln würden. Ich muß traurigerweise vermelden, daß wir wenig Probleme haben, geeigneten Nachwuchs zu finden. Ich andererseits habe die *Pélérinage de l'âme* immer bewundert. Ich weiß, daß manche Mitglieder meiner Gesellschaft allegorische Werke als Häresie betrachten, aber ich habe dieser Ansicht nie beigepflichtet. Die Wirklichkeit kann so schmerzhaft sein, nicht wahr, Dottore?‹

›Das habe ich oft beobachten können. Darf ich fragen, welcher Gesellschaft?‹

›Müßt Ihr das noch, Dottore? Nun denn, ich bin Andrea Cortese. Ein Mitglied der Gesellschaft Jesu; wenn Ihr so wollt, ein Jesuit. Wie Ihr wißt, tragen wir nicht immer unser Gewand. Diese florentinische Sitte ist soviel bequemer, insbesondere in dieser infernalischen Hitze.‹

›Warum hat man mich festgenommen?‹

›Festgenommen! Mein lieber Dottore, Ihr seid nicht festgenommen. Ihr seid so freundlich gewesen, herzukommen, um die Kranken zu pflegen.‹

›Es steht mir frei zu gehen?‹

›Natürlich. Ich sollte Euch jedoch warnen, daß es ohne Begleitung leicht ist, seinen Weg im Bargello zu verlieren. Ein irritierendes altes Gebäude, so verwinkelt wie das Gehirn eines Türken. Man kann sich tagelang darin verlaufen. Nein, Dottore, wir nehmen das größte medizinische Genie in Italien nicht fest, selbst‹, fügte er lächelnd hinzu, ›wenn wir die Macht dazu hätten. Und außerdem, selbst wenn wir die Macht dazu hätten und es wollten, warum sollten wir es tun – Ihr habt schließlich keine Ketzerei begangen. Oder?‹

›Nicht, daß ich wüßte. Heutzutage ist es so schwierig, das zu wissen.‹ Dies schien ihn gewaltig zu amüsieren, und er sagte: ›So ist es. Der Allmächtige hätte wirklich eine Alarmglocke in uns alle einbauen sollen wie die große *vacca*, die sie in der Republik läuteten. Jedesmal wenn wir sündigten oder irrten, würde sie in unseren Köpfen erschallen: Bom, bom! Dann wüßten wir und jedermann ringsum Bescheid. Und denkt Euch nur, welch eine Kakophonie dies in Florenz ergäbe. Aber setzt Euch, Dottore, laßt uns ein wenig miteinander plaudern.‹

Und er wies mir den Stuhl gegenüber dem Tisch und gab dem Schreiber einen Wink, worauf dieser alsgleich seine Feder aufnahm.

›Ah‹, sagte ich, ›natürlich, die Inquisition. Alles wird aufgezeichnet.‹

›Ihr habt doch sicher nichts dagegen, Dottore? Gewißheit ist etwas Wesentliches, nicht wahr? *„Provando e Riprovando!“* Aber nun laßt uns beginnen.‹

Er ließ sich am anderen Ende des Tisches nieder und öffnete das Buch, das er in der Hand gehalten hatte. Mir wurde mit einem gewissen Erschrecken klar, daß sein gesamter Inhalt allein mich betraf.

›Ein sehr eindrucksvolles Dokument, Dottore. Geboren 1643, ein Jahr nach dem Tod Galileis. Ein Mißgeschick, daß es zwei so großen Leuchten nicht bestimmt war, zur selben Zeit auf Erden zu weilen.‹ (Ich wurde langsam zornig.) ›Aufgenommen in die Universität im Alter von vierzehn. Professor der theoretischen Medizin mit einundzwanzig.‹

›Zwanzig.‹

›Ach, du lieber Himmel.‹ Er beugte sich über den Tisch, nahm seinem Schreiber den Federkiel ab und, indem er ihn hielt wie ein Maler den kleinsten Pinsel für die letzten Feinheiten, machte er mit zurückgelegtem Kopf und geschürzten Lippen eine winzige Änderung im Manuskript. Dann gab er die Feder zurück und fuhr fort: ›Zwanzig. Ruf auf den Lehrstuhl für Anatomie mit sechsundzwanzig. Ausgedehnte Reisen, unter anderem zu Vorträgen vor der Académie Française und der Royal Society in London. Dies natürlich zusätzlich zu regelmäßigen ausgedehnten Besuchen an den Universitäten von Bologna und Padua. Über diese akademischen Leistungen hinaus gibt es auch, wie Ihr mir sicher beipflichten werdet, Hinweise auf eine gewisse Kampfeslust. Einschließlich eines körperlichen Angriffs auf einen Botaniker in Wien.‹

Ich war natürlich versucht, ihn zu unterbrechen, zu protestieren, selbst ihn zu korrigieren (es war kein Botaniker, es war ein Etymologe). Es liegt jedoch eine gewisse Faszination darin, sein eigenes Leben mit solcher Genauigkeit seziert zu bekommen, selbst wenn man in größter Gefahr ist. Was folgen sollte, war noch erschreckender.

›Und, Dottore, Eure Leistungen gehen noch weiter. Eure Schriften zu, sollen wir sagen, philosophischen, politischen und religiösen Belangen sind nicht minder zahlreich. Jüngst habt Ihr eine Widerlegung des Engländers Hobbes zur Rechtfertigung von Monsieur Descartes veröffentlicht. Desgleichen einen Briefwechsel neueren Datums mit dem Engländer John Locke (der mittlerweile, wie man hört, in Paris lebt), in dem Ihr darlegt, wenn ich dies recht verstehe, daß Theorien bezüglich der Empfindung und materieller Phänomene den Fortschritten der Medizin insbesondere mit Hinblick auf die Verdauung unzureichende Aufmerksamkeit widmen.‹ (Eine weitere kolossale Ungenauigkeit, aber ich schweife ab.) ›Dann gibt es da einen weiteren Briefwechsel mit dem Engländer Robert Boyle (ein bemerkenswerter Mann, meint Ihr nicht, der gleichzeitig die Juden angreifen und die Jesuiten verärgern kann). Ich habe auch mit Interesse Eure Abhandlung über Okkasionalismus und insbesondere Eure Kritik des unbegreiflichen Niederländers Geulincx gelesen (wo Ihr Zweifel äußert, ob Veränderungen im Nervensystem zwangsläufig eine geistige Veränderung nach sich ziehen, wobei Ihr ein wenig spöttisch bemerkt, daß unsere Fähigkeit zu lieben nicht durch die Bewegungen der Gedärme konditioniert werden könne). Ihr stellt die interessante Hypothese auf, daß die menschliche Fähigkeit zu lieben ein Reservoir sei, das nur soviel von sich gebe, wie zuvor hineingelegt worden sei. Es gibt natürlich zahlreiche andere Werke und Abhandlungen medizinischer Natur, auf die ich gar nicht eingehen möchte. Ich sehe jedoch, daß Ihr darüber hinaus kein Fremder in erlauchten Kreisen seid. Während Eurer Mitgliedschaft im Cimento verschaffte Euch Eure persönliche Freundschaft mit Großherzog Ferdinand unter anderem bevorrechtigten Zugang zu seiner Galerie in den Uffizien, was es Euch ohne Zweifel ermöglichte, dieses interessante Spiel mit den Salti zu spielen.‹

An diesem Punkt, Gallupe, wie du dir vorstellen kannst, empfand ich sehr widerstreitende Gefühle. Auf der einen Seite war ich zornig bis an den Rand der Gewalttätigkeit. Auf der anderen war da eine entsetzliche Faszination, daß so viel Information (wenngleich *akademisch* ungenau) in dieser Weise hatte angesammelt werden können. Und noch Schlimmeres stand bevor.

›Euer geschäftiges akademisches Leben, Dottore, hat Euch nicht daran gehindert, eine erkleckliche Anzahl von Freunden zu gewinnen. Viele von ihnen Männer von beträchtlichem Rang. Ihr wohnt, ist es nicht so, bei Vincenzo Viviani, einem Lehrling Galileis? Noch sollte ich Eure enge Freundschaft mit unserem eigenen buckligen Bibliothekar und seinem Botenjungen vergessen.‹

Jetzt hatte ich genug. Meine ganze Furcht verging in einem blinden Zorn gegen diesen aufgeblasenen selbstzufriedenen kleinen Bastard, und ich schrie ihn an, ein Fehler, wie sich herausstellte: ›Warum, zum Teufel, wißt Ihr das alles?‹

Wie ich dies sagte, veränderte sich seine ganze Haltung, nein, sein ganzer physischer Charakter. Zuvor hatte er mich angezwitschert, mit dem Blick auf das Skript; nun blitzten seine Brillengläser zu mir auf, und hinter ihnen schienen die Augen das ganze Gesicht auszufüllen. Seine Stimme wurde scharfkantig wie Glas:

›Warum? Warum? Ihr fragt mich das, Signore Bellini? Wißt Ihr nicht, wer wir sind? *Warum* wir sind? Natürlich wißt Ihr das. Wir existieren, um mit Leuten wie Euch fertig zu werden.‹

›Leuten wie mir?‹

›Ja, Leuten wie Euch, der Eierkopfbrigade, wie Ihr euch auch nennt, Kartesianer, Ontologisten, Okkasionalisten, Jansenisten und selbst die Scheiß-Pantheisten.‹

Aus irgendeinem Grund empfand ich den vulgären Ausdruck aus dem Mund dieses pedantischen, bebrillten Priesters als seltsam schockierend. Wie einen Schlag ins Gesicht. Aber ich tat mein Bestes.

›Die kartesianische Theorie‹, sagte ich, ›sucht nur die Existenz Gottes zu beweisen.‹

›Oh, wirklich! Wie bemerkenswert nützlich für den Allmächtigen sich das erweisen könnte. „In sieben Tagen vollbringe ich meine Schöpfung. Ich überantworte sie, zusammen mit den Wundern des Universums, der Menschheit, die ich nach meinem Bild schaffe. Ich setze die Sterne an die große Kuppel des Himmels, und diesem gigantischen Werk gebe ich die Fähigkeit des Staunens hinzu. Und zu welchem Behufe, was ist der Zweck meiner Schöpfung? Ah, daß so ein verdammter Niederländer mit einem unaussprechlichen Namen beweisen kann, daß es mich gibt.“‹

›Es liegt kein Schaden ...‹

›Kein Schaden!‹ Er war von seinem Schreibtisch aufgestanden und stand nun vor mir, entflammt wie ein Freudenfeuer. ›Ist Euch nicht *einmal* der Gedanke gekommen, Signore Bellini, daß das, was bewiesen werden kann, aufhört ein Objekt des Staunens zu sein? Wo es kein Staunen gibt, gibt es keine Furcht. Wo es keine Furcht gibt, gibt es keine Disziplin, und wo es keine Disziplin gibt, herrscht das Chaos. Gott wird nicht von dem Heiden bedroht. Den Heiden kann man belehren, bekehren, überreden, wenn nötig, verbrennen. Gott wird von denen bedroht, deren wissenschaftliches Streben dahin geht, zu beweisen, daß es ihn gibt. Erzählt mir nicht, Dottore, daß sie es zur Ehre Gottes tun. Sie tun es um ihrer eigenen beschissenen Eitelkeit willen.

Wenn Ihr aus dem Fenster dort blickt, könnt Ihr direkt auf die Piazza San Firenze sehen. Sie ist voller Menschen; es ist Morgen; sie kaufen Brot und Oliven und Wein; einige sind Tuchweber; andere machen Schuhe, Taschen, Ziegel und Mörtel, setzen Häuser instand, zimmern Fensterläden, bedienen bei Tisch, verkaufen ihre Körper, urinieren gegen die Wand und entleeren den Darm in die Gosse, während andere neben den offenen Abwasserkanälen in der Straße betteln und sterben. Was wissen diese Leute von Euren „Phänomenen" und „Empfindungen", von „empirischer Methode", „subjektivem Idealismus", „progressiver Synthese"? Wenn die Kacke in die Gosse fällt, was weiß der sich also Entleerende vom „ductus Bellini"? Wenn der Bettler über seiner Schale stirbt, welchen Gedanken verschwendet er an das „kausale Handeln inmitten finiter Existenz"? Aber wißt Ihr, was sie alle haben? Sie alle haben Glauben. Glauben, daß sie Teil des göttlichen Plans sind, Glauben, daß Leid Sühne ist und daß in Gottes Gerechtigkeit das Leid seinen Lohn findet. Das ist ihr Syllogismus.‹

›Ihr Leid entspringt menschlicher Armut.‹

›Und Ihr würdet ihnen auch noch den Glauben nehmen wollen? Zusätzlich zu ihrem Elend würdet Ihr ihnen die Anarchie und Gesetzlosigkeit einer Welt auferlegen, die aufgehört hat, Gott zu fürchten?‹

›Mein eigenes Wissen, groß wie Ihr es nennt, hat mich niemals dazu gebracht, das Staunen aufzugeben.‹

›Vielleicht nicht, aber was habt Ihr gelernt? Könnt Ihr mir zum Beispiel sagen, welchem Teil des Körpers die Seele innewohnt?‹

In diesem Augenblick, gebe ich zu, verlor ich die Kontrolle. ›Ja‹, sagte ich.

Das brachte ihn aus der Fassung. Er blinzelte mich an, wild, plötzlich unsicher.

›Das wißt Ihr? Ihr könnt es beweisen?‹

›All meine Forschungen in theoretischer Medizin und die praktischen Studien der Anatomie haben mich zu dem unausweichlichen Schluß kommen lassen, daß der Sitz der Seele das männliche Glied ist.‹«

(Ich, der ich vergessen hinter meiner eichenen Holzwange saß, hörte Patrick vor Lachen schnauben.)

»Er starrte mich an, als hätte ich ihn in den Arm gebissen, und sagte: ›Ihr … Ihr wollt Euch mit mir einen Scherz machen?‹

›Es ist kein Scherz. Betrachtet die Indizien selbst. Es ist der einzige Teil der menschlichen Anatomie, der sich anscheinend aus eigenem Antrieb und ohne verstandesmäßige Absicht bewegt. Es ist wesentlich für den Vollzug physischer Liebe, die Erhaltung der Art und liegt bei Priestern angeblich brach. Kann es ein zwingenderes Argument als dies geben, um darauf hinzudeuten, daß es der Sitz der Seele ist? Frauen, wie man wohl weiß, haben natürlich keine.‹

Er sah mich an, sein Gesicht war wie versteinert, und wandte sich dann dem Schreiber zu. ›Streich das!‹

›Von wo an?‹ fragte der Schreiber, der offenkundig nicht besonders helle war.

›Wo steht: „das männliche Glied", du Idiot, und ersetze es durch „die Leber".‹

Er wandte sich wieder mir zu und sagte: ›Es ist unklug von Euch, mit mir zu scherzen, Signore Bellini. Laßt mich Euch sagen, daß wir Euch schon auf die Schliche kommen werden. Euch und all Euren Freunden. Wir werden Euch vielleicht nicht verbrennen wie die Dominikaner, aber wir werden Eure Werke verbrennen. Wo immer die Regierung Ordnung und Disziplin sucht und nach göttlicher Vorsehung zu herrschen bestrebt ist, werden wir Eure Werke verbrennen und wenn wir damit fertig sind, werdet Ihr alle schwören, daß es sie nie gegeben hat. Hauptmann!‹

Mehr war da nicht mehr zu sagen, und ich hatte, offen gesagt, auch genug.

›Bringt ihn zu Collangi. Gebt Obacht, was Ihr seht, Dottore, gebt Obacht, und verbreitet die Kunde.‹

Ich verließ den Raum mit soviel Selbstvertrauen und Würde, wie ich aufbringen konnte, und wir gingen den Weg zurück, vorbei an der lächelnden Mutter mit Kind, durch die Halle und in die sengende Mittagshitze des Hofes hinaus.

Als wir die Freitreppe hinuntergingen, hielt der Hauptmann inne und wandte sich zu mir.

›Was diese Pepitas betrifft …‹

›Verzeihung, Hauptmann?‹

›Die Pepitas.‹ Und er stieß mit dem Daumen in Richtung seiner eigenen Nüstern. ›Von denen die Rückenschmerzen kommen. Das nimmt mich ganz schön mit, da rechts unten. Aufstehen, hinsetzen, manchmal kann ich nicht mal mein Essen unten behalten.‹

›Ah, die Pepetchiae. Sie sind nur der …‹

›Ja, wie werd' ich die Dinger los?‹

›Trinkt Ihr drei Flaschen Wein am Tag?‹

›Woher wißt Ihr das?‹

›Durch meine Augen, Eure Augen, Eure Nase, meine Nase und Euren Atem. Habe ich recht?‹

›Na ja, so um den Dreh …‹

›Ihr macht Euch auch zu viele Sorgen in dieser Hitze, und Ihr seid zu dick. Was ist das?‹ (Ich wies auf ein zusammengefaltetes Stück Papier, das er in der rechten Hand hielt.)

›Das ist ein Haftbefehl; hat nichts mit Euch zu tun.‹

›Gut, gebt mal her.‹ Ich nahm meinen Rötelstift aus der Tasche, den Haftbefehl (und meinen ganzen Mut) in die andere Hand und kritzelte etwas darauf.

›He! Gebt das …‹

Ich gab es ihm sofort zurück und sagte: ›Geht damit zu

irgendeinem anständigen Apotheker. Er soll Euch das geben, was auf dem Papier geschrieben steht. Er wird sich zuerst weigern, und Ihr werdet meinen Namen erwähnen müssen. Nehmt je einen Löffel davon morgens und vor dem Schlafengehen. Trinkt nicht mehr als zwei Flaschen Wein pro Tag. Zweimal am Tag müßt Ihr zu Fuß vom Bargello zur Piazza del Duomo gehen, wo Ihr zweimal die Runde durch das Innere der Kathedrale macht. Wenn Ihr unter der Kuppel steht, schaut hinauf. Denkt daran, daß sie vor zweieinhalb Jahrhunderten von Brunelleschi erbaut wurde und denkt darüber nach, daß es die erhabenste Konstruktion auf der Welt ist und doch kein solches Wunder wie ein Hühnerei. Dann geht in die erste Kapelle zur Rechten, wo Ihr eine Statue finden werdet. Dort bleibt Ihr stehen, völlig still, und das jeden Tag wenigstens drei Minuten. Bewegt Euch nicht und seht sie Euch genau an, bis Ihr die Struktur des Steines selbst fühlen könnt.‹

›Was soll das alles?‹

›Nach einer Woche werdet Ihr Euch unendlich viel schlechter fühlen, insbesondere wenn Ihr in der Kapelle steht, wo Euch die Kälte und die Langeweile zu Leibe rücken. Nach zwei Wochen werdet Ihr Euch besser fühlen, und nach zwei Monaten werdet Ihr ein neuer Mensch sein. Wenn Ihr auch nur eins von diesen Dingen auslaßt, wird es nicht wirken.‹

›Was ist das für 'n Zeug?‹ fragte er mißtrauisch, auf den zweckentfremdeten Haftbefehl deutend.

›Wenn ich Euch den Namen sagte, würdet Ihr auch nicht klüger sein. Macht Euch keine Sorgen. Es ist kein Gift.‹

›Oh, nein‹, meinte er lächelnd, ›darüber mach' ich mir keine Sorgen.‹

Ich sah ihn in einem neuen Licht an. ›Es ist sehr kühn – oder sehr vertrauensvoll – von Euch, etwas zu nehmen, was ein Fremder Euch vorschreibt.‹

›Ja, ja. Mag schon sein – aber ich werd' trotzdem erst der Alten was davon geben.‹

Wir gingen in Schweigen weiter hinab bis zum Fuß der Treppe und über den Hof, wobei wir uns tief im Schatten der Loggien hielten, wo die sengende Hitze nur in umgekehrten Bögen auf die Steine fiel. Wir gingen nicht denselben Weg zurück, den wir gekommen waren, sondern zur gegenüberliegenden Seite des Gevierts und kamen zu einer weiteren bronzebeschlagenen Tür, für die der Hauptmann einen Schlüssel hatte. Als wir hindurchschritten, erkannte ich sogleich, daß wir nun in einen ganz andersartigen Teil dieses seltsamen Gebäudes gelangten. Wir befanden uns in einem kurzen, schmucklosen Steingang, der von großen gelben Kerzen erhellt wurde; ihre Enden waren auf Eisenhaken gesteckt, die in die Wände eingelassen waren. Ansammlungen von Wachs, Prophetenbärten gleich, hatten sich zu beiden Seiten auf dem Stein gebildet. Zehn Schritte vor uns führten Stufen nach unten.

›Ah‹, sagte ich, in dem Versuch, unsere neu gefundene Vertrautheit fortzuspinnen, ›die Verliese.‹

Er knurrte nur, und wir stiegen nicht mehr als die normale Tiefe eines Kellers hinab, bis wir zu einer weiteren Tür kamen, die der Hauptmann wiederum öffnete. Er ging als erster hinein, und ich hörte sich andere Menschen hinter der Tür bewegen, als ich jenen schrecklichen Ort betrat.

Wir waren in einem Keller, der, denke ich, ursprünglich für Wein gedacht gewesen war; die Decke war gewölbt und wurde gestützt von eckig behauenen Pfeilern, zwischen denen einstmals Kisten oder Fässer gestanden hatten. Es gab keinen Wein hier. Zur Linken drang ein wenig natürliches Licht und Frischluft durch eine Reihe von Gittern. Diese schlossen die Öffnungen langer Schächte ab, die nach meiner Berechnung auf die Ostseite des Säulenganges führen mußten. Zur Rechten war eine Reihe von Türen, ein Dutzend vielleicht, in die Wand eingelassen. Auf dieser Seite befand sich auch ein offener Durchgang, in dem der Kerzenschein eine weitere Reihe von Türen erkennen ließ. Unverkennbar Zellen. In der Kammer selbst gab es wenig Mobiliar, doch was dort stand, ließ mein Fleisch gefrieren. Ich hatte nie zuvor die Streckbank gesehen, obwohl ich sagen muß, daß meine Vorstellungen davon ein Gutteil an genauem Detail enthielten. Zwei von diesen schrecklichen Maschinen standen Seite an Seite, flache Betten der Schmerzen mit Speichenrädern an beiden Enden. Ich bemerkte mit einem Gefühl seltsamen Ekels, daß eines von den Rädern mit einer kruden Inkrustation aus weißen Muscheln oder Steinen versehen worden war. Selbst damals mußte ich über den menschlichen Geist nachsinnen, der solch ein Werkzeug noch zieren konnte.

Zwei Männer standen bei den Maschinen, und als wir näher traten, bemerkte ich mit kaum verhohlener Erleichterung, daß auf keiner der beiden ein Opfer lag. Ich erkannte einen der Männer als Mitglied jener Rotte, die meine Ergreifung durchgeführt hatte, und er seinerseits erkannte mich.

›Der schon wieder?‹ meinte er. ›Dieser unverschämte Hund.‹

›Halt den Rand‹, sagte der Hauptmann. ›Dieser Mann ist ein Doktor, klar? Er soll sich Collangi ansehn.‹

›Dieser Judenbastard braucht kein' Doktor, der braucht 'n Rabbi.‹

›Wo ist er?‹ fragte der Hauptmann.

›Da hinten, Nummer zehn.‹

Wir durchquerten die Kammer, und meine Augen, geschärft durch den Schrecken des Ortes, registrierten noch mehr schreckliche Instrumente jenes Gewerbes, die ich Euch nicht zu beschreiben brauche. Wir betraten den Gang und hielten vor einer Tür etwa zwanzig Schritt von der

Kammer entfernt. Kein Schlüssel war notwendig, da sie von außen durch einen Riegel gesichert war. Der Hauptmann ließ den Riegel aufschnappen und trat vor mir ein. Im Inneren war es finster, doch im Licht der Kerze, deren Schein vom Gang hereinfiel, konnte ich eine menschliche Gestalt auf einem Matratzenlager rechts von der Tür ausmachen.

›Collangi‹, sagte der Hauptmann, ›Besuch für dich.‹

Von dem Augenblick, da ich ihn sah, war mir klar, daß wenig Leben in diesem Mann war. Sein Atem ging flach, und zu seinem Glück war er bewußtlos. Ich will mich nicht auf die Einzelheiten einlassen. Beide Arme waren aus ihren Gelenken gerissen worden, und sein Gesicht war schlimm verbrannt. Da keine Aussicht bestand, daß er das Bewußtsein wiedererlangen würde, gab es wenig, was ich für ihn hätte tun können, selbst um seine Schmerzen zu lindern.

Ich fühlte mich genau wie zu dem Zeitpunkt, als wir die Piazza della Signoria überquerten. Ich nahm meine Umgebung intensiv wahr, den Gestank, das Gewebe der Lagerstatt, das Tropfen von Wasser, einen vorstehenden Eckstein, glänzend und feucht, eine Handbreit von dem verbrannten Gesicht entfernt. Ich stand auf und sagte: ›Euer Freund hat recht. Ich kann nichts mehr für ihn tun.‹

Die Augen des Hauptmanns wichen meinem Blick nicht aus, und er sagte: ›Sie sind zu weit gegangen. Idioten. Sie hassen nun mal die Juden.‹

›Was hatte er getan?‹

›Was weiß ich? Zuhälterei, Leben in einem christlichen Haus, Bücherschmuggel, Handel mit Metall. Wer will das wissen?‹

Wir sahen beide auf den halbtoten Mann auf dem Boden hinab, und dann sagte er: ›Das war's dann wohl. Wir hätten keine Zeit damit vergeuden sollen, über meinen Rücken zu reden.‹ Und ich fühlte mich bemerkenswerterweise bewegt zu entgegnen: ›Es hätte keinen Unterschied gemacht. Er war tot in dem Augenblick, als sie mit ihm fertig waren.‹

Wir kehrten in die Kammer zurück und ließen, wie ich merkte, die Tür unverriegelt. Als wir da waren, sagte der Hauptmann: ›Tja, da hast du wohl Scheiße gebaut, Franco. Da ist nichts mehr zu machen.‹

›Na und? Ein beschissener Jude weniger.‹

Der Hauptmann schoß durch den Raum zu Franco und verpaßte ihm einen fürchterlichen Hieb in den Bauch. Wie er auf dem Boden zusammensank, folgte ihm der Hauptmann nach und sagte dabei: ›Du wirst die Scheißkerle töten, wenn man es dir befiehlt, sie zu töten und nicht vorher, hast du mich verstanden? Es geht um das Scheiß-Prinzip ...‹, und indem er ein kleines Schälmesser aus seinem Gürtel zog, packte er den Gestürzten am linken Ohr und schlitzte das Ohrläppchen von oben bis unten auf. ›Jedesmal wenn du dein häßliches Gesicht im Spiegel siehst, Franco, dann möchte ich, daß du dich an den Wert von Ordnung und Disziplin erinnerst.‹

Wir stiegen die Stufen in Schweigen hinauf, erreichten über den Säulenhof wieder die Räume mit den Wandbehängen und kamen zu dem kleinen Tor, das auf die Via del Proconsolo hinausführte. Bevor er es öffnete, sagte der Hauptmann: ›Ordnung und Disziplin. Die verstehen nicht, daß es zu ihrem eigenen Nutzen ist.‹ Als ich auf die Straße hinaustrat, fragte er noch: ›Dottore, was ist das für 'ne Statue?‹

Ich kehrte sogleich zu Vincenzos Haus zurück, um nach dem Rechten zu sehen. Es hatte keine weitere Durchsuchung gegeben. Ich ging dann zur Via del Corso, aber Antonio war im Riccardipalast. Als ich ihn fand und ihm erzählte, was geschehen war, riet er mir, nach Pisa zurückzukehren; zuvor aber sollte ich zu euch gehen, um dir, Vittoria, zu sagen, daß er Isaak gesehen hat und daß es ihm gutgeht.«

Meine Mutter murmelte irgendwelche Dankesworte, und danach herrschte Schweigen im Zimmer, das nun in abendgrauer Kühle lag.

Patrick sagte: »Mein Gott, sie sind schlimmer als der verfluchte Cromwell.«

Ich hörte meinen Vater sagen: »Wie geht das jetzt weiter?«

»Weiß Gott, der Zustand von Florenz läßt das Schlimmste befürchten. Zusätzlich zu den Armen, die immer da waren, sind viele vom Land in die Stadt geflohen, die ihre Äcker verloren haben. Die Gefahr einer Pest ist immer vorhanden. Außer für Feste geben die Medici kein Geld. Medizin ist knapp. Verbrechen ist überall. Einige Verbrechen sind das Werk von Verzweifelten, andere nicht. Der Scharfrichter macht keinen Unterschied. Sechs Männer wurden letzte Woche auf dem Block hingerichtet, öffentlich. Etliche mehr wurden ausgepeitscht. Umringt von Jesuiten und gefangen in ihrer eigenen Frömmelei, sieht Vittoria della Rovere nicht, was in der Toskana geschieht, und es kümmert sie auch nicht. Antonio Magliabechi ist nun dem Hof natürlich nahe. Er meint, daß sie die Judenverfolgung anheizen werden. Er selbst steht unter Verdacht. Die Jesuiten verdächtigen ihn, mit den Juden gemeinsame Sache zu machen und Häresie zu verbreiten. Er fürchtet um seine Bibliothek. Die Medici-Bibliothek wird bereits durchforstet.«

Mein Vater meinte: »Was ist mit Cosimo?«

»Er soll sich auf ›Außenpolitik‹ konzentrieren, während seine Mutter das Land regiert. In Wirklichkeit versucht er verzweifelt, seine entsetzlichen Kinder zu verheiraten. Ungeachtet seiner eigenen verunglückten Ehe will er sie mindestens so gut unterbringen. Da sie den Zustand von Florenz kennen, strafen ihn Frankreich und Spanien mit Verachtung, außerdem haben sie ihre eigenen Jesuiten und Ketzereien zu bekämpfen. Da er auf dem Feld der Macht keinen Einfluß mehr erlangen kann, versucht er es nun über das Ehebett. Er hat höchst wenig Munition, womit er das tun könnte. Er wird morbid, grausam, und wendet sich mehr und mehr seiner Mutter zu und sie den Jesuiten.«

Wiederum wurde das Schweigen von Patrick gebrochen. »Also«, sagte er in seinem schrecklichen Italienisch, »ich dachte, Irland und Barbados wären ein ziemlicher Scherbenhaufen, aber sie sind Athen verglichen mit dem hier! Wer gab ihnen die ganze Information über Euch?«

»Viel davon ist natürlich allgemein bekannt. Einzelheiten meiner Korrespondenz jedoch ließen sich nur aus einer begrenzten Anzahl von Quellen entlehnen.«

»Äußerst eng begrenzt, sollte man meinen«, sagte mein Vater. »Selbst ich wußte nichts von Eurer Verbindung zu Locke. Wer hätte denn diese ganzen Informationen zusammentragen können?«

»Ich habe wenig Zweifel, daß Redi dahintersteckt.«

»Francesco Redi?«

»Wer sonst?«

»Aber er ist auch ein Gelehrter, ein Entomologe.«

»War ein Entomologe. Er hat seit Jahren keiner Fliege mehr ein Bein gekrümmt. Er hat sich zum Arzt aufgeschwungen. Du wirst dich daran erinnern, Gallupe, daß er den alten Großherzog behandelt hat. Es gibt nichts, was mehr dazu beiträgt, einen medizinischen Ruf zu vergrößern, als wenn man seine Patienten umbringt, insbesondere wenn sie zufällig der regierende Monarch sind. Seit diesem Debakel hat er einen Gipfel nach dem anderen erklommen. Seine Methode ist höchst simpel: Er informiert alle seine Patienten, daß sie kurz vor dem Sterben stehen. (Es ist eine Abwandlung eines alten Anwaltstricks, wenn man's genau nimmt.) Einige von ihnen sterben natürlich wirklich, was die Richtigkeit seiner Diagnose bekräftigt. Viele überleben, wie es völlig gesunden Leuten eben ergeht. Diese ›Heilungen‹ werden dann als Wunderwerk betrachtet. Es ist natürlich wichtig, daß die Behandlung äußerst schmerzhaft sein sollte. Ausgiebiges Aderlassen wird den Patienten garantiert dazu bringen, sich scheußlich, schwach und entnervt zu fühlen. Mehrmaliges Wecken pro Nacht hat eine ähnliche Wirkung. Die Anwendung zahlreicher Klistiere und heißer Eisen verleiht der Prognose eines frühen und schrecklichen Todes zusätzliches Gewicht. An diesem Punkt verkündet unser bekehrter Sezierer von Küchenschaben, es gebe ›eine letzte verzweifelte Maßnahme, die man versuchen könnte‹. Der arme Patient wird dann irgendeiner weiteren, noch schlimmeren Tortur unterzogen, die er überlebt, worauf er, Gott sei gelobt, sich erholt. Jubel allenthalben. Applaus für den Doktor und natürlich für den Patienten, dessen stoisches Erdulden der Folterqualen, die er erlitten hat, allgemein als wesentlicher Faktor angesehen wird, der zu seinem Wohlergehen beigetragen hat. Die Vorsicht gebietet es natürlich, daß er jetzt einer Langzeitbeobachtung unterzogen werden sollte, um seine Gesundheit und sein Glück auf Dauer zu bewahren. Inzwischen strömen weitere Tausende herbei, um geschröpft, gestochen, geflämmt und gesotten zu werden, alles gegen die Zahlung eines nicht unbeträchtlichen Honorars. Seit seiner Geburt hat Cosimo eine morbide Faszination für seinen schrecklichen kleinen Körper gezeigt. Zuerst wurden meine eigenen Dienste erbeten, und ich gab seiner Mutter zu verstehen, daß ihm nichts fehle, was sich nicht mit einer Feigendiät und frischer Luft kurieren ließe. Blähungen allein sind indes kein sonderlich edles Leiden, und meine Diagnose wurde deshalb ignoriert. Redi hat alle Arten von Krankheiten erfunden, die seine fortgesetzte Anwesenheit im Palazzo Pitti sicherstellen, zusammen mit seinem kleinen Gefolge von Sykophanten. Es ist wirklich erstaunlich, wie viele Tyrannen an Hypochondrie leiden. Ich sollte wirklich mal eines Tages …«

»Aber warum sollte Redi diese Informationen über dich weitergeben?«

»Oh, ja. Ich schweife ab. Ich weiß, daß er ein Scharlatan ist, wenngleich ein sehr geschickter und begabter, und er weiß, daß ich es weiß. Ich mache kein Geheimnis aus meinem Wissen oder meiner Ansicht, was mir seine Feindschaft und sein Mißtrauen einträgt. Die ganzen Informationen ließen sich am ehesten aus dem Cimento oder von verschiedenen Gelehrten aus diesem Kreis in Erfahrung bringen. Und niemand sonst steht dem Hof so nahe, außer natürlich Antonio Magliabechi, dessen Beteiligung an einer solchen Sache selbstredend undenkbar ist.«

Das lange, dumpfe Schweigen, das diesem Katalog folgte, wurde schließlich von mir gebrochen, der ich immer noch hinter der hölzernen Sesselwange hockte. Meine kindlichen Jahre machten mir natürlich ein völliges Verständnis dessen, was ich gehört hatte, unmöglich. Daß es um Grausamkeit, Betrug und Täuschung ging, war ganz klar, aber ich kann mich nicht an das Aufsteigen jenes Ekels erinnern, den ich selbst jetzt bei dem Gedanken an die Werke des Bargello verspüre. Meine Aufmerksamkeit war, offen gesagt, abgeschweift. Unfähig, dem Herumspielen mit meiner neuen Maschine zu widerstehen, hatte ich zwei der Metallkugeln angehoben, die nun meinen Fingern entglitten, und der Raum war plötzlich erfüllt von dem sich wiederholenden Klack-klack perfekt übertragenen Impulses.

»Was, in aller Welt, ist das?« fragte mein Vater, und Lorenzo sagte: »Wenn mich nicht alles täuscht, ist der kleine Fredo da hinter dem Sitz.« Sekunden später erschien das Gesicht meiner Mutter, groß wie der Mond, über der hölzernen Lehne, und sie fragte: »Fredo, wie lange sitzt du schon da?«

Lügen war offenbar zwecklos, und ohnehin war ich, wie ich mich entsinne, ein bißchen gekränkt, daß meine lange Abwesenheit dermaßen unbemerkt geblieben war.

»Seit Lorenzo angefangen hat, seine Geschichte zu erzählen«, sagte ich verteidigend.

»Komm da raus, Fredo«, rief mein Vater, und ich kam zum Vorschein, wobei ich das hölzerne Gerät umklammerte, das nun in unglücklichem Mißklang klirrte.

Alle drei Männer waren sichtlich beunruhigt. »Hast du alles gehört, was Lorenzo gesagt hat?« fragte mein Vater.

»Ja, das meiste davon.«

»Fredo«, sagte Lorenzo, »es ist sehr wichtig, daß du nichts von dem weitererzählst, was ich gesagt habe. Verstehst du mich?«

Ich nickte heftig mit dem Kopf, erregt ob der Aussicht einer Verschwörung mit den Helden meiner kleinen Welt.

»Nun gut«, sagte mein Vater. »Ich weiß, daß wir dir alle trauen können, Fredo. Aber jetzt ist es Zeit für dich, ins Bett zu gehen.«

So wurde ich aus dem magischen Kreis verbannt, im Besitze meines ersten Staatsgeheimnisses. Nachdem ich eine Tasse Suppe und Brot gegessen hatte, lag ich lange Zeit wach und lauschte dem Summen der Stimmen.

Als ich schlief, träumte ich von den Bomboni-Brüdern im Keller des Bargello. Zwischen sich hielten sie eine menschliche Gestalt fest, die ich wechselweise als Patrick und den Stadtpräfekten erkannte. Wie ich zusah, duckte Pasto Bomboni den Kopf des Präfekten in eine Schüssel mit dampfendem Wasser und rief: »Das ist das letzte Mittel. Jetzt wird es dir bessergehen, keine Angst.« Ich lief auf sie zu und schrie dabei: »Nein, das ist falsch – gebt ihm Feigen!« Eine Hand hielt mich zurück, drehte mir die Arme auf den Rücken wie damals am Fluß. Ich wandte den Kopf und sah nicht Bombonis Büttel, sondern einen außergewöhnlich häßlichen Kopf, kahl bis auf ein paar Haarbüschel und mit scharfen, kleinen Augen, zwischen denen eine lange, gebogene Nase mit ihrer Spitze bis unter die Linie des Mundes führte. »Laß mich los, laß mich los«, rief ich, aber mein Wärter hielt mich fest und sagte in einer angespannten, aber nicht unfreundlichen Stimme: »Nein, Fredo, du kannst sie nicht aufhalten. Du mußt einen Brief schreiben, nach England, und ihnen von Giuseppe erzählen.« Und ich sagte: »Bis die Antwort kommt, ist er längst tot.« – »Nein«, sagte das Gesicht, »mit den Mitteln der modernen Medizin kann ein Mensch eine lange, lange Zeit leben.« Dann wechselte die Szene.

Ich war niemals dort gewesen, aber der Raum war mir so vertraut wie die Fürsorge einer Mutter. Bücher säumten die Wände auf Regalen aus rotem Zedernholz. Ein Licht brannte auf einem Tisch nahe einer Ecke, von der her ein drängendes, unregelmäßiges Klopfen zu hören war. Die Ecke wurde verdeckt durch einen hölzernen Wandschirm. Unwillens, mich zu bewegen, aber nicht imstande, mich zurückzuhalten, trat ich näher und schob eines seiner Paneele beiseite. Dahinter, eingelassen in die Mauer in einer Lücke zwischen den Bücherschränken, war eine Tür mit einem Fenster aus feingeschnitztem Maßwerk. Durch das Fenster schien ein Licht, das ornamental gebrochen von der Rückseite des Wandschirms zurückgeworfen wurde.

Ich wollte rufen, meine Gegenwart kundtun, aber ich blieb zwanghaft stumm; die Laute blieben mir in der Kehle stecken. Während ich die Tür beobachtete, begann sie so, wie ich gewußt hatte, daß es geschehen würde, nach innen zu schwingen, und das Rinnsal von Licht wurde zu einem Strom, der sich auf den Boden und die untere Hälfte jenes schwarzen Hindernisses ausbreitete, welches der Wandschirm bildete. Zuerst war das Licht klar, durch nichts gestört, aber als die Tür sich vollends geöffnet hatte, begann ein Schatten sich zu erheben, der vom Näherkommen einer menschlichen Gestalt kündete; der Kopf und die Schultern wuchsen im Licht und berührten schließlich den Fuß des

Schirms, wo meine Augen gebannt haften blieben, wie in einer Schraubzwinge gefangen. Schließlich, als der Schatten aufhörte, sich zu bewegen, wußte ich, daß die Gestalt, wenige Fuß entfernt, direkt in der Tür stand, und mit unendlicher Mühe, wie jemand, der an einer schrecklichen Behinderung des Nackens leidet, wandte ich meinen Kopf dem erleuchteten Raum zu.

Plötzlich war die Beengung meiner Kehle fort, und ich schrie und schrie und schrie.

»Wach auf, Fredo! Wach auf! Fredo! Fredo! Aufhören!«

Ich umklammerte meine Mutter, als sie mich aus den zurückweichenden Bildern zog, und sie hielt meine Hand und fuhr mir mit den Fingern durch das Haar und sagte: »Es war ein Traum, Fredo, nur ein Traum. Schau, wir sind alle hier. Ich bin hier und Papa und Lorenzo und Patrick. Niemand kann dir jetzt etwas tun.«

5

Trotz des einen Zwischenfalls, ein Jahr später, und der sich über Florenz zusammenziehenden Finsternis zählten die nächsten vier Jahre meines Lebens, die in dem Angriff meines Vaters auf Pasto Bomboni gipfelten, zu den glücklichsten, an die ich mich erinnern kann. Seinem Ruf entsprechend, war Patrick ein begnadeter Lehrer. Nur seinetwegen hat meine gegenwärtige Abneigung gegen das geschriebene Wort sechzig Jahre gebraucht, sich zu entwickeln. Er war am besten des Morgens, ehe eine beträchtliche Menge toskanischen Weins ihn streitbar gemacht hatte, aber da wir mit unseren Schulstunden vor sechs begannen und unser Tagwerk gegen Mittag beendeten, vermochten seine nachmittäglichen Tiraden den folgerechten Fortgang meiner Erziehung kaum zu beeinträchtigen.

Mein Vater hatte eine orthodoxe Mischung von Fächern festgelegt, und während es meiner naturkundlichen Ausbildung in manchem an letzter definitorischer Genauigkeit gemangelt haben mag, wurde sie doch mit einem solch unbändigen Eifer betrieben, daß er selbst auf den unbotmäßigsten Verstand ansteckend wirkte. Indes war ich, im Gegensatz zu meinem Vater, kein Naturwissenschaftler. Ich darf wohl von mir sagen, daß ich eine Begabung für Sprachen besaß (und immer noch besitze). Patrick selbst sprach fließend Französisch, Deutsch und Italienisch, wenn man von seinen irischen Vokalen absah, die sich wie Ungeheuer aus den glatten Wogen der *bella lingua* erhoben. Gelegentlich, wenn er aufgeregt (oder ein wenig betrunken) war, drängten sich Bruchstücke seiner Muttersprache dazwischen, gespickt mit Flüchen, die er wohl auf der Insel Barbados gelernt hatte.

Wir gewöhnten uns an, unsere Sprache mit der Stunde zu wechseln. So sprachen wir von sechs bis sieben Italienisch, von sieben bis acht Latein, von acht bis neun Französisch, von zehn bis elf Deutsch, worauf wir wieder ins Italienische zurückfielen, eine Sprache, die der toskanischen Mittagssonne angemessener war. Gegen zwölf brachte meine Mutter Wein und Oliven und kurz darauf mehr Wein, Brot, Käse und Wurst. Beim Essen unterhielten wir uns, um meine Mutter zu beeindrucken, gelegentlich in unserer eigenen Geheimsprache. Dies war eine Mischung aus all den Worten, die wir am meisten liebten: große, runde französische Worte, scharfe Splitter aus Deutschland, didaktische Arpeggios aus dem Italienischen, verpackt von den langen, kräftigen Fingern des Angelsächsischen (gälischer Zunge).

Patrick war auch ein Athlet. Trotz des Fehlens einiger Glieder an den Fingern seiner linken Hand und ungeachtet seines Leibesumfangs konnte er mühelos auf den Händen gehen, Livius auf dem Kopf stehend rezitieren und, wenn er seine Benediktinerkutte schürzte, im Geschirr des Hundewägelchens, an das ich mich kreischend vor Entzücken klammerte, im Laufschritt den ganzen Weg um unsere Ländereien zurücklegen.

An meinem zehnten Geburtstag erklärte er mich all der lebenden Sprachen, die wir studiert hatten, für mächtig. Er gestand meinem Vater, daß meine Begabung für die Naturwissenschaften mir kaum meinen Lebensunterhalt würde sichern können und daß ein akademisches oder religiöses Leben unvermeidlich erschien. Solch eine Zukunft wurde auch durch meine eigenen körperlichen Beschränkungen diktiert. Trotz ernsthafter Versuche, den sportlichen Leistungen meines Lehrmeisters nachzueifern, blieb ich doch füllig und ungelenk. Selbst in jenem frühen Alter jedoch begann ich zu beobachten, daß eine solche Wohlbeleibtheit Frauen durchaus nicht gänzlich abstieß. Ich hatte jene Art von Körper, die in jedem Alter dazu einlädt, auf den Arm genommen zu werden. Im Wortsinne war dies natürlich höchst unwahrscheinlich, da ich in meinen frühen Jahren sehr schwer wurde, als enthielte ich Materie von großer Dichte. Ich sollte jedoch sehr viel später erfahren, daß dieser Drang zum Hochheben sich wohl in andere instinktive Formen des Verhaltens umwidmen ließ.

Mein Vater war zu meinem zehnten Geburtstag heimgekehrt, den wir auf der Terrasse zusammen mit zwei Familien aus dem Ort feierten, deren Namen und Gesichter ich seit langem vergessen habe. Nachdem sie gegangen waren, setzte Patrick, der ein wenig Wein getrunken hatte, meinen Vater von seinen Absichten in Kenntnis.

»Eine Schule?« sagte mein Vater. »Hier? In San Casciano?«

»Warum nicht? Der Ort scheint mir die nötige Menge an Unwissenheit, Vorurteilen und Müßiggang aufzuweisen. Selbst die sogenannten besseren Leute haben einen Verstand so dick wie ein Hindu-Porridge.«

»Oh, ich bezweifle nicht, daß dafür ein *Bedarf* besteht.

Was mich umtreibt, ist, ob es dafür eine *Nachfrage* gibt. Die sich fortgesetzten Reichtums erfreuen, sehen Schulen mit Verachtung an, und die Armen kümmern bei dem gegenwärtigen Zustand Toskanas mehr ihre Bäuche als ihre Hirne. Zudem, Patrick«, fügte mein Vater sanft hinzu, »kannst du nicht vergessen haben, daß dir das Wirken als Lehrer vom Abt deines eigenen Ordens untersagt worden ist.«

»Von *einem* verdammten Abt!«

»Nein, von *dem* verdammten Abt.«

»Gut, gut, Aber er hat unrecht. Du weißt, daß er unrecht hat. Wir müssen in der Volkssprache lehren können. Was hilft es dem örtlichen Schlächter, die Reden Ciceros zu zitieren, während er seine Knochen sägt und seine Innereien kleinhackt?«

»Um die Wahrheit zu sagen«, meinte mein Vater, »ich würde eine Menge darum geben, unseren Schlächter Cicero zitieren zu sehen, ganz gleich, was er tut. Aber du hast natürlich recht, und viele wissen, daß du recht hast, aber das wird dich nicht vor der Exkommunikation oder Schlimmerem bewahren, falls man dich erwischt. Darüber hinaus, mein lieber Freund, ist dir sicher bewußt, daß dir die Tätigkeit als Lehrer nicht bloß untersagt worden ist ob deiner modernen Methoden.«

»Das war der einzige Anklagepunkt.«

»Natürlich, aber der wirkliche Grund, wie du wohl weißt, war deine fortwährende und offenkundige Hurerei.«

»Sie hatten keinen Beweis ...«

»Sie brauchten auch keinen. Deine Lehrmethoden reichten völlig aus, dich unter Anklage zu stellen und abzuurteilen. Das Lehren in der Volkssprache hätten sie vielleicht übersehen. Das Lehren humanistischer Werke hätten sie vielleicht übersehen. Hurerei hätten sie vielleicht auch noch übersehen. Aber Humanismus in der Volkssprache zu lehren und zugleich die Mütter deiner Schüler zu vögeln –

das war zuviel, selbst für *deinen* Orden. Du kannst von Glück reden, daß du noch eine Kutte trägst.«

Von meiner Position neben dem Fenster im Obergeschoß aus konnte ich Patricks Gesicht nicht sehen, aber meines Vaters Tonfall konnte ich entnehmen, daß er lachte, und so sagte ich mir, daß alles gut enden würde.

Der Gedanke, daß Patrick eine Schule aufziehen wollte, selbst in der unmittelbaren Nachbarschaft, erfüllte mich mit Schrecken. Ich hatte mich seiner ungeteilten Aufmerksamkeit erfreut, und der Gedanke, sein Genie mit den Dorfkindern zu teilen, die ich in ihrer Mehrheit als wenig mehr denn Wilde ansah, war zu entsetzlich, um ihn weiterzuverfolgen.

Ich war jedoch entschlossen, alles zu tun, um die ganze Idee zum Scheitern zu bringen, und die nächsten drei Monate, während mein Vater wieder auf Reisen war, arbeitete ich mit so gewaltigem Einsatz und brachte Werke von solch ungeheurem Umfang hervor, daß ich uns beide an den Rand der Erschöpfung trieb. Ich ahnte nicht, daß diese Kriegslist, gedacht, die Undienlichkeit weiterer Schüler zu belegen, genau die gegenteilige Wirkung haben sollte.

Bei meines Vaters Rückkehr war ich gespannt auf den Bericht über meine Fortschritte, den Patrick immer (vermeintlich unter vier Augen) bei der ersten passenden Gelegenheit gab, wenn er und mein Vater auf der Terrasse saßen, eine Flasche toskanischen Weins zwischen sich, und die ewigen Wahrheiten und meine akademischen Leistungen betrachteten.

»Offen gesagt, er macht mir Sorgen«, entgegnete Patrick auf die Frage meines Vaters. (Keiner von beiden war sich natürlich meiner Anwesenheit hinter dem offenen Fenster über ihren Köpfen bewußt.)

»Wirklich?« sagte mein Vater mit einer gewissen Bestürzung ob dieser unerwarteten Antwort. »Wieso das?«

»Um es offen zu sagen, Gallupe, er entwickelt sich zu einem ganz furchtbaren Streber. Ich kann ihn nicht vom Arbeiten abhalten. Er übersetzt die Tragödien Senecas, als wären es Kinderreime. Er frißt Tacitus geradezu in sich hinein und hat eine nach meinem Dafürhalten ungesunde Leidenschaft für *Paradise Lost* entdeckt. Ich kann mit ihm einfach nicht mehr Schritt halten. Er löst algebraische Aufgaben fast so schnell, wie ich sie stellen kann, und verlangt dann nach mehr. Er macht mich fertig. Ich habe jede Form von physischer Ablenkung versucht, von langen Wanderungen bis zu Handständen, aber er belächelt mich nur mit einer Art freundlicher Nachsicht, wartet, bis ich mit meinen Narreteien zu Ende bin, und stürzt sich erneut kopfüber in die Wogen der Akademia. Ich kann mich nicht mehr erinnern, wann ich das letzte Mal mehr als ein einziges Glas Wein getrunken habe, und der Zwang, einen klaren Kopf zu behalten, macht Besuche in der Stadt unmöglich.«

All dies wurde natürlich in einem launigen Ton gespielter Ernsthaftigkeit vorgetragen, aber dann sagte er: »Aber ernsthaft, Gallupe, ich mache mir Sorgen um ihn. Ich habe die große Befürchtung, daß er einseitig wird. Er hat keine Freunde und hätte bei dem, was er über die Dinge dieser Welt weiß, genausogut seit seinem elften Lebensjahr im Kloster aufgewachsen sein können. Was ihm fehlt, mein Freund, ist eine Schule.«

»Was du meinst, Patrick, ist *deine* Schule.«

»Natürlich, Gallupe, das ist es, was ich meine, und ich kann nicht abstreiten, daß es uns beiden von Nutzen wäre. Ich bin sicher, daß es sich bewerkstelligen ließe, mit einem kleinen Kunstgriff vielleicht. Du könntest zum Beispiel der offizielle Leiter einer solchen Institution sein. Ich würde irgendeine niedere Tätigkeit ausüben, die weit genug vom Lehrstoff entfernt wäre, um keine Drohung für das kindliche Gehirn darzustellen.«

Ein langes Schweigen folgte diesen Überlegungen, erfüllt, was mich betraf, von einem wachsenden Bangen. Ich hörte, wie Wein eingegossen wurde, sah vor meinem geistigen Auge das nachdenkliche Kauen von Oliven.

»Nun denn«, sagte mein Vater schließlich, »ich nehme an, es hätte eine ganze Reihe von Vorteilen. Und es wäre von großem Nutzen für das Dorf.«

Mein Unbehagen und Elend waren indessen so weit gestiegen, daß ich mich kaum noch zurückhalten konnte zu rufen: »Und was ist mit dem Vögeln in der Volkssprache?«, aber mein Vater war bereits an dem Punkt:

»Vielleicht, bei näherem Nachdenken, hast du auch recht, was dein eigenes Risiko betrifft. Gerade in den letzten zwei Jahren hat das Lehren in der Volkssprache zugenommen – in Deutschland vor allem sehe ich es allenthalben, wohin ich gehe. Auch«, fügte er mit einem Anflug von Heiterkeit hinzu, »müssen deine eigenen libidinösen Aktivitäten durch diese plötzlichen akademischen Anforderungen beschnitten worden sein.« Dann fügte er in einem Ton der Endgültigkeit hinzu: »Also gut, Patrick, wollen wir sehen, was unser junger Aristoteles in den nächsten paar Wochen tut und uns inzwischen nach geeigneten Örtlichkeiten im Dorf umsehen. Ich habe die nächsten zwei Monate keinen Grund zum Reisen, also können wir dieses Institut gemeinsam aufbauen!«

So geschah es, daß San Casciano seine Schule bekam; nicht in geringem Maße aufgrund meiner eigenen Anstrengungen. Natürlich versuchte ich in jenem späten Stadium die ganze Sache zu sabotieren, indem ich mich von einer ungekannten Faulheit, einer Liebe zu körperlichen Übungen und einer Neigung zu Albernheiten befallen zeigte, verbunden mit einer laut verkündeten Verachtung für die Dichter der Antike und all ihre Werke. Ich entdeckte neue Wege, Sueton zu verstümmeln, produzierte geometrische

Zeichnungen wie Spaghetti und benutzte *Paradise Lost* als Torpfosten für mein eigenes privates *pallone*.

Nichts davon half, da es einfach als weiteres Zeichen geistiger Instabilität aufgrund meiner mönchischen Lebensweise angesehen wurde. Schließlich gab ich nach und akzeptierte mit so guter Miene, wie ich eben bewerkstelligen konnte, meine Rolle als neuer Roger Bacon und bereitete mich darauf vor, dem Mob das Licht der Erkenntnis zu bringen.

(Und das, wie man hören wird, war genau das, was ich tat. Der Bildungsstand unserer ersten Schüler war so niedrig und ihr Lernschritt so mählich, daß ich mehr und mehr in die Rolle eines Lehrers hineinwuchs. Als Lehrer war ich rechtwohl vorgebildet, und trotz meiner gerade erst elf Jahre verstand ich den unschätzbaren Nutzen der Begeisterung und die vordringliche Notwendigkeit der Geduld. Also lehrte ich tagsüber mit meinem Lehrer, und in der Kühle des Abends setzte ich meine eigenen Studien fort, in einer Atmosphäre, die einer arkadischen und akademischen Glückseligkeit so nahe kam, wie es mir je in meinem Leben zuteil wurde. All dies jedoch sollte noch geraume Weile haben.)

Das Schulgebäude, das mein Vater für eine geringe Summe – ein Zeichen des Niedergangs der örtlichen Wirtschaft – erworben hatte, war ein mächtiges Steingebäude unter einem roten Ziegeldach, welches selbst an den schlimmsten Regentagen nicht genug Wasser hereinließ, um den Unterricht ernsthaft zu beeinträchtigen. Es war zuvor als Getreidespeicher verwendet worden, und jener eigenartig satte Geruch bringt mir selbst heute noch die Reihen leerer Gesichter vor Augen. Das Gebäude umgab ein Bereich festgetretener Erde, hervorragend geeignet für Spiel und Sport, auf den unsere Zöglinge zehn Minuten lang, nach drei Stunden heißen Bemühens, um zehn Uhr morgens hinausgelassen wurden.

Der einzige Nachteil lag in der Nähe des Gebäudes zum Anwesen der Bombonis. So tat eine Generation von Dorfkindern ihre ersten Schritte zu den Grundbegriffen von Lesen und Schreiben zur Begleitung von lautstarkem Geschlachte und Geprügel. Auch wurde während des ersten Jahres die Atmosphäre nicht verbessert (ja, sie wurde geradezu vergiftet) durch die dräuende Gegenwart Pasto Bombonis. Vom frühen Stadium der Reinigung und des Umbaus des Gebäudes an zeigte er eine seltsame Faszination für unsere Aktivitäten. In dem Maße, wie der Zweck unserer Arbeit (und deren Erfolg) offenkundiger wurde, wuchs seine Feindseligkeit. Nicht daß der Anfang leicht gewesen wäre. Trotz beträchtlicher Werbung fanden sich an unserem ersten Schultag einschließlich meiner selbst vier Schüler ein, die alle auffällig in der letzten Reihe des neu gekalkten Klassenzimmers saßen, das zwanzig weitere leere Stühle und Pulte enthielt. Zwei meiner neuen Mitschüler kamen von Familien, die mein Vater kannte und die sich mit einigem Widerstreben hatten überreden lassen, unser eben flügge gewordenes Unternehmen zu unterstützen.

Der vierte war, o Wunder, Pietro Gastone, der halbblinde Krüppel, dessen falsches Zeugnis Pasto Bomboni letztlich vor der Untersuchung durch den Präfekten bewahrt hatte. Seine Anwesenheit wurde von Pasto unmißverständlich als schwere Desertion angesehen, und am Ende des ersten Tages, kurz vor Mittag, wurde er von Pasto und Filippo in Empfang genommen, als er das Tor des Schulgebäudes verließ, und abgeführt. Am folgenden Tag fehlte er, aber bei unserer Ankunft um sieben Uhr lag ein Haufen Knochen, frisch aus dem Schlachthof, immer noch voller Blut und Knorpel, vor dem Eingang der Schule.

Die Unannehmlichkeit dieser Entdeckung wurde gemildert durch einen Ersatz für Pietro. Er hielt nicht lange vor. Es war ein scheuer, zurückgezogener Bursche, dessen Vater die Pferde am Albergo Niccolo versorgte. Ehe der Tag zu Ende ging, sah man ihn in ein unbehagliches Gespräch mit Pasto Bomboni und einem seiner Büttel verwickelt. Am folgenden Tag war unsere Zahl auf drei Schüler geschrumpft, und wir waren einmal mehr gezwungen, uns unseren Weg durch einen Haufen von Tierknochen zu suchen.

Zu meiner Enttäuschung schien Patrick diese Rückschläge mit einer phlegmatischen Haltung hinzunehmen, die an Selbstgefälligkeit grenzte. Am dritten Tag lächelte er sogar der finster blickenden Gestalt Pasto Bombonis zu, als wir das Schulgebäude verließen und heimwärts gingen. Nichtsdestotrotz konnte ich den Zorn in ihm spüren, und unterwegs fragte ich: »Was willst du gegen ihn unternehmen?«

»Das ist sehr einfach, Fredo. Ich werde für ihn beten.«

»Meinst du, das wird ihn abhalten?«

»Wenn es Gottes Wille ist, ja.«

»Und wenn nicht, was machen wir dann?«

»Ah, dann werde ich ihn wohl einen Kopf kürzer machen.«

Am folgenden Tag wurde unsere Zahl um drei erhöht. Dies waren die Söhne des örtlichen Müllers, dessen Begeisterung für Bildung strikte Grenzen hatte, die er sofort deutlich machte, als er mit seiner Nachkommenschaft an der Tür der Schule erschien.

»Werden sie Latein lernen?« fragte er, wobei er Patrick mit professionellem Mißtrauen beäugte.

»Warum, wollt Ihr, daß sie Priester werden?«

»Nein, zum Teufel noch mal.« Und er spuckte auf den festgestampften Boden.

»Nun, was sollen sie denn lernen?«

»Sie sollen lernen, wie man Korn mahlt. Aber das kann ich ihnen selber beibringen. Könnt Ihr ihnen genug beibringen, um den Steuereintreiber zu bescheißen?«

»Oh, ja«, sagte Patrick. »Das kann ich gewiß.«

»Ausgezeichnet«, sagte der Müller. »Genau das wollte ich hören. Also«, sagte er, zu seinen wartenden Söhnen gewandt, »ihr hört auf das, was er sagt, sonst setzt es was!«

Des Müllers Truppe war kurz vor elf in der Schule aufgetaucht, zweifellos am Ende der morgendlichen Arbeit. Zufällig traf der Müller, als er ging und seine Sippschaft in unserer Obhut ließ, die vierschrötige Gestalt Alessandro Bombonis auf einem Weg zur Kneipe des Louis Bonelli. Die beiden kamen ins Gespräch und trollten sich gemeinsam Richtung Dorf.

Am Mittag hatte Pasto Bomboni erneut am Schultor Stellung bezogen, zweifellos in der Absicht, etwaige neue Rekruten einzuschüchtern. Patrick nahm zu meiner Enttäuschung gar nicht richtig Notiz davon und wollte gerade seine kleine Klasse entlassen, da sah ich ihn mit einem Male zum Fenster hinausstarren. Als ich seinem Blick folgte, erkannte ich die Gestalt Alessandro Bombonis, die schnell auf die Schule zugetrottet kam. Hinter ihm sah man in einiger Entfernung den Müller (vielleicht ein wenig unsicherer im Gang aufgrund des genossenen Weines) in gemächlicherem Schritt nachkommen.

»Ah«, sagte Patrick leise, »er hat den Wert wissenschaftlicher Erkenntnis begriffen.«

Wie wir so zusahen, erreichte die trottende Gestalt Alessandros seinen größer gewachsenen Sohn, und ein kurzer Wortwechsel folgte; diesen brachte Alessandro zu einem Ende, indem er Pasto fest mit der Faust auf die Nasenspitze schlug. Trotz des Unterschieds in der Körpergröße besaß der Schlächter einen deutlichen Vorteil an Körperkraft, und Pasto stürzte zu Boden, wie von einem Ochsenkarren getroffen. In einem schönen Beispiel für die Fähigkeiten seines Gewerbes beugte der Schlächter kurz den Rücken, warf Pasto darüber und verschwand mit ihm in Richtung Abdeckerei.

Am folgenden Tag waren auf dem Schulgelände keine Knochen oder Abfälle mehr zu finden. Statt dessen wurde unsere wachsende Zahl weiter vermehrt durch das mürrische Gesicht Filippo Bombonis, dessen geschwollenes Ohr sichtlich auf die erste Erwähnung von Steuerhinterziehung lauschte.

Als wir glücklich in der Mittagssonne heimmarschierten, stimmte Patrick seinen Lieblingscantus an (unterbrochen nur durch die Bemerkung, der göttliche Katalysator verwende manch seltsames Agens).

Filippo Bomboni hielt sich nicht lange. Seine Konzentrationsspanne war so kurz, daß allein dies eine wissenschaftliche Untersuchung wert gewesen wäre. Patricks Lehrbegabung war derart, daß sie den trockensten und unzugänglichsten Stoff mit Leben erfüllte. Doch in der Minute, da er zu sprechen begann, bewölkten sich Filippos Augen, als habe man frische Milch in Wasser gegossen. So blieb er dann in einer starren und unbequemen Trance für den Rest des Morgens sitzen. Während der Zehnuhrpause stand er mürrisch und allein an der Mauer und starrte bitter über die Straße auf die Abdeckerei, von wo die Kakophonie von Schlägen erklang, die das Ende des morgendlichen Schlachtens begleitete.

Während er so zwar keinen Nutzen aus seiner Lage zog, so machte er, zweifellos dem Diktat seines Vaters folgend, doch auch keine Schwierigkeiten. Nach der Pause kehrte er zu seiner starren und unbeweglichen Haltung zurück, den exquisiten und ungeminderten Leiden der Langeweile den Vorzug vor der körperlichen Mißhandlung gebend, die zweifellos jedem Abweichen von der »Via Erudita« folgen würde, auf die er gestoßen worden war. Patrick behandelte ihn zu meiner Enttäuschung mit einer Freundlichkeit und einem Mitgefühl, die man allgemein für unheilbar Kranke aufbringt, und während ihn dies auch nicht unmittelbar auf seine Seite brachte, so begann Filippo doch seinen Lehrer mit einer Art vorsichtigem Respekt zu behandeln, wie ein alter Seefahrer in unbekannten Gewässern, der sich nahe dem Rand der Welt wähnt.

Die Leiden des jungen Filippo fanden schließlich ein Ende mit dem Abgang seines Bruders Pasto. Dieses glückliche und vielersehnte Ereignis begab sich, als der letztere nahezu achtzehn Jahre alt war und im Gefolge einer typisch gewaltsamen Meinungsverschiedenheit mit seinem Vater. Es ging das Gerücht, daß er seine Zukunft in irgendeiner militärischen Einrichtung zu suchen gedenke, was den starken und weit verbreiteten Wunsch hervorrief, er möge, wie Uriah der Hethiter, in die vorderste Gefechtslinie der ersten und blutigsten Schlacht gestellt werden, die seinem Eintritt folgte.

Diese Fahnenflucht ließ Alessandro mit einem Mangel an unbezahlten Arbeitskräften zurück, und Filippos Bildungsweg wurde somit im Interesse des Fleischhandels und der Schlächterei zu einem abrupten Ende gebracht.

»Ah«, meinte Patrick am folgenden Tag, »ich sehe, daß wir unseren größten Bibliomanen verloren haben.« Es war der einzige Scherz, den ich ihn je auf Kosten seiner Schüler machen hörte.

Die Schule entwickelte sich nun in einem beinahe schon beunruhigenden Tempo. Der älteste Sohn des Müllers, Maximilian, allgemein bekannt als »Masto«, war ein außergewöhnlich befähigter Schüler, insbesondere in Mathematik. Ob als Ergebnis von dessen Bildung oder nicht, es gelang seinem Vater in jenem Jahr in der Tat, den Steuereintreiber übers Ohr zu hauen. Zumindest ging ein entsprechendes Gerücht um, das ohne Zweifel nicht minder auf einer Abneigung gegen den Müller beruhte als auf der Grundlage irgendwelcher Tatsachen. Es führte indes zu einer plötzlichen und ganz unmöglichen Nachfrage nach Plätzen in der

Schule. Sehr bald hatten wir mehr als dreißig Schüler von höchst unterschiedlichem Alter und waren gezwungen, fast ebenso viele zurückzuweisen. Mit solchen Zahlen und solch unterschiedlichen Voraussetzungen war es nicht länger möglich, daß ich Patrick nur assistierte, und so wurde ich, wenige Wochen vor meinem dreizehnten Geburtstag, ein vollgültiger Lehrer mit einer eigenen Klasse, deren ältester Schüler kaum drei Jahre jünger war als ich selbst. Ich will nicht leugnen, daß ich den Status, den dies mit sich brachte, genoß. Ja, ich glaube nicht, daß ich je eine Tätigkeit ausgeübt habe, in der ich mehr Glück und Zufriedenheit fand. Die meisten meiner Schüler waren willig und lerneifrig, während unbändiges und undiszipliniertes Verhalten innerhalb von Patricks scholastischem Reich einfach nicht existierte.

»Als Benediktiner glaube ich an die modernsten Lehrmethoden, wie sie in den Gymnasien von Deutschland und Holland ausgeübt werden, wobei körperliche Züchtigung auf das äußerste Minimum beschränkt bleibt«, sagte er, während er Alberto Bonellis Gesäß kräftig mit dem Strick seiner Kutte bearbeitete. »Aber du, Alberto, hast mich dazu bewogen, die Feinheiten dieser Lehre zu überdenken. Was es ist, das dich dazu bringt, anderen Schmerz zuzufügen, kann ich nur raten. Doch welcher Dämon dich auch besessen hat, er – oder sie – wird zweifellos aus einer unmittelbaren Kenntnis von dessen Folgen seine Lehre ziehen.« Ich bekenne, daß dies nicht die einzige Ausnahme von seinem pädagogischen Credo war, die Patrick machte, aber dergleichen war hinreichend selten, um aufzufallen in einer schulischen Umgebung, die berühmt war ob der Ruhe, Heiterkeit und Menschenfreundlichkeit ihres Gründers.

Ich erinnere mich noch gut an die Umstände. Alberto Bonelli, ein unangenehmer, dummdreister Bursche und der jüngere Sohn von Louis Bonelli, dem Wirt, war zur Schule gekommen ohne Zweifel von seinem Vater getrieben, und zwar aus ähnlichen Motiven wie denen, welche Alessandros Bekehrung bewirkt hatten.

Kurz nachdem Filippo in seine Schlächterei zurückbeordert worden war, hatte man Alberto dabei ertappt, wie er auf dem Schulgelände Nicola Bomboni übel zusetzte, die (wie man sich erinnern wird) das jüngste und unglückseligste der Bomboni-Kinder war. Als er gestellt wurde (durch Patrick, auf meinen Hinweis hin), hatte Alberto dem unglücklichen Kind die Arme auf den Rücken gedreht, es mit dem Kopf in einen Graben gedrückt und war dabei, seinen erbärmlich zerlumpten Rock hochzuschieben. Trotz der Proteste Albertos, es sei »alles nur Spaß«, hatte dieses Stück unmotivierter Gewalt Patrick zu ganz untypischem Zorn entflammt, daher die gebührende Bestrafung.

Nicolas Ankunft in der Schule war als ziemlicher Schock und große Überraschung gekommen. Obwohl sie sich im Dorf nur selten blicken ließ, rief ihr Erscheinen unweigerlich Mitleid und Abscheu hervor. Ihre erbärmliche Existenz im Bomboni-Haushalt hatte sich mit den Jahren allenfalls verschlimmert, als ob allein schon ihre armselige Lage selbst Provokation und Anreiz zu vermehrter körperlicher Mißhandlung wäre. Sie war gar noch dünner als ihre Mutter, ihr kleines, spitzes Gesicht entbehrte jeglichen Ausdrucks, der über den der Furcht hinausging, und ihr dünnes, graues, wirres Haar war an Beschaffenheit und Zustand den Kleidern nicht unähnlich, die um das Gestänge ihrer Glieder schlotterten.

Ihr Erscheinen in der Schule rührte natürlich von dem Dilemma ihres Vaters her. Nachdem er von des Müllers angeblichem Sieg über den Steuereintreiber gehört hatte und in jenem Jahr selber besonders hart rangenommen worden war (als Resultat, wie er vermeinte, seiner eigenen Unfähigkeit, die angestellten Berechnungen zu verstehen), wußte er nun weder aus noch ein. Seine Lage wurde nicht verbessert durch seinen Kumpan, den Wirt Bonelli, selbst ein Parteigänger des Müllers, der keine Gelegenheit ausließ, die Notwendigkeit der modernen Erziehung in einer auf Wirtschaft begründeten Welt hervorzuheben. Filippo auf die Schule zurückzuschicken kam nicht in Frage. Selbst wenn es einen freien Platz gegeben hätte, würde dies den Schlächter seines einzigen verbleibenden Gehilfen beraubt haben. Zudem hatte selbst Alessandro inzwischen den Verdacht, daß die intellektuellen Leistungen seines jüngeren Sohnes kaum die solide Grundlage bilden dürften, auf der sich ein komplizierter Betrug der Medici-Steuergehilfen aufbauen ließe. Es war Bomboni klar, daß seine potentiell verzweifelte Lage verzweifelte Maßnahmen erforderte, und daher beschloß er, trotz des Widerstands und der Ungläubigkeit seiner Frau, auf die Erziehung seiner Tochter zu setzen. Zur Zeit ihrer Ankunft war die Schule bereits voll, aber Patrick brauchte nur einen Blick auf das Mädchen zu werfen, wie es da neben den knolligen Beinen seines Vaters stand, um sogleich ihrer Aufnahme zuzustimmen und auch der Lieferung von Zwischenberichten über ihre Fortschritte, als Bomboni andeutete, daß sie nur für eine gewisse Zeit »auf Probe« in der Schule sei.

Welche angeborenen Fähigkeiten Nicola einst besessen haben mochte, so waren sie nun alle durch eine Lebzeit der Vernachlässigung und Erniedrigung völlig verschüttet. Ihre anfänglichen Reaktionen waren, wenn auch nicht so offensichtlich stumpfsinnig, ebenso verständnislos wie die ihres Bruders. Patrick erkannte sofort die Gefahr, in der sie schwebte. Ein Versagen ihrerseits würde nicht nur ihre Rückkehr zu ihrem bisherigen Elend bedeuten, sondern einem Verlust ihrer Handlangerdienste über den Zeitraum ihres fruchtlosen Schulbesuchs gleichkommen, wofür man sie zweifellos bestrafen würde.

Er ließ sich daher auf ein Täuschungsmanöver ein, für das es Gottes Vergebung und meiner Mithilfe bedurfte.

Nach einer kurzen Zeit begann er dem Schlächter eine Serie von immer vielversprechenderen Berichten zu liefern. Während er hervorhob, daß Nicola von einem extrem niedrigen Stand aus anfange, betonte er wiederholt, daß ihre Fortschritte bemerkenswert und daß weitere Fortschritte mit Sicherheit zu erwarten seien, vor allem, sagte er, im Bereich der Mathematik. Eine Schwierigkeit, die vorauszusehen gewesen war, war die tatsächliche Produktion irgendeiner Form von Evidenz. Ein Großteil unserer Arbeit wurde natürlich auf Schiefertafeln getan, und es war die Gewohnheit der Kinder, die letzten Aufgaben zur Einsicht mit nach Hause zu nehmen. Diese Schwierigkeit wurde von mir mit Leichtigkeit umgangen. Am Ende eines jeden Schultags wurde Nicola zu einer »Demonstration« zu mir geschickt. Diese bestand darin, daß ich ihr eine kurze Lektion in elementarer Mathematik erteilte, während ich die Rechnungen vor ihren verständnislosen Augen skizzierte. Sie wurde dann gebeten, die Hieroglyphen auf ihre eigene Tafel abzuzeichnen, welche sie dann mit zur Schlächterei nahm.

Eine Kombination dieser Berichte und des sichtbaren Beweises ihrer Richtigkeit führten rasch zu einem deutlichen Umschwung innerhalb des Bomboni-Haushalts. Dies wurde seinerseits von Patrick unterstützt, der in seinen »Berichten« darauf hinwies, daß ihr intellektueller Fortschritt durch ihr körperliches Wohlergehen beschleunigt und verstärkt werde. Die Veränderung vollzog sich erst langsam, gewann dann aber schnell an Impuls – lebender Beweis für Lorenzos Ansicht, daß die beste Medizin die natürliche Widerstandskraft des menschlichen Körpers sei. Innerhalb von sechs Monaten war die Veränderung in Nicola Bomboni auffallend. Innerhalb von zwölf Monaten hätte keiner, der inzwischen abwesend gewesen wäre, dasselbe Mädchen wiedererkannt. Wie ein gutes Schicksal es wollte, bezeichnete eben jenes Jahr, 1683, die Niederlage der ottomanischen Armeen vor Wien. Dieser bedeutende Sieg war nicht zuletzt auch der toskanischen Marine zu verdanken, die den Türken die wichtige Kontrolle des Mittelmeers verwehrt hatte. Dermaßen war die Freude des Großherzogs und seiner Mutter (die zuversichtlich eine Wiederkehr der toskanischen Macht und des toskanischen Einflusses voraussagte, nebst einer frühen Heirat für Cosimos Kinder), daß für ein Jahr ein Moratorium auf gewisse Steuern erlassen wurde. Zu diesen gehörte, per Zufall, ein Großteil von Bombonis Verbindlichkeiten, was Nicolas mathematische Dienste unnötig machte. Für Bombonis Verstand jedoch, eingeschränkt durch unmäßige Mengen von Barolo, war das Zusammentreffen der beiden Ereignisse genug. Sein Verhalten als Vater, zumindest gegenüber Nicola, änderte sich nun von Hinnahme des Unvermeidlichen zur Vernarrtheit. Ihre jugendliche Figur wandelte sich von skeletthafter Gestalt zu regelrechter Fülle. Ihr Gesicht und Ausdruck waren nicht länger ausgemergelt und verhärmt, wenngleich beide, wie man leider sagen muß, einige der Züge ihrer Vaters anzunehmen begannen. Viel an dieser Entwicklung wäre ausgesprochen zufriedenstellend gewesen, wäre da nicht die Tatsache einer deutlichen und wachsenden Zuneigung zu mir gewesen. Ich wurde von ihr, nicht zu unrecht, als einer der Architekten ihres plötzlichen unglaublichen Glücks gesehen.

Doch derart waren meine Jugend und die behütete Natur meiner Erziehung, daß ich zuerst die Bedeutung der glänzenden Augen, der feuchten Lippen, der wackelnden Hüften und der gelösten Kleidung nicht korrekt diagnostizierte, welche die sexuelle Präambel der erregten Bomboni bilden. Ich war daher ein wenig langsam von Begriff, als sie eines Abends, als ich ihrem mathematischen Genie Vorschub leistete, fragte, ob ich »mal gucken« wolle.

»Was?« fragte ich, von meiner einfachen Gleichung aufsehend.

»Du weiß' doch, na? Willste nich' mal gucken?«

Da ich nicht wußte, was sie meinte, hätte ich genausogut »ja« wie »nein« sagen können. Aber da ich von Natur aus ein positiv denkender Mensch bin, bejahte ich versuchshalber.

Ich kann nicht sagen, daß es mir über die Maßen gefiel, aber es *war* eine Form von Aufklärung, und gemessen an den ländlichen Sitten der Zeit kam sie ein wenig spät. Ich habe oft darüber nachgedacht, daß meine erste sexuelle Erfahrung, wie flüchtig und lästig sie auch gewesen sein mochte, auf fortgesetzter intellektueller Unaufrichtigkeit beruhte – wie so viele in meinem späteren Leben.

6

Es herrschte weithin der Glaube, daß Patrick mit Billigung und Unterstützung der Benediktiner lehrte. Vor seiner Anstellung als mein Tutor war ihm indes unter Androhung der Exkommunikation ein formelles Verbot jedweder Lehrtätigkeit erteilt worden. Daß er diese dennoch weiter ausübte, konnte ihnen kaum verborgen geblieben sein. San Casciano war ein größerer Durchgangsort, und unsere Schule lag an der Hauptstraße nach Florenz. Zudem erwarb uns unser fortwährender und wachsender Erfolg einen Ruf, der weit über die engen Grenzen des Ortes hinausging, und dies, zusammen mit der Knappheit an Alternativen, brachte uns einen steten Zustrom von Bewerbungen aus der ganzen Region.

Allgemein nahm man an – was wohl in gewisser Hinsicht verständlich war –, daß die Schule eine Gründung der Benediktiner sei und daß der riesige rotgesichtige Bruder seiner Aufgabe mit dem Segen seines eigenen Ordens nachginge. Dies wiederum brachte Patricks Abt in ein Dilemma, der einerseits zwar seine eigenen Beschlüsse aufrechterhalten mußte, andererseits aber kein Verlangen hatte, ein so kräftiges Pflänzchen auszureißen oder auch nur den Anschein dessen zu erwecken.

Der Abt von Patricks Ordenshaus war im übrigen seinem verirrten Bruder keineswegs übel gesonnen. In der Tat war es wohl so, daß er sich niemals zu Patricks Maßregelung und Bann hingegeben hätte, wären nicht entrüstete Vorhaltungen von seiten des Dominikanerordens erhoben worden, verbunden mit Drohungen, daß die ganze Sache an Rom verwiesen werden könnte. Anlaß dazu war ein offiziöser Besuch einer Anzahl ihrer Brüder in Patricks Schule in Antwerpen gewesen. Deren eifernde und lautstarke Proteste das Lehren in der Volkssprache betreffend hatten in einem Hinauswurf geendet, wobei Patrick bei einem mit dem Stiefel nachgeholfen hatte. Öffentliche Handgreiflichkeiten unter Mönchen waren zu seinerzeit nicht ungewöhnlich und riefen im allgemeinen wenig mehr als öffentliche Belustigung und gelegentlich eine offizielle Zurechtweisung hervor. Patrick jedoch hatte seinen Fuß mit dem Gesäß eines besonders rachsüchtigen und unangenehmen Individuums in Berührung gebracht, das seinen Groll und die Kunde von der Ketzerei durch ganz Europa bis zu Patricks eigenem Kloster vor den Toren Sienas getragen hatte. Schließlich hatte Patrick seinem Abt den Pfad geebnet, indem er die Anklagepunkte freimütig eingestand und die unvermeidlichen Konsequenzen auf sich nahm.

Mehr Anlaß zur Besorgnis gab Patricks weithin bekannte Beziehung zu einer Anzahl von Frauen im Dorfe, deren Kinder zum Teil unter seiner täglichen Obhut standen. Die Einwohner unseres Teils der Toskana sind im allgemeinen schwarzhaarig, dunkel und untersetzt (Alessandro Bombonis Gestalt ließe sich da als Archetyp vorbringen). Riesige rothaarige Mönche waren daher nicht die besten Partner für eine heimliche und außereheliche Beziehung. Patrick war zudem außerordentlich geräuschvoll in allem, was er tat, ein wesentliches Element seiner unbezähmbaren und ansteckenden Begeisterung. Ja, während ich hier an einem schönen Sommertag auf meiner weinberankten Terrasse sitze und diese Worte schreibe, kann ich unter mir die gebeugte Gestalt meines Gärtners Paolo sehen, selbst schon um die Sechzig und der zweite Sohn des alten Dorfschmieds, welcher nun schon lange nicht mehr auf Erden weilt. Paolo ist ein stattlicher Mann, beliebt bei seinen kleineren Dorfgenossen, die er mit seinen hellen blauen Augen bezaubert, Augen in einem gutmütigen Gesicht, welches von einer dichten Krause roten Bartes umgeben ist. Er wundert sich manchmal, daran zweifle ich nicht, warum ich ihm mit solch inniger Zuneigung begegne, die manchmal bis zu einer spontanen Umarmung geht, wenn ich nur ein ganz klein wenig unter der Wirkung meines Mittagstrunkes leide. Ich habe keine Zweifel, daß es andere in der Umgegend gibt, welche dieselben Züge tragen, und nach Zeichen ihrer Existenz Ausschau zu halten bildet einen interessanten Zeitvertreib bei meinen gelegentlichen Besuchen im Dorf.

So hoch war Patricks Ansehen im Umkreis, daß selbst diese kleinen Sünden hätten übersehen werden können, wäre da nicht ein drittes Problem gewesen, das in dem auffallenden Erfolg unseres Unternehmens begründet lag. Die Warteliste um Aufnahme in unsere kleine Einrichtung war nun unerträglich lang. Die anfänglichen Ausgaben, wozu der Erwerb des Hauses, dessen rudimentäre Umgestaltung und die Ausstattung mit Büchern gehört hatte, waren von meinem Vater bestritten worden. Großzügig mochte er zwar sein, aber es gebrach ihm einfach an Mitteln, eine Erweiterung unserer bereits überlasteten Einrichtung zu finanzieren.

An diesem Punkt erschienen Fortuna und Nemesis zugleich in der Person von Giuseppe Mancinis Stiefvater. Dieser war, wie man sich erinnern wird, ein reicher Schnupftabakhersteller aus dem nahe gelegenen Poggibonsi. Jener öde kleine Ort hat einen weltweiten Ruf für die Produktion dieser schädlichen Substanz und nichts sonst. Es wurde weit gestreut, daß der Hall des Niesens von Poggibonsi noch im Vatikan zu hören sei. Dies, so weiß ich, ist gänzlich unwahr, nicht nur aufgrund der geographischen Beschränkungen, sondern auch, weil in Poggibonsi praktisch niemand Schnupftabak nimmt. Bis zum letzten Mann (und zur letzten Frau) sind sie viel zu vertraut mit den Ingredienzien, der Herstellungsweise und den scheußlichen körperlichen Auswirkungen, welche mit dieser ekelhaften Angewohnheit verbunden sind. Es ist natürlich wahr, daß es in den vielen Läden und Warenhäusern, die das braune Pulver verkaufen, zusammen mit den Dosen, Taschentüchern, Tropfenfängern und anderen dazugehörigen Behelfen, zahlreiche Leute, insbesondere Frauen, gab, die man dort ostentativ schnupfen und schnüffeln sah wie Schweine an einem Trog. Dies, so kann ich mit Sicherheit sagen, waren und sind nicht die Einwohner von Poggibonsi. Es handelte sich dabei vielmehr um eine Ansammlung von Herumlungerern, Schlampen und anderem Gesindel, das eigens von Giuseppe Mancinis Stiefvater und den übrigen Erzeugern von Leghorn herbeigeschafft wurde. Es war dieser Mob von schnupfenden Huren, der John Evelyns berühmte Bemerkung über die große Anzahl von italienischen Frauen zur Folge hatte, die dem Schnupftabak frönen. Viele Jahre später, bei einem Essen mit meinem Freund, dem Bischof von Salisbury, konnte ich mit einer gewissen Befriedigung Mr. Evelyn auf diesen grundlegenden Irrtum hinweisen – ein Beispiel, wie mich dünkte, für die vielen Verleumdungen und Ungenauigkeiten, die von Engländern auf ihren unverbesserlichen Wanderungen auf italienischem Boden aufgezeichnet wurden. »Ah, mein Bester«, sagte er lächelnd über den silbernen Kerzenleuchter hinweg in jener Atmosphäre der Vernunft, Abgeklärtheit und intellektuellen

Debatte, »das bedarf keiner Reprise.« Daß diese Idiotie mit homerischem Gelächter aufgenommen wurde, zeigt deutlich den außerordentlich seichten Humor, den selbst die angesehensten Engländer besitzen.

Aber ich schweife ab. Giuseppe Mancinis Stiefvater war eine Ausnahme von der allgemeinen Regel in Poggibonsi. Er inhalierte große Mengen seines eigenen Produkts und gab als Folge davon ein höchst abstoßendes Spektakel ab. Die Vorderseite seiner teuren Kleider war bedeckt und beschmiert mit feinem braunen Pulver, als habe er den Tag damit verbracht, mit dem zerfallenden Einband eines Buches zu ringen. Er konnte nicht das kürzeste und einfachste Gespräch führen, ohne regelmäßig mit Daumen und Zeigefinger eine große Menge des Krautes in die Tiefe seiner Nasenhöhle zu expedieren. Jahre dieser Gewohnheit hatten seine Nase sich über sein Gesicht ausbreiten lassen, bis sie einer umgedrehten Büchse von der doppelläufigen Art glich, wie sie nun in Deutschland verbreitet ist. Dieses monströse Anhängsel bearbeitete er in regelmäßigen Abständen mit einem reichbestickten Tropfenfänger, was große Lücken in seiner ansonsten flüssigen Rede verursachte.

Dieser Herr schnupfte und tupfte sich bald nach Frühjahrsbeginn 1684 unangemeldet seinen Weg in unsere Schule, als Patrick und ich kurz nach Mittag dabei waren, unsere Lehr- und Lern-Impedimenta wegzupacken. Er sei gekommen, sagte er (schnüffel, schnüffel, schnaub, schnaub, tupf, tupf), um sich zu erkundigen, wann es möglich wäre, seine beiden Söhne, neun und elf Jahre alt, in unsere Bildungseinrichtung (tupf, tupf) aufzunehmen. Dies seien natürlich seine *natürlichen* Söhne und nicht der unglückliche Giuseppe Mancini (schnüffel, schnüffel), dem er ein Heim gegeben habe, aber der völlig verstummt sei (schnaub, schnaub) nach jenem schrecklichen Vorfall, der sich in eben diesem Dorf zugetragen habe (tröpfel, schnaub, tupf).

Ja, sagte Patrick, er habe von jener schrecklichen Geschichte gehört, und außerdem sei das andere Opfer jener junge Herr, der vor ihm stehe.

»Ah, ja« (schnüffel, schnüffel). »So war das. Wer hätte das gedacht ... ganz außergewöhnlich ... Familie wie diese.« (tupf, tupf) »... außerordentlicher Ruf. Jedenfalls, früher Beginn bei der Erziehung der Söhne eminent wichtig ... gute Anlagen, wenn die Buben auch ein wenig dummdösig wirken ... bedauernswerte Eigenschaft erster Frau selig« (schnaub, schnaub, tupf, tupf).

Patrick hörte all dem mit seiner üblichen Freundlichkeit und Geduld zu und erklärte dann dem Schnupftabakhersteller, daß es gegenwärtig über dreißig Kinder gebe, die darauf warteten, in die Schule aufgenommen zu werden, und die Aussichten, seinen Wünschen entsprechen zu können, seien daher effektiv gleich Null. Er würde ihre Namen jedoch gern auf die Warteliste –

»O nein, das genügt nicht, keineswegs. Ausbildung in Poggibonsi beklagenswert. Versuche, Privatlehrer zu finden, erfolglos, hauptsächlich aufgrund Mangels an Durchsetzungsvermögen angesichts kindlichen Ungestüms« (tupf, tupf, schnüff, schnüff). »Formale Erziehung unbedingt notwendig, vorzugsweise in einiger Entfernung von Poggibonsi.«

Während dieses Ausbruchs hatte sich Patricks Grinsen verbreitert wie ein Leuchtfeuer, aber am Ende schüttelte er seinen großen roten Kopf und erklärte dem besorgten Erzeuger, so gerne er unter diesen Umständen (in die er sich sehr wohl hineinversetzen könne) behilflich gewesen wäre, sei ihm dies doch unmöglich aus dem einfachen Grunde, den er bereits dargelegt habe. Danach zog der arme Mann mit bedauerndem Kopfschütteln von dannen, wobei er das Fehlen angemessener Bildungseinrichtungen beklagte. Am nächsten Tag war er wieder da.

Die Antwort, erklärte er, sei ganz einfach, da die Schule

nicht mehr Kinder nehmen könne, müßten die Kinder mehr Schule bekommen. Er war so von Begeisterung über seine Idee erfüllt, daß ein Großteil seines Geschnupfes nun aufgehört hatte. Mehr Raum, mehr Bücher, mehr Lehrer, wenngleich diese natürlich unter der Leitung des derzeitigen Majordomo verbleiben würden.

Patrick erwiderte mit einer Spur von Verärgerung, daß all diese Dinge, so wünschenswert sie seien, Geld erforderten, das nicht vorhanden sei. Er habe nicht die Absicht, fügte er hinzu, Plätze in seiner Schule zu verhökern, ungeachtet aller finanziellen Schwierigkeiten.

An dieser Stelle floß der Schnupftabakhersteller vor Begeisterung geradezu über. Er verstehe Patricks Einstellung sehr gut und sei völlig damit einverstanden. Aber was er im Sinne habe, sei eine größere Spende für die gesamte Schule. Das Geld solle von ihm und seinen Zunftbrüdern aufgebracht werden, die einen beispiellosen Erfolg in ihrem Gewerbe nach dem Sieg über die heidnischen Türken zu verzeichnen gehabt hätten. (Wie genau dieser militärische Triumph die Schnupfer Europas beeinflußt oder ermutigt hatte, wurde nie zufriedenstellend erklärt, noch dünkte es einen von uns beiden der Nachfrage wert.) Auf diese Weise, fuhr unser hoffnungsfroher Wohltäter fort, könnten alle Kinder auf der Warteliste aufgenommen und unterrichtet werden, durch den Erlös von Schnupftabak. Zudem sei er sicher, daß selbst die gegenwärtige Ausstattung, so gut sie zweifellos sei, einige Verbesserungen vertragen könne. Natürlich, fügte er hinzu, würden diejenigen, welche die Mittel zur Verfügung stellten, keinerlei Einfluß auf die Leitung der Schule nehmen wollen. Ja, sie wären dankbar, so wenig wie möglich belästigt zu werden, nachdem ihre Nachkommenschaft sicher in San Casciano untergebracht sei. Geeignete Vorkehrungen ließen sich treffen, den künftigen Geldfluß zu sichern, indem eine angemessene Kapitalsumme in der Medici-Bank, der Bank des

Vatikans oder irgendeinem anderen Geldinstitut angelegt werde, das man für geeignet erachte.

Wie es das Glück wollte, war mein Vater gerade von seinen Reisen zu Hause und Lorenzo Bellini bei uns zu Gast. An jenem Abend erwogen wir fünf sorgfältig das Angebot; ich hatte inzwischen so maßgeblichen Anteil gewonnen, daß auch meine Stimme galt. Alles in allem konnten wir keinen vernünftigen Einwand gegen den Plan finden. Es gab ein gewisses dünkelhaftes Widerstreben, den akademischen Hain mit erstickenden Tabakswolken zu verpesten, aber wie Lorenzo aufzeigte, war die große Bibliothek Antonio Magliabechis auf das Schmelzen von Gold gegründet, und die Medici, die bis unlängst die größten Patrone der Gelehrsamkeit gewesen waren, hatten die Medizin lange zuvor zugunsten weltweiten Wuchers aufgegeben. Wir beschlossen daher, daß mein Vater nach Poggibonsi reisen solle, um die Sponsoren zu treffen, und dem Plan seinen eigenen größeren geschäftlichen Weitblick angedeihen zu lassen. Als er zurückkehrte, war seine Miene besorgt.

»Es gibt eine größere Schwierigkeit«, erklärte er uns allen an jenem Abend. »Unsere Schnupftabakmacher glauben, wie jedermann sonst auch, daß die Schule eine Gründung der Benediktiner sei. Anders wäre wohl auch Patricks auffällige Anwesenheit schwer zu erklären. Unsere Sponsoren erwarten daher – ja, sie bestehen darauf –, daß das Geld über den Benediktinerorden eingebracht werden solle. Dies gibt dem Ganzen naturgemäß eine gewisse Weihe, und so sind sie gewiß, nicht nur die Erziehung ihrer Kinder in dieser Welt, sondern auch ihren eigenen glückseligen Hinübergang in die nächste zu fördern. Ob sie fürchten, daß die Tore des Himmels ihrem Gewerbe verschlossen sein werden, weiß ich nicht, aber es steht fest, daß sie nicht einfach ihr Geld einem profanen Unternehmen stiften werden.«

Auf diese Neuigkeit hin setzte allgemeine Bestürzung ein,

da dieser Vorschlag unserer potentiellen Sponsoren alsgleich Patricks öffentliche Bloßstellung als gebannter Lehrer nach sich ziehen würde. Aber es sollte noch schlimmer kommen.

»Sie haben, fürchte ich«, sagte mein Vater, »sich bereits mit dem Abt in Siena in Verbindung gesetzt und wollen ihm nächste Woche ihre Aufwartung machen. Im Augenblick ist der Abt über Einzelheiten ihres Ansinnens noch nicht im Bilde, aber sobald sie es ihm dargelegt haben, wird er offiziell Kenntnis davon haben, daß seinen eigenen Edikten zuwidergehandelt wird. Die Folgen für Patrick und die Schule kann man sich ausmalen.«

Diese Neuigkeit rief allgemeine Bestürzung hervor. Lange und schmerzliche Diskussionen folgten, an deren Ende ungeachtet Patricks vehementen Einspruchs beschlossen wurde, daß die wichtigste Überlegung sei, seine Position zu schützen. Es wurde daher ferner entschieden, wieder ohne Rücksicht auf Patricks Mißfallen, daß mein Vater am übernächsten Tag ein Treffen mit den Schnupftabakherstellern herbeiführen und sie über die wahre Weise der Schulgründung aufklären und davon in Kenntnis setzen solle, daß man unter keinen Umständen Gelder annehmen könne oder werde, die über die Benediktinerabtei gingen. Mein Vater sollte auch deutlich machen, daß jederlei Enthüllungen gegenüber dem Abt nur aufgrund irgendeiner Art von Rachsüchtigkeit erfolgen könnten, was niemandes Zwecken dienlich sei, am wenigsten denen der Kinder der Schnupftabakhersteller selbst. Falls wirklich notwendig, so wurde entschieden (wiederum bei lautstarker Widerrede), sollte mein Vater andeuten, daß man den Kindern angesichts ihrer »schwierigen Ausbildungssituation« eine gewisse Priorität bei der Aufnahme einräumen könne.

»Aber dann wird die Schule kein Geld bekommen!« meinte Patrick. »Und wir werden gezwungen sein, diese kleinen Rotznasen ganz oben auf die Liste zu setzen.«

»Die einzige Alternative«, sagte mein Vater, »wäre, daß die Schule mit Geld, aber ohne ihren Gründer dastünde.«

»Und was wäre daran so schlimm?« fragte Patrick. »Sie ist nun wohl gegründet, auf festem Stein, und es gibt viele berufene Lehrer bei den Benediktinern, die gern eine so gut dotierte Einrichtung übernehmen würden.«

Aber mein Vater bestand darauf, daß die Sache nun beschlossen sei, und damit gingen wir zu Bett.

Am folgenden Tag schien Patrick sich in die Entscheidung gefügt zu haben, und die ersten Schulstunden gingen ohne Zwischenfall vorbei. Nach der Morgenpause jedoch versammelte er die ganze Schule und verkündete, ohne sich vorher mit mir besprochen zu haben, daß der Frühlingsanfang und das Ende des Winters eine gute Zeit für eine kurze Unterbrechung in unseren Studien sei. Er habe daher beschlossen, die Schule für zwei Wochen zu schließen, was uns mit neuer Kraft zu den Freuden des Lernens zurückbringen würde.

Als der Unterricht zu Ende war, fragte ich Patrick, was der Grund für diesen Schritt gewesen sei.

»Wir brauchen alle eine Pause«, sagte er, »und außerdem, wenn dein Vater mit diesen Schnupfnasen redet, erfordert diese Sache unsere volle Konzentration.« Weiter ließ er sich nicht aus der Reserve locken, und so kehrten wir heim zu unserem eigenen privaten Nachmittags-Tutorium. An jenem Abend war er ungewöhnlich still, und auf seinen Vorschlag hin gingen wir zurück durch das Dorf, bis wir vor der Abdeckerei stehenblieben. Der Bomboni-Haushalt war ebenfalls untypisch ruhig, und die toskanische Frühlingsluft war so süß und duftend wie Honig. Die Schatten der Pappeln fielen über den harten Hinterhof und zerteilten das niedere, rotgedeckte Steingebäude, in scharfgezogenem Kontrast zu den warmen Wellenlinien des Daches gegen die grauen Hügel und das blasse, klare Blau des Himmels. Dort stand er eine kleine Weile und betrachtete das Bild, seine versehrte linke Hand gegen die Strahlen der untergehenden Sonne haltend. Dann gingen wir zurück zum Abendessen, bei dem seine gewohnte Lustigkeit in nichts auf seine Absichten hindeuten ließ.

Am nächsten Tag war er fort. Seine weltlichen Besitztümer waren ohnehin gering, und so mochte ich zunächst den Anzeichen seines Abschieds keinen Glauben schenken. Ich entdeckte indes bald den unvermeidlichen Brief an mich zusammen mit einem weiteren, der an meine Eltern gerichtet war. Den meinen habe ich immer noch, ein kurzes Dokument, welches ich hier wiedergeben will:

Fredo, caro mio,
habe keinen Zweifel welcher Art auch immer, daß wir uns wiedersehen werden. Beinahe gewiß in dieser müden alten Welt, wenn aber nicht, dann in einer neuen jungen Ewigkeit voller Gelehrsamkeit und Empfindung. Sei nicht traurig, daß ich fort bin. Cromwell lehrte mich die Vorzüge des Reisens, sei es freiwillig oder nicht, und es ist Zeit, daß ich neue Geister zu verwirren finde. Sei zuversichtlich, daß Du Begabung zum Gelehrten hast. Du bist nun fast vierzehn und mußt dieses Jahr nach Pisa gehen, wo, mit Gottes Hilfe, Lorenzo Dir ein Führer und Mentor sein wird. Ich habe eine Auswahl Deiner besseren Arbeiten zusammengestellt (suche nicht nach dem Rest, er existiert nicht mehr), welche Dir die Aufnahme garantieren wird. Ich hoffe bald zu hören, daß sie Dich in noch jüngeren Jahren zum Professor gemacht haben als Lorenzo, was ihm recht geschehen wird.

Denk daran, vergib Deinen Feinden und dem, was die Unbilden des Schicksals zu sein scheinen, und Du wirst der glückliche und mitfühlende Mensch bleiben, der Du geworden bist.

Gott geleite Dich.

Patrick

Natürlich weinte ich. Wir alle weinten. Mein Vater sagte nur immer wieder: »Der Narr, der verdammte, verdammte Narr.« Aber Lorenzo sagte: »Nein, er ist kein Narr; er hat das einzige getan, was er tun konnte.« Und natürlich hatte er recht.

Dem Abt war sofort klar, was geschehen war. Mein Vater berichtete ihm von Patricks Weggang und der Tatsache, daß er eine Zeitlang »niedere Dienste« in der Schule verrichtet habe, deren Unterricht in den Händen von »Signore Credi« gelegen habe. Diese Darstellung kam somit entfernt an die Wahrheit heran. Die Schule wurde pünktlich wieder eröffnet, mit zwei ausgezeichneten Lehrern aus den Reihen der Benediktiner, die beide von der Idee der Volkssprache überzeugt waren. Im Verlauf des Sommers wurde sie geschlossen, damit ein größerer Umbau stattfinden konnte, und im Herbst 1684 neu eröffnet, mit vier Lehrern, und bald galt sie als eine der besten freien Schulen in der Toskana. So gut war ihr Ruf, daß sie selbst von den kommenden Schrecken der Inquisition in Florenz relativ unbeeinträchtigt blieb, vielleicht zum Teil aufgrund eines hartnäckigen und unausrottbaren Gerüchts, daß man sich dort in besonderer Weise auf Methoden verstehe, Steuereintreiber »übers Ohr zu hauen«.

7

Die Nachrichten aus Florenz bildeten weiterhin ein wesentliches Element in meiner Kindheit. Sie beschäftigten meine Mutter, und ihre Ängste übertrugen sich auf mich, in eher noch gesteigerter Form durch meine Unkenntnis und Einbildungskraft. Ich hatte die Stadt natürlich nie gesehen, obwohl es an sehr klaren Tagen möglich war, den Schimmer des Arno und einen winzigen Flecken Dunkelheit auszumachen, der von den gewellten Hügeln abgeschnitten wurde.

Die Nachrichten, die uns Lorenzo wie auch mein Vater brachten, waren durchgehend schlecht. Vieles ist erst im Rückblick begreiflich geworden, aber die allgemeine Tendenz ließ sich nicht mißverstehen. Die Toskana war ein verarmtes Land. Ihre Größe und geographische Lage verhinderten den kommerziellen Fortschritt, der sich nun auf Nordeuropa konzentrierte und sich wie ein Feuer auf die Neue Welt zubewegte. Die schier endlose Abfolge von ernsthaften Engländern zog weiter durch Italien, und ihre ominösen Chroniken laufen auf eine selbstgefällige Klagelitanei hinaus. Aber die Evidenz war nichtsdestoweniger klar. Eine Folge von schlechten Ernten und unablässigen Seuchen machten die Minderbemittelten arm und führten die Armen ins Elend. Im Palazzo Pitti herrschte Cosimo III. über sein Volk, Vittoria della Rovere, seine Mutter, beherrschte ihn, und die Jesuiten beherrschten sie.

Um die Bedürfnisse der Stadt zu befriedigen, fiel die Besteuerung auf das umgebende Land. Zunehmend wurde das Land, selbst innerhalb eines Tagesritts Entfernung von San Casciano, öde und leer. Die Bauern zogen in die Stadt, der Landadel nahm, was die Bauern zurückließen. Die großen Monopole der Stadt wurden ausverkauft, als die Großherzogin den Pittipalast in einen Krämerladen verwandelte. In den Geschichten von Florenz traten neue Namen hervor, neue Berühmtheiten, die neue Machtelite der Toskana: die Castanelli-Brüder, die den Lederhandel kontrollierten; die Assinari-Brüder, die das Salzmonopol erworben hatten; und die del-Rosso-Brüder, Andrea und Lorenzo, in deren Händen die Preisfestsetzung, der Verkauf und die Verteilung von Mehl lag.

Indes sollte erst, als ich vierzehn Jahre alt war, im Sommer 1684, nach dem Weggang Patricks, die Auswirkung dieser Veränderungen wieder meine kleine Welt erreichen, und dies auf eine höchst dramatische Weise. Mein Vater hatte sich nach einer Reise in den Norden mit seiner Ladung Papier für Antonio Magliabechi nach Florenz aufgemacht. Bellini war per Zufall auf der Rückreise nach Pisa zu Gast. Zu unserer Überraschung hörten wir am frühen Abend, als wir in der einbrechenden Dämmerung dasaßen, meines Vaters Stimme auf der Straße dringlich nach unserem Knecht, Mario, rufen und ihn anweisen, er solle in aller Eile die Pferde verstecken. Augenblicke später trat er in den Raum, mit den Satteltaschen über die Schultern geschlungen, und wir alle standen bei seinem Anblick auf.

»Gallupe, mein lieber Freund«, rief Bellini aus, »was ist mit dir geschehen?«

Mein Vater war sichtlich derangiert. Sein Rock und Wams waren zerrissen, und sein Hemd, das unter seinem Mantel sichtbar wurde, war blutbefleckt. Ein Auge war nahezu geschlossen, und eine häßliche Schwellung trat an der linken Seite seines Gesichts hervor. Sein Hinken, nun deutlicher ausgeprägt, brachte ihn gerade noch bis zum Sessel am Kamin, wo er zusammenbrach, als meine Mutter und Lorenzo ihn erreichten. Auf sein Geheiß nahm ich die Satteltaschen und brachte sie in sein Zimmer, während Lorenzo Wein holte und meine Mutter, nachdem sie sich vergewissert hatte, daß das Blut nicht aus einer offensichtlichen Wunde kam, Wasser herbeibrachte, mit dem sie ihm Gesicht und Hände wusch. Er war eine Zeitlang stumm, während er den Wein trank, dann sagte er zu Lorenzo: »Würdest du die Bücher für mich hinbringen? Ich fürchte, ich kann mich auf der Straße nach Florenz eine Zeitlang nicht mehr sehen lassen.«

»Was ist geschehen?« fragte meine Mutter, und da mich niemand des Raumes verwiesen (wenn überhaupt bemerkt) hatte, saß ich hinter meinem Vater, als er ihnen berichtete:

»Ich war fast bis Gallaza gekommen, als ich die Straße von einer großen Menschenmenge blockiert fand. Ich konnte zuerst nicht sehen, was sie bestarrten, aber außer einigem Geschrei weiter vorne waren sie völlig stumm, mit Gesichtern wie Stein. In der Mitte der Menge, von wo das Geschrei kam, konnte ich Schmerzenslaute und Schläge wie von einer Peitsche oder einem Stock hören. Ich fragte, was denn los sei, aber keiner wollte antworten, und so stieg ich ab, ließ die Pferde stehen und bahnte mir meinen Weg durch die Menge. Ich kannte keinen davon. Es waren meistenteils Bauern, ganze Familien, auch Kinder. Vor ihnen stand eine Gruppe von Männern, die eine Art Uniform trugen, wie ich sie noch nie gesehen hatte. Einen von *ihnen* freilich erkannte ich wohl: Es war der älteste Bomboni-Junge, Pasto. Der, der vor zwei Jahren nach Florenz ging. Er schien den Befehl zu haben. Sie hatten irgendeinen armen Burschen am Boden, einen Bauern ohne Zweifel, obwohl er keine Kleider anhatte; die lagen in einem Haufen neben seinem Kopf, mit seinen Stiefeln. Die eine Hälfte seines Gesichts war völlig … völlig zerstört. Doch zwei von diesen Männern hielten ihn bei den Armen und ein anderer bei den Füßen, während ein vierter mit einem Knüppel auf seinen Rücken einschlug. Ich ging zu dem Bomboni-Jungen und fragte ihn, was, in Gottes Namen, hier vor sich gehe, und er sagte, der Mann habe Salz gemacht. Und er lachte und erklärte mir, er sei dabei ertappt worden, als er versucht habe, Salz aus der Lake zu sieden, die auf dem Boden eines Fasses Sardinen übriggeblieben sei! (Wie ihr wißt, würde das kaum eine Tasse voll ergeben.) So sagte ich ihm, er solle aufhören. Ich schrie ihn an aufzuhören, und er sagte: ›Misch dich nicht ein, *professore*. Das geht hier um Salz, nicht um Sterne.‹ So herrschte ich ihn an: ›Ihr habt kein Recht, diesem Mann so etwas anzutun.‹ Und er sagte: ›Ach nein? Und was ist dann das hier?‹ Und er hielt mir ein Schriftstück vor die Nase. Nun, ich habe nicht alles gelesen, aber es war ganz offensichtlich, worum es sich handelte. Es trug das Medici-

Wappen und war eine Art Ermächtigung, die den Assinari-Brüdern erteilt worden war, und er sagte: ›Ich arbeite für Paolo Assinari, siehst du, und jetzt sieh zu, daß du zu deinen Scheiß-Büchern zurückkommst.‹ Nun, an diesem Punkt gab der arme Teufel am Boden ein derart erbärmliches Geräusch von sich, so daß selbst der Büttel, der ihn verprügelte, einen Augenblick innehielt und Bomboni ansah. Der bedeutete ihm mit einem Nicken, weiterzumachen, und ich … ich schlug einfach zu. Er rechnete nicht damit und ging sofort zu Boden. Nun, dann geschah alles sehr schnell. Einer von den Bütteln ging mit seinem Stock auf mich los und verpaßte mir das hier, so schlug ich zurück, und dann griff, Gott sei Dank, die Menge ein. Es gab einen schrecklichen Kampf. Es gab noch mehr von Bombonis Leuten, wißt ihr, welche die Menge in Schach hielten. Ich kam auf den Mann zu liegen, den man geschlagen hatte – ich glaube, das ist sein Blut hier –, dann zog mich jemand weg, und er wurde in die Menge zurückgetragen. Irgend jemand, eine Frau, glaube ich, half mir zu meinen Tieren und warf mich buchstäblich aufs Pferd. Ich kam sofort zurück, wobei ich mich so weit wie möglich von der Straße fernhielt.«

Im Verlauf dieser Geschichte war die Stimme meines Vaters fest genug gewesen, doch als er das Ende erreichte und den Krug an die Lippen setzte, begannen Hand und Stimme zu zittern, und meine Mutter nahm ihn in die Arme, wie man es mit einem Kind machen würde. Er war neunundfünfzig Jahre alt und hatte in letzter Zeit über Beschwerden wegen seines versehrten Beins und seines Rückens geklagt, der von Jahren des Reisens, wie Lorenzo sagte, verspannt und gestaucht war. Nachdem man ihn dann ins Bett gebracht und ich vor ihm gestanden und er meine Hand gedrückt und gelächelt und irgend etwas gesagt hatte, an das ich mich nicht mehr erinnern kann, kehrten meine Mutter und Bellini an den Tisch zurück, und ich, allein am kalten Herd sitzend, wurde wiederum vergessen.

Sie sagte: »Wie steht es mit den Juden in Florenz? Ich will die Wahrheit wissen, Lorenzo. Ich glaube, du hast mir etwas vorenthalten.«

»Nein, ich habe dir nichts vorenthalten, aber die Lage ist sehr schlecht. Wenn überhaupt, dann wurde Cosimo schlimmer, nachdem seine wahnsinnige Frau nach Frankreich zurückging. Er ist nun völlig in der Hand seiner Mutter und der Inquisition. Überall werden die Armen verzweifelt. Viele bleiben nicht dabei stehen, Salz aus ihrer Fischbrühe zu sieden. Näher an Florenz und in der Stadt selbst gibt es ein regelrechtes Bandenunwesen; Häuser werden aufgebrochen, einige Reisende, selbst solche, die unter Bewachung reisen, werden auf den Straßen überfallen und ausgeraubt. Cosimo verstärkt seine Wachen und verschärft die Strafen. Wir haben nun sechs öffentliche Hinrichtungen pro Woche, die heißen Zangen werden wieder im Bargello angewendet, und die Strafe für Diebstahl jeder Art, wie gering er sein möge, ist fünfzig abgezählte Hiebe, *cinquanta frustrate ben conte*, an eine Säule auf dem Markt gebunden. Um seine Wachen und die Salti aus dem Bargello zu entlöhnen, braucht Cosimo mehr Geld, das er den Armen wegnimmt. Dies geschieht durch Steuern und Monopole, die er den Reichen verkauft. So schließt sich der Kreis.«

»Das alles ist mir nicht neu, Lorenzo, aber was ist mit den Juden?«

»Cosimo und seine Mutter sind echte Frömmler. Sie würden die Juden *als Juden* verfolgen, aber es gibt keinen Zweifel, daß Cosimo sie als einen Weg aus diesem Kreis sieht. Wenn er die Armen gegen sie wenden kann, wird er seine eigene Regierung stützen *und* das Verlangen seiner christlichen Seele zufriedenstellen. So dürfen Christen und Juden jetzt nicht mehr im selben Haus wohnen, dürfen weder Tür noch Fenster, weder Brunnen, Dach, Terrasse noch irgendeine andere Einrichtung oder Art der Verständigung gemein haben. Juden dürfen keine christlichen Prostituierten aufsuchen. Solcher Vermischung überführte Frauen werden entkleidet, öffentlich ausgepeitscht und in das Stinche-Gefängnis geworfen, das, wie man hört, schlimmer als der Bargello ist. Die Verordnungen, die er erläßt, werden täglich hysterischer. Juden dürfen ihre Kinder nicht von christlichen Ammen säugen lassen und umgekehrt.

Dieser Wahnsinn hört natürlich nicht bei den Juden auf. Nur ausgewählte Studenten dürfen nun noch in Pisa studieren. Als Ergebnis davon haben wir mehr Frömmler und Holzköpfe als je zuvor. Bücher, Manuskripte und Autoren werden scheinbar vollkommen willkürlich geächtet und verboten. Wir erfuhren jüngst, daß die Werke Demokrits nun verboten sind! Als ob irgend jemand ihn seit Jahren angerührt hätte. Ich habe mir sagen lassen, daß die Tragödien Senecas auch auf dem Index stehen! Das liegt wahrscheinlich daran, daß er eine Satire gegen die Vergöttlichung des Kaisers Claudius schrieb. An seinen astronomischen Werken kann es kaum liegen, da sie die Welt fest in die Mitte des Universums stellen, genau wo unsere Freunde, die Jesuiten, sie haben wollen. Die Werke Galileis selbst, wenngleich noch nicht verboten, werden systematisch denunziert. Es gibt offizielle ›Besorgnis‹ über den Verbleib seiner Originalmanuskripte. Der Großherzog wünscht anscheinend, sie in der Medici-Bibliothek zu haben. Wie lange sie dort unversehrt bleiben würden, darüber läßt sich nur spekulieren. Jedenfalls wissen sie nicht, wo sie sind, und ich hoffe, sie werden es nie erfahren!«

Meine Mutter sah ihn an und sagte: »Hast du meinen Vater gesehen?«

»Nein, aber Antonio besucht ihn regelmäßig, und ihm ist nichts geschehen. Wie du weißt, ist er jetzt völlig blind und verläßt nie das Haus.«

»Spricht er von mir?«

»Antonio spricht von dir und Gallupe, und er hört zu. Aber ich fürchte, wenn man ihn fragt, leugnet er, eine Tochter zu haben.«

Wiederum herrschte Schweigen, und dann sagte sie: »Was wird jetzt geschehen?«

»Es ist gefährlich. Gallupe ist erkannt worden. Irgend etwas wird geschehen. Ich habe noch nicht die Absicht, nach Florenz oder Pisa zu gehen, Bücher hin oder her, Gallensteine raus oder rein. Die Assinari sind zu einer der mächtigsten Familien in Florenz geworden, und ich möchte hier sein, falls sie uns einen Besuch abstatten.«

»Meinst du, sie kommen ihn holen?« Und dann, bevor er antworten konnte: »Fredo!«

»Ich habe geschlafen.«

Nachdem sie meiner Existenz wieder bewußt geworden waren, wurden sie fast leutselig, wie von einem mühsamen Werk erlöst. Meiner Mutter Verhalten war geradezu ausgelassen, als sie mich zu meinem Bett führte und trotz meiner Proteste die Lampe mitnahm und mich der Dunkelheit meiner Phantasiebilder überließ. Später hörte ich sie weinen und die sanfte Stimme Lorenzo Bellinis, monoton wie ein Schlaflied, lullte mich hypnotisch in den Schlaf.

Am folgenden Tag blieb mein Vater im Bett; Lorenzo las meistenteils auf der Terrasse; meine Mutter ging pedantisch ihren häuslichen Pflichten nach, um, wie ich damals erkannte, Trost im Alltäglichen zu finden. Mir wurde gesagt, daß ich nicht in den Hügeln spazierengehen dürfe, und so saß ich bei Lorenzo und widmete meine Zeit, teils aus echter Neugierde, aber wohl mehr, um sein Interesse und seine Aufmerksamkeit zu erregen, einem der Manuskripte, mit denen mein Vater zurückgekehrt war und die, wäre alles gutgegangen, inzwischen bereits ihren Platz in der Bibliothek in der Via del Corso gefunden hätten.

Aber nach einer Weile schweifte meine Aufmerksamkeit ab, und Bellini sagte: »Na, was liest du denn da, Fredo? Offensichtlich eine widerstehliche Lektüre.«

Ich lächelte und reichte ihm das Manuskript.

»Ah, *Hypothesis Physica Nova.* Dann ist dein Vater also in Braunschweig gewesen und hat sich dort in schlechte Gesellschaft begeben. Nun, was hältst du davon, Fredo?«

Ich hatte natürlich sehr wenig gelesen und das wenige kaum verstanden, aber ich tat mein Bestes und sagte: »Nun, ich finde die Idee, daß alle unsere Bewegungen durch eine Art feiner Elastizität möglich gemacht werden, die uns mit dem Zentrum der Erde verbindet, sehr, sehr ... interessant.«

»Quark!« sagte der große Arzt. »Es ist Quatsch, und *er*« – mit einem Wink auf das Manuskript in meiner Hand – »weiß das auch. Deshalb hat er es der Royal Society *und* der französischen Akademie gewidmet, so daß keine von beiden es ablehnt. Was du dort hast, Fredo, ist das Werk des gefährlichsten Genies in Europa.« (Ich legte es sofort hin.) »Im Alter von zwanzig lehnte er den Lehrstuhl für Jura an der Universität Nürnberg ab, da er es vorzog, ein Staatsmann und Mathematiker zu werden. Bevor er dreißig war, hatte er ein mathematisches Konzept entwickelt, das man ›Differentialrechnung‹ nennt. Ich gebe nicht vor, es zu verstehen, aber es ist anscheinend die größte mathematische Deduktion unseres Jahrhunderts. Während er diese kleine Rechenaufgabe löste, brachte er zugleich eine Anzahl von Aufsätzen über die Geheimnisse der Materie zu Papier (das hier ist einer davon), versuchte, Aristoteles wieder zur Geltung zu bringen und die Werke Descartes' in Zweifel zu ziehen. Zudem hat er den Ansatz gemacht, die gesamte christliche Kirche in eine religiöse europäische Einheit (unter der Führung der vereinigten deutschen Staaten) zu reformieren, um so einen heiligen Krieg gegen die ungläubigen Türken zu entfachen! In seinen müßigen Momenten hat er mehrere größere Werke hervorgebracht, in denen er das Konzept der Heiligen Dreifaltigkeit verteidigt und verficht, keine Übung, wie man annehmen dürfte, für welche Differentialrechnung wesentlich wäre.«

»Ein erstaunlicher Mann«, murmelte ich, im vollen Bewußtsein der Unzulänglichkeit meiner Antwort. »Warum, sagst du, ist er gefährlich?« Und dann, kühner: »Wäre es keine gute Idee, eine einzige Kirche zu haben?«

»Gewiß, Fredo, so wie es eine gute Idee wäre, eine Sprache, ein Volk, eine Rasse, einen Gott zu haben, aber wenn irgend etwas davon durch einen Massenkrieg gegen die Heiden im allgemeinen und die Ägypter im besonderen verwirklicht werden müßte, würde dies der Menschheit keinen großen Dienst erweisen. Das Problem mit Herrn Leibniz, Fredo, ist seine mathematische Gewißheit in allen Dingen. Es gibt nichts von der Existenz Gottes bis zum Machen von Gold oder dem Geschlechtsverkehr, was sich nicht durch seine ontologische Methode erklären ließe. Descartes bewies die Existenz Gottes von dem Ausgangspunkt des ›Ich zweifle, also bin ich‹. Leibniz hätte dies getan mit den Worten: ›Ich bin mir sicher, daß ich recht habe, darum bin ich.‹ Nun ist natürlich nichts von alledem von Belang, solange es in den Händen von verrückten Akademikern wie unsereinem liegt. Aber wenn man anfängt, diese schreckliche Vernünftigkeit auf die Politik zu übertragen, wird sie sehr gefährlich.

Denn solange wie Fürsten von Gottes Gnaden zu herrschen behaupteten, stützten sie sich auf eine geheimnisvolle, unbekannte, allmächtige Gewalt, die größer war als sie. Und außerdem weiß jedermann, daß es Humbug ist. Aber wenn sie anfangen zu regieren, weil sie wissen, daß sie recht haben, weil sie Teil einer vorherbestimmten rationalen Kraft sind, dann kann sie nichts mehr aufhalten. Zu glauben, daß Gott auf deiner Seite steht, ist nicht mehr als exzentrischer Optimismus. Zu glauben, wirklich zu glauben, daß deine Seite ein Monopol auf die Vernunft hat, führt zu einem gefährlichen Wahn.«

»Glaubst du denn nicht an die Vernunft, Lorenzo?«

»Ich weiß nicht, was das heißen soll. Wenn du eine mathematische Gewißheit meinst, eine Folge von Berechnungen, dann brauche ich an die nicht zu glauben. Sie sind eine Tatsache des Lebens wie dieser Tisch. Wenn du meinst, ob wir jene mathematische Methode benutzen können, um unsere Existenz und, wichtiger, die des Schöpfers zu erklären, nein, daran glaube ich nicht. In aller Bescheidenheit kann ich sagen, daß ich einer der besten Ärzte Italiens, vielleicht der Welt, bin. Ich habe Menschen mit Krankheiten gesehen, von denen sie nicht genesen *können*. Und ich habe gesehen, wie sie wieder völlig gesund wurden. Ich stelle Untersuchungen an. Ich kann verstehen, wie sie genesen, aber warum dies geschieht, darüber weiß ich nicht mehr als du oder die Henne, die dort über die Straße läuft. Ich will es anders ausdrücken, Fredo. Herr Leibniz wird weiter nach Vollkommenheit suchen. Vollkommenheit in der Mathematik, Vollkommenheit in der Methode, Vollkommenheit in der Politik und letztlich Vollkommenheit in den Menschen. Ich, als ein Arzt, weiß, daß er auf einem Irrweg ist. Ich, der ich Tag für Tag mit diesem Sack voll Blut und Knochen arbeite, weiß, daß die Göttlichkeit des Menschen in seiner Unvollkommenheit liegt, seinen Fehlern, seinem hoffnungslosen Streben, seinen hochmütigen, eitlen Unzulänglichkeiten. Versuche das mal: ›Gott schuf den Menschen nach seinem Bilde. Gott ist vollkommen, daher ist der Mensch vollkommen.‹ Wahr oder falsch?«

»Der Schluß ist falsch.«

»Genau! Wenn der Mensch Teil der Göttlichen Komödie ist, ist seine Existenz auf einen falschen Syllogismus gegründet.«

Wenn ich auch all dies in meinem Gedächtnis bewahrte und pflichtschuldig aufzeichne, muß ich doch gestehen, daß ich wenig davon verstand. Aber ich sagte: »Was ist mit dem Teufel? War der Mensch denn nicht vollkommen, bis er vom Teufel versucht wurde?«

Er sah mich scharf an und lächelte.

»Nun gut, mein kleiner Jesuit. Gehen wir weiter. Sollen wir glauben, daß der Himmel ein vernunftgemäßer Ort ist?«

»Ich … würde es meinen …«

»Natürlich, es wäre schlimm, ja, das wäre es, wenn wir die ganze Zeit damit verbrächten, einen irrationalen Gott zu rationalisieren. Aber gehen wir weiter. Stimmen wir mit Monsieur Descartes, Mijnheer Spinoza und Herrn Leibniz darin überein, daß alles zu wissen letztlich heißt, alles durch einen Prozeß der Vernunft zu verstehen?«

»Natürlich.«

»Sehr gut. Nun beantworte mir dies: Warum sollte es Gott nicht gelungen sein, den Teufel von Gottes eigener Allmächtigkeit und der Sinnlosigkeit allen Teufelswerks zu überzeugen?«

»Ihn zu überzeugen?«

»Gewiß müssen wir annehmen, oder etwa nicht, daß Gottes Verhalten vernunftgemäß wäre? Oder zumindest vernünftig«, fügte er mit einem Lächeln hinzu.

»Vielleicht hat Er versucht, ihn zu überzeugen«, sagte ich und sah im gleichen Augenblick die Falle, in die ich hineingetappt war.

»Und es nicht geschafft?«

Ich starrte ihn hilflos an. »Na ja, vielleicht …«

»Vielleicht *hat* Er es nicht richtig versucht? Unwahrscheinlich, meinst du nicht auch? Die einzige rationale Erklärung ist, wie es scheint, daß selbst auf der höchsten Ebene das Vernunftprinzip machtlos ist angesichts des Bösen.«

»Vielleicht hat der Teufel nicht verstanden …«

»Oh, Fredo, das haben wir doch bereits abgehandelt, und außerdem, läßt irgend etwas aus unserer Erfahrung darauf schließen, daß der Teufel geistig minderbemittelt sei? Sieh dir seine Sendboten auf Erden an. Einige sind die klügsten Leute auf der Welt, sie sind nicht alle dumm und brutal wie die Bombonis.« Er schürzte die Lippen und runzelte die Stirn, verärgert darüber, daß er genau wieder auf jenes Thema zu sprechen gekommen war, das er mit seiner theologischen Diskussion zu vermeiden gedacht hatte. (Später erfuhr ich, daß sein Angriff auf Leibniz eine bloße Spiegelfechterei gewesen war. Sie waren einander nie begegnet, aber es hatte einen jahrelangen freundschaftlichen Austausch von Briefen zwischen ihnen gegeben, die später vernichtet wurden. Ebenso hatte ich gelernt, daß in Augenblicken großer Sorge und Gefahr, wenn man wahrlich, wie die Deutschen sagen, »in der Scheiße steckt«, kein Gegenmittel so wirksam ist wie eine ausgedehnte theologische Debatte, wie belanglos sie auch sein mag.)

Eine Wolke hatte sich über uns gesenkt, und mich überkam erneut jene kalte, klamme Vorahnung, verbunden mit dem Verlangen wegzulaufen, mich zu verstecken, etwas zu *tun*. Ich sagte: »Was wird jetzt geschehen?«

»Wir müssen warten und zusehen und uns damit trösten, daß wir keine Wahl haben. Dein Vater hatte keine Wahl und tat genau das, was jeder rechtschaffene Mann unter den Umständen getan hätte. Jetzt haben wir keine Wahl, als die Folgen auf uns zukommen zu lassen.«

»Aber die Assinari-Brüder –«

»Haben einen Ruf zu wahren, ja, aber vergiß nicht, Fredo, daß dein Vater auch einen gewissen Ruf hat und viele Freunde.« Ich fand ein wenig Trost in seinen Worten und kehrte zu meiner kleinen Reise durch die Theorie der Bewegung und Materie zurück, während mein Geist, wie ein Kind, das verbotene Blicke auf ein schreckliches Geschehen wirft, wieder und wieder zu der Bomboni-Familie zurückkehrte.

Tage vergingen, dann Wochen, und nichts war zu hören von den Brüdern Assinari. Die Stadt, im Gegensatz zu den umgebenden Landstrichen der Toskana, gedieh weiter und diente wie zuvor den umherschweifenden Wanderern Italiens. Das Wetter war sehr heiß, und die Luft, die auf der Straße tanzte, betonte nur noch die Stille der langen Nachmittage. Lorenzo Bellini war schließlich nach Pisa aufgebrochen, mit der Versicherung, daß er, nachdem er seinen dringlichsten Pflichten nachgekommen sei, alsgleich weiter nach Florenz reisen und uns danach Kunde vom Stand der Dinge in der Stadt bringen werde und insbesondere von dem Echo, welches, wenn überhaupt, der Vorfall zu Gallaza gefunden haben mochte. Wie die Zeit verging, wurde unsere Besorgnis geringer. Mein Vater, nun wieder heil und gesund, hielt sich meist auf der Terrasse auf, wo er seine neuesten Erwerbungen studierte, gelegentlich etwas schrieb und, so erschien es mir, seinem einzigen Sohn mit wachsender Vertrautheit und Achtung zu begegnen begann. Wir sprachen über seine Manuskripte und die Aussichten einer frühen Abreise meinerseits nach Pisa, nach meiner zu erwartenden Aufnahme aufgrund des Portfolios, das Bellini in seiner Satteltasche mitgenommen hatte. Diese Arbeiten, die zuvor nur Patrick und ich gesehen hatten, waren sehr gelobt worden, und meine Zukunft, zumindest in akademischer Hinsicht, schien nun so gesichert zu sein, wie man es sich wünschen konnte. Meine Mutter schloß sich manchmal unseren Gesprächen an, aber häufiger skizzierte oder malte sie den Blick von unserer Terrasse, wobei sie mit subtiler Präzision die Veränderungen in Farbe und Vegetation einfing, die sich Tag um Tag unter der unbarmherzigen toskanischen Sonne ergaben.

Gelegentlich gingen wir auch in eben jenen Hügeln spazieren, wobei meine Mutter – noch keine vierzig, langbeinig und durchtrainiert wie ein griechischer Athlet – von Zeit zu Zeit ungeduldig wartete, bis mein Vater humpelnd und ich keuchend und schwitzend über die staubigen, von Eidechsen bevölkerten Pfade nachkamen.

Trotz der arkadischen Ruhe war ich mir eines Gefühls physischer Unausgeglichenheit bewußt: einer Art sekundärem Puls, unbehaglich stark, aber anscheinend keine beobachtbare Energie oder Bewegung hervorbringend. Zuerst hielt ich es für das Ergebnis von Patricks Abwesenheit und dem Ende meiner frühen Erfahrungen als Lehrer. Der wahre Grund dieser körperlichen Erregung sollte mir indes nicht lange verborgen bleiben. Wenn auf unseren Wanderungen gelegentlich Mädchen, die auf den Feldern arbeiteten, aufblickten und lächelten, meist an meine Eltern gewandt, überkam mich eine unangenehme Beschleunigung dieses geheimnisvollen inneren Tempos. Zudem, wenn ich meine Augen schloß und mich in der Hitze der Nacht um Schlaf mühte, erschien mir die Vision von Nicola Bombonis *pudenda*, die meinem ersten unwilligen Blick so zuwider gewesen, nun ein attraktiveres Bild, eingehender Betrachtung wohl würdig.

Es war kurz vor September, als Lorenzo zurückkehrte, direkt aus Florenz, mit gemischten Neuigkeiten. Mein Studienplatz zu Pisa war gesichert: Meine Mappe hatte die erwartete Reaktion hervorgerufen, und ich sollte mich mit Novemberbeginn als Student einschreiben.

Was war mit den Assinari? Wir saßen alle spätmorgens auf der Terrasse und sahen Lorenzo besorgt an. Ich hatte vor mir ein Glas Orvieto – natürlich mit Wasser gemischt –, für den ich schon damals eine beachtliche Vorliebe entwickelt hatte. Brot und Oliven standen auf dem Tisch, noch kühl im Morgenschatten der Weinranken.

»Nun«, sagte Lorenzo, »wie wir erwarteten, hat der Verkauf von Monopolen in der Stadt eine große Unruhe hervorgerufen, und die Galazza-Geschichte wird weithin als ein unvermeidliches Ergebnis dieser Politik angesehen, mit dem man allenfalls nicht so früh gerechnet hätte. In mancher Hinsicht hätte es kaum dramatischer sein können. Ich glaube, du wärest überrascht, Gallupe, in welchem Maße dein Ruf bei den Leuten noch lebendig ist. Der Held von Mongiorno ist noch nicht vergessen, und selbst wenn dem so wäre, hat diese Tat mehr als ausgereicht, dich als Retter von Florenz ins Gedächtnis zurückzurufen. Ja, einige der Berichte über den Kampf hatten, als ich sie hörte, ein solches Maß an Übertreibung erreicht, daß selbst ich dies nicht mehr bestärken konnte. Nach vielen der Kneipen-Historiker hättest du, wärest du bei den Thermopylen gewesen, die ganze persische Armee in die Flucht geschlagen, ohne daß ein einziger Spartaner dort liegengeblieben wäre, wie das Gesetz es befahl.

All dies stellt die Gegenseite natürlich vor große Schwierigkeiten. Die Assinari und ihre Büttel sind außerordentlich unpopulär. Selbst die starrköpfige Herzogin im Pittipalast ist sich dessen bewußt. Die Assinari ihrerseits sind sich darüber klar, daß jegliche direkte Rache an dir in dem unvermeidlichen öffentlichen Aufschrei, der folgen würde, nicht ungesühnt bleiben könnte. Dies hat sie und ihre Freunde nicht von dem Versuch abgehalten, Druck auf Cosimo auszuüben, daß man dich in den Bargello werfen und für einen Angriff auf einen autorisierten Abgabeneintreiber verurteilen solle. Bei diesem Ansinnen haben die Assinari sich der Unterstützung der Castanelli, der del Rossi und verschiedener anderer sogenannter Handelsherren versichert, die von den letzten Vergünstigungen der Medici profitiert haben. Die Inquisitoren und Jesuiten waren auch der Ansicht, daß eine heilsame Lektion im Interesse guter

Disziplin notwendig sei. Die Niederschlagung dieses Regiments von Hundesöhnen ist weitgehend Antonio Magliabechi zu verdanken. Er durchforschte die Medici-Bibliothek und seine eigene und trug jedes einzelne Wort, offizieller oder sonstiger Herkunft, zusammen, das über die Schlacht von Mongiorno geschrieben wurde – einiges davon zumindest so blumig wie die Berichte, die in den Hafenschänken kursieren. Aus seiner Stellung als Oberbibliothekar heraus bedachte er den Hof, ›um ein wenig Unterstützung in diesem schwierigen Fall zu liefern‹, in aller Öffentlichkeit, mit einer stundenlangen Abhandlung über den großen Sieg und deinen Anteil im besonderen. Ich war nicht dabei, aber ich habe die wörtliche Abschrift gesehen, die er weit in der Stadt verbreiten ließ. ›Auf der Basis all dieser Belege, Großherzog, mögt Ihr den Schluß ziehen, daß, *wenn* Signore Credi irrte, er dem Irrtum aufgrund genau jener Eigenschaften des Mutes, des Temperaments und des Ungestüms verfiel, die einst das toskanische Volk retteten. Hinzu kommt, *wenn* es einen Ermessensirrtum gab, könntet Ihr den Schluß ziehen, daß der Schmerz der schrecklichen Wunde, unter der er nun schon so lange leidet, ihm nicht gerade förderlich gewesen sein mag, zu jener sorgsamen und reifen Abwägung der Tatsachen zu gelangen, die Ihr, Großherzog, in der Beurteilung dieser schwierigen und, wenn ich so sagen darf, potentiell gefährlichen Situation anzuwenden so wohl imstande seid.‹ Das half. Cosimo, so geht das Gerücht, handelte diesmal dem Rat seiner Mutter zuwider und weigerte sich, dich ins Gefängnis zu werfen oder befragen zu lassen. Indes war irgendeine Form von Gesichtswahrung vonnöten. Den Assinari wurde eine Entschädigung in Höhe von fünfhundert Kronen für jedwede Verluste zugesprochen, die durch dein Einschreiten hervorgerufen wurden. Pasto Bomboni, der direkt betroffenen Partei, hat man eine Bestallung bei den

Salti mit dem sofortigen Rang eines Hauptmanns angeboten. Dies gibt ihm praktisch die laufende Kontrolle über ganze Bezirke von Florenz, und sein Ruf liegt bereits über der Stadt wie ein übler Lufthauch vor der Flut.«

»Mein Gott«, sagte mein Vater und erhob sich von seinem Stuhl. »Ich wäre besser zum Bargello gegangen und …«

»Nein, das wärst du nicht, Gallupe«, sagte Lorenzo ruhig. »Du hast viel Unterstützung, aber die Gunst des Volkes ist unstet. Sobald du sicher im Kerker säßest, wären Gerüchte in Umlauf gebracht worden, daß dein Heldentum Betrug gewesen sei. Unterzeichnete Geständnisse zu diesem Zweck – o ja, keine Frage – wären bald bei der Hand gewesen. Pasto Bomboni wäre immer noch Hauptmann, und du wärest einfach einer mehr in einer großen Zahl öffentlich Hingerichteter, und dein Ruf wäre im gleichen Augenblick gestorben, da dein Kopf vom Block fiele. Wie die Dinge nun stehen, ist dein Ansehen größer als zuvor, und Pasto Bomboni bleibt, trotz seiner Beförderung, ein wohlbekannter Büttel, gebührend zurechtgestutzt von einem Volkshelden. Was in Florenz geschieht, läßt sich nicht durch eine große Geste ändern. Die Armen, derer viele Tausende sind, werden im Augenblick ernährt und in gewissem Maß befriedet durch eine Diät von öffentlichen Feiern und Festen, wie manisches Gelächter, das von einem Leichnam ausgeht. Antonio hat recht. Das einzige Mittel dagegen ist, so nahe wie möglich am Zentrum der Macht zu bleiben und zu retten, was zu retten ist.«

Als Lorenzo zu Ende geredet hatte, herrschte Schweigen, doch eine unausgesprochene Frage hing über der Terrasse, die nun heiß wie ein Backofen in der Mittagssonne lag. Er nahm ein paar Oliven und ein wenig Wein und sagte dann: »Ich weiß, daß ihr Nachrichten von Isaak hören wollt. Ich fürchte, es gibt keine. Es ist inzwischen sehr riskant, das jüdische Viertel zu betreten. Es gibt hartnäckige

Geschichten von Verfolgungen und Ausschreitungen, und praktisch jeder Kontakt zwischen Christen und Juden ist nun verboten. Selbst Antonio wagt nicht oft, dorthin zu gehen, und für mich wäre ein solcher Gang nach meinem Besuch im Bargello tollkühn und würde niemandem dienen. Wie ich zuvor gesagt habe, herrscht allgemein die Ansicht, daß diejenigen, die zu Hause bleiben, sicher sind. Selbst die Salti haben noch nicht das Stadium erreicht, wo sie Häuser erstürmen, um über die Alten und Blinden herzufallen. Und was könnten wir schon tun? Isaak wäre nie damit einverstanden, Florenz zu verlassen. Wie ihr wißt, wäre er mit Sicherheit nie damit einverstanden, hierherzukommen. Er ist so auffällig wie Abraham und würde irgendeine Form der Heimlichkeit nicht einmal in Erwägung ziehen. Antonio will weiterhin Erkundigungen anstellen, aber es ist sehr schwierig, denn er steht unter Verdacht, und es besteht kein Mangel an Leuten, die ihn gänzlich in Verruf bringen wollen. Es wird sogar geraunt, daß er selbst ein Jude sei, ein Gerücht, dem er mitunter sogar Vorschub zu leisten scheint.«

»Ich muß etwas zu essen holen«, sagte meine Mutter ruhig und verließ die Terrasse, auf der zwei Männer und ein Knabe zurückblieben, von denen, wie ich bemerkte, jeder mit an die Stirn gepreßten Fingern die Bodenfliesen betrachtete, die stumpfrot zwischen den gewässerten Töpfen mit Nelken und Thymian in der Sonne glühten.

8

In dem Augenblick wußte ich, daß sie gehen würde. Ich glaube, wir alle wußten es. Doch als sie zurückkehrte mit mehr Oliven, Wein, Käse, Wurst und einer Schüssel Tortellini, schien sie guter Dinge zu sein, ja von einer geradezu ansteckenden Fröhlichkeit. Ich muß gestehen, daß ich wenig persönliche Besorgnis um einen Großvater verspürte, den ich nie gesehen und der anscheinend kein Interesse an meiner Existenz, geschweige denn an meinem Wohlergehen gezeigt hatte. Ja, seine fortgesetzte Zurückweisung meiner Mutter weckte in mir eher ein Gefühl der Feindseligkeit. Dieses Gefühl wurde allenfalls noch verstärkt durch das Wissen, daß meine Mutter die Reise nach Florenz aus keinem besseren Grund zu machen beabsichtigte, als sich seiner Sicherheit zu vergewissern.

Kaum war mir ihre Absicht klar geworden, so hatte ich auch schon die Methode geplant, um sie zu vereiteln. Ich hatte sofort beschlossen, ihr unmißverständlich zu sagen, daß sie, sollte sie zur Stadt gehen wollen, dies nicht ohne meine Gesellschaft tun würde. Sie konnte mich nicht mit Gewalt daran hindern, ihr auf ihrer Reise zu folgen, und diese Tatsache, so wußte ich, würde es ihr unmöglich machen zu gehen. In jener Nacht schlief ich sicher in dem Glauben, daß ich, falls erforderlich, alles unter Kontrolle hätte. Ich hatte beschlossen, meine Mutter nach der Abreise Bellinis nach Pisa am folgenden Tag von meinen Absichten in Kenntnis zu setzen. Es ergab sich, daß er uns erst am frühen Abend verließ, nachdem er sich hatte überreden lassen, mit uns zu Mittag zu essen und mit mir über die Freuden zu reden, die seine Universität zu bieten habe. Kaum war er fort, da verschwand meine Mutter ebenfalls ins Dorf, um irgend etwas zu erledigen, so daß mein Vater und ich in mehr oder weniger trauter Zweisamkeit zurückblieben. Sie kehrte erst nach Einbruch der Dunkelheit zurück, als großartige Ankündigungen meiner eigenen Entschlossenheit ausgesprochen fehl am Platze schienen. Sie machte nicht den Eindruck, als stünde ihre Abreise unmittelbar bevor, und ich begann mich zu fragen, ob meine anfänglichen Überzeugungen unbegründet gewesen waren.

Als ich am nächsten Tag erwachte, war sie fort. Sie hatte meinen Vater gebeten, Brot im Dorf zu holen, und während seiner Abwesenheit hatte sie Mario befohlen, den kleinen Wagen anzuspannen, und war, ohne die Dienste unseres Kutschers in Anspruch zu nehmen, auf der Straße nach Florenz davongefahren. Ich will nicht den Wortlaut des Briefes wiederholen, den sie mir zurückließ. Er war auf jeden Fall ein sehr kurzes Dokument und besagte schlicht, daß sie den Tag und den Abend über fort sein würde, verbunden mit Anweisungen für bestimmte Erledigungen, darunter das Pflücken von Feigen. Die Kürze der Mitteilung, offenkundig gedacht, um Ängste oder Befürchtungen zu beschwichtigen, hatte genau die entgegengesetzte Wirkung.

Als mein Vater von seiner Besorgung zurückkam, wollte er ihr zunächst nacheilen. Doch als er seinen eigenen Brief las, schien seine Aufregung sich zu legen, und ich entdeckte später, daß meine Mutter ihm geschrieben hatte, ihre Absicht sei es nur, Antonio Magliabechi aufzusuchen, damit er sie aus erster Hand über das Ausmaß der Gefahr unterrichte, in der ihr Vater nun schwebte. Dieser Brief, zusammen mit meiner eigenen Anwesenheit und den Gefahren, die ihn selbst in Florenz erwartet hätten, führte dazu, daß er blieb, und mit soviel Gleichmut, wie wir zur Beruhigung des anderen aufbringen konnten, stellten wir uns darauf ein, den Tag in Erwartung der Rückkehr meiner Mutter zu verbringen.

Bei Einbruch der Dunkelheit war sie noch nicht wieder da, obgleich die Rückreise von Florenz gut und gerne innerhalb der Zeit hätte geschafft werden können. Danach verbrachte ich eine schlaflose Nacht, teils auf der Terrasse in der schwülen, drückenden Hitze, teils wach auf meinem Bett auf das dunkle Mobiliar, jene nächtlichen Monumente der Kindheit, starrend und auf die Laute von Pferden oder Wagen auf der Straße lauschend. Am frühen Morgen muß ich ein wenig geschlafen haben, denn es war nach zehn, als ich aus meinem

Zimmer auftauchte und auf die Terrasse kam. Mein Vater schien mich kaum zu erkennen, und sein Gruß war nicht mehr als eine mechanische Handbewegung. Sein Gesicht war über Nacht verhärmt, und seine sechzig Jahre lagen nun auf ihm wie Asche auf einem alten Feuer, dessen Wärme sich längst erschöpft hat. Vom Ende der Terrasse aus war es möglich, die Biegung an der Straße nach Florenz einzusehen, und er saß an diesem Punkt, roten Wein unberührt vor sich, und starrte durch das Rankenwerk, vorbei an den knorrigen Olivenbäumen, und jede Bewegung, ob wirklich oder nur eingebildet, ließ ihn aufschrecken.

Den Morgen über gingen die täglichen Obliegenheiten des Hauses unverändert weiter. Carletta, unsere greisenhafte Zugehfrau und gelegentliche Köchin, machte sich in ihrer üblichen übellaunigen Art im Haus zu schaffen und grummelte über meines Vaters Unbeweglichkeit, als sie unter seiner Bank fegte und wischte. Luigi, der Olivenbauer, dessen Schielen auf so dramatische Weise geheilt worden war, kam, um nach den Olivenbäumen zu sehen, wie er dies, ohne Bezahlung, seit jenem Tag als einen obskuren Ehrendienst am Schicksal getan hatte. Er brachte eine Schüssel der besten Oliven auf die Terrasse, zum Teil, damit wir sie kosten sollten, zum Teil als Vorwand, um den Dorfklatsch weiterzugeben. Da mein Vater keine Reaktion zeigte, schwatzte er mir von den maßlosen Marktpreisen und der Unfähigkeit des Ortspräfekten vor, bis er sich dann schließlich, da er sah, daß auch ich mit den Gedanken woanders war, die Straße hinab trollte, wobei er sich den Schenkel kratzte und seinen alten Kopf schüttelte. Da mein Vater immer noch kein Zeichen von sich gab, sah ich zu, daß Carletta ihr Geld bekam und Mario die beiden Pferde ausführte, die noch in unseren Stallungen verblieben waren. Zeit verging. Ungebeten goß ich mir ein Glas der neuen Milch ein, die fade und ungenießbar schmeckte nach den Oliven, die ich den ganzen Morgen hindurch zwanghaft gekaut hatte. Um zwei, nachdem ein Mahl, das Carletta zubereitet hatte, auf die Terrasse gebracht und unberührt wieder abgeräumt worden war, schien mein Vater ein wenig seine Haltung wiederzuerlangen. Vielleicht hatte er sich selbst überzeugt, daß das Fehlen irgendwelcher Nachrichten das beste Zeichen sei, denn er nahm zumindest eine zuversichtliche Herzlichkeit an.

»Wie wenig rücksichtsvoll von deiner Mama, uns Carlettas Gnaden zu überlassen«, sagte er, wobei er ein Lächeln durch seine Blässe zwang. »Sie hätte uns beide vergiften können.« Ich lächelte ermutigend als Antwort, und er fügte hinzu: »Wenn sie bis heute abend nicht da ist, werde ich mich wohl besser morgen früh nach Florenz aufmachen. Du wirst doch mit Mario und Carletta allein zurechtkommen, nicht wahr, Fredo?«

Ich bekräftigte ihn energisch darin, wenngleich die Aussicht, unter solchen Umständen gänzlich allein gelassen zu werden, mich mit maßloser Angst erfüllte.

Da ich weder irgendwelche Worte des Rats oder der Ermutigung zu bieten hatte, noch in dieser Atmosphäre der Verzweiflung verbleiben mochte, erklärte ich meine Absicht, einen Spaziergang zu machen, und machte mich in der Hitze des Nachmittags davon, der Blicke derer nicht achtend, die mich von ihrer Siesta im Schatten der Mauern und Bäume her vorübergehen sahen.

Anders als mein gegenwärtiger grandioser Landsitz war unser Haus der Sohle des Tales verhältnismäßig nahe, und ich schritt auf die ansteigenden Hügel auf der anderen Seite des Flusses zu, der die ganzen Sommermonate hindurch überraschend hoch floß. Als ich die Steinbrücke überquerte, konnte ich zu meiner Rechten, in Richtung Dorfmitte, die Mühle sehen und die korpulente Gestalt ihres Besitzers, der Säcke in den Schatten eines offenen Schuppens schleppte. Als er mich auf der Brücke sah, winkte er mir grüßend zu, bevor er seine Arbeit wiederaufnahm.

Auf der anderen Seite des Tales begann ich den Pfad hochzusteigen, der steiler wurde, als die Oliven den Weingärten zu weichen begannen, die auf schmalen Terrassen in den fruchtbaren toskanischen Boden eingelassen waren. Hier, in der Fülle des Grüns, war mir merklich kühler als im Talgrund, und ich setzte meinen Anstieg auf die zerfransten Reihen der Pappeln zu fort, die den Horizont über den Hügeln beherrschten, wobei dann und wann ein besonders großer Baum wie der grüne Turm einer natürlichen Kathedrale oder Kirche gen Himmel ragte. Bewußt verausgabte ich mich bis zur Erschöpfung, und ebenso absichtlich hielt ich meinen Blick auf den Hang vor und über mir gerichtet, in dem Wissen, daß ich von seiner Kuppe aus nicht nur das Haus meiner Eltern, dessen Hof und Stall, sondern auch die volle Länge der Straße nach Florenz, wie sie sich auf Gallaza zuwand, würde überschauen können. Jeder neue oder bevorstehende Ankömmling würde dann gleichermaßen sichtbar sein.

Ich war nun unter den Pappeln und ging durch Bänke tiefen Schattens hindurch, wobei ich dann und wann einen Umweg um Holzstöße machen mußte, Schlagholz für die Winterfeuerung. Als ich schließlich an einen Felsvorsprung kam, der über die Reihe der Bäume hinausragte, kletterte ich die letzten paar Meter hinauf, und auf der Spitze angelangt, wandte ich mich um und blickte ins Tal hinunter.

Zwei Pferde. Sie standen am Tor zu unserem Hof. Von dieser Höhe aus konnte ich eine männliche Gestalt erkennen, die den Hof betreten hatte und auf die Reihe von Gebäuden zuging, durch die hindurch man auf die Terrasse gelangte. Bei den Pferden stand eine zweite männliche Gestalt. Von unserem kleinen Pferdewagen war nichts zu sehen, weder nahe beim Haus noch auf der Straße nach Florenz, die ich nun auf eine Strecke von etwa fünf Meilen überblicken konnte, bis sie im Dunst des Nachmittags verschwand. Eine der beiden Gestalten auf diese Entfernung zu erkennen war unmöglich, wenngleich die Geschwindigkeit, die der über den Hof Gehende an den Tag legte, den Eindruck erweckte, daß er sich auf vertrautem Territorium befand. Auf der Terrasse konnte ich meinen Vater, offenkundig aufgeschreckt durch die Ankunft der Pferde, auf das große Portal zugehen sehen, das Einlaß ins Haus gewährte. Beide Männer betraten das Gebäude fast zur gleichen Zeit von unterschiedlichen Seiten.

Die Tatsache verfluchend, daß ich so weit gewandert war, begann ich den Hügel hinabzulaufen, durch die Pappeln, an den Reben vorbei und auf die Brücke zu, welche eine Meile entfernt über den Fluß führte, der in dem harten Licht gleißte. Zweimal fiel ich hin; beim zweiten Sturz zog ich mir eine Verletzung am Knie zu, die ich in meiner Hast gar nicht beachtete. Keiner von beiden Männer war aus dem Haus gekommen, sei es auf die Terrasse oder auf den Hof, doch ich konnte immer noch die Gestalt sehen, die bei den Pferden wartete, und genug davon erkennen, um sicher zu sein, daß es ein Unbekannter war. Es war jedoch klar, wie er zwischen den zwei Pferden stand, die er mit beiden Händen im Zaum hielt, daß er von außergewöhnlicher Statur sein mußte. Im nächsten Augenblick war er meinen Blicken entschwunden, als der First des Hauses, das nun rasch näher kam, sich dazwischenschob. Als ich die Brücke erreichte, war ich ganz außer Atem und trotz der Dringlichkeit der Situation nicht imstande, den letzten Teil des Wegs durch unseren eigenen Olivenhain zum Fuß der Terrasse im Laufschritt zurückzulegen. Als ich die Stufen erklomm, hörte ich eine Stimme, die ich nur zu gut erkannte, und in meiner Freude und Erregung rief ich von halber Höhe: »Lorenzo! Lorenzo!«

Sobald ich ihn auf die Terrasse treten sah, um mir entgegenzueilen, wurde mir klar, daß die Nachrichten denkbar schlecht waren. Sein Gesicht war hart wie Stein, und seine ausgestreckten Arme machten unmittelbar deutlich, daß Tröstung notwendig sein würde. Ich warf mich hinein, und als ich dies tat, sah ich hinter seinem Rücken die gebeugte Gestalt meines Vaters am Tisch, den Kopf in die Hände vergraben.

»Lorenzo!« rief ich. »Was ist geschehen?«

Ohne zu antworten, hielt er mich einen Moment, dann faßte er mich um die Schultern und führte mich zu dem Tisch auf der Terrasse, wo mein Vater den Morgen über gesessen hatte. Er ließ mich auf der Bank Platz nehmen und setzte sich neben mich, den Arm immer noch fest um meine Schultern gelegt.

»Fredo, du mußt jetzt sehr tapfer sein ...« Ich unterbrach ihn und fragte: »Ist sie tot?«

»Nein, Fredo, sie ist nicht tot, aber sie ist in großer Gefahr. Sie wurde festgenommen ...«

»Festgenommen?«

»Ja, sie wurde von den Salti festgenommen und zum Stinche-Gefängnis gebracht. Soweit wir wissen, ist sie unverletzt, und«, sagte er, meiner Frage mit ausgestreckter Hand wehrend, »es kann ihr heute nichts mehr geschehen, da ein Festtag ist; an einem solchen Tag darf keine Bestrafung vollstreckt werden.«

»Bestrafung? Aber was hat sie getan?«

Lorenzos Ansatz zu einer Antwort wurde von meinem Vater unterbrochen, der unter vorgehaltenen Händen schrie: »Nichts! Gar nichts!«

Lorenzo ließ mich los und trat schnell zu ihm hinüber und faßte seine Hände, die er immer noch vors Gesicht geschlagen hielt. »Gallupe!« sagte er sanft. »Nimm dich zusammen ... du mußt ... es geht jetzt um ihn. Du mußt eine Stütze für ihn sein.«

»Aber was *hat* sie getan?« sagte ich, indem ich vom Tisch aufstand und vor sie trat.

Lorenzo sah zu mir auf. »Dein Vater hat recht, Fredo, deine Mutter hat nichts getan, was man als unrecht bezeichnen könnte. Aber sie wurde im jüdischen Viertel festgenommen. Christlichen Frauen ist es verboten, die Häuser von Juden zu betreten, von Gesetz wegen …«

»Aber sie ist …«

»Genau, Fredo. Sie ist, und sie ist nicht. Das ist die Schwierigkeit, die wir haben.«

Meine Mutter war, so erzählte mir Lorenzo, zum Hause Antonio Magliabechis in der Via del Corso gegangen. Antonio war nicht zu Hause, sondern ging im Medici-Palast seinen Pflichten nach. Meine Mutter verschaffte sich Zugang zum Haus, indem sie Otto erklärte, daß sie die Frau Gallupe Credis sei. Nachdem sie mehrere Stunden gewartet hatte und ihre Geduld erschöpft war, machte sie sich zu Fuß in das jüdische Viertel auf, um ihren Vater zu suchen, den sie seit über zwanzig Jahren nicht gesehen hatte. Es war natürlich ein Teil der Stadt, in dem sie aufgewachsen war, und es machte ihr deshalb keine Schwierigkeiten, den ganzen Salti, Wachen und diversen Bütteln aus dem Weg zu gehen, die einen lockeren Ring um das Gebiet gezogen hatten, um den Zugang zu kontrollieren und die, die drinnen lebten, zu überwachen. Sie wurde jedoch von einem Mitglied der *vigilantes* gesehen, einer inoffiziellen Organisation, die mit den Salti zusammenarbeitete und von ihnen ermutigt wurde, ein Auge auf den jüdischen Sektor und alle, die illegalen Zutritt oder Verkehr in jenem Teil der Stadt suchen mochten, zu halten. So war sie bis zum Haus ihrer Kindheit beschattet worden, wo sie mit Mühe und gegen den Widerstand einer neuen Haushälterin, die natürlich von der Identität, ja selbst der Existenz meiner Mutter nichts wußte, Einlaß erhielt. Sobald er sie das Haus hatte betreten sehen, war ihr Verfolger auf kürzestem Weg zu der nächsten Gruppe von Salti geeilt, die am Ende der Straße Stellung bezogen hatten. Dort informierte er sie über eine seltsame Frau, die nach Kleidung und Verhalten eine Christin zu sein schien, welche sich in den jüdischen Sektor geschlichen habe und in diesem Augenblick ein Haus keine hundert Schritt entfernt besuche.

Meine Mutter hatte inzwischen mit beträchtlichen Schwierigkeiten zu kämpfen gehabt. Als dem alten Isaak, jetzt völlig blind, eröffnet wurde, seine Tochter warte auf ihn, erwiderte er, er habe keine Tochter. Das plötzliche Eindringen meiner Mutter in den Raum und ihr eigenes Flehen hatte keine weitere Wirkung auf den Alten, in dem zwanzig Jahre der Verstocktheit wohl durch einen senilen Glauben an sein eigenes falsches Zeugnis ersetzt worden sein mochten.

Die Betrübnis meiner Mutter wurde natürlich gemildert dadurch, daß sie ihn unversehrt fand, und sie ließ sich von einer tief mißtrauischen Haushälterin zur Tür weisen, wo sie sich mit einem Male dem Bezirkshauptmann der Salti gegenübersah. All dies wurde später aus dem Mund der Haushälterin durch Antonio Magliabechi in Erfahrung gebracht, der bei seiner Heimkehr den Grund für den Besuch meiner Mutter erahnt und einen der Boten hinter ihr hergeschickt hatte, die noch zwischen den offenen und geschlossenen Teilen der Stadt verfügbar waren. Isaaks Dienerin war mit diesem Boten zu Magliabechis Haus zurückgekehrt. Der Kummer der Magd, als sie erfuhr, daß die Geschichte meiner Mutter auf Wahrheit beruhte, war ganz offenkundig, insbesonders da sie selbst auf Befragung durch die Salti Isaaks direkte Verleugnung der Frau wiederholt hatte, die nun in Gewahrsam genommen worden war.

Weitere Nachforschungen ergaben, daß meine Mutter ins Stinche-Gefängnis gebracht worden war (und hier drückte Lorenzo fest meine Hand), wegen Verdachts der Prostitution. »Aber«, meinte Lorenzo zu mir, »wie die Strafe für ein solches Vergehen auch sein mag, sie kann heute nicht vollstreckt werden, da ein städtischer Festtag ist.« In diesem Augenblick, da er, Lorenzo, bei uns sitze, treffe Antonio Magliabechi Vorkehrungen, in den jüdischen Bezirk zu gelangen und persönlich mit dem alten Isaak zu sprechen. Ferner sei alles vorbereitet, daß Isaak und er am folgenden Morgen beim Stinche-Gefängnis vorsprechen könnten, um die wahre Identität meiner Mutter zu beweisen. Die vorherige Verleugnung meiner Mutter würde auf Isaaks offenkundige Blindheit geschoben werden. Wenn die Salti irgendwelche Schwierigkeiten aufwerfen würden, dann könnte er, Magliabechi, innerhalb von Minuten am Pittipalast sein, um dem Großherzog die vollständigen Tatsachen zu unterbreiten. Dies würde natürlich bedeuten, das Geheimnis der Eheschließung meiner Eltern und auch meiner eigenen Abkunft aufzudecken. Es könnte, sagte Lorenzo, ihre Ehe und meine eigene Stellung kompromittieren, aber er halte dies für unwahrscheinlich angesichts des hohen Ansehens, das mein Vater genösse, und der langen Zeit, die seit diesem »Vergehen« ins Land gegangen waren. Selbst wenn Isaak unbeugsam bliebe, meinte Lorenzo, einen Arm gegen meinen beginnenden Einwand hebend, könnte Antonio selbst direkt zum Stinche-Gefängnis gehen, um die ganze Geschichte zu erklären, während als zusätzlicher Sicherheitsfaktor er, Lorenzo, beim Pittipalast vorsprechen würde, mit einer versiegelten Botschaft von Antonio für den Großherzog. Auf diese Weise sei jedes Risiko ausgeschlossen und jede Möglichkeit in Betracht gezogen. Das schlimmste, was passieren könne, sei die Enthüllung einer heimlichen Eheschließung und ein technisches Vergehen von seiten meiner Mutter, den jüdischen Bezirk ohne Erlaubnis betreten zu haben (welche man ihr zweifellos alsbald gewährt hätte, wäre die wahre Identität meiner Mutter bekannt gewesen).

Während der detaillierten Aufzählung dieser Dinge erholte sich mein Vater, der vor meiner Ankunft offenkundig nur die oberflächlichsten Informationen erhalten hatte, merklich. Ob es nicht ratsam für ihn wäre, mit Lorenzo nach Florenz zu gehen? Nein, sagte Lorenzo, im Augenblick sei dies weder erforderlich noch wünschenswert. Wenn der Großherzog eine Bestätigung für Antonios Geschichte erheische, dann könne man nach meinem Vater schicken, umgehend. Zu diesem Zweck sollte Mario mit nach Florenz reisen, damit er als Bote sofort zur Verfügung stehe. Zudem sei es eindeutig nicht wünschenswert, mich in dieser Situation allein zu lassen. Alles in allem sei es besser, dem Einfluß des großen Bibliothekars zu vertrauen, dessen Fähigkeiten in dieser Beziehung wohl erwiesen seien.

Würde nicht die Geduld des Großherzogs, fragte mein Vater, durch ein weiteres Vergehen, wie gering auch immer, der Credi-Familie aufs höchste strapaziert werden? Zweifellos, sagte Lorenzo mit dem ersten Lächeln, das ich an jenem Tage gesehen hatte, doch es seien noch andere Faktoren im Spiel. Der letzte »Zwischenfall« habe beträchtliches öffentliches Interesse an der Schlacht von Mongiorno geweckt, einen der seltenen militärischen Erfolge der Medici-Familie in jüngerer Zeit. Der Großherzog habe auf diesen Stützpfeiler in der öffentlichen Meinung zurückgegriffen, um sein eigenes arg lädiertes Ansehen beim Volk zu festigen. Frische Geschichten über die große Schlacht seien in Umlauf gebracht worden, und die heutigen Festivitäten würden gar eine kurze *opera seria* enthalten, die Götter des Mutes zu preisen und die vierzigste Wiederkehr des Sieges zu feiern (daß es in Wirklichkeit einundvierzig Jahre waren, schien niemanden zu kümmern). Ein glückliches Resultat dieser politischen List sei, daß das öffentliche Ansehen meines

Vaters noch höher gestiegen war. Es sei schwierig, einen Helden der Nation an einem Tag in den Himmel zu heben und am nächsten seine Frau zu ... entehren. Also schloß Lorenzo voller Unbehagen, und niemand bat um nähere Erläuterung.

So verblieb man denn. Lorenzos Zuversicht und die Fähigkeiten Antonio Magliabechis (die für mich nun legendäre Ausmaße erreicht hatten) verstärkten meine eigenen Erwartungen um einiges, und ich begann zu hoffen, daß sich dieses schreckliche Ungeschick rasch glimpflich würde beheben lassen.

Man führte mich über den Hof, damit ich den gigantischen Otto kennenlernen konnte, dessen monströses Gesicht mich ausdruckslos anstarrte, als meine Hand in seiner verkrümmten Pranke verschwand. Mario wurde herbeigerufen und gleichfalls dem Türken vorgestellt, den er mit unverhohlenem Entsetzen und Abscheu ansah. Er erhielt klare Instruktionen, und trotz seines augenscheinlichen Widerwillens wurde er mit Lorenzo und dessen Begleiter die Straße hinab nach Florenz geschickt. Es war spät am Nachmittag, und mein Vater und ich sahen ihnen nach, wie ihre länger werdenden Schatten über das Tal fielen und selbst noch sichtbar blieben, als sie um die Biegung verschwunden waren und den Abstieg nach Gallaza begannen.

9

Bevor sie gingen, hatte Lorenzo mich beiseite genommen und mir eine kleine Flasche mit einer roten Flüssigkeit in die Hand gedrückt.

»Mir ist ganz klar, junger Fredo, daß du eine ganze Zeit wenig Schlaf gehabt hast. Bitte vergiß nicht, daß es trotz all deiner verständlichen Sorge und guten Absichten nichts gibt, was du tun kannst, außer dafür Sorge zu tragen, daß du heil und gesund bist, wenn deine Mutter heimkehrt. Heute nacht, wenn du zu Bett gehst (und das früh), sollst du den Inhalt dieser Flasche zu dir nehmen. Ich habe deinem Vater einen ähnlichen Trank bereitet, wenngleich ich bezweifle, daß er ihn nehmen wird. Du wirst kaum vor Sonnenaufgang aufwachen, der, wofür wir beten wollen, einen glücklichen und denkwürdigen Tag bringen wird.«

Es bedurfte keines Drängens, mich an jenem Abend ins Bett zu bringen. Ich ließ meinen Vater auf der Terrasse sitzen, anscheinend ruhig angesichts des gemeinsam abgestimmten Vorgehens. Wir umarmten uns schweigend, und ich suchte mir meinen Weg durch den verdunkelten Raum zu der einzigen hölzernen Treppe. Ich hatte bereits meine Kerze vorbereitet, und als ich zwischen den Täfelungen aus massiver Eiche hinaufstieg, hob das Licht die Patina des Alters und die englischen Wandteppiche hervor, die von der Balustrade herabhingen. In meinem Gemach angelangt, entkleidete ich mich, zog mein Nachthemd an und kniete nieder, um für die Sicherheit meiner Mutter und derer zu beten, deren Freundschaft nun mein Vertrauen und meine Hoffnung trug. Ich stieg zwischen die wollenen Laken meines Betts, trank Bellinis Medizin, löschte die Kerze und sank in einen tiefen, traumlosen Schlaf.

Das Fenster meiner Kammer ging auf den Hof hinaus, und ein großer Tumult aus jener Richtung brachte mich teilweise ins Bewußtsein zurück. Zuerst dachte ich, der Morgen sei angebrochen, aber die hektische Bewegung des Lichts, begleitet von dem Geschrei unter meinem Fenster, schien selbst meinen betäubten Sinnen vom Blinken einer Laterne herzurühren. Mit großer Mühe richtete ich mich auf einen Ellbogen auf, und aus dieser Position konnte ich die erregten Stimmen Marios und meines Vaters hören, wenngleich ich weder Einzelheiten noch den allgemeinen

Sinn ihrer Worte ausmachen konnte. Schweigen wurde abgelöst von Dunkelheit, als sie mitsamt der Laterne zur Rechten meines Fensters ins Haus traten. Ich versuchte aufzustehen, aber dabei trieben die Bilder der Kammer wie Ringe in dunklem Wasser auseinander, und ich fiel in den Schlaf zurück.

Als ich erwachte, war es immer noch dunkel. Obwohl meine erwachenden Sinne auf tiefe Stille trafen, war mir bewußt, daß mein Schlaf von einem schrecklichen Lärm unterbrochen worden war, und ich suchte nach dessen Bedeutung, wie ein Blinder nach Münzen tastet, die aus einer Schale gefallen sind. Ich war halb wieder im Einschlafen begriffen, als mich ein Schrei ins Bewußtsein riß. Ein einziges Wort in höchster Tonlage; zweifellos mein Vater. Als ich mich aufrichtete, erscholl es wieder, diesmal von unterhalb meines Fensters, und das Licht der Laterne schien wieder auf, von der Decke zurückgeworfen und tanzend wie Wellen. So schnell ich konnte, verließ ich mein Bett und lief zu dem Fenster, welches keine Vorhänge besaß und von dem aus ich den ganzen Hof und das Tor zur Straße sehen konnte. Mein Vater war bereits am Tor und kämpfte mit dem Schloß, und wie ich zusah, kam der Riegel frei, und das schwere Tor öffnete sich nach innen, wobei es ihn im Licht der Laterne, die wild von einer Seite zur anderen schwankte, rückwärts zu drücken schien. In jenem ungewissen Licht sah ich, daß er dieselben Kleider trug, in denen ich ihn am Abend zuvor zurückgelassen hatte. Sichtlich unsicher auf den Füßen packte er die Ecke des Tors und zog sich vorwärts in Richtung der Straße. Er schrie dasselbe Wort in die Nacht und verschwand hinter der Frontmauer des Hauses. Die Laterne in seiner einen Hand schwang im Einklang mit seinem unsicheren Schritt, während in der anderen die Mündung seiner Muskete starr geradeaus gerichtet blieb, wobei der Schaft auf seiner Schulter ruhte, wie ein Mann den Kadaver eines Tieres stützen mochte. Ich konnte seine Gestalt nicht länger sehen, aber sein Weg die Straße entlang war am Licht der Laterne auszumachen, die in unregelmäßigen Abständen über die Mauer blinkte und sich auf das Dorf zubewegte, fort von Florenz.

Ich wußte von jenem Wort genau, wohin er ging, und selbst mein betäubtes Hirn leitete daraus das Ziel seines Bemühens her, aber der Grund für seinen Zorn war mir noch unbekannt. Wäre es nicht um des Laudanums gewesen, hätte ich sogleich zumindest soviel von der Wahrheit gefolgert; nun war mein einziger Gedanke, ihn einzuholen, bevor er selbst die andere Seite des Ortes erreichen konnte. Meine Glieder waren wie Blei und merkwürdig unempfänglich für die Notwendigkeit des Handelns. Ich konnte keinen Feuerstein finden, um meine Kerze zu entzünden, und das Zusammentreffen von Dunkelheit und weitgehender Betäubung verlangsamte mein Fortkommen auf das Maß eines Säuglings. Kleider waren nicht zu finden. Das Schließen von Knöpfen bot unüberwindbare Hindernisse für Finger und Hirn. Schuhe waren nicht zu finden, und die Türsperre, ein schlichtes Klappscharnier, stellte ein Problem der Fingerfertigkeit und Koordination dar, das fast meine Fähigkeiten überstieg. In diesem Zustand kam ich, taumelnd wie ein Betrunkener, in das Chaos des Wohnraums in unserem Hause. Vieles war zerbrochen. Das, was heil geblieben war, lag durcheinander auf dem Boden. Im Kamin brannte noch ein Feuer, und darum lagen die verkohlten Reste von Schriftstücken und Kleidern verstreut, die, wie ich sofort erkannte, meiner Mutter gehörten. Scharfer Brandgeruch und der Gestank von hochprozentigem Alkohol lagen in der Luft. Mir wurde ein regelmäßiges Geräusch bewußt, ein Rat-tat-tat, ohne Dringlichkeit oder Hektik, der stete methodische Rhythmus des Musiklehrers, der den

Takt schlägt. Ich fand schnell seine Quelle. Auf dem Boden neben dem Feuer demonstrierte Lorenzos Maschine die vollkommene Übertragung des Impulses neben den Trümmerstücken aus dem Leben meiner Mutter.

Ein weiterer Laut ließ mich aufblicken. Dies war der Laut einer sich öffnenden Tür, zweifellos jener, die sich vom Treppenhaus zum Hof öffnete. Plötzlich frei von Furcht, trat ich zur Tür des Raumes, die sich nach meinem Eintreten geschlossen hatte, und zog sie auf. Im offenen Rahmen der Haustür stand Mario. Eine Laterne flackerte in seiner Hand, während die andere noch auf der Klinke lag, als habe er Angst, verbotenen Grund zu betreten. Ich hob mich natürlich gegen die Kerzen ab, die hinter mir brannten, ohne Schuhe und ungeknöpft, meine Augen so wild wie ein Fohlen in Qual.

»Mario!« rief ich. Bei dem Laut wandte er sich um und floh auf den Hof hinaus; die Laterne schwang an seiner Seite und erleuchtete die Ställe, das immer noch offene Tor und, unmittelbar innerhalb des Hofes angebunden, das Pferd, das er auf dem Weg nach Florenz geritten hatte. Ob er es an dieser Stelle zurückgelassen oder gerade wieder fluchtbereit aus dem Stall geholt hatte, kann ich nicht sagen. Jedenfalls schwang er sich in dem Augenblick, als ich die Haustür erreichte, in den Sattel, die Laterne hatte er mit der Sorgfalt eines Dieners auf den Steinsims an der Stallwand gestellt, und schon war er fort in die Nacht; das Klappern der Hufe verklang auf der Straße nach Florenz. Nun stolperte ich, des Gebrauchs meiner Gliedmaßen wieder etwas mächtiger, über den Hof, nahm die Laterne auf und lief mit wachsender Angst auf das Dorf zu. In der Richtung, in die mein Vater verschwunden war, war kein Lichtschimmer zu sehen.

Bald kam ich an die Stelle, wo die Straße dem Fluß zu folgen begann. Die Stadt lag still und dunkel zu meiner

Rechten. Die Laterne hinderte mich in meiner Eile, und so stellte ich sie auf einer Mauer nahe dem Dorfplatz ab, mit dem Gedanken, dessen Hellsichtigkeit mich später selbst überraschte, daß sie unsere Schritte bei der Rückkehr erleuchten würde. Meinen Augen und dem Licht eines schmalen, frühen Mondes vertrauend, hastete ich atemlos auf die Dorfschule zu.

An diesem Punkt hinderten die Pappeln, die die Straße säumten, meine Sicht voraus auf die Häuser zur Rechten und Linken. So hörte ich bereits den Lärm der Auseinandersetzung, bevor ich den Schlachthof oder die umliegenden Gebäude gesichtet hatte. Zuerst vernahm ich meines Vaters Stimme, wenngleich die Worte meinen lauschenden Ohren unverständlich blieben. Ich sah ihn nicht, bis ich ihm auf fünfzig Schritt nahe war. Was ich dann sah, geschah sehr schnell. Mein Vater stand rechts von der Straße unter dem Schultor. Die Laterne, die er getragen hatte, brannte neben ihm, so daß seine Gestalt einem Schatten glich. Gefaßter nun und ruhiger stand er dort, das Gewehr an der Schulter. Ein Bein hatte er vorgestellt, und sein Kopf lag an der Seite des Schaftes, Ziel nehmend auf den umgekippten hölzernen Karren, den ich nun sehen konnte, eine dunkle Masse am Straßenrand zu meiner Linken. Mein eigener Schrei schien gleichzeitig mit dem Schußlärm zu erschallen.

Gewiß gab es mehr als eine Explosion, obwohl ich nicht hätte sagen können, ob meines Vaters Muskete abgefeuert wurde. Später, so erzählte man mir, wurde sie ohne Pulver und Kugel gefunden, was natürlich nichts beweist. Ich sah ihn nur jählings zurückweichen, als habe ihn plötzlich jemand von hinten in die Schule gezerrt. Die Laterne muß bei seinem Fall ausgegangen sein; denn der Schulhof war plötzlich in fast völlige Dunkelheit getaucht. Die einzige Beleuchtung kam von einem matten Licht, das aus der Tür des Schlachthofs drang.

Ich habe keine Erinnerung daran, wie ich jene letzten fünfzig Schritt zurücklegte, aber ich erinnere mich, daß ich neben ihm kniete und seinen Kopf in meinen Schoß legte. Er reagierte so wenig wie ein Stein. Daß er tot war, daran gab es keinerlei Zweifel. Seine Augen waren weit aufgerissen und starrten blicklos in den Himmel, und ich fühlte Blut über meine ungeknöpften Beinkleider rinnen, wenngleich mir ein Anblick der Wunde, aus der es trat, gnädigerweise erspart blieb.

Wie ich dort kniete, hörte ich Rufe aus der Richtung der Schlächterei, und eine weitere Muskete wurde abgefeuert, wenn ich auch nicht sagen kann, wie nahe die Kugel der Stelle kam, wo ich kniete. Mich überkam in diesem Augenblick jene Geistesruhe, auf die ich bereits im Zusammenhang mit dem Angriff auf Giuseppe Mancini verwiesen habe. Manchen wird es zweifellos unglaubhaft erscheinen, daß ein Junge von vierzehn, konfrontiert mit dem plötzlichen und gewaltsamen Tod seines Vaters, halb betäubt mit Laudanum und sehr wahrscheinlich unter Beschuß, mit solch kühler Zielstrebigkeit handeln konnte. Dennoch ist es wahr.

Mir war sofort klar, daß Flucht das einzig Vernünftige war. Aus welchem Motiv oder Grund heraus er auch gehandelt haben mochte, mein Vater war bei einem Angriff auf das Haus der Bombonis ums Leben gekommen. Selbst wenn ich imstande gewesen wäre, Muskete, Pulver und Geschoß zu finden, hatte ich doch kaum je eine solche Waffe in der Hand gehabt und nur die leiseste Ahnung, wie man damit umging. Selbst wenn mir zu der Zeit der Sinn nach Rache gestanden hätte – was nicht der Fall war –, so waren die Mittel nicht verfügbar, und jeder Versuch, die Handlungen meines Vaters fortzusetzen, war zwangsläufig zum Scheitern verurteilt. Genau im Einklang mit diesen Überlegungen handelnd, ließ ich den leblosen Kopf wieder auf die Erde des Schulhofs sinken, stand auf, wobei ich mich so klein wie möglich machte, und rannte in die Deckung der Schulgebäude. Kein Laut kam vom Anwesen des Schlächters, weder Stimmen noch Gewehrfeuer, und innerhalb von Sekunden war ich im tiefen Schatten der Schule und hinter der Ecke verborgen, die von dem Vorsprung der neuen Mauer gebildet wurde. Ich blickte nicht zurück, sondern lief weiter entlang der stummen Gebäude zur äußersten Ecke des Schulzauns. Als ich noch tagtäglich hier gewesen war, hatte ich nicht selten Botengänge ausgeführt, indem ich den niedrigen Zaun überklettert und so unmittelbar am Rand des Dorfes ausgekommen war, von wo ein direkter Weg zu jener Stelle am Ufer führte, wo Giuseppe fast ertrunken war. Meine bloßen Füße machten keinen Laut, weder auf der festen Erde der Straßen oder dem Pflaster des Dorfplatzes, dessen Arkaden tiefe Schatten boten. Ich erreichte meine abgestellte Laterne, die immer noch in der Morgenbrise flackerte. Bald würde sie mir im zunehmenden Licht keine Hilfe mehr sein, und so ließ ich sie zugunsten ungehinderter Schnelligkeit zurück.

Ich kam in unserem Stallgebäude an, keuchend und zitternd wie ein verwundeter Vogel. Trotz meines körperlichen Zustands war ich immer noch Herr meiner selbst und hatte mir auf dem Weg vom Dorf nach hier einen klaren Plan zurechtgelegt. Ich lief sofort ins Haus und die Treppe zu meiner Kammer hinauf. Ich nahm mir nicht mehr die Zeit, meine Kleidung zu wechseln, doch mit der Hast der Verzweiflung zog ich meine festesten Stiefel an und nahm den deutschen Reisemantel, den mein Vater aus Braunschweig mitgebracht hatte. Ich hatte einen kleinen Vorrat an Geld, gesammelte Geschenke von Lorenzo und Patrick, die ich in die Manteltasche steckte. Zu den Ställen zurückgekehrt, sattelte ich unsere gescheckte Mähre, das älteste, langsamste und unzuverlässigste unserer Pferde, und kletterte auf ihren Rücken. Sie wollte zuerst überhaupt nicht los, aber als sie auf der Straße war, wandte sie sich instinktiv und unbeirrt in die Richtung des Dorfes, da sie in den letzten zehn Jahren ihres untätigen und beschaulichen Lebens keinen anderen Weg mehr genommen hatte. Mit wachsender Verzweiflung und Wut zerrte ich an ihren Zügeln, bis ihr Kopf in eine Richtung wies, die der, die sie nehmen wollte, genau entgegengesetzt war. Schließlich hielt sie an und nahm dann, mit störrischer Resignation, ihren Weg zurück zum Stall, wo nur die gewaltsamsten physischen und verbalen Zurechtweisungen sie am Tor vorbeitrieben. Also trug mich, verlassen, blutbefleckt und der Erschöpfung nahe, mein Geschick langsam und mit großem Widerstreben die Straße entlang gen Florenz.

Zweites Buch

Florenz

10

Ich weiß, es klingt hart, aber ich trauerte nicht um meinen Vater. Nicht einmal damals. Von weit größerer Wichtigkeit waren der Aufenthaltsort und überhaupt das Schicksal meiner Mutter. Die Freuden und Errungenschaften meiner Kindheit, so wie sie waren, hatte ich mit Lorenzo und mit Patrick geteilt.

Es gab eine unüberbrückbare Kluft zwischen unseren Lebensaltern; als er starb, ging mein Vater auf die Sechzig zu, und er ermangelte der wilden Begeisterung der Rechtgläubigen, die meine beiden Mentoren auszeichnete. Daß er ihr Freund war, sprach durchaus für ihn, aber von den Stärken und Tugenden, die ihm jene Freundschaft und Achtung erworben hatten, sah ich nur wenig.

Als ich diese Ansicht Jahre später Lorenzo gegenüber zum Ausdruck brachte, wurde ich von diesem streng zurechtgewiesen, indem er mit akademischer Genauigkeit die Eigenschaften, Stärken und Leistungen meines Vaters auflistete, die, so Lorenzo, Grund dauernder Ehrerbietung sein sollten. Nun, vielleicht. Doch selbst auf jenem Weg nach Florenz konnte ich die Tatsache nicht verleugnen oder vergessen, daß den Umständen seines Todes eine Gleichgültigkeit gegenüber meinem eigenen Wohlergehen und meiner Sicherheit innewohnte. Natürlich habe ich ihm vergeben und vergab ihm selbst damals, doch Trauer ist nicht empfänglich für die Diktate vernünftigen Denkens, wie großmütig und profund es auch sein mag.

Der Schrecken dessen, was ich gesehen hatte und was ich

noch fürchtete, schnürte mich ein wie ein Wickeltuch, und ich verkroch mich in die Falten meines Mantels, wie ein Kind Zuflucht in einer vergessenen Wärme sucht. Sogar das Wetter hatte umgeschlagen, die brennende Hitze des Sommers war plötzlich einer robusten geschäftsmäßigen Brise gewichen, die durch die toskanischen Hügel fegte. Als der Morgen schließlich ganz angebrochen war, enthüllte er einen hohen, grauen Himmel.

Der Gestank getrockneten Blutes stieg nun von meinen Unterkleidern auf, und mein Elend wurde immer weiter verstärkt durch den ziellos stapfenden Gang der Stute, deren Kopf über der staubigen Straße hing. Ich war nie in diese Richtung geritten. Zwar nahm ich an, daß die Straße direkt nach Florenz führte, aber ich hatte keine Ahnung, wie geradlinig sie verlief und welche Städte und Dörfer sie berührte. Selbst Entfernung bedeutete wenig für mich. Ich hatte oft allgemein von dieser Reise berichten hören und etwa, wie sich Lorenzo zu einem »harten Ritt, drei Stunden höchstens« beglückwünschte. Falls sich jedoch diese Beschreibung auf einen scharfen Trab bezog, dann würde mein gegenwärtiges Fortkommen mich kaum in einem vollen Tag bis zur Stadt bringen. Und es schien auch nicht die leiseste Aussicht einer Besserung zu geben. Wenn überhaupt, so verlangsamte sich der gemächliche Schritt der Stute in dem Maße, wie sich die Distanz von ihrem Stall stetig vergrößerte. Ich erwog, das Pferd zurückzulassen und auf eigenen Füßen weiterzugehen, als ich zu einem kleinen Flecken kam, der, wie ich nun weiß, kaum vier Meilen von San Casciano entfernt lag. Hier fanden sich die ersten Lebenszeichen, als die Bauern ihr Tagwerk begannen. Es gab eine kleine Herberge, und, wie das Glück es wollte, einen Stallknecht, der gerade drei Reisepferden Futter gab, welche an ein Geländer vor dem Stall der Herberge angebunden waren. Es war ein Junge kaum älter als ich selbst, und das natürliche Mitgefühl der Jugend im Verein mit einer beträchtlichen finanziellen Zuwendung überredeten ihn, meine Stute für einen Moment seinen Pflegebefohlenen hinzuzufügen. Da sie offenkundig die nördliche Grenze von San Casciano so betrachtet hatte, wie die Völker der Antike den Rand der Welt wahrnahmen, genoß meine Stute ihr Mahl mit der Befriedigung, welche die Entdeckung Indiens begleitet hatte. Danach betrachtete sie neue Weiden mit der Freude des Entdeckers und wurde auf den abschüssigeren Wegen beinahe übermütig.

Keine dieser harmlosen Analogien kamen mir zu der Zeit in den Sinn. Mein Hauptgedanke galt den Ereignissen, die sich in Florenz zugetragen hatten. Offenkundig hatte Mario schlechte Nachrichten gebracht; vielleicht die allerschlechtesten. Die bloße Erwägung solch einer Möglichkeit trieb mir kindliche Tränen in die Augen, und ich duckte mich noch tiefer in die Falten meines Mantels. Aber warum hatte es meinen Vater so betroffen? Warum der Angriff auf die Bombonis? Ich bekenne, daß die offensichtliche Erklärung mir nicht kam. Entweder war mein armes Gehirn dermaßen verstört, daß ich nicht verstand, oder es wies eine Erklärung zurück, die so offenkundig mit übler Möglichkeit befrachtet war.

Nach einer weiteren Stunde kamen wir an das Dorf Gallaza und unzweifelhaft vorbei an der Stelle, wo mein Vater vor so vielen Wochen Pasto Bomboni niedergeschlagen hatte. Bald begann die Straße wiederum gegen eine Reihe von Hügeln anzusteigen, jenseits derer, wenn meine Annahmen zutreffend waren, das Tal des Arno und Florenz lagen. Ich hatte unrecht. Als ich die erste Kuppe erreichte, erstreckten sich weitere leere Hektar toskanischen Landes vor mir.

Ungeachtet meiner eigenen Lage, war ich selbst damals zu Mitleid gerührt von dem erbärmlichen Zustand der Menschen und des Landes, durch das ich ritt. Ganze Dörfer schienen verlassen worden zu sein. Die Läden und Türen der

Häuser hingen lose, und schlugen hin und her im wechselnden Wind. Leute auf der Straße bettelten mich an, obgleich meine eigene Situation jedem außer einem Blinden elend genug erschienen sein muß.

Erst als ich den Hügel längst hinter mir gelassen hatte und praktisch schon auf dem nächsten Kamm war, merkte ich, daß mir jemand folgte. Das Geräusch meines eigenen Trotts hatte eine hypnotische Wirkung auf mein Gehirn ausgeübt, insbesondere bei der Durchquerung des flachen Talgrundes, der eine geradezu anästhetische Gleichmäßigkeit des Tempos begünstigt hatte. Jetzt, da der Weg wieder anstieg, wurde der Schritt der Stute unregelmäßiger, und ich merkte, daß ich nicht alleine reiste. Unwillens, den Kopf umzuwenden, teils aus Furcht und teils als Ergebnis der Betäubung, die meinen Geist umfing, trieb ich nichtsdestotrotz mein Pferd zu einem schnelleren Aufstieg an. Wie in Mimikry nahmen auch die uns folgenden Hufschläge an Tempo und Lautstärke zu. Größere Geschwindigkeit war unmöglich, und falls es zu Gewalt kommen sollte, wollte ich keinem Angriff von hinten ausgesetzt sein; so zügelte ich mein Pferd, das wenig Zuspruch brauchte, um völlig stillzustehen. Mein Verfolger, vielleicht überrascht von der Schnelligkeit, mit der ich angehalten hatte, kam nun rasch näher und hielt neben mir an.

Meine schlimmsten Befürchtungen nahmen sogleich Gestalt an. Das Gesicht des Mannes, das mit unverkennbar übler Absicht auf mich herabblickte, zeigte zwei ganz verschiedene Seiten. Die rechte, mir nähere, war die eines toskanischen Bauern: ein breiter, dunkler Wangenknochen unter einem schmalen, schwarzen Auge und neben einer kantigen, leicht geweiteten toskanischen Nase. Die andere Seite war bis zur Unkenntlichkeit vernarbt. Die Existenz oder das Fehlen seines linken Auges war durch eine Klappe verborgen, während Jochbein und Nase ganz flach abfielen wie ein Stück Butter, das im Butterfaß liegengeblieben ist. Jene Seite seines Mundes ging plötzlich nach unten über in einen Kiefer, dessen Linie in der Mitte durch einen häßlichen Knick unterbrochen wurde.

Unter gewöhnlichen Umständen hätte solch ein Gesicht im Verein mit der Bosheit, die aus dem rechten Auge leuchtete, mich mit Schrecken erfüllt. Jetzt jedoch hatte ich das Ende meiner vernünftigen Reaktionen erreicht. Ich war zu niederem Metall ohne Resonanz oder Widerstandskraft geworden. Er sprach zuerst.

»Wohin reiten wir denn so verdammt eilig?«

Ich sah ihn an mit Augen so blank wie Steine. »Florenz«, sagte ich ohne Regung.

»Florenz, ja? Ah ja, und schon verdammt nah' dran.«

Ich sagte nichts.

»Florenz, sagst du? Und was sag' ich? Ich sag' mir, junge Männer, die nach Florenz gehn, gehn aus 'nem Grund. Tja, frag' ich mich, was kann das für 'n Grund sein? Und ich denk', und ich sag' mir, vielleicht will er was kaufen, der junge Mann. Womit, frag' ich mich, und ich sag' mir, na, womit denn schon? Geld! Das hat er. Florins und Kronen, das hat er. Und dann sag' ich mir, was passiert, wenn er nicht bis Florenz kommt? Tja, sag' ich mir, wenn er nicht bis Florenz kommt, dann kann er sein Geld auch nicht ausgeben! Dann braucht er's gar nicht. Und wer könnt' es besser gebrauchen als ich?«

Er trug den groben Kittel eines Bauern, darüber ein Lederwams, und während er redete, griff seine Hand in eine Falte an der linken Seite und erschien wieder mit einem Messer von der Art, wie man es normalerweise zum Trimmen von Stoff benutzt. Indem er dies zwischen uns hielt, direkt auf meinen Magen gerichtet, sagte er: »Und drum sag' ich dir, sag' ich, her damit, sofort, wenn du dein Gekröse nicht über den Kopf deines Pferdes auskotzen willst.«

Es war nicht Furcht, die mich bewegungslos machte, es war einfach Resignation. Die schrecklichen Geschehnisse der Nacht, die Überzeugung, die ich nun hatte, daß meine Mutter tot war, und die Erschöpfung der endlosen Reise hatten mich beinahe in einen Zustand der Betäubung versetzt. Meine Reaktion überraschte ihn, und sein gutes Auge verengte sich, als er mich ansah.

»Keine Antwort, he? Zu müde zum Reden, was? Zu müde, mir das Geld zu geben? Na, dann woll'n wir uns mal selbst bedienen.« Mit den Worten beugte er sich zu mir und zog meinen Mantel über der Brust beiseite. Sogleich fuhr er zurück, daß sein Pferd unwirsch unter ihm zur Seite scheute.

»Heilige Mutter Mariens! Was is'n mit dir passiert?« Dann, nach einer Pause: »Sieht so aus, als hätt' dir schon wer eine verpaßt.« Warum ich antwortete, weiß ich nicht. Ich war nicht um eine Antwort gebeten, und Sicherheit lag im Schweigen, aber ich sagte: »Das Blut ist von meinem Vater, er wurde heute morgen erschossen.«

Er sah mich einen Augenblick an, als könne er es nicht glauben. »Wie? Was? Erschossen? Heute morgen? Wo ist das passiert? Wir *erschießen* keine Leute auf dieser Straße.«

»Er wurde nicht auf der Straße erschossen, sondern in San Casciano.«

»In San Casciano? Heute morgen! Wer war denn dein Vater, Junge?«

Aus einem Grund, den ich nicht erklären kann, sagte ich es ihm. Ich sagte ihm nicht nur, wer mein Vater war und wie er zu Tode gekommen war, ich erzählte ihm auch, daß meine Mutter in Florenz in Gefahr sei und daß, auf eine Weise, die ich nicht verstehen konnte, beides in Zusammenhang stehe. Während ich redete, verbarg er das Messer wieder in seiner Kleidung und hörte mit beiden Händen auf seinem Sattel zu, fortwährend den Kopf schüttelnd, als glaube er es einfach nicht. Als ich zu Ende war, bewegte er weiter sein vernarbtes Gesicht von einer Seite zur anderen und murmelte: »Credi, Bomboni, Bomboni, Credi.« Dann sah er mich an. »Du bist also der Sohn von Gallupe Credi. Na, wer hätte das gedacht? Und gehst nach Florenz. Na, na, na.« Dann änderte sich seine Stimmung. »Es ist jetzt schon nach Mittag; wenn du noch bei Tageslicht auf diesem Sack Würmer nach Florenz willst, müssen wir uns beeilen. Ich kann bis ans Ende des Tals mit dir kommen.« Während er sprach, langte er nochmals in die Falten seines Mantels und zog seine Hand schnell wieder hervor. Unser Gespräch hatte meinen bleiernen Zustand gelöst, und jetzt begann ich zurückzuweichen, da ich die Bedrohung einer neuen Waffe fürchtete. Statt dessen brachte er einen leinenen Beutel zum Vorschein, wühlte darin und zog ein Stück Wurst heraus, das er mir reichte. Danach kam eine verschlossene Flasche, die er auch in meine widerstandslose Hand drückte. Ich wollte nicht essen, aber auf sein Drängen hin tat ich es doch. Die Flasche enthielt Branntwein so scharf, wie ich ihn je getrunken habe. Die Wärme und die Kraft des Schnapses überraschten mich, und obgleich wir in Schweigen weiterritten, sang mein Kopf, und das verzweifelte Elend, das mich bedrückt hatte, hob sich nun, als wir zum Kamm der Hügel aufstiegen.

Bevor wir hundert Schritt weit gekommen waren, zog mein neuer Gefährte die Zügel an und brachte uns beide zu einem Halt. Er war plötzlich gespannt, sein Körper in den Steigbügeln aufgerichtet, und sein Kopf wie der eines Jagdhundes auf die Biegung in der Straße voraus gerichtet. Fast im gleichen Moment hörte ich den Hufschlag eines galoppierenden Pferdes, der rasch lauter wurde. Zu unserer Rechten fiel der Hang von der Straße zu einem kleinen Hain junger Pappeln hin ab. Mein Gefährte zögerte nicht länger. Er packte den Zügel der Stute und preßte seine Fersen in die Flanken seines eigenen Pferdes, bis er uns beide in den Schatten der Bäume getrieben hatte. Kaum hatte er dies getan, als der Reiter ungesehen hinter uns vorüberritt und das Trappeln des Hufschlags schnell auf der Straße nach Gallaza hin entschwand. Als es ganz verklungen war, führte er uns zu meiner Erleichterung zurück auf die Straße, und wir setzten unsere Reise fort.

Die Wolken trugen nun wenig dazu bei, die wiederkehrende Hitze zu dämpfen, die schwül und drückend wurde und einen Sturm ankündigte. Nach einer weiteren Stunde erreichten wir den Schluß des Tales, und mein Ziel lag vor mir. An diesem Punkt hielt mein neuer Gefährte sein Pferd an und sagte: »Da siehst du's: Florenz. Ich kann nicht weiter mitkommen, aber die Straße ist von hier an sicher. Gib acht in der Stadt, sie ist voller Diebe«, und dann, lächelnd über die Ironie, fügte er hinzu: »... in Uniform.«

»Danke«, sagte ich. »Wer ...« Aber er schüttelte den Kopf und bedeutete mir, daß ich mit dem Abstieg beginnen solle. Ich wußte, daß er mir einige Zeit nachblickte, mit flatternden Ärmeln im stärker werdenden Wind, aber erst als ich die ersten Häuser erreicht hatte, drehte ich mich um und sah, daß er fort war; und so hielt ich Einzug in Florenz: Stadt Michelangelos und Galileis, Brunelleschis und Donatellos, des Bargello, der Folterzangen und der Streckbank.

II

Ihr Trug überwältigte mich. Die vollkommene Harmonie der Töne, von den Hügeln aus gesehen, wurde von der Gräue des Himmels in keiner Weise beeinträchtigt; vielmehr verwischten sie wie Farben auf einer Palette, die durch die Einwirkung des Pinsels ständig übermalt und gedämpft wurden. Das Staubgrün und Rot der Landschaft vermischte sich mit dem Ocker und Terrakotta der Dächer und dem Pergament der Mauern, als ob die Natur selbst die Leinwand bearbeitet hätte, willkürlich und in vollkommener Ordnung. Innerhalb des Spektrums der Farben bot die Symmetrie der Dächer einen scharfen Grundkontrast für die Kuppel des Duomo, und der bleistiftdünne Finger des Glockenturms stach in den Himmel wie zur Anklage. Selbst jetzt nimmt sie meinem alten Körper den Atem wie eine erfahrene Hure, und aus diesem Grund blicke ich nur selten hin. Solche Schönheit trügt immer. Unsere Sinne werden gefangen von der Kurtisane, während unserer Vernunft und unseren Taschen von dem Schläger und dem Luden Gewalt angetan wird.

Ich betrat die Stadt selbst durch die Porta Romana. Bevor ich zu jenem berühmten Tor kam, war ich mir der wachsenden Zahl von Menschen bewußt geworden, welche die Straße kreuzten und querten, als tanzten sie alle zu einem großen Fest. Als ich hindurchritt, wurde das Gedränge so dicht, daß auch Pferde und Kutschen kein Vorankommen gewährleisteten, und mein eigenes Tier, das sich selbst auf der offenen Landstraße nur unwillig bewegt hatte, blieb angesichts der undurchdringlichen Menge minutenlang wie angewurzelt stehen. Was mir als erstes auffiel, war die Mannigfaltigkeit der Kleidung. Ich hatte Sorge gehabt, daß mein eigener Zustand, abgerissen und blutbefleckt, wie ich erschien, die Aufmerksamkeit auf meine Person lenken könnte, bevor ich mein Ziel erreicht hätte. Angesichts solcher Vielfalt erschien diese Idee nun lächerlich. Jede Form von Kostüm wurde zur Schau getragen. Einige Männer trugen den *lucco*. Andere Bauernjoppen und Beinlinge. Noch mehr hatten die absurden Pumphosen und Strümpfe an, die, wie es hieß, in Nordeuropa Mode seien. Viele Frauen trugen Kleider (oder eher einen Mangel an Kleidern) in einer Art, wie dies auf dem Markt von San Casciano zu Steinwürfen Anlaß gegeben hätte.

Auf der Piazza jenseits der Porta Romana waren alle Arten von Geschäftigkeiten im Gange. Zur Rechten verlief eine mächtige Mauer, die dann und wann von reich verziertem eisernem Gitterwerk durchbrochen wurde, welches den Zugang zu den dahinterliegenden Anlagen versperrte. Durch die Stäbe konnte ich lange Rabatten erkennen, durchzogen von kiesbestreuten Wegen mit Springbrunnen an einzelnen Punkten. Entlang der Mauer war eine Vielzahl von Ständen aufgebaut. Viele hielten Gemüse und Obst feil, die vermutlich erst jüngst durch dasselbe Tor ihren Weg in die Stadt gefunden hatten, durch das ich gekommen war. Andere Stände zeigten Lederwaren, Teppiche und Tuche, die in allen erdenklichen Mustern und Tönen gefärbt waren. Dort war die Menge am dichtesten. Von denen, die nichts verkauften, bettelten viele, andere führten Tänze vor, spielten Instrumente oder sangen Lieder, während ihre Helfer in Holzschalen Geld einsammelten. Zwei sah ich erstaunliche Kraftleistungen vollbringen, indem sie Eisenstäbe verbogen oder an ihrer schweißbedeckten Stirn Steine zerschmetterten.

Ich hatte ferner Sorge gehabt wegen des Blutgeruchs, der mich wie ein Leichentuch einhüllte. Dies, fürchtete ich, könnte die Aufmerksamkeit auf meine Person lenken und mich gar als Missetäter brandmarken, den es in Gewahrsam zu nehmen galt. Alle derartigen Ängste waren grundlos. Der Gestank, der die Stadt erfüllte, überdeckte alles. Überall lief die Kanalisation offen durch die Straßen. Die Abflußrohre, die zuvor unterirdisch zum Arno geführt hatten, waren seit langem verstopft und ergossen sich nun, in Ermangelung irgendeines Wartungs- oder Reparatursystems, durch die Steine nach oben, den Gestank der Abwässer und die Gewißheit der Seuche mit sich bringend. Bettlerkinder, durchweicht von Pisse, mit großen flehenden Augen, zerrten unermüdlich an meinem Mantel, ermutigt durch meine fortdauernde Bewegungslosigkeit.

Den Angaben eines Kutschers folgend, an dessen Seite ich mehrere Minuten im Stau verbracht hatte, überquerte ich die Piazza und bog in die Via Romana ein, die, wie man mir erklärt hatte, auf den großen Ponte Vecchio zuführte. Als ich an der hohen Fassade des Pittipalastes vorbeikam, sah ich Reihen von Medici-Wachen, die mit dem Rücken zur Straße auf der Piazza Aufstellung genommen hatten, bewegungslos in ihren Sommermänteln wie Reiher.

Also kam ich an den Anfang des Ponte Vecchio und wandte mich, den Anweisungen folgend, die ich erhalten hatte, nach rechts und folgte dem Fluß auf eine nahe kleinere Brücke zu, auf der, sagte man mir, mein unwilliges Pferd hinübergelangen konnte. Der Arno lag nun zu meiner Linken und blieb anfänglich, auf eine Länge von vielleicht hundert Schritten, von Häusern verdeckt. Danach setzten sich die Gebäude des Lungarno nur auf der rechten Seite fort. Verfall trat überall offen zutage. Augenscheinlich war der Versuch gemacht worden, Unrat aus der Umgebung des Palastes zu entfernen; hier jedoch übersäte er die Straßen. Haufen von Hausmüll wurden durch gewerbliche Abfälle zu Bergen verrottender Substanz vergrößert, einige davon so weit fortgeschritten, daß sie ihren eigenen fauligen Pilzbewuchs hatten keimen lassen. Trotz des scheinbaren Gedränges auf den Straßen hier wirkten viele Häuser verlassen. Türen waren herausgebrochen oder aus den Angeln genommen worden, während Fensterläden schief hingen, als wollten sie den Vorbeigehenden mit obskurer Geste zuwinken. An vielen Stellen war der Verputz der Außenwände abgefallen, so daß das Mauerwerk zum Vorschein kam.

Zu dem Zeitpunkt, als ich die Brücke überquert und die große Kirche von Santa Croce erreicht hatte, war ich der Verlockungen durch Kunst oder Architektur längst müde, und meine Erleichterung, als ich in die Via del Corso einbog und schließlich zu dem Haus kam, dessen Beschreibung in meine Kindheit eingegangen war wie eine gütige Fabel, welche die Ängste der Nacht bannt, glich der des heimkehrenden Odysseus. Das Haus trug weder Nummer noch Zeichen, doch ich hätte es allein aus Instinkt erkannt. Tatsächlich war meine Höhe vom Pferderücken aus so, daß ich die unteren Fenster einsehen konnte. Durch diese konnte ich Bücherschränke aus rotem Zedernholz erkennen, und mit einem Gefühl der Wärme und des Glücks hörte ich durch die offenen Flügel die erhobene Stimme Lorenzo Bellinis.

Im Vertrauen darauf, daß mein Pferd dort stehen bleiben würde, wo immer es anhielt, rutschte ich aus dem Sattel, taumelte die drei Stufen hoch und hämmerte gegen die Tür. Sekunden später wurde sie aufgerissen, und unter Aufbietung meiner letzten Energiereserven fiel ich hinein in die Arme von Pasto Bomboni.

12

Das Gesicht, das ich erblickte, als ich erstmals erwachte, war mir unbekannt. Und doch war es vertraut. Trotz seiner grotesken Formgebung lag darin nichts Drohendes. Die scharfen Augen, die zu beiden Seiten einer monströsen Nase auf mich herabblickten, schienen nichts zu enthalten als eine mitfühlende Frage. In dem Moment, als die Züge erkennbar wurden, sah ich sie lächeln wie in Erleichterung. Der Kopf verließ dann mein Gesichtsfeld, um gleich darauf durch den Lorenzo Bellinis ersetzt zu werden. Zu dem Zeitpunkt hatte mein Gehirn sich auf das Geschehene besonnen und einiges mehr von meinem Zustand aufgezeichnet. Der Raum war abgedunkelt, aber die Decke über meinem Kopf war weiß und mit einer reich verzierten Kranzleiste abgesetzt. Das Bett, in dem ich lag, war warm und bequem. Leinenlaken drückten gegen mein Kinn, und als ich meine Beine bewegte, fühlte ich die sanfte Beengtheit eines Flanellnachthemds. In der Tat trug mein körperliches Wohlbefinden viel dazu bei, die Beängstigung zu mildern, die mein Bewußtsein überschwemmte. Als Lorenzo auf mich herablächelte, fragte ich: »Ist er fort?«

»Bomboni? Ja, er ist schon seit ein paar Stunden fort. Ich glaube, du hast ihn ebenso erschreckt wie er dich. Ja, mein junger Freund, du hast uns alle erschreckt. Als wir dir deinen Mantel abnahmen, dachten wir, du hättest irgendeine schreckliche Verletzung davongetragen.«

»Warum war er ...«

»Warum er hier war? Das ist eine lange Geschichte, Fredo. Aber zuerst wollen wir uns um deine körperlichen Bedürfnisse kümmern. Du bist sicher sehr durstig. Hier, trink das!«

Er hatte natürlich nur allzu recht. Abgesehen von einem Schluck Aquavit, hatte ich nichts getrunken, seit ich San Casciano verlassen hatte. Ich richtete mich auf einen Ellbogen auf und schluckte die Flüssigkeit hinunter, die er mir darreichte. Sie schmeckte leicht nach Orangen und, wie ich feststellte, irgendeinem Kräuterbestandteil, der leicht bitter roch.

»Es ist das Laudanum, das ich ihm gab, was einen so großen Durst macht«, sagte Lorenzo, »aber ich spürte auch den Geruch von Alkohol aus einem leeren Magen aufsteigen.« Er redete nicht mit mir, sondern mit der dritten Person in unserem Raum, die das außergewöhnliche Gesicht besaß, welches ich beim Aufwachen als erstes gesehen hatte.

Nun konnte ich diese Gestalt im Licht des Kerzenleuchters, der auf einem Schreibtisch nahe einem verrammelten Fenster brannte, deutlicher sehen. Natürlich wußte ich sogleich, wer er war, und ich spürte selbst in jenem Moment ein Gefühl des überraschten Unbehagens ob der Genauigkeit meines eigenen vorherigen Phantasiebilds, eine Tatsache, die ich jetzt der lebendigen Exaktheit der Schilderung meiner Mutter zuschreibe. »Ich glaube, du bist Antonio

Magliabechi nie begegnet«, sagte Lorenzo, »aber du erkennst ihn zweifellos gut genug.« Mein künftiger Meister kam durch den Raum gehumpelt und nahm meine Hand, nun des Bechers ledig, welchen Lorenzo nachschenkte.

Ich trank den Becher ein zweites Mal aus, und während ich dies tat, ging die Tür des Zimmers auf, und der riesige Otto kam mit einem Tablett herein. Eine Schüssel dampfender Tortellini wurde vor mich gestellt, zusammen mit aufgeschnittener Wurst und Brot. Ich hatte wenig Appetit, doch Lorenzo sagte: »Du mußt essen, Fredo, auch wenn es nur ein bißchen ist. Du brauchst keine Angst zu haben. Dieser häßliche Bursche macht die besten Tortellini von Florenz.«

Ich aß mehr als nur ein bißchen. Als ich begann, kehrte mein Appetit zurück, und mit Speise und Trank wuchs auch wieder meiner Entschlossenheit. »Lorenzo«, sagte ich, »wo ist meine Mutter?« Von dem Ausdruck seines Gesichts hatte ich keinen Zweifel an der Antwort, und ich sagte: »Sie ist tot, nicht wahr, Lorenzo?«

Er nickte und sagte: »Ja, Fredo, ja, das ist sie.«

Ich fand für eine kurze Weile das Atmen sehr schwierig, fühlte aber seltsamerweise kein Verlangen nach dem Trost körperlicher Berührung, den er mir durch seine Nähe und den Griff an meinem Arm anbot.

Nach einer kurzen Weile sagte ich: »Wie ist sie gestorben?«

»Willst du es wirklich ...?«

»Ja, Lorenzo, ich möchte die ganze Geschichte hören, bitte.«

So erfuhr ich die Geschichte vom Tod meiner Mutter, in jenem warmen Bett sitzend, mit meinem Freund und meinem Meister neben mir, wie einem Kind eine Geschichte vor dem Schlafengehen erzählt wird.

Einiges davon wußte ich natürlich von Lorenzos Besuch in San Casciano tags zuvor. Dies rekapitulierte er, wobei er besondere Betonung auf die Vorkehrungen legte, die man getroffen hatte, um die Freilassung meiner Mutter am Tag nach dem Volksfest zu gewährleisten; eben jenes Tages, der dann unter solch schrecklichen Umständen vergangen war.

»Du mußt dir bewußt sein, Fredo«, sagte er, »daß Antonio zwar klar war, daß man deine Mutter festgenommen hatte (wie er durch Isaaks Hausmagd erfahren hatte), daß er aber nicht wußte, wer der Offizier war, der die Festnahme durchgeführt hatte. Die Dienerin selbst war sich dessen nicht bewußt, und es schien auch nicht von besonderem Belang zu sein.

Während ich bei euch in San Casciano war, ging Antonio, wie geplant, zum jüdischen Viertel und suchte deinen Großvater auf. Isaak hat nun das Stadium in seinem Leben erreicht, wo Täuschung und Wirklichkeit in seinem Geiste so ineinander übergehen, daß dieser willkürliche Überzeugungen hervorbringt, sowohl was Wahrheit als auch was Zeit betrifft, je nachdem, wie er aus dieser Mischung schöpft. Es ist nun allgemein sein Glaube, daß er nie eine Tochter gehabt hat. So ist für ihn das, was er so oft vorgegeben hat, Wirklichkeit geworden. Selbst als Antonio ihm die schrecklichen Gefahren erklärte, in der sie schwebte, konnte er weder verstehen, was sie beinhalteten, noch, was er damit zu tun hatte. Es wurde somit klar, daß auf seine Unterstützung nicht zu rechnen war, und für den Fall war, wie du dich erinnern wirst, vereinbart, daß Antonio zum Stinche-Gefängnis eilen sollte, um sicherzustellen, daß auf jeden Fall nichts gegen deine Mutter unternommen würde, bevor er den ganzen Fall vor den Großherzog bringen konnte.

Da er keinen Grund zum Zögern sah, verließ er Isaaks Haus und nahm seinen Weg durch die Stadt, über den Arno zum Gefängnis, welches ein gutes Stück südlich der Porta Romana liegt. Es war Festtag in Florenz, was großes Chaos und Verstopfung in den Straßen verursacht. Es gibt auch, fürchte ich, viele gewalttätige Betrunkene, und so war es notwendig für Antonio, einen langen Umweg zu machen, um sein Ziel überhaupt zu erreichen. Als er am Stinche ankam, wurde er nach anfänglichen Schwierigkeiten zu den Räumen des Gefängnisaufsehers vorgelassen.

Er hatte beschlossen, wenn möglich, Vittoria zu sehen, bevor er etwas unternahm, um sicherzugehen, daß seine Annahmen, was ihre Reise betraf, korrekt waren. Der Gefängnisaufseher jedoch informierte ihn, mit einigem Widerstreben, daß deine Mutter bereits zum Bargello überstellt worden sei. Natürlich wies Antonio alsgleich darauf hin, daß es ein Festtag sei und demnach keine Verurteilung oder Strafe ausgeführt werden könne. ›Ausgeführt nicht, aber beschlossen‹, sagte der Aufseher, und so stellte es sich heraus.

Es ist anscheinend selbst in diesen Tagen offizieller Brutalität notwendig, daß ein Urteil aufgrund bestimmter Erlässe formell im Bargello gesprochen wird. Da deine Mutter weiterhin darauf bestand, daß sie Isaaks Tochter sei (was sie von dem Vergehen, das ihr zur Last gelegt wurde, freigesprochen hätte), verlangte das Gesetz, daß sie bei der Urteilssprechung anwesend war, um ihren Fall darzulegen, wie zwecklos dies auch sein mochte. Ja, in ihrem speziellen Fall, so sagte man Antonio, werde die Verteidigung für besonders absurd gehalten, da Vittoria, während sie auf der einen Seite ihre Beziehung zu Isaak aufrechterhielt, sich standhaft weigerte, irgendwelche Einzelheiten gleich welcher Art zu ihren derzeitigen Lebensumständen, den Mitteln, über die sie verfügte, ihrer Familie oder Bekanntschaft anzugeben. Antonio verlangte zu wissen, wann dieses Urteil gefällt werden solle, und man sagte ihm, daß die Verhandlung im Prozeß deiner Mutter auf drei Uhr anberaumt worden sei.

Zu dem Zeitpunkt war es einige Minuten vor drei, doch der Aufseher sagte ihm, es gebe häufig lange Verzögerungen bei den Aufrufen, insbesondere am Nachmittag. Antonio verließ daher den Stinche und eilte, so schnell er nur konnte, durch das Gedränge der Menschenmenge vor dem Pittipalast auf den Ponte Vecchio zu, der die kürzeste Route zum Bargello darstellt. Als er den Aufseher verließ, hatte er eine Information mit auf den Weg bekommen, die ihm noch größere Furcht und Besorgnis verursachte. Der Aufseher meinte, daß es jenem speziellen Offizier, der diesen Fall aufgeworfen habe, häufig gelinge, seine Fälle früh in der Liste zur Anhörung zu bringen, durch eine Mischung von Drohung und Schmeichelei. ›Typisch‹, meinte er, ›für den Sohn eines Schlächters.‹ Als Antonio nach dem Namen dieses Hauptmanns fragte, sagte der Aufseher: ›Bomboni.‹«

Lorenzo fuhr mit der Geschichte fort, während Antonio Magliabechi, mein künftiger Meister, dasaß und uns aus dem Halbdunkel jenseits der Kerzen beobachtete. Man war offenbar zu der Übereinkunft gekommen, daß Lorenzo den Part des Erzählers übernehmen solle, aber ich konnte die Nähe zwischen ihnen und die Genugtuung ob der Genauigkeit der Wiedergabe spüren. Selbst jetzt erinnere ich mich an jede Einzelheit, als würde er diese Ereignisse gerade neben mir rekapitulieren.

Magliabechi brauchte fast eine halbe Stunde, um den Ponte Vecchio zu erreichen; sein verkrüppelter Körper war den Exzessen eines florentinischen Festtags nicht gewachsen. Als er etwa fünfzig Schritte vor der großen Brücke war, wurde er einer Unruhe und Aufregung in der Menge gewahr. Der Grund dafür verbreitete sich so schnell wie ein Gerücht.

»Irgend'ne Hure hat sich von der Brücke gestürzt. Hundert Hiebe hatte sie kriegen sollen, weil sie 'nen Juden gepimpert hat. Die Salti sind vielleicht sauer!«

In dem zusätzlichen Gedränge war mein Meister zu einer Seite auf den Lungarno zu gedrängt worden, und von hier konnte er die Gestalt Pasto Bombonis sehen, gefolgt von einer Anzahl Salti, welche die breite Uferstraße entlang auf das Ende der Häuserzeile zuliefen, von wo ein ungehinderter Blick auf den Fluß möglich war.

»Ich fürchte«, sagte Lorenzo, »daß man sie nicht gefunden hat. Da ihre Hände gebunden waren, hatte sie keine Chance zu schwimmen, und der Fluß führt zudem ein ungewöhnliches Hochwasser. Sie sprang von dem mittleren Bogen der Brücke, nachdem sie, wie wir glauben, einen Schwächeanfall vorgetäuscht hatte, um dem Salti zu ihrer Linken auszuweichen. Das Urteil war mit nur geringer Verspätung gesprochen, ihre unzureichende Rechtfertigung zurückgewiesen worden. Einhundert Hiebe ist der übliche Satz für eine Prostituierte, die mit einem Juden angetroffen wird. Wenige werden so ertappt, und sie überleben selten.«

Ich sah Lorenzo mit ungläubig aufgerissenen Augen an.

»Aber Pasto Bomboni muß gewußt haben, daß ...«

»... daß es deine Mutter war? Ja, natürlich muß er es gewußt haben. Er muß gewußt haben, daß die Frau, die er festgenommen hat, die Frau Gallupe Credis war, gegen den er natürlich einen tiefen persönlichen Groll hegte. Die Weigerung deiner Mutter, ihre wahre Identität preiszugeben, deckte ihm im Prinzip die ganze Geschichte auf. Hier war die Gelegenheit, Rache zu üben gegen deine Familie und dabei diesem üblen Gesetz Genüge zu tun. Deine Mutter hat ihm, was das angeht, seine Absicht vereitelt.«

»So ist das der Grund, weshalb mein Vater zu den Bombonis ging.«

»Ja, Fredo, jetzt ist uns das alles klar. Hier liegt eine weitere gigantische Ironie des Schicksals: Du erinnerst dich, daß wir Mario mit uns nahmen, damit er als Bote dienen solle? Er hat eine Schwester, die mit einem Lederarbeiter verheiratet ist, der direkt außerhalb der Porta Romana wohnt. Er fragte, ob er bei ihr bleiben könne, und da das Haus leicht zu erreichen ist und direkt an der Straße nach San Casciano liegt, stimmten wir dem zu. Er hatte in jedem Fall eine ganz irrationale Abneigung gegen Otto gefaßt. Als Antonio die schreckliche Nachricht vom Tod deiner Mutter ereilte, kehrte er sogleich hierher zurück, um auf meine Rückkunft von San Casciano zu warten. Ich kam, mit Otto, erst nach Einbruch der Dunkelheit zurück, und wir beschlossen, daß *wir* dir und deinem Vater die Nachricht überbringen sollten. Wir wollten uns erst sämtlicher Tatsachen vergewissern, einschließlich derer, ob der Leichnam deiner Mutter gefunden worden war. Heute morgen durchkämmten wir die Stadt nach neuen Erkenntnissen, ohne großen Erfolg, worauf dann Otto und ich uns auf den Weg machten, in der Absicht, Mario unterwegs aufzulesen. Als wir beim Haus seiner Schwester ankamen, erfuhren wir, daß Mario durch irgendeinen infernalischen Akt des Schicksals sich in Florenz in das Festgetümmel gestürzt hatte (entgegen unseren ausdrücklichen Anweisungen) und Zeuge des Sprungs deiner Mutter von der Brücke geworden war. Er hatte auch Pasto Bomboni als den Mann identifiziert, der die Rotte anführte. Zu seiner Schwester zurückgekehrt, hatte er sich verzweifelt gefragt, welchen Weg er nun einschlagen sollte, und schließlich den – fatalen – Entschluß gefaßt, die Nachricht selbst zu überbringen. Soviel erzählte uns seine Schwester, aber angesichts des offenkundigen Entsetzens in unseren Augen belog sie uns hinsichtlich der Zeit seiner Abreise und behauptete, was nicht den Tatsachen entsprach, daß er am Morgen noch versucht habe, uns in Florenz zu finden. Sie machte uns sogar weis, er sei eben erst auf der Straße nach Siena fortgeritten. Wir glaubten daher, daß man ihn möglicherweise noch aufhalten könnte, bevor er sein Ziel erreichte. Ich instruierte ihren Mann, ohne Rast loszureiten, um Mario einzuholen, während ich sogleich hierher zurückkehrte, um Antonio zu informieren, daß es nun noch einen weiteren Zeugen für Bombonis Untat gebe. Wie der Mann dich auf der Straße verpassen konnte, verstehe ich nicht.«

»Er kam an mir vorbei, aber ich hatte mich versteckt. Ich glaubte, er wäre ein Bandit.«

Lorenzo hob die Hände in die Luft. »Es ist eine wahrhaft diabolische Folge von Zufällen. Jedenfalls, als ich hierher zurückkehrte, fand ich Pasto Bomboni bei Antonio. Er war kurz zuvor hergekommen, allein, um die Situation zu ›diskutieren‹, in der wir uns jetzt befanden. Er war zumindest völlig offen, was seine eigene mißliche Lage betraf.

Lebendig und ausgepeitscht war deine Mutter seine größte Sicherheit gegen Entdeckung. Sie konnte seinen Anteil an der Sache nicht enthüllen, ohne ihre eigene Identität und die ihrer Familie aufzudecken. Er wußte, daß sie so etwas nie tun würde, und somit standen weder Aufdeckung noch Rache zu erwarten. Der Tod deiner Mutter war jedoch eine andere Sache. Ihr Verschwinden aus San Casciano mußte Nachforschungen zur Folge haben. Für die Zwecke jener Nachforschungen hatte er, wenn man so will, seinen besten Mitverschwörer verloren. Es war wichtig, seine Spuren soweit wie möglich zu verdecken, und aus diesem Grund kehrte er zu Isaaks Haus im jüdischen Viertel zurück, um mit der Haushälterin zu ›reden‹. Durch sie (die inzwischen ganz starr war vor Angst) erfuhr er von Antonios Besuch im Hause oder vielmehr von dem Besuch eines mißgestalten Buckligen, der nach ›der Dame‹ gefragt und eine geraume Zeit mit ihrem Herrn verbracht habe. Bomboni weiß natürlich um Antonios Beziehung zu deinem Vater und erkannte sofort die Gefahr, in der er, Bomboni, steckte. Er hatte schließlich wissend die Frau eines Helden von Florenz (obzwar eine Jüdin) festgenommen und angeklagt und dann stumm dabeigestanden, als man sie ohne Erfolg nach ihrer Identität ausforschte. Wenn dies entdeckt würde, würde es unvermeidlich zu seiner sofortigen Entlassung und zumindest zu einer ausgedehnten und möglicherweise fatalen Bekanntschaft mit der Streckbank führen.

All dies erklärte er uns mit größter Freimütigkeit. Ja, die minutiöse Zergliederung der Risiken und die kalte Einschätzung seiner eigenen Position waren das Erschreckendste an seinem Verhalten. An Gewissensbissen, Bedauern oder Reue gab es nichts. Nachdem er die Gefahren, denen er nun ausgesetzt war, genau dargelegt hatte, stellte er ganz nüchtern fest: ›Es ist daher unbedingt erforderlich, daß niemand auch nur ein Wort hiervon durchsickern läßt.‹ An diesem Punkt wurden Antonio und ich sehr zornig und machten deutlich, daß wir nicht die Absicht hätten, irgend etwas zu tun, um seine Haut zu retten. Er sah uns dann mit einem Gesichtsausdruck, der dem Dämonischen so nahe kam wie nur irgend etwas, das ich je zu sehen wünsche, und sagte: ›Nicht meine Haut, ihr alten Narren, sondern die eures Freundes Credi. Da er ein Held von Florenz ist, habe ich mir die Mühe gemacht, ihn in eurer großartigen Bibliothek in San Lorenzo nachzuschlagen – ein gottverdammtes Scheißloch, kann ich nur sagen, aber es hat offensichtlich seinen Nutzen. Gallupe Credi war nie mit irgendeiner Jüdin verheiratet; er wurde am fünfzehnten Mai 1662 in Santa Maria Nuova zu Cortona mit einem christlichen Mädchen namens Ballarini getraut. Wenn das die Judenmetze gewesen sein soll, die von der Brücke gehüpft ist, dann war unser Held von Florenz überhaupt nie verheiratet. Er hat seitdem in Todsünde gelebt. Und dann: selbst wenn er bereit wäre, sich bloßzustellen, um mich zu packen zu kriegen, was ist mit seinem Sohn, Fredo, dem fetten Wunderknaben? Einen schönen kleinen Bastard würde er abgeben mit all dem, was das nach sich zieht. Du siehst, mein buckliger Freund, nur *du* wärest möglicherweise imstande, die von uns festgenommene (und nun leider auf Nimmerwiedersehen entschwundene) Hure als die Frau Gallupe Credis zu identifizieren. Und selbst das würde, schätze ich, die Mitarbeit deines großen schwarzen Schweins von einem Diener erfordern.

Wie ich das weiß? Ich sag's dir. Wenn sie zu *dir* gekommen wäre, hättest du sie nie auf direktem Wege in das jüdische Viertel marschieren lassen, weil du deinen verdammten Einfluß hättest verwenden können, um sie sonstwie dort einzuschleusen. Genau wie du diese Dienerin rausgeschmuggelt hast. Nein, du warst nicht hier, als sie ankam. Ich würde einen Barren Gold gegen einen Hurenschlüpfer wetten, daß die einzige Person, die sie in diesem Haus gesehen hat, dieses Türken-Arschloch war. Türken in Florenz, sagt man, geben ziemlich schlechte Zeugen ab, insbesondere, wenn man ihnen die Zunge in der Mitte durchgesäbelt hat. Du brauchst mir nicht zu sagen, daß ich recht habe, ich kann es in deinem häßlichen Gesicht lesen. Du brauchst das Zeugnis unseres alten Heldenknaben oder seines Sohnes. Und auf der Straße von San Casciano nach Florenz kann eine Menge passieren.‹

Nun, Fredo, ich war außer mir vor Zorn über diese Rede, und ich begann ihn anzuschreien – unverzeihlich, ich weiß. In dem Augenblick hörten wir den Türklopfer, und du platztest mitten herein in die Verhandlungen. Wie ich schon sagte, versetzte deine Ankunft, in Anbetracht der Worte, mit denen er soeben geendet hatte, Pasto Bomboni einen ziemlichen Schrecken. Seine Bestürzung wuchs, als wir deinen Mantel zurückschlugen (um nach einer möglichen Verletzung zu sehen) und dich blutdurchtränkt fanden.

Obgleich es der Vernunft widersprach, brachten wir alle deinen Zustand mit seiner letzten Drohung in Verbindung, einschließlich Ottos, der den Großteil des Gesprächs zwischen Bomboni und uns mit angehört hatte. Bomboni war sofort klar, welchen Schluß Otto gezogen hatte und, weit schlimmer, daß Otto drauf und dran war, ihn umzubringen. Er mag ein christlicher Eiferer geworden sein, unser türkischer Seeräuber, aber er trägt immer noch einen Toledo in seinem Gürtel. Als er diesen zückte und auf Bomboni losging, bot er, das kann ich ganz ehrlich sagen, einen Anblick, der einen wahrlich das Fürchten lehren konnte. So ging es, denke ich, auch Bomboni, denn er machte sich flugs auf den Rückzug durch die Bibliothek, wobei er schrie, daß er mit irgendeinem Angriff auf dich nichts zu tun habe. Im Laufen riß er Bücher von den Regalen und schleuderte sie auf Otto. Die meisten davon gingen daneben, aber diejenigen, die trafen, prallten ohne sichtbare Wirkung von ihm ab. Zum Glück für Bomboni bildet die Bibliothek, wie du wohl weißt, einen Ring im Erdgeschoß. Zu dem Zeitpunkt, als sie wieder im Treppenhaus ankamen, hatte ich festgestellt, daß du unverletzt warst, zumindest körperlich. Es war notwendig, dies Otto zu demonstrieren, der zu diesem Zeitpunkt Bomboni bei der Kehle hatte und ihm gerade den Bauch aufschlitzen wollte.

Ich glaube, Otto nahm die Nachricht von deinem Wohlbefinden mit gemischten Gefühlen auf, und ich glaube auch, dies war das letzte Mal in deinem Leben, daß Bomboni für deine Gesundheit beten dürfte. Sobald er der Umklammerung entronnen war und merkte, daß er in keiner Gefahr mehr schwebte, fiel er wieder in sein böses Ich zurück. Den Warnungen, die er bereits von sich gegeben hatte, fügte er die Drohung hinzu, Otto bei lebendigem Leibe zu kochen, und verließ dann das Haus. Du, mein lieber Fredo, warst die ganze Zeit ohne Bewußtsein geblieben – nicht überraschend angesichts der Katastrophen, die sich zugetragen hatten.«

Natürlich verspürte ich nichts. Die erste Auswirkung der Trauer ist es, zu betäuben, die Sinne zu anästhesieren. Die rechte Hand immer noch fest in Lorenzos Griff, legte ich mich zurück und schloß die Augen. Ich nehme an, daß seine Trünke mehr als Wasser und Obstsaft enthielten, denn ich schlief dann und hernach ohne Alpträume, das Elend meiner Existenz zu vergrößern.

Ich habe oftmals festgestellt, daß Schmerz wesentlich ist für den Prozeß der Trauer. Er ist die äußere Manifestation des Heilungsprozesses. Langsam kam er, in Wellen, und Gezeiten, anstürmend und wieder zurückweichend angesichts der flachen, unbeweglichen Felsen der Normalität, der Stuckdecke, der weißen Wände, des dunklen Schimmers der Eichenmöbel und von Ottos Kommen und Gehen, stumm aus Notwendigkeit wie aus Sympathie. Lorenzo hatte mir eine Woche Bettruhe verordnet, aber nach vier Tagen unternahm ich bereits erste Erkundungen im Haus, getrieben von der Neugierde der Jugend. Ansonsten jedoch blieb ich in meinem Zimmer, aß von einem Tablett und empfing Besuche sowohl von Lorenzo und Antonio, die mit der Geschicklichkeit von Chirurgen meinem Geist auf die Beine halfen. Innerhalb von zwei Wochen war ich imstande, Pläne zu schmieden und meine gegenwärtige Position wieder im Rahmen einer größeren Perspektive zu sehen.

Lorenzo war für vier Tage nach Pisa gereist und hatte die Reise in San Casciano unterbrochen. Als er zurückkehrte, zwanzig Tage nach meiner Ankunft, war ich stark genug, um den Stand unserer Dinge mit einem Maß an vernünftiger Überlegung zu diskutieren. Nach dem Abendessen saßen wir unter dem großen Fenster, das auf den Kanal hinausging, wo mein Vater vor langer Zeit einst gesessen hatte. Der Kreis des Lichtes war ebenso warm für die Sinne wie die frühherbstliche Luft. Lorenzo trank Wein und gab uns seinen Bericht von den Neuigkeiten aus der Stadt meiner Kindheit, die jetzt für mich ein Ort düsteren Omens war.

»Zum Glück«, erzählte er uns, »sind die Bombonis so unbeliebt wie eh und je. Die Ermordung deines Vaters wird mit dem Vorfall zu Galazza in Verbindung gebracht, und es gibt einige, den Präfekten eingeschlossen, die sich an den Anschlag auf Giuseppe Mancini erinnern. Es herrscht allgemein die Ansicht, daß die Bombonis für irgendeine üble Provokation verantwortlich waren, deren Natur und Wahrheit mit deinem Vater gestorben ist. Kein Beweis ist möglich, ob deines Vaters Muskete abgefeuert wurde oder nicht. Als man sie am Morgen fand, war sie ganz kalt, und obwohl es Spuren von Pulver gab, konnten dies genausogut alte Rückstände sein. Aus diesem Grund, verbunden mit dem Ort, an dem sich die Schießerei zutrug, sowie der Tatsache, daß dein Vater offensichtlich *aqua vitae* getrunken hatte, wird wohl kaum eine Anklage gegen einen der Bombonis erhoben werden, obgleich sie unter Verdacht stehen und den Ort nicht verlassen dürfen. Alessandro hat natürlich versucht zu behaupten, daß seine Frau und Nicola mit den Musketen bewaffnet gewesen seien, und dies hat, wie ich hörte, einen gewissen Mißklang in der Familie verursacht. Unter diesen beschränkten Annahmen wurde entschieden, daß deines Vaters Andenken nicht geschmälert werden sollte. Man hat ihn in der Dorfkirche beigesetzt, und es wurde der Vorschlag gemacht, daß eine Gedenkmesse für ihn abgehalten werden solle, wie es einem Helden der Toskana gebührt.

Die Abwesenheit deiner selbst und deiner Mutter ist natürlich Anlaß für weitverbreitetes Rätselraten und einige Besorgnis. Man hat dich nach der Schießerei durch die Stadt rennen sehen, und die allgemeine Ansicht ist, daß ihr beide so mit Kummer geschlagen seid, daß ihr an einer heiligen Stätte Zuflucht gesucht habt. (Was in gewisser Weise auf dich zutrifft.) Haus und Land sind unter die Aufsicht der Präfektur genommen worden. Dies wird ein Jahr so bleiben, worauf man alles verkaufen und nach Abzug der Kosten den sich ergebenden Erlös in einen Fonds einbringen wird (dessen Zinsgewinne für öffentliche Aufgaben verwendet werden sollen, eine überraschend vernünftige Regelung). Es ist jedoch klar, daß nun die Zeit gekommen ist zu entscheiden, welche Schritte in Zusammenhang mit Pasto Bomboni unternommen werden sollen. Bevor du dich dazu äußerst, Fredo, möchte ich noch auf einen wichtigen Punkt hinweisen, der möglicherweise allen Beteiligten entgangen ist. Pasto weiß nichts von der Existenz Marios oder, noch wichtiger, daß Mario um die Verbindung zwischen Pasto und Vittorias Tod weiß. Er glaubt zudem, daß die einzigen, die ihm etwas anhaben können, ihr beide seid, dann allenfalls noch Otto und möglicherweise Isaaks jüdische Haushälterin, wenngleich diese um Vittorias Identität nur durch Hörensagen und Mutmaßung weiß. Wir alle kennen ihn als einen bösen und grausamen Mann. Er wird auch allmählich ein mächtiger und ehrgeiziger. Es mag ihm bereits der Gedanke gekommen sein, daß all seine Probleme nicht allein durch euer gegenseitiges Interesse an Stillschweigen (welches sich schließlich jederzeit ändern könnte), sondern durch euer völliges Schweigen, das Schweigen des Grabes, zu lösen wären. Dieser Faktor allein würde zugunsten einer sofortigen Aufdeckung dessen, was du weißt, vor dem obersten Magistrat sprechen, wie schrecklich die Folgen auch sein sollten. Letztlich, Fredo, muß die Entscheidung bei dir liegen.«

Ich sprach mit einiger Vehemenz. »Ich will, daß alles aufgedeckt wird! Ich will, daß Pasto Bomboni …« Ich wurde unterbrochen durch die sanfte Stimme des Bibliothekars.

»Darf ich«, sagte er, »ein Wort des Rates anbieten?« Ich sah ihn an, mit scharfem Blick. Seit meiner Ankunft im Hause hatte er wenig gesagt und seine Bemerkungen dabei weitgehend auf Trostworte und Neuigkeiten, im allgemeinsten Sinne, aus der Stadt und ihren Geschäften beschränkt. Nun war es, als hörte ich ihn zum ersten Mal. »Es ist nur ein Rat. Es sitzt ein beträchtliches, vernunftbegabtes Gehirn auf deinen jungen Schultern, dem vorzuschreiben ich mir nicht erlauben würde. Laß uns jedoch unsere Lage mit Sorgfalt betrachten. Erstens, wenn wir die Wahrheit der Sache enthüllen, könnte es sein, daß man uns nicht glaubt.

Selbst wenn man uns glaubt, könnten unsere Beweise nicht hinreichend sein, um Vittorias Identität zu belegen Wie Bomboni so elegant ausführte, ist das Zeugnis eines heidnischen Türken, und sei es eines bekehrten heidnischen Türken, nicht der beste Beweis im jesuitischen Florenz. Doch selbst wenn man unsere Beweise akzeptiert und voll glaubt, bedeutet dies nicht zwangsläufig das Ende Bombonis. Er ist nun ein anerkannter und gefürchteter Hauptmann bei den Salti. Wenn er schlau ist (und es gibt keinerlei Grund zu der Annahme, daß er es nicht sein sollte), wird er zu einer einfachen Erfindung greifen.

Natürlich, wird er sagen, sah diese Frau Vittoria Credi ähnlich (obwohl er selbst seit zwei Jahren nicht mehr in San Casciano lebt). Aber ihm ist nie auch nur der Gedanke gekommen, daß die Frau in der Tat Vittoria Credi sein könnte. Immerhin leugnete sie es, indem sie behauptete, die Tochter eines Juden zu sein. Vittoria Credi war keine Jüdin. Zumindest hätte er das nie von ihr geglaubt, bis diese Beweise auf den Tisch gelegt wurden. Nicht, verstehst du, daß er geglaubt habe, diese Frau sei die Tochter des Juden gewesen. Ganz im Gegenteil. Aber er hätte nie geglaubt, daß Vittoria Credi, die Frau Gallupe Credis, möglicherweise wahrheitswidrig solch eine Geschichte hätte auftischen können, wie sie es tat. So unglaublich sei diese Vorstellung, daß er nicht einmal die gewisse Ähnlichkeit für erwähnenswert gehalten habe, als der Fall vor den Bargello kam. Mit dem unschätzbaren Privileg der Rückschau sei ihm nunmehr klar, daß es besser gewesen wäre, dies zu tun. Indes sei er noch relativ unerfahren in seinem Amt und werde gewiß aus diesem unglücklichen Vorfall lernen. Er mag wohl noch erwähnen, daß der Jude Isaak selbst abgestritten hat, überhaupt irgendeine Tochter zu haben.

Sollte er den Fall so vortragen, halte ich es für sehr unwahrscheinlich, daß wir gegen ihn irgend etwas anderes als einen bloßen Verdacht bewirken könnten. Natürlich könnte man ihm vorhalten, daß er ein Motiv gehabt hätte. Gallupe Credi war immerhin der Mann, der Bomboni zu Gallaza niederschlug. Doch die Antwort, die er darauf geben dürfte, ist simpel: ›Gewiß, nach Galazza hegte ich einen gewissen Groll gegen ihn. Doch wurde meine Handlungsweise vom Großherzog selbst völlig gerechtfertigt. Mehr noch, es war die impulsive Handlung Gallupe Credis, die unmittelbar zu meiner Ernennung als Hauptmann bei den Salti führte. Somit vermögen sich noch aus der unbedachtesten Handlung gute Folgen zu ergeben, und entgegen aller Anführung bösen Willens betrachte ich die ganze Angelegenheit mit dem Gleichmut, der mit einem glücklichen Ende einhergeht, wie unvorhergesehen es auch immer sein mag.‹

Ich behaupte nicht, daß er es in diese Worte kleiden wird, aber das wird der Inhalt seiner Aussage sein. Dieser Mann ist gerissen wie ein Wolf. Wenn diese Ausflüchte meinem unschuldigen Hirn gekommen sind, dann wird sie Pasto Bomboni in sein Herz eingeätzt haben. Zudem war die letzte Person, die deine Mutter sah, Otto. Selbst er kennt sie kaum von Angesicht, da er sie zuvor nur flüchtig in Florenz gesehen hat. Wer weiß, ob ihr Aussehen zu dem Zeitpunkt, als sie im jüdischen Viertel ankam, nicht anders war? Jede offizielle Untersuchung, die von Cosimo oder seiner Mutter autorisiert ist, wird bereitwillig die Möglichkeit weiblicher List akzeptieren, insbesondere, wenn sie mit etwas in Verbindung gebracht wird, was allem Bekunden nach ein heimliches Treffen war.

Somit können wir beweisen, daß dies in der Tat die Frau Gallupe Credis war. Wir könnten womöglich beweisen, daß sie die Tochter des Juden Isaak war, aber wir werden fast mit Sicherheit nicht beweisen, daß Pasto Bomboni sie als das eine oder andere erkannte. Die Nachteile jedoch, wenn wir alles aufdecken, sind unübersehbar. Zur Zeit ist Gallupe als hochgeehrter und makelloser Held von Florenz gestorben. Auf seine Frau, wenngleich verschwunden, wird allzeit der Widerschein jenes Ruhmes fallen. Wir können nicht abstreiten, daß sie beide sich einer Täuschung sowohl gegenüber der Kirche als auch, insoweit Gallupe eine Gestalt der Öffentlichkeit war, gegenüber dem Volk von Florenz schuldig gemacht haben. Die Täuschung, die sie aufrechterhalten wollten, wird nun mit ihnen zu Grabe getragen, so wie sie es gewollt hätten. Wenn wir uns auf die Aufdeckung einlassen, werden wir entweder jene Täuschung der Welt enthüllen oder, was noch schlimmer ist, beweisen, daß die christliche Frau Gallupe Credis aus Gründen, die nur sie selber kannte, ältliche Juden in einem verbotenen Bezirk der Stadt besuchte. Unter diesen Umständen wird ihre Weigerung, sich zu ihrer Identität zu bekennen, als der letzte Beweis der Unschicklichkeit angesehen werden. Sie wird deshalb entehrt sterben.

Was nun dich betrifft, Fredo, so sehe ich ein, daß dir dein eigenes Wohlergehen am fernsten steht, aber beide Ergebnisse wären katastrophal. Du wirst entweder der uneheliche Sohn eines entehrten Paares werden, damit von jeder Universität, jedem öffentlichen Amt oder öffentlichen Einfluß ausgeschlossen, oder du wirst als Sohn einer entehrten Frau und ihres düpierten Ehemannes gelten. Das Ergebnis wäre im Endeffekt dasselbe.

Schließlich dies: Pasto Bomboni ist ein gefährlicher Teil einer schrecklichen Maschinerie geworden. Läßt man ihr freien Lauf, wird sie den Geist von Florenz zerstören und sich vergrößern, bis sie Rad an Rad, Zahn an Zahn mit ähnlichen Maschinen läuft, die nun überall in der zivilisierten Welt im Wachsen begriffen sind. Die Mischung aus der jesuitischen Inquisition, den gedungenen Schindern und den tyrannischen Königen, die ihren gottgegebenen Status aufrechtzuerhalten trachten, ist von schrecklicher Macht und

Stärke. Gegen sie sind wir armen Bücherwürmer, sich zankende Philosophen und -ologen jeder Art bloße Pygmäen. Direkte Opposition ist zwecklos, aber indirekte ist möglich. Pasto Bomboni ist sich der Schwäche unserer Position bewußt, aber er kann sich nicht sicher sein, daß es uns nicht gelingen wird, dieses Verbrechen ans Licht zu ziehen. Vor allem kann er nicht sicher sein, daß nicht doch ein ›Mario‹ existiert, von dem er nicht weiß, welcher weitere Beweise zu Vittorias Erscheinen und Verhalten unmittelbar vor ihrem Tod bieten kann. Sie war immerhin eine überaus auffallende Frau. Somit haben wir ihn in der Hand. Wir sind alle, auf eine Art, Fliegen in ein und demselben Netz geworden, das durch seine Handlungen und die alte Täuschung deiner Eltern gesponnen wurde. Was Lorenzos Argument betrifft, natürlich gibt es ein Risiko. Er könnte durchaus versuchen, uns alle zu töten. Das Risiko für Fredo ist dabei nicht einmal das größte. Letzten Endes weiß Fredo nichts und kann nichts beweisen, außer daß seine Mutter verschwunden ist. Was mich betrifft, ist es ein Risiko, das ich gern zu tragen gewillt bin. Ich bin der Möglichkeit beraubt, physische Lasten zu tragen. Ich betrachte dies als Ausgleich dafür.«

Als er zu Ende gesprochen hatte, fühlte ich mich ein wenig beschämt. Eine so durchdachte Argumentation wäre mir nie in den Sinn gekommen.

»Wer weiß«, fuhr mein Meister in leichterem Ton fort, »wir könnten diese Macht sogar nutzen, um Lorenzo vor den glühenden Zangen zu bewahren. Oder vielleicht auch nicht. Ich frage mich manchmal, ob ein paar schnelle Kniffe nicht Wunder gegen seine unerträgliche Eitelkeit wirken können.«

Lorenzo schauderte. »Scherze nicht mit solchen Dingen. Selbst in diesem Augenblick winden sich arme Teufel in den Eisen, und wir können nichts tun, um ihnen zu helfen.«

Mir war bewußt, daß nun mein eigener Beitrag, ja, meine eigene Entscheidung gefragt war, und ich sagte: »Ich nehme Euren Rat an, Signore Magliabechi. Anders zu handeln wäre schierer Wahnsinn. Ich bedaure nur, daß ich selbst nicht zu einer solchen Gedankenführung imstande war.«

Diese Entscheidung, da sie einmal getroffen war, ließ einen weiteren Stein von meiner Seele fallen, und zum erstenmal seit meiner Ankunft wuchs in mir ein Gefühl der Zufriedenheit, schwacher und flüchtiger Sicherheit. Ich fragte sogar Lorenzo: »Werde ich trotzdem nach Pisa gehen können?«

»Natürlich, aber laß *mich* dir nun raten. Die Risiken, die ich erwähnte, bestehen wirklich. Ich respektiere und anerkenne Antonios Sichtweise und deine Entscheidung, aber bis Bomboni sicher sein kann, daß wir diese Entscheidung getroffen haben, bist du nicht sicher. In Pisa kann ich nicht ständig ein wachsames Auge auf dich haben, und, wie Bomboni sagt, auf der Straße kann eine Menge passieren. Ich würde an deiner Stelle den Studienbeginn um ein Jahr verschieben. Du hast wenig zu verlieren, und irgendeine Entschuldigung für deine Professoren kann ich besorgen. Inzwischen bleibe du hier in Florenz. Diese Stadt ist gefährlich, aber hier haben wir enge Freunde und Verbündete bei Hofe. Antonio beklagt immer seinen Mangel an einem Schüler. Sie werden verständlicherweise alle abgestoßen durch sein übles Aussehen. Aber es gibt keine bessere private Bibliothek in Italien, wahrscheinlich in ganz Europa, und die Medici-Bibliothek, trotz der jüngsten Plünderungen, ist immer noch ein Magnet für all diese komischen Bibliographen. Er ist kein schlechter Meister, wenn man sich an sein abstoßendes Äußeres gewöhnen kann, und ich kann euch beide hier irgendwie im Auge halten. Was meinst du, Antonio?« Wir beide blickten auf meinen Meister, wie er vor den großen Fenstern saß, das häßliche Gesicht zu einem schiefen Lächeln verzogen, und mit dem kahlen Haupte nickte.

Und so geschah es. Ich wurde Schüler des großen Magliabechi. Es dauerte nicht lange, aber es war ein Wunder.

In jener Nacht ließ ich sie trinkend und Oliven essend am Fenster zurück und begab mich zu Bett. Zwei Dinge gingen mir nicht aus dem Kopf. Um das erste zu bedenken, holte ich die Börse hervor, die ich von San Casciano mitgebracht hatte. Darin, wie er immer gewesen, war mein Brief von Patrick. Ich öffnete das zerfledderte Papier und las wieder die Worte meines Lehrers: »Denk daran, vergib ...« Ja, vielleicht. Meine Angst vor Pasto Bomboni, die, wie mir klar wurde, mich seit meiner frühesten Kindheit begleitet hatte, war nun völlig verschwunden. An ihrer Stelle wuchs ein schreckliches Verlangen nach Rache. Machtvoll und listig wie eine Schlange, umfing es meine Gedanken und meine Phantasie in einer Windung, welche das kindliche Bestreben zu versöhnen und zu verzeihen bei der Geburt erwürgt; ich besaß meine eigene Macht – ich wußte Dinge über Pasto Bomboni, die nichts mit meiner Mutter zu tun hatten.

Mein zweites Problem betraf keine solchen Ahnungen. Aber es schwärte in meinem Kopf wie eine offene Wunde. Meines Vaters Beschreibung von Antonios Bibliothek, die ich seit meinen ersten Erinnerungen mit mir getragen hatte, war vollkommen – außer in zwei Punkten. Es gab keinen Wandschirm. Und es gab keine Tür mit einem durchbrochenen Fenster.

13

Die große Bibliothek der Medici, derzeit geleitet von meinem eigenen, bereits bejahrten Schüler Alberto und sicher untergebracht im Medici-Riccardi-Palast, war damals in den weitläufigen Hallen von San Lorenzo und verschiedenen nahe gelegenen Gewölben zu finden. Sie ist – und war – ein Wunder jenseits aller Beschreibung. Raum um Raum, Regal um Regal, Kabinett um Kabinett enthielten die dokumentierte, dechiffrierte und destillierte Weisheit zweier Jahrtausende. Sie umfaßte Bücher und Manuskripte, Folianten und Rollen, Fragmente und Karten, Pläne und Atlanten, Kodizes und geschriebenen Text auf jeder beweglichen Oberfläche, auf der die Menschheit ihre einzigartigen und gefährlichen Zeichen hinterlassen hat. Sie war noch immer, wie Lorenzo gesagt hatte, der Magnet der gelehrten Welt. So erwarb mein Meister seinen Ruhm, seinen Ruf und seine umfassende Bekanntschaft mit Illuminaten, Pantologen und Scharlatanen, die über ganz Europa verstreut waren wie Herbstblätter. Sie kamen von Rußland und Spanien, England und Frankreich, Holland und Österreich, Schweden und Deutschland, Ägypten und beiden Indien, suchten sich kurzsichtig ihren Weg durch das Blut und die Plündereien des kriegsgeschüttelten Europas. Und hier saßen sie, die Literaten von Nationen, welche sich anderswo wie Skorpione in tödlichem Kampf verklammert hatten; hier saßen sie Seite an Seite im Grabesdüster, ihre Feindseligkeit begrenzt auf wechselseitige Mißbilligung jedweder Geräusche oder Störungen außer dann und wann einem unterdrückten Ausruf akademischen Entzückens. Einige, die privilegiertesten und im allgemeinen die am wenigsten anmaßenden, wurden in die Via del Corso eingeladen, um meines Meisters eigene Sammlung und gelegentlich auch Ottos außergewöhnliche Kochkünste zu bewundern.

Unter der Anleitung Magliabechis gliederte ich mich in den endlosen Prozeß des Zusammentragens, Auflistens und Querverweisens ein, der seit zweihundert Jahren angedauert hatte. Ich tat dies mit einer heißen Freude und Begeisterung, die sich mit einem wachsendem Unbehagen und zunehmender Besorgnis mischte.

Die Medici-Bibliothek war von Cosimo I. gegründet worden. Danach hatten die darauf folgenden Generationen der Familie zu ihrem Wachstum beigetragen. Die größten und die schlimmsten von ihnen, die Lorenzos und die Ferdinandos, die Herzöge und die Päpste, hatten ihr erwuchertes Gold in ihre Vergrößerung gesteckt. Einer nach dem anderen vermehrten sie ihren gewaltigen Fundus an Pergament, Leder und Holz. Doch was die Medici erbaut hatten, rissen sie nun, am Ende, wieder nieder. Überall waren Lücken. Die Kataloge, so sorgsam geführt, trugen nun die häßlichen Spuren von Tilgung, Korrektur und Radierung. Jede Woche kamen neue Listen an. Sie trugen das Siegel der Medici und den unverkennbaren Stempel der Inquisition. Es waren Listen mit einzelnen Werken oder Manuskripten und manchmal bloß mit den Namen von Autoren oder Schulen, die zusammengestellt, aussortiert und der Gesellschaft Jesu zur »Registrierung« übergeben werden mußten. Unnötig zu sagen, daß sie nie wieder gesehen wurden.

Die Auswahl der Werke selbst, die im Verdacht ketzerischen Inhalts standen, enthüllte einen bizarren Intellekt, als ob man einem Irren abverlangt hätte, eine Interpretation der Heiligen Schrift anzuwenden, die er als Kind gelernt hatte.

Der ganze Seneca war fort (kein großer Verlust, meinte mein Meister); von den zweiundsiebzig Werken Demokrits verblieben nur zwei (als Einzelstücke unverständlich und anscheinend per Zufall oder Los zum Überleben bestimmt); von modernen philosophischen Arbeiten blieb nicht viel, ihre Titel erschienen unter den wöchentlichen Anforderungen in willkürlichem Kontrast zu den Schriften der Antike. Descartes' Arbeiten waren verschwunden mit den Werken der Monotheliten, Spinoza mit Herodot, Leibniz in der hehren Gesellschaft des Marcus Aurelius und der Ikonoklasten. Im Kabinett, das für moderne englische Werke gedacht war, blieb Hobbes' *Leviathan* (ein seltenes Manuskript, das ich noch heute besitze) in einsamer Isolation zurück, ein hoher Tribut an seine zornige Qualität und seine undurchdringliche Gelehrsamkeit.

All dies nötigte uns eine neue Art des Bibliographierens auf. Die Kunst des Querverweisens, so oft auf die Anhäufung neuer Werke beschränkt, wurde nun unendlich kompliziert durch den Widerspruch zu dem, was bereits auf unseren Rollen enthalten war. Viele Querverweise führten nunmehr bloß zu Lücken auf den Regalen, gleich Wegweisern ins Nichts. Einer der verspielteren unter den jüngeren Gehilfen, ein liebenswerter Bursche namens Carlo Bassani, änderte regelmäßig den Verweis in: »Siehe Großinquisitor«, oder: »Sammlung Ignatius Loyola«, bis mein Meister ihn ertappte und ernstlich ermahnte: »Du mußt eine bessere Beschäftigung für deine Hände finden, Carlo, wenn du den Gebrauch deiner Arme behalten willst.«

Ich gestehe, daß ich anfangs sehr betroffen war über die scheinbare widerspruchslose Hinnahme dieser wöchentlichen Übergriffe auf die Bibliothek, die mein Meister an den Tag legte. Es dauerte jedoch nicht lange, bis mir klar wurde, daß hier ein tieferes Spiel gespielt wurde, und ich zugleich seine Verärgerung über Carlos kleine Akte der Auflehnung verstand.

Die Listen, die man uns vorsetzte, waren ersichtlich das zusammengestückelte Werk einer Gruppe oder eines Komitees. Möglicherweise aus diesem Grund waren sie voll von Irrtümern, insbesondere in der Transkription griechischer Hieroglyphen. Ich bemerkte schnell, daß *jeder* Irrtum, wie klein auch immer, ein höfliches, ja, verwundertes Unvermögen nach sich zog, dem Verlangen zu entsprechen. Nicht selten verband mein Meister dies mit einer scheinbar hilfreichen Rückfrage: »Vielleicht meint Ihr den wohlbekannten ...« Er pflegte dann ein Werk ganz unanfechtbaren theologischen Leumunds vorzuschlagen, oftmals gar die

Publikation eines Jesuiten. Dies rief spürbar eine beträchtliche Verwirrung bei dem unsichtbaren Komitee hervor, und es dauerte oft Wochen, bevor das ursprüngliche Werk wieder auf der Liste auftauchte. Häufig ließ sich noch ein weiterer Irrtum in der Syntax finden, und so blieben viele Manuskripte auf unseren Regalen, auf unabsehbare Zeit geschützt durch eine Mischung von schierem Unverstand, technischen Kunstgriffen und gezielter Irreführung.

Auch andere Methoden kamen zur Anwendung, deren eine uns alle in eine stumme und uneingestandene Verschwörung einband. Dazu gehörte ein bewußtes Mißverstehen der Anfrage. Wo somit die Listen die Werke des Leontius von Byzanz verlangten, schafften wir die Werke des Georgias von Leontini herbei. Dies war ein Spiel, an dem unser junger Verstand beträchtliche Freude hatte. Als von ihm verlangt wurde, alle unsere Bücher von Hippokrates zusammenzustellen, lieferte Carlo den gesamten bekannten Ausstoß des Hipponax. Darum gebeten, die theologischen Werke des Proteus zu finden, brachte ich selbst es fertig, ein obskures Werk von Theodosius über die Siege des Phokas auszugraben.

All dies sorgte bei unseren unsichtbaren Hexenjägern für noch weitere Verwirrung. So wurden wir trotz des allgemeinen Gefühls der Niedergeschlagenheit und Verzweiflung, hervorgerufen durch die ständige Erosion der Bibliothek, von einem jugendlichen Mutwillen aufrechterhalten, gewürzt mit intellektueller Herausforderung. Ob Antonio Magliabechi angesichts der schrecklichen Gefahren, die wir eingingen, so unbekümmert war wie wir, bezweifle ich. Ich muß jedoch festhalten, daß er die gesamte Verantwortung für sämtliche unterlaufenen »Irrtümer« auf sich nahm und die fortgesetzte Verdoppelung unserer diesbezüglichen Bemühungen auf alles von seinem Augenlicht bis zu seiner unzureichenden Größe schob.

Nicht alle Probleme waren auf Findigkeit oder Sabotage zurückzuführen. Einmal, als ich einen »gelisteten« Band weltlicher Dichtung von Nonnus aus dem Regal nehmen wollte, zerbröselte er unter meinen Händen, so daß nur ein Häuflein braunen Pulvers von der Konsistenz feinen Schnupftabaks zurückblieb – ein beredter Kommentar auf das Bedürfnis der Florentiner nach ketzerischen Versen. Im Fall dieses Bandes war keine Täuschung nötig, und als mein Meister dem Jesuitenmönch etwas darbot, das zwei Handvoll braunen Mehls ähnelte, schnüffelte dieser daran wie ein vorsichtiger Hund. »Ist das hier alles?« fragte er mißtrauisch. »Nein«, sagte mein Meister, »ich bin mir fast sicher, daß ein Rest Staub auf dem Regal verblieben ist. Ich habe jede Vorkehrung getroffen, daß es nicht eingeatmet wird, damit nicht irgendein armer Unglücklicher von der Ketzerei ›per nasem‹ angesteckt wird – was sehr schmerzlich sein dürfte, meint Ihr nicht auch?«

Dieser spezielle Mönch war kein Narr. »Es ist wohlbekannt«, sagte er majestätisch, »daß es keinen direkten Verbindungstrakt zwischen der Nase und dem Gehirn gibt.«

»Wirklich?« sagte mein Meister mit einem Blick in die kleine Runde von Bibliotheksgehilfen, die sich versammelt hatte. »Wie erklärt Ihr es dann, daß der große Torquemada behauptete, er könne Ketzerei in jedem Haus *riechen*, in dem sie wohne?«

»Äh«, sagte der Mönch, und seine kleinen Augen irrten in der Runde weitäugiger, unschuldiger Gesichter um. »Äh.«

»Natürlich«, sagte mein Meister hilfreich, »war er ein Spanier *und* ein Dominikaner.«

»Unbedingt«, sagte der Jesuit erleichtert.

»Nehmt Ihr an, Bruder Lucius«, fuhr mein Meister im Ton akademischen Interesses fort, »daß nur spanische Dominikaner eine direkte Verbindung zwischen der Nase und dem Gehirn haben?«

»Äh, also ...«, sagte Bruder Lucius.

»Und wenn ja, nehmt Ihr an, daß dieses Merkmal bereits mit der Geburt bei ihnen vorhanden ist oder daß es sich erst nach der Ordination entwickelt? Aber wir dürfen Euch nicht von Euren Pflichten abhalten. Vergeßt nicht Eure weltliche Dichtung.«

Versuche, ein Behältnis für das Pulver zu finden, erwiesen sich trotz gründlicher Suche in der gesamten Bibliothek unter Mithilfe aller Beteiligten bedauerlicherweise als erfolglos, was angesichts des böigen Herbstwindes ein beträchtliches Problem beim Transport der losen Mischung durch die Straßen von Florenz mit sich brachte. Eine Anzahl von »hilfreichen« Vorschlägen wurde gemacht, darunter einer von Carlo, daß man es gründlich anfeuchten und zu einer Kugel rollen solle. Zu diesem Zeitpunkt hätte Bruder Lucius, denke ich, die Qualen der Märtyrer auf sich genommen, um aus der Bibliothek zu entfleuchen, und so schickte man ihn schließlich auf den Weg mit einem Klumpen nassen Lehms in den Händen, ähnlich den Bällen, die englische Kinder an den weißen Weihnachtstagen aus Schnee formen. Beim Gehen troffen die halbflüssigen Werke des Nonnus durch seine Finger und zogen so eine interessante, aber theologisch hochgiftige Spur durch die Straßen von Florenz, die bislang von nichts Gefährlicherem verseucht worden waren als den Ausscheidungen von Tieren und Menschen. Natürlich vergaß der Mönch auch ganz den Stapel Manuskripte, die aus der Wochenliste zur »Registrierung« bereitstanden.

Dann gab es da seltsame Geschehnisse.

Nach einer kurzen Weile bemerkte ich, daß eine Anzahl der Bände, deren Weiterleitung an die Jesuiten wir durch die eine oder andere Kriegslist verzögert hatten, einfach aus dem Regal oder Kabinett, wo sie aufbewahrt wurden, verschwanden. Wenn es sich abzeichnete, daß sie nicht länger durch den Trick, den wir ersonnen hatten, geschützt werden konnten, erschienen sie wieder, anscheinend unbeschädigt, an ihrem angestammten Platz. Ja, nicht selten trugen sie die Zeichen einer Säuberung und jüngsten Gebrauchs (bei einigen von ihnen die erste Aufmerksamkeit dieser Art, die sie seit einigen Jahrhunderten erfahren hatten).

Ich bemerkte auch, daß die Bibliothek in der Via del Corso unter Plünderungen litt, als sei sie das Opfer willkürlicher, aber anhaltender Diebereien. Sie war natürlich nicht so extensiv wie die Sammlung in den Hallen von San Lorenzo, aber sie enthielt vieles, insbesondere an modernen Aufsätzen und Manuskripten, was den Beständen im Besitz des Großherzogs entsprach. Ich brauchte nicht lange, um zu merken, daß die Bände, die verschwanden, denen gleichkamen, welche schließlich den Mönchen überantwortet wurden.

Diese ständige Erosion schien meinen Meister indes überhaupt nicht zu bekümmern. Statt dessen fand ich ihn bei einer Gelegenheit auf einer hölzernen Leiter hocken gleich einer deformierten Fledermaus und sorgfältig ein Regal umschichten, um das Fehlen von Büchern zu verbergen, die in jüngster Zeit unerklärlicherweise verschwunden waren.

Mir wurde klar, daß er in eine Verschwörung verwickelt war, seine eigene Bibliothek zu schützen, doch von dem Verbleib der verschwundenen Manuskripte hatte ich keine Ahnung Ich fragte auch nicht nach zum Teil aus einer natürlichen Zurückhaltung heraus und zum Teil, wie ich gestehen muß, aus einer tiefen und unbehaglichen Überzeugung, daß während dieser Periode in der Geschichte der Toskana Wissen jeder Art ein sehr gefährliches Gut war.

Das Gefühl drohenden Verhängnisses wurde vertieft durch die Nachricht vom Tode Mario Cantonis, des ehemaligen Stallknechts meines Vaters, der meiner Mutter Tod mit angesehen und unzweifelhaft den Zorn entfacht hatte, mit dem mein Vater sein eigenes Ende in die Wege leitete.

Zur Via del Corso wurde die Nachricht von Marios Ermordung von seiner Schwester gebracht, die außerhalb der Porta San Piero Gattolino wohnte und bei der Mario an jenem schrecklichen Tag Unterkunft gefunden hatte, vermeintlich um der Anweisungen Lorenzo Bellinis zu harren.

In der Nacht, als seine Schwester kam, erwarb ich mir meinen Spitznamen. Lorenzo Bellini selbst war von Pisa zurückgekehrt, und mein Meister hatte einen berühmten deutschen Doktor der Medizin zu Gast. Bei solchen Gelegenheiten war es mir Pflicht und Vergnügen zugleich, den Pagen neben Ottos Rolle als Eunuchen zu spielen, und ich trug Schüsseln und Wein auf, während ich selbst Zulassung zu meinem Platz an der Tafel gewann und Duldung und gelegentliche verbale Niederschläge von meinen selbsternannten Vormündern genoß. (Obwohl diese Beschreibung genaugenommen unkorrekt war, da ich nun fünfzehn Jahre zählte und nach den Gepflogenheiten der Zeit Herr meiner eigenen Entscheidungen war.) Ich hatte, erinnere ich mich, irgendeine tiefschürfende Erkenntnis auf dem Gebiet der Anatomie von mir gegeben und war freundlich als der Ignoramus, der ich unzweifelhaft war, entlarvt worden. Unter einigem gutgemeinten Spott wurde mir aufgetragen, mehr Wein mit Käse und Oliven zum Nachtisch zu holen. Bei meiner Rückkehr von der Küchentür durchquerte ich den zweiten Raum der Bibliothek auf meinem Weg zu dem Tisch, der nun üblicherweise für die Bewirtung von Gästen genutzt wurde, da er vor dem großen Fenster stand und die Kühle des Abends hereinließ und das meditative Gluckern der Wellen, welches so zuträglich ist für den Frieden und gelehrte Betrachtungen.

»Schau dir diesen schrecklichen Dickwanst an!« sagte Lorenzo, als ich durch die Tür kam. »Wirklich, Antonio, ich weiß nicht, wie du es ertragen kannst, eine solche wabbelnde Masse Fleisch anzuschauen. Wahrscheinlich liegt's nur daran, weil du selbst so eine scheußliche Mißgeburt bist. Dieses Haus wird langsam zu einem Zirkus für Monströsitäten. Du kommst zur Tür herein und wirst empfangen von einem schwarzen Gorilla mit krummen Pfoten, nur um hernach mit euch beiden konfrontiert zu werden. Ich sage dir, diese Bibliothek ist sicher genug vor der Inquisition. Niemand, es sei denn ein medizinisches Genie mit einer ausgeprägten analytischen Neigung, könnte es hier länger als fünf Minuten aushalten.« Lorenzo hatte die Worte »medizinisches Genie« auf deutsch gesagt und unserem Gast zugelächelt, der angeblich kein Italienisch konnte und die ganze Zeit in stummer, anscheinend verständnisloser Zustimmung genickt hatte. »Siehst du«, sagte Lorenzo auf italienisch, »er ist auch meiner Meinung, und er hat das medizinische Gehirn eines Kutschgauls. Aber wirklich, Antonio, wie würdest du unseren Fredo charakterisieren?« Inzwischen war ich beim Tisch angekommen, wobei ich meinen Paten nachsichtig anlächelte, und machte Anstalten, den Wein einzuschenken.

»Er sieht aus wie ein kleines Faß«, sagte der Deutsche in perfektem Italienisch, zu unser aller Überraschung.

»Ah ...«, sagte Lorenzo, für einen Augenblick aus der Fassung gebracht. »›Botticelli.‹ Ja, ich stimme Euch zu, und so sollten wir ihn auch nennen. ›Botticelli.‹ – ›Boti.‹«

Und so begann es. Lange nach den Ereignissen dieser Chronik, in Pisa, London, Paris, Rom, war ich bekannt als »Boti« Credi; auch eine Art Kompliment, nehme ich an.

Wir waren mit diesem Scherz fertig und Lorenzo war dabei, seinem Anatomenkollegen zu versichern, daß das Wort Kutschgaul in der italienischen Umgangssprache ein Kompliment von seltener Auszeichnung sei und sich auf gewaltige Stärke und Ausdauer beziehe, als Otto hereinkam und Marios Schwester ankündigte. Trotz des Gewichts und des Halls des eisernen Türklopfers hatte keiner von uns sie gehört, so furchtsam war ihr Pochen gewesen. Sie betrat nun den Raum mit jener universellen Verkrümmung des Leibes, die von der medizinischen Wissenschaft nirgends aufgezeichnet, aber einem jeden wohlbekannt ist, der das Hinzutreten der Armen und Niederen zu den geselligen Versammlungen der Großen studiert hat.

Wir erkannten sogleich, daß sie Kummer hatte, und Antonio stand auf, nahm ihren Arm und führte sie zu dem Sofa, das in den Alkoven eingebaut war, wo die Bücherregale einen Knick machten, um der Wand gegenüber den Fenstern und dem Kanal zu folgen. Als er dies tat, beugte sich Otto herab und sprach in meines Meisters Ohr; seine Augen hingen dabei über dem gewölbten Rücken wie schwarze Sonnenuntergänge über einem Grabhügel.

Bis dato hatte ich trotz der Gerüchte, auf die ich später eingehen werde, meinen Meister nicht wirklich irgendeiner Beziehung, wie flüchtig auch immer, mit dem weiblichen Geschlecht für fähig gehalten. Die Schrecklichkeit seiner Verkrüppelung lähmte den Geist, bevor er noch irgendeinen sexuellen Akt in Erwägung ziehen konnte. So überkam es mich wie ein Schock, als er sich neben sie setzte und ihre Hand nahm, ein Schock, dessen Wirkung bis in mein Greisenalter hinein nicht gänzlich abgeklungen ist.

Sie sah uns an, die wir um jenen Lichtkreis am Fenster in der Bibliothek aus rotem Zedernholz saßen, die Florentiner Teppiche zu unseren Füßen, und ihre Augen öffneten sich gleich dem starren Blick eines toten Tieres. Sie biß sich auf die Lippe, bevor sie sagte: »Ich bin …«

»Du bist Mario Cantonis Schwester«, sagte mein Meister mit einer Stimme, die das aufgewühlte Meer beruhigt hätte. »Hab keine Angst. Dies sind alles Freunde.«

Sie boten einen seltsamen Anblick auf der Ottomane, die hübsche Schwester mit ihren großen Augen und der atemlosen Geschichte und der Bucklige an ihrer Seite, dessen festem Griff sie bereitwillig ihre Hand überließ. Dies war der Kern ihres Berichts:

Mario, ihr jüngerer Bruder, war ein prächtiger Bursche, aber schwachen Willens, scheinbar so stark, so unabhängig, aber in Wirklichkeit so leicht von anderen zu beeinflussen. Sie erinnerte sich, wie ihr Vater in San Casciano ihm gesagt hatte, er solle sich von den Kindern des Schlächters fernhalten, sich nicht mit ihnen gemein machen. Sie seien »maligni«, so sagte er, »prepotenti«. Aber Mario wollte nicht hören, bis sie Giuseppe Mancini fast ertränkt hatten. Da hatte er Angst bekommen, vielleicht nicht genug. Aber er hatte seinem Vater gehorcht und war bei Gallupe Credi in Dienst gegangen. Er hatte ihn so stolz gemacht. Gallupe Credi, der Held von Florenz. Er war sehr glücklich gewesen. Bei ihrer Hochzeit und als sie nach Florenz fortging, hatte er ihr gesagt, daß er eines Tages mit Signore Credi überallhin in Europa reisen würde. »Er hat mir das bereits versprochen«, habe er gesagt. »Wenn er alt ist und einen guten Diener braucht, dann werde ich überall mit ihm hingehen.« Dann sah sie mich an und sagte: »Du erinnerst dich nicht an mich, Fredo Credi, weil du im Haus gehalten wurdest. Wir betrachteten dich als eine andere Art Jungen. Du würdest denken, mein Bruder war nur ein Stallknecht, ein Diener, aber er verehrte deinen Vater, wollte mit ihm reisen, wollte lernen. Er sah die Bücher, die dein Vater brachte, und obwohl er kein Wort lesen konnte, wußte er, daß sie zu tragen die Arbeit war, die er tun wollte. Mario sagte mir, daß du deinen Vater nicht zu kennen schienest. Du hattest deinen rothaarigen Priester. Aber Mario verehrte deinen Vater, liebte ihn auf eine Art und wollte mit ihm durch die Welt ziehen. Aber er war noch ein schwaches Bürschchen. Nachdem er euer Stallbursche wurde, trat er nie wieder an die Bombonis heran, schenkte ihnen keine Zeit. Weißt du, Fredo Credi, was das bedeutet in einem Dorf wie San Casciano? Kannst du dir vorstellen, wie er von den

Bombonis und ihren Freunden verunglimpft wurde? ›Gallupe Credis Lustknabe‹, so nannten sie ihn. Aber er blieb bei deinem Vater, während du und dein roter Priester eure Schule aufmachtet, für die er inzwischen zu alt war.«

An dieser Stelle weinte sie nicht, sondern sah mich mit einer Art von Verachtung an, die ich zuvor nicht gesehen hatte. Jetzt, wo ich hier sitze und diese Zeilen schreibe, weise ich ihre Anwürfe zurück. Ich hatte getan, was ich konnte. Aber ihre Augen vergesse ich nicht.

Sie fuhr fort. Dann kam der schreckliche Tag, als Mario unerwartet auftauchte, um bei ihr zu übernachten. Er erzählte ihr die ganze Geschichte. Wie seine Herrin verschwunden war; wie sein Herr stundenlang auf der Terrasse gesessen und auf ihre Rückkehr gewartet hatte, während sein Sohn wandern ging. Dann waren sie angekommen, Lorenzo Bellini (Mario wohlbekannt) und das gräßliche schwarze Ungeheuer, das mit ihm kam. Er hatte den Befehl erhalten, nach Florenz zu gehen. Nach Absprache mit ihnen blieb er in ihrem Haus und wartete dort bis zum folgenden Tag, dann, gegen seine Anweisungen, ging er durch die Porta Romana nach Florenz hinein, zum Pittipalast und zum Ponte Vecchio. Er hatte die Stadt nie gesehen. Er kam am frühen Abend zurück, über die Maßen verzweifelt. Er hatte Vittoria Credi gesehen, als Gefangene der Salti und mit einem Schild, das sie als gewöhnliche Hure brandmarkte! Dann hatte er gesehen, daß der Hauptmann der Salti Pasto Bomboni war! Als sie die Brücke überquerten, hatte Pasto etwas zu ihr gesagt, und sie war stehengeblieben und hatte ihn angespuckt; dann, in der Verwirrung, war sie zum mittleren Bogen der Brücke gelaufen und in den Fluß gesprungen.

Er sagte immer und immer wieder, daß er seinem Herrn Bescheid geben müsse – aber er hatte Befehl zu bleiben. Die Entscheidung zu treffen war sehr schwer für ihn, und dann schließlich beschloß er, auf eigene Verantwortung nach San

Casciano zurückzukehren. Er sagte ihr, sie solle es keinem erzählen, doch als Lorenzo Bellini und der schwarze Mann kamen, erzählte sie ihnen einen Teil der Wahrheit; erzählte ihnen, er sei fort, aber er sei erst vor einer knappen Stunde losgeritten. In Wirklichkeit war er am Abend vorher aufgebrochen.

Sie saß einen Augenblick schweigend da, auf die Teppiche zu ihren Füßen starrend, und fuhr dann fort.

»Ich hatte ihn nicht wiedergesehen, bis er vor zwei Tagen wieder in unser Haus kam. Er hatte sich verändert – er wirkte stärker, aber auch irgendwie … anders. Er hatte bei unserem Vater in San Casciano gewohnt. Es gab kein Geld. Er hatte keine Arbeit. Er hatte getrunken. Es hatte Streit gegeben, Auseinandersetzungen zwischen ihnen. In San Casciano glaubte man, die Frau Gallupe Credis sei in ein Kloster gegangen. Aber sie irrten. Er, Mario, wußte, was geschehen war. Er wußte, daß Pasto Bomboni sie getötet hatte. Er wußte auch von der Fehde zwischen seinem Herrn und Pasto Bomboni nach dem Kampf zu Gallaza. Pasto Bomboni war ein großer Mann geworden. Er hatte gehört, daß er erneut innerhalb der Salti befördert worden sei. Er wußte, daß Pasto Bomboni in der Stadt ein großer Mann war, den man fürchtete. Aber er wußte auch, daß er die Frau Gallupe Credis umgebracht hatte. Jetzt, sagte er mir, könne er Geld und Arbeit bekommen. Warum sollte er in San Casciano bleiben und sich von seinem Vater schlagen lassen, ohne Geld? Pasto Bomboni würde ihm Geld geben, und er würde ihn zu einem Salti machen. Was er über Pasto Bomboni wisse, sei genug. Er würde ihm nicht alles erzählen, aber er würde ein paar Andeutungen machen. Er würde seine Stelle bekommen.

Ich bat ihn, nicht nach Florenz zu gehen. Flehte ihn an. Wenn er dieses schreckliche Geheimnis besaß, sagte ich ihm, sollte er hierhergehen, zu Signore Magliabechi, zu Gallupes Sohn. Zu Lorenzo Bellini. Aber er wollte nicht hören. ›Was können sie mir geben‹, hatte er mich gefragt, ›mit ihren Büchern? Ich kann kein Wort lesen. Welche Arbeit können sie mir geben?‹ Ich sagte, er könne reisen, wie sein Herr, wie Gallupe Credi. Aber er schüttelte den Kopf. ›Die Bücher müssen gelesen werden, bevor man sie mitnimmt. Ich könnte sie weder lesen noch verstehen.‹

So ging er kurz darauf in die Stadt, um Pasto Bomboni zu finden, ihn im Bargello oder im Stinche zu suchen. Um seine Arbeit zu bekommen und sein Geld. Er kehrte die ganze Nacht (gestern nacht) nicht zurück, noch war er heute gekommen. Dann, heute abend, als es dunkel wurde, kamen Pferde.« Sie sah uns, die wir im Lichtkreis saßen, mit jenen großen Augen an. »Zwei Reiter. Einer trug ein Bündel quer über dem Sattel. Beide hatten Mäntel ohne Abzeichen an, und ihre Kragen waren wie gegen den Wind hochgeschlagen, obwohl die Nacht schön war. Sie warfen seinen Leichnam vor dem Haus auf den Boden und ritten fort, auf die Stadt zu. Sie hatten keine Eile, sondern ließen ihre Pferde Seite an Seite im Schritt gehen, wie bei einer Promenade. Leute, die zum Haus kamen und die solche Dinge vorher gesehen hatten, sagten, er sei ertrunken. Aber sein Gesicht und Hals sind verbrüht, daß die Haut sich vom Knochen abschält. Sein Körper war auch verbrannt, und die Arme standen in einem unmöglichen Winkel von den Schultern ab. Auf seiner Brust war ein Zettel befestigt, die Krampe ins Fleisch getrieben. Er ist hier, ich habe ihn mitgebracht.«

Es war ein herausgerissenes Blatt aus einem Buch. Von meinem Platz am Tisch aus konnte ich sehen, daß die Buchstaben, welche die Seite bedeckten, griechisch waren. Auf einer Seite, grob mit Holzkohle quer über die Verszeilen gekritzelt, stand das einzige Wort *omertà*. Sie reichte das Blatt Antonio Magliabechi, der die Schrift studierte.

»Pisides«, sagte er. »Aus der Bibliothek. Er ist den Inquisitoren näher, als ich dachte.«

Das Mädchen hatte seine Geschichte erzählt, und nun saß sie da und sah uns an, mit Augen so groß wie die eines Kindes.

»Wer könnte dieses schreckliche Verbrechen begangen haben?« Die Frage wurde von dem Deutschen gestellt, dessen Anwesenheit auf dem Platz direkt am Fenster man während des Berichts, den wir gehört hatten, ganz vergessen hatte. Niemand antwortete auf seine Frage, doch Lorenzo stand auf und sprach zu dem Mädchen. »Komm«, sagte er, »ich werde dich nach Hause bringen. Dein Bruder muß versorgt werden. Auch solltest du nicht alleine gehen.«

Als sie ebenfalls aufstand, sprach mein Meister sanft zu ihr: »Kind, wer sonst weiß von diesen Dingen?«

Sie allein wisse davon, sagte sie. Ihrem Gatten habe sie es nicht erzählt, aus Angst, daß die Mitwisserschaft eine Gefahr für ihn bedeuten könne.

Sie ging mit Lorenzo, und kurz danach brach mein Meister auch mit seinem Gast auf, dem gegenüber er sich für das unerwartete Ende unseres Mahles entschuldigt hatte.

»Ihr habt nun«, sagte er zu ihm, »eine andere Seite unserer Stadt gesehen, die nicht in den Werken Donatellos oder der Architektur Brunelleschis zum Ausdruck kommt.« Unser Gast seinerseits sagte wenig, und ich konnte sehen, daß mein Meister beunruhigt war ob seiner Gegenwart und der Information, die er ungewollt erhalten hatte.

Ich blieb allein in der Bibliothek zurück, wo ich die Reste des Mahls forträumte und mich hinsetzte, um über die jüngste Entwicklung in dem nachzudenken, was nun vage als ein sich abzeichnendes Muster von Kräften erschien, den Balken und Strebepfeilern eines großen Gebäudes gleich, das undeutlich im nahenden Morgengrauen auftaucht. Obwohl noch im dunkeln blieb, als was es schließlich hervortreten würde, als Kathedrale oder Leichenhaus.

Mein Meister kehrte binnen einer Stunde zurück, offensichtlich beunruhigt, daß der Deutsche so viel gehört hatte.

»Er ist ein brillanter Mann, aber kaum ein vertrauenswürdiger Mitwisser. Ich habe mein Bestes getan, um ihm den Eindruck der Zweifelhaftigkeit dieser Geschichte zu vermitteln und der Notwendigkeit, alles genau zu überprüfen, bevor man irgendeinen Bericht oder eine Stellungnahme dazu geben könne. Doch ich weiß, daß er sich morgen mit Redi trifft, um, wie es heißt, über die Gesundheit des Großherzogs zu sprechen, und ich habe keinen Zweifel, daß die Vorkommnisse dieses Abends zumindest an jenes wißbegierige Ohr gelangen werden.«

»Und kann uns das schaden?«

»Wer weiß, vielleicht auch nicht. Redi hat eigentlich keine Veranlassung, diese Information an den Großherzog weiterzugeben. Niemand kennt die kindliche Ungeduld des königlichen Intellekts besser als Redi. Eine Geschichte wie diese, aus dritter oder vierter Hand erzählt, würde, selbst wenn man sie verstünde, nichts als ungläubige Verärgerung hervorrufen. Nein, die einzige Gefahr liegt in dem Wissen, das Bomboni nun besitzt, daß sein verbrecherisches Geheimnis inzwischen mehr Leuten als unserer kleinen Gruppe bekannt ist. Marios Tod sollte uns offenkundig als Warnung dienen. Darum die Botschaft auf der Buchseite. Doch indem wir unseren deutschen Freund die ganze Geschichte mit anhören ließen, haben wir die Warnung bereits mißachtet. Nun, da man Bomboni zum Kommandanten befördert hat, ist seine Macht, einen jeden von uns zum Schweigen zu bringen, noch größer geworden. Ich sage dies alles nicht, um dich zu beunruhigen, aber wir müssen nun alle auf äußerste Vorsicht bedacht sein. Solange ich das Ohr und die Gunst des Palastes behalte, sind wir vor offiziellen Nachstellungen sicher, aber Bombonis Macht erstreckt sich mittlerweile offensichtlich auch auf andere Bereiche.«

Ich ging im stillen mit mir zu Rate, ob ich das geheime Wissen über die Bombonis, das ich besaß, preisgeben sollte. Bevor ich zu einem Entschluß kommen konnte, kehrte Lorenzo Bellini zurück, sichtlich erschüttert durch das, was er gesehen hatte.

»Nun«, sagte er, während er sich Wein eingoß, »ich habe schon Männer gesehen, die schlimmere Verletzungen davongetragen haben, aber nicht durch die Hand ihrer eigenen Artgenossen. Vielleicht habe ich ein beschirmtes Leben geführt. Ich habe getan, was ich konnte, um die Auswirkungen zu verbergen, und sei es nur, um seine Familie zu schonen. Der Leichnam wird am Morgen nach San Casciano überführt werden. Es wird ein schrecklicher Schlag für seinen armen Vater sein, aber ich habe dem Mädchen geraten, den Mund zu halten. Dem Vater wird man sagen, daß die Verletzungen von einer Schlägerei herrührten, und damit, so steht zu hoffen, werden ihm sowohl die schlimmsten Vorstellungen vom Tod seines Sohnes als auch der Zwang erspart bleiben, ihn zu rächen. Würde er solch einen Versuch machen, so würde er, fürchte ich, dasselbe Schicksal erleiden. Ja, wir müssen alle vorsichtig sein.«

»Meinst du nicht ...«

»Ich meine, daß Pasto Bomboni die Angst gepackt hat. Böse ist er, böser als man glaubt, aber zugleich von Angst erfüllt. Die Verletzungen, die er jenem Jungen zugefügt hat, waren das Werk eines Besessenen, aber auch eines Mannes in Panik. Er muß Komplizen gehabt haben. Das allein stellt für ihn ein weiteres Risiko dar. Er wäre nie soweit gegangen, wenn er sich nicht selbst in Gefahr wähnte.«

»Und es gibt nichts, was wir tun können?« fragte ich, überrascht ob der Heftigkeit meiner eigenen Frage.

»Wenn wir nicht gerade eine Todsünde begehen wollen, dann fürchte ich, nein. Nichts, was heute geschehen ist, hat unsere Situation verändert, es sei denn zum Schlechteren.«

Wir setzten unsere Diskussion fort, ohne zu einem brauchbaren Ergebnis zu kommen, bis mein Meister uns als erster verließ, um zu Bett zu gehen. Er hatte in jüngster Zeit unter vermehrten Schmerzen durch seine Verwachsungen gelitten. Als wir allein waren, erleichterte ich mich meines Geheimnisses gegenüber Lorenzo und gab ihm zu verstehen, wie ich dieses Wissen zu verwenden gedächte. Er hörte mir aufmerksam zu, wobei seine Augen gelegentlich vor Überraschung blinzelten, und schüttelte seinen Kopf in einer Mischung von Abscheu und Unglauben. Als ich zu meinen gegenwärtigen Absichten kam, veränderte sich seine Stimmung hin zu Bestürzung und Unruhe. Er brachte eine Anzahl von Fragen und Einwänden vor, die ich jedoch, glaube ich, alle beantworten konnte. Schließlich saß er da, stumm auf der anderen Seite der einzigen Lampe, die auf dem Tisch stand, dessen polierte Oberfläche das Licht zurückwarf wie Wasser in einer mondhellen Nacht. Ich hörte ihn seufzen und sah ein leises Lächeln sein Gesicht verändern – ein Lächeln der Resignation, wie mir schien.

»Als ich deinem Kopf in die Welt verhalf, träumte mir nicht, daß er solcher Intrigen fähig sein könnte.«

»Ich gehorche nur meinen Lehrern. Patrick sagte mir, man müsse seinen Feinden vergeben. Es ist Zeit, daß wir damit anfangen.«

»Hoffen wir dann, daß sie etwas anderes darauf zu entgegnen haben als eine Musketenkugel.«

Sobald wir uns einmal zum Handeln entschlossen hatten, stimmten wir überein, daß es nicht lange hinausgezögert werden sollte. Weiterhin beschlossen wir, mit einem gewissen Unbehagen, jene Teile unseres Vorhabens, die Pasto Bomboni direkt betrafen, meinem Meister zu verheimlichen. Damit wollten wir ihm den Schutz bieten, den er uns angedeihen ließ. In einer Welt, die von Jesuiten durch

Mittler wie Cosimo III. und Pasto Bomboni regiert wurde, war Wissen eine ansteckende Krankheit.

Als Lorenzo die Via del Corso verließ, brach der Morgen an. Die Luft über der Stadt war klar und scharf, der Himmel von jenem blassen harten Blau, das einen der seltenen Fröste auf den Hügeln im Norden versprach. Nebel lag knietief auf dem Straßenpflaster, und der monumentale Brunnen, still und untätig, ragte auf wie ein nasser und einsamer Fels, an den die gemeißelten Gestalten von Cherubim sich klammerten wie meerumschlungene Seeleute, unwahrscheinlich nackt und überfüttert.

Vom Hauseingang aus sah ich Lorenzo nach, wie er in Richtung der Piazza della Signoria verschwand, sein Körper sichtbar durch die Falten des Mantels, den er eng um sich gezogen hatte. Ich sah ihm nach, bis er an dem Brunnen vorbeiging, etwa hundert Schritte entfernt, und war schon im Begriff, wieder ins Haus zu gehen, als eine plötzliche Bewegung mich innehalten ließ. Eine Gestalt, die offenbar regungslos auf der anderen Seite des Brunnens gestanden hatte, trat nun unmittelbar hinter Lorenzo hervor. Mein anfänglicher Schrecken ließ schnell nach, als ich sah, daß es ein Kind war, da Kopf und Schultern kaum aus dem wirbelnden Nebel herausragten und wie bei einem Schwimmer dem Doktor mit kräftigen Stößen nachstrebten. Aus diesem Grund unterdrückte ich den Ausruf, der mir bereits auf den Lippen lag, und sah zu, wie der kleine Verfolger Lorenzo erreichte, ihn unten am Mantel faßte und kräftig daran zog, daß Lorenzos Kopf ruckartig nach hinten ging wie bei einem Pferd, das vor einen Sprung scharf gezügelt wird. Sein eigener Ausruf hätte den meinen wohl übertönt, als er ausglitt und fast auf die feuchten und unsichtbaren Steine gefallen wäre. Sobald Lorenzo sich umgedreht hatte, wurde klar, daß er das Kind kannte, und soweit eine Zurechtweisung erfolgte, war sie kurz, ehe er ihm beide Hände auf die kleinen

Schultern legte und den Jungen (sofern es ein Knabe war) auf die Straßenseite zog, womit sie aus meinem Gesichtskreis so gut wie entschwanden. In der Stille und Klarheit der Morgenluft glaubte ich einen unterdrückten Wortwechsel zu hören, und ich konnte gerade noch Lorenzos gebückte Gestalt erkennen, während das Kind in den Falten seines Mantels nahezu verschwand. Was ich zweifelsfrei hörte, war ein kurzes bellendes Lachen und ein plötzliches klatschendes Geräusch, als sei jemand kräftig ins Gesicht geschlagen worden. Unmittelbar danach löste sich die kleine Gestalt von Lorenzo, der einen Arm zum Lebewohl erhob und seinen Weg in Richtung Stadtzentrum fortsetzte. Sein Gesprächspartner wandte sich daraufhin mir zu und kam in einem seltsam trippelnden Lauf, erkennbar im Nebel an dem unregelmäßigen Zucken von Kopf und Schultern, in meine Richtung gehastet. Aus einem unerfindlichen Grund wollte ich nicht gesehen werden, wohl weniger aus Angst als aus der natürlichen Verlegenheit von jemandem heraus, der anscheinend zum heimlichen Augenzeugen persönlicher Dinge geworden ist, mit denen er eigentlich nichts zu tun hat. Als das Kind näher kam, sah es mich offenkundig nicht: Seine Augen lagen unter der Krempe einer wollenen Mütze verborgen, die es bis auf den Kragen einer groben Winterjoppe heruntergezogen hatte. Jede weitere Kleidung verbarg der Nebel.

So kam die Gestalt näher, bis sie eine Lücke zwischen den Häusern erreichte, etwa zwanzig Schritt von mir entfernt und unmittelbar unter den nun geschlossenen Läden, welche die Fenster der Bibliothek zur Linken der Tür, in der ich stand, schützten. An dieser Stelle wandte die Gestalt sich abrupt in Richtung Fluß und war im Begriff, an der Seitenmauer unseres Hauses entlang zu verschwinden, als sie genauso abrupt stehenblieb, als spüre sie die Anwesenheit eines Beobachters in ihrer unmittelbaren Nachbarschaft. Mir war aus dieser Entfernung bereits bewußt, daß der Kopf des Kindes in keinerlei Verhältnis zu dem Körper stand, auf dem er nun bewegungslos ruhte, wie ein guter Jagdhund in die Richtung des Flusses witternd. Plötzlich drehte sich der Kopf in meine Richtung, und einen Augenblick trafen sich unsere Blicke, bevor die winzige Gestalt zwischen den Häusern verschwand wie ein Kaninchen in einen Bau.

Ich muß, selbst jetzt, ein Gefühl der Bestürzung eingestehen. Ich hatte zu wenig gesehen, das mir eine vernünftige Beschreibung des Gesichts oder seiner Wesenszüge hätte geben können, aber ich war mir eines grotesken Elements bewußt, das unmöglich zu bestimmen war. Einer Sache war ich mir indes sicher. Das Gesicht war nicht das eines Kindes. Es war das eines alten Mannes.

Ich kletterte in mein Bett, von Schwindel gepackt und erschöpft durch die gesammelten Ereignisse der Nacht. Ich war, wie man nicht vergessen sollte, gerade fünfzehn Jahre alt, erst jüngst Vollwaise geworden und in tödlicher Gefahr, mein Leben auf qualvolle Weise zu verlieren. Ich war zu allem Überfluß auch in ein tagtägliches Spiel von scholastischem »bluffo« mit der Heiligen Inquisition verwickelt. Die Erscheinung eines Kindes mit einem uralten Gesicht in den Morgennebeln der Via del Corso war, dachte ich, das Äußerste, was ich ertragen konnte. Wenig wußte ich, daß meine Reise kaum begonnen hatte.

14

Am folgenden Tag erbat ich die Erlaubnis, meinen Meister zu verlassen, und zusammen mit Lorenzo plante ich unseren Aufbruch von Florenz, der am nächsten Morgen bei Tagesanbruch stattfinden sollte. In der Nacht zuvor hatte ich die feste Absicht gehabt, Lorenzo die Existenz des »Kindes« unter die Nase zu reiben, aber mit den ersten

Sonnenstrahlen kamen mir Zweifel an der Richtigkeit meiner Beobachtungen oder ob sie gar überhaupt Substanz hatten. Zudem kam der Sache verglichen mit den Enthüllungen von Marios Schwester und dem, was vor uns lag, eine belanglose, irritierende Unwichtigkeit zu, und so hielt ich an mir.

Lorenzo war nun zweiundvierzig Jahre alt, und in Anbetracht dieser Tatsache und der zunehmenden Gesetzlosigkeit, welche die Straßen für einzelne Reisende unpassierbar machte (eine Tatsache, die mir wohl bewußt war), beschäftigte er einen Diener, dessen einzige Aufgabe darin bestand, ihm auf seinen Reisen zwischen Pisa und Florenz und seinen anderen, immer selteneren Besuchen in den medizinischen Schulen Europas, Schutz und Gesellschaft zu leisten. Dieser Diener war ein stämmiger und schweigsamer Bursche, der zuvor in Diensten der Universität gestanden hatte, um Auseinandersetzungen zwischen den Studenten und den Städtern zu schlichten. Die letzteren hegten einen allgemeinen und bitteren Groll gegen die ersteren, von denen sie zu Recht wähnten, daß selbige zum Gemeinwohl wenig mehr beitrügen als eine Aufblähung der eigenen Selbsteinschätzung durch nutzlose und trunkene Disputationen und gelegentlich erfolgreiche Versuche zur Verführung örtlicher Frauen. Die Studentenschaft zu Pisa bestand nun großenteils aus Söhnen reicher florentinischer Kaufleute, deren Reichtümer die letzten Medici auf Kosten der zunehmend verzweifelten Armen zu vergrößern bestrebt waren. Diese unangenehmen *braggados* machten kein Geheimnis aus ihrer Meinung, daß die Einwohner von Pisa und Umgebung ländliche Holzköpfe waren, deren einziger Sinn darin lag, je nachdem für Dienste und zum Sport zur Verfügung zu stehen.

Solche unvereinbaren Ansichten führten unvermeidlich zu Gewalt, zuerst sporadisch und später ernsterer und organisierterer Natur.

Beunruhigt durch die wachsende Anarchie, trafen sich die Behörden von Stadt und Universität zu einer lautstarken Sitzung, im Charakter dem Aufruhr nicht ganz unähnlich, den zu besprechen und beizulegen sie gedacht war. Ein begrenztes Maß an Übereinstimmung wurde erreicht, und dies wiederum führte zu dem Beschluß, einen offiziellen Friedenswächter einzusetzen, dessen Aufgabe darin bestehen sollte, die kriegführenden Parteien zu trennen und beide Lager zu befrieden. Solch eine Rolle erforderte eine Mischung von Kraft, Festigkeit, Takt und Toleranz, wofür die Talente von Mikos Faccioli völlig und gänzlich ungeeignet waren. Es wird daher niemanden, der Kenntnis von akademischen Institutionen von Athen bis Oxford hat, überraschen zu erfahren, daß er umgehend mit diesem Amt betraut wurde.

Ich sage, daß ihm alle Voraussetzungen für die Aufgabe fehlten, aber bei näherer Überlegung ist das nicht ganz richtig. Er besaß ein gewaltiges Vermögen an schierer Kraft – ein ganzes Reservoir davon. Zusätzlich hatte er einen bärbeißigen Seemannscharme und war schlau wie eine Ratte. Das Hauptproblem war, daß er parteiisch war. Er war der illegitime Sohn eines ausgebürgerten Griechen, der eine Schänke im Hafen von Leghorn unterhielt. Seine Mutter, eine der vielen Huren des Hafens, ließ ihn bald zugunsten eines britischen Kapitäns sitzen, mit dem sie verschwand. Er wurde somit von seinem Vater aufgezogen und erbte eine grenzenlose Verachtung für drei Dinge: Frauen, den Landadel und die Macht oder Wirksamkeit vernünftiger Diskussionen. Physisch so stark wie ein Stier, überwarf er sich bald selbst mit den Hafenbehörden von Leghorn und setzte sich im Alter von fünfundzwanzig Jahren gezwungenermaßen nach Pisa ab. Dort bewarb er sich und erhielt alsgleich die Stelle als *tribunus pacis*, wie zuvor beschrieben. Als Lösung des Problems hatte es eine Wirkung, wie wenn man Eimer voll Schießpulver auf ein Küchenfeuer schüttet.

Das Hauptproblem war indes nicht nur, daß er parteiisch war, sondern daß seine Anteilnahme sich nur auf die Partei, Universität oder Stadt, erstreckte, mit der er zuletzt getrunken hatte. Dies wurde durch zwei weitere Umstände erschwert. Zum einen war seine Trinkfestigkeit immens – ja, sein Durst war praktisch nicht zu löschen. Zum anderen wurde er, wenn er getrunken hatte, schnell explosiv und auf katastrophale Weise gewalttätig. Es überrascht daher nicht, daß die Gruppierungen miteinander wetteiferten, ihm den notwendigen Alkohol zu beschaffen, und so einen Kreis schlossen, der im allermindesten für alle Beteiligten unerwünschte Konsequenzen haben mochte. Bald hörten die einzelnen Scharmützel zwischen den Parteigängern völlig auf, um durch eine Serie von Massakern ersetzt zu werden, die von Mikos für und gegen beide Seiten veranstaltet wurden.

All dies gab den Behörden von Universität und Stadt den Anstoß, eine Beendigung seiner Bestallung in Erwägung zu ziehen. Die Schwierigkeit lag darin, eine probate Methode zu finden. Die Ereignisse hatten nun ihren eigenen Impetus gewonnen, und es traf zu, daß einige der schlimmeren Unruhestifter unter den ersten Opfern gewesen waren. Doch auf seiten der Stadt war bereits eine Anzahl von Unschuldigen angegriffen worden, und die Universität, finanziell bereits ausgetrocknet, war verzweifelt bemüht, eine weitere Verringerung ihrer Studentenzahlen zu vermeiden, wie hoffnungslos ungelehrig die niedergemachten Studiosi auch gewesen sein mochten. Beschwerden an den Präfekten waren fruchtlos. Niemand war willens, irgendein Zeugnis zu leisten, nicht zuletzt, weil die dazu am besten Befähigten auch zu Zeiten die Hauptverschwörer gewesen waren. Schließlich wurde auf sein eigenes Betreiben die Sache in die Hände Lorenzo Bellinis, des Professors für Anatomie, gelegt. Unterstützt von zweien seiner besten Studenten, machte sich Lorenzo eines Abends früh zu dem *albergo* auf, wo Mikos am häufigsten mit seiner Sauftour begann. Der stämmige Grieche wurde in der Gesellschaft mehrerer übel beleumundeter Studenten ausgemacht, die den herannahenden Professor mißtrauisch beäugten.

»Bleibt sitzen«, sagte Lorenzo. »Ich bin nur vorbeigekommen, um Mikos einen auszugeben.« Mit diesen Worten stellte er eine große Karaffe Wein auf den Tisch, die der Friedenswächter in einem Zuge leerte. Die Wirkung des Weines trat nahezu unmittelbar ein, und nachdem Mikos bewußtlos zu Boden gefallen war, trugen Lorenzos zwei Studenten ihn zurück zu den Privaträumen des Professors.

Als Mikos erwachte, fehlte ihm jegliche Erinnerung an die letzten Stunden, und er fühlte sich äußerst unwohl. Als er indes des wohlbekannten Professors der Medizin ansichtig wurde, erklärte er sich zu einer Behandlung bereit. Nach mehreren Tagen fühlte er sich unendlich viel schlechter und glaubte sich dem Tode nahe. In diesem Glauben wurde er aktiv von seinem Arzt unterstützt, einem der größten seines Jahrhunderts. Schließlich verkündete Lorenzo, daß es nur ein weiteres Heilmittel gebe, daß er bereit sei zu versuchen. Jedoch müsse Mikos verstehen, daß alle Medizin letztlich den Segen Gottes erfordere, und während er, Lorenzo, alles in seiner Macht Stehende tun werde, sei es unabdingbar, daß Mikos durch Gebet, aufrichtige Reue und guten Vorsatz für sein künftiges Verhalten das Seine dazu beitrage.

Mikos' Gebete, berichtete mir Lorenzo, hätten zwar der Schönheit der Psalmen ermangelt, aber viel von der Kraft der Klagelieder enthalten. Jedenfalls waren sie mit sichtlichem Erfolg gesegnet, und innerhalb von Tagen erfuhr Mikos eine völlige Genesung. Aber bevor er ganz genesen war, führte Lorenzo mit ihm ein ernstes Gespräch über seine Zukunft. Angesichts seiner Krankheit und der Schwierigkeiten, welche die Arbeit mit sich bringe, sei es, sagte Lorenzo, nicht angebracht für ihn, auf seine Stelle an der Universität zurückzukehren. Indes bedürfe er, Lorenzo, eines Begleiters auf seinen Reisen und eines Hausmeiers in seinem Haus in Pisa. Wenn Mikos eine solche Stelle in Erwägung ziehen wolle, würde dies ihnen beiden zum Vorteil gereichen. Seine Körperkraft würde sinnvoll darin Verwendung finden, Lorenzo zu helfen und ihn zu beschützen, während Lorenzos Wissen in ähnlicher Weise dazu beitragen würde, die Gesundheit von Mikos Faccioli zu bewahren.

Dieses Übereinkommen funktionierte perfekt. Mikos trank nicht mehr. Lorenzo verbot ihm dies nicht. Ja, wann immer Mikos den Wunsch äußerte, mit dem Trinken zu beginnen, ermutigte ihn Lorenzo geradezu, indem er ihn mit einer Flasche des besten örtlichen Weines bedachte. Darauf fühlte Mikos sich jedesmal so unwohl, daß dies eine Abneigung schuf, die in der Regel etliche Monate anhielt. Mikos seinerseits betrachtete Lorenzo mit einer Ehrerbietigkeit, die an Anbetung grenzte. Es hieß sogar, er besitze einen Haufen von abgelegten Besitztümern Lorenzos, die er mit der Hingabe eines Argus hüte. Sein Intellekt verwehrte es ihm, je ein anregender Begleiter zu werden, aber er war auf das Wohlergehen seines Herrn bedacht und treu bis in den Tod, und das war, wie Lorenzo bemerkte, mehr wert als eine Wagenladung voller Theologie.

So machten wir uns mit Mikos auf den Weg nach San Casciano. Ferner war bei uns ein Bibliotheksgehilfe aus der Medici-Bibliothek, ein hochgewachsener gutmütiger Bursche namens Fernando, der, nachdem er vergeblich versucht hatte, Mikos in ein Gespräch zu verwickeln, schweigend hinter uns ritt. Es war gerade erst Morgen geworden, und als wir durch die Porta Romana ritten, erstreckten sich unsere Schatten hundert Schritt weit über das flache Land nach Nordwesten. Lorenzos Ziel war Pisa, und wir hatten vereinbart, wenn unsere Angelegenheiten in San Casciano erledigt wären, sollte er mit Mikos weiterreisen, während Fernando und ich am selben Tag nach Florenz zurückkehren sollten. Es war wiederum ein klarer, kalter Morgen, und als wir in die Hügel ritten, die Mäntel eng um uns gezogen, hob sich unser Sinn und wir diskutierten den Zweck unserer Reise, wie Männer über die Eigenschaften des Universums diskutieren, gefangen in der Materie, aber erhaben im Geiste.

Der Aufstieg Pasto Bombonis war in der Tat spektakulär gewesen. Sein Ruf hatte sich längst durch die ganze Stadt verbreitet. Überall wurde er gefürchtet, außer von denjenigen, in denen Privileg und Präferenz sich seit langem verschworen hatten, die Schreie nach Mitleid unter dem Beifall für Ordnung, Disziplin und wirtschaftlichen Vorteil zu ersticken.

Nach seiner Beförderung fielen zwei Bereiche des Gesetzes in Bombonis Amtsbereich: die Juden und die Unterdrückung der Unmoral. Der letztere war nun, wenn überhaupt, der wichtigere geworden. Seit Großherzog Cosimo seiner französischen Gattin verlustig gegangen war, waren seine eigenen sexuellen Aktivitäten völlig beschnitten worden. Man nahm allgemein an, daß er, sich selbst überlassen, dem Beispiel seines Vaters, Ferdinando, gefolgt wäre und sich mit den Damen am Hofe vergnügt hätte. Dieser einfache Ausweg wurde ihm jedoch zur Gänze durch seine Mutter, Vittoria della Rovere, und die Inquisition verwehrt, die nun *de facto* gemeinsam die Regierung von Florenz bildeten. Vittoria, eine Frau, die so häßlich war, daß Sustermans sich geweigert haben soll, sie zu malen, hatte schnell ihren eigenen Gatten, den inzwischen verstorbenen Herzog Ferdinando, von ihrem Ehelager vertrieben, zu dem er, in Abständen und ohne Begeisterung, nur zurückgekehrt war, um das Fortbestehen der Medici-Dynastie sicherzustellen. Während einer jener flüchtigen Besuche hatte er, gestärkt von Alkohol, die Zeugung Cosimos zuwege gebracht.

Um Ferdinando Gerechtigkeit widerfahren zu lassen, seine Aversion gegenüber seinem Eheweib lag nicht so sehr in ihrem abstoßenden Äußeren als in ihrer humorlosen Scheinheiligkeit und Intoleranz, die sich in einer unaufhörlichen Tirade von frömmelnden und verdrießlichen Klagen ausdrückte. Der Aufmerksamkeiten ihres Gatten beraubt, wuchs ihr moralischer Fanatismus, und es war wohlbekannt, daß sie ihm kurz vor seinem Tod eine Liste jener Mitglieder der florentinischen Gesellschaft vorgelegt hatte, die Akte sexueller Abartigkeit begangen haben sollten. Der Großherzog hatte deren Inhalt einige Zeit studiert (es war ein längeres Dokument) und sie dann mit Bedacht ins Feuer gelegt, mit der Bemerkung, daß es eine weitere Person gebe, deren Namen er mit Gewißheit der Liste hinzufügen könne, und jene Person habe kein Verlangen, den Händen der Inquisition anheimzufallen.

Der Tod Ferdinandos, die Nachfolge Cosimos und schließlich das katastrophale Ende von Cosimos Ehe mit Marguerite-Louise von Frankreich verschaffte Vittoria die Gelegenheit, auf die sie lange gewartet hatte. Cosimo wurde die Möglichkeit jedweder sexuellen Befriedigung verwehrt, und nach kurzer Zeit zeigte er die übliche Reaktion erzwungener Enthaltsamkeit: dasjenige, was ihm verwehrt blieb, suchte er alsbald auch allen anderen zu versagen. Zu diesem Zweck wurde ein Amt für öffentliche Sitte eingerichtet, besetzt mit den Dienern der Inquisition, die sich wiederum auf die Dienste der Salti stützen konnten. Ein ganzer Strom von Verordnungen war aus dem Pittipalast gekommen mit dem Ziel, so hieß es, den »alten« Regeln der toskanischen Moral wieder zu Geltung zu verhelfen. Alle Prostitution war nun mit der Strafe öffentlicher Auspeitschung und Kerkerhaft im Stinche belegt, bis zu dem Zeitpunkt, an dem die Geldbußen (von unmöglichen Ausmaßen) gänzlich beglichen wären. Auf Inzest, geschlechtlichen Umgang mit Kindern und Sodomie stand, beim leisesten Verdacht oder bei Denunziation ohne jeglichen Beweis, öffentliche Auspeitschung, gefolgt von Kastration im Hospital von Santa Maria Novella.

Viele dieser Verordnungen verrieten das Werk eines Geistes, der von sexuellen Phantasien gequält wurde. Priester, die Jungfrauen im Beichtstuhl belästigten, sollten lebendig eingemauert werden. (Diese letzte Maßnahme, das sei hinzugefügt, war der einzige Teil der gesamten Gesetzgebung, welcher sich eines gewissen Maßes an öffentlicher Unterstützung erfreute.) Das große Fest im Mai, Calendimaggio, das ausschweifendste und bacchanalischste im toskanischen Kalender, wurde gestrichen und verboten, ebenso wie das Tragen von Bändern und Brokaten.

Mit der Durchführung dieser Gesetze wurde nun nach seiner Beförderung Pasto Bomboni betraut, eine Aufgabe, der er in den vergangenen Monaten mit beträchtlichem Einsatz nachgekommen war. Es wurde jedoch weithin bemerkt, daß die Last dieses moralischen Jochs ungleich auf den Rücken der toskanischen Bevölkerung fiel. Die, deren geschäftliche Unternehmungen unter Cosimos Obwaltung floriert hatten, worunter die Brüder Assinari und Castanelli an erster Stelle standen, schienen eher eine Lebensart von offenkundiger Dekadenz zu pflegen. Und die Offiziere der Salti, so wurde gleichfalls beobachtet, schienen von jenen Gesetzen (insbesondere die Prostitution betreffend) ausgenommen zu sein, denen sie so rigoros Geltung verschafften. Unvermeidlich gingen unter solchen Umständen Geld und Immunität eine Verbindung ein, und die Korruption des Besitzes wurde so den moralischen Regeln aufgeprägt, die sich aus dem Pittipalast ergossen. Wie Lorenzo es in aller Kürze ausdrückte: »Das freie Vögeln ist zur Magd des Betrugs geworden.«

Über all diese Dinge sprachen wir auf der Straße nach San Casciano, während wir an einem kühlen Frühlingsmorgen dahintrabten. Trotz der drückenden Armut des Landes, durch das wir ritten, erhoben die Hügel der Toskana, die sich gegen den blauen Himmel abzeichneten, unseren Sinn über den üblen und schwärenden Gegenstand unserer Überlegungen. Wir kamen gut voran und erreichten Gallaza kaum später als zu der Stunde, in der ich selber auf meinem Weg nach Florenz vor fast einen Jahr dort verweilt hatte. Aber ich konnte nicht umhin, darüber nachzudenken, wie sich meine Situation seitdem verändert hatte. Während meine schlimmsten Befürchtungen auf jener früheren Reise sich bewahrheitet hatten, ich nach wie vor in tödlicher Gefahr schwebte und der Staat Toskana, wenn überhaupt möglich, noch mehr im Niedergang begriffen war, ritt ich jetzt doch mit Freunden, war behütet und sicher, und der Zweck meiner Reise, die Suche nach Schutz, rief keine Gefühle der Hilflosigkeit oder Verzweiflung hervor. Wir hielten kurz an, um die Pferde zu tränken und ein wenig von dem heißen, gewürzten Wein zu trinken, der sich bis heute zur morgendlichen Stärkung großer Beliebtheit erfreut.

Die Sonne stand immer noch nicht hoch am Himmel, als wir in meinem Geburtsort ankamen. Hier trennten wir uns, wie es vereinbart war. Lorenzo ging zum Amtsgebäude der Präfektur, während ich zusammen mit Mikos und Fernando durch den Ort ritt. Ich bemerkte mit einer gewissen ironischen Belustigung, daß meine Laterne, verrostet und nutzlos, immer noch auf dem Steinsims stand, wo ich sie abgesetzt hatte, als ich floh – ein Zeugnis sowohl für die Ehrlichkeit als auch für die Trägheit der toskanischen Seele.

Kurz danach erreichten wir die Schule, wo gerade die morgendliche Pause zwischen den Schulstunden angebrochen war. Das Gebäude wurde umschwärmt von den lärmenden Kindern der Umgegend, einschließlich, wie ich nicht bezweifle, der Jugend von Poggibonsi. Ich allein stieg vom Pferd und ließ meine beiden Begleiter in ihre Reitmäntel gehüllt sitzen, wie Krähen, die geduckt in den Zweigen eines Baumes hocken. Dann betrat ich die Schule, in der ich meine eigenen Talente viele Monate zuvor hatte erproben können.

Viel erkannte ich nicht wieder. Die breite, niedere Fassade war dieselbe geblieben, und die neuen Gebäude hatte ich natürlich zuvor gesehen, aber im Innern blieb wenig Ähnlichkeit. Die Schule hatte nun vier Klassenräume, und der enge Bereich, in dem ich selbst gelehrt und meinen ersten Einblick in die Geheimnisse der Weiblichkeit erhalten hatte, blieb nun der Ruhe, Meditation und dem Gebet der Benediktinerpatres vorbehalten. Dort fand ich sie, und als ich eintrat, erhoben sie sich zur Begrüßung. Zwei von ihnen waren mir bekannt; sie waren mir und Patrick nach dessen Verschwinden als Lehrer nachgefolgt. Damals hatte ich ein wenig Zeit mit ihnen verbracht, um ihnen die Grundlagen zu erklären, nach denen wir unsere Schüler aufgeteilt und unsere Arbeit durchgeführt hatten. Sie hatten natürlich vom Tod meines Vaters und meinem eigenen Verschwinden erfahren. Auch von meiner derzeitigen Beschäftigung in Florenz hatten sie gehört, und einer von ihnen, ein Florentiner von Geburt, hatte selbst in der Medici-Bibliothek unter der Anleitung Antonio Magliabechis gearbeitet. Eine kurze Zeit sprachen wir daher in einer glücklichen Schar über mein eigenes Weiterkommen, das der Schule und einzelner Schüler, von denen einige, darunter der Sohn des Müllers, sogar bereits den Weg zur Universität Pisa beschritten hatten. Dieses Thema brachte mich direkt zu meinem Anliegen, und ohne irgendeinen Grund dafür zu geben, erkundigte ich mich nach dem Schicksal von Nicola Bomboni. Sie war immer noch an der Schule, als älteste Schülerin und eine, die, wie ich früher, nun selbst mit einer Lehrtätigkeit betraut war. Sie konzentrierte sich auf Wunsch ihres Vaters immer noch auf das

Studium der Mathematik und insbesondere auf jene Disziplin, die sich mit der Berechnung von Prozentsätzen und der Klarlegung (oder Verunklärung) von Bilanzen befaßte. Auf diesem Gebiet tat sie sich besonders hervor und war somit, wenngleich gerade erst fünfzehn, unter den Kaufleuten des Dorfes recht gesucht, wenn es darum ging, ihnen in ihren steuerlichen Problemen beizustehen, ein Dienst, den sie auch ihrem Vater zu dessen Nutzen angedeihen ließ. Sie habe sich, sagte man mir, sehr verändert, als hätte das Bewußtsein ihres Wertes für andere in ihr einen Sinn für ihre eigene Stelle im göttlichen Plan geweckt. Ihr Bruder Filippo hatte sich auch sehr verändert, aber dies wurde allgemein einem Tritt gegen seine Schläfe zugeschrieben, den ein widerspenstiges Tier ihm verpaßt hatte, als Filippo ihm gerade die Kehle aufschlitzen wollte.

So wie man mir gesagt hatte, fand ich sie. Auch wenn ihre Züge wohl nie eine *serenata* zu ihren Ehren würden erklingen lassen, so wurden sie doch durch ihre Art in einer Weise geprägt, die ihnen eine seltsame Anziehungskraft verlieh. Insbesondere ihr Lächeln lud zu sofortiger, spontaner Erwiderung ein, und ihre Augen, die einst wie gehetzte Mäuse hin und her gehuscht waren, blieben nun mit strahlender Gelassenheit auf ihrem Objekt ruhen. Dennoch war sie verwirrt und ein wenig peinlich berührt, mich zu sehen, und nach einer kurzen Neuvorstellung gingen die Benediktiner in ihre Klassenräume und ließen uns allein in einem Raum, der für uns beide unbehagliche Erinnerungen enthielt. Ich beschloß, daß es das beste wäre, rasch und ohne Vorrede den Zweck meines Besuches zu erklären.

Ich hatte nicht erwartet, sie so verwandelt zu finden, und so ähnelte der Dialog, den ich mir geistig zurechtgelegt hatte, nur wenig dem, der sich tatsächlich ergab. Nichtsdestoweniger hörte sie mir bedächtig und aufmerksam zu und zeigte dabei nur gelegentlich Anzeichen von Abscheu oder

Unglauben. Als ich geendigt hatte und meinen Vorschlag machte, sah sie mich schweigend und, wie ich dachte, mit einer Art Vorwurf an, und dann sagte sie: »Habe ich irgendeine Wahl in dieser Sache, Fredo Credi?«

»Natürlich«, sagte ich und fügte dann mit einer Eingebung, die Patricks würdig gewesen wäre, hinzu: »Ob du dir solch eine Wahl freistellst, ist eine andere Sache.«

Darauf lächelte sie in einer Art, die, so bekenne ich, den Raum erhellte und trotz der Natur unserer Diskussion meine jugendlichen Lenden sich in einer Weise regen ließ, daß ich es nicht zu unterdrücken vermochte. Vielleicht bemerkte sie dies, denn ihr Lächeln wurde breiter, und das Licht der Ironie tanzte in ihren Augen.

»Natürlich«, sagte sie, »werde ich tun, was du erbittest. Ich bin mir wohl bewußt, daß du und dein monströser roter Priester mich aus einem Leben voller Elend errettet habt, und ich habe das, glaube ich, euch nie angemessen vergolten.« Und wir beide lächelten aus einer Verbundenheit heraus, die der süßen Komplizenschaft von Liebenden nahe kam, und faßten uns kurz bei den Händen, bevor wir aufstanden und, nachdem wir dem obersten Benediktiner irgendeine Erklärung gegeben hatten, die Schule verließen und zur Abdeckerei hinübergingen. Wir kamen gerade rechtzeitig, als Alessandro und Filippo Bomboni aus dem Haus traten und den Weg hinabtrotteten, zweifellos mit Louis Bonellis Schänke als Ziel. Mich in Nicolas Gesellschaft zu sehen versetzte Vater wie Sohn einen erheblichen Schock. Alessandro schlug gar lang hin im Versuch, ein Manöver irgendwo zwischen Angriff und Rückzug auszuführen. Im Fallen hielt er sich an Filippo fest, der selbst zu Boden gegangen wäre, hätte er nicht seinen Vater von sich gestoßen. Ja, es bedurfte zehn Minuten intensiver Überredung von seiten Nicolas und meiner selbst und, zugegeben, eines deutlichen Hinweises auf die Gegenwart von Mikos und Fernando, damit ich schließlich Einlaß ins Haus der Bombonis erhielt. Filippo war unterdes mit einem größeren Krug zum Albergo Niccolò geschickt worden. Als er zurückkehrte, war ich mir meiner eigenen Sicherheit hinreichend gewiß, um Mikos und Fernando von ihrer Wächterpflicht zu entbinden, und vereinbarte mit ihnen, sie bei der Präfektur zu treffen.

Die nächsten zwei Stunden verbrachte ich im Haus der Bombonis in der Gesellschaft der gesamten Familie. Die äußeren Bedingungen im Haus will ich nicht beschreiben. Zum Teil waren sie, wie man erwartet hätte, und zum Teil unendlich viel schlimmer. An einigen Stellen waren Anzeichen schmückenden Beiwerks (ohne Zweifel Nicolas Werk) zu finden, die etwas seltsam Anrührendes hatten, wie wenn man ein Haarband inmitten der Augiasställe entdeckte. Sobald offensichtlich geworden war, daß mein Besuch auf beiderseitigen Nutzen hinzielte, wurde die Atmosphäre fast festlich, und ich hatte Mühe, Alessandro davon abzuhalten, seinen Sohn um einen weiteren monumentalen Krug Wein zu schicken. Am Ende der zwei Stunden, als alle notwendigen Vereinbarungen getroffen waren, verließen die ganze Familie und ich selbst den Abdeckerhof und machten uns auf den Weg zur Präfektur. Die Zusammensetzung unserer Gruppe rief verständliche Überraschung in den Straßen hervor, insbesondere angesichts der augenscheinlich guten Laune des Schlächters. In der Präfektur warteten Lorenzo und der Präfekt bereits voll Ungeduld.

Es war früher Abend, bevor wir unser Geschäft abgeschlossen hatten. Zu diesem Zeitpunkt war Bombonis Stimmung einem dumpfen Unbehagen gewichen, ob aufgrund eines Übermaßes von Wein oder eines Mangels desselben, läßt sich schwer sagen. Er schloß seinen Teil des Handels ab und lud Bellini und mich zum Abendessen in den Schlachthof ein, was wir freundlich, aber entschieden ablehnten.

Es war jetzt zu spät, nach Florenz zurückzukehren oder die Weiterreise nach Pisa in Angriff zu nehmen, und so verbrachten wir einen recht angenehmen Abend im Albergo Niccolò und redeten mit einer gewissen Wehmut über meine Jugend in San Casciano und darüber, wo unser roter Priester sich im Augenblick aufhalten und welcher Tätigkeit er nachgehen mochte, worüber wir in Wirklichkeit wenig Zweifel hegten.

Am frühen Morgen brachen wir zu unseren jeweiligen Zielen auf, und nach einer ereignislosen Reise kam ich am späten Vormittag zusammen mit Fernando in Florenz an. Als wir uns den Stadttoren näherten, überkam mich Melancholie. Die Werke des Amtes für öffentliche Sitte im Verein mit der sich verschlechternden Lage der Armen und dem Anwachsen willkürlicher Gesetzlosigkeit brachten eine Atmosphäre der Verderbnis und des Verfalls hervor. Überall sammelten sich Abfall und Dreck in den Straßen. Bettler gab es immer mehr, und was an armseligen Resten von Warenverkehr blieb, wurde von der Mehrheit mit der Gleichgültigkeit der Vergessenen und Unbeteiligten betrachtet. Jüngste Verlautbarungen über einen absehbaren Erfolg der bevorstehenden Ernte und die Vermehrung des Handels in der Toskana waren in diesen Bezirken mit dumpfem Unglauben zur Kenntnis genommen worden

Bevor wir die Porta Romana erreichten, machte ich einen Abstecher von unserem direkten Weg, um das Haus von Marios Schwester aufzusuchen. Dort verbrachte ich ein wenig Zeit und bedachte sie mit einem Teil des Ertrags aus dem Nachlaß meines Vaters, der von dem Präfekten freigegeben worden war, und gab außerdem in ihre Obhut eines der Bündel mit Dokumenten, die in meiner Satteltasche enthalten waren; Sicherheiten von der Art, wie ich sie besaß, gedachte ich so breit wie möglich zu streuen.

Als wir die Stadt betraten, begann meine Stimmung sich

wieder zu heben. Trotz der sichtbaren Zeichen allgemeinen Verfalls behielten die Gebäude ihre heitere Gelassenheit, und das ununterdrückbare Gewühle städtischen Lebens brodelte unter der erzwungenen Strenge wie das Gewimmel von jungen Tieren in einem zusammengeschnürten Sack. Die Salti waren überall. Ihre Anzahl hatte weiter zugenommen, und ihre auffälligen und aggressiven Uniformfarben kontrastierten mit dem Elend der Straße wie scharfe Steine im Schlamm. Dem Weg folgend, den ich genommen hatte, als ich das erste Mal in die Stadt gekommen war, näherten wir uns dem Ponte Vecchio, wandten uns dann nach rechts, am Flußufer entlang, überquerten den Arno unterhalb der Kirche Santa Croce, bogen in die Via del Corso ein und kamen schließlich beim Haus meines Meisters an. Ich blieb dort nur so lange, um meine Kleider zu wechseln und den Inhalt meiner Satteltaschen teils in die Truhe neben meinem Bett, teils in den Leinwandbeutel zu verstauen, den ich für die Übermittlung von Manuskripten verwandte. Mit diesem machte ich mich auf den Weg zum Hause Vincenzo Vivianis, des ehemaligen Schülers Galileis und Hüter der großen Werke des Astronomen. Wir waren uns bei verschiedenen Gelegenheiten seit meiner Ankunft in Florenz begegnet, und während er sich bewußt war, daß ich das Wissen um sein Geheimnis teilte, war zwischen uns kein Wort darüber gefallen. Diese Konvention achtend, fragte ich ihn einfach, ob er mein kleines Bündel von Dokumenten seiner »Sammlung« hinzufügen wolle, und übergab ihm zu diesem Zweck einen Brief, den Lorenzo aufgesetzt hatte. Nachdem er diesen gelesen hatte, nahm er den Beutel mit äußerster Sorgfalt und abgewandtem Blick entgegen, wie man ein Behältnis in Empfang nehmen mag, das zum Beispiel den Kopf Johannes des Täufers enthielt. Ich hatte erhebliche Zweifel, ob es klug sein mochte, solche Dokumente seiner Obhut anzuvertrauen, aber Lorenzo hatte dies mit den Worten abgetan, daß bei Viviani hinter dem Äußeren eines Rehs das Herz eines Leoparden schlage. Einer von uns sollte in naher Zukunft recht behalten.

Wie es um seine Leopardenqualitäten auch beschaffen sein mochte, ich war jedenfalls froh, mich verabschieden zu dürfen und machte mich auf den Weg zu dem Ort meiner Tätigkeit in den Gewölben von San Lorenzo. Hier traf ich auf meinen Meister, der gerade mit einem freundlich blickenden Engländer heraustrat, welcher in die Reisegewänder der englischen Kirche gekleidet war. Mein Meister stellte ihn als Gilbert Burnet vor – welcher später Bischof von Salisbury werden sollte –, und damit begann eine der längsten und dauerhaftesten Freundschaften meines Lebens. Sie hatten sichtlich bereits eine gewisse Menge Wein getrunken, da mein Meister, obgleich er keineswegs betrunken war, sich mit einer Beredsamkeit über den Zustand von Florenz ausließ, die ans Indiskrete grenzte.

»Ich habe Doktor Burnet erzählt«, sagte er, als wir gemeinsam in Richtung des Palazzo Medici-Riccardi gingen, »daß es zweitausenddreihundert orientalische Manuskripte in der Medici-Bibliothek gibt. Es sind dies in der Tat die einzigen Manuskripte, die wir anscheinend unbehelligt behalten dürfen. Der Grund dafür ist offensichtlich der, daß niemand in Florenz imstande ist, sie zu lesen. Es scheint das Ziel des Großherzogs und seiner Mutter zu sein, die größte und unverständlichste Bibliothek der Welt zu schaffen. Es gibt nichts Befriedigenderes für Leute wie Vittoria della Rovere als große Werke der Wissenschaft und Literatur, die keiner versteht. Die Menschen fürchten nichts so sehr wie das, was sie selbst nicht verstehen, und Furcht vor Gelehrsamkeit ist genau, was diese Frau zu schaffen wünscht.«

Ich hörte diese Erklärungen mit erheblicher und wachsender Beunruhigung. Wir hatten uns nun dem Palazzo Medici-Riccardi genähert, und die Piazza war belebt. Mein

Meister rief häufig Aufmerksamkeit hervor durch seine einzigartige Erscheinung, aber solche Ansichten, in aller Öffentlichkeit vorgetragen, waren geeignet, eine ganz andere Art von Interesse zu wecken. Es kam mir so vor, als gäbe es bereits drei oder vier, die aus keinem besseren Grunde mit uns Schritt hielten, als seinen Worten zu folgen. Ich schaute zu Gilbert Burnet hinüber, der auf der anderen Seite meines Meisters ging und sich anscheinend der Risiken, die wir eingingen, nicht bewußt war. Seitdem habe ich oft beobachtet, daß die Engländer Ketzerei behandeln wie den unerwartet am falschen Ort gefundenen Kot ihrer Haustiere. Obwohl man ihn letztlich aus dem Haus entfernt, wird er zunächst doch angeschaut und bestochert, in der Hoffnung, genau festzustellen, welch schädlicher Umstand seine unwillkommene und übelriechende Ankunft in ihrem ansonsten ungetrübten Leben verursacht hat. In dieser Gewohnheit sind sie einzigartig in Europa und werden es wohl auch bleiben. Mit Sicherheit würden sie, nach meinen Beobachtungen, niemals in Betracht ziehen, das Tier zu schlagen, das die Ausscheidung hervorgebracht hat, und das führt sie unglücklicherweise zu der Annahme, daß alle Menschen eine so freundliche, tolerante und exzentrische Einstellung besitzen. Viele Jahre später fragte ich den großen Bischof, ob er bei jenem Besuch in Florenz auch nur einmal in Erwägung gezogen habe, daß mein Meister riskierte, die Arme aus den Gelenken gerissen zu bekommen dafür, daß er den Ansichten, die er hatte, Ausdruck gab. Er gab zu, daß ihm dies nie in den Sinn gekommen war, womit er die Gültigkeit meiner klugen Analogie über Hundescheiße bewies.

Als wir uns der Front des großen Palastes zuwandten, wurden die Dinge unendlich viel schlimmer. Eine kleine, aber wahrnehmbare Menge hatte sich in unserer Nähe versammelt und stellte durch ihre vorgebliche Gleichgültigkeit die Faszination der Ausführungen meines Meisters unter Beweis. Jenseits der Piazza, bereits zwiegeteilt durch den Schatten des Palastes, stand die dunkle Front des Jesuitenseminars, nun Residenz und Hauptquartier der Inquisition selbst. Als sei er sich der Aufmerksamkeit der Menschen ringsum gar nicht bewußt, erstieg mein Meister die ersten drei Stufen des Portikus, was ihn kaum auf die Größe des Bischofs neben ihm erhob. Von dieser Position aus und während sein junger Lehrling (ich gebe es jetzt frei zu) versuchte, mit einer der Steinsäulen zu verschmelzen, sprach er die Worte, die in der Folge in der Toskana, ja, in der ganzen Welt berühmt werden sollten.

»Hier«, sagte er und wies auf die große Fassade des Palastes hinter ihm, »wurde die Wissenschaft wiedergeboren, und dort«, fuhr er fort, den Arm nun in Anklage gegen die stumme Fassade des Seminars gerichtet, »wurde sie wieder zu Grabe getragen.«

Gilbert Burnet speiste an jenem Abend mit uns. Es ist wohlbekannt, daß er über einen der schärfsten Intellekte seiner Zeit verfügte. Meine eigenen bescheidenen Beiträge zu unserer Konversation wurden mit einer Würde und Aufmerksamkeit aufgenommen, die ihren Gehalt weder überhöhte noch herabsetzte. Ein Maß seiner Größe ist in der Tatsache zu finden, daß er sich viele Jahre später, als ich seine Gastfreundschaft in Anspruch nehmen durfte, fast aufs Wort der stammelnden Ansichten eines fünfzehnjährigen Knaben erinnerte und, obgleich nicht darüber erhaben, mich ob ihrer naiven Natur zu necken, durch diese Erinnerung das wahre Kennzeichen der Größe bewies: daß kein Mensch und keine Idee, welche von ernsten und wohlmeinenden Absichten erfüllt sind, etwas anderen als der Achtung würdig ist.

Als er in Ottos Begleitung gegangen war, wagte ich auf die Ereignisse des Tages einzugehen.

»Meister«, sagte ich leise.

»Ja, Fredo, du möchtest mich ob meines unüberlegten Ausbruchs vor dem Medici-Riccardi-Palast zurechtweisen.«

Ich war, wie immer, verblüfft, daß er meine Gedanken nicht nur gelesen, sondern mit solcher Genauigkeit zum Ausdruck gebracht hatte.

»Nun, Meister ...«

»Streite es nicht ab, Fredo, du meinst, es war unbesonnen und gefährlich. Du hast ganz recht, und ich bedaure es. Ich ließ mich von der destruktivsten Kraft der Welt hinreißen. Zwölf Jahre lang habe ich meinen Zorn im Zaum gehalten. Zwölf Jahre lang bin ich einem selbst bezeichneten Pfad gefolgt, errichtet auf Trug und gefestigt von Lügen. Ich habe dem Großherzog gedient, um zu lindern, um hinauszuzögern – manchmal, wie im Falle deines eigenen Vaters, um den Ruf meiner Freunde zu schützen. Ohne den Einfluß, den ich durch meine eigene Erniedrigung geschaffen hatte, hätte er die Beschuldigungen, die seinem Angriff auf Bomboni folgten, nicht überlebt. Wir zögern die Ablieferung der Bücher hinaus. Wo möglich, warne ich die Juden vor neuen Maßnahmen, die gegen sie ergriffen werden. Die herzöglichen Erlasse werden zur schriftlichen Abfassung in die Bibliothek geschickt. Daher kenne ich die künftigen Gesetze bereits Tage, wenn nicht Wochen, bevor sie in Kraft gesetzt werden. Das allein hat Leben gerettet. Aber ich bin ein Spielball, ein Spielzeug. Cosimo bedarf der Größe. Er hat wenig genug von sich aus, aber er hat etwas geerbt, das die größte Bibliothek in der Welt ist (oder war). Somit bedarf er auch des größten Bibliographen. Nur dadurch habe ich die Angriffe der Inquisition gegen mich und die Eifersucht seiner Mutter bislang überlebt.

Heute nachmittag sprachen Burnet und ich über die Lage in England. Es ist ein offenes Geheimnis, daß Männer aller Parteien das Ende der Stuart-Könige herbeisehnen. Es ist kein Geheimnis, daß man Wilhelm von Oranien gebeten hat, die englische Krone anzunehmen. Sie nennen es bereits die Glorreiche Revolution. Und warum? Weil in England Männer mit Einfluß und Macht und Vermögen nicht in der Dienstbarkeit des Kompromisses auf dem Boden kriechen; sie verkaufen ihre Seelen und ihre Freiheit nicht für Handelsmonopole, nehmen die erzwungene Armut ihres Volkes, die Scheinheiligkeit ihrer Herren und die Verfolgung der Schwachen nicht einfach hin. Fünf Jahre lang haben sie sich gegenseitig zerfleischt, nicht etwa um ihrer Regierung eine Form zu geben, sondern ein Ziel, dem sie folgen muß, einen ehrenhaften Pfad in Richtung auf das öffentliche Wohl. Über all dies sprachen wir, England betreffend. Aber wo finden wir dergleichen in der Toskana, dem Geburtsort der Renaissance, dem traditionellen Förderer von Wissenschaft und Kunst, dem größten historischen Beispiel republikanischer Demokratie, getragen von aufgeklärter Wirtschaft und auf Handel gegründet? Als ich da auf die Straße hinausging und Florenz vor mir liegen sah, da wurde der Zorn unerträglich, und ich sagte Dinge, die um unser aller willen besser ungesagt geblieben wären.«

Nichts davon, sollte ich noch sagen, war eine Deklamation. Er sprach die Worte fast ohne Betonung, welche seine Sprachbehinderung denn, wie immer, an unerwarteten Stellen hineinlegte. Ich wartete, daß er fortführe, aber er war, unbequem auf der Sitzbank neben dem großen Fenster hockend, in Gedanken versunken.

In jener Nacht bemerkte ich, daß er, was ungewöhnlich war, die Läden und Verschlüsse vor dem Schlafengehen überprüfte, und als ich zu meiner eigenen Kammer hinaufstieg, wurde ich erfüllt von dunklen Vorahnungen. Daß dies alles Böses, Entbehrungen und Schmerzen mit sich bringen würde, daran hatte ich keinen Zweifel. In einer gewissen Weise wünschte ich mir all dies herbei, wie ein Soldat sich nach der Schlacht sehnt in dem (unwandelbar fehlgeleiteten) Glauben, daß sie die letzte Sühne für Hoffnung und Angst zugleich bedeuten wird.

15

Ich erwachte in den frühen Morgenstunden. Kein Lichtschimmer kam durch die Fensterläden, obgleich meine langsam brennende Kerze noch in ihrem Leuchter flackerte und die weißen Stukkaturen über meinem Kopf beschien und die Früchte und Blumen in den Ornamenten tanzen ließ wie in einer Morgenbrise. Ich wußte sofort, daß ein Laut mich geweckt hatte, obwohl sich dessen Natur und Richtung im weichenden Schlaf verloren hatten. Ich lag da, starrte auf die Decke und lauschte in Richtung der Tür meiner Kammer. Diese führte direkt auf die Balustrade hinaus, die das Treppenhaus umgab, und war der Treppe am nächsten, welche auf die linke Seite des Haupteingangs führte.

Wie ich lauschte, hörte ich das Geräusch erneut. Unverkennbar ein Tritt auf eben jener Treppe, doch ob er herauf oder hinab führte, blieb mir natürlich verborgen. Ich blieb starr vor Konzentration, wie ein Kind, das die Pause zwischen Blitz und Donner auszählt, um festzustellen, ob das Gewitter näher kommt oder fortzieht. Sekunden später hörte ich einen weiteren Tritt, leiser nun und offenkundig am Fuß der Treppe.

Mein Schlafzimmer lag unmittelbar über der Bibliothek, und seine Fenster gingen auf die Via del Corso hinaus. Ich hatte kurz nach meiner Ankunft entdeckt, daß der Stuck und Putz an der Decke der Bibliothek direkt auf die Unterseite der eichenen Dielenbretter aufgebracht worden waren, die den Fußboden meines Zimmers bildeten. An einigen Stellen hatten sich schmale Risse in den Spalten zwischen den Brettern aufgetan, von unten nicht bemerkbar, aber in der Dunkelheit meines Zimmers, wenn die Bibliothek von ihren Kerzenleuchtern voll erhellt war, deutlich zu erkennen. Dieses Licht bildete dann entlang des dunklen Bodens meiner Kammer kleine Flüsse, die sich in der weißen Decke über mir widerspiegelten. Im Zimmer selbst verband sich der Lichtschein mit den schwebenden Staubteilchen und bildete ein durchscheinendes Bild, als hinge die zarteste Spitze, die man sich vorstellen kann, in durchbrochenen Mustern von Wand zu Wand. Mit einem kindlichen Sinn für das Verbotene hatte ich auch entdeckt, daß ich, wenn ich meine Augen direkt an diese Ritzen legte, einen direkten, wenn auch eng begrenzten Blick auf den Boden der Bibliothek darunter bekommen konnte.

Da die Bibliothek im Dunkeln lag, war keines dieser Phänomene um mein Bett herum zu beobachten. Doch nun hörte ich deutlich, wie unter mir die Zederntür, die selten geschlossen war, aufgedrückt wurde, und ein ganz leises Geräusch sagte mir, daß irgend jemand die Bibliothek betreten hatte.

Ich wußte, daß es nicht mein Meister war. Seine Behinderungen bewirkten, daß sein linkes Bein immer nachgezogen wurde, nachdem das andere einen Schritt getan hatte, einfach als eine zwischenzeitliche Stütze für eine weitere Bewegung. Selbst mit der Hilfe eines Geländers hätte er keine Treppe mit solcher Heimlichkeit herabsteigen können. Ich hatte oft meinen Meister des Nachts im Hause gehört, und eines war nur allzu klar: Wer immer sich in der Bibliothek herumtrieb, ihr Besitzer war es nicht. So leise wie ich konnte, schob ich meine Bettdecke zurück, schwang meine Füße auf den Boden, und während ich mich auf die Bodendielen hockte, tasteten meine Finger nach der breitesten der Ritzen. Ich wußte, daß sie es mir möglich machte, den mittleren Teil des ersten Raumes unmittelbar unter mir einzusehen. Ich versuchte die Stelle zu finden, wo die Lücke am größten war und legte mich bäuchlings daneben, Stirn und Wange gegen die kühle, glatte Oberfläche des schwarzen Eichenholzes gepreßt, und spähte hinunter. Ich konnte sogleich das flackernde Licht einer Kerze erkennen, das sich in einer Linie parallel zur Vorderfront des Hauses und zwischen den unsichtbaren roten Bücherschränken auf beiden Seiten bewegte. Der Träger des Lichts, Mann oder Frau, ging auf der Seite des Raumes, die den Fenstern näher war, und blieb daher durch die Dicke des Holzes und Putzes unter mir meinem Blick verborgen. Ich erwog, mich zu einem anderen Beobachtungspunkt zu schieben, parallel zu dem, den ich jetzt innehatte. Im Augenblick jedoch wagte ich nicht, mich zu bewegen, weil das Licht nun nahe an meiner Position vorbeikam, und hätte sich die unsichtbare Person nur zwei Schritt rechts davon befunden, wäre sie kaum eine Mannslänge unter mir vorbeigegangen.

Ich sagte, daß die Gestalt unsichtbar war, aber das stimmte nicht ganz. Die Kerze wurde offenkundig zur Linken des Körpers gehalten, der selbst der Straße jenseits der verrammelten Fenster zugewandt war. Ich konnte daher deutlich den Schatten ausmachen, den er seitwärts auf den Fußboden der Bibliothek warf, und sogar die Bewegungen, die der Besucher machte. Voller Schreck stellte ich fest, daß der unsichtbare Eindringling soeben eine der kurzen Treppenleitern erstieg, die in Abständen entlang der Regale standen. Ich konnte auch die unmißverständliche Bewegung eines Arms sehen, und mir wurde klar, daß dort Bücher oder Manuskripte aus einem der Alkoven zwischen den Fenstern genommen wurden. Während ich zusah, verkürzte sich der Schatten und zeigte dadurch an, daß die Gestalt die Stufen wieder hinabgestiegen war, und die Kerze bewegte sich rasch auf das Ende des Raumes zu, das am weitesten von der Eingangstür entfernt lag. An diesem Punkt erwartete ich das

Licht erlöschen zu sehen, wie es sich nach rechts bewegte, in die einzig mögliche Richtung, auf das große Fenster und den Kanal zu. Zu meiner Überraschung nahm das Licht statt dessen zu und wurde ruhiger, als sei die Kerze mit weiteren auf einen Tisch gestellt worden. Dies wurde von einem seltsamen knirschenden Geräusch begleitet, und dann war Stille. Das Licht brannte weiter.

Seltsamerweise empfand ich zu dem Zeitpunkt wenig Furcht. Zuerst hatte ich mir vorgestellt, die Salti unternähmen irgendeinen Angriff auf das Haus. Aber sie kamen nicht einzeln, und sowie sie im Besitz entsprechender Vollmachten wären, hätten sie wenig Grund für Schweigen oder Heimlichkeit. Ermutigt durch diesen Schluß, stand ich vom Boden auf und überlegte, was ich machen sollte. Ich war mir ziemlich sicher, daß die Tür zur Bibliothek am Fuß der Treppe nicht geschlossen gewesen war. In den Frühlings- und Sommermonaten blieb sie meist zumindest einen Spalt offen und ging schwer und geräuschvoll, wenn sie geschlossen wurde. Ich war mir gleichermaßen sicher, daß ich die Stufen lautlos hinabsteigen konnte. Trotz meines ungeschlachten Körpers war ich relativ leicht auf den Füßen, und die Eichenholztreppe war so fest wie Felsgestein. Jeder Versuch, meinen Meister oder Otto zu wecken, hätte unseren Besucher vorgewarnt, und da ich mich anfänglich von der Bibliothek hätte wegbewegen müssen, hätte dies ihm (oder ihr) genügend Zeit gelassen, durch die Vordertür zu flüchten. Darum nahm ich meinen Mut zusammen und den Saum meines Nachthemds hoch, schlüpfte aus meiner Kammer und begann langsam und lautlos die Treppe hinabzuschleichen.

Als ich den ersten Absatz erreichte und direkt auf den Marmorboden unten hinabblickte, sah ich, daß ich zumindest in einer meiner Annahmen recht behalten hatte. Die Bibliothekstür zur Rechten stand weit offen, und das Licht, das ich von oben gesehen hatte, war nun schwach zu erkennen, wie es sanft und kaum wahrnehmbar auf den roten Läufer fiel, der vor dem Eingang des Raumes lag. Als ich leise die letzte Treppenflucht hinunterstieg, hielt ich die Augen auf diesen matten Lichtstreifen gerichtet, in der wachsenden Furcht, daß plötzlich ein Schatten darauf fallen könnte, der anzeigte, daß jeden Moment eine Gestalt zum Vorschein kommen mußte. Doch nichts dergleichen geschah, und als ich den Fuß der Treppe erreichte, duckte ich mich fast bis auf die Tiefe meiner eigenen Knie und schob, indem ich mich mit unendlicher Vorsicht nach vorne beugte, ein Auge vorbei an dem kanellierten Türpfosten, der den Eingang rahmte.

Ich konnte nun die volle Länge des Raumes überblicken, desselben Raumes, der meinen Vater so entzückt hatte, bevor ich auf die Welt gekommen war. An seinem fernen Ende sah ich sogleich die Quelle des Lichts, das ich unvollkommen von oben wahrgenommen hatte. Eine Kerze war in der Tat auf den Lesetisch beim letzten Fenster zur Straße gestellt worden. Das Hauptlicht jedoch ging von den Bücherschränken selbst oder vielmehr von einer Türöffnung aus, die in die Regalwände eingelassen war, welche im rechten Winkel von der Straße wegführten und der Tür, in der ich kniete, direkt gegenüber lagen, in einer Entfernung von vielleicht dreißig Schritt. Die gegenüberliegende »Tür« war in Wirklichkeit Teil des Bücherschranks selbst und öffnete sich nach innen, von der Bibliothek weg. Die Bücherregale waren noch in einem Winkel zu sehen; ihre Einbände reflektierten das Licht, das von einer Quelle in dem Gang oder Raum dahinter kam.

Ein Rätsel war somit gelöst. Sogleich, als ich in das Haus gekommen war, war mir, selbst in meinem verstörten Zustand, das Fehlen der inneren Tür aufgefallen, die mein Vater beschrieben, und des Wandschirms, der sie verborgen hatte. Diese Tür mit ihrem durchbrochenen Fenster war angeblich in die Bücherwände an der dem Kanal am nächsten liegenden Ecke eingelassen gewesen. Mein fruchtbarer kindlicher Geist hatte natürlich schnell die Möglichkeit einer geheimen Tür erfaßt, die dem Raum, den mein Vater entdeckt hatte, einen besseren Schutz gegeben hätte. Wenn ich in der Bibliothek allein gewesen war, hatte ich von Zeit zu Zeit jenen Teil der Bücherwand mit großer Sorgfalt in Augenschein genommen. Ich hatte sogar mehrere Reihen mit Büchern und Manuskripten abgeräumt, um das Holzwerk dahinter nach etwaigen Ritzen oder Spalten in der Oberfläche abzusuchen. Es gab keine, und ich war längst zu dem Schluß gekommen, daß meines Vaters Bericht ein gewisses Maß an Phantasie oder Übertreibung enthielt.

Jetzt war mir sofort ersichtlich, was geschehen war. Man hatte die gesamte Bücherwand nach vorn versetzt, um dahinter einen Gang zu bilden. Es war in der Tat eine Geheimtür in das Holzwerk eingebaut worden, aber an dem anderen, der Straße näheren Ende. Somit müßte ich, sagte ich mir, immer noch am Boden hockend, wenn ich durch die Öffnung in der Bücherwand trat, mich nach rechts wandte und dem also gebildeten Gang folgte, an der Tür mit dem durchbrochenen Fenster ankommen, die sich nun eine gute Armeslänge hinter der Rückfront des hölzernen Bücherschranks befand. Da die Bibliothek, soweit ich sie einsehen konnte, menschenleer war und der Teil, der dem Kanal zugewandt war, offensichtlich im Dunkeln lag, nahm ich an, daß der mysteriöse Bücherdieb bereits durch die geheime Tür hindurchgegangen war, die er aus Faulheit oder Unaufmerksamkeit zu schließen versäumt hatte. Ich bekenne, daß ich Angst hatte, aber ich war auch unerträglich neugierig und begierig darauf, ein Rätsel zu lösen, das seit meinen frühesten Jahren meine Träume und meine Phantasie erfüllt hatte. Als ich mich aufrichtete, merkte ich, daß meine Beine in der verkrampften Stellung, die ich eingenommen hatte, unbemerkt eingeschlafen waren. Ich wartete darauf, bis das Blut unterhalb meiner Knie wieder zirkulierte, und ging dann mit akuten *agphispilli* in den Füßen über den Boden der Bibliothek, wie ein Bußfertiger auf scharfen Steinen dem Schrein seines Gottes entgegenschreitet.

Ich glaube nicht, daß ich irgendein Geräusch machte, als ich zwischen den stummen Bücherreihen und den verriegelten Fenstern hindurchschlich. Als ich die gegenüberliegende Wand erreichte, bemerkte ich sofort und trotz meiner Nervosität, wie geschickt die Tür konstruiert war. Ihre Ränder wurden von den senkrechten Streben und dem oberen Kranz des Regals selbst gebildet. Die ganze Konstruktion mußte erst ein Stück zurückgeschoben werden, bevor sie aufging. Sie wurde von Messingangeln gehalten, und ein Rad, das in die Rückwand des Bücherbords eingelassen war, trug das Gewicht, während die Tür zurückschwang. In die Enden der Regale waren dort, wo sie ihre Stützen verloren, wenn das Bord zurückgeschoben wurde, Glasscheiben eingesetzt. Das Glas selbst wurde an den Kanten durch eine Zierleiste verdeckt und stützte die Bücher zu beiden Seiten. Jenseits der Tür gab es in der Tat einen Gang, der nach rechts verlief und selbst mit Regalen gesäumt war, die man freilich grob zurechtgezimmert und nur mit wenigen Büchern bestückt hatte. Im Licht des Kerzenleuchters, das in diesen Korridor drang, konnte ich einige der Bücher und Manuskripte ausmachen, die in Eintracht mit den nämlichen Bänden, welche aus der Medici-Bibliothek abberufen worden waren, von den Regalen meines Meisters verschwunden waren. Am anderen Ende des Ganges, kaum fünfzehn Schritt entfernt, fiel mehr Licht aus einer unverschlossenen Türöffnung zur Linken. Als ich mich dieser Öffnung näherte, konnte ich sehen, daß die Tür selbst von einen geschnitzten Rahmen umgeben war und in der Mitte ihres oberen Feldes ein Fenster besaß, welches teilweise von durchbrochener Schnitzerei verdeckt war. Ich verspürte ein wachsendes Gefühl der Aufregung und des Schreckens, mein Herz begann in meiner Brust zu pochen, und meine Beine wurden taub oberhalb der wütenden Nadelstiche, die meine immer noch eingeschlafenen Füße peinigten. Dann, so plötzlich wie diese Empfindungen gekommen waren, wichen sie jener seltsamen kalten Geistesruhe, die ich zuvor beschrieben habe. Ich trat nun an die Öffnung heran, als verfolgte ich meinen eigenen Weg von einem getrennten Beobachtungspunkt aus, der zugleich eine Beurteilung von Handlung und Empfindung erlaubte.

Trotz dieses Ausbruchs von Kaltblütigkeit fuhr ich zusammen, als ein Geräusch an meine Ohren drang. Es kam von jenseits des Durchgangs, von wo ich von dem Augenblick an, als ich den Gang betreten hatte, ein leises unregelmäßiges Kratzen vernommen hatte. Nun verstummte dies mit einem Male völlig, und ich vernahm ein einziges lautes Knirschen und Reißen, das man in der Phantasie mit dem Zermalmen von Knochen verbinden mag. Diesem folgte für einen Moment ein feilendes Geräusch und danach wieder das andauernde leichte Kratzen, das mir zuerst aufgefallen war. Als ich dort stand, hörte es erneut auf, und wieder kam der Laut plötzlichen gewaltsamen Reißens. Kurz darauf war auch das wieder vorüber, und abermals begann das Kratzen. An diesem Punkt gewann ich ein wenig von meinem Mut zurück, schob mich die letzten Schritte bis zu der Tür vor und spähte, nun nicht mehr ganz so vorsichtig, in den Raum, der dahinter lag.

Er war fast genauso, wie mein Vater ihn beschrieben hatte: ein winziges Skriptorium. Er wurde auch von schlichten Regalen gesäumt, auf denen eine Vielzahl von Folianten, Büchern und Manuskripten ohne erkennbare Ordnung verstreut lag. In der Mitte des Raumes stand ein großes Schreibpult, in dessen Mitte eine Lampe brannte, die für das Studium zu beiden Seiten des Pultes, wo sich zwei schweigende Gestalten fleißig über ihre Arbeit beugten, hinreichendes Licht spendete. Zur linken Hand saß mein Meister, Antonio Magliabechi, auf einem Stuhl, der mit verblichenen Kissen zugestopft war, die seinen mißgestalteten Rücken stützten. Er trug die Kleider, in denen ich ihn am Abend zuvor zuletzt gesehen hatte (was darauf hindeutete, daß sein vorgeblicher Rückzug ins Bett nicht so endgültig gewesen war, wie es den Anschein gehabt hatte). In seiner Rechten hielt er einen feingespitzten Federkiel, mit dem er mit minutiöser Sorgfalt schrieb. Zwischen seinem gesenkten Gesicht und dem Tisch befand sich ein Apparat, den ich alsgleich als eine große Vergrößerungslinse erkannte, gerahmt und an einer verstellbaren Vorrichtung angebracht, die eine permanente Vergrößerung des Objekts ermöglichte, ohne den Gebrauch der Hände zu erfordern. Von seiner Feder rührte ein Teil der kratzenden Geräusche her, die ich vernommen hatte.

Fast im selben Moment, als mein Blick in den Raum fiel, wurde die geschäftige Stille durch ein weiteres Knirschen zerrissen, das den Bibliothekar kurz zu seinem Gefährten hochblicken und eine scharfe und verzweifelte Zurechtweisung äußern ließ. Dieser zweite Insasse des Zimmers, zur Rechten des Schreibpultes thronend, schien auf den ersten Blick ein kleines Kind zu sein. Der Stuhl war sicherlich ein Kinderstuhl, wenngleich mit Kissen ausgepolstert, und reichte bis auf wenige Zoll an die Tischplatte heran. Winzige Beine baumelten über den Rand der Kissen, und der Rumpf des Körpers, der auch über die Arbeitsfläche gebeugt war, war kaum länger als der Unterarm eines Mannes. Der Kopf jedoch, nun leicht von mir abgewandt, war von unverhältnismäßiger Größe und dem eines, wenn auch kleinen, Erwachsenen ähnlich. Vor dieser Gestalt stand ein ähnlich befestigtes Glas, unter dem eine Rechte einen weiteren feinen Federkiel hielt. Die Finger der linken Hand, die nun auf dem Tisch ruhte, hielten eine große grüne Gurke, die zum Teil verzehrt und an ihrem oberen Ende ausgefranst war. Es war somit klar, daß das gewaltsame Abbeißen und Einspeicheln dieses Gemüses die erwähnten Geräusche und meines Meisters augenscheinliche Verärgerung hervorgerufen hatten. Auf den Tadel meines Meisters hin blickte das Kind zu ihm hoch und sprach. Die Worte waren unverständlich, aber die Stimmlage war so niedrig, daß sie sofortiges Erstaunen hervorrief. Während er sprach, schwang er nach links herum, wahrscheinlich in der Absicht, vom Stuhl in Richtung der Tür zu springen, wo ich stand. So schnell und überraschend war die Bewegung, daß ich mich nicht von der Stelle rühren konnte, und wir blickten uns zum erstenmal direkt in die Augen.

Es muß ein Schock für ihn gewesen sein, aber nichts im Vergleich zu dem meinen. Das Gesicht war das eines grundhäßlichen Mannes in fortgeschrittenem Alter. Sein kuppelförmiger Schädel erhob sich, im Verhältnis gesehen, noch höher über seinen Augen als der meines Meisters. Von der Spitze dieser Kuppel jedoch hing ihm eine Fülle von Haar hinunter bis auf die Schultern und verbarg seine Kahlheit von hinten und von den Seiten. Haar sproß auch von seinen Wangen und in Büscheln entlang seines Kinns. Seine Augen waren der einzige Gesichtszug, der an Normalität grenzte: Sie waren grün und lagen weit auseinander unter außergewöhnlich haarigen Brauen, die sein Gesicht zerteilten wie die Heckenzäune bei einem sienesischen Pferderennen. Darunter hing eine große Knollennase über einem breiten Mund, aus dem, wie ich mit einem weiteren Erschrecken bemerkte, zu beiden Seiten zwei scheußlich vergrößerte Zähne hervortraten wie die oberen Hauer eines Ebers.

Einige Sekunden sahen wir einander zur Begleitung des ständigen Kratzens der Feder meines Meisters an. Dann, zu meiner erheblichen Verwunderung und ohne sich sonst zu bewegen, schloß er mit ernster Miene ein Auge in dem internationalen Zeichen stillschweigenden Einvernehmens. Danach neigte er leicht den Kopf zu der gebeugten Gestalt meines Meisters, womit er ganz offensichtlich andeuten wollte, wenn ich mich jetzt zurückzöge, würde mein Besuch unser beider Geheimnis bleiben. Ich war zu überrascht, um irgend etwas zu tun, und hatte mich im übrigen beim Anblick dieses außergewöhnlichen Gesichts instinktiv aufgerichtet, so daß ich nun in voller Größe in der Tür stand.

Da er nun wohl annahm, daß ich mich nicht fortbewegen würde, brach das groteske Gesicht in ein breites Grinsen aus, welches noch mehr von den Hauern entblößte, die aus seinem Oberkiefer ragten. Er hob die Gurke, zwinkerte mir wieder zu und biß, in der Stille des Raumes, ein weiteres Stück von dem grünen Zylinder ab. Der ärgerliche Ausruf meines Meisters wurde erstickt, als er aufblickte und mich in der Tür stehen sah. Mehrere Sekunden lang herrschte Schweigen, abgesehen von dem nachdenklichen Kauen. Dann war es der Zwerg, der das Schweigen brach. Nachdem er seinen Mundvoll heruntergeschluckt hatte, sagte er im Ton einer gewissen Zerknirschung: »Ich fürchte, ich habe vergessen, die Tür zu schließen.« Die Antwort meines Meisters bestand darin, daß er in einer übertriebenen Grimasse des Ärgers und der Resignation die Augen schloß. Doch als er sie wieder öffnete, zeigten sie seinen unverwüstlichen guten Humor.

»Es ist wirklich ganz außergewöhnlich«, sagte er, »daß die Credi-Familie sich nicht aus meinem Skriptorium heraushalten kann. Ich habe endlose Mühen und Kosten darauf verwandt, seine Verschwiegenheit zu bewahren, obwohl mir unbegreiflich bleibt, warum ich mit diesem ohrenbetäubenden Muster von Völlerei in Klausur gehen sollte. Nun denn, Fredo, da du einmal hier bist, komm herein, und ich werde dir alles erklären. Ich habe dich nur zu deinem eigenen Schutz bislang in Unwissenheit gehalten, aber jetzt, fürchte ich, bist du zu einem Mitverschwörer geworden.«

So ermutigt, trat ich in den Raum, und der Zwerg verlagerte mit einer geübten Bewegung sein Gesäß vom Stuhl auf den Tisch, so daß die Spitze seines Kopfes kaum eine Handbreit unter meinem Kinn verharrte. »Willkommen«, sagte er, »in dieser Fälscherwerkstätte.«

»Dieses unwirkliche Objekt«, sagte mein Meister, »ist Jakob Bonetti, allgemein bekannt als Bono. Ich kam an seine Dienste in recht ähnlicher Weise, wie ich mir Ottos erwarb.«

Dann erzählte mein Meister kurz das seltsame Leben dieses Schreibstubengefährten, der auf dem Rand des Tisches saß, gelegentlich an seiner Gurke kaute und den Rest der Zeit die unwahrscheinliche Geschichte mit einem breiten Grinsen kommentierte.

Zu dieser Zeit war Bono etwa fünfzig Jahre alt. Als mein Vater zum erstenmal die Via del Corso besuchte, war er gerade Anfang dreißig gewesen und ein Neuankömmling im Hause des Bibliothekars. Vordem hatte er eine Zeitlang zum Eigentum des Fürsten Mattia de' Medici, Bruder des damaligen Großherzogs Ferdinando, gehört. Während des Dreißigjährigen Krieges war Mattia einer der wenigen erfolgreichen italienischen Generäle gewesen, und er hatte mit der beträchtlichen Beute, die er bei den Auseinandersetzungen gemacht hatte, auch eine Sammlung von Grotesken und Deformitäten zusammengetragen, von der Bono ein Teil war. Mattia hatte den Zwerg von einem türkischen Händler gekauft, der ihn selbst von Piraten erworben hatte, welche im östlichen Mittelmeer operierten. Vor dieser Transaktion hatte er einen größeren Teil der zivilisierten Welt bereist als die meisten Menschen von voller Größe in ihrem ganzen Leben.

Einen Teil seines früheren Lebens erfuhr ich an jenem Morgen in dem kleinen Skriptorium, bis die Sonne aufging und Otto uns aufscheuchte. Andere Teile wurden mir während unserer späteren Reisen geschildert; aber hier, in kürzesten Umrissen, ist die Geschichte von Jakob Bonetti:

Er war Sizilianer von Geburt, sein Geburtsort Licata, ein Fischerdorf an der Südküste. Seine Eltern waren von normaler Statur und sahen mit wachsendem Entsetzen der verkümmerten Entwicklung ihres einzigen Sohnes zu, der von Geburt an dazu bestimmt gewesen war, Netze auszuwerfen, das Familienboot zu kalfatern und ihnen in ihrem Alter den Lebensunterhalt zu sichern. Im Alter von acht Jahren war es nicht nur klar, daß er ein Zwerg war, sondern er hatte auch die hauerähnlichen Zähne zu entwickeln begonnen, die ihm zu seinem frühen Spitznamen »porcellino«, der kleine Eber, verhalfen. Außerdem hatte er einen gewaltigen Appetit für bestimmte Früchte und Gemüse wie Wassermelonen und Gurken entwickelt.

»Diese Gewohnheit«, sagte mein Meister mit strengem Blick auf die Überreste von Bonos Mahl, »hängt mit seiner Mißbildung zusammen. Lorenzo sagt, daß der Mangel an Wachstum auf eine Schädigung der Hirnanhangdrüse zurückzuführen ist, welche wiederum zu einem dauernden Bedarf an Feuchtigkeit führt, daher dieses vermaledeite Essen. In Ermangelung gewöhnlicher Nahrung zum Zerkauen werden seine Zähne lang und krumm. Es bedarf keiner Erwähnung, daß dies keine Erklärung ist, die türkische Piraten kümmert (oder, was das betrifft, diejenigen, die das Unglück haben, in seiner Gesellschaft zu arbeiten).«

Als ihnen klar wurde, daß ihr Nachwuchs, statt ihnen finanzielle Sicherheit zu bieten, eher eine lebenslange Verantwortung darstellen würde, beschlossen Bonos Eltern, sich bei der ersten Gelegenheit ihres mißgestalten Sohnes zu entledigen. Das war nicht so schwer, wie es klingt, da in jenen Tagen für Zwerge eine große Nachfrage unter den modebewußten Adelshäusern Europas bestand. Ja, große Summen Geld wurde Leuten geboten, die geeignete Pygmäen auftreiben konnten. Bonos größter Nachteil, im Alter von zehn Jahren, war sein Analphabetismus. Er war gewiß klein genug, um der Mode zu entsprechen, und besaß den zusätzlichen Vorzug, daß er vierzig Gurken, zwanzig Feigen und zwanzig Melonen auf einen Sitz verzehren konnte. Seine eberhaften Zähne gaben ihm auch eine gewisse *eleganza*. Die Schwierigkeit lag in seinem Mangel an Bildung. Von Kaufleuten in Messina eingezogene Erkundigungen ergaben, daß es zwar eine beträchtliche Nachfrage nach Zwergen als Pagen, Lakaien oder einfach als Ausstellungsstücke und Spielzeuge gab, daß jedoch *kluge* Zwerge besonders gesucht waren. Die Faszination lag in dem vordergründigen Gegensatz zwischen der Kleinheit des Körpers und der Größe des Geistes. Die Armut der Bonettis gestattete keine formale Bildung, und während Gurken und Wassermelonen in relativer Fülle vorhanden sind, war selbst deren Erwerb für das Einkommen eines sizilianischen Fischers eine unerträgliche Belastung. Eine mögliche Antwort war natürlich der sizilianische Brauch des *abbandono*, des Aussetzens von Kindern in den Bergen. Ja, Bono war einem solchen Schicksal nahe, als sich eine glückliche Lösung fand in Gestalt der unscheinbaren und kinderlosen Tochter des örtlichen Landbesitzers und Dons. Diese unglückliche Frau stieß auf das kleine Kind, wie es am Rande des Guts ihres Vaters eine Gurke vertilgte. Sogleich erfaßte sie eine geradezu mütterliche Zuneigung, und die Bonettis wurden so der Last des Zwerges enthoben, die ihr einfaches Leben zu erdrücken drohte. Eine angemessene Summe wurde vereinbart; die Eltern erhielten ihre Alterssicherung und der Sohn eine elementare Bildung von der Hand eines Hauslehrers, der eigens aus Palermo bestellt wurde.

Diese Übereinkunft war ein voller Erfolg. Der Landbesitzer, ein mächtiger Gesetzgeber in der großen sizilianischen Tradition, war vernarrt in seine Tochter, und seine Tochter war vernarrt in Bono. Der Hauslehrer aus Palermo wurde im Gegensatz dazu mit jener universellen Verachtung behandelt, die Sizilianer immer noch denjenigen entgegenbringen, die nichts anderes zu tun vermögen, als zu lehren. Er hatte ein armseliges Leben, wohnte in einem Schuppen am Rande der Gartenanlagen und wurde Tag für Tag herbeizitiert, um einem melonenessenden Zwerg die Freuden der klassischen Bildung zu vermitteln. Dies ging so fünf Jahre lang, bis Bono im Alter von fünfzehn Jahren für hinreichend gebildet erklärt wurde und bereit, seinen Platz in der Gesellschaft von Venedig einzunehmen, wohin seine Herrin in einem letzten verzweifelten Versuch, einen Gatten zu finden, nun aufbrach.

Während der arme Hauslehrer zu Fuß durch die Hügel zurückwanderte, da seine Dienste nicht mehr gebraucht wurden, brach die Familie mit der Kutsche nach Palermo auf, wo sie sich nach Venedig einschiffte, eine Fahrt, welche kaum neun Stunden dauerte, bis sie von türkischen Piraten beendet wurde. Bei der folgenden Plünderung, Vergewaltigung und Mordbrennerei wurden Bono und seine Herrin wunderbarerweise verschont, eine Nachsicht, für die beide nur ihren jeweiligen körperlichen Unvollkommenheiten danken konnten. Vielleicht in dem Gedanken, daß eine solche Gnade schlimmer sei als der Tod, stürzte sich Bonos Herrin über die Reling des venezianischen Schiffes und ward nie wieder gesehen.

Es stellte sich indes rasch heraus, daß Bono zu einem bestimmten Zweck verschont worden war. Die Piraten hatten ihr Hauptquartier auf einer Insel südlich von Malta, über die sie gemeinsam mit mehreren anderen Piratenmannschaften, die aus der üblichen Mischung von Räubern, Halsabschneidern, Mordbuben und in Ungnade gefallenen Mitgliedern des englischen Adels bestanden, eine Art Herrschaft ausübten. Eine von diesen anderen Mannschaften besaß ihren eigenen Zwerg, den man ein Jahr zuvor auf einem französischen Schiff gefangengenommen hatte. Der Zweck von Bonos Gefangenschaft war der, daß man ihn gegen diesen Zwerg zum Zweikampf antreten lassen wollte, um ein wenig Abwechslung in das ewige Einerlei von Hundekämpfen, Hahnenkämpfen, Bärenringen und ähnlichem zu bringen.

Mit drei Fuß und neun Zoll Größe überragte der andere Zwerg Bono um einen guten Fuß, was man dadurch ausglich, daß er eine Hand hinter den Rücken gebunden bekam. In die andere Hand bekam er einen Toledo, während Bono mit einem kleinen Schild aus dem Deckel eines Kochtopfs und einem Speer bewaffnet wurde, der normalerweise zum Fischstechen verwendet wurde. Zu Beginn rief Bono erheblichen Unwillen hervor, weil er sich strikt weigerte, einen Kampf mit einem Gegner gleich welcher Größe zu führen, den man so absichtlich behindert hatte. Der andere Zwerg, ein Engländer, verkündete seinerseits, er wolle lieber sterben, als gegen einen Gegner anzutreten, der so viel kleiner sei als er.

Das wahrscheinliche Ergebnis dieser Widersetzlichkeit wäre ihrer beider Tod gewesen, hätten sie bei ihren Forderungen nicht die Unterstützung der beiden rivalisierenden Piratenkapitäne gefunden, die lange erbitterte Feinde und Widersacher in dem Machtkampf gewesen waren, der unvermeidlich unter der Oberfläche eines jeden derartigen Diebesnests brodelt, welches von mehreren Parteien genutzt wird. Erst flogen wüste, trunkene Beschimpfungen hin und her, dann folgten die Fäuste. Die erste Waffe wurde schnell gezogen, und in dem folgenden blutigen Gemetzel wurden viele in Stücke gehackt. (Diese letzte Information kam von Otto, der, wie der reine Zufall es wollte, ein jüngeres Mitglied der Mannschaft war, die Bonos Partei ursprünglich gegenübergestanden hatte.) In dem Chaos und Gemetzel gelang es den beiden Zwergen zu entkommen, nicht zuletzt aufgrund der Leichtigkeit, mit der sich ihre winzigen Gestalten verbergen ließen.

Bonos Gefährte war, wie sich herausstellte, ein außergewöhnlicher Engländer namens Jeffery Hudson, und während ich anfänglich an der Genauigkeit von Bonos Bericht zweifelte, wurde er mir später während meiner Jahre in England nachdrücklich bestätigt durch die überreichen, wenn auch anekdotischen Zeugnisse über das Leben und Werk jenes außergewöhnlichen Zwergs. Sein Beiname war »der rührige Jeffery«, und er hatte eine Reiterabteilung im englischen Bürgerkrieg befehligt. Er war auch ein vollendeter Dichter, Liebhaber und Duellant, dessen Opposition zur parlamentarischen Sache seine Verbannung nach Frankreich zur Folge gehabt hatte, von wo auch seine Anwesenheit auf dem Schiff herrührte, welches dann von türkischen Korsaren genommen wurde.

Die Geschichte ihrer Flucht und anschließenden Reise nach England ist in vielen Chroniken zu lesen, die freilich meist die unverkennbare Autorschaft des rührigen Jeffery verraten, so daß Bonos Anteil nicht so gewürdigt wird, wie er es unzweifelhaft verdiente. Nach der Restauration der Monarchie im Jahre 1660 genossen er und Jeffery mehrere Jahre Ruhm und Reichtum, bevor der letztere in ein Duell verwickelt wurde. Sein Gegner, der den Ruf des Zwergs nicht kannte, war ein aufgeblasener Hanswurst, der die ganze Sache als einen Witz ansah. So kam er im frühen Morgennebel von Hampstead Heath zusammen mit seinen

Sekundanten und einer Pistole an, die eine getarnte Wasserspritze war. Es muß eine Sache beträchtlichen, wenn auch kurzlebigen Erstaunens gewesen sein, als die Kugel aus der Pistole des rührigen Jeffery ihn zwischen die Augen traf. Dieser Vorfall verursachte so etwas wie einen Skandal, für den Bono, ganz zu Unrecht, einen Teil der Schuld abbekam. Er hatte als Jefferys Sekundant gewirkt und war somit für das Laden der Pistole verantwortlich gewesen. Seine mangelnde Körpergröße hatte ihn daran gehindert, die getarnte Wasserspritze zu untersuchen, was zudem nicht zu seinen normalen Pflichten gehörte. Nichtsdestoweniger sah er sich gezwungen, England in einer gewissen Eile zu verlassen, und nach einer Zeit relativen Unglücks und Elends, einschließlich einer Gefangennahme durch die Türken, war er für die Sammlung von Mattia de' Medici »erworben« worden.

Nach dem Tod des Fürsten war Bonos Schicksal auf dem tiefsten Punkt angelangt. Er war fast dreißig Jahre alt, geplagt von seinem angeborenen Leiden und der wachsenden Bigotterie einer Zeit, die mehr und mehr jede Mißgestalt als Mal des Teufels ansah. In dieser Notlage wurde er, fast zum Bettler herabgesunken und dem Tode nahe, von meinem Meister aufgefunden. Danach hatte die Kunst Lorenzo Bellinis seine Gesundheit soweit wiederhergestellt, wie es möglich war, und die letzten zwanzig Jahre hatte ihm mein Meister Schutz und Arbeit gegeben, als Gegenleistung wofür er, nach den Worten meines Meisters, der beste Zwergenbibliothekar Europas geworden war.

Einiges von dieser Chronologie erfuhr ich nicht in den frühen Stunden jenes Morgens, doch das meiste. Mein Meister war, einmal in Fahrt gekommen, ein lebhafter Erzähler, und Bono selbst liebte nichts mehr, als mit der ihm eigenen lakonischen Emphase von seinen Heldentaten zu berichten.

Andere rätselhafte Vorkommnisse erfuhren nun von dem Zwerg ihre Auflösung, dem das Vergnügen darüber ins Gesicht geschrieben stand. Es war natürlich Bono gewesen, damals viele Jahre jünger, der meinen Vater aufgestört und dessen voreiliges Eindringen in eben diesen Raum verursacht hatte. In jenen Tagen führte die Tür direkt in die Bibliothek, und erst einige Jahre später war die falsche Bücherwand mit der Geheimtür konstruiert worden. Vor meines Vaters Eintreten war Bono durch die Öffnung in den Belüftungsschacht geflüchtet. Das Skriptorium, erklärte mein Meister, war einst der Zugang zu einem Kellergewölbe unter unseren Füßen gewesen, das für die Kähne, die damals den Kanal befuhren, einen trockenen Lagerraum geboten hatte. Ein Belüftungsschacht führte noch vom Keller bis zum Dachgeschoß des Hauses und wurde gelegentlich von Bono benutzt, um zu seinen eigenen Räumen zu gelangen, in denen er die letzten zwanzig Jahre hindurch ein glückliches Einsiedlerleben geführt hatte. Die Stufen zu den Kellergewölben waren zerstört worden, als man den Steinfußboden des Raumes gelegt hatte, und der Belüftungsschacht bot nun den einzigen Zugang und Ausgang zu den alten Lagerräumen unter uns. So blieben sie unerreichbar für jeden außer einem Kind oder jemanden von Bonos Statur. Als man den Schacht konstruiert hatte, fügte Bono erklärend hinzu, hatte man zum Glück eine Stufenleiter aus Ziegeln eingebaut. »Obwohl«, fuhr der Zwerg fort, »ich es nun in meinem Alter vorziehe, die Treppe zu benutzen wie jedermann sonst, was, fürchte ich, die Gefahr mit sich bringt, neugierige Jungen aufzuwecken.«

»Warum lebt Ihr so im Verborgenen?« fragte ich.

Während unseres ganzen Gesprächs oder eher ihrer Erzählung hatte er weiter auf dem Rand des Tisches gesessen und gelegentlich seine Stiefel dagegengeschwungen, wenn sein Thema ihn mitriß. Jetzt wechselte seine Stimmung, und er sagte: »Das Leben bei Fürst Mattia war für mich nicht sehr angenehm. Diese Generation der Medici ist ein grausames Geschlecht. Ich trug einen Halsring wie ein römischer Sklave und wurde seinen Gästen vorgeführt. Du bist dir wohl nicht dessen bewußt, daß kleine Menschen wie ich immer noch wie Vieh in ganz Europa gehandelt werden. Auch wurde die Inquisition zu der Zeit wieder einmal stärker in Antwort auf den religiösen Eifer im Norden, und für die Eiferer auf beiden Seiten hat körperliche Unvollkommenheit einen hohen Stellenwert in ihrer Dämonologie. Ich habe kein Verlangen, verbrannt, ertränkt oder gar gestreckt zu werden. Ich habe die Abenteuer meines Lebens gehabt, und ich bin mit meinem Los zufrieden, obgleich die beschränkte Gesellschaft, mit der ich Umgang pflege, von Zeit zu Zeit verbessert werden könnte, wie zum Beispiel heute nacht.«

»Er hat gut reden«, sagte mein Meister. »Aber er muß sich nicht beim ohrenbetäubenden Zermalmen von Gurken konzentrieren.«

Diese Bemerkung ließ mich meine Aufmerksamkeit auf die Arbeit der beiden richten, was ich bislang mit der bemühten Vorsicht eines Portraitmalers vermieden hatte, der über eine Warze hinwegsieht. Die Eigentümlichkeit dieser Arbeit war freilich selbst dem flüchtigsten Blick offenbar. Beide Männer arbeiteten mit Linsen von erheblicher Stärke, die, wie ich bereits berichtet habe, über der Oberfläche des Tisches befestigt waren, um so die Seiten zu vergrößern, auf denen sie schrieben. Hinter der Linse hatte jeder ein anderes Buch, das von einem eichenen Bücherständer nahezu auf vertikale Ebene gebracht wurde. Ich war nicht näher an den Tisch herangetreten, um die Art der Arbeit, mit der sie beide beschäftigt waren, einer näheren Prüfung zu unterziehen, aber selbst von der Stelle aus, wo ich saß, war es augenscheinlich, daß die Seiten, auf die sie schrieben, halb mit dichten Blöcken aus Graphittinte bedeckt waren.

»Da du nun einmal hier bist, Fredo«, sagte mein Meister, »willst du sicher wissen, was wir hier tun. Zugleich kann es, nehme ich an, da du nun einmal hier bist, nicht mehr sonderlich schaden, wenn du es weißt. Wie ich dir gesagt habe, diente deine Unwissenheit nur deinem eigenen Schutz und, denke ich, dem unseren. Dieses Argument trifft nun nicht mehr zu. Und selbst wenn du nicht bereits erraten haben solltest, was hier vor sich geht, würdest du es bald genug herausfinden. Komm her, und ich will es dir zeigen.«

Als ich an den Tisch herantrat, konnte ich das Manuskript, das auf der eichenen Buchstütze zu meines Meisters Seite stand, näher in Augenschein nehmen, und mit einem kleinen Schauder des Erkennens wurde mir bewußt, daß ich es schon einmal gesehen hatte, nicht in der Medici-Bibliothek oder in der meines Meisters, sondern auf der Terrasse zu San Casciano. Mein Meister hatte seine Erklärung begonnen.

»Dieses Werk«, sagte er, auf die gedruckten Worte deutend, »ist ...«

»Hypothesis Physica Nova«, sagte ich. »Leibniz, glaube ich.«

Mein Meister sah mich mit nicht gelindem Erstaunen an. Kein Hinweis auf den Autor und den Titel erschien auf der Seite, die aufgeschlagen war. So groß war seine Überraschung, daß ich nicht umhin konnte hinzuzufügen: »Er widmete es, wenn ich richtig informiert bin, sowohl der Royal Society als auch der Französischen Akademie. Er hat die Differentialrechnung erfunden und glaubt an einen heiligen Krieg gegen die Ägypter«, schloß ich, die Augen starr auf einen Punkt an der Wand gerichtet.

»Also wirklich!« sagte mein Meister, und ich hörte Bono in amüsierter Bewunderung schnauben. »Du bist eine ständige Quelle der Überraschung für mich, Fredo, kaum fünfzehn und bereits einer der größten Experten für Ketzerei auf der Welt. Woher kommt das alles?«

Es gelang mir, angemessen bescheiden und unbeteiligt dreinzublicken, worauf mein Meister mit seinem üblichen Scharfblick feststellte: »Ich glaube, ich entdecke hier die Hand Lorenzo Bellinis, oder?«

Ich muß errötet sein, denn er kicherte vor Entzücken und fügte hinzu: »Du hast ganz recht, Lorenzo nicht jedes Verdienst anzurechnen. Er hat schon viel zuviel davon. Jedenfalls, dort drüben« – er wies auf das gebundene Buch, das auf Bonos Seite des Tisches stand – »findest du den *Tractatus Theologico-Politicus*, eine ganz andere Art von Häresie von Baruch Spinoza, einem exkommunizierten Juden und Ketzer. Stelle dir vor, wie es die Salti freuen würde, ihn in die Finger zu kriegen! Es liegt eine gewisse Ironie darin, daß die Linsen, die wir benutzen, beide ebenfalls von Baruch geschliffen und mir von ihm durch deinen Vater zum Geschenk übersandt wurden. Es würde ihn freuen zu erfahren, daß seine praktischen wissenschaftlichen Errungenschaften verwendet werden, um seine eigenen Ketzereien zu schützen. Ob er bezüglich der deutschen Abart derselben Meinung wäre, bezweifle ich.«

»Sie zu schützen?«

»Ich hoffe es. Sieh mal hier hindurch.«

Auf sein Geheiß blickte ich durch die Linse und war erstaunt, das, was auf den ersten Blick als bloße Blöcke von Tinte erschienen war, in Wirklichkeit als winzige, ungeschnittene Schriftseiten zu erkennen, und selbst in dieser Vergrößerung erkannte ich die charakteristische Handschrift meines Meisters. Jeder »Tintenblock« war in Wirklichkeit die Kopie einer Manuskriptseite. Nähere Betrachtung durch die Linse ließ erkennen, daß die Seite mit feinen Linien bedeckt war und daß jede der winzigen »Seiten« eine Fläche einnahm, die kleiner war als die, welche drei Finger zusammen bedeckten. Einmal geschnitten und gebunden, würden sie ein Buch abgeben, das ein Mann in der Hand verstecken könnte. Ich sah von der Linse auf und wurde mir bewußt, daß mein Meister und Bono mich gespannt von jenseits der zentralen Lampe her beobachteten. Sie blickten so erwartungsvoll wie Künstler, die einem Urteil über ihr Werk entgegensahen.

»Es ist bemerkenswert«, sagte ich mit einem gewissen Zögern. »Aber warum ...?«

»Warum?« fragte mein Meister, plötzlich ein wenig gekränkt. »Mußt du das wirklich fragen? Wir wußten schon vor zwanzig Jahren, daß die Bibliotheken bedroht waren; daß man sie im Namen der einen oder anderen religiösen oder politischen Bigotterie dezimieren würde. Sobald es ernst wird, ist es zu spät. Es ist natürlich möglich, ihnen mit den dummen Spielen, die wir spielen, dabei Knüppel zwischen die Beine zu werfen. Wir können sie austricksen, sie täuschen (obgleich ich es bezweifle), wir können sogar das eine oder andere Stück unwichtigen und alten Zeugs, das ihr irrwitziger Auswahlprozeß übersehen hat, retten. Aber sie *aufzuhalten* ist unmöglich. Die einzige Antwort besteht darin, soviel wie möglich auf solch eine Art und Weise zu kopieren und zu verbergen, daß die Gefahr der Entdeckung gebannt ist. In diesem Raum und in dem Gang draußen stehen viele der Bände, die zur ›Registrierung‹ ausgewählt wurden. Doch dieser Raum ist verletzlich, wie du selbst bewiesen hast. Seine Existenz ist einer Anzahl von Leuten bekannt. Dein Vater wußte von seiner Existenz. Ja, es war seine Idee, die Position der Bücherschränke zu ändern.«

»Wußte er auch ...«

»Von Bono? O ja, er und Bono kannten einander gut.« Und der Zwerg blinzelte mir ein weiteres Mal zu, diesmal als Geste der Sympathie und des Mitgefühls. »Dein Vater war natürlich zur Geheimhaltung verpflichtet, weshalb dir in deiner Kindheit zwar das Rätsel bekannt war, nicht aber dessen Lösung.«

»Wo sind die ... neuen Bücher?«

Mein Meister und der Zwerg sahen einander an, und es war der Zwerg, der sagte: »Dort drunten.« Dabei stampfte er mit dem Fuß auf die Steinplatten, die sich ohne Bruch oder Lücke von Wand zu Wand erstreckten. »Wenn sie fertig sind, werden sie geschnitten und gebunden, in versiegelte und gewachste Umhüllungen gesteckt und unter deinen Füßen eingelagert.«

»Es gibt«, sagte mein Meister, »unter deinen Füßen nahezu tausend verschiedene Veröffentlichungen der einen oder anderen Art, die alle angeblich ketzerisches Gedankengut beinhalten. Ich habe die Gewölbe natürlich nie gesehen, aber sie müssen der Hölle so nahe kommen, wie ein Jesuit es sich nur wünschen kann. Bono allein hat Zugang zu dem Keller, den er bewacht wie ein mißgestalter Zerberus.«

Und wie ich auf Bonos grinsendes Gesicht blickte, war die Analogie mit dem Wächter des Hades höchst angemessen. Die seltsamen hauerähnlichen Zähne traten auf beiden Seiten unter der Oberlippe hervor, und meine jugendliche Phantasie hatte wenig Schwierigkeiten, sie in der Wade eines jeden Unbefugten aus dem Bargello versinken zu sehen.

Jetzt, da ich hier sitze, als alter Tattergreis, im Licht der toskanischen Morgensonne und der Aufklärung des achtzehnten Jahrhunderts, erscheint mir jene geheime Bibliothek aus Wachs und Papier, unerreichbar für jedermann außer für Kinder und Zwerge und bewacht durch was Lorenzo zu Recht als eine Armee von Monstrositäten bezeichnete, so unwirklich wie das Kommen der Apokalypse. Aber so ergeht es mir auch mit der Verfolgung und Ermordung der Juden, der tagtäglichen Angst vor der Streckbank und der Peitsche. Vielleicht werden sie nie wiederkehren. Vielleicht werden die linden Lüfte des Friedens und der Toleranz weiter durch Europa wehen, kaum die Seiten wissenschaftlicher Entdeckungen aufrührend, die furchtlos auf einer Million Schreibtische gemacht werden. Dann werden wenige glauben, was wir taten, und selbst diejenigen, die es für wahr halten, werden es als die exzentrischen Maßnahmen von ein paar Verrückten betrachten. Aber dann werden sie auf dem wunderbaren grünen Berg inmitten der Landschaft der Rückschau sitzen. Und aus dieser hohen Perspektive werden sie auf die Reisenden von gestern blicken, die sich ihren tastenden Weg durch eben jene Landschaft suchen, unfähig, über die Hindernisse, Hemmnisse und Gefahren hinauszusehen, und häufig von Ängsten und Befürchtungen zu Umwegen getrieben, über die sich der olympische Betrachter, sicher auf seinem Berge sitzend, nur wundern kann. Aber damals erschienen sie wirklich groß genug, das Leid und der Tod und die Angst, und damals war es nicht unvorstellbar, daß jene Regale voller in Wachs versiegelter Hüllen, bewacht von ihrem Zwerg, nicht eines Tages die einzig überlebende Essenz des Genius eines Zeitalters sein mochten.

Das Ausmaß der Gefahren, die uns drohten, sollte sich an ebenjenem Tag, als ich meine bedeutsame Endeckung machte, plötzlich und dramatisch vergrößern. Und an eben jenem Tag, inmitten von Aufruhr, Sorge und Angst, traf ich Caterina und verliebte mich in sie. Mit dem Vorteil meiner eigenen Rückschau ist mir nun klar, daß ich in der Situation eines Mannes war, der sich, umgeben von Löwen, aus freiem Willen dazu entschließt, sich in einen spitzen Pfahl zu stürzen.

16

Kein natürliches Licht drang in das Skriptorium. Keiner von uns merkte daher, daß der Morgen angebrochen war, bis wir Otto in der Bibliothek hörten und insbesondere ein überraschtes Knurren, das zweifellos auf den offenen Durchgang in der Bücherwand zurückzuführen war. Innerhalb von Sekunden schob sich sein großer schwarzer Kopf um die Tür des Raumes, und als er mich sah, schien ein Flackern über seine Stirn zu gehen, direkt oberhalb seiner teilnahmslosen und unbeweglichen Augenbrauen.

»Kein Grund, sich so aufzuregen, Otto«, sagte mein Meister. »Er hat uns selbst gefunden, weil das da« – er wies mit dem Daumen auf Bono – »wie ein Zyklop die Treppe hinunterkam, die Tür offenließ und einen Lärm machte mit seiner Gurke, als wäre die Sintflut hereingebrochen.« Otto blickte zu Bono, der verwirrend lächelte und einen weiteren kräftigen Bissen von einem ähnlichen Gemüse nahm, welches er aus einer Kiste in der Ecke gefischt hatte, die den gesamten Inhalt eines Marktstands zu enthalten schien.

»Wohlan«, sagte mein Meister und erhob sich, »ich kam hierher, um eine Stunde zu arbeiten, und es endete damit, daß ich die ganze Nacht aufgeblieben bin, um über Hirnanhangdrüsen und Piraten zu reden. In zwei Stunden werden wir in der Bibliothek erwartet, obgleich ich bezweifle, daß wir heute viel Konzentration von Fredo bekommen werden. Trotzdem sollten wir …«

Als er innehielt, hörten wir alle das Klopfen an der Haustür.

»Wer kann das sein?« meinte Bono. »Einer von uns?«

Mein Meister schüttelte den Kopf. »Kaum«, sagte er. »Otto, komm mit mir. Fredo, du bleibst erst einmal hier.«

Im Handumdrehen war er wieder zurück. »Salti. Unmöglich, durch die Fensterläden, zu sagen, wie viele, aber sie hämmern fest genug, um die Tür einzuschlagen. Nur für den Fall, daß es ihnen gelingt, Fredo, bleib hier. Wir werden von außen zumachen.«

Er verließ das kleine Skriptorium, und nach dem Klang seiner Schritte im Gang kam dasselbe knirschende Geräusch, das ich Stunden zuvor in der Sicherheit meines eigenen Zimmers gehört hatte. Als das Geräusch aufhörte, verstummte auch jeder Laut aus dem vorderen Teil des Hauses, und mir wurde klar, daß die vereinte Tiefe des Bücherbords und der darauf aufgereihten Bände eine Schranke bildeten, die praktisch jeden Laut verschluckte. Bono kramte in einer Schublade an der Seite des Tisches und holte einen Kerzenstumpf hervor. Diesen zündete er an der Lampe an, welche er dafür löschte. Wir saßen nun im Halbdunkel, und ich bemerkte sogleich einen nadeldünnen Lichtfinger, der durch den Rücken des Bücherbords neben der Tür ins Skriptorium drang. An diesem Punkt gab es offensichtlich knapp über Kopfhöhe ein kleines Loch im Holz, das von dem Inhalt des Bücherbords auf der anderen Seite nicht verstellt wurde. In dem Grabesdüster wies ich Bono mit dem Finger darauf hin, worauf er nickte und in eine Ecke des Raumes verschwand, von wo er mit einer Art Leiter zurückkehrte, die aus zwei Kisten zusammengenagelt war und ihm zweifellos dazu diente, die Regale seiner Geheimbibliothek zu erreichen. Indem ich mich auf die untere Stufe stellte, konnte ich mein Auge an den Lichtkreis legen, wobei ich mit überraschender Abgeklärtheit daran dachte, daß ich ein ungewöhnliches Maß an Zeit damit verbrachte, durch Löcher in Holz zu spähen.

Die Öffnung, durch die ich schaute, hätte kaum die Spitze eines normalen Federkiels durchgelassen. Das Holz selbst war fast einen Zoll dick, und mein Sichtfeld lag zwischen zwei aufrechten Bänden, die sich über den Zwischenraum, den die Entnahme ihres Nachbarn hinterlassen hatte, gegeneinander geneigt hatten – möglicherweise, dachte ich mir, durch Bonos Tun am Abend zuvor. Ich hatte daher einen sehr begrenzten Blick, wie man ihn haben mag, wenn man eine Kathedrale von einer kleinen Gasse aus betrachtet. Eingerahmt von diesem schmalen Dreieck sah ich zwei Männer. Der eine, der mir näher stand, trug einen leichten florentinischen *lucco* und hielt in seiner Rechten ein gebundenes Buch, um das er in dem unverkennbaren Griff eines Gelehrten oder Klerikers den Arm geklemmt hatte. Er hatte schmale, vogelhafte Züge und trug eine eisengerahmte Brille, in der sich das Morgenlicht fing, daß es ihre Oberfläche verspiegelte und seine Augen verbarg. Trotz dieses Effekts verriet die ganze Haltung seines Kopfes, auf seinen hängenden Schultern leicht nach vorn geschoben, eine streitsüchtige Kurzsichtigkeit, welche die Linsen nicht hinreichend zu korrigieren vermochten. Erinnerungen rührten sich in mir wie das Grollen eines längst vergangenen Sturms.

Hinter ihm und teilweise verborgen von den Falten des *lucco* war eine größere, dickere Gestalt, welche die Uniform eines Hauptmanns der Salti trug. Sein Gesicht erschien zuerst als das eines Mannes, der sich robuster Gesundheit erfreut, aber selbst von meinem Standort aus war es schnell möglich zu erkennen, daß die Farbe seiner Wangen, ein geflecktes Violett, eher einer inneren Störung entsprang als den wohltuenden Wirkungen der Umgebung. Doch trotz seines häßlichen Äußeren wirkte er merkwürdig ungefährlich, zumindest im Vergleich zu der kleineren Gestalt vor ihm, die nun mit einem unsichtbaren Zuhörer zu meiner Rechten sprach. Als der Mann redete, schob er den Kopf in einer seltsam pickenden Bewegung vor und zurück, und er hob das Buch, das er trug, und klopfte darauf mit den Fingern seiner freien Hand wie im Takt zu den Bewegungen seines Kopfes. Für mich waren weder dieser Laut noch der seiner Stimme jenseits der Bücherwand zu vernehmen. Die einzige Öffnung, durch die ein Geräusch hätte dringen können, wurde durch den Druck meiner Wange und Stirn fest verstopft. Wie ich zusah, hörte er auf zu sprechen, und sein Verhalten änderte sich; er schien nun, statt Beschimpfungen auszuteilen, eher welche entgegenzunehmen. Ja, nach einer kurzen Weile zuckte er mit einem Mal zurück, als habe ihn etwas zwischen die Augen getroffen. An diesem Punkt kam mir der Gedanke, daß wenig damit zu gewinnen war, diese Hälfte eines Dialogs zu beobachten, und so entfernte ich mein Auge von dem Loch und ersetzte es durch mein Ohr. Ich hörte meinem Meister leise sprechen, schnell, fast ohne Intonation. Ich bemühte mich, die Worte zu verstehen, aber es gelang mir nicht, da der Schall durch den Spalt, durch den er drang, verzerrt wurde. An einer Stelle glaubte ich das Wort *Großmutter* zu hören, verwarf dies aber als unwahrscheinlich. Nach einer kurzen Weile brach mein Meister ab, und ich hörte statt dessen eine hohe, schrille, quietschende Stimme, gebieterisch wie der Morgenhäher. Immer noch außerstande, Sinn oder Bedeutung zu erfassen, legte ich erneut das Auge an die Öffnung und sah wieder dieselbe Gestalt, doch nun hochrot im Gesicht vor offenkundiger Wut; der Kopf ging hin und her, daß die Brillengläser in dem Licht blitzten, welches mit wachsender Stärke durch die Fenster drang, die die Morgensonne einfingen. Trotz seines drohenden Auftretens vermittelte mir die Tatsache, daß ich nichts von dem hören konnte, was gesprochen wurde, ein seltsam losgelöstes, ja, belustigtes Empfinden, als ob ich eine witzige Pantomime sähe, in der ein stummer Wutanfall immer für das größte *divertimento* sorgt. Ich war daher in einem Zustand beinahe entspannter Neugierde, als die Posse, die ich mit ansah, sich dramatisch veränderte. Der klerikale Herr nahm das Buch unter seinem Arm hervor, hob es in die Höhe und schleuderte es durch die Bibliothek auf den Bücherschrank zu, hinter dem ich mich verbarg. Der Ledereinband öffnete sich fast sofort, und die frei werdenden weißen Blätter flatterten wild im Niederfallen wie ein getroffener Vogel. Unmittelbar, nachdem sie das Buch geworfen hatte, stieß die Gestalt den rechten Arm vor und deutete, zu meiner höchsten Bestürzung, genau auf das Loch, in dem selbst bei allernächster Betrachtung nur ein winziger Teil meines Augapfels sichtbar gewesen wäre. Nicht zufrieden mit dieser einzelnen Geste der Demaskierung, fuhr der Mann fort, mit seinem Zeigefinger vor- und zurückzustoßen, wie eine Schusterahle durch das Leder sticht. Dabei hob sich die Lautstärke seiner Stimme deutlich, denn selbst in meiner beeinträchtigten Stellung konnte ich die Obertöne des Falsetts deutlich hören. Ich war so schockiert durch meine Bloßstellung, daß ich einen Augenblick wie festgewurzelt auf den Stufen stehen blieb, bevor ich zurücksprang und in das winzige Skriptorium huschte, wo Bono, immer noch auf dem Tisch sitzend, gedankenvoll an einer Wassermelone kaute, ein Zeitvertreib, aus dem Verachtung für die Salti und all ihr Treiben sprach. Er zeigte jedoch eine leise Besorgnis angesichts meiner offenkundigen Erregung.

»Sie haben mich gesehen«, zischte ich und blickte verzweifelt zur Öffnung des Belüftungsschachts, der wohl, schätze ich, kaum die Hälfte meines breiten Gesäßes durchgelassen hätte. Das alte Gesicht des Zwergs runzelte sich im Kerzenlicht.

»Was?« sagte er. »Wie kann das sein?«

»Er hat direkt auf mich gezeigt, auf das Loch in der Holzwand!«

Der Zwerg überdachte dies einen Moment, schüttelte dann den Kopf, biß in die Wassermelone und sprach durch das rosa Fleisch: »Er hat nicht auf dich gezeigt, sondern auf die Lücke in dem Regal.«

Die naheliegende Wahrheit dieser Aussage trug dazu bei, den rationalen Menschen ein wenig zu beruhigen. Doch in meinem Innern hörte das Herz nicht auf, mit der Schnelligkeit des Verfolgten zu pochen. Ich hatte mich genügend beruhigt, um den Gedanken zu erwägen, auf meinen Posten zurückzukehren und war schon auf halbem Wege dazu, als das knirschende Geräusch begann und die Geheimtür nach innen schwang, so daß sich das Morgenlicht auf die Bücher und Regale ergoß, von denen ich umgeben war. Zu meiner großen Erleichterung trat mein Meister als erster ein, unmittelbar gefolgt von Otto. An den scherzhaften Ton seiner Stimme konnte ich sofort erkennen, daß er zornig war. »Sie sind fort, aber, wie ich fürchte, nicht mit einem glücklichen und freudigen Lebewohl. Tatsächlich könnte man sagen, sie waren so wild wie Türken, meinst du nicht auch, Otto?« Der schwarze Riese neigte nur den Kopf und zog sich gedankenvoll in die Bibliothek zurück, deren einfallendes Licht seine Gestalt zuvor zum großen Teil verdunkelt hatte. Ich folgte ihm sogleich, während mein Meister mit Bono sprach und nach einer kurzen Weile allein in die Bibliothek zurückkam. »Er sagt, er wolle noch etwas arbeiten. Er sagt auch, er spüre, daß eine große Krise bevorstehe, für die er sich vorbereiten wolle. Otto wird ihm mehr von seinem elenden Naßfutter besorgen und auch uns etwas zu essen bringen. Nach einer schlaflosen Nacht steht uns ein schwieriger und möglicherweise gefährlicher Tag bevor.« Ich blickte ihn mit einer gewissen Bestürzung an, und er fuhr fort: »Wir sind zum Pittipalast befohlen worden. Nein, nicht von den Salti. Sie würden uns an einen ganz anderen Ort bringen. Ich glaube, daß es sich um ein ganz zufälliges Zusammentreffen handelt. Als unser jesuitischer Freund ging, traf ein Bote vom Hofe ein. Sie schienen ganz überrascht zu sein, einander zu sehen, was eine nachhaltige Verwirrung zu unseren Gunsten hervorrufen könnte. Wie dem auch sei, wir sollen um die Mittagszeit im Pitti vorsprechen.«

»Ich bin auch gemeint?«

»Ja, in der Tat, insbesondere du. Cosimo weiß seit einiger Zeit schon, daß du mein Schüler bist, der Sohn Gallupe Credis, und jetzt möchte er dich sehen.«

Zwei widerstreitende Empfindungen kämpften in mir. Die erste war eine Art von Angst, die einem dem Magen umdrehte und von der wohl kaum ein fünfzehnjähriger Junge sich hätte freisprechen können, wenn er vor das Angesicht seines Herrschers zitiert wird, und sei es auch der wohlmeinendste Despot. Die Tatsache, daß Cosimo und seine Mutter von meiner frühen Kindheit an gleichbedeutend mit Bigotterie, Intoleranz, Verfolgung, Leid, Folter und Tod gewesen waren, trug wenig dazu bei, dieser natürlichen Scheu abzuhelfen. Das zweite Gefühl war komplizierter und zweifellos mit von meiner Müdigkeit bedingt. Ich fühlte mich, als sei ich im Griff einer gewaltigen Kraft befangen, über die ich nicht die mindeste Kontrolle hatte. Wie ein Schiffer in den Stromschnellen, so wurde ich mit wachsender Geschwindigkeit auf ein unbekanntes Ziel zugerissen; wie ein Schiffer hoffte ich auf ruhiges Wasser, betrachtete aber den Abgrund zumindest mit dem Trost und der Resignation dessen, der sich freiwillig auf den gefährlichen Kurs eingelassen hat.

»Hab keine Angst«, sagte mein Meister, einfühlsam wie immer. »Ich werde da sein, und der Vorteil des Unvermeidlichen ist, daß es die Agonie der Unentschlossenheit beendet.«

Die Nachricht dieser Vorladung hatte die Ereignisse des Morgens ganz aus meinen Gedanken vertrieben, und erst als Otto mit einer kalten Platte von Reis und Tortellini sowie einem Krug heißen gewürzten Weins (nach dem mein Meister süchtig war) zurückkehrte, fragte ich nach dem Besuch der Salti.

»Es waren nicht alles Salti«, sagte mein Meister, indem er eine große Menge der kalten Pasta unter den riesigen Zinken seiner Nase schaufelte. »Einer von ihnen war ein unendlich viel gefährlicheres Individuum mit Namen Andrea Cortese.« Bei der Erwähnung dieses Namens war meine Erinnerung plötzlich wieder vollständig.

»Natürlich«, sagte ich und schlug unnötigerweise auf den Tisch, daß mein Meister seinen Weinkrug festhalten mußte, »Lorenzo war ...«

»Du kennst die Geschichte? Ja, es stimmt. Er hat Lorenzo vor einigen Jahren abführen oder besser im Bargello vorführen lassen. Es war als Warnung für uns alle gedacht. Interessanterweise wandte er bei mir genau dieselbe Technik an. Schmeicheleien gefolgt von Drohungen. Er begann damit, daß er mir mein Leben und meine Werke aus einem Buch vorlas. Es freut mich, sagen zu können, daß ich ihn so sehr verärgerte, daß er es am Ende durch den Raum warf.« Ich lächelte, aber mein Meister bemerkte es nicht. »Tatsache ist, Fredo, seine erste Beschwerde betraf *dich*.« Ich hörte sofort auf zu lächeln. Mein Meister nahm einen tiefen Zug von seinem Barolo, stieß die Fensterläden auf und setzte seine Erzählung fort, während sein Blick auf die flache Weite des Kanals und die zinnenbewehrten Dächer gerichtet war, welche die Sonne nun jenseits des Wassers in der Farbe getrockneten Blutes tönte.

»›Signore Magliabechi‹, sagte er zu mir, ›ich bin immer besorgter hinsichtlich der Eignung Eurer Gehilfen in der Bibliothek.‹

›Wie freundlich‹, sagte ich zu ihm. ›Ihr wollt mir geeignete Mönche schicken, um ihnen zur Hand zu gehen.‹

Dies ärgerte ihn sichtlich, um so mehr, als der purpurgesichtige Saltihauptmann hinter ihm zu kichern begann.

›Ich werde Euch Mönche schicken, um sie zu *ersetzen*, wenn ihre Arbeit nicht besser wird. Es sieht so aus, als seien sie völlig unfähig, die Listen zu lesen und zu verstehen, die ihnen vorgelegt werden.‹

›Ah, ich verstehe. Nun, ich fürchte, dies ist mein Fehler

und nicht der meiner Gehilfen. Da diese Werke von der Heiligen Inquisition benötigt werden, habe ich strikte Anweisungen gegeben, daß die Listen *buchstabengetreu* befolgt werden, und ich fürchte, viele der Listen enthalten Werke, die nach der gegebenen Beschreibung nicht mit Sicherheit identifiziert werden können, und ...‹

Als er zornig wurde bemerkte ich, wie schon Lorenzo bemerkt hatte, daß er schnell und fast beängstigend in die vulgäre Umgangssprache verfiel.

›Versucht bloß nicht, mich zu verscheißern, Magliabechi. Ich bin nicht hier, um mir Euer hündisches Gewinsel über Irrtümer anzuhören. Ihr wißt verdammt gut, daß die kleinen Hundsfötte ein Spiel mit uns spielen, das Ihr deckt. Für einen Jesuiten, *Signore* Magliabechi, habe ich einen ausgeprägten Sinn für Humor. Wenn meine Liste eine Order für ein Werk von Leger enthält, und ich bekomme eine eselsohrige Geschichte von Leghorn, dann weiß ich, was los ist. Einige meiner Mitbrüder würden sagen, daß da ein Ketzer am Werk ist, aber ich weiß, daß es nur ein kleines Arschloch ist, mit dem Kopf voll Kacke, das auf meine Kosten klugzuscheißen versucht. Aber ich muß leider sagen, daß selbst meine Toleranz jetzt erschöpft ist. Wie Ihr bemerkt haben dürftet, ist diese Stadt in einer Säuberung begriffen. Sie ist eine der vielen Gebiete in der Christenheit, wo aufgeklärte Herrscher, unterstützt von der Inquisition und meiner Gesellschaft, eine feste Burg errichten, von der aus man die Ketzer vernichten und die Heiden bekehren wird. Meine eigene Aufgabe ist die Zerstörung ketzerischer Werke, und so spiele ich eine kleine, aber entscheidende Rolle in diesem göttlichen Plan, die wahren Lehren Christi und die Autorität der Mutter Kirche wieder aufzurichten. Meinen Anteil an diesem großen heiligen Unterfangen lasse ich mir nicht durch Euch oder Eure Rotzlümmel in der Medici-Bibliothek kaputtmachen. Wenn sie mit diesem Spiel fortfahren sollten, dann werden sie nicht nur ihre Arschlöcher aufgerissen kriegen.‹

Ich bekenne, daß meine Reaktion der Lorenzos sehr ähnlich war. Die krude Brutalität der Sprache, gemischt mit den salbungsvollen Platitüden des Priesters, ließ einen betäubt zurück, als sei man plötzlich aus der heißen Sonne in einen Eiskübel getunkt worden. Glücklicherweise war ich, im Gegensatz zu Lorenzo, durch seine damalige Erfahrung auf eine derartige Begegnung gefaßt gewesen, und kam, zu Recht oder zu Unrecht, zu dem Schluß, daß Zurückschlagen die einzig mögliche Antwort darauf war. Ich spürte auch auf eine seltsame Art, daß ich in dem Hauptmann der Salti einen Verbündeten besaß, der trotz seines abstoßenden Äußeren und seinem unverkennbaren Hang zur Gewalt diesem zwitschernden und unflätigen Priester keine allzu großen Sympathien entgegenbrachte.

›Es muß schrecklich sein‹, sagte ich, ›in einer solchen Furcht zu leben, wie Ihr sie habt.‹ Das überraschte ihn. Mehr als das; denn er trat tatsächlich einen Schritt zurück, als hätte ich ihn ins Auge gestoßen. Ich nahm meinen Vorteil wahr. ›Diese ganzen alten Manuskripte und Bücher auszugraben, die meisten davon seit Jahrhunderten ungelesen, einige von ihnen zu Staub zerfallen, andere eine harmlose Behausung für Würmer und Schaben, viele unverständlich, die meisten unlesbar und von solch unschätzbarer Bedeutung, daß selbst die Heilige Inquisition ihre Namen nicht schreiben kann, ohne mehr Fehler zu machen als ein Schuljunge mit einer laufenden Nase.‹

Ich merkte sofort, daß dieser Ansatz mir den Beifall unseres dicken Hauptmanns eintrug. Ich beschloß daher, daß mehr angebracht sei.

›Und dafür setzt Eure Gesellschaft nun allen Ernstes ihre besten Köpfe im Dienst der Inquisition und der Heiligen Mutter Kirche ein? Denn ich sage Euch, es ist ein Witz.

Es ist so als ob ein junger Hahnrei, verrückt vor Eifersucht, sich an jedem Krüppel und Großvater im Dorf ausließe, um sein Mütchen zu kühlen, während seine Frau zu Hause die Beine breitmacht.‹ (Dem Hauptmann gefiel das immens.) ›Und was noch schlimmer ist, daß Ihr dabei gute Soldaten, tapfere Männer, die Gottes Kriege führen sollten, als Ammen für Milchbärte und hodenlose Eierköpfe mißbraucht, die für sie nichts Besseres zu tun haben, als Juden zu jagen und ihrer eigenen Großmutter nachzuspionieren, ob sie's nicht etwa auf der Straße treibt.‹ Diese letzte Bemerkung beruhte auf einem Gerücht, das mir zum Glück zwei Tage zuvor zu Ohren gekommen war. Anscheinend hatte das Amt für öffentliche Sitte, einen feinen Mangel an Sensibilität beweisend, neulich alle Ränge der Salti zu besonderer Wachsamkeit hinsichtlich sexueller Abartigkeiten ermahnt, selbst wenn der Schuldige aus ihrer eigenen Familie käme. Dies, hörte ich, rief eine Menge Unwillen und Spott hervor, nach dem Motto: ›Und wer vögelt deine Großmutter?‹ Ich konnte sogleich sehen, daß dies eine glückliche Beobachtung meinerseits gewesen war, da der Saltihauptmann zu seinen beiden Untergebenen herüberblickte (die unangenehm nahe bei mir standen), auf eine Art, welche deutlich ein gehöriges Maß an Zustimmung und Unterstützung erkennen ließ. Cortese sah dies und wurde von einer unkontrollierbaren Wut gepackt, die den Grenzen seiner eigenen Stimme schlecht anstand, welche quietschte wie eine rostige Türangel. Einer der Salti begann sogar zu lachen, was den Wurf mit meiner Biographie provozierte. (Der Hauptmann nahm sie übrigens wieder an sich, als sie gingen, und ordnete sie, wie ich erfreut feststellen konnte, mit einem gewissen Grad an Ehrerbietung.) Alles in allem glaube ich nicht, daß ich viel Schaden angerichtet habe, aber eine Sache beunruhigte mich doch. Als er in Wut geriet und seine Vorsicht vergaß, machte er es ganz klar, daß man wußte oder vermutete, daß Bücher versteckt werden, und zeigte sogar auf die Lücken, die nun für jeden ersichtlich auf meinen eigenen Regalen existieren.«

»Ich habe gedacht, er zeigt auf mich«, sagte ich und dann, als Antwort auf die hochgezogenen Brauen meines Meisters: »Ich fand ein Guckloch in der Rückwand des Bücherschranks. Es ist da drüben.« Ich führte ihn in den ersten Raum der Bibliothek und wies auf die Lücke, wo, wie man jetzt sah, mindestens zwei Bücher gestanden hatten und in die, wie ich wußte, die benachbarten Bände gekippt waren. In der Mitte des so entstandenen Dreiecks deutete ein winziger schwarzer Punkt auf die Existenz der Öffnung hin. Mein Meister lächelte und sagte: »Es muß dir einen ziemlichen Schrecken versetzt haben, aber vielleicht trägt es dazu bei, deine vermaledeite Neugierde zu kurieren.«

Mit dieser Bemerkung wandte er sich absichtvoll zur Tür, wie einer, der eine größere Sache vorhat. »Komm«, sagte er, »wir müssen nun diesen beschwerlichen Tag bestehen. Ich habe heute morgen eine Verabredung auf dem Lungarno. Ich hatte eigentlich vor, zuerst mit dir in die Bibliothek zu gehen, aber wenn wir bis zum Mittag im Pittipalast sein sollen, wird die Bibliothek auf uns warten müssen. Ich werde dich mit mir zum Lungarno nehmen. Nach diesem Morgen möchte ich nicht, daß du allein auf die Straße gehst, insbesondere in die Richtung von San Lorenzo.«

Ich kleidete mich in meiner Kammer an, mit einem wachsenden Gefühl der Spannung und Aufregung. Es wurde weithin gemunkelt, daß Antonio Magliabechi eine Mätresse habe. Ja, ihre Beziehung war das häufige Thema respektloser Diskussionen unter den Lehrlingen und Gehilfen in der Bibliothek. Obwohl ich mich halbherzig an diesen Gesprächen beteiligte, hatte ich in Wirklichkeit nie die sexuelle

Natur einer solchen Beziehung in Erwägung gezogen; ja, bis zu jenem Besuch von Marios Schwester, von dem ich berichtet habe. Die Identität seiner Angebeteten war gleichfalls bekannt und Thema erheblicher Belustigung und Spekulation. Ihr Name, oder zumindest der Name, unter dem sie weithin bekannt war, war Lisa Mascini. Nunmehr Mitte Fünfzig, hatte sie erst jüngst von ihrer »Karriere« als Schauspielerin im Pratalino-Theater Abschied genommen. Sie war eine Frau, deren Schönheit beim ersten Blick ins Auge fiel. Sie war klein an Wuchs, eine Tatsache, die sie durch eine wirre Fülle blonden Haares zu verbergen suchte, das sie oben auf dem Kopf unter einer *cuffia* aus rotem Samt hochgesteckt hatte. Sie trug auch gewöhnlich Schuhe, deren Absätze sie zu einem sehr wackligen Stand erhöhten, auf dem sie eine ständige Gefahr für sich selbst ebenso wie für diejenigen darstellte, die sich in unmittelbarer Umgebung ihres beträchtlichen und vorspringenden Busens aufhielten. Wenn sie sich in raschem Lauf durch Florenz bewegte (was sie häufig tat, da sie bei ihren vielfältigen Verabredungen stets im Rückstand war), bot sie ein Bild ähnlich einem, der sich unerwartet aufs Glatteis begeben hat und versucht, sein Gleichgewicht nicht zu verlieren, indem er sich mit immer größerer Geschwindigkeit nach vorne wirft.

Die Schauspielerei war Frauen natürlich in der Toskana untersagt, ebenso wie in den meisten anderen europäischen Ländern. Lisa Mascini nahm daher, wie seinerzeit üblich, zu dem Kunstgriff Zuflucht, die Identität eines Mannes anzunehmen, der die Rolle einer Frau spielte. Diese Ausflucht war so wohlbekannt und im wesentlichen harmlos, daß sie seit vielen Jahren die Duldung der Behörden gefunden hatte. Ja, die einzigen Gelegenheiten, bei denen Lisa sich der Mühe unterzogen hatte, ihrem männlichen Selbst zu ähneln, war auf ihren Wegen zum Theater gewesen. Selbst da hatte sie wenig anderes gemacht, als ihr eigenes

Korsett umzudrehen, um, so glaubte sie wohl selber, ihrer Figur männliche Konturen zu verleihen. Während somit in der Theatergarderobe die Knabentenöre und Kastrati bemüht waren, sich vorne auszustopfen, lockerte sie einfach ihre Schnüre, zum unendlichen Entzücken der umgebenden Thespisjünger. All dies hatte mit der Einrichtung des Amts für öffentliche Sitte ein Ende gefunden. Darbietungen von Schauspielerinnen wurden fortan als gleichbedeutend mit Prostitution angesehen und mit derselben Strafe belegt. Es wurde weithin gemunkelt, daß Lisa Mascini ohnehin von Zeit zu Zeit während jener Phasen der Inaktivität, für die der Schauspielerberuf zu allen Zeiten eine Anfälligkeit aufweist, einer solchen Beschäftigung nachgegangen war. Ja, Caterina, ihre einzige Tochter, galt als Sproß eines französischen Grafen, der eine Zeitlang der offizielle Begleiter von Marguerite-Louise, Cosimos entfremdeter Frau, gewesen war. Die Geburt Caterinas (eher denn ihre Empfängnis) war, so hieß es, ein ausdrücklicher Wunsch jenes Edelmannes gewesen, der seiner ehemaligen Mätresse eine erhebliche Summe ausgesetzt hatte und immer noch von Zeit zu Zeit die Toskana aufsuchte, aus keinem besseren Grunde, als mit väterlichem Stolz auf seinen schönen Bankert zu schauen. Dieses letzte Gerücht, so sollte ich später erfahren, entsprach in keiner Weise der Wahrheit, aber es bestand kein Zweifel daran, daß Caterina selbst eine Schönheit war, wie ich alsbald entdecken sollte.

Lisa Mascini tat wenig, um diese Geschichten über ihre Vergangenheit zu unterbinden, ja, es stand eher zu vermuten, daß die wildesten Gerüchte und Anekdoten aus ihrem eigenen Mund stammten. Sie besaß jedoch einen zähen Instinkt für Selbsterhaltung, und mit der Einrichtung des Amts für öffentliche Sitte nahm sie ehrenvollen und endgültigen Abschied von der Bühne, um ein »enttäuschtes Publikum glühender Verehrer« (so ihre eigenen Worte) zurückzulassen, und widmete sich mit Wollust ihrer Aufgabe als Mätresse des größten Bibliothekars Europas, eine Stellung, die sie bislang nur auf einer Teilzeit-Basis eingenommen hatte. Trotz der finanziellen Sicherheit, die ihr dies (zusammen mit ihren beträchtlichen und klug angelegten Ersparnissen) verschaffte, bewohnte sie weiterhin ihr Haus auf dem Lungarno, eine Gegend berüchtigt für Prostituierte, Luden, Diebe und Mitglieder der Salti, welche die Doppelrolle von Hurenböcken und Auspeitschern mit jener mühelosen Geschicklichkeit spielten, welche immer denjenigen eigen war (und bleiben wird), denen die Aufrechterhaltung der öffentlichen Moral letztlich obliegt. Zu diesem Haus machten wir uns daher nun auf den Weg, als interessantem Vorspiel zu unserer Audienz mit dem Großherzog und seiner bigotten Mutter.

Dank der Fürsorge meines Meisters zum einen und zum anderen des Ertrags aus meinem väterlichen Erbe, der mir zur Verfügung stand, besaß ich nun eine vernünftige Garderobe, zumindest für einen Hilfsbibliothekar. Doch da ich niemals zuvor in (oder auch nur nahe) einem Bordell oder einem Palast gewesen war, hatte ich erhebliche Schwierigkeiten, eine angemessene Kleidung zu wählen. Falls jemand dies als eine seltsame Sorge für einen jungen Mann ansehen sollte, der umgeben ist von Feinden und Gefahr, rate ich ihm, sich einmal genau die Geschichten der Märtyrer anzusehen und darauf zu achten, mit welch außerordentlicher Sorgfalt die Mehrzahl der Verurteilten sich für ihre letzte Zeremonie gekleidet haben. Ich fürchte indes, daß ich selbst bis zu meinem derzeitigen fortgeschrittenen Alter einen erbärmlichen Geschmack habe, was Kleidung betrifft, eine unvermeidliche Nebenwirkung meines ungeschlachten Körpers. Indem ich mich so kleidete, wie es mich für Herrn und Hure als das beste dünkte, kam ich schließlich bei jenen unmöglichen gebauschten Bundhosen an, wie sie damals in Mode waren, welche am Knie in rote Strümpfe übergingen, die ich in meine Bibliothekarsschuhe gestopft hatte. Den Rest meiner Kleidung habe ich inzwischen vergessen, aber ich habe wenig Zweifel, daß sie eine ähnlich bunte Mischung darstellte. Es ist wohl ein bitteres Zeichen für die Armut jener Zeit, daß die Menschen mir keine Münzen zuwarfen, als ich über die Via del Corso ging, wobei ich sorgsam die offenen Abwässer vermied und die Kinder, die unermüdlich in ihrem Lauf spielten.

Auf der Piazza Beccaria angelangt, nahmen wir eine Sänfte und überquerten den Fluß auf dem Ponte San Niccolò zum Lungarno. Die Sommerhitze drückte nun auf uns herab, und der Gestank, der vom Arno aufstieg, drang durch die Vorhänge der Sänfte, als habe sich eine dicke, übelriechende Wolke über uns gesenkt. Auf der Südseite des großen Flusses wurde unser Vorankommen noch langsamer, nicht, wie ich vermute, aufgrund einer wachsenden Menschenmenge, sondern einfach, weil der faulende Unrat, der nun die Straßen bedeckte, die Oberfläche für unsere Träger so tückisch wie Glas machte. Zweimal rutschte der vorangehende aus, so daß wir gegen die hölzerne Vorderwand stürzten, welche ganz verkratzt und lädiert war aufgrund der Unzahl solcher Kollisionen. Als wir schließlich unser Ziel erreicht hatten, schnaufte und keuchte der arme Kerl und stieß in einem fort Flüche aus, daß es klang wie ein gregorianischer Choral. Die Knie seiner Beinkleider waren beide zerrissen und blutig, und der Schmutz, der ihm an den Hosenbeinen klebte, machte eine baldige Infektion so gut wie sicher.

Als mein Meister ihn auszahlte, sah ich mir die Straße an, die ich in den kommenden Monaten so gut kennenlernen sollte. Es war eine heruntergekommene Gasse, mit Ausnahme jener Villa, vor der wir standen. Ihre weißen Wände und grünen Läden waren frisch gestrichen, und, von weit größerer Bedeutung, die kurze Treppe, die zum Straßenpflaster hinunterführte, war überreich mit irdenen Töpfen bestückt, die gefüllt waren mit voll erblühtem Lavendel. Dieselben Pflanzen hingen von den Fenstersimsen, wodurch, wie mein Meister sagte, der Besucher bereits, bevor er das Haus betrat, von der Fröhlichkeit und Wärme seines Willkommens angesteckt wurde.

»Wo bist du gewesen?« fragte Lisa Mascini, als sie die Tür öffnete, und dann, als sie mich sah: »Und was, in Gottes Namen, ist das?«

»Also, Lisa«, sagte mein Meister, ohne auf die Frage einzugehen, und schob mich in die Diele, »wir kommen nicht zu spät, und außerdem hatten wir bereits netten Besuch von den Salti.«

»Hundesöhne«, sagte sie gleichmütig. »Was wollten sie?«

»Nicht sehr viel. Wir haben ein wenig über griechische Literatur geplaudert.«

»Wie ausgesprochen öde. Du weißt, Antonio, ich habe dir immer, immer wieder gesagt, sprich nicht über griechische Literatur mit den Salti. Daraus kann nichts Gutes werden. Du wärst weit besser beraten, deine Zeit hier mit mir zu verbringen. Außerdem, wenn man bedenkt, wie viele von ihnen hier in den Bordellen zu wohnen scheinen, kann ich mir nicht vorstellen, wie sie die Zeit zum Lesen finden.«

»Ach, komm, es ist schon eine bemerkenswerte Truppe«, sagte mein Meister, indem er die Stufen hinaufstieg, die von der kleinen Empfangshalle ins Innere führten. »Die meisten von ihnen können mehrere Dinge gleichzeitig tun: glühende Eisen ansetzen, Horaz zitieren und ein Streitgespräch über die Vorzüge des Ikonoklasmus führen. Alles Teil ihrer täglichen Routine. Komm, Fredo, hör nicht auf das, was sie sagt, das arme alte Ding ist ganz wirr im Kopf. Ach, übrigens«, sagte er, wandte sich dabei auf der Treppenstufe um und erhob seine Stimme mit übertriebener

Sorgfalt, in der Art, wie man mit einem Kind oder einem Verrückten redet, »dies ist Fredo Credi; manchmal nennen wir ihn Boti. Er ist der Sohn von Gallupe Credi. An den kannst du dich doch noch erinnern?« Ohne auf eine Antwort zu warten, drehte er sich wieder um und setzte seinen langsamen, verkrümmten Aufstieg fort.

Ich sah mich einem Lächeln gegenüber, das so grenzenlos und verrucht war wie ein Nachmittag im Mai. Sie hatte die größten blauen Augen, die ich je bei einer Italienerin gesehen habe (mit der Ausnahme ihrer Tochter), und als sie mich ansahen, tanzten sie mit dem Licht der Erfahrung, die aus Begeisterung geboren ist.

»Fredo Credi«, sagte sie und strich sich mit der Hand durch das blonde Chaos über ihren Augen. »Willkommen, Fredo Credi. Lorenzo und dein krummer Meister sprechen viel von dir. Deinen Vater habe ich auch gekannt.« Dann, entzückt über den Ausdruck, den mein Gesicht gezeigt haben muß, sagte sie: »Nicht gut, aber genug, um ihn in Erinnerung zu behalten. Komm mit nach oben. Lorenzo meinte gerade eben, daß er dich noch nicht gesehen hat.«

»Lorenzo ist hier?«

»Das wußtest du nicht? Das ist das Problem, wenn man Antonios Schüler ist. Man erfährt nie etwas. Er kam letzte Nacht; sie sind alle hier, eine unwahrscheinlichere Schar von Verschwörern ließe sich kaum vorstellen.«

Mit diesen Worten nahm sie meinen Arm in einen Griff unnötiger Intimität und führte mich, der ich nicht widerstreben konnte, zum ersten Treppenabsatz. Von hier aus führte eine mit geschnitztem Bildwerk verzierte Eichentür in einen Raum, der, wie ich mir ausrechnete, auf den Arno zuging, und in der Tat wurde der kränkliche Geruch des Flusses zusammen mit der Morgenhitze durch die Fenster hereingetragen. Um beides auf ein Mindestmaß zu beschränken, waren die Läden halb geschlossen worden, was den Wänden einen grünlichen Schimmer verlieh, fast wäldlich im Ton. Der Raum wirkte voll, obgleich ich nur acht Männer zählte. Vincenzo Viviani war da, ebenso wie Carlo Dati, der Schriftsteller. Ich erkannte auch Lorenzo Magalotti, den früheren Sekretär des Cimento, der bei mehreren Gelegenheiten unser Haus in San Casciano besucht hatte, bevor er, wie es hieß, von der Inquisition nach Wien verbannt worden war. Lorenzo Bellini war da, saß am Fenster und nickte, während mein Meister ihm dringlich etwas ins Ohr sagte. Als ich eintrat, sah er zu mir auf, nickte weiter und bedeutete mir mit einer Geste, neben ihm Platz zu nehmen. Als ich mich setzte, trat Magliabechi beiseite, um mit zwei anderen Männern zu sprechen, die ich nicht kannte, die aber den unverkennbaren Stempel italienischen Adels trugen, und Lorenzo wandte sich mir zu.

»Na, wie geht es unserem jungen Botticelli? Antonio hat mir erzählt, daß du nachts im Haus herumschleichst und dich hinter Bücherwänden versteckst, was zu allen Zeiten unklug ist, im Augenblick aber selbstmörderisch.« Ich war im Begriff, ihm eine etwas heftige Erwiderung zu geben, aber er lächelte und hob die Hand. »Ich spreche nur im Scherz. Ich war schon länger dafür, dich an unseren kleinen Geheimnissen teilhaben zu lassen, und jetzt weißt du es – oder, um genauer zu sein, wirst es bald wissen.«

Antonio hatte offensichtlich diese Zusammenkunft einberufen, und kurz darauf eröffnete er die Versammlung mit einem einleitenden Hüsteln.

»Signori, willkommen. Ich bedaure, Euch mitteilen zu müssen, daß unser Freund im Palast heute morgen nicht bei uns sein kann. Er ist im Augenblick sehr besorgt darum, nicht seine wahren Sympathien zu enthüllen. Er hat mir jedoch Informationen zukommen lassen, soweit er sie dem Großherzog entlocken konnte. Sie sind allesamt schlecht. Es wird neue Erlasse hinsichtlich der Juden geben. Sie sollen nun all ihrer verbleibenden Bürgerrechte beraubt werden und werden so zu Zielscheiben für jeden Büttel, offiziell oder inoffiziell. Es dürfte zwangsläufig zu Gewalt gegen Juden kommen, wenngleich noch abzuwarten bleibt, wie ernst sie sein und ob sie die aktive Unterstützung der Salti finden wird. Es ist jedoch wichtig, daß wir unsere Verbindungsleute im jüdischen Viertel warnen, wenn auch die Schritte, die sie unternehmen können, zwangsläufig begrenzt sind. Es wird eine verstärkte Kampagne zur ›Registrierung‹ von Büchern und Ausmerzung von Ketzerei geben. Davon bin ich bereits am heutigen Morgen durch Andrea Cortese betroffen worden. Das Amt für öffentliche Sitte wird weitere Aufrufe zur Meldung und Verfolgung von Ehebruch, Sodomie, Inzest und dergleichen veröffentlichen, obgleich man mit einer mageren Ernte rechnen dürfte, und das Fest der Calendimaggio wird wieder eingeführt mit einem speziellen Dispens, daß allein an diesem Tag Bänder und Brokaden in der Öffentlichkeit getragen werden dürfen.«

Lorenzo setzte sich neben mir zurecht, unbehaglich in der Morgenhitze. »Gott«, flüsterte er, »die Frau ist so verrückt wie ein Rebhuhn.«

»Soweit unser Freund weiß, sind keine weiteren gezielten Festnahmen geplant, wenngleich Euch bekannt sein wird, daß der arme Luccetti soeben für eine Zeit von mindestens vierzig Jahren in die Festung von Volterra geschickt worden ist. An dem Ort und in seinem Zustand würde ich es für unwahrscheinlich halten, wenn er es auch nur vierzig Minuten überleben würde.« Diese Nachricht, wenngleich offensichtlich einigen der Mitgliedern unserer Versammlung bereits bekannt, rief allgemeines Gemurmel und Kopfschütteln hervor, als sei ein pestilenzialischer Wind durch das Haus geweht.

»Schließlich soll eine ›Registrierung‹ aller wissenschaftlichen Instrumente und Hilfsmittel stattfinden, einschließlich medizinischer Instrumente.« Ich sah Lorenzo neben mir aufschrecken. »Ja, Lorenzo, ich fürchte all deine Aderpressen und Hodenquetscher werden den Büchern der Philosophen in die Grube folgen.« Hierauf rollte Lorenzo mit den Augen, ob aufgrund der Nachricht oder der Qualität des Scherzes, war unmöglich zu sagen.

Mein Meister fuhr fort: »Die Zeit ist offensichtlich gekommen, um aktivere Schritte zur Verheimlichung zu machen. Im Augenblick haben wir bewußt wenig von unseren eigenen, individuellen Vorsichtsmaßnahmen aufgedeckt, für den Fall, daß jemand von uns später der Folter ausgesetzt werden sollte. Es ist jedoch wichtig, wenn es zu einem plötzlichen Aderlaß kommt, daß wir in der Lage sind, einander zu warnen oder beizustehen. Ferner gibt es gewisse Sammlungen und Dinge von so einzigartigem Wert, daß sofort etwas unternommen werden sollte, um sie zu schützen.« Bei diesen Worten sah mein Meister, wie ich bemerkte, direkt Vincenzo Viviani an, der seinerseits unglücklich aus dem Fenster blickte.

Nun folgte eine allgemeine Diskussion über verschiedene Werke und Sammlungen, von denen ich noch nie zuvor gehört hatte, sowie über Antonios jüngste Begegnung mit Cortese. Ich war bemüht, verständnisvollen Anteil an dieser Diskussion zu nehmen, als ich einen leichten Stupser von Lorenzo verspürte und, auf sein kurzes Nicken hin, zu dem Mädchen aufblickte, das soeben mit einem Krug Wein und einem Teller mit jenem trockenen Salzgebäck, dessen Produktion nun unter das Monopol der Brüder Assinari fiel, den Raum betreten hatte. In all meinen Erfahrungen hernach, so schrankenlos wollüstig manche gewesen sein mögen, habe ich nie ein Gefühl erlebt, das sich in dieselbe Kategorie einordnen ließe. Als Lexikograph kann ich mit Sicherheit behaupten, daß es kein Wort in den Sprachen Süd- oder Nordeuropas gibt, was ihre linguistische Wurzel auch sein mag, das je versucht hat, es angemessen zu beschreiben. Selbst die Deutschen mit ihrer außerordentlichen Art, Worte wie eine Steintreppe zu bauen, um langsam und mühsam den Gipfel der Bedeutung zu erklimmen, würden mehrere Manuskriptseiten brauchen und immer noch hoffnungslos allein an der Syntax scheitern. Es war, als wäre meinem Körper plötzlich jedes Luftbläschen und jeder Tropfen Blutes entzogen und durch eine Flüssigkeit ersetzt worden, die jede Berührung und Empfindung, jeden Laut und jede Sicht, jeden Gedanken und jede Wahrnehmung durchdrang. Das Gefühl ihrer Gegenwart brachte eine Aufwallung von Wärme, unmittelbar gefolgt von eiseskalter Angst, sie könnte jeden Moment wieder verschwinden. Diese wiederum wurde von der strahlenden Hitze weggeschmolzen, die in dem Wissen enthalten war, daß sie dann an einem anderen Ort existieren würde, der nur der universalen Natur meiner Anbetung zugänglich wäre. »Wein?« fragte sie, als sie mit ihrem Tablett mit Krug und Gläsern vor mir hielt; dann, als sie rasch erkannte, daß sie es hier wohl mit einem Schwachsinnigen zu tun hatte, dessen aufgerissene Augen, offenstehender Mund und fleckige Gesichtsfarbe vermutlich von irgendeinem Geburtsfehler herrührten, sprach sie die Worte mit betonter Sorgfalt und Lautstärke: »Möchtest … du … etwas … Salzgebäck?« Da diese Methode keine bessere Reaktion hervorrief, verfiel sie in ein herablassendes, unechtes Lächeln, gefolgt von einem kaum wahrnehmbaren Heben der Brauen, als sie sich Lorenzo Bellini zuwandte.

»Ja, danke«, sagte Lorenzo, goß zwei Gläser mit Orvieto ein und nahm eine Handvoll Gebäck. »Ich nehme auch was für meinen jungen Freund, der gewiß bald wieder zu sich kommen wird.«

Ich glaube nicht, daß er je für eine so ungenaue Prognose verantwortlich war. Mehr als sechzig Jahre später an einem schönen kühlen Morgen mit Ausblick auf die heiterste Landschaft der Welt leide ich immer noch.

Sie war *nicht* schön. Doch wenn sie über die Piazza ging oder einen Raum betrat, fuhren die Köpfe der Männer plötzlich herum, wie unter dem Einfluß einer mystischen kosmischen Kraft. Ich habe es geschehen sehen, manchmal mit der selbstgefälligen Zufriedenheit des Beneideten, häufiger aber mit der Furcht des Unsicheren. Ihre Mutter, offenkundig und entzückend verludert in ihrer Aufführung, besaß doch eine Feinheit der Züge, die ihrer Tochter gänzlich abging. Caterina hatte breite, robuste Wangenknochen und eine betonte Schwere des Kinns, als wären diese beiden Züge notwendig, um die riesigen blauen Augen und den ungeheuren Mund zu fassen, der unter ihrer langen Adlernase hing, dem einzigen Zug von bildhauerischer Bedeutung. Sie hatte das blonde Haar ihrer Mutter geerbt, welches ihr entgegen der Mode der Zeit (soweit dergleichen Dinge in der Toskana noch existierte) lose über die Schultern fiel. Wie ihre Mutter war sie klein und üppig; ihre breiten Schultern schienen einen notwendigen Ausleger für ihre prächtigen Brüste zu bilden, auf die sich tagtäglich so viele Augen in verzückter Bewunderung hefteten. Ihr Gesäß war zu groß, und ihre Schenkel preßten sich ungeduldig gegen die leinenen Falten ihrer *soltana*.

Ihr Charakter sollte sich als mein hartnäckigstes Problem erweisen. Ich weise das Wort unstet zurück. Ihre Emotionen ähnelten einer hohen Pappel, die Winterstürmen unterworfen ist. Und doch, um die Analogie weiter zu verfolgen, war ein Teil von ihr tief in der toskanischen Erde verwurzelt, jener Teil, welcher vor allem zweier Nährstoffe bedurfte, um die wilden Energien ihres Lebens zu erhalten: Geld und Liebe. Sie verschlang beides – unersättlich. Ich verbrachte einen guten Teil meines Lebens in ihren hohen Ästen, wild schwankend zwischen Ekstase und Verderben. Den Rest verbrachte ich damit, ihren Boden zu bestellen.

Nichts von alledem war mir natürlich in jenem Augenblick gewärtig, als ich mit meinen fünfzehn Jahren in dem Haus auf dem Lungarno saß. Das Blut rauschte, der Kopf schwamm, und ich geriet in eine Art von Delirium, die meiner Umgebung und der Dringlichkeit der Dinge, die es zu bereden galt, völlig unangemessen war. Als sie den Raum verließ und meine Welt zu Staub zerfiel, wurde meine Aufmerksamkeit widerwillig wieder auf das Gespräch gerichtet, in dem es um die großen Manuskripte Galileis ging. Meine Verärgerung glich derjenigen, die Alexander verspürt haben muß, als er sich nach seinem Entschluß, Asien zu erobern, gezwungen sah, die Streitereien seiner Eunuchen zu schlichten.

Niemand hatte noch irgendwelche Zweifel über die Nähe der drohenden Gefahr. Mein Meister teilte der Versammlung mit, daß er nun zu dem unausweichlichen Schluß gekommen sei, daß der Angriff, denen die Bibliotheken und deren Inhalte ausgesetzt seien, nicht nur eine toskanische Erscheinung sei.

»Die bizarre Mischung der Listen, die von der Inquisition kamen, hatte ich zuerst der geistigen Beschränktheit eines Komitees zugeschrieben. Nun sehe ich, daß dies nicht der Fall ist. Ein größeres Spiel wird hier gespielt. Listen mit verbotenen Schriften zirkulieren in ganz Europa, und wo immer die Inquisition an Macht gewinnt, werden die Listen zusammengetragen und die Werke darauf nach und nach zerstört.«

Die Diskussion hatte sich zuvor auf Methoden des Versteckens und Verzögerns konzentriert (wenngleich mir auffiel, daß mein Meister die winzigen Manuskripte, die im Keller der Via del Corso lagen, mit keinem Wort erwähnte). Jetzt richtete sie sich auf die Werke Galileis, und die blökende Stimme Vincenzo Vivianis erfüllte den Raum wie eine Lämmerherde im Frühling.

»Ich glaube wirklich nicht, daß ich diese Verantwortung weiterhin alleine tragen kann«, stieß er in einer Folge von nervösen Wortfetzen hervor. »Ich weiß, es gibt modernere Werke, Entwicklungen, neue Entdeckungen, aber wenn diese Originale in die falschen Hände fielen, das wäre katastrophal. Sie wären allen möglichen Änderungen und falschen Interpretationen ausgesetzt, die sich ohne die Originale unmöglich widerlegen ließen. Ich übertreibe nicht, wenn ich sage, daß wir bei einiger Schläue der Gegenseite auf die Kosmologie des Mittelalters zurückgeworfen werden könnten. Ich weiß, das erscheint undenkbar, aber denkt nur einen Moment daran, wie wenige Menschen einen solchen Angriff ernsthaft widerlegen könnten. Für den weit überwiegenden Teil der Menschheit könnten die Lichter immer noch an Seilen vom Himmel hängen. Es wird wenig brauchen, um sie zu überzeugen, daß jede andere Sehweise nichts als eine ketzerische Verirrung ist. Wir dürfen nicht vergessen, daß der Mensch glauben *will*, daß er der Mittelpunkt des Universums ist. Selbst die Aufgeklärtesten unter uns haben Schwierigkeiten, es sich anders vorzustellen.«

Nach diesem etwas wirren Beitrag herrschte ein unbehagliches Schweigen im Raum, wie nicht selten, wenn sich Männer von untadeliger Gelehrsamkeit zu physischem Handeln genötigt sehen. Typischerweise war es Bellini, der das Wort ergriff.

»Es besteht kein Zweifel, daß die Manuskripte aus Bellinis Haus geschafft werden müssen. Wenn die Durchsuchungen beginnen, wird er ganz oben auf der Liste stehen.« Auf diese direkte Rede hin sah ich, wie Viviani unwillkürlich schluckte und seine Augen sich öffneten wie die einer Nachteule. »Wir müssen daher entscheiden«, fuhr Lorenzo fort, »wo sie aufbewahrt und wie sie transportiert werden können. Sie würden den halben Raum hier bis zur Höhe von Antonios Buckel füllen.«

Wie man sich vorstellen kann, wurde dies mit einem weiteren unbehaglichen Schweigen begrüßt. Während bei dieser Sitzung eine beeindruckende Menge an Intelligenz zusammenkam, war sie, es sei gestanden, ausnehmend mangelhaft hinsichtlich der Muskulatur, die für eine solche Aufgabe vonnöten war. Carlo Dati sprach in diese Leere hinein.

»Ich kenne einen Landbesitzer in der Nähe von Impruneta. Er ist ein gebildeter Mann, wenn auch halb Engländer und exzentrisch bis zum Wahnwitz. Er war ein Freund des Dichters Milton, in dessen Haus wir uns begegnet sind. Er war gezwungen, England zu verlassen, als seine Landsleute den Verstand verloren und die Stuart-Könige zurückholten. Er hat mit Cromwell in Irland gekämpft und weiß daher, was Gefahr bedeutet. Er hat den Namen seiner Frau angenommen. Sie war ein toskanisches Mädchen, nun leider verstorben, und, glaube ich, eine Base von Lisa.« Er warf einen Blick zu Lisa Mascini hinüber, die am Fenster stand, und sie nickte bestätigend. »Jedenfalls weiß ich, daß Lisa und Caterina einige Male dort gewesen sind. Ich bin sicher, er würde uns helfen, wenn er von unseren Absichten wüßte. Um diese Jahreszeit schneidet er das erste Heu, und seine Scheunen sind voll. Sie könnten das Versteck abgeben, das wir suchen. Dabei kommt mir der Gedanke, daß seine Wagen von Zeit zu Zeit in die Stadt kommen, um eben dieses Produkt abzuliefern. Sie könnten ein passendes, wenn auch etwas unwürdiges Gefährt für jene großen Werke abgeben. Was die Mittel betrifft, sie im geheimen zu verladen, da kann ich dir nicht helfen, Vincenzo. Leider habe ich einen böse verspannten Rücken. Zweifellos durch meine schlechte Verdauung bedingt.«

Diese Information, gegeben in dem förmlichen Stakkato, für das Dati bekannt war, rief allgemeine Erleichterung unter den Anwesenden hervor. Man kam überein, daß

Carlo, ungeachtet seines körperlichen Zustands, noch am Nachmittag desselben Tages einen Wagen nach Impruneta (kaum so weit wie San Casciano) nehmen sollte, um die begeisterte oder sonstige Zustimmung des ausgebürgerten Grundbesitzers einzuholen. Vincenzo, obgleich offensichtlich erleichtert ob der Aussicht, seine schreckliche Verantwortung loszuwerden, blieb immer noch besorgt wegen der Methode.

»Selbst wenn dieser Engländer dem Plan zustimmt«, sagte er in einem jammernden Ton, »wie soll ich diesen Heuwagen beladen, ohne gerade die Aufmerksamkeit anzuziehen, die wir vermeiden wollen? Außerdem, Dati mag einen schlimmen Rücken haben, aber ich für meinen Teil habe einen äußerst schmerzhaften Ellbogen.«

»Es überrascht mich sehr«, sagte Lorenzo Bellini, höflich lächelnd, »auf keines dieser Gebrechen bislang angesprochen worden zu sein. Ich bin ganz sicher, daß sie sich mittels einer korrekten und sorgfältigen Diagnose und der angemessenen Medizin schnell werden kurieren lassen.«

»Vielleicht«, sagte Vincenzo Viviani und bedachte Lorenzo mit einem giftigen Blick. »Aber selbst wenn ich auf der Höhe meiner Kräfte stünde, könnte ich diese Werke nicht allein in weniger als einem Tag verladen. Und bis dahin säße jeder Salti-Büttel der ganzen Stadt auf dem Wagen.«

»Das stimmt«, gab Lorenzo durchaus ernsthaft zu, »weshalb ich Euch gewiß nach Kräften unterstützen würde.«

»Und ich ebenfalls«, sagte mein Meister, »obgleich, ohne den Katalog von Gebresten noch ausweiten zu wollen, meine eigene Behinderung offenkundig genug ist. Indes habe ich keine Zweifel, daß Otto gern dabei zur Hand gehen wird.«

Ich hörte mich selbst sagen, daß auch ich gern helfen wolle. Ich habe seitdem oft darüber nachgedacht, ob mich nach den von Carlo Dati gegebenen Informationen Motive bewegt haben mögen, die über die Verteidigung Academias hinausgingen, aber angesichts meiner Geistesverwirrung zu der Zeit ist das schwer zu sagen. Jedenfalls, wenn denn eine solche Absicht dahintersteckte, so fand sie schnell eine Antwort.

»Auf meine Hilfe könnt Ihr auch rechnen«, sagte Lisa Mascini vom Fenster her. »Ich möchte mir dieses Spiel um nichts in der Welt entgehen lassen. Es ist viele Jahre her, seit ich auf einem Heuwagen gefahren bin. Caterina, da bin ich sicher, wird uns ebenfalls begleiten wollen.« Da war sie dann wieder, die Erfüllung meiner seligen Wunschträume, zweifellos erlangt durch ein gewisses Maß akademischer Schändlichkeit.

Zu meiner unermeßlichen Enttäuschung erschien Caterina nicht wieder, bevor das Treffen endete und sich unsere Verschwörung von Gelehrten in den verdreckten Straßen des Lungarno verlief. Mein Elend wurde vergrößert durch das Fehlen von Sänften oder Kutschen, und ich war daher gezwungen, nun langsam neben meinem Meister herzugehen, wobei ich dem faulenden Unrat auf dem Weg auszuweichen versuchte und akutes Unwohlsein litt, hervorgerufen durch meine Pumphosen, welche nun unter dem Knie scharf in die roten Strümpfe einschnitten, die ich für meine Aufwartung bei Hofe gewählt hatte. Ich kann mir vorstellen, daß wir eine gewisse Aufmerksamkeit hervorriefen, als ich so auf den Ponte Vecchio zuwackelte, neben der krebsenden Gestalt meines Begleiters. Wir bogen nach links in die Via Guiccardini ein und kamen eine gute halbe Stunde vor unserem Mittagstermin zu den ersten Ausläufern des Pittipalastes. Mein Meister hatte offensichtlich freien Zutritt, zumindest im Außenbereich, und so gingen wir durch das nächstgelegene Törchen und betraten das äußerste Ende der Boboli-Gärten, deren andere Seite ich erstmals, erschöpft und blutbefleckt, bei meinem Einritt durch die Porta Romana gesehen hatte. Der Gegensatz zu den Straßen des Lungarno hätte nicht größer sein können. Die gekiesten Pfade, breit wie Kutschwege, durchschnitten die grünen Rasenflächen wie ein geometrischer Text. Auf jedem Rasenstück umgaben winzige Hecken und bunte Rabatten von Kamelien und Rhododendron monumentale Springbrunnen aus Marmor und Stein. Die Mittagssonne brannte nun mit großer Hitze, und das Wasser, das auf die Außenränder der Becken fiel, wurde schnell zu Dampf, welcher zu der perfekten Symmetrie ätherische Dunstwolken hinzufügte. Wir blieben beide, glaube ich, einen Augenblick wie verzaubert stehen, als ich aus der Richtung des Palastes meines Meisters Namen rufen hörte, und ich erkannte die näher kommende Gestalt als Francesco Redi, den von Lorenzo so geschmähten Arzt des Großherzogs. Ich war ihm nie begegnet, aber bei einer Gelegenheit während meiner frühen Tage in Florenz war er mir namentlich gezeigt worden, als er über den Ponte Vecchio ging.

»Antonio!« rief er wieder, als er näher kam. »Es freut mich, daß ich dich abgefangen habe. Da ist eine Sache, die ich mit dir bereden muß.«

Mein Meister schnitt eine kleine Grimasse in meine Richtung und dann, als Redi uns erreichte, stellte er uns einander vor.

»Ich weiß, wer du bist«, sagte der Arzt, indem er unter buschigen Augenbrauen auf mich herabblickte und sich den Schweiß vom Gesicht tupfte. »Ich kannte deinen Vater, als wir beide zusammen vor vielen Jahren den Cimento besuchten. Er war ein großer Mann. Ich bin überzeugt, du wirst seinem Beispiel folgen.« Trotz meines Alters und der einschüchternden Umgebung, in der ich ein Fremder war, machte mich diese schiere Heuchelei zornig, aber ich biß mir auf die Lippe und verbeugte mich stumm. »Ich würde gern allein mit dir reden, Antonio«, sagte Redi bedeutsam, und mein Meister wandte sich zu mir und sagte: »Willst du schon mal vorauslaufen, Fredo? Hab keine Angst. Niemand wird dich um diese Tageszeit behelligen. Wenn du durch den Bogen da und über den Hof dahinter gehst, findest du Steinbänke in einem Säulengang, wo du dich ausruhen und auf uns warten kannst.«

Also machte ich eine weitere Verbeugung vor Redi und stapfte ungefähr fünfzig Schritte auf den steinernen Bogen zu, der in die Außenwände des großen Palazzo eingelassen war. Dabei überkam mich, wie ich gestehen muß, ein Gefühl wachsender Unruhe. Nirgends war jemand zu sehen, und die Stille wurde nur durchbrochen von dem fernen Rauschen der Springbrunnen und dem Singen der Luft, die in der Mittagshitze tanzte.

Ich trat durch den Torbogen und sah, wie mein Meister gesagt hatte, einen großen Innenhof, volle hundert Schritt lang und nahezu ebenso breit. Ringsum zog sich ein Kreuzgang aus rotem Marmor, dessen Inneres zu meiner Rechten ganz in einem Schatten lag, der tief genug war, jede Person oder jedes Objekt unter den Arkaden zu verbergen. Zu meiner Linken ließ die Sonne, obwohl sie nun fast genau über meinem Kopf stand, etwas Licht eindringen, aber auch hier lag die Rückwand des Kreuzgangs in tiefem Schatten, wenngleich ich am hinteren Ende vage die Steinbank ausmachen konnte, von der mein Meister gesprochen hatte. Innerhalb des Kreuzgangs wurde der Hof von einer niedrigen Buchsbaumhecke und einem Kiesweg begrenzt. Der größte Teil der Fläche jedoch war mit einem dichten grünen Teppich bedeckt, Kamille, vermute ich, und in der Mitte plätscherte der unvermeidliche Springbrunnen.

Ich hatte einen Punkt ungefähr auf der Hälfte des Kieswegs erreicht, als ich den Musketenschuß hörte. Gleichzeitig flogen Marmorsplitter von einer Säule unmittelbar zur

Linken meines Kopfes, und ich warf mich flach nach vorn auf den Boden. In dieser Position preßte ich mein Gesicht gegen den Kies, der unter seiner heißen obersten Schicht feucht von der täglichen Pflege durch die Medici-Gärtner geblieben war.

Nur einmal zuvor in meinem Leben war auf mich geschossen worden, und bei der Gelegenheit hatten meine Instinkte mir das Richtige eingegeben und zur Flucht geraten. Damals jedoch hatte ich den Schutz der Dunkelheit gehabt, vertrautes Gelände und die nahe Sicherheit der Schulgebäude. Nun besaß ich keinen dieser Vorteile und blieb, ohne daß ich eine bewußte Entscheidung getroffen hätte, bewegungslos liegen, wo ich gefallen war. Mein ganzes Elend wird daraus ersichtlich, daß in dem Augenblick meine Gedanken vollkommen angefüllt waren von Caterina und den erhofften künftigen Freuden, die mir nun mit ziemlicher Sicherheit versagt bleiben würden. In dem erneuten Schweigen des Hofes hörte ich das unverkennbare Rasseln einer Muskete, die von kundigen Händen nachgeladen wurde, und dann näherten sich von den gegenüberliegenden Arkaden her Schritte mit einem steten, gemächlichen Tritt wie von einem Spaziergänger. Zuerst knirschten sie auf dem Kies, dann wurden sie gedämpfter auf dem weichen Bewuchs der Mittelfläche. Ich hörte sogar ein kurzes Atemholen, als der Musketier anscheinend zu nahe am Rand des Springbrunnens vorbeiging. Dann fielen die Schritte unmittelbar hinter meinem Kopf wieder auf den Kies, verhielten, gingen dann ein wenig beschleunigt um meinen Kopf herum und kamen vor meinen offenen Augen zum Stillstand. Ich sah ein Paar schwarzer Stiefel, blankgewichst, aber abgewetzt wie von einem kürzlichen Ritt. Zwischen ihnen und meinem Gesicht war die Mündung einer Muskete, von der immer noch ein Rauchfaden träge in die klare, brennende toskanische Luft aufstieg.

17

Ich schloß die Augen und erwartete mein Ende. Schweigen folgte. Das Wasser im Springbrunnen plätscherte, und eine leichte Brise strich durch die Buchsbaumhecke zu meiner Rechten. Dann hörte ich mit unbeschreiblicher Erleichterung hinter mir den unverkennbaren ungleichen Schritt meines Meisters. Zur gleichen Zeit hörte ich seine Stimme, erhoben in untypischer Erregung, von einem Punkt, der nach meiner Berechnung gerade eben diesseits des Bogens liegen mußte.

»Großherzogin!« rief er. »Eure Hoheit ...« Er wurde von einer Stimme unmittelbar über meinem Kopf unterbrochen, die Italienisch mit einem deutlichen Akzent sprach; ob deutsch oder französisch, konnte ich nicht sofort feststellen. Sie klang auch leicht betrunken.

»Becci, *salute*! Ich nehme an, das hier gehört zu dir.« Es war das zweite Mal an jenem Tag, daß ich als unbelebtes Objekt bezeichnet worden war, und mir schien, als käme es der Wahrheit immer näher. Mein Meister war nun herangekommen, und ich hörte ihn sagen: »Ja, ja, Eure Hoheit, das stimmt durchaus. Es ist mein Lehrling. Ich versichere Euch, daß er ganz harmlos ist und ...«

»Oh, Becci«, sagte die Stimme in verärgertem Ton, »ich habe nicht auf *ihn* gezielt. Ich habe auf die Säule gezielt. Mit diesen verdammten modernen Visieren kann man nur am Lauf entlang sehen. Er ist einfach in die Schußlinie gewandert. Warum trägt er wohl diese außerordentlichen Hosen?«

Die Erleichterung, die mich durchströmte, war vollkommen. Die Erklärung erschien zumindest glaubhaft, und, so sagte ich mir, wer auf Mord sinnt, befaßt sich gewöhnlich nicht auch noch mit den modischen Exzentrizitäten des Opfers. Jedenfalls wich mein Meister der Frage aus.

»Glaubt Ihr, er könnte aufstehen? Wir haben in knapp fünfzehn Minuten eine Audienz bei Eurem Gatten.«

»Natürlich kann er aufstehen. Ich würde ihn mir ganz gerne einmal ansehen. Er scheint mir ganz fürchterliches Übergewicht zu haben.«

Ich brauchte keine weiteren Bitten, um auf die Füße zu kraxeln, wobei der Kies wie Hagelkörner aus meinen Kleidern prasselte. Als ich mich aufgerichtet hatte, fand ich den durchdringenden, prüfenden Blick eines grünen Auges auf mich gerichtet; dessen Gegenstück war hinter einer schwarzen Samtklappe verborgen, deren Saum leicht in der Brise zitterte. Ich befand mich, wie mir klar war, in der Gegenwart von Marguerite-Louise d'Orléans, Großherzogin der Toskana, der entfremdeten Frau Cosimos III., Nichte Ludwigs XIV. und nach allem, was man hörte, eine der bemerkenswertesten Frauen ihres Jahrhunderts. Ich kannte bereits einen großen Teil ihrer Geschichte, da diese viele Jahre lang den vornehmlichen Klatsch in Florenz, wenn nicht in ganz Europa, abgegeben hatte. Sie hatte den Großherzog mit extremem Widerstreben neun Jahre vor meiner Geburt, nämlich 1661, geheiratet, als sie selbst fünfzehn war. Es war weithin bekannt, daß man sie gezwungen hatte, ihn zu heiraten, auf Betreiben von Kardinal Mazarin, dem mächtigsten Manne in Frankreich, der ein Auge auf den Papstthron geworfen hatte. Es war dieser Ehrgeiz, der ihn veranlaßt hatte, die Heirat zu fördern, zu einer Zeit, als die Medici angeblich noch einen gewissen Einfluß im Vatikan besaßen. Vom Augenblick ihrer Ankunft in der Toskana an hatte sie ihren Gemahl verabscheut und dessen Mutter, Vittoria della Rovere, gehaßt. Obwohl sie ihm zwei Söhne geboren hatte (dessen jüngster, Gian Gastone, genau gleichaltrig mit mir war), hatte sie rastlos intrigiert und konspiriert, um ihre eigene Rückkehr nach Frankreich zuwege zu bringen. Dies hatte zahlreiche Formen angenommen, von dauernder Untreue bis zu einer vorgetäuschten Pockenerkrankung. All dies hatte unter der Stadtbevölkerung großes Vergnügen hervorgerufen, die in ihr so etwas wie eine Heldin sah. Schließlich, zwölf Jahre vor unserer Begegnung, hatte sie sowohl ihren Gatten als auch den französischen König so weit gebracht, daß man sie nach Frankreich zurückkehren ließ; dort war sie dann viele Jahre lang eine erste Quelle für Skandale gewesen. Ja, als sie den Pittipalast verließ, entdeckte man, daß sie den Großteil des Medici-Silbers gestohlen hatte. Es wurde auch weithin kolportiert, daß sie und mein Meister eine enge Freundschaft gepflegt hätten und daß seine Ernennung zum Bibliothekar eine der letzten Handlungen gewesen sei, auf die sie Einfluß genommen habe.

»Wenigstens sieht er nicht allzu dumm aus«, sagte sie, wobei sie die Klappe von ihrem linken Auge entfernte und eine völlig intakte Pupille darunter erkennen ließ. »Es liegt an diesen verdammten modernen Visieren. Man muß ein Auge zumachen, um ein anständiges Korn zu kriegen. Es ist nicht zu schwierig, aber es hindert einen daran, herankommende Bibliothekare zu sehen. Na, Becci«, sagte sie, sich meinem Meister zuwendend, »hat meine fette Schwiegermutter immer noch das Sagen im Pittipalast?«

»Ich denke, so dürfte man es allgemein sehen«, gab mein Meister mit einem diplomatischen Lächeln zurück. »Aber es ist eine unerwartete Freude, Eure Königliche Hoheit zu sehen. Ich wähnte Euch in Paris.«

»Dein Informationsstand ist wie immer untadelig. Dort bin ich die letzten zehn Jahre gewesen. Ich bin gekommen, um meinen jüngeren Sohn zu sehen. Warum, weiß ich selbst nicht. Er ist jetzt genauso geworden wie sein Vater oder eher noch wie seine Großmutter – stumpfsinnig, fett, bigott, grausam und besessen von den angeblichen Gebrechen seines eigenen abstoßenden Körpers. Ich werde gleich morgen früh wieder abreisen. Jedermann weiß, daß ich hier bin, aber keiner will es zugeben. Louis verbot mir ausdrücklich zu kommen und zahlte dann für eine Kutsche. Cosimo *sah* mich sogar, als er durch die Gemächer seines Sohnes ging, und tat so, als bemerke er mich nicht. Ich wünschte mir, er hätte sich immer so verhalten. Doch offiziell reise ich immer noch *incognita*.«

Die Vorstellung, daß Marguerite-Louise in irgendeiner Umgebung unbemerkt kommen und gehen könnte, war außergewöhnlich. Über ihren grünen Augen, der hochgeklappten Augenklappe und der breiten Stirn war eine unmögliche Fülle von gefärbtem roten Haar zu Locken gedreht, die wie die Schlangen der Medusa auf ihre Schultern niederfielen. Sie war zu der Zeit ein wenig über vierzig, aber bei genauem Hinsehen wirkte sie etwas älter. Ihr langes, knochiges Gesicht, von der Farbe heller Eiche und von Fältchen durchzogen, war durch eine unwahrscheinliche Mischung von Witterungseinflüssen und Ausschweifung gealtert. Daß sie einst schön gewesen war, konnte niemand bezweifeln. Ob sie es blieb, hing ganz von ihren Gesichtszügen ab. Denn wenn sie lächelte, überstrahlten die großen grünen Augen alle Unvollkommenheiten wie die Sonne, die von einem zerbrochenen Schild zurückgeworfen wird.

»Hast du gewußt«, wollte sie von meinem Meister wissen, »daß sie mich in einem Konvent auf dem Montmartre eingesperrt haben? Kannst du dir das vorstellen? Mich! Es sollte eine der Bedingungen sein, unter denen sie mich nach Hause gelassen haben, aber ich hatte nie gedacht, daß sie das wirklich *machen* würden. Ich sage dir, Becci, es war absolut grauenhaft. Nach wenigen Wochen schon wurde ich vor den König geschleppt, weil ich mit einem Hackebeil auf die Mutter Oberin losgegangen wäre. Was natürlich alles nicht stimmt. Ich hatte sie nur mit dem Hackebeil bedroht, als sie mich nicht rauslassen wollte. Jedenfalls ist es seitdem viel besser geworden. Sie starb dann bald darauf (eines natürlichen Todes, möchte ich betonen), und sie hatten einige Probleme, jemand anders zu finden. Jetzt haben wir ein liebes altes Mädchen, das sich um seine eigenen Angelegenheiten kümmert. Aber es sind auch nicht mehr so viele Nonnen; der Ort hat inzwischen einen gewissen Ruf. Ich fürchte, ich habe kürzlich eine erschossen. Dasselbe Problem. Dieses verdammte Visier. Aber komm, Becci, erzähl mir von Florenz. Man verbrennt die Juden und Bücher, hör' ich?« Trotz der äußeren Herzlosigkeit ihrer Frage hatte ihre Stimme alle Scherzhaftigkeit verloren. »Du brauchst mir nichts zu erzählen. Ich weiß, daß es stimmt. Mein Sohn hat es mir erzählt, mit einem gewissen Maß an widerlicher Befriedigung. Natürlich stecken die Priester dahinter. Diese ganze Phrasendrescherei über Häresie, Ordnung und göttliches Recht. Alles hat in Frankreich angefangen. Ich fürchte, daß dieses sogenannte Zeitalter der Aufklärung bereits am Einbruch der Nacht steht. Die Zeit wird es weisen. Ich hab' mich nie an all diesen Dingen beteiligt, wie du weißt. Es kommt mir alles so sinnlos und grausam vor. Ich vertreibe mir lieber die Zeit damit, auf kleine Vögel und Bibliothekare zu schießen.« Mit diesen Worten wandte sie sich mir zu, und ihr Lächeln verjüngte sie zu einem neckischen Alter, das kaum größer war als mein eigenes. »Weißt du, Becci, er sieht gar nicht so schlecht aus, wenn er den Kopf hochhält. Sag ihm, er soll sich abbürsten, bevor er dem großen Fettwanst gegenübertritt. Ich schätze, es ist zu spät für ihn, um eine andere Hose anzuziehen? Nicht daß es Cosimo bemerken würde. Er ist viel zu sehr mit seiner eigenen Gesundheit beschäftigt. Wußtest du«, sagte sie zu mir, wobei sich ihre Augen vor Belustigung zusammenzogen, »daß er in unserer Hochzeitsnacht die ganze Zeit von seinem Leibarzt überwacht wurde? Kannst du dir das vorstellen? Er gab sich seiner Leidenschaft hin, während er einen Arm durch den Bettvorhang steckte, damit der Arzt ihm permanent den Puls fühlen konnte!«

Ich bekenne, ich war von dieser Enthüllung einigermaßen peinlich berührt, aber es gelang mir, dem Gesagten die Bedeutung zukommen zu lassen, die es verdiente, indem ich mit etwas verkniffener Anteilnahme lächelte und kaum wahrnehmbar mit dem Kopf nickte. Dies amüsierte sie enorm, und sie platzte fast vor Gelächter, während sie zur gleichen Zeit mit einem behandschuhten Finger nach meiner Brust stocherte. »Wirklich, Becci, ich glaube, du hast eine gute Wahl getroffen mit diesem Jungen. Wie ist sein Name?«

»Sein Name ist Fredo Credi, Gallupes Sohn, und jetzt, Großherzogin, wenn wir nicht sogleich gehen, werden wir zu spät kommen ... er wird Gefahr laufen, öffentlich ausgepeitscht zu werden.«

»Fredo Credi«, wiederholte sie, »Gallupes Sohn. Ich kannte deinen Vater. Er ...« Sie brach ab, da sie sich, vielleicht zum erstenmal, der Qualen bewußt wurde, in denen ich mich wand. »Aber Becci hat natürlich ganz recht, ihr dürft nicht zu spät kommen. Nun denn, Fredo Credi, es hat mich gefreut, dich kennenzulernen. Und gib gut auf diese alte Schnecke acht. Wie sein Körper ist er ein Triumph der Hoffnung über das Unglück.«

Als wir uns zurückzogen (ich hatte, soweit ich mich entsinnen kann, kein einziges Wort gesagt), tauschten sie und mein Meister unhörbare und gnädigerweise kurze Ermahnungen aus, bevor wir zum Ende des Kreuzgangs eilten und durch einen weiteren, kleineren Torbogen in den Palast dahinter gelangten.

Die Pracht des Pittipalastes hat viele Chronisten gehabt, denen ich nicht nachzueifern gedenke. Ich mag ihn immer noch nicht. Meine ländliche Herkunft rebelliert gegen jedes Übermaß an Farbe, wie großartig es auch sein mag.

Aber wenn einer den Genius der italienischen Kunst erleben möchte, ausgebreitet wie auf einem Marktstand, dann gibt es keinen besseren Ort dafür. Hier, in den ersten Räumen, die wir betraten, konnte man unter Deckengemälden von Cortona Werke von Raffael und Rosa, Rosselli und Manetti, Tizian und Tintoretto, del Sarto und Veronese, Salviati und Bartolomeo bewundern, die in barockem Wirrwarr auf den Betrachter einstürzten. Nichts von alledem bemerkte ich, als ich an ihnen vorbeihastete, während die verwachsene Gestalt meines Meisters sich qualvoll in einer grotesken *courante* neben mir entlangschleppte. Die großen Säle waren seltsam verlassen, abgesehen von Dienern in der Livree der Medici, die uns mit steinerner Gleichgültigkeit zusahen. Schließlich kamen wir zu den *Apartamenti Monumentali* und wurden von Dienern angehalten, die den Eingang zum Vorzimmer versperrten, hinter dem die Audienzhalle des Großherzogs lag. Hier standen Medici-Wachen an den vier Ecken des Saales, und an den Doppeltüren selbst waren vier weitere postiert. An einem Schreibpult unmittelbar vor diesen Türen saß ein Schreiber, der auf seinem *lucco* das Zeichen der Medici-Bürokratie trug, die einstmals, nach ihrer Schöpfung durch den jungen Machiavelli, ein Modell für die Welt war. Auf diesen Tisch legte mein Meister die Beglaubigungsschreiben, die mit unserer Vorladung gekommen waren, und der Schreiber stand wortlos auf und verschwand durch eine kleinere Tür an der Ecke des Raumes. Fast sogleich kehrte er wieder zurück und bedeutete uns wortlos, auf einer der Steinbänke Platz zu nehmen, welche die Wände säumten. Auf dieses willkommene Gesims ließ ich meine keuchende Gestalt sinken, wobei ich mir der lächerlichen Hosen bewußt war, die sich vor mir blähten.

Im Schweigen des Raumes vergingen die Minuten in langsamer Prozession. Ich begann große Müdigkeit zu verspüren. Nach nur wenig Schlaf hatte ich einen Tag erlebt, wie ich keinen je gekannt hatte. Mit der wachsenden Betäubung machte mein Lampenfieber einer Gleichgültigkeit Platz, ja, einem Gefühl, das der Verärgerung nahekam. Ich lehnte meinen Kopf zurück gegen den kalten Stein und schloß die Augen.

Ich wurde aufgeschreckt durch einen plötzlich anschwellenden Lärm, welcher von der Doppeltür ausging, die sich nun in den Saal öffnete, wo wir saßen. Die Öffnung spie eine beträchtliche Anzahl von Leuten aus, die alle rückwärts gingen, mit gebeugten Köpfen, als hätte man sie alle zugleich zu einem irrsinnigen Fandango getrieben. Ich nahm an, und das zu Recht, daß sie sich aus der Gegenwart des Souveräns zurückzogen. Die Methode ihres Rückzugs war für uns ein Segen, da die gesamte Gruppe dergestalt durch den Vorraum und dessen Eingangstüren schritt. Diese wurden sodann geschlossen, so daß die, welche hindurchgegangen waren, jene, die auf eine Audienz warteten (wozu natürlich auch wir gehörten), weder sehen noch identifizieren konnten. Die Zusammensetzung der Gruppe indes war beunruhigend. Es waren ihrer ungefähr zwanzig. Zwei davon waren offenkundig Medici-Beamte, die einen wappengeschmückten *lucco* trugen ähnlich dem des Schreibers. Von den übrigen trugen ungefähr die Hälfte die schwarzen Gewänder der Jesuiten und der Rest die Uniform der Salti. Innerhalb dieser beiden Gruppen erkannte ich die Gestalten Andrea Corteses und Pasto Bombonis. Mein Meister hatte natürlich dieselbe Beobachtung gemacht, und sein Blick blieb auf der geschlossenen Tür hängen, die Stirn vor Konzentration gerunzelt.

»Ein schöner Sack voll Frettchen«, sagte er leise. »Wo sind die Hasen, frage ich mich.«

Die Türen zum Audienzsaal hatten sich gleichfalls wieder geschlossen, und wir nahmen erneut unser Warten auf.

Die Zeit verging, und in unregelmäßigen Abständen kamen andere an, die Vorladungen oder Petitionen trugen und sich auf Weisung des Schreibers zu uns auf die Steinbank an der Wand gesellten. Unter diesen späteren Ankömmlingen erkannte ich einen der Castanelli-Brüder, denen das Monopol für Leder, Färbemittel und Abwasserbeseitigung erteilt worden war. Durch Mißbrauch dieser Befugnisse, verbunden mit regulärer Erpressung, waren sie so reich wie die Assinari geworden, eine Tatsache, von der die protzige Geschmacklosigkeit seiner Kleidung Zeugnis ablegte. Mit einigem Unbehagen bemerkte ich den beifälligen Blick, mit dem er meine eigene Hose bedachte. Wir warteten.

Schließlich, fast zwei Stunden nach unserer Ankunft, öffnete sich die kleine Seitentür, und ein zweiter Schreiber betrat den Raum. Er war in jeder Hinsicht identisch mit dem ersten, mit der Ausnahme, daß er seine Beherrschung der menschlichen Rede unter Beweis stellen konnte. In einem hohen Falsett verkündete er, daß die Audienz nun beginnen werde. Angesichts der unvermeidlichen Verzögerung, sagte er, würden alle Vorgeladenen ihre Audienz gleichzeitig erhalten. Diese Nachricht verschaffte mir erhebliche Erleichterung, da sie die Möglichkeit in sich trug, unbemerkt in der Menge unterzutauchen. Nicht zum erstenmal verfluchte ich meine Pumphosen. Nun, neben Carlo Castanelli erschien ich ausgesprochen mönchisch, und dies verlieh mir ein gewisses Gefühl der Sicherheit.

Sobald der Schreiber aufgehört hatte zu reden, wurde die Tür von zwei Lakaien aufgerissen, und man geleitete uns vor das Antlitz des Herrschers.

Der erste, bleibende und dauerhafte Eindruck war der von Korpulenz. Cosimo und seine Mutter saßen auf einem erhöhten Podest. Zwei weitere Personen saßen im Raum: ein Schreiber an einem Pult unmittelbar unter den herzöglichen Thronen, und auf einem eigenen, aber kleineren

Thron ein wenig zur Rechten und leicht unterhalb der Herzoginwitwe ein übellauniger, stirnrunzelnder Mann von unbestimmbarem, jedenfalls aber hohem Alter; es war, wie ich später erfuhr, Giuseppe Tarcone, der Kanzler, ein Mann, dessen Ruf für Nepotismus und den Schacher mit Ämtern in ganz Italien legendär war.

Alle vier waren unglaublich fett. Der Großherzog und seine Mutter trugen beide die damals modischen Halskrausen, eine unglückliche Wahl, da sie die zahlreichen Kinne und Fleischfalten ihrer Hälse zu einem einzigen ausgeprägten Ballon unmittelbar unterhalb ihrer Münder hochschoben. Die Wirkung war, wie mein Meister später anmerkte, ähnlich dem aufgeblähten Kehlsack bei Ochsenfröschen, wenn der Paarungstrieb sie packt. (Es machte auch augenscheinlich das Sprechen unbequem, da der Druck des Fleisches von unten jedesmal die Unterlippe nach oben schob, wenn der Mund geöffnet wurde.) Über den Kinnen besaßen Mutter wie Sohn die fleischige Knollennase der Habsburger, welche die winzigen, mißtrauischen toskanischen Augen trennte. Als ich viele Jahre später in England war, erfuhr ich, daß der große Tagebuchschreiber Samuel Pepys Großherzog Cosimo bei einem Besuch in London als einen »gar guten und ansehnlichen Herrn« beschrieben habe. Als ich später Pepys diese offenkundige Diskrepanz vorhielt, gab er zu, daß er ihn nie wirklich gesehen, sondern sich auf ein Gemälde von Sustermans gestützt hatte, das vor dem hohen Besuch in Umlauf gebracht worden war. Dies erwähne ich nur, um zu demonstrieren, mit welcher Vorsicht man den Beschreibungen selbst der besten englischen Autoren begegnen sollte.

Cosimos Erscheinung wurde in keiner Weise verbessert durch eine seltsame Vorrichtung auf seinem Kopf. Auf den ersten Blick sah sie aus wie eine Schafsblase, und nichts anderes, wie ich mich später vergewisserte, war es auch. Diese war über seine Schultern drapiert und wurde auf irgendeine unsichtbare Weise auf seinem Kopf festgehalten. Darüber war die schwarze Allongeperücke befestigt, die der einzige naturgetreue Teil des Sustermans-Gemäldes bleibt. Die Blase war, wie man deutlich sah, zum Teil mit einer Flüssigkeit gefüllt; denn sie schwappte und wabbelte mit jeder Bewegung des herzoglichen Hauptes. Die Quelle der Flüssigkeit war leicht ersichtlich. Hinter dem Fürsten stand nämlich Francesco Redi, der Arzt, der einige Stunden zuvor in den Boboli-Gärten an meinen Meister herangetreten war. An seiner Seite und augenscheinlich unter seinem Befehl stand ein Page mit einem irdenen Gefäß, in dem irgendeine Mixtur dampfte. Von Zeit zu Zeit hob der Page auf Redis Geheiß einen der Ventrikel, die sich noch an der Blase befanden, an und goß etwas von der Flüssigkeit durch eine kleine Tülle. Darauf klemmte er die Öffnung mit einer Holzzwinge ab und entfernte dann von einem zweiten Ventrikel eine ähnliche Zwinge, um eine gleiche Menge der Flüssigkeit, nun zweifellos kühler, in eine Schale abfließen zu lassen. Diesem Vorgang schien niemand auch nur die geringste Aufmerksamkeit zu schenken. (Mein Meister bemerkte später, daß ungeachtet ihrer möglichen medizinischen Wirksamkeit die Vorrichtung ihrem Erfinder kaum je einen großen Markt verschaffen würde.)

Neben Redi stand eine Anzahl von Beamten und Würdenträgern aufgereiht, die alle das Medici-Wappen auf ihrem *lucco* trugen. An den Wänden, die auch hier mit einer Fülle von Ölmalereien und vergoldeten Rahmen bedeckt waren, standen mehrere Wachen. An der gewölbten Decke über unseren Köpfen war ein riesiges Fresko der thronenden Gottheit umgeben von wallenden Wolken, himmlischen Heerscharen, Cherubim, Seraphim und einer sitzenden Figur, die trotz einer Anzahl schmeichelnder Weglassungen (und der Ermangelung einer Schafsblase) unverkennbar den Großherzog selbst darstellen sollte.

Als wir den Raum betraten, geschah dies in gebückter Haltung, ähnlich derjenigen, welche von jenen eingenommen worden war, die sich vor einer knappen Stunde von hier zurückgezogen hatten. Der allgemeine Zweck der Audienz war der einer Einführung. Als Namen aufgerufen wurden, machten sämtliche also Aufgerufenen dieselbe formelle Ansprache. Diese bestand aus den Worten: »Ich grüße Eure Königliche Hoheit und ersuche untertänigst, (soundso), meinen Schutzbefohlenen/Assistenten/neuen *commesso* vorstellen zu dürfen.« Carlo Castanelli präsentierte so seinen neuen »Hauptmann der Sicherheitskräfte«, einen schlecht verkleideten Straßenräuber, der zweifellos mit der Durchsetzung des Monopols befaßt war. Auf alle Vorstellungen hin neigten der Großherzog und die Herzoginwitwe gnädig das Haupt, was beim ersteren die gefüllte Blase zittern und in Schwingung geraten und durch ihre Ventrikel kleine schaumige Gluckser und Dampfwölkchen ausstoßen ließ.

Schließlich wurde der Name meines Meisters aufgerufen. Ich beugte den Kopf und hörte ihn die vorgeschriebene Formel aufsagen »Ich grüße Eure Königliche Hoheit und ersuche untertänigst, Frederico Szorzi Credi, meinen neuen Schüler und Lehrling bei der Pflege und Erhaltung Eurer großen Bibliothek, vorstellen zu dürfen.« Zu meinem Schrecken rief dies nicht die übliche formelle Reaktion hervor.

»Ah, Signore Magliabechi«, sagte der Großherzog mit erheblichen Schwierigkeiten, weil seine Unterlippe unkontrollierbar nach oben stieß und die Ventrikel hinter ihm leise rülpsten. »Wir haben der Vorstellung Eures Assistenten besonders entgegengesehen. Wir hören, er sei der Sohn Gallupe Credis, des Helden von ... von ...« Einer der Schreiber beugte sich schnell hinter ihn und sprach in die Seite der Blase. »... Mongiorno. Ein großer Mann. Ein wenig unbeherrscht vielleicht, aber ein großer Mann. Ich hoffe, er wird dem Beispiel seines Vaters folgen.«

»Er ist ein begabter und eifriger Schüler, Eure Hoheit.«

»Hoffen wir, daß sein Eifer sich auch auf die Verfolgung und Zerstörung der Ketzerei erstreckt. Du mußt verstehen« – und die Augen des Großherzogs waren jetzt wie Klammern auf mich geheftet –, »daß die Pflege der großen Bibliothek nicht nur das Abstauben von Büchern umfaßt. In eine so gewaltige Sammlung wird auch der Teufel zweifellos seinen Weg finden. Viele können verderbliches Wissen ansammeln und es horten für die Erbauung von Narren, aber es kommt eine Zeit, da der Allmächtige einen erwählt zur Reinigung. Diese Zeit ist nun gekommen. Wir sehen dich als unseren Agenten in diesem Werk an.«

Mein Meister antwortete: »Eure Königliche Hoheit erweist uns große Ehre, und wir werden uns bemühen, solch einem Zweck zu dienen.«

Die Herzoginwitwe ergriff nun das Wort; ihre österreichische Geburt verriet sich durch die Verhärtung der Konsonanten. »Doch wir haben gehört, daß die Anforderungen der Heiligen Inquisition nicht erfüllt werden.« Völliges Schweigen breitete sich im Saal aus. Selbst die Blase wurde still. Mein Meister sprach:

»Hoheit, Euer Informant irrt sich. Zweifellos durch ein Übermaß an Eifer. Das, was die Inquisition fordert, erhält sie. Ja, ich habe inzwischen Sorge, daß das Jesuitenseminar mittlerweile die größte häretische Bibliothek der Welt enthalten muß. Es nähme einen daher nicht wunder, wenn die dem Ausgesetzten in Irrtum verfallen würden.«

Ein leises Murmeln der Belustigung lief durch den Saal, schnell erstickt durch die Herzoginwitwe, deren Gesicht zu Stein geworden war. Nach einer Pause sagte sie: »Eure Lehrlinge und Gehilfen würden gut daran tun, sich bewußt zu sein, Signore Magliabechi, daß die Strafe für das Verbergen von Ketzerei die Verbannung auf die Galeeren oder die Festung Volterra ist.«

Mein Meister neigte den Kopf. »Keiner von ihnen, Hoheit, hegt irgendeinen Zweifel an der Wichtigkeit seines Tuns.«

Wieder herrschte Schweigen im Saal; dann hob Cosimo die Hand, und auf diese Geste hin rief der Schreiber den nächsten Namen, während ich auf meine Pumphosen hinabstarrte, erfüllt von dem Gefühl drohenden Unheils.

Kurz danach war die Audienz zu Ende, und wir alle schritten rückwärts durch die Doppeltür und den Warteraum davor. Als die zweite Tür sich hinter uns schloß, spürte ich, wie unsere Mitbürger uns aus dem Weg gingen, da wir das Zeichen königlicher Ungnade, der Lepra gleich, mit uns trugen. So ging es die große Treppe hinab, durch die vergoldeten Räume und in den draußen liegenden Kreuzgang.

»Hoffen wir«, sagte mein Meister, als wir uns über den Kiesweg mühten, »daß Marguerite-Louise eine andere Zielscheibe gefunden hat oder zumindest beide Augen gebraucht.«

Jedenfalls erreichten wir den Schutz des äußeren Bogengangs, ohne von Musketenfeuer behelligt zu werden, und machten uns auf den Weg zu dem Seitenpförtchen, welches die Gärten von der Via Romana trennte. Die Medici-Wachen hatten gerade Wachablösung, und wir mußten ein Weilchen warten, bevor das Tor geöffnet wurde. Draußen wandten wir uns seitlich in Richtung Ponte Vecchio. Wir gingen in Schweigen, bis der Lungarno vor uns lag. Als wir die Steigung der berühmten Brücke erklommen, vorbei an der seltsamen Mischung von Schlächter- und Juwelierläden, die ihre Seiten säumten, überkam mich eine große Traurigkeit. Wir waren natürlich nahe der Stelle, wo meine Mutter in den Tod gesprungen war, und die Erinnerung an jenen Augenblick rief in mir wie immer eine dumpfe

Melancholie hervor, die von der gefährlichen Natur unserer gegenwärtigen Unternehmungen nicht verbessert wurde. Scharfsichtig wie immer, gab mir mein Meister sogleich ein wenig Licht und Hoffnung.

»Wir müssen morgen gegen Mittag zu Lisa Mancinis Haus zurück. Bis dahin wird Carlo Dati von seinem englischen Heumacher zurück sein, und wir können, hoffe ich, den armen Vincenzo von seiner Last befreien. Auch dünkt mir«, sagte er mit einem Blick über seine bucklige Schulter, »daß du auch sonst nichts dagegen hättest, ihr Haus aufzusuchen.«

Ich lächelte ob seiner Intuition, und meine Farbe muß wohl dunkler geworden sein, denn er sagte: »Ja, ich sehe, daß ich recht habe. Sieh dich vor, Boti Credi, das Mädchen wird eine große Anzahl Herzen brechen.«

Ich sagte nichts, und wir stiegen zur Piazza della Signoria hinab, deren Ziegelplatz teils schwarzbeschattet und teils rosenrot in der Abendluft lag. Eine leichte Brise zupfte an den Fahnen auf dem alten Medici-Palast und brachte auch den Gestank des Arno mit sich, der zwischen den Gebäuden floß, Schwaden der Pestilenz und des Todes, aus denen die Marmor- und Alabasterstatuen ragten wie unbewegliche und rachsüchtige Götter.

Wir überquerten die Piazza und gingen wie üblich die Via de' Calzaioli entlang. Als wir zum Orsanmichele kamen, blieb mein Meister stehen, um die Tabernakel der Gilden in Augenschein zu nehmen, auf denen die Statuen Ghibertis, Donatellos und Lambertis der Vermählung von Handel und Kunst, aus der die Renaissance hervorging, erhabenen Tribut zollten. Ich wartete, ein wenig ungeduldig, während er gegen das Licht blinzelte. Ich war natürlich viel zu jung, um Kunst als irgend etwas anderes anzusehen denn eine angenehme Ablenkung. Nach mehreren Minuten bewegungsloser Betrachtung schüttelte mein Meister den Kopf, als wolle er Wasser aus seinen schütteren Haaren vertreiben, und wandte sich zu meiner Überraschung und ohne Erklärung auf dem Fuße um, ging zurück über die Piazza della Signoria und den Borgo dei Greci entlang auf die große Kirche Santa Croce zu. Er ging nicht hinein, sondern rechter Hand an dem Portikus vorbei und kam schließlich zu der Pazzi-Kapelle, dem vollkommensten Beispiel von Maß und Symmetrie, das je geschaffen wurde. »Sie zu betreten«, sagte er mir viel später, »kommt einem Eintreten in die menschliche Seele näher als alles andere auf der Welt.« Zu der Zeit empfand ich den Kommentar als eine schwülstige Übertreibung, doch habe ich seitdem oftmals über seine Wahrheit gestaunt.

Die Kapelle war verlassen, und mein Meister saß gebeugt auf dem Sockel, der zwischen den Rippen des Gebäudes verläuft, welche selbst zwischen der *pietra serena* auskragen, um die vollkommene Kuppel zu stützen. Kein Gebäude ist je ihrer Mischung von Frieden und Kraft gleichgekommen, und die Wirkung auf den Geist eines jeden Betrachters ist immer noch geradezu betäubend. Als ich auf dem Steinsims saß, so weit entfernt von meinem Meister, wie es ging, wurde ich mir langsam eines leisen Summens bewußt, das den überwölbten Raum mit der Resonanz einer gezupften Saite erfüllte. Gebannt lauschte ich dem Ansteigen und Fallen der Melodie, und mir wurde klar, daß ich der steten Tonfolge eines gregorianischen Chorals lauschte, dessen leiser Klang das Gebäude erfüllte wie die Wärme der Morgensonne. Als er schließlich endete, hing das Echo unter der Kuppel, und sein Druck klang im inneren Ohr nach. Wo mein Meister einen solchen Gesang gelernt hatte, habe ich nie erfahren. Was er bedeutete, wenn überhaupt, entzieht sich gleichfalls meiner Kenntnis.

Als wir das Gebäude verließen, wandte sich mein Meister um und wies auf den Portikus des Giuliano da Maiano.

»Diese Kapelle«, sagte er, »wurde von der großen Pazzi-Familie in Auftrag gegeben für ihr Gebet und ihre Kontemplation. In dem Jahre, als sie vollendet wurde, versuchte Francesco de' Pazzi, Lorenzo de' Medici durch einen Stich in den Rücken während einer Messe in der Kathedrale zu ermorden. Der Anschlag schlug fehl, worauf die Medici ihm die Beine abhackten, ihm einen Strick um den Hals legten und ihn aus dem obersten Fenster des Palazzo Vecchio warfen. Kanntest du die Geschichte, Fredo?«

Ich sagte, natürlich hätte ich von der Pazzi-Verschwörung gehört, aber es wäre mir nie zu Bewußtsein gekommen, wie wahrlich verrucht die Handlung gewesen sei.

»Oh, ja, sie töteten irrtümlich seinen armen Bruder, Giuliano de' Medici. Die Priester waren in den Plan verwickelt, weißt du. Immer ein Fehler, sie einzuweihen, fürchte ich. Komm, ich zeige dir, wo Giuliano starb.«

Es war klar, daß unsere Wanderungen noch nicht zu Ende waren. Die Aussicht auf Gefahr machte ihn sichtlich aktiv, und obwohl ich mich nach der Sicherheit der Via del Corso sehnte, folgte ich ihm pflichtschuldig, als er sich seinen Weg durch den Abfall der Stadt zum großen Steinklotz des Duomo und dem Glockenturm Giottos bahnte.

Als wir eintraten, war eine Messe im Gange, und Gesang erfüllte die gewaltige Kuppel mit nicht mehr Resonanz als meines Meisters Choral. Wie versprochen, zeigte er mir die Plakette, welche die Stelle bezeichnete, wo Giuliano starb; dann wandte er sich ohne Zögern dem Haupteingang zu, um zu gehen. Dabei fiel mein Blick in die angrenzende Kapelle, und zu meiner Überraschung sah ich die unverkennbare Uniform eines Salti-Hauptmanns. Ich erkannte alsgleich den Mann, dessen grobe Züge ich von meinem Versteck hinter dem Bücherschrank an eben jenem Morgen erspäht hatte. Er stand in Betrachtung der *Pietà* versunken, reglos bis auf die Finger seiner rechten Hand, die ungeduldig am Ende seiner purpurnen Nase kratzten.

Ohne weitere Umwege erreichten wir das Haus in der Via del Corso, wo Lorenzo Bellini uns erwartete. Er war gespannt darauf, wie unsere Audienz bei Cosimo verlaufen war, und während wir vor dem großen Fenster eine Schüssel von Ottos Tortellini verzehrten, lauschte er mit einiger Belustigung unseren Beschreibungen der Ereignisse und insbesondere des verwendeten medizinischen Apparates.

Bono, der sich nach meiner Entdeckung des Skriptoriums nun nicht mehr verbergen zu müssen glaubte, hatte sich zu uns gesellt und lauschte mit Entzücken meinem Bericht über den Musketenschuß. Er war gleichfalls, so stellte sich heraus, knapp dem Tod durch Marguerite-Louises Schießkunst entgangen, als letztere bei einer Jagd auf den Ländereien von Mattias Palast den Zwerg, der einen Federhut trug, irrtümlich für eine Riesentrappe gehalten hatte, eine Spezies, die in Italien längst als ausgestorben galt.

Die Nacht brach herein, und nachdem Absprachen für den folgenden Morgen getroffen worden waren, sagte ich meinen Beschützern gute Nacht und stieg zu meinem Bett hoch. Wie ich heiß unter dem Leinenlaken lag, galten meine Gedanken natürlich Caterina Mascini. Meine Phantasie weigerte sich störrisch, ihre Züge zusammenzubringen, sosehr ich auch meine Erinnerung bemühte. Nach einer Weile verließ ich sogar mein Bett, nahm meine Zeicheninstrumente und versuchte ihr Bild aus dem Gedächtnis zu zeichnen, als könne durch irgendeinen primitiven Prozeß die Schaffung ihres Abbildes den Schmerz der Trennung lindern. Doch ich bin immer schon ungeschickt mit einem Stift gewesen, und das Endergebnis hatte eine ungewollte Ähnlichkeit mit Vittoria della Rovere in ihrer lächerlichen Halskrause.

Die Ekstase der Liebe jedoch war gepaart mit einem erneuten Bangen. Die Verliese in der Festung Volterra oder die Streckbank und die heißen Zangen des Bargello hielten nun nicht nur die Aussicht eines langsamen und schmerzlichen Todes, sondern auch die unermeßlich qualvollere Aussicht auf eine ausgedehnte oder permanente Trennung von Caterina Mascini bereit. Als ich in den Schlaf versank, ein wenig glücklicher im Wissen um unser alsbaldiges Wiedersehen, sann ich über meine Kenntnis von Frauen nach. Vor den Ereignissen des Tages war meine Erfahrung, begrenzt auf meine Mutter und Nicola Bomboni, nach jedem erdenklichen Maßstab minimal gewesen. Innerhalb der letzten vierundzwanzig Stunden hatten vier Frauen diese spärlich bevölkerte Bühne verwandelt. In die Tochter der einen war ich nun hoffnungslos verliebt; eine andere hatte mir um wenige Zoll den Kopf von den Schultern gepustet, während die vierte mir einen langsamen Tod in Ruderketten angedroht hatte. Es ist eine unglückliche Tatsache, daß alle Männer an die Weiblichkeit gröbste Verallgemeinerungen anlegen. Nach der Spannweite meiner bisherigen Erfahrung erschienen mir jegliche Schritte zu einem solchen Prozeß entschieden übereilt.

18

Als ich erwachte, durchdrang die mitleidlose florentinische Sonne bereits die Läden. Aus dem Stand der Kerze, die immer noch neben meinem Bett flackerte, schloß ich, daß es schon spät am Morgen war, und aus der Bibliothek unter mir kam der Lärm eines Aufruhrs. Stimmen wurden erhoben, und ich hörte die Bibliothekstür, unzureichend geölt, wiederholt in ihren Angeln kreischen. Ich stand auf, warf mich, so schnell ich konnte, in meine Bibliothekarskleider und eilte die Treppe hinunter, wo ich auf meinen Meister traf. Er war bereits für die Straße gekleidet und hielt, wenn auch nur kurz, inne.

»Es hat angefangen. Ich muß zum Palast, um zu sehen, was ich tun kann. Lorenzo wird dir erzählen, was wir wissen.« Dann war er fort, in die Stadt.

Ich fand Lorenzo und Bono in ein Gespräch vertieft am Tisch im Hauptraum der Bibliothek. Ich setzte mich zu ihnen, und Lorenzo berichtete mir die Neuigkeiten, die in der letzten Stunde eingetroffen waren. Am frühen Morgen hatte es einen Generalangriff auf das jüdische Viertel gegeben. Die Salti waren dabei gewesen, unterstützt durch Rotten von Bütteln, die zum großen Teil aus den Anhängern der Assinari und Castanelli rekrutiert worden waren. Gefolgsleute der del-Rosso-Brüder, die das Mehlmonopol besaßen, waren angeblich mit am Werk. Viele Greueltaten waren begangen worden, und die Stadt summte vor Gerüchten und Mutmaßungen. Man hatte sich nur wenig Anschein gegeben, Formalitäten und Rechtmäßigkeit zu wahren. Einige Haftbefehle waren ausgestellt worden, für mindere Vergehen, aber keiner der Betroffenen war vor die Präfektur gebracht worden. Unter den vielen Vorfällen, die sich zugetragen haben sollten, gab es einen, der mit solcher Genauigkeit von verschiedenen Seiten berichtet wurde, daß an seiner Richtigkeit nicht zu zweifeln war. Eine Gruppe von Salti, angeführt von einem »Offizier«, war in das Haus eines alten blinden Juden eingebrochen. Er war mit einem Seil um den Hals aus einem Fenster des Obergeschosses geworfen worden. Seine Hausbedienstete hatte man mit den Salti fortgehen sehen. Sie war bislang nicht zurückkehrt, und ihr derzeitiger Aufenthaltsort war unbekannt.

Ich empfand keine Trauer für meinen Großvater. Ich hatte nur an dem Schrecken und Zorn über eine zugleich so zynische und grausame Handlung Anteil. Lorenzo sprach meine Gedanken aus:

»Außer uns und Antonio sind die Zeugen für den Tod deiner Mutter nun alle tot. Es wird jetzt auch allenthalben damit gerechnet, daß man sich nach den Juden nun über die Bücher hermachen wird, und Pasto Bomboni könnte dieses Unterfangen benutzen, um uns alle zum Schweigen zu bringen. Wir dürfen also keine Zeit mehr verlieren. Ich habe Fernando losgeschickt, um unsere Freunde in Pisa zu warnen, doch ich denke, daß man hier zuerst zuschlagen wird. Man wird natürlich nach geheimen Räumen suchen, und wir können uns nicht darauf verlassen, daß jenes Bücherbord Sicherheit geben wird. Bono wird so viele Bücher und Manuskripte, wie er kann, durch den Lüftungsschacht in den Keller schaffen, wenngleich es angebracht sein dürfte, ein paar zurückzulassen, damit sie wenigstens etwas zu finden haben. Es gibt auch gute Nachrichten. Carlo Dati ist von seiner Reise nach Impruneta zurückgekehrt. Anscheinend ist dieser Engländer geradezu begeistert von der Aussicht, sich an unserer Verschwörung beteiligen zu können, und hat bereits einen Platz in einer seiner Scheunen freigeräumt, der unsere Manuskripte aufnehmen kann. Diese Engländer sind solche Kinder; hoffen wir, daß seine ungestüme Begeisterung nicht den ganzen Plan zum Scheitern bringt. Jedenfalls, wie Fortuna es will, hat er bereits einen Wagen in Florenz, der inzwischen entladen und bereit für die Rückfahrt zu seinem Hof sein müßte. Dati ist nun zum Kornmarkt gegangen, mit einer Botschaft für den Fahrer, wenngleich Gott allein weiß, welche Aufnahme sie dort finden mag. Wir sollen uns am späten Nachmittag bei Viviani mit ihm treffen, um die Bände vom Speicher herunterzuschaffen, was eine Herkulesarbeit sein wird. Der Fahrer des Wagens ist gehalten, bei Sonnenuntergang dort zu sein; dann werden wir die Sachen aufladen, sie so gut verstecken, wie wir können, und sie auf den Weg schicken. Auf der Farm sollen dann die großen

Geheimnisse des Universums unter Haufen von Schweinescheiße verborgen werden oder welch anderes probate Mittel unser Landmann dafür gedacht hat.«

Trotz einer unwiderstehlichen Begeisterung für dieses Abenteuer fühlte ich nichtsdestoweniger einen Stich der Enttäuschung. »Wir gehen nicht mehr zum Lungarno?« fragte ich mit soviel Interesselosigkeit, wie ich aufbringen konnte.

Lorenzo sah mich an und lächelte. »Nein, Fredo, wir gehen nicht zum Lungarno. Es besteht jetzt keine Notwendigkeit mehr, Carlo Dati zu treffen, der sich nun von der Bühne zurückziehen darf, um seinen kranken Rücken zu pflegen. Ich fürchte, daß große Verschwörungen dieser Art nicht jeder Neigung Vorschub leisten können.« Er hielt inne, und ich konnte mein Gesicht vor Verlegenheit brennen fühlen und auch ein wenig Scham, auf frischer Tat im Besitz solch unwürdiger Gedanken ertappt worden zu sein. Ich sah einmal mehr die Aussicht auf ein kurzes, unerfülltes Leben in Ketten am Ruder einer Galeere vor mir. »Jedoch«, fuhr Lorenzo in nicht minder beiläufigem Ton fort, »habe ich gehört, daß Lisa Mascini und ihre Tochter, wie hieß sie doch gleich …«

»Caterina«, platzte ich heraus und errötete.

»Ah ja, Caterina. Ich habe mir sagen lassen, daß sie uns bei Vincenzo treffen sollen, um uns beim Verladen zu helfen, wenngleich ich mich natürlich gegen ein so riskantes Unternehmen für ein Mädchen in ihrem Alter ausgesprochen habe. Ich bin mir nicht sicher, ob ich nicht gehen und jenem Rat Nachdruck verleihen sollte«, fügte er hinzu, »aber ich schätze, sie wird wohl wissen, was sie will. Ich fürchte auch, man hat beschlossen, daß du den Karren nach Impruneta begleiten sollst, Fredo. Die Anwesenheit eines Knaben und eines Mädchens an Bord sollte dazu beitragen, jeden Verdacht zu zerstreuen.«

»... Mädchen?«

»Ja, Antonio meint, daß die Tochter, wie hieß sie doch noch, Canda...«

»Caterina!«

»Ja, ja, das war's. Antonio hat entschieden, daß sie mit nach Impruneta fahren soll, natürlich nur, wenn sie will, aber angesichts ihres Charakters ist es unwahrscheinlich, daß sie eine solche Fahrt verabsäumen wollte.«

Ich war erfüllt von einer wilden, brennenden Glückseligkeit. Verliese, heiße Eisen, Streckbänke, die Galeeren und die Peitsche – das alles verschwand wie ein verblassender Alptraum in der Helle eines Sommermorgens. Unwahrscheinlich, ich weiß, unverantwortlich gewiß, tadelnswert vielleicht; aber niemand, der je ein Zehntel meiner Gefühle verspürt hat, wird die Wahrheit dessen, was ich schreibe, bezweifeln. Daß eine so vollkommene gemeinsame Reise der Durchführung all unserer Pläne so gelegen kommen sollte, erschien mir ein Omen, gegen das Widerstand sinnlos war. Auf eine Weise, die jeder Liebende verstehen wird, hatte ich natürlich die Tatsache völlig vergessen (oder zu ignorieren beschlossen), daß die bislang einzige, kurze Begegnung zwischen uns eher dazu angetan gewesen war, sie zu der Überzeugung zu bringen, daß ich ein Schwachsinniger in unmöglichen Hosen war, als zu irgendwelcher Hoffnung Anlaß zu geben.

Man hatte beschlossen, daß die normalen Abläufe und Tagesgeschäfte möglichst beibehalten werden sollten. Wenn wir selbst unter Beobachtung standen (was nicht auszuschließen war), dann würde ein ungewöhnliches Verhalten leicht genau die Reaktion hervorrufen, die wir zu vermeiden hofften. Somit machte ich mich zu der Bibliothek in den Hallen von San Lorenzo auf und kam nur wenig später als zu meiner üblichen Zeit dort an. Über der Stadt lag eine knisternde Spannung. Die Salti waren überall; an jeder Piazza und Kreuzung waren drei oder vier zu sehen, die in ihren kurzen Sommermänteln herumstanden, unter denen Knüttel und Toledos hervorhingen, zusammen mit jenen zusammengerollten Seilen, die das Zeichen ihres Gewerbes bildeten. Die Seitenstraßen jedoch waren seltsam still, und der Marktplatz vor dem Palazzo Vecchio war nahezu menschenleer.

Als ich in der Bibliothek eintraf, drehte sich das Gespräch unter den Bibliotheksgehilfen ausschließlich um den Angriff auf das jüdische Viertel. Isaaks Tod wurde wieder in einigen Einzelheiten geschildert, in Verbindung mit diversen unzüchtigen Vermutungen über das Schicksal seiner Hausgehilfin. Andere Untaten, gleichermaßen abscheulich, wurden mit dem unsäglichen Vergnügen der Jugend an solchen Dingen wiedergegeben, und ich spürte selbst in dieser Oase des Lichts eine Partei, der die Schrecken, die sich zugetragen hatten, nicht gänzlich zuwider waren. Besonnen hielt ich mich zurück.

Mein Meister traf kurz vor zwei ein. Wenn ihn düstere Gedanken oder Müdigkeit plagten, so trat dies in seinem Verhalten, das so ruhig und betont akademisch blieb wie immer, nicht zutage. Er korrigierte bestimmte Arbeiten, überprüfte die Listen, an denen wir arbeiteten, sah sich die Bücher an, die der Aufmerksamkeit des Jesuitenmönchs harrten, und beschwerte sich gegenüber seinem ersten Assistenten über den verstaubten Zustand der Lesetische. Er fand sogar Zeit, um mit einigen der ausländischen Geistesgrößen zu plaudern, die verstreut an den Tischen saßen und in der charakteristischen Selbstvergessenheit der Academia den Pfaden der Gelehrsamkeit folgten.

Knapp zwei Stunden nach seiner Ankunft erklärte mein Meister seine Absicht, einen unserer Lagerräume im Untergeschoß des Medici-Riccardi-Palasts aufzusuchen. Er würde, sagte er, dabei Hilfe benötigen, und wie vorherzusehen, fiel seine Wahl auf mich.

Wir verließen die Bibliothek und machten uns zunächst auf den Weg Richtung Medici-Riccardi. Danach gingen wir, ohne innezuhalten, weiter die Via de' Pucci entlang; die Kuppel des Domes drehte sich zu unserer Rechten. Bald bogen wir in jene Richtung ab und bewegten uns, vorbei an der Fassade von Santa Croce, stetig auf den zunehmenden Gestank des Arno und den Ponte alle Grazie zu, der direkt auf unserem Weg lag. Wir gingen bewußt ohne Eile, und mein Meister erzählte mir, was ihm am Morgen widerfahren war:

»Ich ging zum Pittipalast, aber man verweigerte mir den Zutritt, was ich fast vorausgesehen hatte. Mein freier Zugang zum Palast war widerrufen worden. Der Wachmann am Tor, den ich gut kannte, konnte mir keine Begründung dafür nennen, und die Sache schien ihm selber peinlich zu sein. Ich erfuhr jedoch, daß ich für den Hauptgrund meiner Visite zu spät gekommen war. Marguerite-Louise war bereits nach Frankreich aufgebrochen, und in Anbetracht der Geschwindigkeit, zu der sie ihre Kutscher antreibt, wird sie jetzt bereits ein gutes Stück jenseits der toskanischen Grenze sein. Trotz ihrer Trennung ist Cosimo immer noch von seiner verrückten Frau besessen, und ich hatte gehofft, ihren Einfluß nutzen zu können. Sie ist zudem die Nichte des Königs von Frankreich, der sie noch immer abgöttisch liebt und sie behandelt, als wäre sie ein brillantes, aber mißratenes Kind. Nach Paris sind es zehn Tage scharfen Ritts; so könnte sie für unsere Zwecke ebensogut auf der anderen Seite des Universums sein.«

Bevor wir den Fluß erreichten, wandten wir uns wieder nach rechts und hatten so das Stadtzentrum umgangen. Hier waren noch weniger Leute auf den Straßen; was gewiß nicht minder der gespannten Atmosphäre in der Stadt als der drückenden Mittagshitze zuzuschreiben war. Mit Lorenzos Worten noch im Sinn hatte ich von Zeit zu Zeit einen Blick nach hinten geworfen, aber soweit ich sehen konnte, wurden wir weder verfolgt noch beobachtet. So kamen wir schließlich zum Haus Vincenzo Vivianis, das in den vergangenen vierzig Jahren als Versteck für die großen Werke seines Meisters gedient hatte. Der Fußboden der *entrata* war bereits zur Hälfte mit Bündeln und Paketen unterschiedlichster Größe bedeckt. Viele waren in Sackzeug gewickelt, andere in Leinen, noch mehr in das starke Vellum, das häufig zum Schutz von Karten und Dokumenten verwendet wird. Die Luft im Haus war erfüllt von einem feinen, erstickenden Staub, der die Arbeitenden husten und niesen ließ, als wären sie von einer Seuche befallen. Mit der Ankunft meiner selbst und meines Meisters waren wir neun an der Zahl. Wir reihten uns in die Kette ein, die sich von der *entrata* bis zum Söller über dem dritten Stockwerk von Vincenzos Haus erstreckte. Auf dem Söller arbeitete Lorenzo unter den hektischen Anweisungen Vivianis. Unter der Öffnung, die Zugang zu diesem Raum bot, stand Otto; damit befand er sich am oberen Ende der Treppe, und mit seinen mächtigen Armen konnte er so Lisa Mascini erreichen, die auf dem ersten Absatz stand. Unter ihr war ihre Tochter, die nun, wie ich bemerkte, nur in Rock und Leibchen gekleidet war, um besser in der Nachmittagshitze schaffen zu können. Unter ihr stand einer der Männer, die ich bei dem Treffen im Lungarno tags zuvor nicht hatte identifizieren können. Unter ihm, fast schon zu ebener Erde, erkannte ich zu meiner Überraschung die Gestalt Carlo Datis, der sich, anscheinend ohne Schwierigkeiten, auf der letzten Treppenflucht abrackerte.

Vor unserem Eintreffen waren die Entfernungen zwischen den Stationen derart gewesen, daß sich ein gewisses Hin und Her über das einfache Weiterreichen einzelner Lasten hinaus als nötig erwiesen hatte. Indem wir uns in die Kette einreihten, konnten wir nun diesen Teil der Prozedur erübrigen und somit den Fluß um einiges beschleunigen. Mich drängte es natürlich nach der Stelle gleich unterhalb von Caterina Mascini, aber sie winkte mich unwirsch nach oben, und mit jenem instinktiven Gehorsam, den ich so gut lernen sollte, stieg ich hoch zu dem Punkt unmittelbar unter Otto und oberhalb von Lisa.

Wir arbeiteten in Schweigen über eine Stunde, bis Lorenzo ankündigte, daß das letzte Bündel nun auf dem Weg sei. Wir folgten ihm nach unten, und am Fuße der Treppe angekommen, betrachteten wir durch den orangeroten Staubschleier die Dokumente, welche die Geheimnisse des Himmels erschlossen hatten und jetzt nur mehr einem schmutzigen Haufen von Tuch, Wachs und Papier glichen, wie ein Kriegsgerät, das man getarnt hatte, um sein schreckliches Potential vor einem ahnungslosen Feind zu verbergen. Obgleich von beträchtlichem Umfang, war es insgesamt weniger, als Lorenzo gemeint hatte, und in Anbetracht der Nähe zur Straße und zum Wagen (dessen wir noch harrten) schätzten wir, daß die Verladung weniger als eine halbe Stunde in Anspruch nehmen dürfte. Dies würde die Zeit des größten Risikos einer Entdeckung sein, und mein Meister ordnete an, daß zwei von uns an den jeweiligen Enden der Straße Posten beziehen sollten, um bei der Annäherung von Salti oder deren Freunden Warnung zu geben. Das Tageslicht begann nun rasch zu schwinden, und Vincenzo brachte einen Krug Wein, den wir leerten, ohne viel zu reden, während wir auf die Ankunft des Wagens warteten.

Er traf ein, als gerade die hohen Gebäude die Straße in tiefen Schatten versinken ließen und in der Mehrzahl der Häuser die grünen Läden gegen die Nacht zugezogen worden waren. Als ich mir jedoch das Gefährt ansah, war mein erstes Gefühl tiefe Bestürzung. Der Wagen war ohne Zweifel lange vor meinem eigenen Eintritt in die Welt konstruiert worden, und seit jener Zeit war keine menschliche Erfindungsgabe gespart worden, um seine Nutzdauer über jene hinaus zu verlängern, die sein Schöpfer im Höchstfalle im Sinn gehabt haben konnte. Er war vom zweirädrigen Typ, und der erste und offensichtlichste Mangel war die Tatsache, daß die Räder von unterschiedlicher Größe waren. Er kam daher voran wie ein Schiff, welches nach einer Seite krängte. Im ganzen Oberbau waren weitere Teile zu sehen, die offenkundig nach Belieben von anderen Karren ausgeschlachtet worden waren: seltsame hölzerne Sparren von unterschiedlicher Höhe, die an den Seiten aufragten, vermutlich um eine noch größere Menge von Heu zu halten. Der Boden und die unteren Seitenteile bestanden hauptsächlich aus Löchern, die von Zeit zu Zeit mit allen erdenklichen Materialien – Holz, Leder, Sackleinen und Eisen – geflickt worden waren. Oberhalb dieses fahrbaren Flickwerks diente eine dünne hölzerne Planke, die an zwei der senkrechten Sparren befestigt war, als Sitz für den Kutscher. Die beiden Pferde, die jetzt zusammengesunken im Geschirr standen, waren eher noch älter und in schlimmerer Verfassung als die Last, die sie zogen. Obgleich sie keine Anzeichen von Mißhandlung zeigten, gingen sie ihrem Tagwerk mit einem sichtlichen Mangel an Begeisterung nach, der aus jeder Linie ihres Körpers sprach. Auf diesem Wagen sollten meine Geliebte und ich nun in die Hügel der Toskana getragen werden, thronend auf den größten kosmischen Entdeckungen unserer und aller Wahrscheinlichkeit nach jedweder Epoche.

Die allgemein gedrückte Haltung wurde vervollständigt durch den Wagenlenker, einen schweigsamen, mürrischen Burschen mit einem Glaukom und ständig laufender Nase, dessen einäugige Aufmerksamkeit selten von Caterinas prächtigen Brüsten abschweifte. Er besaß jedoch auch seine Vorzüge. Als man ihm den Zweck unserer Reise erklärte, zumindest in groben Zügen, und insbesondere die

Notwendigkeit, jedweden Kontakt mit den Salti zu vermeiden, vermehrte er den Schmutz der Straße um einen monströsen Klumpen Schleim und sagte: »Scheißkerle«, in einem Ton, der unmißverständlich zeigte, daß wir in dieser wichtigen Hinsicht etwas gemeinsam hatten. Mir ging gleichfalls auf, daß sein abstoßendes Äußere mich durch den Kontrast in den Augen meiner Reisegefährtin (von deren Seite ich bereits eine gewisse vermehrte Wärme und Zuneigung verspürte, welche zweifellos ihre Ursache in der allzu offensichtlichen sündigen Begierde hatte, die von jenem einzigen Auge ausstrahlte) nur in einem besseren Licht dastehen lassen konnte.

Trotz unserer Befürchtungen, was den Zustand unseres Transportmittels betraf, war die Zeit zum Aufladen günstig wie nie, und so bildeten wir wiederum eine menschliche Kette und begannen die Evakuierung der Pakete durch Vincenzos Tür.

Um vor Überraschungen durch die Salti bewahrt zu bleiben, postierten wir unsere »Invaliden«, Dati und Viviani, an den beiden Enden der Straße, wo man sie eifrig in die Düsternis spähen sah; ein Paar von Wachen gegen die Heerscharen Midians, wie man es sich unwahrscheinlicher wohl kaum je hätte erträumen können.

Entsprechend den Anweisungen seines Herrn hatte der Fahrer einen Teil des Heus zurückbehalten, um die Bündel auf dem Boden des Wagens zu verdecken. Dieses wurde nun ans hintere Ende gehäuft, und ich wurde bestimmt, die Pakete von Otto entgegenzunehmen, dessen Reichweite und Körpergröße ihm ermöglichten, selbst die schwersten unserer Lasten glatt über die morschen Holzwände hinüberzuheben. Hinter ihm bildeten Caterina und ihre Mutter eine Brücke zur Haustür, während Lorenzo und mein Meister (hauptsächlich der erstere) die Manuskripte vom Boden aufnahmen, der nun gänzlich mit einer Schicht orangefarbenen

Staubs bedeckt war. Unser Fahrer beschäftigte sich indes mit den Pferden und redete mit ihnen in den vertraulichen Tönen der körperlich Siechen, die man versehentlich in ein Haus für Geisteskranke gesteckt hat.

Dank der Nähe des Wagens war die Arbeit rasch getan, und mit der Hilfe unseres Fahrers häuften wir das verbliebene Heu auf die neue Grundlage, so daß sich die Fracht insgesamt etwa drei Fuß über den Wagenboden erhob. Sie würde natürlich nicht einmal der oberflächlichsten Durchsuchung standhalten, aber zu dem Zeitpunkt, als wir unser Werk vollendet hatten, erschien dem Auge des flüchtigen Betrachters der Wagen halb voll Stroh, das zweifellos auf dem Markt keinen Käufer gefunden hatte und nun auf dem Rückweg zu einem Hof irgendwo im Süden war. Nachdem wir mit dem Beladen zu Ende waren, nahm ich auch heimlich den Leinenbeutel an mich, den ich in Vincenzos Obhut zurückgelassen hatte, und schob diesen auch in den Wagen. Gegen zehn waren wir bereit zur Abreise, da man der allgemeinen Ansicht war, daß unser gefährliches Unterfangen am ehesten in den Stunden der Dunkelheit Erfolg versprechen mochte. So nahmen Caterina und ich eilends Platz auf dem Heuhaufen, durch den die Ecken der Bündel und Pakete wie Kuppen und Felsspitzen zu spüren blieben. Wein, Brot und Käse wurden uns als Wegzehrung gereicht, der Fahrer erhielt sein Schweigegeld, es wurden Absprachen getroffen für unsere Rückreise am folgenden Tag, und mit gedämpftem Lebewohl und guten Wünschen machten wir uns auf unsere wacklige, quietschende Fahrt nach Impruneta.

Die Zurückbleibenden, nun vervollständigt durch Dati und Viviani, sahen uns von der Straßenmitte aus nach, bis wir – mit beträchtlichen Schwierigkeiten – um die Ecke schwankten, dem Fluß entgegen. Eine höchst zusammengewürfelte kleine Gruppe gaben sie ab, eine Bordellwirtin, ein Türke und fünf Gelehrte, vereint im Widerstand gegen

Kräfte, die von Stunde zu Stunde unendlich mächtiger zu werden schienen.

Zuerst fuhren wir in Schweigen. Ja, wir hatten kaum eine andere Wahl, da jede Art von Gespräch in dem betäubenden Lärm untergegangen wäre, mit dem der Wagen über die gepflasterten Straßen holperte. Die Schieflage, in der wir uns vorwärtsbewegten, bewirkte einen nahezu unerträglichen einseitigen Druck auf die einzige Achse, die sich in der Nabe an der niedriger gelegenen Seite verkeilte. Somit ging von dem gequälten Metall, das in der verformten Halterung gnadenlos gemahlen wurde, selbst bei langsamer Geschwindigkeit ein ständiges kreischendes Geräusch aus. Diesem melancholischen Gejammer ließ sich ein hundertfältiges Knirschen und Knacken hinzufügen, daß man fürchten mußte, das schrottreife Gefährt würde uns jede Minute mitsamt den Manuskripten Galileis in den Abwässern zurücklassen, die unablässig unter uns durch die Straßen rannen.

Das erste Hindernis, nahezu unüberwindbar für unsere armseligen Gäule, war der Ponte Vecchio selbst. Zweimal auf dem Abstieg zum Lungarno glitt eines unserer Pferde aus und wäre gestürzt, hätte nicht das andere es gehalten; und so erreichten wir durch eine Mischung von Glück und gemeinsam ertragenem Elend den Anfang der Via Romana.

Nur wenige waren auf der Straße. Hier und dort, insbesondere am Eingang der Straßen zum Lungarno, sahen Salti einzeln oder in kleinen Gruppen unserer holprigen Fahrt belustigt oder gleichgültig zu. Als wir an der Fassade des Pittipalastes vorbeirollten, rief uns eine der Wachen an; ich verstand die Worte nicht, aber sie erforderten anscheinend nur ein Winken unseres Fahrers als Erwiderung. Trotz des Krachs und der Unbequemlichkeit und der allgegenwärtigen Gefahr der Entdeckung begannen meine Hoffnungen sich zu heben. So ließ ich mich ins Heu zurücksinken, legte den Kopf auf eines der sperrigen Pakete darunter, blickte zum toskanischen Himmel hinauf und dachte daran, daß mir zumindest ein voller Tag außerhalb der bedrückenden Mauern der Stadt bevorstand, in Begleitung meiner Geliebten, mit der ich bis zu dem Zeitpunkt vielleicht drei Worte gewechselt hatte, alle ohne Bedeutung.

Kaum hatte ich mich einer Welt eitler Phantasien hingegeben, als ich spürte, wie unser Tempo sich verlangsamte; und im gleichen Moment sah ich, wie die freie Hand des Fahrers nach hinten ging und hin und her wedelte, um einen von uns zu finden oder seine Aufmerksamkeit zu erregen. Ich zog mich zu einer Position unmittelbar hinter seinem Rücken hinauf, von der ich einen klaren Blick über die Piazza und zur Porta Romana dahinter hatte. Das Tor selbst wurde, was ungewöhnlich war, von Fackeln erleuchtet, und in ihrem Licht konnte ich die Mäntel und Hüte einer Anzahl von Salti sehen, von denen mindestens sechs sich der Leute annahmen, die das Tor in beiden Richtungen durchquerten. Auf der Stadtseite der Mauer, nun ein paar hundert Schritt entfernt, hatten drei Wagen, dem unseren nicht unähnlich, und eine zweispännige Kutsche haltgemacht, um irgendeiner Überprüfung unterzogen zu werden, bevor man ihnen die Weiterfahrt auf die Straße nach Süden freigab. Der erste Wagen, bemerkte ich, wurde mit einiger Sorgfalt durchsucht, aber noch während dies im Gange war, wurde der zweite nach einer höchst oberflächlichen Prüfung durchgewunken. Die Durchsuchung wurde somit offenkundig vom Zufallsprinzip bestimmt und nur halbherzig durchgeführt, aber der Zustand unseres eigenen Wagens mußte die Aufmerksamkeit geradezu auf uns lenken. Aus welchem Grund diese Kontrollen befohlen worden waren, wußte ich nicht, und es interessierte mich auch nicht. Mir wurde jedoch mit einer unheilvollen Vorahnung klar, daß ich vor ebenjenem Abend dieses Tor nie bewacht gesehen hatte. Jeder Versuch, den Wagen zu wenden und in die Stadt zurückzufahren würde genau die Aufmerksamkeit wecken, die wir zu vermeiden suchten. Es wäre ohnedies unabdingbar gewesen, bis in die Piazza selbst hineinzufahren, um unserem unbeholfenen Gefährt den notwendigen Raum für ein Wendemanöver zu geben.

Ich gestehe nun, daß ich einen Moment lang erwog, Caterina zu packen, mit ihr vom Wagen zu springen und in der Dunkelheit zu verschwinden. Ich gebe diese unwürdige Versuchung hier zu Protokoll, weil ich ihr widerstehen sollte. Auch war ich zu der Ansicht gekommen, daß unserem einäugigen Fahrer, dessen grobschlächtige Züge und Tropfnase sogleich den Eindruck eines bösartigen Debilen erweckt hatten, nicht weit zu trauen sei. Ich war daher überrascht (und in der Folge mehr als ein wenig beschämt) darüber, daß er allein nun die Möglichkeit sah, wie wir vielleicht einer Entdeckung entgehen mochten.

Die Verlangsamung der Geschwindigkeit hatte auch Caterina an der Wagenseite auf die Knie gebracht, und sie betrachtete nun die näher kommenden Salti mit Gefühlen, die, wie sie mir später erzählte, den meinen gleichkamen. An diesem Punkt lehnte sich unser kretinhafter Wagenlenker zurück, wandte leicht den Kopf und sprach ein Wort mit unverkennbarer Dringlichkeit:

»Amore!« sagte er und wandte sich schon wieder nach vorn, um seine ganze Aufmerksamkeit der simplen Aufgabe zuzuwenden, die Pferde zum Halten zu bringen.

Caterina begriff weit rascher als ich, was er meinte, und während ich noch verständnislos starrte, kamen sowohl sie als auch dessen volle Bedeutung zur gleichen Zeit über mich. Sie widmete sich der Aufgabe mit einer Begeisterung und einem Geschick, die, wie ich selbst in einem Augenblick, der mit potentieller Gefahr befrachtet war, erkannte, ebensoviel mit Erfahrung wie mit Intuition zu tun hatten. Was mich betraf, so war alles Improvisation, aber ich hielt mich tapfer, wobei ich mich in erster Linie auf meine unvollkommene Erinnerung an die Werke des Plautus und des Pascalis stützte. Dem, was mir an Übung mangelte, versuchte ich mit der Glut der Leidenschaft beizukommen. So sah sich der Salti-Posten, der seine Fackel an die Hinterseite unseres Wagens brachte, einem Anblick von wilder, wenn auch etwas zusammenhangloser Aktivität gegenüber, inmitten deren von den prallen Schenkeln meiner Partnerin ein gut Teil zu sehen war. Der Mann stieß ein Grunzen halb zwischen Überraschung und Billigung aus, worauf Caterina im Licht der Fackel hochfuhr und mit gut gespielter Verwirrung um sich blickte. Ihre großen Augen und ihr halb geöffneter Mund hatten genau dieselbe Wirkung auf unseren Salti wie auf die Mehrzahl aller Männer. Seine eigenen Augen verengten sich instinktiv, und man sah, wie seine Zungenspitze über die Lippen glitt gleich dem Hinterteil einer lebenden, aber noch nicht ganz verspeisten Molluske. Dieser ganze Ausdruck vertiefte sich sichtlich, als sie ihn mit einem besonders schönen Lächeln bedachte, welches mühelos die lendenzerreißende Mischung von Hilflosigkeit und Verletzlichkeit zeigte, die den Charakter darunter so Lügen strafte. Ich für meinen Teil hielt mein Gesicht im Schatten der Wagenseite verborgen, während ich zugleich versuchte, meine oberen Gliedmaßen so weit wie möglich auszubreiten, um das Papier und Sackleinen zu verdecken, das unsere jüngsten Bemühungen freigelegt hatten. Mit erheblicher Erleichterung sah ich, wie auf dem Gesicht des Salti ein füchsisches Grinsen erschien, und in einem Wort, das eine unverkennbare doppelte Bedeutung vermitteln sollte, sagte er: *»Avanti!«*

Wir fuhren fort. Die Peitsche des Fahrers knallte über den Köpfen unserer Pferde, und ich fiel wieder über Caterina her, die, wie ich zu meiner Enttäuschung feststellen mußte, mit ständig schwindender Begeisterung bei der Sache war, sobald wir das Tor durchquert hatten und die Straße nach Impruneta entlangrollten. Schließlich, als das Licht der Fackeln ganz hinter uns verschwunden war, schob sie mich weg und ordnete ohne Feierlichkeit ihre Kleider, um sowohl der Sittsamkeit als auch der Nachtkühle zu genügen. Also verließen die Manuskripte Galileis den Geburtsort der Renaissance auf ihrem Weg zum Kuhstall.

Wenn ich gehofft hatte (was ich ohne Zweifel tat), daß diese glückliche List eine annehmbare Grundlage für unsere künftigen Beziehungen abgeben würde, sah ich mich bald enttäuscht. Nicht nur, daß sie mir wenig Beachtung zollte, nein, zu meinem erheblichen Verdruß schien sie unserem zyklopischen Kutscher mehr und mehr Aufmerksamkeit zuzuwenden.

»Gut gemacht, Fahrer«, sagte sie, während sie versuchte, was an übrigem Stroh verblieb, in die andere Ecke des Wagens zu stopfen, um sich trotz der fortwährenden schwankenden und stoßenden Bewegung des Wagens einen Rest von Bequemlichkeit zu verschaffen.

»Kämpfen und Ficken, das verstehen sie«, sagte er knapp, aber präzise.

»Trotzdem, es war eine kluge Idee«, sagte ich, um auch etwas beizutragen, wobei ich mir aber sogleich des unangenehm herablassenden Tons in meiner eigenen Stimme bewußt wurde. Mein Versuch der Wiedergutmachung machte freilich alles nur noch viel schlimmer. »Wie heißt du denn?«

»Galileo«, sagte er, und nach einem Moment des Schweigens lachten wir beide (ziemlich unbehaglich in meinem Fall) über die Absurdität, daß die Dienenden immer alles als erste wissen und als letzte erfahren.

»Dann werde ich dich Galli nennen«, sagte Caterina, immer noch lachend, und zwar auf eine Weise, die ich abscheulich fand. »Das hier wird Boti genannt«, fuhr sie fort, so daß ich mich unwillkürlich fragte, ob mir je die Würde eines persönlichen Fürworts zuteil werden sollte. »*Und*, Boti Credi, ich kann dir sagen, daß du mir auf diesen verdammten Paketen fast den Rücken gebrochen hast.«

Ich machte irgendein angemessen mitfühlendes Geräusch, während ich zu verstehen gab, daß auch mein Knie in Mitleidenschaft gezogen worden sei. »Ah, sei's drum«, meinte sie, »wollen wir hoffen, daß es nicht immer so eine knochenerschütternde Sache ist.« Diese Bemerkung ließ mich, wie man sich vorstellen mag, verstummen, während sie meinen Körper mit unkontrollierbaren Schauern der Vorerwartung durchzog, gleich den ersten Anzeichen der Pest.

Die Nacht wurde in der Tat langsam kalt. Ich zog meinen dicken Reisemantel enger um mich und drückte mich in die andere Ecke, ein wenig schmollend, als wir mit vor Schmerz kreischender Achse durch die schwarze Landschaft schwankten, die unseren Fahrtweg umgab. Soweit waren wir der Straße nach San Casciano gefolgt, aber nach zwei Stunden mählichen Vorwärtskommens bogen wir nach links ein, auf einen so schmalen Pfad, daß er selbst bei Tageslicht von der Straße kaum sichtbar war und der Fahrer ihn durch Instinkt gefunden haben muß. Pappeln ragten wie große Speerspitzen zu beiden Seiten auf, und ein voller Mond verlieh der Landschaft, hauptsächlich Olivenhaine, eine graue, lichte Klarheit. Bald erklang über unseren Köpfen und dem Kreischen der Achse ein leises Brummen, das ich als Galileos Schnarchen erkannte, nur dann und wann unterbrochen durch überraschtes Knurren, wenn der Wagen auf dem unebenen Pfad zu sehr holperte. Ich war schon halb aufgestanden, um ihn zu wecken, aber das Mädchen sagte: »Laß ihn, die Pferde finden den Weg von allein.«

Nach vielleicht einer weiteren halben Stunde sagte sie plötzlich: »Dein Vater war ein großer Mann. Er kam oft in unser Haus, in Begleitung von Antonio Magliabechi.« Sie hielt inne, wie um zu überlegen, ob sie etwas Vertrauliches preisgeben solle, und fuhr dann fort: »Manchmal sprach er von dir, seinem einzigen Sohn in San Casciano. Er sagte, daß er dich aufgrund seiner vielen Reisen nur wenig kenne. Es machte ihn offenbar sehr traurig, aber er sagte, du hättest einen Priester aus England, der wie ein Vater zu dir wäre.«

Aus irgendeinem Grund, möglicherweise Müdigkeit, überkam mich eine Welle von Selbstmitleid. Tränen brannten in meinen Augen, und ich traute mir nur so weit, zu sagen: »Aus Irland.«

»Richtig, ein irischer Priester mit roten Haaren. Er war ein Held, sagte dein Vater, ein großer Soldat.«

»Ich weiß«, sagte ich tonlos; das Selbstmitleid erstarb in mir, um der vertrauten Leere Platz zu machen.

Ich konnte spüren, wie sie mich im Mondlicht ansah, bevor sie fragte: »Hattest du je den Wunsch, Soldat zu werden?«

»Nein.«

»Ich wohl«, sagte sie unerwartet. »Ich wäre sehr böse gewesen und gnadenlos. Ich hätte ganze Städte erobert und niedergebrannt.«

Nach vierzig Jahren Ehe und zwanzig weiteren einer immer noch trauernden Witwerschaft kann ich sagen, daß ihre Einschätzung des eigenen Potentials völlig zutreffend war, aber damals, in der Dunkelheit, konnte ich nicht erkennen, ob es ein Scherz war oder nicht, und ich sagte: »Mein roter Priester war in einer Stadt, die erobert und niedergebrannt wurde.« Ich spürte, wie sich ihr Interesse regte, und so erzählte ich ihr mit einer gewissen Erleichterung, eine so spannende Geschichte gefunden zu haben, von Patrick und Drogheda. Irgendwie verliehen die Reise und das geisterhafte Licht meiner Erzählung einen zusätzlichen Glanz (ich bin nie ein besonders guter Erzähler gewesen), und sie hörte mir zu, ohne ein Wort zu sagen, stieß nur gelegentlich durch geschürzte Lippen die Luft aus, ähnlich einem Pfiff, doch ob aus Bewunderung oder Mißbilligung, konnte ich nicht sagen.

Den restlichen Teil unserer Fahrt erzählte ich ihr von Patricks Leben und seinen Leiden in Westindien, seiner späteren Flucht und seinen Reisen durch Europa und Italien. Viel von diesem wurde bereits, wenn auch ungenau, von anderen aufgezeichnet, und vielleicht, wenn es mir gestattet ist, werde ich noch jene außergewöhnliche Geschichte zu Papier bringen. Im Augenblick jedoch ist das eine akademische Frage, abgesehen von der Tatsache, daß ich auf der Straße nach Impruneta die Rolle des Erzählers genoß und meine Zuhörerin mir die gespannte Aufmerksamkeit widmete, die ich suchte. So erlangte ich durch Patricks Abenteuer ein Maß an Beachtung, das völlig unverdient war, aber nur zu gern entgegengenommen wurde.

Der Himmel begann sich zu erhellen, als wir durch den kleinen Ort Impruneta kamen, und die Pferde bogen aus eigenem Antrieb wiederum vom Weg ab, um einer schmalen Spur zwischen Waldland und gelegentlichen Stoppelfeldern zu folgen, auf denen das Getreide in Mandeln stand gleich ungekämmten Riesen, welche hie und da aus einem Sumpf aufragen. Galileo war nun aufgewacht und kramte, während er die Pferde sich selbst überließ, unter dem Sitz einen Sack hervor, aus dem er eine irdene Flasche holte. Nachdem er einen Zug daraus genommen hatte, reichte er sie nach hinten zu Caterina, die es ihm gleichtat, bevor sie mir das Gefäß weiterreichte. Die Wärme ihres Mundes und die Feuchte ihrer Lippen waren noch auf dem Tongeschirr, was dem sauren Wein, der mir durch die Kehle rann, ein wenig Süße gab.

Am Ende des Karrenwegs kamen wir schließlich zu einer Ansammlung von Gebäuden, deren allgemeiner Zustand große Ähnlichkeit mit dem des Wagens hatte, auf dem wir saßen. Windschiefe Scheunen aus Holz, die Dächer gebeugt und verdreht unter dem Gewicht allzu schwerer Pfannen, rahmten ein niedriges Steingebäude ein, welches in der Vergangenheit eine gewisse Pflege erfahren hatte, jetzt aber die Zeichen von Gleichgültigkeit und Verfall trug. Es war fast schon Tag, und unsere Umgebung war im grauen Zwielicht deutlich zu erkennen. Die Sonne, noch verborgen hinter den Dunstschleiern, vermittelte bereits eine schwüle Wärme, die drückende Hitze für den Tag versprach, und das unaufhörliche Summen von einer Million Insekten vermischte sich mit dem Gesang von Amseln und Drosseln, die ohne Zweifel in dem dichten Unterholz versteckt saßen, das den Pfad von beiden Seiten überwucherte.

Als wir an dem ersten Schuppen vorbeikamen, zügelte unser Fahrer die Pferde, langte unter den Sitz und zog einen Knüppel hervor, mit dem er energisch auf einen Metalltopf hämmerte, der von einem vorspringenden Balken hing. Als Antwort auf das Signal öffnete sich die Tür des Haupthauses, und einem kurzen Schwall englischer Flüche folgte eine männliche Gestalt von einzigartigem Äußeren. Der Mann trug eine absonderliche Sammlung von Kleidungsstücken, fast als hätte er unter einer Falltür gestanden, von der sie auf ihn heruntergeregnet wären. Die äußere Schicht war ein toskanischer Kittel, mit Lederflicken besetzt, der zum Teil das schwarze Sackleinen und den weißen Kragen eines englischen Puritaners verdeckte. Darunter kam ein Paar Bauernhosen, die in dramatisch ungleicher Fußbekleidung endeten. Der rechte Fuß steckte in einem monströsen Lederstiefel, während den linken ein roter Pantoffel zierte, wie er gewöhnlich von gutsituierten Leuten in der Ruhe und Abgeschiedenheit des eigenen Hauses getragen wird.

Er stand eine Weile in beflissener Betrachtung unserer Ankunft da und begann sich dann ohne ein Wort hinkend in unsere Richtung zu bewegen. Ob sein ungleicher Gang von der unterschiedlichen Natur seines Schuhwerks hervorgerufen wurde oder auf irgendeine körperliche Behinderung zurückzuführen war, war nicht unmittelbar klar. (Ich sollte später erfahren, daß er in der Tat während Cromwells Kämpfen in Irland und seiner eigenen, nicht minder wilden Beutezüge durch die Bordelle Londons mehrere schwere Verletzungen davongetragen hatte.) Ungeachtet seiner vielen Exzentrizitäten, war jedoch der auffallendste Zug unseres Gastgebers, welcher jetzt beim Näherkommen sichtbar wurde, der manisch starrende Blick, der aus seinen Augen stach. Während meiner Zeit in England habe ich ein sehr ähnliches Verhalten bei vielen Menschen beobachtet, unabhängig von Stand oder Beruf. Die Franzosen haben dies seit langem als ein typisch angelsächsisches *dérangement* erkannt, das in einen unwiderstehlichem Drang resultiert, die alltäglichsten Ereignisse und Verrichtungen des Lebens zu nehmen und sie in Abenteuer von unkalkulierbarem Risiko zu verwandeln. In England wird dies als nichts Schwerwiegenderes denn eine vorübergehende Exzentrizität angesehen und ruft in vielen Kreisen gar tiefe Bewunderung hervor. In jedem anderen Land würde es fast mit Sicherheit in einer öffentlichen Verbrennung enden.

Der Name unseres Gastgebers war William Howard, und viel von seiner Lebensgeschichte erfuhr ich im weiteren Verlauf des Tages. Er entstammte dem jüngeren Zweig einer Familie, die von beträchtlichem Einfluß in der englischen Gesellschaft gewesen sein soll. Williams Vater, ein verarmter Landbesitzer, war bei einem jener Jagdunfälle gestorben, wie sie nur dem englischen Adel zustoßen, nämlich indem er im Galopp gegen den tiefhängenden Ast einer Eiche ritt. Warum so viele Engländer auf diese ganz und gar vermeidbare Art sterben, konnte ich nie in Erfahrung bringen, trotz interessierter und höflicher Nachfragen unter dem aufgeklärten Landadel jener Nation. Wie dem auch sei, jedenfalls scheint es viele junge Männer, wie William, in einem absurd frühen Alter mit der doppelten Bürde gesellschaftlicher Stellung und wirtschaftlichen Ruins zu belasten. Williams Lösung für dieses schwer zu handhabende Problem war, glaube ich, auch relativ üblich in seinem Land zu jener Zeit, unmittelbar vor der englischen Revolution.

Ob er seine Mutter und Schwester tatsächlich erschoß, bleibt bis heute eine Sache von Vermutungen und Gerüchten. Während seiner Ausführungen an jenem Nachmittag zu Impruneta stritt er es mit großer Vehemenz ab, obgleich die wilde Begeisterung, die in seinen Augen tanzte, seinen Beteuerungen wenig Rückhalt verlieh. Jedenfalls, wer immer die Tat begangen hatte, es steht fest, daß die beiden nächsten weiblichen Verwandten Williams von wohlgezielten Musketenschüssen getötet wurden, während sie auf der Terrasse ihres Landhauses saßen. Nach diesem unglücklichen Vorfall (der schließlich irischen Sympathisanten zur Last gelegt wurde) war William in der Lage, das, was von seinem Gut blieb, zu verkaufen, seine Schulden zu bezahlen und mit dem verbleibenden Rest seines Vermögens ein Leben spektakulärer Ausschweifung in jenen Teilen von Paris und London zu führen, die von den theologischen, politischen und philosophischen Wirren des siebzehnten Jahrhunderts allzeit unberührt und unbeschadet blieben.

Williams Bekehrung zur Sache der Puritaner traf bemerkenswerterweise mit dem Garaus seines Vermögens und Kredits zusammen. Nichtsdestotrotz machte er sich seinen neuen Glauben mit dem Eifer eines Bekehrten, wenn auch gemildert durch den rauhen und zynischen Charme des geläuterten Lüstlings, zu eigen. Er trat bei erster Gelegenheit in die New Model Army ein und wurde rasch ein Kavalleriehauptmann von anerkannter Brillanz und Kühnheit. Sein Beitrag zum militärischen Erfolg der parlamentarischen Sache war erheblich, und nach Ende des Krieges wurde er vom Lord Protector persönlich auserwählt, die Leveller ausfindig zu machen und zu vernichten, deren Ruf nach Gerechtigkeit und Gleichheit (ganz zu schweigen von überfälligem Sold) für das Parlament zu einer anhaltenden Peinlichkeit geworden war. Der Erfolg dieser Operation führte zu einem weiteren Auftrag und dem Befehl über einen großen Teil der parlamentarischen Kavallerie während der Kampagne in Wexford, was seine Abwesenheit bei der Belagerung von Drogheda erklärte. Nach seiner Rückkehr nach England wurde die New Model Army aufgelöst, und William fand seine Belohnung in einem beträchtlichen Abgeld, einem Landgut und einer schlichten puritanischen Frau mit eigenem Vermögen. Während dieser kurzen Periode öffentlichen Ansehens bemühten sich viele um ihn, darunter auch der blinde englische Dichter Milton, in dessen Haus er Carlo Dati begegnet war.

Der Reichtum jedoch brachte seinen eigenen Niedergang mit sich, und es dauerte nicht lange, bevor der größere Teil seines zweiten Vermögens dem ersten in die Freudenhäuser von London gefolgt war, deren fortdauernde Existenz in einem puritanischen Gemeinwesen ein wunderbares Zeugnis für die Widerstandsfähigkeit des Lasters bietet. Doch als seine Frau erschossen auf der Terrasse seines neuen Heims gefunden wurde, da wurde selbst die englische Magistratur von einem gewissen Mißtrauen erfaßt. Eine parlamentarische Kommission wurde eingesetzt, um diese einzigartige Tragödie zu untersuchen, und während sie Williams Erklärung, gegründet auf die Unzuverlässigkeit moderner Feuerwaffen beim Reinigen derselben, zwar akzeptierte, legte man ihm jedoch unmißverständlich nahe, daß, sollten irgendwelche weiteren Frauen oder Mütter mit Musketenkugeln in der Stirn angetroffen werden, die Sache einen weniger glücklichen Ausgang nehmen dürfte.

Für den Rest des parlamentarischen Regimes führte William weiterhin einen bemerkenswerten Lebensstil, der Bekanntschaften mit Huren und Dichtern, Luden und Puritanern, Generälen und Dieben einschloß, und es überrascht nicht, daß er sich eine beachtliche Menge Feinde schuf. Das chaotische Ende des parlamentarischen Experiments und den bevorstehenden Tod Cromwells voraussehend, raffte er, was vom Vermögen seiner Frau noch blieb, sowie alles, was er stehlen oder borgen konnte, zusammen und machte sich über Nacht auf und davon nach Italien in die toskanischen Hügel.

Bei unserer Ankunft auf seinem Hof hatte ich natürlich keine Ahnung von den hier geschilderten Ereignissen, und Teile davon habe ich erst viel später, während meiner Zeit in Salisbury, in Erfahrung gebracht. Daß die Geschichte indes auf Wahrheit beruhte, mag nicht zuletzt sein Verhalten im weiteren Verlauf des Tags und in der darauffolgenden Nacht belegen.

Als er die Hinterseite unseres Wagens erreichte, fiel sein Blick zuerst auf Caterina, die auf einem Bündel Manuskripten saß und Unmengen von Heu aus ihrem blonden Haar zu entfernen versuchte. Selbst meinem ungeschulten Auge war alsgleich offenkundig, daß ihre Beziehung in der Vergangenheit von mehr als nur onkelhafter Fürsorge und Zuneigung geprägt worden war. Er betrachtete sie mit einer Art lüsternem Einvernehmen, während sie seinen Blick mit einem ruhigen Starren der Feindseligkeit und Verachtung zurückgab. Es ist ein Ausdruck, den ich oft bei Frauen beobachtet habe und der die vernichtende Macht vermittelt, die jemand hat, der das Objekt vor ihm in jener erniedrigendsten männlichen Positur gesehen hat: ohne

Hosen und Selbstbeherrschung. Unser Gastgeber sprach uns im Ton einer etwas erzwungenen Leutseligkeit an.

»Wie wunderbar«, sagte er mit einer nahezu perfekten italienischen Aussprache, »sind doch die Märkte von Florenz. Man beschickt sie mit Heu und erntet Ketzerei.« Dann wandte er den Blick mir zu und meinte: »Und wer bist du?«

Die offenkundige Feindseligkeit der Frage rief eine erfreuliche und unerwartete Reaktion von seiten Caterinas hervor, die mein eigenes Gestammel unterbrach und unseren Gastgeber mit einer knappen und exakten Darstellung meiner Abkunft bedachte. Mir wurde zu meiner Freude klar, daß dies bedeutete, daß ich ein Gesprächsthema zwischen Caterina und ihrer Mutter gewesen war. Da die letztendliche Quelle jeglicher Information über mich mein Meister oder Lorenzo Bellini gewesen sein mußte, konnte ich daher zuversichtlich annehmen, daß mich dies in dem bestmöglichen Licht erscheinen ließ. Die Geschwindigkeit, mit der ich diese gewundene Schlußfolgerung erreichte (während Caterina noch dabei war, meine kurze Biographie wiederzugeben), dürfte ein klares Anzeichen für das Ausmaß geben, in dem meine ganzen Gedanken (nein, mein ganzes Sein) auf ein Ziel gerichtet waren, nämlich vor dem Objekt meiner Begierden Gefallen zu finden.

Sie zeichnete ein so gutes Bild von mir, wie ich es mir nur wünschen konnte, einschließlich der Tatsache, daß ich direkt von einem Helden von Florenz, dem Achill von Mongiorno, abstamme. Während sie sprach, fühlte ich mich von William Howard beobachtet; seine Augen leuchteten vor manischer Bosheit.

Wie seine Ansichten über meine körperliche Anwesenheit auch sein mochten, so war es doch klar, daß wir an demselben gefährlichen Unternehmen beteiligt waren, und so schien er mich nach meiner Vorstellung mit einer notgedrungenen Billigung zu betrachten; ja, er nahm sogar meine Hand und hievte mich grob aus dem Wagen auf den Hof, wo ich bis zu den Waden in einem der vielen Haufen halbverwesten Mists versank, mit denen der unebene Boden übersät war. Als ich mich aus dieser klebrigen Masse befreite, erkannte ich auch den Grund für die exzentrische Fußbekleidung meines Gastgebers. Ein Stück weiter dem Hause zu ragte ein leerer Lederstiefel, das Gegenstück zu dem, den er nun trug, wie das Maul eines riesigen Fischs aus einem ähnlichen Misthaufen. Offenkundig war er irgendwann in letzter Zeit von der trägen Saugkraft der fauligen Masse festgehalten und dann aus Gleichgültigkeit oder aufgrund mangelnder Neigung, ihn unter solchen Umständen auszugraben, dort zurückgelassen worden.

Während ich mich unter größten Schwierigkeiten aus dem Sumpf befreite, bemerkte Howard selbst den einsamen Stiefel, ging mit einem Grunzer des Entdeckers darauf zu und zog ihn mit erheblichem Kraftaufwand frei, so daß der Haufen Unrat einen unbelebten Rülpser und eine weitere Wolke übler Luft von sich gab, die sich schnell in dem alles überlagernden Gestank der Fäulnis und des Verfalls auflöste. Nachdem er so dieses Stück Fußbekleidung wieder in Besitz genommen hatte, zog es unser Gastgeber über seinen linken Fuß. Der rote Pantoffel landete derweil achtlos auf einem unidentifizierbaren Haufen Grünzeugs, wo er bis zu meiner Abreise mit einer Miene gekränkten Adels liegenblieb.

Nachdem er sich so für die anstehende Arbeit gekleidet hatte, entließ Howard unseren einäugigen Wagenlenker und zeigte uns mit einem Gebaren, als sei er das Haupt der Verschwörung, das Versteck, welches er für die Werke Galileis vorbereitet hatte.

Abgesehen von dem Haus, wurde der Hof von zwei baufälligen hölzernen Scheunen gesäumt, vorne offen und mit unordentlichen Haufen von Heu und Stroh angefüllt, welche sich in beiden Fällen bis zur Höhe eines kleinen Hauses auftürmten. Howard trat zu einem dieser Schuppen, zog drei gebundene Garben beiseite, was ausreichend erschien, um das ganze wacklige Gebäude zum Einsturz zu bringen. Es wurde jedoch sogleich offenkundig, daß dieser spezielle Heuschober eine bloße Fassade war, der in seinem Innern einen freien Raum, zehn Schritte im Durchmesser und von doppelter Mannshöhe, enthielt. Beim Betreten dieses Raumes wurde mir alsgleich klar, daß er nicht für die mögliche oder tatsächliche Aufnahme verbotener wissenschaftlicher Werke geschaffen worden war. Er hatte einen simpleren Zweck, nämlich als Versteck für eine größere Schnapsbrennerei und zahlreiche Fässer und Gebinde zu dienen, die zweifellos das so produzierte Getränk enthielten. In unmittelbarer Nähe des Eingangs lagen eine Menge leerer Flaschen und eine Anzahl zerbrochener Gefäße. Kleidungsstücke, einige davon offenkundig weiblich, lagen gleichfalls auf dem Boden verstreut, was für den voreingenommenen Betrachter auf den wahrscheinlichen Ausgangspunkt der Reise hindeutete, die den Verlust eines Lederstiefels zur Folge gehabt hatte.

»Da wären wir«, sagte William Howard, strahlend vor irrer Befriedigung. »Die beste Ruhestätte für Kosmologie.«

Dem konnte ich freilich nur zustimmen. Der Raum war sichtlich trocken und warm, und abgesehen von der beständigen Brandgefahr durch die Schnapsbrennerei, konnte es in der ganzen Toskana wenig bessere Plätze für unseren Zweck geben.

Soweit war unser Willkommen, wie ich zugebe, ganz anderes ausgefallen, als ich erwartet hatte. Insbesondere hatten mich die Strapazen der Nacht hungrig gemacht, und im Hof hatte man über dem alles durchdringenden Gestank des Mistes den Geruch von gebratenem Schinken, vermischt mit dem süßen Duft von heißem Öl und Pasta riechen können, daß es einen im Magen kitzelte. William Howard hatte offenbar bereits gegessen. Trotz der Armut der Zeiten blieb es die unwandelbare Sitte in der Toskana, Reisenden bei ihrer Ankunft sofort ein Mahl anzubieten, wie spartanisch es auch sein mochte. Unser Gastgeber ließ kein Zeichen in dieser Richtung erkennen, weder aus Menschenfreundlichkeit noch aus Tradition.

Wir blieben jedoch nicht ganz ohne Zehrung. Howard nahm nämlich drei der zerbrochenen Schalen vom Boden auf und füllte, soviel sie halten mochten, mit dem Inhalt einer der Flaschen. Diese enthielt eine Substanz von der Konsistenz und Farbe dünner Milch und mit einem Geruch, der irgendwie an verbranntes Kordit erinnerte. Diese Schalen reichte er uns mit dem Hinweis, daß dies uns »Kraft für die bevorstehende Arbeit« geben werde. Die Flüssigkeit hatte keinen erkennbaren Geschmack, aber vermittelte ein Gefühl wie eine Explosion von Schießpulver, das irgendwo knapp oberhalb des Schambeins in Flammen aufging. Ich erinnere mich jedoch, wie mir auffiel, als mir die Tränen aus den Augen schossen und die Sinne zu schwinden drohten, daß Caterina das Zeug wenig auszumachen schien; denn sie trank es in einem Zug mit einem raschen Kopfrucken und einem kaum wahrnehmbaren Schütteln ihres goldenen Haares.

Nachdem wir so das einzig Dargebotene verzehrt hatten, machten wir uns daran, unsere kostbare Fracht auszuladen und in dem Zwischenraum im Heuschober zu deponieren. Da der Wagen relativ nahe am Eingang stand, ging die Arbeit schnell voran. Caterina stand auf dem Wagen und wuchtete mir die Pakete zu, während ich die geschmeidigen Bewegungen ihres Körpers mit der Lust des Unschuldigen und (daran zweifle ich nicht) den Augen einer Eule betrachtete. Die einzige Verzögerung bei unserem Werk kam von seiten William Howards, der jeden zweiten

Besuch des Heuschobers mit einem ansehnlichen Zug aus einer der vielen Flaschen krönte und dessen Schritt so immer stockender wurde.

Trotz ihrer Reise waren die Pakete immer noch mit einer Schicht feinen Staubs bedeckt, der sich auf Vincenzos Söller dort abgesetzt hatte. Zu dem kamen nun die Spelzen des Heus hinzu, unter dem sie versteckt gelegen hatten. Diese Mischung bedeckte uns bald alle; insbesondere blieb sie an Howards schwarzem Puritanerrock haften wie ein feiner Schlick, durch den die Rinnsale von vergossenem Schnaps ein faszinierendes Muster von alluvialen Linien, Deltas und Strömen bildeten.

Der Mittag war noch nicht gekommen, als der Wagen leer war und die Schriften Galileis, ohne größeren Schaden genommen zu haben, bis zur Höhe meines Kopfes hinter der Destillieranlage gegen die Schnapsfässer gestapelt lagen, die zweifellos den hingebungsvollen Fleiß von Jahren repräsentierten. Zu diesem Zeitpunkt war ich schwach vor Hunger, Erschöpfung und einem Gefühl der Erlösung, als zu guter Letzt die Garben und Ballen wieder an Ort und Stelle geschichtet worden waren, die den Zugang zu den diversen geistigen Hervorbringungen verbargen, welche im Innern lagerten. Ich war fast soweit, um Essen zu *bitten*, als der einäugige Diener wieder erschien und gleichmütig erklärte, daß Brot, Pasta und Oliven nun auf der Terrasse hinter dem Haus bereitstünden. Unser Gastgeber nahm die Nachricht mit dem dumpfen Selbstverständnis des bereits Betrunkenen entgegen, und eine Flasche umklammernd, die er vorsorglich aus seinem Vorrat mitgenommen hatte, schwankte er auf das Haus zu, durch das man anscheinend hindurch mußte, um an die verheißene Atzung zu kommen.

Das Innere des Gebäudes überraschte mich. Von seiner unmittelbaren Umgebung her hatte ich natürlich Szenen stygischer Düsternis und Verwahrlosung erwartet. Das Gegenteil war der Fall. Zwar entbehrten die Innenwände jeglichen Schmucks, dafür waren sie weiß gekalkt, wogegen sich der graue Stein des Kamins wuchtig abhob. Die Räume enthielten ein Minimum an Eichenmöbeln, und der einzige Wandschmuck in dem Teil, den ich sah, war das schlichte erastianische Kruzifix. Die Böden, die aus Stein und sauber geschrubbt waren, vervollständigten den Eindruck kühlen asketischen Friedens, der einen außerordentlichen Gegensatz zu dem ungepflegten und betrunkenen Irren bildete, der uns durch das Gebäude hindurch auf die Terrasse dahinter führte.

Auch hier fehlte der Schmutz des Hofes gänzlich. Unter einer Pergola, bewachsen mit Wein und Klematis, war ein Tisch mit Brot und Oliven, Tortellini, Schinken und Wurst gedeckt worden. Es gab weder Wein noch Wasser; und so nahmen wir widerstrebend ein weiteres Glas Branntwein, fielen über das Essen her und aßen uns satt unter dem irren, starren Blick unseres Wirtes.

Als wir fertig waren, fragte ich aus Höflichkeit, wie lange unser Gastgeber bereits in der Toskana lebe, und löste damit eine monotone Flut von Erinnerungen aus, auf denen zum Teil die Lebensgeschichte basiert, die ich bereits wiedergegeben habe. Der Tisch war von Weinranken beschattet, aber wurde dennoch warm im Sommersonnenschein, und an irgendeiner Stelle der endlosen Erzählung muß ich in meinem Stuhl eingeschlafen sein; denn meine nächste Erinnerung sind die frühen Abendschatten, die über die Terrasse fielen, dunkel und still bis auf ein wiederkehrendes gräßliches Geräusch, das ich zuerst für das anhaltende Knurren eines wilden Tieres hielt. So intensiv war dieser Eindruck, daß ich mich ein paar Sekunden lang aus Angst nicht zu rühren wagte, bis ich langsam den Kopf wandte und die Laute als Caterinas Schnarchen identifizierte. Sie hatte offensichtlich mehr von dem Branntwein getrunken und lag nun in ihrem Stuhl, den Kopf in den Nacken gelegt, den Mund offen gen Himmel wie ein noch nicht flügge gewordener Vogel, der auf die Ankunft seiner Mutter wartet. Es war eine Stellung, die mir in den folgenden vierzig Jahren nur allzu vertraut werden sollte und die zu erdulden dem grenzenlosen Reservoir meiner Liebe und Zuneigung gelegentlich eine erhebliche Belastung auferlegte. Hinter ihr lag der Oberkörper von William Howard auf dem Tisch drapiert; sein schwarzer Rock gab Wölkchen von Staub und Heublumen von sich, wenn die Abendbrise darüberstrich.

Mir wurde mit erheblicher Bestürzung klar, daß die Zeit für unsere geplante Rückreise nach Florenz längst verstrichen war. Von dem einäugigen Diener war nichts zu sehen, und abgesehen von Caterinas Röhren, war das Haus so still wie ein Grab. Ich hatte nicht das geringste Verlangen, die Nacht in Impruneta zu verbringen, eine Aussicht, die mich mit erheblicher (und, wie sich herausstellte, berechtigter) Unruhe erfüllte.

Meine Befürchtungen wurden alsbald Wirklichkeit. Keiner meiner Schlafgenossen ließ sich aufwecken, trotz erheblichen Schüttelns und Rufens von meiner Seite. Eine kurze Durchsuchung des Hauses förderte keinen schlafenden Diener zutage, und danach brachte ich eine unangenehme und unproduktive Stunde damit zu, durch den Mist zu waten, der den Rest des Hofes bedeckte. Dafür machte ich nun die Bekanntschaft derer, die ihn hervorbrachten. Mehrere morbide Kühe und eine Anzahl von halbwilden Schweinen waren im Hof erschienen, um sich um einen neuen Haufen Abfall zu versammeln, den zweifellos der Diener während meiner Siesta dort abgeladen hatte. Von dem Mann selbst – und dem Wagen – war nichts zu sehen, und so kehrte ich, bereits umgeben von der Düsternis des

Abends, zu der Terrasse zurück, von wo der Klang meiner Geliebten wie ein Nebelhorn durch die toskanischen Hügel dröhnte. Als ich unter der Pergola ankam, fand ich William Howard erwacht; er umklammerte bereits eine neugefüllte Schale Schnaps, und sein wilder, glasiger Blick war in unverkennbarer Absicht auf Caterina geheftet.

Ich war inzwischen sehr beunruhigt. Unsere fortdauernde Abwesenheit bis zum folgenden Morgen würde große Beunruhigung in Florenz hervorrufen, und das zu einer Zeit, da jede unüberlegte Handlung unser Verderben sein konnte. Ich verlangte daher zu wissen, wann der Wagen für die Rückfahrt bereit sei.

»Wird noch beladen«, sagte unser Gastgeber mit der sorgfältigen Aussprache des chronischen Trinkers. »Pferde sind kaputt. Abfahrt morgen.«

Ich protestierte, aber es war nutzlos. Ich hatte keine Ahnung, wo der Wagen sich befand, ganz zu schweigen von den armen Kreaturen, die ihn zogen. Inmitten von Zorn und Enttäuschung fand ich mich von einem bizarren Gefühl der Unwirklichkeit gepackt, und selbst damals kam es mir in den Sinn, daß der Kampf um die Freiheit des menschlichen Denkens viele Schlachtfelder gekannt hatte, aber kein so seltsames wie dieses.

An diesem Punkt wachte Caterina auf mit einem Geräusch ähnlich dem Todesrasseln eines Bullen und betrachtete ihre Umgebung mit der ruhigen Zuversicht derer, die über den Dingen stehen. Als sie über unsere Lage ins Bild gesetzt war, gab sie kein Zeichen von Besorgnis zu erkennen; sie erklärte nur mit bedeutungsschwangerer Stimme, daß sie ihr Bett in dem Heuschober unmittelbar neben dem Haus aufzuschlagen gedenke. Da ich nicht den Wunsch hatte, allein im Haus zu bleiben mit einem Mann, dessen mörderische Neigungen, instinktiv von mir erkannt, durch seine eigene Lebensgeschichte klar bewiesen waren, entschied ich mich, den anderen Heuschober zu nehmen und damit in nächster Nähe zu den großen Manuskripten zu bleiben, die darin aufbewahrt wurden. Kurz darauf kehrte der einfältige Galileo zurück, um uns mitzuteilen, daß der Wagen nun beladen sei, und man kam überein, beim ersten Tageslicht aufzubrechen.

Es gelang mir, einen weiten Krug Branntwein abzulehnen und eine Flasche mit Wasser zu bekommen, die ich mit dem Durst eines Schiffbrüchigen leerte. Da die Nacht nun rasch hereinbrach über diesen seltsamsten aller Tage, machte ich unserem Gastgeber den Vorschlag, daß Caterina und ich unsere jeweiligen Nachtlager aufsuchen sollten. In einem erstaunlich lichten Moment drückte er uns ein paar Decken in die Hand, und bei den letzten Resten der vergehenden Helligkeit erklommen wir unsere jeweilige Scheuer. Die Höhe des Strohs, auf dem Caterina schlafen sollte, war dermaßen, daß eine Leiter für ihren Aufstieg nötig war. Diese wurde gleichfalls von William Howard herbeigebracht, und von meinem eigenen Blickpunkt aus bemerkte ich mit Genugtuung und Erleichterung (und ein wenig Bewunderung), daß sie die Leiter (in Wirklichkeit eine wacklige Reihe von Sprossen, die an ein Paar Pfosten genagelt waren) umsichtig hinter sich hinaufzog. Sie zumindest war nun sicher vor Belästigung außer durch einen Meisterakrobaten, was alle in der unmittelbaren Umgebung ausschloß (einschließlich meiner Person).

In meinem eigenen Schuppen richtete ich mir das Stroh, so gut ich konnte, breitete meine Decke aus und legte mich nieder. Mein Blick ging zu den dunklen Balken etwa sechs Fuß über meinem Kopf. Sie waren deutlich erkennbar in dem silbernen toskanischen Mondlicht, das nun den Hof erfüllte und mein eigenes Lager durch eine Lücke, kaum von der Höhe eines Kindes, erreichte, welche die Dachtraufe von der obersten Schicht des Heus trennte. Vielleicht aufgrund der Aufregung, vielleicht durch eine instinktive Vorahnung und vielleicht auch bedingt durch die Stunden der Bewußtlosigkeit in der Nachmittagssonne konnte ich keinen Schlaf finden. Ich blieb, müde wie ich war, am Rande des Einschlafens, daß meine Gedanken ständig zwischen bewußten Bildern und Träumen hin und her huschten. In diesem Zustand trieb ich zwischen meines Meisters Haus, dem geheimen Skriptorium, und der heiteren Ruhe der Pazzi-Kapelle hin und her. Letztere verdunkelte sich nun in meiner Phantasie, und ich sah darin unordentliche Haufen von Manuskripten und eine rostige Destillieranlage, die blubbernd und rülpsend Schnaps ausstieß. Dieses Objekt verwandelte sich alsbald in eine riesige Schafsblase und dann wiederum in irgendein schreckliches Folterinstrument, hinter dem die grinsenden Gesichter von Pasto Bomboni und Andrea Cortese aufschienen. Bomboni trug einen Fleischerhaken, während Cortese gnadenlos aus einem ledergebundenen Buch die genauen Fakten und Geheimnisse meines eigenen kurzen Lebens vortrug. Während ich noch fasziniert meiner eigenen Biographie lauschte, schlug Bomboni das eine Ende des Hakens in einen Balken über meinem Kopf, der nun von einem Fenster vorzuspringen schien, aus dem, wie ich hinstarrte, eine sich windende Gestalt auf den aufwärtsgewandten Haken gestürzt wurde.

Ob es der Schrecken dieses Bildes war, der mich völlig aufwachen ließ, oder das Geräusch von unten aus dem Hof, weiß ich bis heute nicht, und ich war mir auch einen Augenblick unsicher, was Wirklichkeit war und was Phantasie, bis das Geräusch wiederkehrte. Es war der unverkennbare Laut eines Fußtritts im Morast. Dieser wurde alsgleich von einem anderen gefolgt, was auf die Anwesenheit von zwei Männern unten im Hof schließen ließ. Zuerst lag ich wie erstarrt, der spitzen Stengel im Stroh bewußt, die durch die Decke drangen, und lauschte in die Nacht. Es wurde bald klar, daß sich die Schritte nicht meiner eigenen Scheune näherten, sondern sich langsam und offenbar mühevoll an der Front des Haupthauses vorbei über den Hof bewegten. So leise, wie ich konnte, hob ich mich auf einen Ellbogen, schob mich auf die rechte Seite und spähte über den Rand des Strohs.

Ich hatte nun eine freie Sicht auf den Hof. Obwohl ich den Himmel über mir nicht sehen konnte, war die Nacht offensichtlich völlig klar, und der unsichtbare Mond spendete mehr als genügend Licht, um etwas erkennen zu können, das mir zunächst als ein außergewöhnliches Tier erschien, welches sich seinen gewundenen Weg über die sumpfige Fläche des Hofes suchte. Sobald sich meine Augen jedoch an das Licht gewöhnt hatten, wurde mir klar, daß es sich dabei nicht um ein prähistorisches Monster handelte. Was ich für ein riesiges skeletthaftes Rückgrat gehalten hatte, waren in Wirklichkeit die Sprossen einer langen Leiter. Das Vorder- und Hinterteil wurde natürlich von den zwei Männern gebildet, welche die Leiter trugen. Die Aufgabe war für beide alles andere als leicht. Das Objekt war offenkundig von erheblichem Gewicht und weitaus massiverer Konstruktion als die Leiter, die Caterina bei ihrem Aufstieg benutzt hatte. Der Morast, durch den sie sich quälten, ließ sie notgedrungen mit unterschiedlicher Geschwindigkeit vorankommen, weil sie bei jedem Schritt erst den Stiefel aus der klebrigen Masse befreien mußten. Das rülpsende Geräusch, das jedesmal dabei entstand, mußte sich wohl schon früher meinem Gehirn im Halbschlaf mitgeteilt haben. Da ihr Halt an der Leiter den Abstand zwischen ihnen immer konstant hielt, wurde jeder Unterschied in der Geschwindigkeit durch eine Seitwärtsbewegung ausgeglichen, oft unfreiwillig und häufig nahe daran, das ganze Vorhaben in dem umgebenden Sumpf zum Scheitern zu bringen. Die Tatsache, daß beide Männer gleichermaßen davon betroffen waren, trug anscheinend nicht zu gegenseitigem Mitgefühl bei, und so wurde der ganze Vorgang begleitet von unterdrückten Flüchen und Aufforderungen, zum Teil in einer fremden Sprache, die ich alsgleich aus meinen Schultagen als die unvergleichlichen sexuellen Schimpfworte des Englischen erkannte. Das Ziel des Unternehmens war natürlich sofort klar. William Howard, mit der Hilfe Galileos, war im Begriff, die zweifelhafte Tugend der Frau zu stürmen, die ich liebte.

Ich hielt mich still, eine Tatsache, die Caterina mir in den nächsten Jahren immer wieder vorhalten sollte. Ich behaupte jedoch zu meiner eigenen Verteidigung, daß dies weniger aus Furcht geschah denn aus hilfloser Faszination. William Howard, wird man sich erinnern, war nach seinen eigenen Erzählungen an vielen Belagerungen des englischen Bürgerkriegs beteiligt gewesen. Ich kann nur sagen, nach dem zu urteilen, was ich in jener Nacht sah, hätte die New Model Army sich glücklich schätzen können, eine Bierkaschemme zu erstürmen, von den Mauern Droghedas gar nicht zu reden. (Es ließe sich indes mit gleicher Berechtigung darauf hinweisen, daß seit der Schlacht von Crécy kein General ein ungünstigeres Terrain für einen Angriff hätte wählen können.)

Unter meinen Augen setzte sich der langwierige, krebsende Zug bis zum Fuße des Bergs aus aufgestapeltem Stroh fort, auf dessen Spitze das Objekt unserer gemeinsamen Begierde lag, vermeintlich im Tiefschlaf. Im nachhinein betrachtet, könnte man natürlich sagen, daß Howard durch die unheimliche Stille aus jenem Winkel hätte vorgewarnt sein sollen, insbesondere nachdem er Caterinas Schlummer am Nachmittag mit angesehen hatte. Aber, um wiederum gerecht zu sein, auch ich war blind (oder taub) für die eigentliche Bedeutung dieser Grabesruhe.

Unter weiteren gemurmelten Flüchen und Verwünschungen wurde die Leiter schließlich ein gutes Stück vom Rand der Scheune mit einem Ende auf den Boden gestellt. Der Winkel wurde diktiert von ihrer Länge, der Höhe des Heuschobers und den wohlbekannten Prinzipien des Pythagoras, die alle, welche auf Eroberung aus sind, auf eigene Gefahr mißachten.

Nachdem die Sturmleiter aufgerichtet war, wurde Galileo an ihrem unteren Ende postiert, und William Howard, immer noch, wie ich bemerkte, in den schwarzen Tuchrock des puritanischen Gelehrten gekleidet, begann den Aufstieg zur irdischen Seligkeit.

Ich war inzwischen in höchstem Maße aufgeregt und (ich schwör's) kurz davor, laut zu rufen, als sich die Situation schlagartig veränderte. Howard war zu dem Zeitpunkt fast schon an der dunklen Öffnung angelangt, die sich zwischen der Oberkante des Heuhaufens und der Dachtraufe der Scheune auftat, ungefähr an einem Punkt, den drei Männer, auf die Schultern gestellt, hätten erreichen können. Ja, sein Kopf war gerade im Begriff, in das dunkle Innere zu verschwinden, als sich das ganze obere Ende der Leiter plötzlich nach hinten bewegte. Von meinem Blickwinkel aus bemerkte ich, wohl noch bevor es ihm selber klar wurde, daß es von der Behelfsleiter angeschoben wurde, die Caterina benutzt hatte, um ihre Lagerstatt zu erreichen. Jedermann, der mit Newtons Prinzipien vertraut ist (was auf Caterina mit Sicherheit nicht zutraf), wird sich der relativen Leichtigkeit bewußt sein, mit der die Spitze einer Hypotenuse in die vertikale Ebene bewegt werden kann. Ungeachtet Caterinas theoretischer Unkenntnis, war ihre praktische Demonstration jedoch fehlerfrei, und innerhalb einer Sekunde fand sich William Howard am oberen Ende einer nun vertikalen Leiter und erheblich weiter vom Boden entfernt wieder. Während unter ihm die Gestalt Galileos zu sehen war, der in dem dicken Morast zumindest einen Punkt der prekären Situation seines Herrn zu stabilisieren suchte.

Es wird jedem klar sein, daß, sobald die Leiter eine nahezu senkrechte Stellung erreicht hatte, nur die leichteste Kraftausübung notwendig war, um sie gänzlich in die Gegenrichtung umkippen zu lassen. Mit Sicherheit war diese einfache Tatsache William Howard gewärtig, und obwohl es nahezu unmöglich ist, flehentliche Gesten zu machen, während man sich gut sieben Meter über einem Meer von Scheiße an eine Leiter klammert, tat er zweifellos sein Möglichstes. Ja, die Zeitspanne, in der er in dieser Stellung verblieb, da sich die zwei Leitern ineinander verkeilten, könnte ihm einen gewissen Grund für Optimismus von seiner Seite gegeben haben. Vielleicht lag es daran, daß er einen zögernden Schritt auf die nächstuntere Sprosse tat, als aus dem unsichtbaren Inneren der Scheune ein winziger Stups erfolgte und die Leiter einen eleganten Bogen nach hinten beschrieb. Howard blieb bis zum letzten Moment an ihr hängen, als ihn, zu seinem Glück, ein besonders großer Haufen faulenden Mists nahe der Umfriedungsmauer aufnahm. Galileo, vielleicht ungerechtfertigterweise, erging es nicht besser; da seine Füße beide in dem umgebenden Schlick festsaßen, wurde er unvermeidlich nach hinten gezwungen und von den Sprossen der Leiter, die sich gegen sein Gesicht senkten, rücklings in die Scheiße gedrückt. Ich bekam noch mit, wie Caterinas Leiter schnell in das dunkle Innere ihrer Scheune zurückgezogen wurde.

So plötzlich der Abstieg zur Hölle gekommen war, so lange zog sich das Wiederauferstehen hin. Galileo befreite sich als erster und tauchte mit einem Geräusch aus dem Morast auf, wie es Riesen beim Verspeisen von Vermicelli machen dürften. Es zeugt von seiner unerschütterlichen Treue (die bereits auf unserer Fahrt aus Florenz deutlich geworden war), daß er eine erhebliche Zeit damit zubrachte, seinen Herrn aus dem stinkenden Nest, in das er sich selbst gelegt hatte, wieder auszugraben. Ja, der Hof war in das strahlende Morgenlicht des toskanischen Sommers gebadet, ehe Herr und Knecht in der Lage waren, sich langsam und anscheinend schmerzgepeinigt zur Tür des Hauses zu schleppen; die gefallene Leiter blieb als ein stummes und melancholisches Zeugnis für die Fallgruben der Fleischeslust zurück.

Ich hatte natürlich angenommen, daß Caterina erst geweckt worden war, als Howard an der Dachtraufe der Scheune auftauchte, und in der Panik des Augenblicks gehandelt hatte. Erst später erfuhr ich (von ihr), daß sie, wie ich, das ganze Anrücken ihrer Möchtegern-Verführer beobachtet und daher mit genauer Berechnung den Augenblick des größten Vorteils abgewartet hatte. Solche außerordentliche Kaltblütigkeit (ganz zu schweigen von einem ausgeprägten Sinn für Schabernack) hätte mich eigentlich vor den Leiden, die mich in meinem späteren Leben erwarteten, warnen können. Zu der Zeit jedoch rief sie nichts als Staunen und Bewunderung hervor.

Trotz des Anbruchs der Morgenröte waren die bemerkenswerten Ereignisse jener Nacht noch nicht zu Ende. Nach dem Abzug William Howards und seines Gehilfen hatte ich mich kaum wieder auf mein Lager hingestreckt, um zu überlegen, was jetzt zu tun sei, als ich weitere Geräusche von Bewegungen im Hof vernahm. Alsgleich kehrte ich auf meinen Guckposten zurück, und das Herz klopfte mir höher, als ich die Gestalt Caterinas aus ihrer eigenen Scheune hervorschlüpfen und die Leiter hinabsteigen sah, die sie offenbar unmittelbar zuvor heruntergelassen hatte. Als sie unten angelangt war, packte sie das leichte hölzerne Gerät und trug es, anscheinend ohne Mühe, in Richtung meines Heuschobers. Dann, in einem Moment, von dem ich nicht glauben konnte, daß es ihn wirklich gab, und der mir noch jetzt den runzligen Hals zusammenzieht, lehnte sie das Ende der Leiter nur wenige Handbreit von meinem angespannten Gesicht an das Stroh und war innerhalb von Sekunden an meiner Seite. Sogleich, mit jener geschmeidigen Kraft, die mich schwindeln ließ, holte sie die Leiter ein und schob sie in die Scheune hinter uns. Meinem ungläubigen Blick glaubte sie anzusehen, daß eine Erklärung notwendig sei.

»Der Schweinehund hat versucht, mich zu …«

»Ich weiß«, sagte ich. »Ich habe alles gesehen.«

Wir sahen einander einen Augenblick an und brachen dann wie Kinder (die wir natürlich waren) beim Abschluß eines erfolgreichen Spiels in Gelächter aus.

Später, als wir Seite an Seite in dem zwecklosen Versuch, im Morgenlicht noch etwas Schlaf zu finden, vor uns hin dösten, machte ich, überwältigt von Hoffen und Bangen, die ersten unbeholfenen Annäherungsversuche meines behüteten Lebens. Zuerst sträubte sie sich mit einer Art müdem Unwillen (unter den Umständen vielleicht berechtigt). Schließlich jedoch gab sie sich mit einer Geste der Resignation dem Geschäft hin, auf das sie sich mehr als alle anderen verstand, und so wurde ich zum Mann, zur Seligkeit getragen auf einem großen Haufen getrockneten Grases über den größten wissenschaftlichen Texten, welche die Geschichte hervorbringen wird, und mehreren tausend Litern von *aqua vitae.*

19

Mein erster postkoitaler Schlaf wurde rüde unterbrochen durch die geräuschvolle Ankunft von Mikos Faccioli, dem Diener Lorenzo Bellinis und früheren Büttel der Universität Pisa. Nachdem es ihm nicht gelungen war, irgend jemanden im Haupthaus zu wecken, stand er nun in der Mitte des Hofes auf den Sprossen der gefallenen Leiter und rief meinen Namen mit solcher Lautstärke, wie sein mächtiger Brustkorb hergab. Er hatte bereits meinen Aufenthalt ausfindig gemacht, in der falschen Annahme, daß das monströse Schnarchen, das aus der Scheune drang, von mir kam. Ja, er wirkte ein wenig überrascht, als mein Kopf unter der Dachtraufe zum Vorschein kam und das Schnarchen hinter mir ungemindert fortfuhr.

Wie ich bereits eingehend dargelegt habe, hatte Mikos seine Jugendjahre in der Taverne seines Vaters im Hafen von Ligorno zugebracht. Zu einer gesunden Verachtung für die Formalitäten des Standes hatte ihm dies eine direkte, wenn auch beschränkte, Ausdrucksweise vermittelt, wie er alsgleich unter Beweis stellte.

»Fredo!« brüllte er. »Wo wars'n du?«

Lange Erklärungen waren hier kaum angebracht, und so begab ich mich auf die Niederungen des Patois hinab. »Wagen weg«, sagte ich. »Pferde im Arsch.«

»Du mußt sofort kommen«, sagte er, sein Gewicht auf eine andere Stelle der Leiter verlagernd. »Alles Scheiße. Alle sind eingebuchtet. Dein Meister ist im Bargello. Dati auch. Und Viviani. Lorenzo ist ab nach Pisa. Komm, mach voran.«

Ich weiß, es klingt banal, aber es gibt unzweifelhaft Gelegenheiten, da das Gehirn sich weigert, dem Zeugnis seiner Sinne Glauben zu schenken. In meinem späteren Leben hatte ich ähnliche Empfindungen, wenn man mir von Caterinas häufiger Untreue erzählte. Dies war nur ein frühes Beispiel. Während der letzten Stunden hatte ich ein höheres Glück erlebt, als es mir je zuteil geworden war. Die Streckbank und die heißen Eisen des Bargello, die Grausamkeiten Pasto Bombonis, die Diktatur der Medici und die Unterdrückung durch die Inquisition waren in einen anderen Teil des Universums entschwunden, jenseits des Sehens und Begreifens. Sie wieder ins Gesicht gestoßen zu bekommen, in der Sprache der Hafenkneipen, ließ mich so unempfänglich wie Stein werden. Ich starrte Mikos einfach an, als könnte ich ihn allein dadurch zum Verschwinden bringen, während hinter mir das sonore Dröhnen ungemindert fortfuhr.

In diesem Augenblick öffnete sich die Tür des Haupthauses, und zum Vorschein kam etwas, das zuerst einem wandelnden Haufen getrockneten Mists glich, aus dem zwei wilde Augen ins Morgenlicht starrten. Beim Klang der sich öffnenden Tür hatte Mikos Faccioli sich umgewandt und war eine volle Armeslänge zurückgewichen, während seine Hand instinktiv zum Griff des Toledos ging. Bei diesem Anblick wich unser puritanischer Landmann selbst zurück, und die Tür schlug hinter ihm zu. Die bizarre Szene brachte mir zumindest meine Sinne wieder und mit ihnen das Gefühl des Schreckens und des Unheils, das diese Botschaft so klar vermittelte. Indem ich Mikos zurief zu warten, kletterte ich in die Dunkelheit der Scheune zurück, weckte Caterina und erklärte ihr, so rasch ich konnte, die schrecklichen Nachrichten, die ich soeben erhalten hatte. Innerhalb von Minuten war die Leiter wieder heruntergelassen, und wir beide stiegen hinab und begaben uns zu unserem Boten, der selbst den Hof verlassen hatte und mit drei Pferden auf dem Karrenweg stand, der zur Straße führte. Hier gab er uns an weiteren Informationen, was ihm bekannt war.

Früh am gestrigen Abend hatte mein Meister anscheinend Informationen aus seiner »Quelle« im Pittipalast erhalten. Daraus ging hervor, daß eine konzertierte Aktion bevorstand gegen diejenigen, die man im Besitz ketzerischer Werke glaubte. Auf diese Nachricht hin rief mein Meister schnell all die zusammen, von denen man wußte, daß ihnen Gefahr drohte. Lorenzo Bellini und Mikos weilten bereits in seinem Haus, während Carlo Dati und Vincenzo Viviani kurz nach Einbruch der Nacht eingetroffen waren. Eine sofortige Flucht aus der Stadt war erwogen worden, aber es herrschte große Besorgnis über meine eigene fortdauernde Abwesenheit. Mein Meister und Lorenzo weigerten sich, Florenz zu verlassen, ehe ich zurückgekehrt wäre oder man wisse, daß ich in Sicherheit sei. Mit einigem Widerstreben hatten die anderen zugestimmt, ihre eigene Abreise bis zum nächsten Morgen zu verschieben, und aufgrund der Gefahr auf den Straßen bei Nacht waren alle in meines Meisters Haus verblieben, in der Absicht, beim ersten Morgengrauen abzureisen.

Eben dies war in dem Fall zu spät. Vor dem ersten Tageslicht waren die Salti mit einer größeren Truppe angerückt, unter der Führung von Pasto Bomboni selbst. Ihr Anmarsch war von Otto beobachtet worden, der zu genau diesem Zweck an den Fenstern des Obergeschosses Posten bezogen hatte. Somit waren zu dem Zeitpunkt, als die Tür aufgebrochen wurde, Dati und Viviani bereits in das geheime Skriptorium verbracht worden. Lorenzo, der jüngste und gelenkigste von allen, hatte durch das Fenster über den Kanal flüchten können, wenn er sich auch bei dem Sprung eine Verletzung zuzog. Ja, alles wäre vielleicht gutgegangen, hätte mein Meister nicht versucht, eine Anzahl von Manuskripten von den Regalen der Bibliothek zu entfernen, bevor er sich selbst durch die Geheimtür in Sicherheit brachte. Der Gefahr durch diese Verzögerung gewärtig, hatten Otto und Mikos gemeinsam den Eindringlingen erheblichen Widerstand entgegengesetzt und hatten, wie Mikos uns mit stiller Befriedigung erklärte, mehreren Salti die Schädel eingeschlagen, bevor sie überwältigt wurden. Otto hatte wohl einen Toledo in die Kehle bekommen und war mit an Sicherheit grenzender Wahrscheinlichkeit tot. Mikos, zurückgedrängt durch die Bibliothekstür, hatte sich im letzten Moment umgedreht und war geflohen und durch das große Fenster seinem Meister nachgesprungen, den er auf dem Kanalpfad liegen fand; von dort schleppte er ihn in die relative Sicherheit eines Hauses, welches von einer der vielen Frauen bewohnt wurde, die Mikos regelmäßig aufsuchte. Daß Magliabechi gefangengenommen worden war, stand für ihn außer Zweifel. Als er nur wenige Schritte vor den nachrückenden Salti durch die Bibliothek geflohen war, hatte er gesehen, wie sich die Geheimtür hinter der verwachsenen Gestalt meines Meisters schloß, eine Bewegung, die seinen Verfolgern kaum verborgen geblieben sein konnte.

Lorenzos Anweisungen folgend, hatte Mikos vier Pferde von einem Mietstall auf dem Lungarno geliehen, und kurz nach Tagesanbruch war ihnen dann die Flucht durch die Porta San Piero Gattolino gelungen, die, ob durch Unachtsamkeit oder mit Absicht, unbewacht war. Von Carlo Dati hatte Lorenzo zuvor eine Beschreibung der Lage des Gehöfts bei Impruneta erhalten. Lorenzo selbst hatte sich nach Pisa aufgemacht, um die zu warnen, die unseren Zielen gewogen waren. Er hatte Mikos angewiesen, uns zu finden, uns mit Pferden zu versorgen und uns alle so schnell wie möglich zur Universität zu bringen. Von dort aus könnten wir, wenn notwendig, nach Mailand weiterfliehen, wo Lorenzo viele Freunde hatte.

»Aber was wird mit meinem Meister geschehen?« rief ich, die Agonie der Unentschlossenheit bereits in mir.

»Im Bargello werden sie ihn töten«, sagte Mikos unumwunden. »Langsam vermutlich. Lorenzo sagt, daß Bomboni dich will. Gab mir keinen Grund. Sagte, du würdest es wissen.«

Eine schwindelnde Furcht überkam mich, und ich setzte mich schwer auf die zerfallene Mauer des Hofes. Niemand sprach, und in der frühen Morgenluft wirkte das Summen der Insekten wie ein Klagegesang. Die Angst, das sei gesagt, beruhte nicht allein auf einem Vorgefühl des Schmerzes, obwohl dies zweifellos eine Rolle spielte. Vor allem war es eine Angst, das zu verlieren, was ich erst so kürzlich erlangt hatte, vermischt mit dem sicheren Wissen, daß in meinem Leinenbeutel das einzige Mittel lag, wodurch die Leiden meines Meisters verhindert oder zumindest verzögert werden konnten.

Bei diesem Gedanken fiel mir plötzlich, mit einer neuen Welle von Panik, ein, daß der Beutel am Abend zuvor auf der Terrasse zurückgeblieben war. Ohne Zögern und ohne eine Erklärung abzugeben, ließ ich meine Gefährten stehen und lief, so schnell es ging, über den Hof, durch die unverschlossene Tür ins Haus, durch dessen weiße Zimmer und kam auf der Terrasse heraus, wo zu meiner großen Erleichterung der Beutel noch unter dem Stuhl lag, in dem ich geschlafen hatte. Ich packte ihn und wandte mich um, nur um mich, wie ich halb erwartete hatte, dem manischen Blick von William Howard gegenüberzusehen, welcher mir nun den Rückweg versperrte. Mit einer Geistesgegenwart, auf die ich immer noch zu Recht stolz bin, sagte ich so nüchtern wie möglich: »Alle in Florenz sind gefangengenommen worden. Du mußt auf die Manuskripte achtgeben. Wir werden unser Schweigen bewahren.«

Während er sichtlich die Folgen dieser Neuigkeiten verdaute, überquerte ich die Terrasse, drängte mich an ihm vorbei, ging durch das Haus und zurück zu Caterina und Mikos, die mit offenkundiger Besorgnis am Hoftor warteten. Keiner von beiden brauchte zum Aufbruch angetrieben zu werden, und so bestiegen wir die Pferde, die Mikos gebracht hatte, und ritten den Weg entlang, der auf diesem Stück gleichermaßen nach Florenz wie nach Pisa führte. Caterina, bemerkte ich, ritt wie ein Mann, was mich kaum überraschte; die Falten ihres *lucco* fielen bis zu ihren Knien und enthüllten die festen Schenkel, mit denen ich nun eine schwindelnde Vertrautheit besaß, die, wie mir klar wurde, mir nie wieder jemand würde nehmen können.

Den ersten Teil des Weges ritten wir in Schweigen. Ich war natürlich mit meinem eigenen Dilemma beschäftigt. Zudem wurde unser Vorankommen erschwert durch den Zustand des Pfades, dem wir folgten. Zwei Nächte zuvor hatte unser Wagen sich seinen eigenen Weg gesucht, gezogen von Pferden, die mit den Schlingen und Ranken von Landwegen vertraut waren. Unsere neuen Pferde stammten aus einem Mietstall in der Stadt, waren gewöhnt an die flachen, wenn auch schlüpfrigen Straßen von Florenz, und sie mochten die dauernd nach ihnen greifende Vegetation nicht, die gelegentlich unseren Pfad ganz zu verdecken drohte. So wurde jedes Gespräch, ganz zu schweigen von einer Diskussion über unsere Notlage, durch die Notwendigkeit verdrängt, sich auf den Ritt zu konzentrieren. Ja, die Sonne stand schon hoch am Himmel und der Tag war längst heiß, als wir endlich die Straße zwischen Florenz und San Casciano erreichten; eine Straße, die mir nur allzu vertraut war. Hier war die Entscheidung klar und unvermeidlich. Zur Linken führte, durch das Dorf meiner Kindheit hindurch, der Weg nach Pisa, und dahinter lag die relative Sicherheit von Mailand, Bologna oder einer ähnlichen Zuflucht innerhalb des Einflußbereichs von Lorenzo Bellini. Zur Rechten, zwei Stunden Ritts entfernt, waren Pasto Bomboni und all seine Werke. Die Pferde ihrerseits zog es in diese Richtung, ungehindert von den Agonien der Umstände und der Pflicht.

Wie nicht anders zu erwarten, war es Caterina, die meine Unentschlossenheit beendete.

»Ich will nach Hause«, sagte sie einfach, und mit einem Kopfnicken zu Mikos Faccioli ritt sie in einem raschen Trab die Straße zu unserer Rechten hinab. Die Tatsache, daß sie mir kein Lebewohl gesagt hatte, zeigte (wie mir jetzt klar ist), daß sie bereits jene herrische Lenkung meines Lebens übernommen hatte, von der es hernach nie wieder gänzlich frei sein sollte.

Mikos seinerseits verstand die Wege der Welt. Er hob eine lakonische Augenbraue in meine Richtung, zügelte sein Pferd nach links und trieb mit einem leichten Winken das unwillige Tier in Richtung Galazza, dessen Häuser im Tal unter uns eben zu sehen waren.

Eine Zeitlang blieb ich regungslos an Ort und Stelle, sah zu, wie mein eigener Schatten sich über den Olivenhainen unter mir verkürzte, und dann ließ ich einfach die Zügel los, worauf mein Pferd in raschem Schritt meiner Geliebten nacheilte, die als kleine Gestalt zwischen den Pappeln, welche die Straße nach Florenz markierten, in der Ferne zu sehen war.

Sobald ich sie erreicht hatte, verfielen wir auch schon in ein ernstes Gespräch über die Entscheidungen und Möglichkeiten, die vor uns lagen. Im späteren Leben habe ich oft darüber nachgedacht, daß wir ein seltsam gutgewähltes Paar für das bevorstehende Unterfangen abgaben. Trotz unserer Jugend besaßen wir beide einen Reichtum an Erfahrung, die zwar von sehr unterschiedlicher Natur war, aber für unsere Zwecke sich nahezu vollkommen ergänzte.

Sie war natürlich besorgt um die Sicherheit ihrer Mutter, deren Verbindung mit meinem Meister in ganz Florenz bekannt war. Ich meinerseits hielt in meinem Leinenbeutel ein tödliches Geheimnis, das uns alle mit einem Schlag retten oder zerstören mochte. Sein unüberlegter Gebrauch indes konnte genau die Katastrophe heraufbeschwören, die es verhindern sollte; taktische Überlegungen beherrschten meine Gedanken und minderten damit meine Ängste.

Ungeachtet meiner neuen Entschlossenheit, sanken meine Hoffnungen, als wir uns der Stadt näherten. Je mehr ich über meine Lage nachdachte, desto mehr wurde mir die Schwäche meiner Position klar, verglichen mit den Mächten, die uns entgegenstanden. Die Macht des Geheimnisses, das ich besaß, hing fast gänzlich von Bombonis Reaktion darauf ab. Es war ihm durchaus möglich, seine Existenz zu ignorieren und die Folgen auf sich zukommen zu lassen, sicher in dem Wissen, daß sein Einfluß innerhalb des Palastes und seine Stellung bei den Salti ihn unbeschadet würden davonkommen lassen. Unter diesen Umständen wurde der richtige Einsatz meiner Waffe um so wichtiger, und bei meinen Überlegungen wurde mir die unglückliche Tatsache bewußt, daß die Person, die ich am ehesten um Rat ersucht hätte, eben der Mann war, der nun hilflos in jener Falle steckte, aus der ich ihn zu retten suchte.

Um ihre Hilfe zu erlangen, mußte ich Caterina von der Natur meiner Pläne und meiner Besitztümer in Kenntnis setzen, worauf sie ein ungläubiges Starren folgen ließ, wie es ihrer normalen phlegmatischen Natur ganz fremd war. Wir konzentrierten uns alsdann auf meine eigene mißliche Lage. Ihre dünkte mich einfach: Sie mußte als erstes zum Lungarno, um ihre Mutter zu finden. Danach, so nahm ich ohne Frage an, würden beide mit dem Wagen nach Pisa aufbrechen und in die Sicherheit, die jenseits davon lag. Was mein eigenes Vorgehen betraf, so hatte sie darüber anscheinend auch keine Zweifel.

»Das wichtigste ist«, sagte sie, nachdem ich meine Geheimnisse offenbart und sie ein paar Minuten in schweigendem Nachdenken verbracht hatte, »sofort Verbindung mit deinem Meister aufzunehmen.«

»Aber Mikos sagte, er sei bereits im Bargello!«

»Ganz genau, und somit ist es klar, wo er zu finden ist.«

Ich starrte sie in offener Verblüffung ab. Ich bekenne mich nun zu einer etwas kindischen Reaktion: Es war, dachte ich bei mir, alles schön und gut für sie, mich in die Höhle des Löwen zu schicken, während sie selbst in einer Kutsche auf dem Weg nach Westen war. Ich war im Begriff, diesem Gedanken Ausdruck zu geben, als ich glücklicherweise unterbrochen wurde.

»Du kannst natürlich nicht in den Bargello gehen«, sagte sie. »Du wirst selbst von Bomboni gesucht und könntest erkannt werden. Aber ich kann es.«

Ich schreckte hoch, aus Schuldgefühl wie vor Verblüffung.

»Du?«

»Natürlich«, sagte sie nüchtern. »Die Salti sind schließlich auch nur Männer.«

Während ich noch die unschönen Schlußfolgerungen dieser Aussage verdaute, fügte sie hinzu: »Außerdem sind sie bestechlich, und wer im Gefängnis sitzt, hat das Recht, einen Besuch von seinen Verwandten zu erhalten.«

(Wann meine Geliebte ihr unerschöpfliches Reservoir an Gossenschläue und Tricks erwarb, habe ich nie erfahren, aber eines weiß ich sicher: Wäre sie aus dem obersten Stockwerk von Giottos Turm gestürzt worden, hätte sie, bis sie unten angekommen wäre, den notwendigen hilflosen Bewunderer mit hinreichend fülligen Proportionen herbeigeschafft, um ihren Fall aufzufangen.)

Da war wenig sonst zu bereden, und wenngleich der Gedanke meiner Ankunft in der Stadt meinen Atem vor Besorgnis stocken ließ, trieben wir dennoch unsere Pferde an und überquerten so schließlich in scharfem Trab den Kamm, von dem aus ich erstmals den Geburtsort der Renaissance erblickt hatte, und ritten hinab zu den brutalen Realitäten der Zukunft.

Bevor wir die Porta Romana erreichten, nahmen wir einen Umweg zum Hause von Bellina Cantoni, Marios Schwester, bei der ich einen Teil der Unterlagen hinterlegt hatte, welche ich von San Casciano mitgebracht hatte. Von ihr erhielten wir weitere Informationen, die auf Gerüchten und Parolen beruhten, welche in der Stadt umgingen. Es stand fest, daß eine große Anzahl von Häusern durchsucht worden war. Vor ihnen waren sofort Feuer entzündet worden, auf die ganze Bibliotheken gehäuft und den Flammen überantwortet worden waren. Es hieß, daß es auch in der Medici-Bibliothek gebrannt habe, doch ob dieses Feuer von offizieller Seite entzündet worden war oder ob es einen mutwilligen Versuch dargestellt hatte, die Existenz von Ketzerei zu verbergen, war in hohem Maße unklar. Es hatte eine Anzahl von Festnahmen gegeben, und es wurde allgemein angenommen, daß nach vielen weiteren Mitgliedern der Intelligenz gefahndet werde. Antonio Magliabechi war unter den ersten gewesen, die man abgeführt hatte, und befand sich augenblicklich im Bargello. Die allgemeine Stimmung in der Stadt, berichtete sie, sei keineswegs dem Großherzog abträglich. Es herrschte weithin der Glaube, daß beträchtliche Mengen von häretischen Schriften entdeckt worden seien, darunter Bände, die gänzlich der Schwarzen Magie gewidmet waren. Der Cimento und all seine Werke waren nun absolut diskreditiert und verboten. Weiterhin wurde allenthalben verbreitet, daß der derzeitige Tiefstand des toskanischen Handels und die wiederholten Mißernten, ganz zu schweigen von der immer wiederkehrenden Pest, auf unerklärliche Weise mit solch häretischem Befall in Verbindung stünden. Das einfache Volk glaubte daher, die Stadt sei buchstäblich verhext worden. Eine differenziertere Argumentation lief darauf hinaus, daß die ketzerische Betonung von wissenschaftlicher Forschung und Theorie die besten Intellekte der Toskana von ihrer moralischen Verpflichtung abgebracht habe, das Sprungbrett für die nationale wirtschaftliche Genesung bereitzustellen.

Selbst Pasto Bomboni, obgleich immer noch ein Objekt der Furcht und des Schreckens, hatte durch die jüngsten Ereignisse eine gewisse Aufwertung erfahren. Die offizielle Ansicht, unterstützt und propagiert von Kirche und Staat zugleich, war, daß die Ausmerzung von Juden und Ketzern längst überfällig gewesen sei. Die Werkzeuge dieses Prozesses wurden daher mit den vereinten Tugenden von Sicherheit und Recht und Ordnung verbunden.

Als ich dies alles hörte, wurde ich von einem dumpfen Gefühl der Niedergeschlagenheit und Hoffnungslosigkeit erfüllt, das mir bei vielen Gelegenheiten meines Lebens vertraut werden sollte. Es leitete sich von der etwas frömmlerischen Überzeugung her, daß die eigenen Versuche, die Pfade intellektuellen Fortschreitens zu bereiten und zu erhalten, dem höheren Wohl der Menschheit dienen. Wenn man sieht, daß dieselbe Spezies mit augenscheinlicher Befriedigung an den Brutalitäten der Unwissenheit und der Bosheit festhält, wird ein Gefühl der Vergeblichkeit allen Bemühens unvermeidlich.

Das war nicht alles. Verschiedene Verlautbarungen waren in der ganzen Stadt publik gemacht worden, die Tugenden derer zu preisen, denen die verschiedenen Handelsmonopole erteilt worden waren. Somit waren die Assinari, Castanelli und del Rossi nun, im Bild der Öffentlichkeit, von Ausbeutern zu Vorbildern öffentlicher Rechtschaffenheit erhoben worden, auf denen das künftige Wohl des toskanischen Volkes beruhe.

So waren wir schweren Herzens, als wir in der Nachmittagssonne aufbrachen und unsere Pferde ihrem eigenen Drang in Richtung Porta San Piero Gattolino folgen ließen.

Das Tor wurde bewacht, aber Aufmerksamkeit wurde nur denjenigen zuteil, die die Stadt verließen. Diese wurden einzeln inspiziert und nach dem Zufallsprinzip durchsucht. Sobald wir durch das Tor waren, schien sich nichts verändert zu haben. Gegen die Wände des Pittipalastes brandete dasselbe Markttreiben mit nicht zu unterdrückender Kraft. Das heiße, dreckige Gewühl der Straße stand im Gegensatz zu den weiten Flächen der Boboli-Gärten, die durch die schmiedeeisernen Tore zu unserer Rechten sichtbar waren. Die Salti waren allgegenwärtig, und von Zeit zu Zeit begegneten wir den protzigen Kutschen der neuen Handelsherren, die einen fast jovialen Kontrapunkt zu dem Verfall und Niedergang ringsum abgaben.

Als wir uns dem Ponte Vecchio näherten, verlangsamte sich unser Vorankommen bis zum völligen Stillstand. Lange Zeit steckten wir in der Menge von Menschen und Fahrzeugen fest, und so gut ich konnte, lauschte ich dem Gerede der Stadt. Nichts, was ich hörte, hob die Düsternis, die Bellinis Darstellung der allgemeinen Stimmung hervorgerufen hatte. Selbst aus dem Mund der Ärmsten und am meisten Betroffenen schien dieselbe Bösartigkeit zu fließen, meinem jungen Ohr Beweis genug für die unselige Wahrheit, daß unter den Niedersten der Drang zur Verfolgung seine stärksten Wurzeln findet. Meines Meisters Namen hörte ich bei mehreren Gelegenheiten; seine vorgeblichen Verfehlungen gegen die Seele wurden unweigerlich mit den Verkrüppelungen von Körper und Fleisch verbunden. Ich hörte auch mit wachsender Bestürzung eine Anzahl von Erwähnungen von Caterinas Mutter, und während ich keine vernünftige Aussage daraus zusammenreimen konnte, ließ die Lüsternheit des Ausdrucks mir wenig Zweifel, daß das Amt für öffentliche Sitte am Werk gewesen war. Nichts davon gab ich an meine Gefährtin weiter, damit sie nicht unsere Identität und unser Ziel durch eine unbedachte Reaktion verraten mochte, obgleich mir selbst damals bereits hätte klar sein sollen, daß vorschnelle Hitzigkeit nicht zu ihren Fehlern zählte.

Im Schneckentempo kamen wir in Richtung auf die große Brücke voran; unmittelbar davor wandten wir uns nach rechts und ritten, frei vom Druck der Menge, mit wachsender Geschwindigkeit Richtung Lungarno. In diesem Tempo kamen wir alsbald zum Hause Lisa Mascinis, wo wir stumm und ungläubig stehenblieben.

Von außen war es eine Ruine. Die Kübel und Fensterkästen mit Lavendel und Myrten lagen vor der Tür zerschmettert; ihren Inhalt hatte man mit grundloser Gewalt im Rinnstein und auf dem Straßenpflaster zertreten. Mehrere Fensterläden waren von innen aufgebrochen worden und hingen nun schief an zersplitterten Jalousien über unseren Köpfen. Die Tür selbst war eingeschlagen und lag zertrümmert in zwei Teilen am Fuß der schmalen Treppe, die ich erst vor drei Tagen zu der gescheiterten Verschwörung hinaufgestiegen war. Über dem Türsturz war ein hölzernes Schild angenagelt worden, auf das die Signatur des Amtes für öffentliche Sitte gemalt worden war: PER PUTTANA.

Ich erinnere mich, daß ich meinen Blick auf das Haus heftete, da ich es nicht wagte, meine Gefährtin anzusehen, aber mir bewußt war, daß sie regungslos an meiner Seite stand. Als ich mich schließlich ihr zuwandte, hatte sie sich nicht bewegt, und ihr Gesicht war wie versteinert, ihre Unterlippe zwischen die Zähne geklemmt. In diesem Augenblick hörten wir beide von der anderen Straßenseite ihren Namen rufen und sahen eine weibliche Gestalt über die Straße auf uns zuhuschen, offensichtlich eine der »Damen des Lungarno«, die es im Florenz Cosimos III. angeblich nicht mehr gab. Als sie bei uns war, packte sie Caterinas Sattel und sprach mit der Dringlichkeit einer Verschwörerin: »Sie kamen gestern. Salti, viele. Man hat sie in den Stinche gebracht. Es war nichts zu machen. Einer von ihnen war der neue *capo*, Bomboni.«

Nachdem sie ihre Nachricht übermittelt hatte, drehte sie sich um und verschwand mit der Schnelligkeit eines gejagten Tieres.

Es ließ sich nicht sagen, welche Gefahren noch in dem zerstörten Haus lauern mochten. Ob die Plünderung zu Ende war oder ob sich noch Mitglieder der Salti darin befanden, auf Diebstahl, Zerstörung oder gar Hinterhalt bedacht, ließ sich nur durch eigenen Augenschein in Erfahrung bringen, und trotz meiner schwachen Proteste stieg Caterina vom Pferd und trat durch die Tür ihres Heims, mit dem festen Schritt einer Rachegöttin. Ihre Handlung ließ mich, wie gewöhnlich, ohne Wahl, und ich folgte ihr im Vorgefühl des Schreckens.

Zerstörung, wie Schmerz, ist relativ. Das, was zufällig und unvermeidlich ist, die fatalen Folgen unseres Schicksals, ertragen wir zumeist mit Tapferkeit und sogar mitunter mit einem gesteigerten Gefühl geistigen Adels und eines tieferen Sinns. Wo sie jedoch absichtlich zugefügt wird, mit dem bewußten Vergnügen des Brutalen und Banalen, wird unser Geist selbst angegriffen und geschwächt durch unsere eigene Mitgliedschaft in einer so üblen menschlichen Familie. So wird der Mensch, der mit stoischer Miene die Schmerzen des zufälligen Unglücks erträgt, wie Ton in den Händen seines Peinigers, wenn sein eigener Wille zerstört wird durch die Erniedrigung seiner eigenen Art in der freudigen Zufügung von Schmerz. So war es bei uns. Das Ausmaß und die Willkür der Zerstörung wurden unendlich viel unerträglicher gemacht durch die harmlose, schwache und vergängliche Natur dessen, was nun um uns zerbrochen lag. In jedem Raum war es dasselbe, was einen erheblichen Grad an Methode verriet.

Wenn Caterina meine Gefühle teilte, brachte sie dies in keiner Weise zum Ausdruck, abgesehen davon, daß ihre Unterlippe zwischen die Zähne geklemmt blieb und ihre Augen mit schnellen und sorgfältig prüfenden Blicken über die Zerstörung glitten wie die Hände eines Blinden.

Der Zustand eines Raumes, der auf die Straße hinausführte, zeugte von einem besonderen Wüten. Der Boden war übersät mit etwas, das auf den ersten Blick Leiber von toten Tieren zu sein schienen, Katzen vielleicht. Erst bei näherem Hinsehen erkannte ich, daß es sich um Perücken handelte, die von den Regalen gefegt worden waren, welche eine Hälfte des Raumes säumten. Haufen von Kleidern machten klar, daß es sich hier um das Ankleidezimmer Lisa Mascinis handelte, Arbeitsplatz und Requisitenkammer der besten Schauspielerin der Toskana, angefüllt mit den Rohmaterialien der Verkleidungskunst und thespischen Freude.

In einem Moment der Gedankenverlorenheit und Geistesabwesenheit eher denn aus irgendeinem jugendlichen Übermut nahm ich eine der längeren Perücken vom Boden und setzte sie mir auf den Kopf. Es war ein feines Stück, und als ich mein Spiegelbild in einer der vielen Glasscherben erblickte, die im Raum verstreut lagen, war ich leicht schockiert, die Wirkung zu sehen, die dies auf meine Züge hatte. Bis heute habe ich wenig Gesichtshaar, und diese Tatsache, zusammen mit meinem runden Gesicht und den goldenen Locken, die mir auf die Schultern fielen, brachte eine Wirkung hervor, die nicht ganz ohne Reiz war. Caterina hatte auch die Verwandlung bemerkt und starrte mich an, über einen Haufen von Leibchen und Korsetts hinweg, der zweifellos am Tag zuvor den Salti zu irgendeiner Kurzweil gedient hatte.

Ich habe wenig Zweifel, daß die Idee uns beiden zur gleichen Zeit kam. Mir war bereits klargeworden, ohne daß ich mir bewußt darüber Gedanken gemacht hatte, daß Caterina jetzt nicht mehr den Bargello würde aufsuchen können, um Verbindung mit meinem Meister aufzunehmen, sofern er noch am Leben war. Ihre erste Sorge und ihre Gedanken mußten nun ihrer eigenen Mutter gelten, die im Stinche gefangen war und dort im Mindestfalle der Zahlung der beträchtlichen Bußgelder harrte, die nun für Prostitution erhoben wurden. Es gab indes keinen Zweifel, daß ich mich, wenn nötig, für den Zweck verkleiden ließe, und wenngleich die Vorstellung, den Bargello zu betreten, mir vor Angst den Magen umkehrte, bekenne ich, daß die Aussicht, meiner eigenen Identität verlustig zu gehen, ein spontanes Gefühl der Erleichterung in mir weckte. Jedem, der diesen Bericht liest, wird natürlich klar sein, daß die Idee völliger Wahnsinn war. Sie belegt einfach, daß die verrückten Handlungen der geistig Gesunden kein schlechtes Barometer für die Verzweiflung der Zeit sind.

Wir besprachen die Einzelheiten in größter Eile, wobei ich, selbst in dieser Notlage, die Nähe genoß, die nun zwischen uns bestand und wuchs. In meinem Leinenbeutel (den ich, wie ich mit einem Gefühl der Panik erkannte, am Sattel meines Pferdes gelassen hatte) hatte ich neben den Papieren aus San Casciano dreihundert Florin in Münzen und eine ähnliche Summe als Wechsel auf ein mailändisches Bankhaus (an das ich von Lorenzo verwiesen worden war). Diese Beträge stellten einen Teil meines väterlichen Erbes dar, den ich gegen die Unbilden des Schicksals zurückgelegt hatte. Dieser Summe vermochte Caterina weitere hundert Florin hinzuzufügen, die sie unter einem Dielenbrett in eben jenem Raum hervorholte, in dem wir uns befanden.

Das Bußgeld, das einen aus dem Stinche freikaufte, hatte bis vor kurzem bei einhundert Florin gelegen. Doch die Bestechungssumme, die notwendig war, um einer öffentlichen Auspeitschung (und der unweigerlich folgenden Infektion mit meist tödlichen Folgen) zu entgehen, lag, zumindest dem Hörensagen nach, doppelt so hoch. Wenig Trost war aus der unbezweifelten Tatsache zu gewinnen, daß die Kerkermeister im Stinche immer einige Zeit zwischen der Festnahme und der Auspeitschung verstreichen ließen, um eine entsprechende Zahlung zu ermöglichen. Die Zustände in dem Gefängnis galten indes als dermaßen, daß just diese Nachsicht häufig schlimmere Folgen zeitigte als die Auspeitschung selbst. Zudem, da diese Festnahme von Bomboni veranlaßt und durchgeführt worden war, erschien es zumindest wahrscheinlich, daß die seinem Befehl (und seiner Macht) Unterworfenen ein unübliches Widerstreben an den Tag legen würden, sich bestechen zu lassen. Diese Bedenken freilich, soweit vorhanden, blieben unausgesprochen.

Was für Probleme und Schwierigkeiten es auch geben mochte, es war vordringlich, daß Caterina sofort darangging, sich um die Freilassung ihrer Mutter zu kümmern. Da nur in den fortschrittlichsten Ländern (wie etwa England) Bestechung durch eine Unterschrift auf einem Wechsel erfolgen kann anstatt durch hartes Metall, war es notwendig, daß Caterina den größeren Teil unserer Florins bekam. Zudem mochte es zwar zweifelhaft sein, ob sich Lisa Mascinis Freiheit für Geld erlangen ließ; jedoch war es in höchstem Maße sicher, daß die Antonio Magliabechis nicht käuflich war. So hielt ich mir nur fünfzig Florin in Münzen zurück, genug, sofern dies notwendig sein sollte, um einen Wagen weit über die toskanische Grenze im Norden hinaus zu mieten. Um die Münzen aufteilen zu können, war es notwendig, daß ich mich wieder zu den Pferden begab, die, o Wunder, unangebunden auf der Straße gewartet hatten, und den Beutel an mich nahm. Dann machten wir uns an meine Verwandlung.

Es dauert nicht lange. Ein Leben lang hatte Caterina ihrer Mutter in eben diesem Raum bei der Arbeit zugesehen; dies hatte ihr ein meisterliches Geschick gegeben. Unter den Trümmern entdeckte sie die notwendigen Kämme, Rouges, Puder und Quasten, und während sie zu Werke ging, sah ich in einem Bruchstück eines zerschlagenen Spiegels meine junge Männlichkeit verschwinden und einer grobknochigen, schmachtlippigen, weitäugigen, aber keineswegs unattraktiven jungen Frau Platz machen. Nicht zum erstenmal an jenem Tage überkam mich ein bizarres Gefühl der Unwirklichkeit. Wir waren schließlich nur Kinder, und das Spiel, das wir spielten, hatte sein Gegenstück (wenngleich mit minderem Geschick) in tausend glücklichen Heimen, umgeben von Familienwärme und festlicher Stimmung. Dieselbe unmögliche, unangebrachte Leichtfertigkeit erfaßte auch Caterina, und sie lächelte bei ihrer Arbeit, den Kopf auf die Seite gelegt, wobei ihre Zunge zwischen den Zähnen hervortrat, wie im Scherz gefangen. So spielten wir die Kokotte inmitten des Trümmerfeldes unseres Lebens.

Die Kleider erwiesen sich als schwieriger. Lisa Mascini war, wie ich gesagt habe, eine üppig gebaute Frau, aber sie hatte nicht meinen Leibesumfang, und eine Reihe von Kostümen, Kleidern und *luccos*, die wir aus dem Haufen in der Mitte des Zimmers hervorzogen, erwiesen sich als unmöglich zu schnüren oder zu knöpfen. Schließlich griffen wir auf den ultimaten Behelf zurück: die zeitlose Kunst der Korsettage. Mit einigen Protesten wurde ich in das größte von Lisas Korsetts gezwängt, dessen Fischbeinstäbe mir den ganzen Brustkorb eindrückten, und dies trotz, wie mir selbst da in den Sinn kam, meines physiologischen Mangels an diesbezüglichen Aufbauten. Hinter mir stehend, den Fuß gegen meine Lendenwirbel gestemmt, zog Caterina die Schnüre mit der Kraft der Verzweiflung. Ich fühlte die Konturen meines Körpers sich ändern, und mir schwand der Atem, während meine Augen hervortraten und Tränen durch den Puder und das Rouge rannen. Selbst in dieser äußersten Not bemerkte ich, daß das Zuziehen des Korsetts viel von meinem überschüssigen Fleisch nach oben gedrückt hatte. Als Resultat besaß ich nun einen so schön geteilten Busen wie viele, die ich mit Interesse in den Straßen des Lungarno beobachtet hatte, eine Tatsache, die sich in der nahen Zukunft als äußerst hilfreich erweisen sollte. Bevor ich um Nachsicht bitten konnte, hatte Caterina ihre letzte Kraft ausgeschöpft und mit einem zufriedenen Grunzen die letzten Haken geschlossen. Zur Seite tretend, betrachtete sie mit Mißvergnügen mein gerötetes und tränendurchfurchtes Gesicht.

»Mein Gott, du siehst furchtbar aus!« sagte sie, was ich selbst damals als einen unnötigen Kommentar zu etwas Offenkundigem betrachtete. »Jetzt kann ich wieder ganz von vorn anfangen.«

Bevor sie das tat, versuchte ich noch einmal, mich in den größten von Lisa Mascinis *vestiti* zu zwängen, und zu meiner immensen Erleichterung gelang es mir ohne größere Mühe.

Die geschlechtsspezifischen Konturen und Aspekte meines Körpers waren nun meinem Gesicht nicht unähnlich, sobald es durch Caterinas geschickte Hände in Ordnung gebracht worden war. Gewiß war ich üppig, aber selbst ich konnte sehen, daß zwar Troja nicht um meinetwillen brennen würde, aber meine Gunst durchaus von Männern gefragt sein mochte, welche noch nicht durch Alter oder Unvermögen die Frauen so nehmen mußten, wie sie kamen. Diese Tatsache war so augenscheinlich, daß sie mir ernsthafte Besorgnis verursachte, die ich Caterina gegenüber äußerte. Sie ihrerseits erwiderte spitz, daß die Arbeit besser gut getan sei als gar nicht, und so ergab ich mich, so gut ich konnte (nach so wenig Übung), den Gefahren junger Weiblichkeit.

Meine Stimme war ein weiteres Problem. Zu dem Zeitpunkt war sie voll gebrochen und klang eher noch tiefer als normal. Meine Versuche, Falsett zu sprechen, wurden von Caterina und von mir selbst im Handumdrehen verworfen, und nach zahlreichen Versuchen wurde entschieden, daß ich meine natürliche Oktave beibehalten und so sanft und gehaucht wie möglich sprechen sollte. Dies reduzierte meine Äußerungen praktisch zu einem heiseren Flüstern, was mich, zusammen mit meiner übrigen Erscheinung, noch mehr Böses ahnen ließ. Es war jedoch das Beste, was ich zuwege brachte, und meine angesammelten düsteren Ahnungen und Befürchtungen wurden von Caterina vertrieben, die mich scharfsichtig in die Arme nahm und auf eine Weise küßte, daß mir das Herz hätte aufgehen können, wäre es nicht durch Fischbein und Schnüre eingeengt gewesen.

Lisa Mascinis Schuhe kamen aus mancherlei Gründen nicht in Frage. Meine eigenen Stiefel indes gehörten glücklicherweise zu der Sorte, die am Schienbein geschnürt wurden und zu der Zeit bei Männern und Frauen in Mode waren. Davon abgesehen, war von ihnen ohnehin unter dem innersten Unterrock meiner neuen Kleider nicht viel zu sehen.

Trotz meiner Besorgnis über den Erfolg meiner Verkleidung empfand ich dennoch eine erhebliche Ängstlichkeit, als wir schließlich vereint das Haus durch die zerbrochene Tür verließen.

Ich rief nicht das geringste Aufsehen hervor. Niemand zeigte mit dem Finger auf mich; niemand starrte mich an. Ich erkannte, daß die einzige Unstimmigkeit mein Leinenbeutel war, den ich wie einen Reisesack über die Schulter geworfen hatte. Sorgfältig beobachtete ich die Frauen, an denen ich vorbeikam, und nahm ihn dann in einen weiblicheren Griff unmittelbar unter meinem vorspringenden Busen, wo ich ihn fest gegen die unnachgiebige Vorderseite meines Korsetts gepreßt hielt.

Reiten stand natürlich auch außer Frage. Die Tunika, die ich trug, war enger als Caterinas *lucco*, und außerdem würde jeder Versuch, rittlings auf einem Pferderücken zu sitzen, zweifellos auf beiden Seiten die maskuline Natur meiner Fußbekleidung und meiner strammen Waden enthüllen, die, anders als meine Wangen, mit dichtem Haarwuchs bedeckt waren. Ich ließ somit mein Pferd und meine Geliebte zurück, ersteres, auf daß es allein heimfinden mochte, und letztere auf dem Weg zum Stinche-Gefängnis und von dort, gebe Gott, nach Pisa und Mailand. Ich sah sie in Richtung Via Romana davonreiten, erfüllt von dem Schmerz, sie zu verlieren, und der Angst, sie nicht wiederzusehen; dann wandte ich mich um und machte mich auf den Weg zum Arno und dem Ponte alle Grazie, jenseits dessen die Piazza Santa Croce zu finden war, die Via del Corso und was von meines Meisters Haus übrig sein mochte.

20

Als ich in die Straße selbst einbog, hatte ich mich schon fast an meine neuen Kleider gewöhnt. Selbst das Korsett war erträglich geworden; mein Körper lernte, sich dagegenzulehnen wie gegen die Wand einer Kutsche. Wie viele toskanische Männer war auch ich es gewohnt, bei Gelegenheit den *lucco* zu tragen, und das Kleid bereitete mir daher wenig Unbehagen. Aber die ungewohnte Konstruktion der Unterröcke machte mir Mühe und zwang mich zu einem Trippeln, was nicht schlecht war, da mein gewöhnlicher plumper Schritt einen auffälligen Kontrast zu den hellen goldenen Locken abgegeben hätte, die um meine Schultern hüpften und tanzten.

So machte ich mich auf den ungewissen Weg zum Ende der Via del Corso. Kaum hatte ich das Haus erblickt, sah ich auch schon die Salti davor. Zwei von ihnen, einer auf jeder Seite der Steinstufen, gleichgültige Wachtposten gegen eine imaginäre Armee von Bibliophilen, Philosophen und verschrobenen Gelehrten. Sie hatten auch mich gesehen; der erste, der mich erblickte, hatte stumm über den Eingang hinweg den Arm seines Kameraden gedrückt und mit einem Wink der Augenbrauen in meine Richtung gewiesen. Es war wohl eher das Haar, das Aufmerksamkeit erregte, als eine Ebenmäßigkeit der Züge. Aus der Entfernung ähnelten die vollkommenen Locken in der harten Nachmittagssonne einem Werk Botticellis.

Nachdem ich somit aufgefallen war, war ein Rückzug unmöglich, und so trippelte ich mit aller Gelassenheit, die ich aufbringen konnte, vor ihren Augen vorbei, zum erstenmal der Schwachheit, deren Name Weib ist, bewußt. Ich hörte sie hinter mir glucksen und verspürte zu meinem eigenen Erstaunen ein seltsames Gefühl der Verärgerung. Ich blieb indes unbelästigt und trippelte mit erheblicher Erleichterung hinaus auf die Piazza del Duomo. Unsicher, was ich tun solltc, ging ich vorbei an der großen Kathedrale zum Baptisterium und betrachtete ohne sonderliches Interesse mein stumpfes Spiegelbild in den metallenen Türen.

Es war sehr heiß. Die Nachmittagssonne fiel auf die Steine und wurde von der Bronze zurückgeworfen. Mir wurde immer unbehaglicher. Schweiß lief mir unter dem Korsett herunter, und ich fühlte mit wachsender Beunruhigung, wie sich der Puder von meinen Wangen löste.

Trotz dieser Schwierigkeiten war ich entschlossen, ins Haus zu gelangen. Nach Mikos Facciolis Bericht gab es keinen Zweifel daran, daß unser geheimes Skriptorium entdeckt worden war. Von unendlich viel größerer Bedeutung indes war das Geheimnis, welches dahinter lag, und das Schicksal seines zwerghaften Wächters.

Ich wußte, daß es noch eine andere Tür zu dem Haus gab, die ich gesehen, aber noch nie benutzt hatte. Diese führte auf den Kanal hinaus, vermutlich von der Küche her, welche direkt unter der Bibliothek lag und von der mich Otto vom ersten Augenblick meiner Ankunft an rigoros ferngehalten hatte. Wenn ich meinen Weg zurückverfolgte und zwischen den Häusern am Ende der Piazza hindurchging, konnte ich den Treidelpfad am Kanal ohne Schwierigkeiten erreichen. Aber einer unmittelbar drohenden Gefahr war ich mir wohl bewußt: In der Hitze des Nachmittags waren nur wenige Leute auf der Straße; ja, die weite Piazza war so gut wie menschenleer. Es war daher schwierig, überhaupt Aufmerksamkeit zu vermeiden. Der Kanalpfad jedoch wurde so gut wie überhaupt nicht benutzt, und meine Anwesenheit darauf, zu dieser Zeit, würde sofort eine Anfrage und Überprüfung nach sich ziehen, sofern jemand den Hintereingang bewachte. Es war unmöglich, in Erfahrung zu bringen, ob diese Hintertür bewacht war oder nicht, bis ich auf dem Pfad selbst war. Und zu dem Zeitpunkt wäre ich für jeden Posten voll sichtbar, und in meinem Gestänge und meinen Unterröcken war an eine überstürzte Flucht nicht zu denken.

Mein eigenes wachsendes Unbehagen und die fortschreitende Auflösung meines Gesichts erwiesen sich als der entscheidende Faktor. Handeln war geboten, und keines ließ mehr hoffen. Ich kehrte zur Einmündung der Via del Corso zurück und bog dort in eine der vielen kleinen Gassen ein, die früher regelmäßig von Packtieren begangen worden waren, welche Gefäße mit florentinischer Farbe zum Kanal unten getragen hatten.

Als ich am Kanalufer ankam, schlug mir ein Gestank entgegen, wie ich ihn nie zuvor bemerkt hatte, selbst wenn wir an dem großen Fenster in der Bibliothek saßen, keine zwanzig Schritt von dem Wasser entfernt. Ich ließ mir später sagen, daß dies auf die Bücherschränke und die Wandverkleidung aus rotem Zedernholz zurückzuführen war, welches Gerüche wie ein Schwamm aufsaugt (eine Tatsache, die sich jeder merken sollte, der die Errichtung einer Bibliothek an einem offenen Abwasserkanal erwägt). Die Quelle dieser pestilenzialischen Luft war nicht nur der Kanal selbst, sondern auch die Böschung zu beiden Ufern, die von dem Abfall der angrenzenden Häuser überquoll, zweifellos zurückzuführen auf langzeitige erfolglose Versuche, den Unrat in das Wasser dahinter zu befördern. Durch diese Müllkippe suchte ich mir nun meinen Weg, wobei ich in weiser Voraussicht künftiger Erfordernisse meine Rocksäume lupfte. Von Salti oder anderen Wachen war nichts zu sehen.

Obwohl ich mich dem Haus Magliabechis nie von dieser Seite genähert hatte, war es nicht schwer zu identifizieren. Das einzelne große Fenster von Mannshöhe war deutlich sichtbar in dem Mosaik von grünen Läden (größtenteils geschlossen) in den Mauern aus rosenrotem Lehm.

Die Tür befand sich, wie ich mich erinnerte, etwa zwanzig Schritt neben dem Fenster (von dem aus ihr kleines, vorspringendes Portal gerade noch zu sehen war). Als ich sie erreichte, sah ich, daß auf der linken Seite nahe dem Türpfosten ein eiserner Ring angebracht war. Er ließ sich nur schwer bewegen, aber als ich mit beiden Händen Druck ausübte, spürte ich, wie der Riegel sich innen hob, und halb in der Erwartung, den Widerstand von Bolzen zu finden, legte ich meine Schulter gegen das Holz und drückte. Die Tür ging ohne Schwierigkeiten auf, und ich fand mich, wie ich erwartet hatte, in Ottos Küche wieder. Ein seltsamer Ort war dies, bar jeglicher Einrichtung, abgesehen von einem einzelnen Stuhl an einem offenen Herd, über dem eiserne Töpfe hingen, und einer Anzahl von Messern, Zinken und Löffeln, die eher die Atmosphäre einer Waffenkammer als einer Kochküche vermittelten. Alles war aufgeräumt und anscheinend unberührt. Hinter dem Herd führte eine Treppenflucht steil nach unten und wandte sich dann nach rechts, von wo ein niedriger Gang vermutlich unter der Bibliothek selbst hindurchführte. Am anderen Ende stieg eine ähnlich schmale Treppe zu einer Tür empor, die, wie ich richtig vermutete, sich unter der Treppe und den Balustraden öffnete.

Ich war nun höchstens vier Schritte von der großen

Eichentür entfernt, die auf die Straße führte, wo, wie ich wußte, die beiden Wachen standen, welche ich zuvor gesehen hatte. Begleitet von einem betäubenden Rascheln von Unterröcken (so erschien es mir zumindest), schlich ich zur Tür der Bibliothek und wagte einen Blick hinein. Ich hatte, vielleicht nicht bewußt, eine gewisse Hoffnung geschöpft aus dem unversehrten Zustand der Treppen und Balustraden, die nach meiner Vorstellung das erste Ziel für jedweden Vandalismus abgegeben hätten.

Der Anblick der Bibliothek jedoch machte jeden Grund für Optimismus oder Trost zunichte. Es war ein ganz anderer Raum, den ich sah. Die Scheiterhaufen, von denen immer noch träge ein rußiger Rauch aufstieg, hatten die Decken, Architrave und Pfeiler geschwärzt und so jede Quelle von reflektiertem Licht genommen. Zudem hatte das Niederreißen der Bücherborde die Dekorationen an den Wänden freigelegt, die vermutlich der Anwalt, von dem mein Meister das Haus nach der großen Seuche erworben hatte, hatte anbringen lassen. Selbst in seinem beschädigten und abgeblätterten Zustand, teilweise verborgen durch die verbleibenden Zedernbretter, konnte ich das große Wandgemälde als eine schlechte Kopie von Leonardo da Vincis *Cenacolo* erkennen. Umgeben von zersplittertem Holz blickte das Antlitz des todgeweihten Christus hinab durch die Düsternis auf die glühende Asche aufgezeichneter Gedanken.

Das Ausmaß der Zerstörung war schwerlich sogleich zu ermessen. Es war ersichtlich, daß man nicht willkürlich vorgegangen war. Eine Anzahl von Manuskripten und Büchern war unordentlich an den Wänden und unterhalb der Fenster, die auf die Via del Corso hinausgingen, aufgestapelt worden. Welchen Teil der Bestände sie darstellten, war nur zu vermuten, was noch erschwert wurde durch die Methode – oder den Mangel an Methode –, wie man sie aufgestapelt hatte. Die Stapel waren indes hoch genug, daß sie zum Teil die Fenster selbst verdeckten und dadurch das Licht, das auf die Zerstörung im Innern fiel, noch weiter einschränkten.

Die Bibliothek zu durchqueren war fast noch schwerer als mein Weg entlang des Kanals. Die Asche war noch heiß, und zweimal mußte ich innehalten, um kleinere Schwelbrände am Saum meiner Röcke auszuschlagen. Die Gefahr, zu einer menschlichen Fackel zu werden, wurde erhöht durch die Notwendigkeit, leise zu sein. Das erste der Fenster zur Bibliothek war zerbrochen, und seine Läden bildeten aller Wahrscheinlichkeit nach einen Teil des Scheiterhaufens zu meinen Füßen. Durch diese Öffnung konnte ich die gedämpfte Unterhaltung der Salti hören, ein beständiges müßiges Gemurmel in der Hitze des Nachmittags.

Die Notwendigkeit, so weit von den Büchern entfernt zu bleiben wie möglich, verhinderte eine genauere Untersuchung der Bände, die verschont geblieben waren, oder auch nur die Möglichkeit, sich zu vergewissern, in welche Kategorie sie fielen. Entweder stellten sie jene Werke dar, die als »sicher« und akzeptabel galten, oder es waren die schlimmsten Ketzereien, für die eine sofortige Verbrennung eine zu milde Strafe war, gemessen an den Sünden, die sie enthielten. Einen Band konnte ich identifizieren, der von einem Stapel gefallen war und etwas näher zur Mitte des Raumes lag. Er trug den Titel: *New Experiments Physico-Mechanical Touching the Spring of Air and Its Effects*, von Robert Boyle. Die Erinnerung rührte sich in mir wie ein Pulsschlag, doch hinsichtlich seines Status bei der Inquisition war ich mir unsicher, was nicht so sehr meine eigene Unwissenheit widerspiegelte als die widersprüchliche Art der angewandten Zensur.

Ich hatte nun die Geheimtür erreicht, die von einem Teil der Bücherwand gebildet wurde. Sie stand offen. Ja, sie war aus ihren oberen Angeln gerissen worden und hing nun schief ins Raumesinnere, von Rauch geschwärzt. Der Gang dahinter lag im Dunkeln. Ich trat durch die Tür und wartete, bis meine Augen sich an die Düsternis gewöhnt hatten. Dies war auch ganz gut so, denn hier war der Boden übersät mit den Überresten der grob gezimmerten Regale, die von den Wänden gerissen worden waren, als man die Manuskripte entfernte. Vorsichtig stieg ich über die Trümmer bis zu der inneren Tür mit dem Maßwerkfenster und kam in das winzige Skriptorium.

Auch hier hatte man ein Feuer entfacht; der beißende Brandgeruch lag noch schwer über dem abgeschlossenen Raum. Die Schreibpulte waren intakt, aber die Stühle zu beiden Seiten waren offenkundig als Brennmaterial verwendet worden. Hinter den beiden Tischen bildete die Öffnung zum Luftschacht ein schwarzes Quadrat auf der verrußten Wand, unmittelbar über dem Punkt, bis zu dem ich reichen konnte. Auf den Pulten selbst war bemerkenswert wenig angerührt worden. Eine der Linsen auf den Gestellen war zerschlagen worden oder in der Hitze zersprungen, aber die andere war noch intakt und zeigte das vergrößerte Ende eines liegengebliebenen Hammers, der zweifellos zum Zerschlagen der Bücherborde verwendet worden war. Auch auf diesem Pult war der Kerzenleuchter nur umgestoßen worden, und die drei Kerzen lagen daneben in einer Lache gehärteten Talgs.

Im Vertrauen auf die peniblen Gewohnheiten meines Meisters zog ich die mittlere Schublade seines Schreibtischs auf und ertastete darin sein Steinschloßfeuerzeug. Bevor ich die Kerzen wieder anzündete, war ich so vorsichtig, die innere Tür zu schließen, um sicherzugehen, daß nur das geschnitzte Fenster meine Anwesenheit würde verraten können (und dies auch nur im unmittelbar anschließenden Korridor). Das Feuerzeug ging gut, und sobald alle drei Kerzen brannten, konnte ich meinen Plan um so schneller in die Tat umsetzen. Das unvermeidliche Geräusch in Kauf nehmend, zog ich eines der Schreibpulte zu einer Stelle direkt unterhalb der Öffnung und war gerade im Begriff, daraufzuklettern, als ich ein winziges Papierpäckchen bemerkte, das bislang unter dem Fuß des Pultes verborgen gewesen war. Ich erkannte es alsgleich als eine der winzigen Kopien, die Bono und mein Meister angefertigt hatten, und die Vermutung lag nahe, daß es in aller Eile bei dem fatalen Anrücken der Salti versteckt worden war. Ich nahm es auf und erkannte es, als ich es unter die verbleibende heile Linse hielt, als eine winzige Kopie von Descartes' *Méditations*. In der Fläche füllte es kaum mein Handinneres und war nicht einmal so dick wie mein Zeigefinger. Ich ließ es unter der Linse liegen und kletterte auf das Pult, so daß mein Kopf sich in einer Höhe mit dem Luftschacht befand. Die Wand ringsum war rußgeschwärzt, und mir wurde mit sinkendem Herzen klar, selbst wenn der Zwerg sich hier entlang in Sicherheit gebracht hatte, konnte das Feuer im Raum durchaus den Schacht selbst und jeden, der darin oder darunter zu überleben versucht hatte, erstickt haben. Einen Augenblick meine goldenen Locken vergessend, schob ich meinen Kopf in den Schacht und rief mit lauter Stimme:

»Bono! Bono! Ich bin's, Fredo!«

Die Lautstärke war ganz unnötig, da der Schacht als Echokammer wirkte und meine Stimme an mir vorbei zurückgeworfen wurde, dem Tageslicht zu, dessen vager Schimmer von oben herunterdrang. Nachdem sie verhallt war, herrschte Stille. Ich wartete vielleicht eine Minute und versuchte es dann noch einmal, diesmal mit weniger Lautstärke und deutlicherer Artikulation.

»Bono! Bist du da? Ich bin es, Fredo!«

Wiederum herrschte Stille, und ich wollte gerade, krank

vor Verzweiflung, meinen Kopf wieder zurückziehen, als ich ein Kratzen unter mir hörte, und zu meiner unermeßlichen Freude und Erleichterung hörte ich die Stimme des Zwergs kaum eine Armeslänge entfernt in der Dunkelheit.

»Fredo, geh da weg aus dem Loch. Ich kann nichts sehen.« Ich wich ein Stück zur Seite, immer noch auf dem Pult. Fast gleichzeitig tauchte an der Unterkante der Schachtöffnung eine Hand auf, und unmittelbar darauf blinzelte das Gesicht des Zwergs, jetzt noch grotesker durch eine dicke Rußschicht, in das Kerzenlicht.

Was er natürlich sah, war ein fülliges Mädchen mit modischen Löckchen und einem scharf hervortretenden Busen. Sein Mund klappte vor Überraschung auf, daß die Eberzähne aus seinem Oberkiefer stachen. »Bono!« sagte ich. »Gott sei Dank!«

Seinen Kopf zur Seite drehend, schob er ihn durch die Öffnung und starrte mich in dem flackernden Licht an. »Fredo?« Und dann: »Was, zum Teufel, machst du denn in dem Zeug?«

»Oh«, sagte ich, instinktiv meine Locken befühlend, und fügte blöde hinzu: »Es gehört alles Lisa Mascini.«

»Von mir aus kann es dem Papst gehören. Weißt du, was passiert ist? Alle sind festgenommen worden – Antonio, Viviani, Dati, alle. Sie haben das Haus ausgeräuchert. Ich wäre fast da unten gestorben. Otto ist tot.«

Diese letzte Information traf mich als ein Schlag unter die Gürtellinie. Das, was bislang nur eine Annahme von Mikos Faccioli gewesen war (einem unzuverlässigen Berichterstatter), war nun schreckliche Tatsache geworden. Ihre Bedeutung ging über bloße Trauer hinaus. Er war das erste Opfer eines Krieges.

»Bist du sicher? Was Otto betrifft?«

»Ja, ich bin sicher. Zum Glück starb er schnell, nach dem, was ich hören konnte. Sie warfen seinen Leichnam in den Kanal. Ich hab' es durch eines der Kanalgitter mit angesehen.«

Ich starrte ihn an, bevor ich antwortete: »Was ist mit den Büchern unten?«

»Sie sind sicher. Die Salti sind keine völligen Narren. Sie haben brennenden Teer den Schacht hinuntergegossen, um sicherzugehen, daß keine Manuskripte darin aufbewahrt wurden. Daß er zu Lagergewölben hinunterführte, der Gedanke ist ihnen nicht gekommen. Ich mußte nur das Pech ausbrennen lassen und mich nicht rühren. Aber warum hast du bloß diese Kleider an?«

An dem Punkt hörten wir beide zur selben Zeit das Geräusch. Gedämpft durch die Tür hinter mir, aber dennoch deutlich zu vernehmen, kam der knirschende Laut des Bücherbords, das sich in seiner zerbrochenen Verankerung bewegte, und unmittelbar darauf ein Schritt in der Passage. Wer immer da kam, dies konnte sein einziges Ziel sein.

Wir reagierten im gleichen Augenblick. Bonos Kopf verschwand wie ein Frettchen in seinem Bau. Auf mein Glück und den Auftrieb meiner Unterröcke vertrauend, sprang ich vom Pult und tat, mit einer Geistesgegenwart, die ich selbst jetzt noch beeindruckend finde, einen lauten Ausruf, um das scharrende Geräusch zu überdecken, mit dem ich es in seine ursprüngliche Position zog. Ich wandte mich dann um zur Tür; dabei sah ich den winzigen Buchblock, der immer noch auf dem Tisch lag. Den Sockel anzuheben und den Block darunterzuschieben hätte zuviel Zeit in Anspruch genommen, und außerdem standen Bücken und Anheben außerhalb meiner Fähigkeiten in den engen Grenzen meines Korsetts. Mein Leinwandbeutel würde sicher durchsucht werden, und kein anderes Versteck bot sich dem flüchtigen Blick. In meiner Verzweiflung dachte ich selbst an das Tal zwischen meinen Brüsten, aber wenngleich es beeindruckend wirkte, mangelte es ihm doch sowohl an Tiefe als auch an Substanz. Schließlich, in einem Augenblick der Verzweiflung, als die Schritte die Tür fast schon erreicht hatten, hob ich meine Röcke und schob die *Méditations* des Descartes zwischen meine prallen Hinterbacken. Kaum war meine Kleidung wieder ordentlich drapiert, da wurde auch schon die Tür aufgestoßen, und die beiden Salti-Wachen stürmten in den Raum, mit gezückten und stoßbereiten Toledos. In einer, wie ich hoffte, eher natürlich als melodramatisch wirkenden Geste hielt ich mir die geballten Finger vor den Mund, wie um einen weiteren Schrei zu ersticken, und wich zurück gegen den Tisch, und wenn meine Augen vor Angst weit aufgerissen waren, so war das nicht nur gespielt.

Bemerkenswerterweise sprachen sie beide gleichzeitig dieselben Worte: »Was, zum Teufel ...«, bevor einer von ihnen fragte: »Wer bist du?«, während der andere den winzigen und leeren Raum in einer vergeblichen Suche nach weiteren Eindringlingen mit den Blicken durchkämmte.

Immer noch sagte ich nichts; ich wußte auch nicht, was ich hätte sagen sollen. Im gleichen Maße, wie die Überraschung abebbte, wurde die Situation immer bedrohlicher.

»Gut, gut, gut«, sagte der zweite, dessen Augen zwischen meinen Locken und dem Rand meines Rockes hin und her wanderten. »Gut, gut, gut. Ich hab' dich schon mal gesehen, mein Mädchen, vor nicht mal 'ner halben Stunde.« Bei dieser Feststellung nickte sein Kamerad langsam und zustimmend.

»Haben wir nicht gesagt, Franco, wie gut uns das gefallen hat?«

Der zweite, offenkundig Franco, lächelte weiter, und mit einer betonten Geste kratzte er sich am Ohrläppchen, das, wie ich mit einem weiteren Aufflackern der Erinnerung bemerkte, von oben bis unten aufgeschlitzt war.

»Also«, fuhr der erste Salti in anderem Tonfall fort, »also denn, alles der Reihe nach. Wir haben eine Aufgabe zu erfüllen, und das sollten wir besser tun. Und darum sagst du uns jetzt besser, wie du hier reingekommen bist und was du hier zu suchen hast.« Als ich stumm blieb, sagte er: »Ich kann dir sagen, daß du es uns, verdammt noch mal, sagen wirst, so oder so.«

Ohne den Sprecher anzusehen, meinte Franco: »Nehmen wir sie uns vor, jetzt.«

Man wird mir nicht glauben, aber als ich da stand, in unmittelbarer Gefahr, vergewaltigt zu werden oder schlimmeres, überkam mich wieder jene Flut kalter Leidenschaftslosigkeit, die, wie Bellini mir erklärte, mit Sicherheit durch irgendeinen chemischen Mechanismus der Adrenalindrüse hervorgerufen wird. Wo die Quelle auch liegen mag, es hat mir geholfen. Ich war plötzlich von einer ruhigen, kalten Berechnung erfüllt. Ich kann mich daran erinnern, die *Méditations* zwischen meinen gespannten Hinterbacken zu spüren und wie mir der Gedanke kam, daß ich nicht aus den offensichtlichen Gründen um meine Tugend besorgt sein mußte.

Ich glaube, sie spürten eine neue Entschlossenheit, denn ich schien Zeit im Übermaß zu haben, um zu sagen: »Ich bin die Tochter des Präfekten von San Casciano. Sein Name ist Angelo Ballari. Ich bin nach Florenz gekommen, um Freunde zu besuchen, und mein Vater bat mich, offizielle Dokumente in der Medici-Bibliothek abzugeben. Sie sind in meinem Beutel; Ihr könnt das überprüfen.«

Es war eine dünne Geschichte, aber sie ließ sie innehalten. Sie brauchten mehrere Sekunden, um ihre Schwachstellen zu erkennen. Zur gleichen Zeit sprechend, sagte der erste: »Wie, zum Teufel, bist du dann hier reingekommen?«, während Franco sagte: »Warum hast du sie denn nicht in die Bibliothek gebracht?«

Ich betete um eine Eingebung, und sie kam. »Die Bibliothek ist geschlossen. Man sagte, es habe dort ein Feuer gegeben. Hier auch, wie es aussieht. Ich bin durch die Hintertür gekommen. Ich hab' dieses Haus besucht, seit ich ein Kind war. Ich sah Euch an der Tür stehen und bekam Angst. Es scheint, als hätte ich guten Grund dazu gehabt.«

Ich weiß nicht, wie ich es schaffte, aber ich schaffte es. Jedes Wort war wahr. Es kam so kühl und klar wie ein Herbstmorgen und der Tochter eines Präfekten würdig. Ich war fast außer Gefahr, aber nicht ganz.

»Und was suchst du hier drinnen?«

»Ich war neugierig. Als ich die Zerstörung sah, wollte ich wieder gehen, durch die Vordertür, um Euch zu sagen, daß ich hier war. Dann sah ich den Eingang im Bücherschrank. Ich hatte ihn nie zuvor gesehen, wenn ich in das Haus kam.«

»Warum hast du geschrien?«

»Ich hörte Euch kommen. Ich wußte nicht, wer es war.« Und dann setzte ich alles auf eine Karte und versuchte ein, wie ich hoffte, entwaffnendes, um Hilfe heischendes Lächeln. Es war ein Fehler. Die Augen des einen verengten sich zu Schlitzen, während Franco zwanghaft an den Fetzen seines Ohres zog. Der erste sprach: »Besser, wir durchsuchen sie. Schau du, was in ihrem Beutel ist.«

Ich fühlte, wie seine Hände mich abtasteten, erfüllt, wie man sich wohl vorstellen kann, von Befürchtungen unterschiedlichster Art. Meine Ängste waren unbegründet. Das Korsett machte alles wett, und als er meinen Busen betatschte, hörte ich sogar ein befriedigtes, anerkennendes Knurren. In der Zwischenzeit hatte Franco die Schriftstücke gefunden, die das offizielle Siegel der Präfektur mit dem Medici-Wappen darin trugen. Ich hatte natürlich darauf gesetzt, daß sie nicht lesen konnten, und so erwies es sich auch. Er reichte die Papiere seinem Kameraden, der sie sich genau ansah, in der stillschweigenden und vergeblichen Verschwörung der Analphabeten gegen den Rest der Welt.

»Und was ist das hier?« fragte Franco, indem er den Wechsel des Bankhauses hochhielt. (Auch wenn er nicht lesen konnte, machte doch eine Summe, ausgeschrieben in Florin, auch für ihn Sinn.)

»Das ist Papiergeld. Für den Großherzog. Gesammelte Steuern, vermutlich.«

Dies erwies sich als meine Rettung. Ein Übergriff auf die Tochter eines Präfekten hätte vielleicht zu einer milden Bestrafung geführt, schlimmstenfalls zu einem aufgeschlitzten Ohr, aber ein Übergriff auf die Steuereinnahmen bedeutete den Tod. Sie wiesen mich an zu bleiben, wo ich war, und zogen sich in den Gang zurück, wo sie eine dringliche und geflüsterte Unterhaltung führten. Kurz darauf kehrten sie zurück, mürrisch, unbeschwichtigt, aber überzeugt.

»Du machst jetzt besser, daß du weiterkommst«, sagte der erste und reichte mir meinen Beutel, in den sie die versiegelten Dokumente und den Wechsel zurückgelegt hatten. »Und steck deine Nase nicht in Dinge, die dich nichts angehen. Du könntest dabei böse in die Scheiße treten.«

Ich wagte ein letztes Lächeln, und während sie regungslos dastanden, trippelte ich aus dem Raum, verzweifelt meinen Descartes festklemmend. Ich fühlte, wie ihre Blicke mir folgten, und spürte einen Rest von beifälliger Anerkennung, die sich zweifellos auf die feste, gespannte Rundung meines Gesäßes konzentrierte. Die Tür zur Straße stand offen, und ich meisterte die flachen Stufen mit größter Schwierigkeit. Danach wackelte ich Richtung Duomo, wobei ich mich beginnender Krämpfe zu erwehren hatte, während meine Knie wie Zimbeln unter den Falten meines Kleides zusammenschlugen. Im Inneren der Kathedrale suchte ich die erste leere Kapelle auf. Sie enthielt, wie ich später entdeckte, ein schönes Fresko der Madonna del Popolo von Giotto, und unter ihrem ruhig-heiteren Blick entfernte ich die *Méditations* von meinen schmerzenden Lenden.

Sie zu verstecken war natürlich vordringlich, und ich ging von der südlichen zur nördlichen Sakristei hinüber, wobei ich die ganze Zeit nach einem passenden Schlupfloch suchte. Erst in der Sakristei selbst fand ich eine geeignete Stelle. Hier wurden die Wände von alten, mit Einlegearbeit verzierten Schränken von großer Schönheit gesäumt, die wie so vieles in Florenz bis zum Punkt des Zerfalls verkommen waren. Zwischen ihnen und dem Putz der Wände hatten sich Lücken und Spalten aufgetan, einige davon breit genug, daß man seine Hand dazwischenstecken konnte. In eine dieser Spalten schob ich vorsichtig das winzige Manuskript, bis es nur bei allergenauestem Hinsehen noch zu entdecken war. Monate später, als ich es wieder an mich nahm, erfuhr ich von einem müßigen Kuraten, daß in eben jener Kapelle Lorenzo der Prächtige Zuflucht gesucht hatte, um der Ermordung durch die Hände der Pazzi-Familie zu entgehen. Eine Ironie der Geschichte von hohen Graden.

Es war nun spät am Nachmittag. Nahezu neun Stunden waren vergangen seit der Ankunft Mikos Facciolis auf dem Hof in Impruneta. Von der Seligkeit des frühen Morgens fühlte ich mich durch eine Lebzeit getrennt. Und doch hatte ich noch nichts erreicht. Aber ich fühlte, daß die Ereignisse nun in Bewegung geraten waren. Seltsamerweise hatte mir mein erfolgreicher Waffengang mit den Salti ein Gefühl der Dringlichkeit, wenn nicht der Unfehlbarkeit vermittelt. Ich nahm daher meinen Leinenbeutel und meinen Mut zusammen und machte mich auf den Weg über die sonnenbeschienene Piazza in Richtung Bargello.

Als ich freilich in die Via del Proconsolo einbog, fühlte ich mein neues Selbstvertrauen schwinden, als werde es von Blutegeln abgeschröpft. Die schiere Größe des Gebäudes war einschüchternd. Seine Zinnenkränze und winzigen Fenster schufen zusammen eine Atmosphäre unversöhnlicher Kleingeistigkeit, verbunden mit dem Schrecken ungezügelter Macht. Ich fühlte – und haßte – meine eigene Bedeutungslosigkeit, wie man auf ein billiges Spielzeug herabschaut. Zum erstenmal an jenem Tag fühlte ich mich vollkommen isoliert: ein einsames Kind in einer feindlichen Stadt, das im Schatten des Todes und der Schmerzen die Last der Vernunft zu tragen hat. Tränen des Selbstmitleids traten mir in die Augen, und einen Augenblick war ich dem Zusammenbruch nahe; dann wischte ich sie zornig mit dem harten Stoff des Leinensacks beiseite, den ich vor mir umklammert hielt. So stieg ich mit einer Mischung von Zorn und Verzweiflung die steinernen Stufen zu dem großen Eichentor empor und klopfte an die Pforte, die unter dem Wappen der Medici darin eingelassen war. Fast sofort öffnete sich ein Laden hinter einem Gitter nach innen, und giftige, mißtrauische Augen begutachteten meine goldenen Locken.

»Ja?«

Meine jüngsten Erlebnisse hatten mich zumindest mit einer Geschichte ausgestattet. »Mein Name ist Angela Ballari. Ich bin die Tochter des Präfekten von San Casciano. Ich bin nach Florenz gekommen mit Papieren für Signore Magliabechi. In der Bibliothek hat man mir gesagt, er sei hier.«

Ich sah nur den Ausschnitt eines Gesichts, eine Stirn, die sich mißtrauisch in Falten legte.

»Er kann hier nichts annehmen. Weiß nicht mal, ob er noch am Leben ist.«

»Ich weiß, er kann hier nichts im Empfang nehmen, aber ich muß Anweisungen haben, wohin ich die Sachen bringen soll. Ich will ihn nur ganz kurz sprechen.« Dann fügte ich hoffnungsvoll hinzu: »Ich habe Geld ...«

»Geld hilft in diesem Fall nicht, Schätzchen, dies ist eine Kirchensache. Ketzerei, Verrat. Wenn ich Geld annehme, bin ich so tot wie 'n Stück Holz.« Die Verzweiflung auf meinem Gesicht muß offenkundig gewesen sein, denn er hielt inne, als er schon dabei war, das Fenster zu schließen, und fügte hinzu: »Dann komm rein und laß die Sachen hier. Ich werd' sehen, daß jemand mit ihm drüber redet.«

Es war das Beste, was ich tun konnte, und als das Törchen nach innen aufging, trat ich in das Gefängnis, das ich mein ganzes Leben lang gefürchtet hatte. Ich stand in einem steinernen Torhaus. Türen öffneten sich zu beiden Seiten, während vor mir, etwa fünfzehn Schritt entfernt, ein heruntergelassenes Gitter den Weg zu einem Hof von nicht unansehnlichen Maßen versperrte, in dessen Mitte ein Springbrunnen plätscherte. Der Salti, der mich eingelassen hatte, war der älteste seiner Art, den ich je gesehen hatte. Aus seinem Blick jedoch war klar, daß das Feuer seiner Lenden noch nicht gänzlich erloschen war.

»Ja, ja«, sagte er in dem hoffnungslosen Tonfall des gealterten Lüstlings, »bist du nicht eine kleine Schöne, ja? Na, dann gib mir mal das Gelump.«

Ich war verloren. Ich konnte mich nicht von meinem Leinenbeutel oder dessen Inhalt trennen, noch konnte ich den Mann ohne etwas dort stehen lassen. Mein Gehirn war bar jeden Einfalls, und ich hatte plötzlich das Gefühl, daß nun alles zu Ende sei. Doch eben als ich zu diesem Schluß kam, sah ich ihn vor Respekt oder Angst Haltung annehmen, und ich erkannte, daß eine andere Person in der Tür hinter mir aufgetaucht sein mußte. Ich bewegte mich nicht, aber bereitete mich auf das Schlimmste vor.

»Ah, Hauptmann«, sagte der Torhüter, »dieses Mädchen hier kommt aus San Casciano. Sagt, sie hat Papiere von dem Präfekten für Magliabechi. Hab' ihr gesagt, daß sie nicht zu ihm kann. Sagte, sie könnte die Sachen hierlassen.«

Ich hörte Schritte hinter mir, und Sekunden später blickte ich in ein bekanntes Gesicht.

Es war der Hauptmann mit der seltsam rotfleckigen Nase, den ich zuvor im Duomo vor der *Pietà* hatte stehen sehen. Mir war natürlich auch klar, daß ich ihn in meines Meisters Haus während des Besuchs von Andrea Cortese gesehen hatte. Auf keiner begreiflichen rationalen Grundlage spürte ich die Gegenwart eines Freundes.

»Dann solltest du besser machen, daß du wegkommst, nicht wahr?« meinte er, um damit sogleich die Fehlbarkeit des Instinkts unter Beweis zu stellen.

Ich blieb hartnäckig. »Diese Dokumente sind mir anvertraut worden. Ich muß wissen, wohin ich sie bringen soll.«

Etwas im Ton meiner Stimme rührte ihn offenbar an. Ob es die Dringlichkeit war oder der seltsam rauchige Klang, war unmöglich zu sagen. Er sah mich einen Moment scharf an und zuckte dann ganz plötzlich die Schultern mit der Toleranz der Weltmüden.

»Na gut, warum auch nicht? Du kannst keinen Schaden anrichten. Außerdem ist er schon so gut wie tot.«

Der Doppelsinn in diesen Worten ließ mich den Atem anhalten. Einen Augenblick schwamm mir der Kopf, und ich muß geschwankt haben, denn er legte eine Hand, keineswegs grob, auf meinen Arm.

»Ein bißchen zartbesaitet, die junge Dame? Ja, diese Mädchen vom Lande. Paolo, bring sie runter zu dem Zwerg. So sieht er vielleicht noch mal ein freundliches Gesicht, bevor er abkratzt.«

So brauchte ich nicht einmal nach ihm zu suchen. Ich wurde durch ein Tor geführt, welches in das Gitter eingelassen war, und über den Hof, der dahinter lag. Auf drei Seiten war er umgeben von Arkaden, die Schatten spendeten, wenn notwendig. Nun, am frühen Abend, konnten wir schräg über den Hof an dem Brunnen vorbei zu einer hölzernen, metallbeschlagenen Tür gehen, die in die Steinmauer eingelassen war. Für diese Tür hatte mein Führer einen Schlüssel, und wir gingen hindurch in einen kurzen Gang, von Kerzen erhellt, die irgendwo auf angesammelten Haufen von Wachs standen. Nach zehn Schritten stiegen wir in die Düsternis hinab.

So wie Lorenzo Bellini es viele Jahre zuvor beschrieben hatte, so war es. Ich will nicht dabei verweilen. Ich sah keinen Gefolterten, aber ich sah die Instrumente. Zwei Streckbänke standen Seite an Seite, stumm wie jene, die warten, um Zeuge einer schrecklichen Tat zu werden. Auch ich bemerkte die krude Verzierung auf den Rädern mit einem leeren Gefühl von Verzweiflung und Staunen. Niemand war in diesem äußeren Raum. Wir gingen jedoch hindurch, zum Anfang eines Ganges, der die Türen von Zellen enthielt, und hier saß ein weiterer Salti tatenlos herum.

»Magliabechi«, sagte Paolo, ohne die Stimme zu heben.

»Dritte Zelle, kein Schlüssel, nur Riegel.«

Wir gingen vielleicht weitere fünfzehn Schritte, bis wir an die dritte niedrige Tür kamen. Hier schob Paolo die Riegel zurück, und wir betraten die Zelle meines Meisters.

21

Man hatte ihm Kerzen in die Zelle gegeben. Ob durch Mitleid bedingt oder durch Einfluß von außen, wußte er nicht. Auch hatte er eine grobe Bank und einen Tisch. Ansonsten gab es nur eine steinerne Lagerstatt mit einer dünnen Strohschicht und einer Decke. Er war unverletzt. Er stand auf, als wir eintraten, und als ich seine verwachsene Gestalt sah, kamen mir fast die Tränen. In dem ungewissen Licht war es schwer, überhaupt jemanden zu erkennen, und so lächelte er mit höflichem Erstaunen die Erscheinung an, die nun näher kam. Paolo sprach als erster:

»Mädchen will dich sprechen. Irgend so 'n Scheiß von 'nem Präfekten.«

Zu meiner großen Erleichterung ließ er uns allein. Nicht bevor er mich selbst und den Leinenbeutel durchsucht hatte; und nachdem er nach dem Bankierswechsel gefragt und von mir dieselbe Antwort erhalten hatte, zog er sich zu seinem Geschäft mit den anderen Wachen zurück. Nach dem zu urteilen, was ich im weiteren Verlauf aus dem Gang mitbekam, betraf dies eine finanzielle Beteiligung von zweifelhafter Ehrbarkeit bei den Castanelli, deren Ledermonopol nun ein offener Skandal war.

Bei meinen ersten Worten war meinem Meister klargeworden, wer ich war. Als die Tür sich geschlossen hatte, gebot er mir mit einer Handbewegung Schweigen, bis wir den Anfang einer Unterhaltung hörten. Dann nahm er mich in beide Arme und sagte, wie ich nicht anders erwartet hatte: »Fredo. Du Narr. Warum bist du hier?«

»Meister«, sagte ich, »ich bin gekommen, um Euch von unserem Plan zu erzählen. Ihr müßt davon wissen, falls es Schwierigkeiten gibt, bevor wir ihn in die Tat umsetzen können. Ich habe …«

»Eidesstattliche Erklärungen«, sagte er. »Ja, ich weiß. Ich weiß schon seit langem davon. Bellini hat es mir gesagt, für einen Fall wie diesen. Fredo, jetzt hör mir genau zu. Die Erklärungen haben keinen Wert ohne persönliche Zeugenaussagen. Nein, bitte unterbrich mich nicht. Ich habe einige der Gesetzesbücher gelesen, die ich besaß. Die Erklärungen reichen aus, um Anklage zu erheben, aber es ist unwahrscheinlich, daß man Bomboni vor dem Prozeß auch nur verhaften würde. Wenn die Zeugen ihre Aussagen nicht vor Gericht bestätigen, sind die Erklärungen wertlos. Jetzt, bitte, hör mich an. Es ist wahr, daß ein Zeuge eine Aussage machen muß im Einklang mit seiner eidesstattlichen Erklärung oder es riskiert, auf die Galeeren zu kommen, aber das beseitigt die Schwierigkeit nicht, sein persönliches Erscheinen zu gewährleisten.«

»Aber sie werden kommen. Sie haben gesagt ...«

»Ja, sie *haben* es gesagt, und ja, sie *werden* kommen. Wenn sie können.«

Eine schreckliche Wahrheit begann mir aufzudämmern. Ich rief aus: »Aber er würde nicht ... Nicht seine eigene Familie.«

»Du hast die Erklärungen gelesen. Glaubst du, ein Mann, der so etwas tun konnte, würde vor Mord zurückschrecken?«

Trotz meiner Entschlossenheit ließ ich mich auf die Steinbank sinken, aller Hoffnung beraubt. Er kam sofort und setzte sich neben mich, nahm meine Hand und fuhr fort, in raschem Ton zu sprechen.

»Wir dürfen die Hoffnung nicht aufgeben. Es gibt einen Weg, und jetzt, wo du hier bist, kann man ihn zumindest gehen. Ich habe versucht, eine Nachricht zu Bellini und zu dir durchzubringen, aber in meinem Fall ist keine Bestechung möglich. Wir müssen Marguerite-Louise in Kenntnis setzen. Ja, die verrückte Herzogin. Entfremdet von Cosimo ist sie sicher, verrückt mag sie sein, aber sie bleibt seine Frau und ist die Nichte des Königs von Frankreich. Aus einem Grund, den niemand versteht, ist Louis vernarrt in sie. Cosimos größter Wunsch ist, seine schrecklichen Söhne in die französische Linie einzuheiraten. Damit, glaubt er, wird er die Unabhängigkeit der Toskana von Österreich sichern. Wenn unsere verrückte Herzogin einer solchen Verbindung nicht zustimmt, kann sie nicht stattfinden. So bleibt ihr Einfluß bestehen. Außerdem war Cosimo immer besessen von ihr, und das hat sich nicht geändert. An sie müssen wir uns wenden.«

»Aber sie ist in Paris!«

»Nein. Als sie vor zwei Tagen nach Frankreich zurückfuhr, hinterließ sie mir eine Nachricht, daß sie im Karmelitinnenkonvent in Aix bleiben würde. Es ist einer von den zwei Orten, zu denen sie – theoretisch – verbannt ist. Der andere ist Montmartre in Paris. Man sagt, sie hätte einen Liebhaber in Aix, einen ehemaligen Priester, wie es scheint. Sie bleibt dort oft viele Wochen lang und wird zweifellos noch dort sein. Aix ist kaum fünf Tagesritte entfernt. *Wenn* sie sich für uns einsetzen will, dann läßt sich das ganze innerhalb von zwei Wochen bewerkstelligen. Die Zeit arbeitet gegen uns. Jeden Tag bin ich der Streckbank näher. Vittoria della Rovere möchte mich gestreckt sehen. Bomboni würde es liebend gern tun. Nur Cosimo zögert noch, aber ich glaubc, nicht mehr lange.«

Ich sah ihn an, einmal mehr der Schüler, und trotz der schrecklichen Gefahr, in der wir schwebten, fühlte ich, wie eine Last von meinen goldumlockten Schultern genommen wurde.

»Dann muß ich nach Aix.«

»Ja, das mußt du, und was mehr ist, du wirst sicher sein, und das wird meine Bürde erleichtern. Jetzt erzähl mir, wo du gewesen bist und wie es kommt, daß du in einem solchen Zustand hier aufkreuzt.«

Kurz berichtete ich ihm von meinen Unternehmungen und den Informationen, die ich besaß. Nur einmal unterbrach er mich, um zu sagen: »Nimm Bono mit. Er ist in großer Gefahr hier, und zudem wirst du in ihm einen wertvollen Begleiter finden.«

Als meine Neuigkeiten erschöpft und unsere Entscheidungen gefallen waren, saßen wir in der Düsternis beisammen, und keiner war so recht willens, den Aufseher zu rufen, dessen Stimme in erhitzter Debatte vom Ende des Ganges zu hören war. So redeten wir. Mein Meister, der nie zuvor viel von sich selbst erzählt hatte, sprach von seinem Leben und berichtete mir, daß er Galilei einmal tatsächlich begegnet sei, kurz vor dessen Tod.

»Mein Vater«, sagte er, »hatte für einige von seinen Experimenten Geld gespendet, und so wurde ich als Belohnung mit in seine Studierstube genommen. Galilei war dem Sterben nahe und konnte kaum noch sehen, aber er fand mich amüsant. Er machte einige der Kugeln los, die an einem Modell befestigt waren, welches die relativen Bewegungen des Himmels demonstrierte, und nahm sie, um Murmeln mit mir zu spielen. Ich gewann, und darauf meinte er: ›Da, mein junger Freund, nun verstehst du mehr von der Bewegung von Sphären als irgendein Mensch auf der Welt.‹

Jetzt mußt du aber gehen, mein lieber Boti. Ich will dich nicht länger der Gefahr aussetzen. Wir müssen nach unserem Freund rufen.«

Doch als er sich erhob und Anstalten machte, zur Tür zu hinken, hörten wir beide Lärm im Gang auf der anderen Seite. Er kündete unmißverständlich von der Ankunft anderer, und Stimmen wurden laut, wie in Zurechtweisung. Es endete mit dem unverkennbaren Laut eines Schlages, gefolgt von Schritten, die auf die Tür unserer Zelle zukamen. Ich stand nun in der Ecke und wurde so, als die Tür nach innen aufgestoßen wurde, von deren Blatt verdeckt. Ich brauchte jedoch nichts zu sehen, um die Stimme von Pasto Bomboni wiederzuerkennen, die sagte: »Also, wo ist diese Tunte aus San Casciano?«

Er betrat die Zelle allein, prächtig anzuschauen in der Uniform eines Kommandanten der Salti. Er merkte, wo ich war, aber er ließ sich einige Zeit, um sich umzudrehen. Als er dies tat, runzelte er zuerst die Stirn, da er zweifellos erwartet hatte, jedes Mädchen aus der Stadt wiederzuerkennen, das auf eine so unwahrscheinliche Mission hätte geschickt werden können. Dann indes nahm er eine Kerze und hielt sie mir ans Gesicht und schob sein eigenes bis auf Handbreite heran. Ich spürte seinen Atem auf mir, als ein

Lächeln, langsam wie Lava, sich über seine Züge ausbreitete.

»Also nein«, sagte er. »Also nein, was für eine hübsche fette kleine Tunte haben wir denn hier. Den ganzen Weg von San Casciano gekommen ist sie. Weißt du, ich erinnere mich an einen *Jungen* in San Casciano. Fett wie ein Furz. Als Mädchen angezogen. Am Flußufer. Ich frage mich, was wohl aus ihm geworden ist?«

Mit beträchtlicher Geschwindigkeit richtete er sich auf und rammte mir gleichzeitig das Knie zwischen die Beine, daß ich aufkeuchte und mich vor Schmerz zusammenkrümmte.

»Ja, o ja, ich frage mich, wo er jetzt sein mag.«

Durch den Schmerz hörte ich meinen Meister hinter ihm sprechen.

»Bomboni ...«

»Du hältst dein verdammtes Maul«, sagte unser Peiniger, ohne die Stimme zu heben. »Ich bin gekommen, um dir zu sagen, daß du ausgeschissen hast. Ich weiß jetzt, was du getan hast. Ja, ich weiß es. Dieses bibbernde Arschloch Viviani hat mir alles erzählt. Du hast die Bücher *kopiert* mit dieser Linse, die wir auf deinem Tisch gefunden haben. Sie müssen verkleinert sein. Gott weiß, wie viele es sind, aber wir werden sie finden. Du wirst uns schon sagen, wo sie sind. Sobald ich diese Nachricht unserem fetten Herzog überbracht habe, wird er deinen krummen Rücken auf der Streckbank geradebiegen. Und dann, mein kluger Freund, wirst du mir erzählen, wo sie sind. Aber wer hätte gedacht«, fuhr er fort, sich zu mir wendend, »daß wir zwei Fische in der Pfanne hätten. Ich frag' mich, ob dieses Mädelein weiß, wo sie sind. Cosimo wird mich nicht daran hindern, *ihn* mit den Eisen zu bearbeiten. Das kommt alles sehr, sehr gelegen. Jetzt werde ich die Hübsche mit mir nehmen.«

Er packte mich am Arm, zog mich rückwärts und stieß mich dann durch die Tür. Draußen standen vier Salti, einschließlich des Hauptmanns; die Atmosphäre war zum Zerreißen gespannt. Bomboni rief: »Zuschließen!«, und die Zellentür wurde hinter mir verriegelt. »Finde mir eine Zelle für das Wesen hier. Ich will ein Wörtchen mit ihm reden.«

Wir marschierten zurück in den Hauptraum des Kellers, wo eine Liste überprüft und eine Nummer ausgesucht wurde. Dann gingen wir zu einem anderen Gang hinüber, der ähnlich mit Türen gesäumt war, und durch eine von diesen wurde ich gestoßen.

»Warte hier!« sagte Bomboni zu dem Hauptmann, als er mir in den winzigen Raum folgte und die Tür hinter sich zuschlug. »Jetzt«, sagte er, »werden du und ich uns ein bißchen miteinander unterhalten.«

Es war nicht irgendeine chemische Reaktion in der Adrenalindrüse, was die Furcht fernhielt. Es war blanker Haß. Wie ich ihn ansah, fühlte ich den Haß wachsen, bis er wie eine Sturmflut gegen mein Hirn brandete, und ich fühlte, wie meine Augen wie Feuer zu glühen begannen. Hier, auf Armeslänge vor mir, war der Mann, der mir meine Kindheit zur Hölle gemacht, meine Freunde ins Gefängnis geworfen und meine Eltern getötet hatte, so gewiß, als hätte er sie selbst auf eine Pike gespießt. Dort in meinen Unterröcken und goldenen Locken stehend, während der Schmerz von meinem gequetschten Skrotum ausstrahlte, wußte ich, daß die Zeit gekommen war, den Kampf aufzunehmen.

»Ganz recht«, sagte ich, und daselbst wich er zurück, als hätte ich ihn zwischen die Augen geschlagen. »*Genau* das, was ich auch will. Ich habe hier etwas sehr Wichtiges, das ich dir zeigen möchte.«

Als ich in meinem Leinenbeutel fischte, griff er nach seinem Toledo, und ich sagte: »Keine Angst. Es ist keine Waffe. Es ist viel schlimmer als das.«

Ich warf ihm die vier Päckchen eins nach dem anderen zu; die letzten drei fielen auf den Boden vor seine Füße, während er auf Siegel und Inschrift starrte.

»Was hat das zu bedeuten?«

Ich sagte: »Mach's auf. Lies es. Keine Angst wegen des Siegels. Es ist eine Kopie.«

Es war dunkel in der Zelle, und er hatte die einzige Kerze, die nun auf der Steinbank stand. In ihrem flackernden Licht sah ich sein abwärts gewandtes Gesicht, als er die eng gezogenen Linien des Schreibers der Präfektur las. Ich hörte seinen Atem lang und gleichmäßig gehen, wie ein Mann atmen wird, wenn er mit einer langwierigen und mühsamen Arbeit beschäftigt ist. Schließlich sah er mich an, und in einer einzigen Bewegung riß er das Papier entzwei, daß das schwere Wachssiegel dabei zersprang.

»Die Hündin.«

»Nicht nur sie. Zu deinen Füßen wirst du die eidesstattlichen Erklärungen deines Vaters, deiner Mutter und Filippos finden. Dies erklärt, warum du das Dorf so schnell verlassen hast. Es erklärt eine Menge. Für das, was du dem Mädchen angetan hast, wird man dich in Santa Maria Novella kastrieren und in Volterra beerdigen.«

Ich fühlte seine Augen auf mir wie ein kaltes Feuer; dann kam er plötzlich auf mich zu, und ich war auf einen Schlag gefaßt, aber seine Bewegung war nur eine Geste, wie um einen Schmerz loszuwerden. Dann sagte er: »Sie müssen das erst …«

Ich hatte es erwartet, und jetzt wartete ich darauf, von ihm die juristischen Fallstricke zu hören, die mir mein Meister aufgezählt hatte. Aber er sagte nichts, und mir wurde sofort die Bedeutung dessen klar. Solange seine Familie am Leben war, war Bomboni nicht sicher. Er nahm an, daß ich das Gesetz nicht kannte und daß ich glaubte (wie dies auch der Fall gewesen war), daß die schriftlichen Erklärungen allein ausreichten. Er sagte daher nichts, was mich vor der Gefahr hätte warnen können, in der seine Familie nun schwebte.

»Wie hast du sie dazu gebracht?«

»Ganz einfach. Entweder Alessandro oder Filippo hat meinen Vater erschossen. Ich weiß, daß es kein Verbrechen war. Er war der Angreifer, und ich habe es gesehen. Sie standen unter Mordverdacht. Ich gab mein Zeugnis als Gegenleistung für ihres. Wie ich von dir und Nicola erfahren habe? Sie hat es mir erzählt. Warum sie es mir erzählt hat? Weil ich, zusammen mit Patrick Morahan, sie vor deiner elendigen Familie gerettet habe.«

Obwohl ich sein Gesicht nicht deutlich sehen konnte, spürte ich, wie er lächelte. Es beunruhigte mich, bis ich den Grund erkannte.

»Na gut«, sagte er. »Wo sind die Originale? Du kannst es mir jetzt sagen oder mit einem heißen Feuerhaken in deinem fetten Arsch.«

»Ich würde es dir vielleicht sagen, wenn man mich foltert, aber dann wird es für dich zu spät sein. Die Originale sind in der Stadt hinterlegt, bei einer Person, die ganz und gar verläßlich ist und die jeden Grund hat, dir übel zu wollen. Wenn ich bei Einbruch der Nacht nicht bei ihr bin, wird jene Person sie zum Magistrat bringen. In dieser Zelle kann man das Tageslicht nicht sehen, aber es dürfte nur noch wenig übrig sein.«

Ich fühlte und hörte ihn Atem holen. Er sagte nichts, so fuhr ich fort:

»Damit wir uns also recht verstehen: Ich weiß, daß du meinen Meister nicht freilassen kannst, weil er ein Gefangener von Andrea Cortese ist. Aber du kannst dafür sorgen, daß man ihm nichts antut. Jetzt wirst du mich gehen lassen. Wenn mir jemand folgt, werde ich einfach die Person nicht aufsuchen, von der ich gesprochen habe, und dem Magistrat wird es den Abend verderben, weil er diese schrecklichen

Dinge lesen muß. Solange meinem Meister nichts geschieht, wird dein Geheimnis sicher sein. Um sicherzugehen, daß er heil und gesund ist, wird jeden Tag einer von den Assistenten aus der Medici-Bibliothek zum Bargello kommen und Zugang zu ihm erhalten. Das gleiche gilt für Vincenzo Viviani und Carlo Dati. Wenn es den Anschein hat, als sei ihnen in irgendeiner Weise etwas angetan worden, dann werden die Originale der eidesstattlichen Erklärungen direkt zum Magistrat gehen, dem ich dann im übrigen auch die Identität der Frau enthüllen werde, die du im jüdischen Viertel festgenommen hast und die dann vom Ponte Vecchio gesprungen ist.«

Ich wußte, daß er wieder lächelte.

»Das hast du dir sehr gut ausgedacht, fetter Fredo. Du könntest ein Mitglied der Salti werden. Oder gar ein Inquisitor. Ich habe mich schon gefragt, wann du deine Mutter erwähnen würdest. Nun gut, es soll so sein, wie du sagst. Aber verstehe dies, mein fetter Freund: Wenn diese Papiere irgendwo in die Nähe des Magistrats kommen, dann werden dein Meister und die anderen Eierköpfe und Arschlöcher hier drinnen Klumpen von blutigem Fleisch sein. Hast du mich verstanden?«

Ich hatte vollkommen verstanden und, was er freilich nicht ahnte, verstand noch eine Menge mehr. Mit der Macht, über die er verfügte, würde es nur eine Sache von Tagen sein, bis seine Familie vom Erdboden verschwand. Wenn sie nicht mehr da war, würden ihm die Erklärungen nur eine vorübergehende Unpäßlichkeit bereiten. Sie würden als Fälschungen abgetan werden oder als das Produkt einer bewußten, bösartigen Verleumdung. Was man auch glauben mochte, so würde man doch nichts beweisen können, und er war ein Kommandant bei den Salti. Also waren in dem Schweigen, das folgte, unsere Überlegungen ähnlich und unsere Schlußfolgerungen identisch. Ich wußte es. Er aber nicht.

Nichts mehr wurde gesagt. Er drehte sich um und riß die Zellentür auf, hinter der das fleckige Gesicht des Hauptmanns im flackernden Licht zu erkennen war.

»Bring ihn ... *sie* zum Tor und laß sie raus.«

Als der Hauptmann die Brauen hob, fuhr Bomboni fort: »Und bis auf Widerruf soll Magliabechi pro Tag einen Besucher empfangen dürfen, vorausgesetzt, er bringt ein Schreiben von der Medici-Bibliothek.« Und dann, zu mir, mit übertriebener Höflichkeit: »Ist das soweit alles?«

»Da ist noch eine Sache«, sagte ich mit meiner Frauenstimme, und mir war, als sähe ich ihn zusammenzucken. »Ich hätte gerne Zugang zu Magliabechis Haus.«

Das Lächeln auf seinem Gesicht hätte eine Schlange vereisen können, als er sagte: »Natürlich. Du wirst ohnehin feststellen, daß es nicht mehr bewacht wird. Bald, wage ich zu behaupten, wird es ein Museum werden.« Damit wandte er sich auf dem Absatz um, und gefolgt von drei Salti, die wohl seine persönliche Leibwache darstellten, verschwand er in Richtung des Raumes mit den Streckbänken. Der Hauptmann sah ihm mit einem Ausdruck nach, der, wie mich dünkte, nicht allzu weit vom Abscheu entfernt war. Wiederum verspürte ich eine seltsame Wärme gegenüber seinem entstellten Gesicht, und ich wagte zu sagen: »Warum steht Ihr immer vor der *Pietà*?«

Er sah mich überrascht an und knurrte dann: »Der Doktor hat's gesagt. Meint, es wär' gut für meinen Rücken. Und diese Pepitas ...« Damit zeigte er mit dem Daumen auf seine Nase, die sich runzelte wie eine gedrückte Frucht.

»Und hilft es?«

»Natürlich nicht, blöde Frage. Diese Doktoren, die können ihren Arsch nicht von 'nem Augapfel unterscheiden. Aber was soll man machen? Wenn man erst mal damit anfängt, muß man's halt zu Ende bringen.«

Wir gingen in Schweigen über den Hof, durch das Gitter,

und mit einem Gefühl, das ich nicht einmal versuchen will zu beschreiben, wurde ich auf die Straße hinausgeschoben, deren verdrecktes Pflaster ich nie so froh gewesen bin zu sehen.

Das Licht schwand in der Tat rasch, und ich nahm sogleich eine Sänfte zur Porta San Piero Gattolino. Ich hatte keine Zeit, mich zu vergewissern, ob ich verfolgt wurde oder nicht, aber verließ mich auf die Kraft der Drohung, die ich ausgestoßen hatte. Einmal durch das Tor hindurch, zahlte ich die Männer aus mit den Florin, die ich noch besaß. Dann ging ich zu Fuß weiter zum Haus von Bellina Cantoni, Marios Schwester.

Ich fand sie in einem Zustand erheblicher Aufregung und Ungewißheit vor; ob sie wirklich zum Magistrat gegangen wäre, bleibt eine Sache der Vermutung. Hier entledigte ich mich meiner Frauenkleider und nahm dankbar Hemd, Lederjoppe und Hose entgegen, die ehedem das Eigentum unseres unglücklichen Stallknechts gewesen waren. Sie waren natürlich zu eng, aber nach dem Korsett waren sie eine wahre Wohltat.

Bellinas Gatten, der seit vielen Monaten ohne Arbeit gewesen war, gab ich nun etwas zu tun. Ich setzte einen Brief auf, den ich ihm auf direktem Wege in die Hände Nicola Bombonis zu übergeben auftrug. Darin warnte ich sie vor der Gefahr, in der sie schwebte, und riet zur Flucht. Dies vertraute ich dem Ehemann zusammen mit zehn Florin als Bezahlung und für die Miete eines schnellen Pferdes an. Ich betonte die Dringlichkeit, ohne genau zu sagen, worum es ging, und daß ich mein Vertrauen in ihn setzte. Wiederum hatte ich kaum eine andere Wahl. Es war lebenswichtig, daß ich sofort nach Frankreich aufbrach, um unsere einzige Chance auf Rettung und Entsatz wahrzunehmen. Nach San Casciano zu reisen würde mindestens einen Tag kosten. Zudem hatte ich noch in Florenz zu tun.

Bei näherem Nachdenken war es klar, daß selbst Bomboni Zeit brauchen würde, sich einen Plan zurechtzulegen und die Leute zusammenzubekommen, um seine eigene Familie auszurotten. Wenn mein Meister recht hatte, würde irgendwelche Hilfe von Marguerite-Louise frühestens in zwei Wochen kommen. Gleichermaßen hatte ich keinen Zweifel, daß Bomboni, sobald seine Familie endgültig zum Schweigen gebracht war, sofort alle Hebel in Bewegung setzen würde, um irgendwie den Tod seiner Gefangenen herbeizuführen. Ihre weitere Existenz konnte ihm nur zum Nachteil gereichen, falls der Inhalt der eidesstattlichen Erklärungen je bekanntwerden sollte. Der Verlauf des Rennens war daher klar vorgezeichnet. Die Bombonis mußten zwei Wochen lang in Sicherheit verwahrt werden, und jeder Tag war daher dem Schicksal verpfändet.

Wir machten uns alsgleich zum nächsten Mietstall auf, der ein wenig weiter vom Stadttor entfernt war. Hier mieteten wir uns Pferde, jeder für sich, um künftige Nachforschungen soweit wie möglich zu erschweren. Während mein Bote auf der dunklen Straße nach San Casciano davonsprengte, ritt ich, mit einem zusätzlichen Pferd am Zügel, in die Stadt zurück.

Die Via Romana war nun so gut wie verlassen, und ich kam gut voran, vorbei am Pittipalast und über den Ponte Vecchio. Meines Meisters Haus und die Via del Corso ließ ich zur Rechten liegen und suchte als erstes die Gewölbe von San Lorenzo, das Heim der Medici-Bibliothek, auf. Die Bibliothek war natürlich verschlossen und menschenleer. Doch ich, wie alle Gehilfen, kannte mehrere Methoden, mir Zugang zu verschaffen. Ich wählte die am wenigsten mühsame durch ein niedriges Fenster und ging durch die verdunkelten Räume zu den Schreibpulten der Gehilfen. Hier ließ ich zwei Briefe, die ich zuvor im Haus Bellina Cantonis verfaßt hatte. Der eine war für Fernando, mit der

Anweisung, täglich seinen Meister im Bargello aufzusuchen. Der zweite Brief war für Carlo Bassani, dessen Bemerkungen auf den Verweislisten meinem Meister vor vielen Monaten so viel Kopfschmerzen bereitet hatten. Diesen hochherzigen Burschen wies ich an, gleichfalls nach San Casciano zu reiten, mit einem Doppel des Briefes, den ich Bellinas Gatten anvertraut hatte. So war ich zweifach versichert.

Ich verließ das Haus wiederum durch das Fenster und lenkte mein Pferd zur Via del Corso. Ich kam an in einem Zustand fast totaler Erschöpfung, kurz vor Mitternacht. Die Tür zur Straße war verriegelt, was ich nicht als schlechtes Zeichen wertete. Ich mußte daher noch einmal auf den Eingang am Kanal zurückkommen, und einmal innerhalb des Gebäudes, verriegelte und versperrte ich auch diesen. Indem ich mir meinen Weg durch das Haus ertastete, kam ich einmal mehr an dem abgekupferten Letzten Abendmahl vorbei und betrat erneut das Skriptorium. Hier zündete ich die Kerzen an, die ich zuvor benutzt hatte, und nachdem ich das Pult wieder unter den Eingang zum Schacht geschoben hatte, kletterte ich darauf und schob meinen Kopf durch die Öffnung. Dabei hörte ich von unten das leise, aber unverkennbare Knirschen eines zermampften Gemüses. Ich lächelte erleichtert in die Dunkelheit.

Er hörte mich sofort, und innerhalb von Sekunden stand er neben mir im Skriptorium, die Fänge zu einem grotesken Grinsen entblößt und die Reste einer Gurke mit der linken Hand umklammernd.

Ich war jetzt, wie man sich vorstellen mag, ganz matt vor Müdigkeit und konnte ihm nur die Umrisse meiner Geschichte erzählen. Er nahm alles mit der Gelassenheit von jemandem entgegen, der unendlich schlimmere Zeiten gesehen hat, und sagte schließlich: »Du hast ein Pferd für mich?« Als ich nickte, sagte er: »Wir müssen beim ersten

Morgenlicht aufbrechen, und jetzt mußt du schlafen. Ich werde dich wecken.«

Einmal mehr überquerte ich den Boden der Bibliothek, nun ohne der verbrannten Trümmer ringsum zu achten. Ich stieg zu meiner Kammer hoch, die ich, wie zu erwarten, verwüstet fand. Das hölzerne Bett war zerbrochen, aber die Matratze aus Federn und Daunen großenteils intakt. Auf diese fiel ich in einem Zustand, der dem nicht wesentlich unähnlich war, in dem ich das erste Mal ihre Oberfläche berührt hatte. Ich schloß die Augen und betrat eine Welt, aus der alle Träume verbannt worden waren durch den Alptraum der Wirklichkeit.

Drittes Buch

Frankreich

22

Ich erwachte wie ein Mann, der aus einem tiefen Schacht gehievt wird, an dessen Ende, umrahmt vom Licht, das groteske und grinsende Gesicht Jakob Bonettis hing. Wie aus einer großen Entfernung hörte ich seine Stimme sagen: »Komm, mein junger Freund, komm, wir müssen aufbrechen.«

Ich setzte mich auf und sah, wie der erste Morgenschimmer durch die zerbrochenen Läden meiner Kammer drang. Ich hatte kaum vier Stunden geschlafen, und mein Körper schrie nach seiner gerechten Belohnung durch Ruhe. Dem Verlangen konnte nicht entsprochen werden. Es war lebenswichtig, daß wir bei Sonnenaufgang die Stadttore hinter uns gebracht hatten. Doch selbst in meinem benommenen Zustand bemerkte ich, daß eine bemerkenswerte Veränderung über Bono gekommen war. Er war nun ausgestattet für die Reise und trug, außer Zweifel, die Kleider, in denen er einst durch ganz Europa gezogen war. Unter einem dicken Reiseumhang, nicht länger als einer meiner Arme, trug er Lederrock und -wams, offen am Hals, wo ein Hemd aus feinem Leinen zum Vorschein kam. Lederne Hosen endeten in Reitstiefeln, die einem sechsjährigen Kind gepaßt hätten, aber an ihrem gegenwärtigen Träger ein Gefühl überzeugter, ja fast prahlerischer Selbstsicherheit vermittelten. An seinem Gürtel hing ein Toledo (ein Schälmesser in jeder anderen Hand), und unter dem Mantel war der Knauf einer winzigen, mit Elfenbein eingelegten Pistole sichtbar, ein Geschenk, wie er mir später anvertraute, vom »rührigen Jeffery« selbst.

Insgesamt sah er wie ein so tödliches kleines Paket aus, wie man es sich nur wünschen konnte. Neben ihm fühlte ich mich völlig nackt, ein Umstand, dem abzuhelfen er Sorge getragen hatte. Er band mir einen schönen Toledo um, den ich alsgleich als den Ottos erkannte. »Den haben sie aus einem der Salti gefischt«, sagte er mit Befriedigung. »Es wäre Ottos Wunsch gewesen, daß du ihn nimmst.« Er reichte mir auch eine Pistole, ungeladen und rostig vor Alter, zum einzigen Zweck, wie er sagte, etwas zum »Vorzeigen« zu haben.

Als wir die Treppe zur Tür hinabgingen, nahm der Zwerg von der Balustrade den bemerkenswertesten Teil seiner Uniform an sich. Es war ein Mittelding zwischen einem Helm und einem Hut. Während es offenkundig von innen gepanzert war, hatte es einen breiten Rand und die Hutschärpe eines *cavaliere*. Von ihm herab hing ein lederner Kinnriemen, der genau mit seinem Unterkiefer abschloß und sich dort verbreiterte, so daß er die untere Hälfte seines Gesichts bedeckte. Eine Nut war geschaffen worden für seine Nase, und für seinen Mund hatte man das Leder durchbrochen, damit Schall hindurchdringen konnte. Der Zweck des Ganzen war, den höhlenartigen Mund und die enormen Hauer völlig zu verbergen.

Als wir die Pferde erreichten, sah ich, daß er nicht untätig gewesen war. Die Satteltaschen waren gepackt, und aus einer davon ragten die Enden einer Melone und einer Gurke hervor. Ich machte mich auf einen geräuschvollen Morgen gefaßt. In einer meiner eigenen Taschen war auch Proviant für die Reise: Brot, Käse und trockene Wurst. In die andere entleerte ich meinen Leinwandsack, und mit Gliedern immer noch so schwer wie Blei schwang ich mich in den Sattel.

Als ich oben war, kam mir in den Sinn, daß ich gar keine Anstalten gemacht hatte, Bono auf sein Pony zu helfen, aber ich hätte mir keine Sorgen darüber zu machen brauchen. Aus dem Stand sprang er hoch, packte den Sattelknauf, hievte sich hoch, drehte sich auf dem Bauch und landete aufrecht im Sattel, als sei nichts dabei. Auf die Steigbügel verzichtend und mit einem kurzen Nicken zu mir, preßte er dem Pony die Fersen in die Weichen und trabte auf die Kuppel des Duomo zu, die sich nun scharf und schön gegen den klaren Morgenhimmel abhob.

Wir ritten gen Norden, vorbei an der dramatischen Fassade von Santa Maria Novella, die wie poliertes Elfenbein in der matten Morgensonne glänzte. Bald kamen wir in einen Teil der Stadt, wo ich nie zuvor gewesen war, und ritten, wie mir klar wurde, durch die Straßen, die an das jüdische Viertel angrenzten. Hier bewachten selbst zu dieser Stunde Salti die Gassen und sahen unserem Vorüberreiten mit mürrischer Gleichgültigkeit zu. Schließlich kamen wir zur Porta al Prato; die große Masse der Fortezza da Basso erhob sich wie die Behausung eines Riesen zu unserer Rechten.

Bono war zugleich mein Gefährte und mein Reiseführer. Er war oft auf diesen Straßen geritten, wenngleich zwanzig Jahre zuvor, und wurde nun offensichtlich von der schlummernden Begeisterung seiner Jugend gepackt. Begeisterung war in der Tat vonnöten, um nicht in Trübsinn zu verfallen; denn der Zustand der Dörfer und des Landes nach Norden zu war eher noch schlimmer als in der Richtung von San Casciano. Hier bettelten Männer ohne Scham, und hohläugige Kinder sahen uns beim Vorüberreiten mit der Apathie von Krankheit und chronischem Hunger nach.

»Vittoria della Rovere sollte dies sehen«, hörte ich meinen Gefährten knurren, als wir durch ein besonders elendes Dorf ritten. »Selbst sie könnte ein wenig Mitleid bekommen.« Ich persönlich bezweifelte das. Ich hatte sie gesehen.

Wenn die Straße es erlaubte, ritten wir in forschem Tempo, ohne Pause. Wo möglich, ließen wir die Pferde kantern, und ansonsten trieben wir sie zu einem forschen Trab. Gegen Mittag benötigten wir alle eine Ruhepause; nach meiner Rechnung waren wir fast vierzig Meilen außerhalb der Stadttore. Wir sahen uns daher nach einem geeigneten Gelände um und kamen kurz darauf zu einem kleinen Wald aus Pappeln, Erlen und Krüppeleiche. Ein Bach floß neben der staubigen Straße, über dem die Bäume reichlich Schatten spendeten. Hier banden wir die Pferde an, damit sie trinken und grasen konnten, während wir ein freies Plätzchen am Bachufer fanden, wo wir uns ausstrecken und der Sonne entgehen konnten, die nun über unseren Köpfen am heißesten brannte.

Als Bono abstieg, wurde mir klar, warum er so wenig Aufsehen erregte, wenn er auf einem Pferd saß. Gemessen an einem Mann von normaler Größe, waren seine Beine beträchtlich kürzer als der Rumpf seines Körpers. Beim Reiten fiel sein Mantel bis zu den Steigbügeln, und die Höhe, zu der er sich über dem Pferderücken erhob, hätte bei einem flüchtigen Blick just die eines normalen, wenn auch kleinwüchsigen Reisenden sein können. Der außergewöhnliche Hut half auch, seine Statur zu vergrößern, während er seine Hauer verbarg.

So weit war er der bestmögliche Begleiter gewesen. Nur zu gern hatte er mir viele seiner Abenteuer während seiner Reisen in Frankreich und sogar auf eben dieser Straße erzählt. Im allgemeinen hielt er darin nur inne, um eines seiner vielen Gemüse zu verschlingen, wobei der Kinnriemen offen auf einer Seite hing.

Ich war natürlich bestrebt, mit der größtmöglichen Schnelligkeit voranzukommen, aber bislang hatten wir keine Stelle gefunden, wo wir die Pferde hätten wechseln können, und so war eine kurze Rast unumgänglich. Wir streckten uns daher auf dem Gras aus, und ich verfiel sofort wieder in den tiefen Schlaf der Nacht.

Er dauerte nicht lange. Ein gewaltiges Gewicht senkte sich auf meine Brust herab, und als das Bewußtsein wieder aufblitzte, hörte ich die Rippen knacken. Als sich mein Mund zu einem Schrei öffnete, preßte sich eine Hand darauf und nahm mir die Luft, daß ich keuchte und würgte. Über mir, durch Tränen, konnte ich das sonnengefleckte Blattwerk der Erlen sehen, und davor den Kopf eines Mannes, dessen Knie mich nun ins Gras drückte. Die Sonne jenseits der Bäume machte ihn gesichtslos bis auf eine wilde Masse von Haaren, die hüpfte und tanzte, als er seinen Kopf schüttelte.

»Na, na«, sagte er, und mit einer wegwerfenden Geste seines freien Arms stieß er die Hand beiseite, die ich in nutzloser Geste seinem Gesicht entgegenhob.

»Na, na. Kein Grund, garstig zu werden. Niemandem wird was geschehen, so braucht niemand garstig zu werden. Alles, was dir und deinem kleinen Freund widerfahren wird, ist ein netter langer Spaziergang zurück nach Florenz. So gibt es keinen Grund, garstig zu werden, für niemanden.«

Mit verzweifelter Kraft gegen die mich niederhaltende Hand ankämpfend, warf ich den Kopf auf eine Seite. Mit verdrehten Augen konnte ich gerade eben die Gestalt des Zwergs sehen; er lag mit dem Rücken nach oben auf dem Boden, das Gesicht von seinen Häschern in das weiche Sommergras gedrückt. Unnötigerweise waren es zwei von ihnen, und der eine inspizierte sorgfältig die mit Einlegearbeiten verzierte Pistole, was darauf hindeutete, daß Bono zumindest einen besseren Versuch gemacht hatte, Widerstand zu leisten, als ich. Hinter ihnen waren zwei andere dabei, den Inhalt unserer Satteltaschen zu inspizieren, wobei der erste erhebliche Mengen von Gurken und fleischigen

Früchten beiseite warf. Alle waren sie ärmlich gekleidet, ihr Haar war so wild und ungepflegt wie das, welches über mir herabhing.

Meine Verzweiflung bedarf keiner Beschreibung. Der Verlust von Pferden und Geld und die langsame Rückkehr nach Florenz war der Tod für meinen Meister, so sicher wie die fallende Axt.

Trotz des Schmerzes, der von meiner Brust ausstrahlte, warf ich meinen Kopf hin und her gegen das harte Fleisch der Handfläche.

»Na, na, *na*! Kein Grund zum Zappeln. Du wirst dir nur weh tun. Alles, was du sagen willst, ist, daß du nicht zu Fuß gehen möchtest. Richtig? Ich verstehe das ja. Ich kann da sogar, könnte man sagen, ein bißchen mitfühlen. Aber siehst du, junger Freund, unsere Not ist größer als deine. Wenn du wüßtest, um wieviel, würde es dir nichts ausmachen, ein Stück zu marschieren. Aber ich habe nicht die Zeit, um es dir zu erklären. Sie sagen alle, ich rede sowieso zuviel, und da haben sie nicht ganz unrecht. Ich rede und rede, besonders, wenn ich einen Groll hege. Nicht notwendigerweise *meinen* Groll, sondern *einen* Groll. Es hängt alles davon ab, daß man beide Seiten sieht. In deiner Lage jetzt ist das sehr schwierig. Ich verstehe das. Das ist nur vernünftig. Aber es gibt keinen Grund, deswegen *garstig* zu werden, also bleib schön liegen ...« Er brach mit einem plötzlichen schmerzhaften Aufjaulen ab. Indem ich meinen Kopf permanent hin- und hergeworfen hatte, hatte ich meine Kiefer auseinandergebracht und seinen Griff gelöst. Jetzt war ich imstande, meine Zähne in seine Handfläche zu schlagen, was ich mit aller Kraft tat, die ich aufbringen konnte. Als er instinktiv die Hand wegriß, sagte ich: »Ihr *könnt* die Pferde nicht nehmen.«

Die Tatsache, daß ich nicht aufschrie, und die verzweifelte Eindringlichkeit in meiner Stimme schienen ihn innehalten zu lassen. Als er sich umwandte, um zu seinen Kumpanen zu blicken, konnte ich einige seiner Züge ausmachen, das grobschlächtige Gesicht eines Mannes von vielleicht fünfzig Jahren.

»Wir können nicht? *Können* die Pferde nicht nehmen? Also, das ist keine Logik, oder? *Können* die Pferde nicht nehmen, das reimt sich überhaupt nicht. Wir *sollten* die Pferde nicht nehmen, meinst du. Also, das ist eine andere Geschichte. Das ist eine moralische Frage. Ganz und gar nicht dasselbe. Kein Befehl.«

»Wir sind auf dem Weg nach Frankreich. Um Hilfe für meinen Meister zu finden, Magliabechi. Er ist im Bargello. Sie werden ihn töten.«

Die Gesichtszüge verschwanden wieder im Dunkel des Schattenrisses, als mein Überwältiger auf mein Gesicht herunterstarrte.

»Ah. Ein Bittgang ist es. Hilfe holen. Im Bargello. Jetzt siehst du, was ich mit einer moralischen Frage meine. Alles jammerschade, gewiß. Aber siehst du, junger Freund, es ist alles eine Frage des Abwägens. Kinder sterben. Nichts zu essen. Frauen sterben. Männer betteln. Monopole überall, im Besitz von Gaunern. Ziehen den Armen das Fell aus. Es ist eine moralische Frage, richtig. Es ist ein Dilemma.«

»Warum hältst du nicht das Maul, Giuseppe«, sagte einer von den Männern bei den Pferden. »Halt ihn bloß ruhig, bis der *capo* kommt. Dann können wir alle abhauen.«

»Ich bin nicht der Meinung«, erwiderte Giuseppe mit einem Ton von Unbotmäßigkeit. »Dies ist ein netter junger Kerl. Reich, aber nett genug. Muß die moralische Dimension verstehen.«

»Unsere Not«, sagte ich hoffnungslos, »ist *jetzt* viel größer als eure. Wenn ihr uns das Geld und die Pferde laßt, werde ich Sorge tragen, daß ihr dafür entschädigt werdet.«

»Entschädigt, also, das ist nicht logisch. Man muß erst

etwas bezahlen, um es erstattet zu bekommen, und ich habe dir nichts gegeben außer ein paar Worten über das moralische Dilemma. Das ist nicht viel wert. Einige Leute glauben, es sei überhaupt nichts wert.«

An diesem Punkt hörten wir alle den Hufschlag eines Pferdes die Straße entlangkommen. Der Mann mit der Pistole trat rasch von Bono weg und ging auf die andere Seite der Straße hinüber, etwa zwanzig Schritte entfernt. Von diesem Punkt konnte er offensichtlich weiter um die Biegung sehen, und nach einem Augenblick winkte er zu seinen Kumpanen hinüber, eine klare Geste der Erleichterung.

Innerhalb von Sekunden kam der Reiter ins Blickfeld und in den Schatten der Bäume. Instinktiv tat ich einen Ausruf des Wiedererkennens, was Giuseppe einmal mehr und mit Widerstreben die Hand auf meinen Mund legen ließ.

»Also, jetzt werd' nicht wieder *garstig*. Es ist nur der Boß.«

Der Reiter zügelte sein Pferd und stieg ab. Ohne Hast inspizierte er unsere Pferde und den Inhalt der Satteltaschen, der vor ihm ausgebreitet wurde. Danach ging er zu Bono hinüber, der immer noch mit dem Gesicht nach unten auf der Wiese lag. Er hielt inne, befremdet über den kleinen Körper, dann, leicht den Kopf schüttelnd, kam er zu mir herüber.

Meine Erinnerung war richtig. Das Gesicht hätte ich nie vergessen können. Ein halbes Gesicht war es und blieb es. Eine Klappe bedeckte immer noch das linke Auge, während ringsum Fleisch und Knochen zerfallen und geplättet waren wie von einem gigantischen zermalmenden Schlag. Das rechte Auge betrachtete mich eingehend, der Kopf zuckte vor Konzentration wie eine pickende Henne. Mit einer knappen Bewegung seiner Finger winkte er die Hand beiseite, welche die untere Hälfte meines Gesichts bedeckte, und dann, soweit es sich in solchen Begriffen beschreiben läßt, lächelte er.

»Heilige Mutter Gottes. Fredo Credi. So weit weg von Florenz.«

Ich fing an zu sagen: »Bitte, ihr ...«, aber er hielt die Hand hoch, sein Gesicht zu einer Maske der Ironie erstarrt.

»Ihr dürft die Pferde nicht nehmen? Habe ich recht? Ich schätze, das hast du bereits zu Giuseppe gesagt, und er hat dir einen langen Vortrag über die moralische Dimension gehalten. Hab' ich recht?«

Giuseppe und die Männer bei den Pferden lachten alle, während ich, soweit, ungerührt blieb.

»Laß ihn aufstehen, Giuseppe. Dies ist Fredo Credi, Galupes Sohn.«

Dies rief eine Bewegung unter den Männern um ihn hervor, die mich, als ich mich nun aufrappelte, mit größerem Interesse ansahen.

»Und dieser kleine Bursche«, sagte der Anführer, auf Bono zeigend, »schauen wir uns den auch einmal an.«

Bono wurde auf die Füße gehievt; sein Gesicht war dreckverschmiert, und seine Augen blitzten vor Wut.

»Sehr verärgert ist er auch«, fuhr der Anführer fort. »Ich hätte Angst an deiner Stelle, Pepone. Er sieht aus, als wollte er dich umlegen. Nun denn, Fredo Credi«, sagte er, zu mir gewandt, »ich habe dir schon einmal eine Chance gegeben. Bitte sag mir einen Grund, warum ich dich nicht zu Fuß zurück nach Florenz gehen lassen sollte.«

Ich erzählte ihm alles, so zusammenhängend, wie die Dringlichkeit und der Schmerz in meinen Rippen es gestatteten. Während ich redete, sammelten sie sich um mich, und ich wurde mir mehr und mehr bewußt, daß einigen zumindest die Ereignisse, Örtlichkeiten und Beteiligten wohl vertraut waren. Ich endete natürlich mit unserer augenblicklichen Notlage und der Gewißheit des Todes meines Meisters. Als ich mit meiner Geschichte zu Ende war, herrschte einen Augenblick Schweigen.

»Nun, Giuseppe«, sagte der Boß, »das dürfte reichen, um deine moralische Dimension für ein Jahr oder zwei zu füllen. Sehr interessant. So ist Pasto Bomboni also gewillt, seine eigene Familie zu töten, um seine eigene Haut zu retten. Also, wie wird er da vorgehen, frage ich mich. Eines ist sicher: Er wird selbst dabeisein müssen, und da sie nicht nach Florenz kommen werden, muß er nach San Casciano gehen. Interessant. Äußerst interessant. Nun, Fredo Credi, du und ich, wir kennen uns ja bereits. Diese Männer, wie dich überraschen mag zu hören, sind alle aus der Umgegend von Gallaza. Wir sind weit von zu Hause entfernt. Aber in diesem Geschäft muß man in Bewegung bleiben, oder man wird gefangen und ausgepeitscht und an einen Baum gehängt. Natürlich dürft ihr eure Pferde behalten.«

Als er dies sagte, gab es ein allgemeines Gemurmel; ob der Zustimmung oder Mißbilligung, vermochte ich freilich nicht zu sagen.

»Und dein Geld auch. Aber denke daran, Fredo Credi. Denke an das, was geschehen ist. Dies sind arme Menschen. Gute Menschen, aber arm. Einige haben ihre Familien sterben sehen. Vergiß nicht, Fredo Credi. Wenn dein Meister freigelassen wird, wird er immer noch ein reicher Mann sein. Es gibt einen Müller in Galazza namens Gimone. Er ist unser Freund. Geld, das man ihm gibt, wird uns erreichen. Vergiß es nicht. Nun wünsche ich dir gute Reise.«

Das glückliche Ende dieser Verhandlungen wurde durch Bono unterbrochen, der sagte: »Ich will meine Pistole.«

»Ah«, sagte der Mann namens Pepone, »natürlich, mein Kleiner. Hier ist dein Schießgewehr.«

Als er die Pistole dem Zwerg reichte, mit einer Geste, die

frei war von Bosheit, aber voller Herablassung, langte er nach unten und kniff Bono zur Erheiterung und zum Gelächter aller in die Nase. Es schien zuerst, als würde Bono diese Demütigung hinnehmen, und er hatte sich auch schon halb abgewandt, als er plötzlich herumfuhr und Pepone einen harten und gezielten Tritt unter die Kniescheibe versetzte, der den Räuber vor Schmerz aufjapsen und sich instinktiv zu dem verletzten Körperteil hinabbeugen ließ. Als er dies tat, packte Bono Pepones Nase und wuchtete ihn zu Boden; ein Trick, so sauber, wie ich es selten außerhalb des *pugilato* gesehen habe. Zu erheblichem spontanen Applaus trat der Zwerg dann schneidig zu seinem Pferd, sprang in den Sattel mit der Methode, die ich beschrieben habe, und trabte, ohne Lebewohl zu sagen, los auf der Straße nach Frankreich.

Dabei hatte er natürlich das Gemüse liegenlassen, und ich war umsichtig genug, die Sachen einzusammeln und in meine eigene Satteltasche zu verfrachten, bevor ich aufstieg. Im Wegreiten wandte ich mich zu meinem einäugigen Wohltäter um und sagte: »Wer bist du?«

»Ah, Fredo Credi«, sagte er, »das ist nicht die Art von Frage, die man in diesem Spiel stellt.« Er ließ seine Hand auf die Kruppe meines Pferdes niedersausen, das wenig Ermunterung brauchte, um der entschwindenden Gestalt mit dem absurden Hut nachzueilen.

Ich bin kein Engländer. So will ich niemanden mit den endlosen Einzelheiten unserer Reise und den Absonderlichkeiten fremder Menschen zu Tränen langweilen. Um die Mitte des Nachmittags hatten wir die Grenze zum Staat Genua überquert und gegen Abend die Toskana um vierzig Meilen hinter uns gelassen. Wir waren nun auf der Küstenstraße, auf dem Weg nach Genua selbst; die großen Berge der Apenninenkette ragen zu unserer Rechten auf. Die Nacht war hereingebrochen, als wir den Ort Lerici erreichten, wo wir neue Pferde fanden und die unseren für die Rückreise in einem Mietstall unterbrachten. Wir schliefen sechs Stunden lang und ritten dann, wieder im ersten Morgenlicht, weiter auf der Straße auf die französische Grenze zu.

Dieser Tagesablauf wiederholte sich. Mitunter, wenn die Berge dem Meer näher kamen, war der Weg rauh und das Vorwärtskommen schwer, aber wir drängten weiter, so schnell wir konnten. Manchmal schlief ich im Sattel, was auf den Bergstraßen nicht ganz ungefährlich war. Mehrmals weckte mich der Zwerg, wenn seine Hand meinen Arm ergriff, damit ich nicht hinunterfiel.

Am Morgen des dritten Tages erreichten wir Frankreich. Man stellte uns wenige Fragen. Die Berge zwangen uns immer noch, dem Meer zu folgen, aber ich konnte nicht umhin, die Veränderung in den Städten und den Menschen selbst festzustellen. Je weiter wir uns von der Toskana entfernten, um so reicher wurde das Land. Als wir den großen Fluß Var überquerten, wurde die Küstenebene fruchtbarer. Oliven, Wein und Getreide wuchsen in Fülle, und die fetten, feisten Kühe der Provence grasten und grasten mit einer sublimen Gleichgültigkeit.

Als wir die Stadt Fréjus erreichten, wandten wir uns den Hügeln zu. Dem Argens folgend, stiegen wir zum Nonnenkloster von Aix empor. Bei Einbruch der Nacht am fünften Tag waren wir immer noch zehn Meilen vom Ziel unserer Reise entfernt, und so rasteten wie bis Tagesanbruch, worauf wir nach einer Stunde scharfen Ritts im Mutterhaus der Karmelitinnen der Provence ankamen.

Eine eiserne Glockenkette hing an dem mächtigen hölzernen Tor, und als sie gezogen wurde, war ein Glöcklein innerhalb der Mauern zu hören, und nach mehreren Minuten wurde das vergitterte Fenster in dem eingelassenen Türchen geöffnet.

Ich fragte alsgleich, ob Marguerite-Louise noch innerhalb der Mauern weile, und sah einen Schatten über das schlichte Gesicht der Karmeliterschwester ziehen. Marguerite-Louise weilte noch hier. Unsere Namen und unsere Herkunft wurden festgestellt, bevor die Gitterklappe erneut verschlossen wurde. Es dauerte eine weitere halbe Stunde, bevor die Nonne zurückkehrte und uns in den äußeren Hof einließ. Hier warteten wir wieder, bis eine zweite, ältere Schwester ankam, um uns in die Gebäude selbst zu geleiten. Ich konnte nicht umhin zu bemerken, daß unsere Führerinnen beide nervös und ängstlich wirkten; ihre Augen gingen hin und her und hinauf zu den vielen Fenstern, zweifellos nach Zeichen aus dem Inneren forschend. Wir hatten jetzt einen weiteren, inneren Hof erreicht, wo beide Schwestern ihren Schritt beschleunigten, durch einen Arkadengang, dessen marmorne Säulen, wie ich mit plötzlichem Begreifen bemerkte, in unregelmäßigen Abständen abgesplittert und voller Löcher waren.

Schließlich, zur offenkundigen Erleichterung unserer Führerinnen, wurden wir in ein kleines, karges Vorzimmer geleitet und gebeten zu warten, während man die königliche Cousine herbeibringe. Als sie gingen, hörte man einen Schuß knallen, was nur darauf hindeuten konnte, so sagte ich mir, daß Marguerite-Louise in nächster Nähe war. Ja, sie erschien fast unmittelbar darauf, mit einer rauchenden Pistole in der einen, einem toten Kaninchen in der anderen Hand.

»Ich hab's nicht erlegt«, sagte sie erklärenderweise. »Ich hab's nur gerade aus der Küche geholt. Die haben hier nicht die leiseste Ahnung vom Kochen, darum mach' ich's lieber selber. Also, wie war das mit Becci? Ist in Schwierigkeiten, was? Überrascht mich gar nicht. Ich hab' ihm so oft gesagt, er soll aufhören, diese Mascini zu pimpern. Ganz unpassend. Viel zu groß für ihn außerdem. Hallo, Bono.

Hab' dich nicht mehr gesehen, seit ich dich in Mattias Garten erwischt hatte. Dachte, du wärst eine große Trappe. Alles wieder in Ordnung? Du mußt inzwischen schon in die Jahre gekommen sein. Wie lang leben so Leute normalerweise?«

Ich hielt es für das beste, an dieser Stelle einzugreifen. »Großherzogin«, sagte ich, mit soviel Festigkeit, wie ich für ratsam hielt, »mein Meister ist in Schwierigkeiten. Er ist in schrecklicher Gefahr. Und es betrifft nicht seine Beziehung zu Lisa Mascini.« Dann begann ich mit meiner Geschichte. Ich war sie natürlich auf meiner Reise tausendmal in Gedanken durchgegangen, aber unter dem durchdringenden Blick jener grünen Augen wurde sie unzusammenhängend und stockend. Fast unmittelbar darauf hob sie ihre Hand. Eine befehlsgewohnte Geste.

»Es sieht so aus, als würde dies eine längere Geschichte werden. Ich habe einen ... Freund, der hier als Gast der Mutter Oberin weilt. Er kennt deinen Meister, ein wenig; sein Interesse könnte hilfreich sein.« Sie wandte sich der Novizin, offensichtlich ihre Zofe, zu, die ihr in den Raum gefolgt war und während unseres Gesprächs schweigend dagesessen hatte. »Geh und hol meinen Mönch, sei ein gutes Mädchen, ein bißchen hurtig.« Beim Sprechen wedelte sie mit der Waffe in die Richtung des unglücklichen Mädchens, das mit weit aufgerissenen Augen aus dem Zimmer floh.

»Also«, fuhr sie fort, sich wieder uns zuwendend. »Reden wir erst mal über was anderes, bis er kommt. Was hältst du von diesen Visieren? Sie sind ganz neu und total nutzlos. Eine Katastrophe in meinen Augen, absolut.«

Hauptsächlich, um sie davon abzuhalten, mit dem Ding weiter in meine Richtung zu zielen, nahm ich ihr die Pistole ab und tat so, als würde ich den Lauf überprüfen. Damit war ich noch zugange, als die Tür aufging, und herein kam Patrick Morahan.

23

Es gibt Zeiten, da die Freude einen einfach überwältigt. Ich umarmte ihn mit der Inbrunst eines Sohnes (der ich in gewisser Hinsicht auch fast war). Unsere Begegnung war für ihn ein ebenso großer Schock wie für mich selbst. Wie sich herausstellte, war er bis vor kurzem in Amsterdam gewesen, wo Nachrichten von toskanischen Dingen so selten sind wie englischer Wein.

Ich begann nun meinen Bericht im Ernst. Mit Rücksicht auf Patrick begann ich mit dem Tod meiner Mutter, was die Erzählung länger machte, so daß sie eine volle halbe Stunde in Anspruch nahm. Am Ende umriß ich die Gründe für unser Kommen und die Erwägungen, die mein Meister angestellt hatte. Zu meiner Bestürzung schüttelte die königliche Cousine den Kopf.

»Ich würde euch gerne helfen, klar, aber ich bezweifle wirklich, daß ich es kann. Becci hat falsche Vorstellungen von meinem Einfluß. Er war einmal groß, aber Cosimo wird nun von seiner gräßlichen Mutter beherrscht. Es ist daher möglich, daß jede Einmischung von meiner Seite genau die gegenteilige Wirkung haben könnte. Es ist wahr, daß sie glauben, ich hätte Einfluß beim König, aber ebenso wissen sie, daß der König von Frankreich kaum einen Finger rühren wird, um einem toskanischen Bibliothekar zu helfen, vor allem, wenn der auch noch des Besitzes ketzerischer Werke angeklagt wird.«

»Man *sagt*, er hätte ketzerische Werke«, rief ich, »aber …«

»Behellige mich *bitte* nicht mit technischen Details. Es ist mir egal, ob dein Meister einen gespaltenen Schweif unter seinem Buckel verborgen hat. Ich werde ihm helfen, wenn ich kann, weil er während meiner erbärmlichen Jahre in eurem gottvergessenen Land der einzige Freund war, den ich hatte. Nun, Monsieur Credi, werde ich Euch mit diesem verrückten Priester allein lassen. Sie haben ihn nun endlich rausgeworfen, eine Entscheidung, die er, wie man an seinem Aufzug sieht, geflissentlich ignoriert. Ich muß mich um die Zubereitung unseres Essens kümmern. Dabei werde ich mir Gedanken darüber machen, was man tun könnte.

Wir werden um Punkt zwölf in meinen Gemächern essen. Es ist früh, ich weiß, aber es macht die Mutter Oberin rasend.«

Ich verbrachte den Morgen mit Patrick in den Wandelgängen des Klosters, schuldbewußt ob meines Glücks, während mein Meister nach wie vor in Lebensgefahr schwebte. Patricks Lehrtätigkeit hatte schließlich doch seine Exkommunikation nach sich gezogen, und, wie Marguerite-Louise angedeutet hatte, es war ein Urteil, das er ignorierte. Seit er San Casciano verlassen hatte, hatte er zwei weitere Schulen gegründet, die beide durchgehend in der Landessprache unterrichteten, worauf er immer noch unbändig stolz war. Er war der Großherzogin begegnet, als er kurz vor seiner Verurteilung den Konvent auf dem Montmartre besucht hatte. Ihre Beziehung war eine Zeitlang der Skandal von Paris gewesen, daher seine Verbannung nach Aix.

Um Punkt zwölf betraten wir die königlichen Gemächer, über dem äußeren Hof gelegen, wohin, wie mir klar wurde, die Karmeliterschwestern ihre Aufmerksamkeit gerichtet hatten, als man uns zuerst eingelassen hatte. Ein ausgiebiges Festmahl war bereitet worden, zum Teil, nahm ich an, zu unseren Ehren, und zum Teil, wie sich herausstellte, um die Abreise unserer Gastgeberin nach Paris zu feiern. Ich wartete mit Ungeduld auf die Entscheidungen, die sie getroffen hatte, wenn überhaupt.

Nach kaltem Braten und Kartoffeln wurde uns ein reichhaltiges Ragout von Kaninchen, Fasan und Ente serviert. Wir waren bereits weit mit diesem Gang fortgeschritten, wobei auch mehrere Flaschen Wein zur Neige gegangen waren, als sie auf die Sache zu sprechen kam.

»Ich habe«, sagte sie mit vollem Mund, »über unser Problem nachgedacht. Um irgend etwas zu erreichen, um überhaupt die Chance zu haben, etwas zu erreichen, muß der Druck auf Cosimo vom König selbst kommen.«

»Aber«, unterbrach ich vorschnell, »der König ist in Paris.«

»Nein. Der König ist nicht in Paris. Der König ist in Versailles. Da lebt der König von Frankreich. Jetzt sei bitte still und laß mich fortfahren. Die erste Prämisse, die wir zugrunde legen müssen, ist, daß der König *alles* weiß, was in der Toskana geschieht. Charles Colbert (der, falls ihr es nicht wissen solltet, der Staatssekretär und *wirkliche* Herrscher Frankreichs ist) hat mehr Spione in Europa als ein Hund Flöhe. Unser Gebrauch von nachweisbaren Tatsachen muß darum absolut korrekt sein. Zweitens müssen wir davon ausgehen, daß er nichts tun wird, außer er glaubt, es sei im Interesse Frankreichs und daher in seinem eigenen. Bibliothekare, an sich, interessieren Könige nicht. Darum kommen wir zur ersten Frage: Welches Interesse hat Frankreich an der Toskana? Die Antwort auf diese Frage ist: sehr wenig. Das einzige Interesse, das besteht, ist negativer Art und beschränkt sich darauf, irgendwelche Ambitionen von seiten Leopolds von Österreich zu vereiteln. Übrigens können wir auch annehmen, daß Leopolds Interesse genau das gleiche ist; nämlich, es ist darauf beschränkt, irgendwelche Ambitionen von seiten Ludwigs XIV. zu vereiteln. Unsere erste Aufgabe ist daher, Ludwig zu überzeugen, daß die Festnahme der intellektuellen Blüte von Florenz in irgendeiner Weise mit dem Wachsen des österreichischen Einflusses verbunden ist.«

Mir schwirrte inzwischen der Kopf. Auf die Vorstellung, daß meines Meisters Sicherheit in irgendeiner Weise mit den Erbfolgekriegen zu tun hatte, wäre mein fünfzehnjähriges Hirn bis dahin nicht im Traum gekommen. Sie fuhr fort:

»Ich glaube, ich habe einen Weg gefunden, wie sich das bewerkstelligen ließe. Jedermann weiß, daß Cosimos fette Mutter hinter den ganzen Festnahmen und Verfolgungen steckt. Colbert wird das wissen oder wird es in Minutenschnelle herausfinden. Nun, was Cosimo und seine Mutter noch mehr beschäftigt als die Juden und die Ketzerei, ist die Einheirat meines gräßlichen Sohnes in eines der Herrscherhäuser Europas. Damit hoffen sie einen dauernden Einfluß für das sterbende Haus Medici zu sichern. Vittoria della Rovere befürwortet, wie bekannt ist, eine Heirat mit Prinzessin Violante Beatrice von Bayern, einer Frau, die fast so häßlich sein soll wie mein Sohn. Was, nebenbei bemerkt, nicht der Grund ist, weshalb sie für diese Heirat eintritt. Sie ist selbst eine Deutsche und sympathisiert mit deren dumpfen Bestrebungen. Cosimo seinerseits neigt eher zu einer französischen Verbindung, mit wem auch immer. All dies wird Colbert bekannt sein. Hier haben wir daher ein Zusammentreffen von Interessen. Vittoria della Rovere befürwortet eine deutsche Heirat, und Vittoria della Rovere läßt die Eierköpfe hinter Schloß und Riegel bringen. Wir müssen nun nur noch eine Verbindung zwischen beidem herstellen. An dieser Stelle kommst du ins Spiel.«

Diese letzte Bemerkung war direkt an mich gerichtet und machte mich so kraftlos und schwach wie nur irgendeines der schrecklichen Ereignisse in den letzten zwei Wochen. Die Idee, daß ich eine Rolle in der Machtpolitik Europas spielen sollte, war mir, selbst in jüngerer Zeit, nie in dem Kopf gekommen. Sie fuhr fort:

»Du bist bei den geheimen Treffen zwischen den alten Mitgliedern des Cimento dabeigewesen.«

»Nur bei einem ...«

»Eines reicht völlig aus. Colberts Spione werden von diesen Treffen wissen, aber sofern sie nicht besser informiert sind, als man vernünftigerweise annehmen sollte, wird er nicht wissen, was dabei besprochen wurde. Wenn man ihn überzeugen kann, daß die Geheimtreffen dazu gedacht waren, Cosimo in Richtung einer französischen eher denn einer deutschen oder österreichischen Verbindung zu beeinflussen, gäbe dies einen Grund, sowohl der Großmutter die Suppe zu versalzen als auch die Interessen Frankreichs zu fördern. Es ist natürlich *absolut unerläßlich*, daß Colbert *selbst* zu diesem Schluß kommt. Wenn nötig, gegen den Widerstand derjenigen, die am meisten wünschen, daß er so denkt. Habe ich das alles klargemacht?«

Von meinem Blickpunkt aus war die ganze Angelegenheit so schwarz wie Tinte. Ich konnte eine Anzahl von Mängeln in diesem Plan erkennen, ungefähr hundert, um genau zu sein. Ich sprach den ersten an, in einer Stimme, die vor Beunruhigung und Furcht jetzt schon zitterte.

»Wie komme ich an diesen Signore Colbert heran?«

»*Marquis de* Colbert – das ist ganz einfach. Du mußt mit mir nach Versailles kommen. Ich wollte ohnehin morgen nach Paris fahren. Angesichts der Dringlichkeit können wir bereits heute nachmittag aufbrechen.«

Ich fühlte mich, als sei mein ganzer Körper unterhalb der Gürtellinie plötzlich in kaltes Wasser getaucht worden.

»Aber ...«, begann ich wieder.

»Es gibt kein ›aber‹. Die kleinen Details können wir in der Kutsche besprechen. Mit vier Pferden, regelmäßigem Wechsel und ein wenig Nachdruck bei den Kutschern können wir in zweieinhalb Tagen in Versailles sein. Wir werden in der Kutsche schlafen; die Mutter Oberin kann uns etwas von ihrem ungenießbaren Essen mitgeben. Wenn wir einen Tag dafür einrechnen, bis zum König vorzudringen, könnt ihr innerhalb einer Woche wieder hier sein.«

»Aber bis dahin ist mein Meister vielleicht schon tot«, sagte ich voller Verzweiflung.

»Natürlich. Er kann jetzt schon tot sein. Wir können nur hoffen, daß diese Bombonis es schaffen, diesem Pasto aus dem Wege zu gehen. Ich muß schon sagen, das scheint eine sehr seltsame Familie zu sein.«

Jedes weitere Argument war sinnlos. Nach dem Essen verließ uns Marguerite-Louise, um sich um die Vorbereitung und Verproviantierung der Kutsche zu kümmern, ein Unternehmen, das durch den Konvent widerhallte und, wie ich bemerkte, ein Leuchten auf die Gesichter der Schwestern zauberte, die mir über den Weg liefen.

Ich erhielt, wie immer, etwas Trost von Patrick, der mir sagte, daß Marguerite-Louise trotz ihrer scheinbaren Verrücktheit eine der besten und gerissensten Intrigantinnen in den Königshäusern Europas sei. Ich mußte es wohl glauben, und während die Nachmittagssonne noch auf ihr Dach brannte, rollte die Kutsche schließlich durch das Tor des Konvents, mit einer königlichen Prinzessin von Frankreich, einem fetten fünfzehnjährigen Jungen und einem Zwerg in ihrem geräumigen Innern. Hinter uns ritten vier Reiter, von denen ein jeder zwei weitere Pferde am Zügel führte, um die vier zu ersetzen, welche uns nun in einem schnelleren Tempo vorantrieben, als ein menschliches Wesen sich nach meinem Dafürhalten fortbewegen und es trotzdem überleben konnte.

»Warum, in Gottes Namen, fahren sie so *langsam*?« rief unsere Wohltäterin nach einer Stunde Fahrt, in der wir nach meinen Schätzungen fast dreißig Meilen zurückgelegt haben mußten, wobei wir eine Spur von Karren, Tieren und Bauern am Straßenrand zurückließen.

Von Zeit zu Zeit verlangsamte sich unser Tempo, zweifellos um Brücken zu überqueren oder um Vieh auszuweichen, das die Straße entlanggetrieben wurde. Wenn dies geschah, trieb es Marguerite-Louise zu neuen Höhen der Ungeduld, so daß sie wütend auf die Holzwand hinter den Kutschern hämmerte, ein Beispiel, nehme ich an, für den »Nachdruck«, von dem sie gesprochen hatte.

Zum Teil aufgrund unserer Reisegeschwindigkeit und zum Teil aufgrund meiner eigenen Erschöpfung wurde die Landschaft Frankreichs zu einem verworrenen Eindruck aus Farben und Bildern. Zuerst erschauderten und schüttelten sich die großen Alpes Maritimes jenseits der Wälder und Felder. Am zweiten Tag wurde das Land grüner. Insbesondere sah ich Weingärten in einer Fülle, die ich kaum glauben konnte. Diese waren durchsetzt mit ausgedehnten Waldgebieten, die Bäume am Straßenrand vom Unterholz befreit und gestutzt, das Holz mit bäuerlicher Sparsamkeit gebündelt und aufgestapelt. Es ist eine Straße, die ich nun viele Male gereist bin, und die angesammelten Erinnerungen trüben die scharfen Bilder der Jugend, aber es war ein reiches Land damals. Fett und weich wie Butter. Später, im weiteren Verlauf meines Lebens, hat Frankreich zu viele Kriege gefochten, an zu vielen Fronten, mit zu vielen Feinden. Wie ein Bär, bedrängt von allen Seiten, ist es seiner Stärke und seines Blutes beraubt worden. Nun redet man von Armut, Hunger und Unruhe. Man redet sogar von einer »englischen Revolution«. Persönlich habe ich da meine Zweifel. Franzosen brauchen Könige mehr denn irgendein anderes Land in Europa. Sie zu töten liegt nicht in ihrer Natur.

Am dritten Tag regnete es. Die Straße wurde zu Schlamm, und unser Vorankommen verlangsamte sich fast zu einem Schrittempo. Kein Nachdruck konnte mehr bewirken. Die Räder saßen fest und drehten sich. Zweimal waren wir gezwungen, Gruppen von Bauern anzuheuern, die sich für ein geringes Entgelt mit den Rädern abmühten, knietief in dem saugenden Schlamm. Am Ende des Tages waren wir noch fünfzig Meilen von unserem Ziel entfernt, unsere Pferde erschöpft und keine neuen verfügbar. Wir hielten daher in der kleinen Stadt Longueville. Marguerite-Louise schlief in der einzigen Herberge, während Bono und ich auf den Sitzen nächtigten und das selige Fehlen von Bewegung genossen.

Im Morgengrauen fuhren wir weiter, und gegen Mittag hatten wir den großen Palast von Versailles erreicht.

Marguerite-Louise hatte ihre eigenen Gemächer außerhalb der Palasttore im Château d'Enchat. Hier erhielten Bono und ich ein Zimmer zugewiesen, von dem aus ich auf die erstaunliche Welt unter uns herabblickte. Mir wurde rasch klar: So wie sich San Casciano zu Florenz verhielt, verhielt sich Florenz zu Versailles. Ich hatte nie einen solchen Anblick gesehen, nicht einmal in meiner Phantasie, so fruchtbar sie war. Männer und Frauen trugen Kleider aus purem Gold und Perücken, die sich um Unterarmlänge über ihren Köpfen auftürmten, bevor sie wieder in Locken herabwallten wie die nickenden Pferde aus Kinderspielzeiten. Schuhe sah ich, mit Spitzen so lang, daß sie mit goldenen Schnüren und silbernen Schnallen angehoben und am Knie befestigt waren. Alle Gesichter verschwanden hinter Puder und Rouge, während Hände in dem eleganten Dialog des Hofes gleich gefangenen Vögeln flatterten. Wir waren angewiesen worden, auf unserem Zimmer zu bleiben, und ich brauchte dazu nicht gedrängt zu werden. Bono indes ärgerten die Untätigkeit und der anscheinende Mangel an Gurken auf dem Markt.

Ich bekenne nun, daß die schiere Entfernung der Reise Florenz zu einer Welt der Träume und der Phantasie hatte schrumpfen lassen. Als ich auf die wippenden Perücken und die Laméschuhe starrte, schienen die Verliese des Bargello und ihre Saltiwärter einer anderen Galaxie anzugehören, tausend Jahre entfernt. Ich schlief und träumte von einem Mädchen, halb vergraben in goldenem Stroh.

Unmittelbar auf unsere Ankunft hin hatte sich Marguerite-Louise an den Hof begeben. Da sie berühmt für ihre Exzentrizität war, hatte sie die Reitkleidung, die sie während der ganzen Reise getragen hatte, anbehalten und auch ihr Haar nicht bedeckt, das in einem Wust von roten Locken auf ihre samtgedeckten Schultern fiel. Ich sah sie in der Menge verschwinden, welche sie vor sich teilte, wie ein Hund eine Herde von Schafen teilt. Einen Tag lang blieb sie fort, während wir von schweigenden Lakaien bedient wurden und den Luxus wiederholten Schlafs genossen. Niemand gab uns einen Hinweis, warum sie nicht wiederkam, und wir waren so machtlos, wie man sich nur vorstellen kann.

Am Morgen des folgenden Tages, des vierten, seit wir Aix verlassen hatten, kehrte sie zurück, unverändert bis auf das Licht des Triumphs, das in ihren Augen tanzte.

»Ich habe Colbert zweimal gesehen. Einmal gestern abend und einmal heute in der Frühe. Ich sagte ihm, daß ich eine seltsame Gesandtschaft von Florenz mitbrächte. Ich sagte ihm, es sei irgendein Unsinn über eine Gesellschaft namens Cimento, bayerische Heiraten und so weiter. Ich sagte ihm, ich würde aus der Sache nicht schlau, aber ich dächte, eine höfliche Ablehnung würde genügen. ›Ah, wer weiß‹, sagte er«, und sie führte ihre Fingerspitzen zusammen in offensichtlicher Nachahmung des Marquis. Sie fuhr fort mit einer Stimme so weich wie Pelz: »›Seien wir nicht voreilig‹, sagte er. ›Ich habe von geheimen Treffen in Florenz gehört. Unsere österreichischen Freunde könnten da nicht ganz unschuldig sein.‹ Ich sagte ihm natürlich, daß ich das für Unsinn hielte. Ich verwies auf meine Jahre in Florenz und die Tatsache, daß ich nie irgendwo eine österreichische Verschwörung entdeckt hätte. ›Nun, meine Teuerste‹, erwiderte er, ›das mag wohl sein, weil Ihr so viel damit zu tun hattet, Eurem schrecklichen Gatten aus dem

Weg zu gehen. Oft können die, die dem Boden am nächsten sind, das Gras nicht sehen.‹ Das war gestern abend. Er bat mich, heute morgen wiederzukommen, während er inzwischen seine ›Erkundigungen‹ einziehe. Als ich ihn wiedersah, war er ganz überzeugt. ›Ich glaube, an der Sache ist mehr, als es den Anschein hat. Bedenkt doch: Wer könnte so verrückt sein, einen greisen Bibliothekar einzusperren und alle möglichen Probleme und Unruhen zu riskieren, alles für ein paar Bücher? Es steckt mehr dahinter, und ich glaube, die Antwort liegt in Bayern. Ihr sagt, dieser junge Mann sei bei diesen Treffen anwesend gewesen, hmmmm? Ich glaube, wir sollten ihn uns ansehen.‹ – ›Wir?‹ fragte ich, und er sagte: ›Der König ist an dieser Sache interessiert. Er mag Italien.‹ So könnte es also funktioniert haben. Wir haben eine private Audienz, um drei.«

Den Rest des Tages verbrachte ich in einem Zustand ähnlich dem letzten Stadium des Fieberwahns. Ich war angewiesen worden, meine Reisekleidung zu tragen, und so würde es zumindest kein Problem mit roten Hosen geben. Um kurz nach zwei ließen wir Bono an der Tür des Châteaus zurück und bahnten uns einen Weg durch die Menschenmenge, welche die eisernen Tore umgab, jenseits derer Kieswege und runde Treppen vorbei an den berühmten Fontänen zum eigentlichen Palast führten. Wir hatten kein Gefolge mitgebracht, und so gaben wir ein seltsames Paar ab, als wir die Steintreppen hinaufstiegen und nach Vorlage unserer Einladung in die großen Säle vorgelassen wurden. Hier nahm sich ein Lakai unser an und führte uns den langen Rundweg zu den königlichen Gemächern, die zu jener Zeit für private Empfänge genutzt wurden. Seitdem bin ich in vielen Palästen gewesen. Ich kann schlicht sagen, daß keiner davon seiner Pracht auch nur nahegekommen ist, und neben ihm nahm sich der Pittipalast wie Bonellis Schänke aus.

Wir kamen schließlich in das unvermeidliche Vorzimmer, nicht unähnlich dem, wo mein Meister und ich auf das Belieben Cosimos und seiner Mutter gewartet hatten. Hier gab es keine Pause, und nachdem unsere Beglaubigung vorgezeigt worden war, wurden wir alsgleich in einen Raum von bemerkenswerter und angenehmer Schlichtheit geführt. Hier geschah es, daß ich, Fredo Credi, Sohn Gallupe Credis, manchmal bekannt als Boti, vor das Angesicht des Sonnenkönigs trat.

Er saß hinter einem Schreibtisch, offenkundig mit irgendwelchen Staatsgeschäften befaßt. Von seinen Zügen konnte ich nichts sehen über die Allongeperücke hinaus, die zu beiden Seiten fast bis auf die intarsienverzierte Tischplatte herabfiel. Etwa fünf Schritte hinter ihm war ein schlichter Marmorkamin zu erkennen, und daneben stand so, daß sich sein Hut in dem Barockspiegel widerspiegelte, eine zweite Gestalt, offensichtlich Colbert, der Marquis de Croissy. Dieses Gesicht konnte ich wohl sehen, und es trug ein höfliches Lächeln des Willkommens, kalt wie Fisch. Unaufrichtig lächelte ich zurück, was ein leichtes Stirnrunzeln auf einer der mächtigsten Stirnen Europas hervorrief. Abgesehen von dem geschäftigen Kratzen der Feder des Königs, war es still. Ich wartete gespannt.

Ohne aufzublicken oder im Schreiben innezuhalten, sprach der König: »Was halten wir von Bossuet?«

Ich war auf alles vorbereitet gewesen, aber dies, wie aus irgendeinem obskuren Grund die Engländer sagen, »ging glatt durch den Schläger«.

»Majestät?«

»Sire. Die Anrede ist Sire. Aber mach dir keine Sorgen deswegen. Hunderte machen denselben Fehler, die es viel besser wissen sollten als du. Was ich sagte, war: ›Was halten wir von Bossuet?‹«

Es war natürlich ein Test. Wahrscheinlich eine Falle. Das

war mir sogleich klar, aber wie der Hummer war ich bereits drin, ohne die leiseste Idee, wie ich wieder rauskommen konnte. Ich versuchte Zeit zu schinden.

»Er ist ein Professor der Theologie.«

»Ja, ja. Wir wissen, wer er ist. Er hat schließlich meinen Sohn unterrichtet. Der Junge ist ein Holzkopf, aber das ist nicht sein Fehler. Bossuets, meine ich. Nicht sein Fehler. Ich schätze, dem Jungen kann man es auch nicht vorwerfen, daß er nur Geröll im Kopf hat, aber er scheint es auch noch zu genießen. Jedenfalls, wir wissen, wer er ist ...« An diesem Punkt hob sich das königliche Haupt, und die weiten, kühlen Augen sahen direkt in die meinen. »... Was wir wissen wollen, ist, ob er ein Narr oder eine Bedrohung ist.«

Ich mußte antworten. Ich kann mich daran erinnern, wie ich nachdachte, mit aller Konzentration, die ich aufbringen konnte. Was würde mein Meister sagen? Ich hatte nur Sekunden, um mich zu besinnen, bevor ich sagte: »Ich würde sagen, er ist keins von beidem.«

Die königlichen Brauen hoben sich in gespielter Überraschung. »Keins von beidem? So, so. Habt Ihr seine Werke gelesen?«

»Ja, Sire. Sie sind wohlbekannt in Florenz. Wir haben *L'Exposition de la Foi Catholique* in der Medici-Bibliothek, und es ist noch nicht verboten oder indiziert worden.«

»Verboten? Indiziert? Glaubt Ihr, man würde das tun?«

»Ja, Sire, ich halte es für unausweichlich.«

»Wirklich! Hört Ihr das, Charles?« sagte er mit einer Kopfbewegung in die Richtung des anderen Mannes, der ungerührt blieb. »Sie werden den guten alten Bossi bannen. Das wird ihm gar nicht gefallen. Aber sag mir: Warum sollte man seine Werke verbieten und auf den Index setzen?«

»Er behauptet, daß Gottes Ziel das Glück der Menschheit sei und daß der Mensch Gott wahrnimmt, den Beweis für Seine Existenz hat, durch sein eigenes Glück.«

»Ja? Kann man das bezweifeln? Warum sollte das ihn zu einer Gefahr für deinen toskanischen Erzherzog machen?«

»In der Toskana ist das Volk nicht glücklich. Die Menschen sind beladen mit Armut und Krankheit, ihr Leben ist mühselig und kurz. Wenn Monsieur Bossuet recht hat, dann leugnet entweder ihr Los die Existenz Gottes selbst, *oder* sie werden das *Potential* für Glück und somit die Existenz Gottes wahrnehmen. In diesem Fall muß der Mangel an *wirklichem* Glück vor der Tür ihrer Fürsten liegen.«

Von dem Kamin hinter dem Kopf des Königs aus sprach Colbert, leise und mit knapper Betonung: »Das ist zu einfach. Wenn er von ›Glück‹ spricht, meint er nicht die Freude des Schweins am Trog. Er redet von der erhabenen Glückseligkeit, die im Glauben zu finden ist.«

»So sagt man, Monsieur, aber wenn das zutrifft, dann ist die zentrale Behauptung eine Tautologie. Wenn ›Glück‹ gleich ›Glaube‹ ist, dann, nach Monsieur Bossuet, beweisen wir Gott durch unseren Glauben an ihn. Ich beweise die Existenz eines Hutes nicht, indem ich sage, daß er auf meinem Kopf sitzt.«

Der König lächelte.

»Nun, Charles, was sollen wir *dazu* sagen? Wie beweist Ihr Euren Hut, außer daß Ihr ihn im Spiegel seht?«

Der Marquis hatte auch gelächelt und ließ die Frage unbeantwortet. »Was wir dazu sagen, ist, daß es gut ist, das Glück des Volkes im Sinn zu haben.«

Der König sah mich nun scharf an. »Sag mir, die Ansicht, die du da vertreten hast. Ist das auch die Ansicht deines Meisters?«

»Nein, Sire«, sagte ich. »Ich glaube, er dürfte eher mit Monsieur Bossuet übereinstimmen.«

»Wirklich! Du hast die Sache gegen ihn so gut vertreten, daß ich fast schon so weit war, ihn selbst zu verbieten.« Und die königlichen Schultern bebten in einer stummen und privaten Heiterkeit. »Das hätte ihm *weiß Gott* nicht gefallen. Ihr seht, Monsieur Credi«, fügte er, nun ernst werdend, hinzu, »wir dürfen nicht länger mit Euch spielen. Ich sollte Euch sagen, daß ich die Werke Jacques Bossuets als den besten Kompaß ansehe, den ich besitze, um dieses schwierige Schiff zu leiten.«

Meine Erleichterung war groß. Ich hatte kein Wort des berühmten Philosophen gelesen, aber war durch reinen Zufall während einer langen und zeitweise scharfen Diskussion zwischen meinem Meister und Lorenzo Bellini über genau jenes Thema anwesend gewesen. Meine Erleichterung jedoch war nur kurzlebig, als der König fortfuhr: »Erzählt mir etwas über diesen Cimento.«

Zumindest darauf war ich vorbereitet. »Es handelt – oder handelte – sich dabei um eine gelehrte Gesellschaft, gewidmet der Untersuchung der Methode. Ähnlich der Royal Society in London oder Eurer eigenen Académie Française.«

»Aha!« rief der König aus, daß ich zusammenschrak. »Ich glaube, Monsieur Credi, Ihr habt uns nicht die ganze Geschichte erzählt.« Als ich nicht antwortete, fuhr er fort: »Keine Angst, Monsieur, wir wissen alles, was in der Toskana geschieht. In ganz Italien, was das betrifft. Eure Gesellschaft hat sich im geheimen getroffen, stimmt das nicht?«

»Sire ...«, begann ich, aber er hob die Hand.

»Nein, leugnet es nicht. Ich sehe bereits, daß Ihr ein kluger Bursche seid und loyal. Ich würde nie von Euch verlangen, einen Eid zu brechen, den Ihr geschworen habt. Aber wir wissen, daß Ihr geheime Treffen abgehalten habt, und darüber hinaus, daß diese nicht nur die Fehlbarkeit der Methode betrafen. Keine Gruppe von Männern würde dafür die Streckbank riskieren. Wir wissen, daß die Gesellschaft eine französische Heirat befürwortet und daß dies der Grund ist, weshalb diese dicke Österreicherin (deren Name mir im Augenblick entfallen ist) all Eure Vordenker hinter Schloß und Riegel gesteckt hat.«

Ich merkte, mit gelinder Überraschung, daß er innegehalten hatte in der Erwartung, eine bewundernde oder erstaunte Reaktion zu sehen. Ich tat mein Bestes, wiegte den Kopf von einer Seite zur anderen in einer Geste, die, wie ich hoffte, mein Erstaunen über die Effizienz der französischen Spione zum Ausdruck brachte. Ansonsten erschien mir Schweigen als die beste Politik, und das erwies sich als richtig.

»Nun, Monsieur Credi, unsere Cousine erzählt uns, daß Ihr gekommen seid, um mich zu bitten, meinen Einfluß geltend zu machen. Offen gesagt, ob ich überhaupt Einfluß am toskanischen Hof habe, ist zweifelhaft. Er war gewiß größer, bevor Marguerite einen solchen Trümmerhaufen aus ihrer Ehe gemacht hat. Nein, nein, ich will darauf jetzt nicht eingehen. Aber ich habe einen gewissen Einfluß, und Euer Herzog Cosimo ist sehr erpicht darauf, seinen Sohn in den französischen Adel einzuheiraten. Ein schrecklicher Junge, wie ich gehört habe. Noch schlimmer als meiner. Jedenfalls, ich bin einer solchen Verbindung nicht abgeneigt, wenn sich eine passende Heroin finden läßt, und wir sind nicht undankbar gegenüber unseren Freunden. Es wird Euch darum freuen zu hören, daß ich an Cosimo geschrieben habe – er ist ohnehin ein entfernter Verwandter von mir – und ihn um Milde im Falle einiger der Festgenommenen ersuche. Euer Meister ist auch dabei. Ich habe dies getan mit dem Argument des wissenschaftlichen Fortschritts. Goldenes Zeitalter der Forschung ... Grenzen der Wissenschaft... etwas Häresie unvermeidlich ... Bibliothekare von beschränkter Intelligenz ... Mangel an der göttlichen Eingebung von Fürsten, *et cetera, et cetera*, all das Zeug. Aber nur für den Fall, daß er es nicht kapiert, habe ich in demselben Brief auch vorgeschlagen, daß ein französischer Gesandter seinen

Kanzler treffen sollte, um über die Heirat seines Sohnes zu reden.«

Ich wußte nicht, was ich tun sollte. Ich hatte keine Übung darin, die Gnade von Königen entgegenzunehmen. Was ich tat, war rein intuitiv. Ich fiel auf die Knie.

»Na, na, meine Güte«, sagte des Königs Stimme über mir, »wie überaus italienisch. Sehr unklug. Wenn die Leute glauben, Ihr würdet jedesmal hinfallen, wenn man etwas für Euch tut, werden sie weniger bereit sein, Euch zu helfen.«

Ich stand unbeholfen wieder auf und sagte: »Sire, wie soll ...«

»Macht Euch darüber keine Sorgen. Der Bote ist bereits heute morgen aufgebrochen. Das soll jedoch nicht heißen«, fügte er hinzu, »daß man ihn nicht wieder zurückgerufen hätte, hättet Ihr unsere kleine Prüfung nicht bestanden. Ich werde Jacques Bossuet von Eurer Wertschätzung berichten. Er mag Italien. Ich würde mich nicht wundern, wenn er Euch eines Tages in Florenz besucht.«

Als ich mich verbeugte, fügte er hinzu: »Ich habe eine Kutsche für Euch und Euren Zwerg bereitstellen lassen, die Euch bis nach Aix-en-Provence bringen wird. Meine Cousine hier ist so mittellos wie eine Hugenottenhure und braucht ihren eigenen Wagen. Sie ist angewiesen auf Geld von Eurem Herzog, das niemals kommt. Es ist alles eine schreckliche Plage für mich. Außerdem, wenn Ihr so freundlich sein würdet, diesen irischen Priester zurück mit zur Toskana zu nehmen, wäre ich Euch sehr dankbar. Er verursacht schreckliche Skandale, wohin er auch geht.«

Er nahm die Feder wieder auf, und ich war schon halb dabei, mich mit einer tiefen, unbeholfenen Verbeugung zurückzuziehen, als er noch einmal das Wort ergriff. »Ach, ja. Ich wollte Euch noch sagen, daß ich Euren Vater kannte. Ganz gut sogar. Als ich viel jünger war, pflegte ich durch

Paris zu streifen, *incognito*. Ließ mich mit einer schlimmen Meute ein, Racine, Molière, La Fontaine und anderem Pöbel. Dein Vater war oft da, seine Bücher zu sammeln. Er wußte natürlich nicht, wer ich war, aber wir kamen sehr gut miteinander aus. Wir haben viel Spaß gehabt. Ich würde an Eurer Stelle einen Bogen um die Rue St.-Honoré machen. Es könnte sein, daß Ihr noch jemandem Geld schuldet.«

Die letzte Erinnerung, die ich an ihn habe, war ein zugleich müdes und ein wenig verruchtes Zucken der Mundwinkel, während hinter ihm der Marquis, still wie eine Statue, ebenfalls höflich zum Abschied lächelte.

24

Zu feiern war keine Zeit. Als wir die Palasttore durchschritten, umfaßte ich meine Begleiterin mit der spontanen Agonie der Erleichterung, aber sie winkte meinen Dank ab. »Menschen tun alles, wenn sie nur glauben, besonders klug zu sein«, sagte sie, und es ist wohl eine der weisesten Bemerkungen, die ich je gehört habe.

Die Kutsche stand in der Tat in den königlichen Stallungen für uns bereit. Toskanisch bis in die Stiefelspitzen, staunte ich ob solcher Effizienz. So waren wir geradezu von einem Triumphgefühl erfüllt, als wir zum Château zurückkehrten. Ja, erst als ich mit meinem Bericht an Bono schon fast zu Ende war, überkamen mich die ersten schrecklichen Ahnungen, daß unser Vorhaben doch zum Scheitern verurteilt sein mochte. Euphorie über unseren Triumph (und, um ehrlich zu sein, ein gewisses Maß an Selbstgefälligkeit) hatten die Wirklichkeit unserer Lage überdeckt. Wir waren fast tausend Meilen von Florenz entfernt. Selbst mit Hilfe unserer königlichen Kutsche und bei schönem Wetter, sicherer Fahrt und verfügbaren Pferden in Aix war es eine Reise von neun Tagen. Es war jetzt zehn Tage her, seit wir die Stadt verlassen hatten. Unsere Abwesenheit insgesamt würde kaum weniger als drei Wochen betragen und vielleicht noch mehr. Die Macht Pasto Bombonis reichte aus, um einen Mord binnen Minuten zuwege zu bringen. Und so war ich mit einem Male, als ich in Bonos lächelndes Gesicht sah, von der völligen Gewißheit erfüllt, daß wir zu spät kommen würden.

Letztlich brauchten wir länger. Der Regen kam zurück, prasselte gegen die Seite der Kutsche, drang durch die Türen und Fenster. In dem engen Raum war die Luft ständig klamm, und die Polsterung wurde regelrecht durchweicht. Die Straßen verwandelten sich in Flüsse aus Schlamm und Schlick, in denen wir mit quälender Regelmäßigkeit steckenblieben. Bei diesen Gelegenheiten stiegen wir aus, um mit den Kutschern, den Pferdeknechten und jedem, der aus der Umgegend zu der gefährlichen Aufgabe angeworben werden konnte, knietief im Schlamm, vom Regen gepeitscht, gegen die Speichen und Felgen gestemmt, die Räder wieder freizubekommen.

Während eines solchen Unternehmens verlor Bono den Griff am Reifen des Vorderrads und verschwand vollständig in dem Meer aus Schlamm. Da der Wagen zugleich einen Satz machte, hatte ich schon Angst, er sei daruntergeraten, aber dann erhob er sich wieder, eine Gestalt aus einem Alptraum, deren Zähne aus dem triefenden Schlamm herausragten, und warf sich erneut in die unbeweglichen Speichen.

Am vierten Tag waren wir kaum hundert Meilen von Versailles entfernt, erschöpft, unsere Kleider von Schlamm und Lehm durchtränkt. Wir machten in Orleans halt. Wir hatten keine andere Wahl. Die Pferde waren am Ende, die Vorderachse war angebrochen, und unsere Kutscher waren der Meuterei nahe. Zwei Tage blieben wir dort, bis der Regen aufhörte und die Sommersonne zurückkehrte. Sauber, in neuen Kleidern, mit geflickter Achse und neuen Pferden machten wir uns schließlich wieder auf die endlose Reise.

Bono blieb guten Mutes. Es machte einen rasend, war jedoch zugleich ansteckend, wie er die ganze Zeit seine trockenen und pointierten Kommentare über den Zustand der Menschen und des Landes abgab, durch das wir fuhren. Er hatte die Verachtung eines Sizilianers für die Franzosen, die er für schlapp, sinnlich und stupide hielt. Auf unserem Weg stahl und verzehrte er enorme Mengen von Gemüse, ein Gutteil davon noch unreif. Er zeigte auch ein immens breites Wissen an häretischer Literatur, Theologie und unflätigen Versen. Er ertrug meine Ungeduld und meine Klagen mit der phlegmatischen Toleranz des geläuterten Freibeuters, und in einem Meer von Verzweiflung war sein Lachen wie ein Floß.

Trotz der Besserung des Wetters kamen wir immer noch nur sehr langsam voran. Der Schlamm der Straßen war zu tiefen Rillen getrocknet, die Rotten von Bauern nun zu füllen und einzuebnen sich mühten, wobei sie ein neues, mürrisches Hemmnis für unser Vorankommen bildeten. Alles in allem brauchten wir von dem Zeitpunkt unseres Aufbruchs von Versailles an fast zwei Wochen, um den Konvent in Aix zu erreichen.

Inzwischen hatte mich ein Fieber befallen. Phantasierend, kalt, schweißgebadet, wurde ich von Alpträumen von schrecklicher Klarheit heimgesucht. Wenn ich wach war, wurde ich das Opfer von Halluzinationen. Caterina saß neben mir in der Kutsche, eine Hand in der meinen, während die andere mir Gesicht und Stirn mit einem so feuchten Tuch abwischte, daß Wasser, kalt wie Eis, in meine Augen und über meine ausgetrockneten Lippen rann. Manchmal wußte ich, daß es der Zwerg war, der diese Liebesdienste verrichtete, und in klaren Momenten lächelte ich in schwacher Dankbarkeit, bevor ich zu Visionen vom Bargello und von der Streckbank zurückkehrte. Ich hatte schon drei Tage in diesem Zustand gelegen, bevor wir den Konvent erreichten. Es dauerte eine weitere Woche, ehe ich wieder reisen konnte. Ich hätte mir keine bessere Pflege wünschen können, aber ich war nicht imstande, gegen die Länge der Pflege und Konvaleszenz Widerstand zu leisten, die man für meine Genesung für notwendig hielt.

Als ich wieder aufnahmefähig war, erfuhr ich, daß Patrick am selben Tag, als wir nach Versailles abreisten, nach Florenz aufgebrochen war. Ich hatte halb damit gerechnet, daß er dies tun würde, aber ich hatte nun einen weiteren Grund zur Besorgnis. Auch waren inzwischen meine Geldmittel nahezu erschöpft. Meinen Wechsel hatte ich in Versailles eingelöst, wobei ich mir den Abzug einer unverschämten Kommission hatte gefallen lassen müssen, und das Gold, das ich erhalten hatte, war kaum genug, uns mit der billigsten Kutsche und einem entsprechenden Kutscher zu versorgen, und von dem Zustand der Pferde war es klar, daß wir wiederum nur im Kriechtempo vorankommen würden.

Ich war indes immer noch schwach und krank, und dies rief eine Resignation hervor, die an Apathie grenzte. Es war nun fast fünf Wochen her, seit wir Florenz zu einer Reise verlassen hatten, die zehn Tage hätte dauern sollen. Selbst diese Zeitspanne hätte schon eine Katastrophe bedeuten können. Wir hatten sie um das Vierfache überschritten. Ich wurde von Schuldgefühlen gepeinigt. Wären wir nicht besser sofort zur Stadt zurückgekehrt, gewappnet mit dem wie auch immer gearteten Einfluß, den Marguerite-Louise allein hätte ausüben können? War nicht die Reise nach Versailles in Wirklichkeit zu meiner eigenen Sicherheit gewesen? Mir war elend zumute. Ich konnte nicht essen, und ich saß auf den unbequemen Brettern unseres Wagens, hohläugig, schweigend und verzweifelt. Ohne die ständige

Aufmerksamkeit und Energie meines Begleiters hätte unser Fahrer gut und gerne einen Leichnam abliefern mögen, eine Aufgabe, für die er wie geschaffen erschien.

Wir schliefen im Wagen; unsere finanzielle Situation erlaubte es nicht anders. Die Tage waren heiß, und die Nächte waren kühl, und es dauerte sechs Tage, von unserem Aufbruch in Aix an gerechnet, bis wir die Grenze zur Toskana überschritten. Die zeitlose ockerfarbene und graugrüne Landschaft fiel um uns wie ein Tuch, durch das die Pappeln in den stillen blauen Himmel stachen. Ich war daheim, fast jedenfalls, und trotz meines Elends, der bitteren Sorgen, die nun in meinen schmerzenden Kopf zurückfluteten, und der Armut und Not des Volkes hob sich mein Herz, und mein Blick klärte sich.

Am siebten Tage konnten wir schließlich von den Hügeln bei Pistoia auf die Stadt sehen, und wir begannen unseren langen Abstieg in das Tal des Arno. Immer noch kamen wir erschreckend langsam voran und wurden in unserem Wagen hin und her geschaukelt, während die Stadt vor unserem langsamen Näherrücken immer weiter zurückzuweichen schien.

Wir erreichten schließlich das Al-Prato-Tor, als die Spätnachmittagssonne nur noch baumhoch über den Hügeln stand. Die Stadt schien sich wenig verändert zu haben; die durchsetzten Düfte von Fäulnis und Abendküche waren bittersüß vor Seuche und Vertrautheit. Wir kamen an Santa Maria Novella vorbei und bogen Minuten später in die Via del Corso ein. Ich war krank vor Schwäche und Schrecken und Angst, aber als der Wagen auf Bonos Geheiß zum Halten kam, taumelte ich hinaus, stolperte über die unebenen Pflastersteine und blieb vor der Tür stehen. Das Fenster zur Bibliothek war immer noch zerbrochen. Drinnen brannten Kerzenleuchter, und ich vermeinte die Stimme Lorenzo Bellinis zu hören, schrill, doch ob aus Zorn, Angst oder Erregung, konnte ich nicht sagen. Der Ohnmacht nahe packte ich den eisernen Klopfer und schlug gegen das Holz. Sekunden später wurde die Tür nach innen aufgezogen, und ich, der ich immer noch den metallenen Ring umklammerte, wurde mit hineingezogen ins Haus.

25

»Man hat ihn an den Daumen aufgehängt«, sagte Lorenzo Bellini, wobei er sich ein weiteres Glas Wein einschenkte. »Die anderen waren auch alle tot, aber ihre Leichen wurden nicht auf so schreckliche Weise zur Schau gestellt.«

»Eine schreckliche Sache«, meinte Patrick. »Ein scheußliches Verbrechen.«

»Das meine ich auch«, sagte mein Meister.

»Nun, ich nicht«, ließ sich Vincenzo Viviani vernehmen. »Als ich die Nachricht in meiner Zelle hörte – zwei von den Wachen sprachen darüber im Gang –, empfand ich nichts als Freude. Er war ein durch und durch schlechter Mensch.«

»Vielleicht, Vincenzo«, sagte mein Meister, »Aber das entschuldigt die Sünde nicht. Außerdem, was ist mit den anderen, die bei ihm waren ...«

»Sie waren auf *Mord* aus ...«

»Sie waren auf nichts anderes aus, als die Befehle ihres Herrn auszuführen. Darin liegt die Tragödie. Die Verderbnis dieser Zeit. Eine Gruppe von Männern (und gute Menschen, wenn Fredo recht hat) kommt so weit, daß sie andere tötet, unter denen ihre eigenen Verwandten gewesen sein mögen, gar ihre Söhne. Die Schuld dafür, fürchte ich, liegt nicht bei den Mitgliedern der Salti. Holzköpfe mögen sie sein, aber sie haben nicht die Steuern erhoben, nicht die Monopole verkauft, nicht die Verfolgung der Juden oder die Verbrennung der Bücher befohlen.«

Er saß an dem großen Fenster, das auf den Kanal hinausging. Lorenzo und Viviani saßen am Tisch. Bono hatte sich längst ins Bett verzogen. Ich saß auf der Ottomane und kämpfte gegen die Wellen des Schlafs. Neben mir studierte Patrick einen Teil des neuen Bücherschranks. Die Nacht war hereingebrochen, obwohl es noch früh war. Die Lampe auf dem Tisch malte einen hellen Kreis, welcher nicht ganz bis an den Lichtschein heranreichte, der von den Kerzenleuchtern geworfen wurde, welche die Zimmerleute, die noch bis vor einer Stunde mit dem langen Prozeß des Wiederaufbaus befaßt gewesen waren, hatten brennen lassen. Das große Fenster stand offen, und jenseits davon war über dem Klappern der Läden in ihren metallenen Schließen das leise Plätschern des Wassers zu hören.

»Nun«, sagte Viviani, »ich respektiere, was du sagst, Antonio, aber ich fürchte, ich kann dir nicht zustimmen. Der Pittipalast und die Inquisition wären machtlos ohne die Dienste dieser ›Holzköpfe‹, und niemand ist verpflichtet, die bösen Handlungen eines anderen auszuführen.«

»Dann laß uns friedlich verschiedener Meinung sein«, sagte mein Meister lächelnd, »anstatt jetzt anzufangen, uns die Köpfe einzuschlagen. Viel wichtiger erscheint mir im Moment, Fredo zu überreden, ins Bett zu gehen, bevor er von der Ottomane fällt.«

Ich ließ mich überreden. Sie erhoben sich, als ich ging, was mich ein wenig in Verlegenheit brachte, aber bevor ich das *Cenacolo*, das jetzt großenteils schon wieder von neuen Regalen verdeckt war, hinter mir gelassen hatte, hörte ich, wie sie ihre Sitze wieder ein- und ihr Gespräch wieder aufnahmen.

Ich lag in meinem Bett und sah die Früchte und Blätter der Stuckverzierung im Kerzenlicht über meinem Kopf tanzen. Ich war warm und, so hatte Lorenz nach kurzer Untersuchung erklärt, gesund. Müdigkeit bedrängte mich, als ich mir unsere derzeitige Situation in meinem Geist vergegenwärtigte, als Schutzschild gegen Alpträume und Zweifel.

Alessandro Bomboni hatte meine beiden Briefe am selben Tag erhalten, als ich Florenz verließ. Er hatte sich strikt geweigert, die Abdeckerei zu verlassen, womit er die erstaunliche Fähigkeit von menschlichen Wesen unter Beweis stellte, ihr eigenes Territorium zu verteidigen, so verkommen und hoffnungslos es auch sein mag. Pasto hatte seinerseits keine Zeit vergeudet, eine loyale Bande von Schlägern innerhalb der Salti zusammenzusuchen, und am sechsten Tag nach unserer Abreise hatte er sich mit einer zwanzig Mann starken Truppe auf den Weg nach San Casciano gemacht.

Sie hatten bei Galazza auf ihn gewartet. Nicht ein Mitglied der Salti entkam. Es war anscheinend weithin bekannt in Florenz, daß der Hinterhalt das Werk einer Gruppe von Gesetzlosen war, viele aus der Gegend von Galazza, angeführt von einem Mann namens Mario Corcho. Ein Jahr zuvor war er von Pasto Bomboni und einer Gruppe von Bütteln, angeheuert von den Brüdern Assinari, zusammengeschlagen und übel zugerichtet worden. Ja, man hätte ihn vielleicht gar getötet, wäre da nicht das Einschreiten meines Vaters gewesen, eine Geschichte, die inzwischen zur Legende geworden war.

Die Nachricht von dem Massaker war wie ein Lauffeuer durch die Stadt gegangen. Seltsamerweise machte es die Lage der Gefangenen insofern prekärer, als die Macht, die ich über Bomboni besaß, mit ihm bei Gallazza gestorben war. Um die Disziplin aufrechtzuerhalten, war es indes erforderlich, kurzfristig einen neuen Kommandanten zu ernennen, und die Wahl war auf einen Salti-Hauptmann mit einem kranken Rücken und einer gefleckten Nase gefallen. Aus einem Grund, der vielen verborgen blieb, schien dieser nicht dieselbe Begeisterung für das Zufügen von Schmerzen und das Verbrennen von Büchern zu besitzen.

Nach dem Bekanntwerden von Bombonis Tod wurden eine Mutter und deren Tochter aus dem Stinche-Gefängnis entlassen. Hier waren sie beide fast eine Woche lang eingekerkert gewesen. Die Tochter hatte versucht, die Freilassung ihrer Mutter durch Bestechung zu erwirken, was in jedem anderen Fall ohne Schwierigkeiten gegangen wäre außer in diesem, der unter die persönliche Ägide des Kommandanten der Salti fiel. Auf die Nachricht von seinem Tode hin nahmen diejenigen, die mit der Bewachung der Frauen betraut waren, das Geld mit der gewohnten Eilfertigkeit. (Gleichfalls freigelassen, im Rahmen derselben Transaktion, wurde eine Hausmagd; wie es hieß, eine Jüdin.) Sobald sie frei waren, hatten Lisa und Caterina sich nach Pisa aufgemacht, wo sie immer noch unter dem Schutz der Universitätsbehörden verblieben, ungewöhnliche Zierden der akademischen Haine. Lorenzo hatte sie vor seiner eigenen Reise nach Florenz gesehen. Er hatte von unseren Abenteuern in Impruneta gehört und bemerkte mir gegenüber mit offenkundiger Belustigung, daß mein »Stern hoch am Mascini-Firmament« stehe. Dies rief in mir ein Gefühl hervor wie damals in dem Fieber, das ich erlitten hatte, und führte zu einem völligen Verlust des Atems und einem Taumel der Sinne. Mutter und Tochter sollten morgen zurückkehren, und bei jenem Gedanken brannte mein junger Körper.

Die Bombonis waren natürlich unverletzt geblieben, und Nicola war gar nach dem Tod ihres Bruders nach Florenz gekommen. Sie hatte, schien es, eine sofortige Zuneigung zu Carlo Bassani gefaßt, dem Bibliotheksgehilfen, der die Warnung überbracht hatte. Vielleicht mehr, um ihren Enthusiasmus zu dämpfen, als aus einem unmittelbar akademischen Grund hatte man ihr eine untergeordnete Stelle in der Medici-Bibliothek angeboten, als erster ihres Geschlechts, der je solch eine zweifelhafte Auszeichnung zuteil wurde.

Die Freilassung meines Meisters, Datis, Vivianis und anderer, die für ähnliche Häresien eingekerkert worden waren, folgte auf die Ankunft eines königlichen Boten aus Frankreich. Er, wie man sich erinnern wird, hatte Versailles etwa zwölf Stunden vor unserem eigenen Aufbruch verlassen und war so um Haaresbreite vor dem Sturm davongeritten, der ganz Mittelfrankreich überschwemmte. Er hatte den Weg in der schnellstmöglichen Zeit zurückgelegt und war drei Wochen zuvor in Florenz angekommen. Es würden, so hieß es, bereits Vorbereitungen getroffen für eine Hochzeit zwischen Ferdinando und einer französischen Prinzessin von zweifelhaftem Alter, von der bislang nie jemand etwas gehört habe.

Was meines Meisters Bibliothek betraf, so hatte sich herausgestellt, daß die Salti in Begleitung jesuitischer Inquisitoren gekommen waren, die mit Listen angeblich häretischer Werke bewaffnet gewesen waren. Nach der Festnahme der Verschwörer war die gesamte Sammlung von Manuskripten und Büchern in zwei verschiedene Kategorien aufgeteilt worden: die unschuldigen, die verschont, und die häretischen, die zerstört werden sollten. Nachdem sie ihre Aufgabe erfüllt hatten, waren die Inquisitoren abgezogen, worauf die des Lesens unkundigen Salti mit voraussehbarer und militärischer Präzision den falschen Haufen verbrannten. Das Ergebnis war, daß mein Meister einer Anzahl von Büchern verlustig gegangen war, die er, wie er frei zugab, nur aus Sentimentalität nicht schon vor vielen Jahren selbst verbrannt hatte.

Diese (nicht unbeträchtliche) Ironie zauberte ein Lächeln auf mein Gesicht in der Dunkelheit meiner Kammer. Das Bett, nun von den Zimmerleuten wiederhergestellt, war weich, die Nacht warm, und ich spürte, wie ich langsam in den Schlaf hinabzusinken begann. Im Einschlafen hörte ich immer noch das gedämpfte Murmeln meiner Freunde drunten in der Bibliothek, ihre ununterscheidbaren Stimmen steigen und fallen gleich einem Gesang von Männern, der in der Ferne verhallt.

Postscript

Tommaso Albinoni ist tot. Ich habe die Nachricht heute gehört. Es wird keine Oper geben. Alles, was ich habe, ist eine Erzählung, ein Buch.

Vielleicht war das Ganze nur eine Zeitverschwendung. Und doch frage ich mich, wenn ich auf diesen Stapel Papier blicke, warum ich mir solche Sorgen mache, daß irgend jemand es *verbrennen* könnte.